穿越

Chuanyue Xinling De Bulü

心灵的步履

孙 文 ◎ 著

黑龙江人民出版社

图书在版编目(CIP)数据

穿越心灵的步履/孙文著.—哈尔滨:黑龙江人民出版社,2016.1(2021.3重印)

ISBN 978-7-207-10670-4

Ⅰ.①穿… Ⅱ.①孙… Ⅲ.①散文集-中国-当代 Ⅳ.①I267

中国版本图书馆 CIP 数据核字(2016)第 030618 号

责任编辑:朱佳新
封面设计:谢 幕

穿越心灵的步履

孙 文 著

出版发行	黑龙江人民出版社
通讯地址	哈尔滨市南岗区宣庆小区1号楼
邮 编	150008
电子邮箱	hljrmcbs@yeah.net
网 址	www.longpress.com
印 刷	三河市华东印刷有限公司
开 本	787 毫米×1092 毫米 1/16
印 张	25.5
字 数	430 千字
版 次	2016 年 2 月第 1 版 2021 年 3 月第 2 次印刷
书 号	ISBN 978-7-207-10670-4
定 价	66.00 元

版权所有 侵权必究
法律顾问:北京市大成律师事务所哈尔滨分所律师赵学利、赵景波

目 录

厚积薄发与天道酬勤的范例
　　——序作家孙文的文集《穿越心灵的步履》……………… 谢 幕 1

第一辑　习俗：风雅与风韵

土坯房子篱笆寨 ………………………………………………… 3
窗户糊纸纸在外 ………………………………………………… 7
姑娘叼个大烟袋 ………………………………………………… 10
养活孩子吊起来 ………………………………………………… 15
狗皮帽子头上戴 ………………………………………………… 19
反穿皮袄毛朝外 ………………………………………………… 23
大缸小坛腌酸菜 ………………………………………………… 26
冬包豆包讲鬼怪 ………………………………………………… 29
屯里人过元宵节 ………………………………………………… 32
巴彦情 …………………………………………………………… 37
炊烟织出的彩带 ………………………………………………… 39
儿时故乡情 ……………………………………………………… 42
黑土情怀·碧水欢歌 …………………………………………… 49
记忆中的那条小胡同 …………………………………………… 54
又见樱桃红彤彤 ………………………………………………… 57
夜幕下的哈尔滨 ………………………………………………… 61
悠远的风俗画 …………………………………………………… 63
那棵记忆中的黄海棠 …………………………………………… 68
村落的崛起 ……………………………………………………… 69

李子酸·李子甜 ………………………………………… 72

第二辑　顿悟：感慨与感动

"拼命三郎"谢幕的"拼命之履" ………………………… 77
心安无处不故乡 …………………………………………… 98
军歌嘹亮铸忠魂 …………………………………………… 103
难忘的票证岁月 …………………………………………… 107
"知青"纪念日 …………………………………………… 109
他穿上军装那年已而立 …………………………………… 111
老鱼和小鱼的对话 ………………………………………… 115
母校师恩暖心窝 …………………………………………… 119
我的文字情缘 ……………………………………………… 123
梦游百味斋 ………………………………………………… 126
一米天涯情 ………………………………………………… 130
让这座城市告诉你 ………………………………………… 133
十年磨一"键" …………………………………………… 137
一捧黑土醉他乡 …………………………………………… 139
永远飘扬在心中的旗帜 …………………………………… 144
一串串闪光的数字 ………………………………………… 147
童心发问 …………………………………………………… 154
不能忘却的记忆 …………………………………………… 159
墨韵飘香的"文三角" …………………………………… 161
一缕清风暖心田 …………………………………………… 165

第三辑　画卷：佳景与佳境

春雪 ………………………………………………………… 171
姗姗来迟的雪花 …………………………………………… 173
少陵山水寄乡情 …………………………………………… 174
杨树·杨树·欣赏你 ……………………………………… 179
一山一水一牌坊 …………………………………………… 181
驿马山上的松林 …………………………………………… 186

呼兰河口湿地溢神韵	188
大美神州数北极	192
一幅水墨丹青	198
江山壮美鲁南行	200
谷雨喜得雨	205
情醉婆婆丁	207
一片绿叶总关情	209
呼兰河上画舫游	216
榆树钱绿了又黄了	224
清水出芙蓉·天然去雕饰	226
趣味横生的牌匾	231
任凭高山与大海的呼唤	234
五彩蚕翼绣	236

第四辑　幸福：陶冶与陶醉

巴彦县赋	241
通河县赋	245
大都市里的小人物	249
只因美丽才漂亮	254
他与《老照片》的不解情缘	262
雪趣童真	265
新官上任没踢"头三脚"	269
网络文缘铸知己	271
情暖家乡的七月	274
有你相伴我永远快乐	279
沧桑老人话沧桑	281
一对新人老友	289
精美文字点江山	291
"蜗牛之家"的快乐	296
又见红领巾	298
小荷才露尖尖角	300
一篇特刊诞生的始末	302
心愿	304

我与书的故事……………………………………………………… 307
月亮可知我的心…………………………………………………… 312

第五辑　牵挂：真情与真意

母亲的针线板儿…………………………………………………… 317
父亲的渔网………………………………………………………… 319
我的老泰山………………………………………………………… 322
亲情永驻天地间…………………………………………………… 327
一份无法分割的遗产……………………………………………… 329
永不凋谢的康乃馨………………………………………………… 333
镌刻丰碑的数码…………………………………………………… 335
一缕红丝…………………………………………………………… 342
父亲教我打算盘…………………………………………………… 348
母亲教我烙油饼…………………………………………………… 350
老三的手足情……………………………………………………… 352
老伴，送你一份迟到的生日礼物………………………………… 354
遥望长天默诉说…………………………………………………… 356
母爱蚕丝情………………………………………………………… 359
魂牵梦绕的小山村………………………………………………… 366
七夕节前的晚宴…………………………………………………… 371
牵挂………………………………………………………………… 373
丁香含苞待放时…………………………………………………… 375
被"指认"出来的立功者………………………………………… 377
那份爱让我不老…………………………………………………… 381

后记：送给故乡的心音足迹……………………………… 孙　文　383
跋一：蘸着少陵河水写的书
　　——作家孙文的文集《穿越心灵的步履》跋……… 郑旭东　386
跋二：吟咏故乡情
　　——作家孙文的文集《穿越心灵的步履》跋……… 路　春　389

厚积薄发与天道酬勤的范例

——序作家孙文的文集《穿越心灵的步履》

谢 幕

结识孙文是通过作家路春、郑旭东。

我与作家路春、郑旭东,结识于1986年4月,哈尔滨作家协会和《小说林》编辑部举办"哈尔滨风情笔会",我和路春、郑旭东、阿成、刘国民、高凯(呼兰)、高凯、刘红梅(女)、秦雅鹃(女)等十余人是从六米高的稿件中,选拔出来的。当时,我在车辆厂当秘书,我与领导说明情况,领导给单位的招待所打了电话,不仅住宿免单,还免单了早中晚三餐。虽然只有七八天的时间,却结下了深厚的友谊。

2015年在一次与老友路春、郑旭东相聚时,他们向我推介了孙文。

在2015年的后半年中,与作家郑旭东、孙文多有接触。

2015年7月中旬,我去北京开完会后,住院动了手术,直至9月中旬身体有所恢复,便着手策划一部哈尔滨解放七十周年纪念文集《传承与传奇》。得到企业家的赞助,并在黑龙江人民出版社立项,申办书号。

这时,孙文来电话说,他想出版一部书,正在编辑整理之中。几天后,他就拿来装订得整整齐齐的打印稿,请我分辑,请我为本书起名。当时,我按"五行之说"为本书分了五辑,同时起了《穿越心灵的步履》和《感慨与感动》两个名,一个是感性一点的名,一个是较理性一点的名,供孙文选择,经孙文和郑旭东、路春、刘丽华等讨论,最终确定为《穿越心灵的步履》。并在2015年12月初在黑龙江人民出版社立项,申办书号。而且,立刻到印刷厂排版。五天后,孙文看到了第一校样稿。十天后,我看到了第二校样稿。

作家孙文请我为文集《穿越心灵的步履》作序，我欣然允诺，虽然孙文出书很晚，但他却三十余年笔耕不辍，勤奋写作，并在公文写作、新闻写作、文学创作三大方面，均有可喜的成果，其实，能够跨域写作的人并不多，能够在三大领域有所成就，就少之又少了，可谓是凤毛麟角了。其实，能为这样一位具有全面写作能力之人的作品作序，是我的荣幸。

一、问心灵深处：情到酸甜苦辣之刻

在作家孙文的这部文集中，每篇都在写他的生活与生命的顿悟，写他情感与情谊的寄托，可最为浓烈的当属第一辑：习俗：风雅与风韵和第五辑：牵挂：真情与真意。

情是亲情的情、友情的情、爱情的情，这在文中与真善美相得益彰。

真实的善和美是人类真正人生的写照和追求，是真正人生价值的最高准则和最终行为。

善就是一种美。"真、善、美是些十分相近的品质，在前面的两种品质之上加以一些难得而出色的情状，真就显得美，善也显得美。"（狄德罗语）

那么，什么是美呀？

孟子曰："充实之谓美。"

李白说："清水出芙蓉，天然去雕饰。"

那么，什么是情呀？

陀思妥耶夫斯基说："爱情是无邪的、神圣的。"

那么，什么是友情？

曾参曰："君子以文会友，以友辅仁。"

管仲曰："善人者，人亦善之。"

庄周曰："莫逆于心，遂相与友。"

问心灵深处，情为何物，孙文说："情到酸甜苦辣之刻。"这是个性感觉的概括。

人的一生是要经受到酸甜苦辣咸等许多况味，不是非要经受，是不得不接受。

作家孙文出生在风景如画的巴彦，儿时的故乡，给他留下了许多回忆，那种风雅与风韵的习俗，丰富了他童年中想往和想象的空间，如开篇就写了东北人的习俗"八大怪"，即"狗皮帽子头上戴，反穿皮袄毛朝外，姑娘叼个大烟袋，窗户糊纸纸在外，大缸小坛腌酸菜，土坯房子篱笆寨，养活孩子吊起来，冬包豆包讲鬼怪。"以及"小鸡炖蘑菇、猪肉炖粉条、排肉炖豆角、鲶鱼炖茄子"的"四大炖"，都成为孙文最美好的回忆，那种美在梦中的感觉成为他生命历程的挥之不去的影像,那种美已经化作了他的血脉和情脉,在他的心灵深处生根、开花、结果。作家孙文善于思索,善于综合、梳理和架构,在资料的取舍、剪裁中能够剥茧抽丝、去粗取精、去伪存真,他用执着的情和纯洁的真去描摹他的生活和生命历程。

孙文在《巴彦情》一文开头中写道:

家乡,对于每一个游子来说,是漂泊天涯的根,是日夜思念的情,是百唱不厌的歌,是尘封香醇的酒……

一个叫"大崴子"的老屯,就是作家孙文的故乡,地处松辽平原腹地,坐落在一个由西北向东南走向的如同簸箕状的土坎下。可在作家孙文的眼里,如果把黑龙江比作一只翱翔的天鹅,那哈尔滨就是天鹅项下的一颗珍珠,而巴彦则是这颗珍珠旁的一颗翡翠,可见孙文对家乡的那种美感之恋达到极致的程度。他的心灵深处焕发出来的是无限的爱,那甜在心中的爱和恋。

对于家乡,孙文真是赞不绝口,他在一篇《儿时故乡情》中这样写道:

东骆驼西驿马,两山对峙;南松江北少陵,二水交融。

孙文说,这是人们对家乡天然景观的赞美和写照,从中可以看出作家的自豪和骄傲,他就出生并生活在少陵河畔,作家郑旭东有一篇专写孙文的文章,其题目就拟作《蘸着少陵河水写的书》。可见,少陵河在作家孙文心中位置的重要和对作家潜移默化的影响。以前我也知道驿马山,也知道少陵河,但仅限于地理位置的皮毛了解,可读了孙文的文章,才知道骆驼山、驿马山和少陵河,以及历史故事和传说。

俗话说,越是地方的,越是世界的。一个有成就的作家,一定是地方的历史学家和史志、地理专家。其实,将你身边的风景呈现给读者,是作家的责任和义务,而读者最想看到的也就是这些。当然,生活并不是一劳永逸、一成不变的,所以,必然要经历风吹雨打,生活就是一个扳倒的五味瓶,酸甜苦辣咸,什么滋味都有,有苦闷、有彷徨、有失望,也有希望;有甜美兴奋,也有苦涩艰难,而孔子的"充实"则是一种欣慰和美。而孙文的性格和为人真如李白所言"清水出芙蓉,天然去雕饰"。他活得很真诚和透明,很有亲和力并平易近人,他办事认真、睿智,思维敏捷。我们从孙文的文章中,能读出生活、生存与生命的历程和感觉,感慨与感悟的情感高度。

第五辑:牵挂:真情与真意,则是作家孙文情感的写真集。在本辑中,写到了亲情、友情和爱情,写给父母的有《母亲的针线板儿》《母亲教我烙油饼》《父亲的渔网》《父亲教我打算盘》等,写给岳父的《我的老泰山》,写给老伴的《老伴:送你一份迟到的生日礼物》,写给兄弟姐妹的《老三的手足情》等,都是作家孙文心灵深处的情感寄托和叩问。

在与作家孙文的交谈中,得知他的生命历程还算顺风又顺水,正如他所言,是写作给他带来了幸运,不管是下乡,还是到县机关工作;不管是调到县武装部,还是到军分区,也都依赖于他手中的那支笔,所以,他就在有意无意、一路走来地不停地写。

孙文在《母亲的针线板儿》一文中写道:

母亲做针线活,不仅麻利,而且针码小,还匀称,在亲属、朋友和邻里中都很有名气。所以,常常是帮了东家帮西家,裁衣服、纳鞋底、打麻绳、絮棉花,有求必应,特别是谁家儿子要结婚,谁家的闺女要出嫁,都要求母亲给絮棉衣。我家简直成了这个胡同的"被服厂"了。那时的人际关系没那么多"讲究",相互之间很真诚、很朴实,都是无私奉献,自觉做义工的。母亲是个热心肠的人,又是特别要强的人,一旦别人求到头上帮做针线活,她都笑呵呵地应下来,"拿来吧,啥时候要"。

在本篇《母亲的针线板儿》结尾处写道:

针线板儿啊,针线板儿!你是我们家的传家宝,你是母亲对这个家庭无私奉献的见证,你是母亲无字的功德碑。

母亲的形象跃然纸上,这是儿子的感受,能够写出来,呈现给读者,则是写作者的欣慰,也是其母亲的骄傲和自豪。天下的母亲很多很多,又有多少母亲能够被子女描写记录下来,母亲是伟大的,可又有多少伟大的母亲被大众熟知,又有多少母亲留在历史的屏幕上呢?很少。作为子女的就应该承担起这个责任,这是作为子女的义务,义不容辞。

若说苦辣酸咸,母亲在全家老小中吃得最多。

若要问心灵深处,作为子女,真的感到愧疚和自责,好在能写出,这也是安慰。

二、问事业征程:拼到春夏秋冬之时

作家孙文的性格很率真、很认真,有一种拼劲和韧劲,不管是学生时代,还是工作时期,他都有一股不服输的劲头,并用笨鸟先飞来作为自己的座右铭。

到部队工作时,他没有写过新闻报道,可他却负责宣传,他硬是暗中使劲,读书写作,在很短的时间内,从外行到内行,实现了蜕变,进行华丽的转身,这种变化竟在他人的不知不觉中,用成绩证明了他的实力。几十年如一日,跟随首长视察调研,写出了大量的调研报告和经验总结,有的被转发,有的在经验会上交流汇报,有的在刊物上发表,受到首长的称赞,而且还立过功,受过奖。他对待工作严肃认真、一丝不苟,从春到夏,从秋到冬,他在他既定的征程上前进。其实,爬格子是很苦很枯燥的一件事,每一次都得从零开始,每一次都是一个起点,为了推陈出新、独具匠心,孙文必须苦思冥想,创作出区别于别人,也区别于自己的作品来,所以,就更加难上加难了。

其实,走这条路的人很多,许多人都想在这条路上走出自己的风采,然而,许多人都在这条路上半途而废,许多人在这条路上销声匿迹了,走出来的人是寥寥无几。用"凤毛麟角"来说,也一点都不为过。俗话说"千人"出"豪","万人"出"杰",也就是说,万人中可以出十个"豪",出一个"杰"。而作家则是十万分之一,而好作家,甚至百万人中也不一定出一个,可见这条路是多么艰难和困苦。当然,能够坚持下来,都能有所收获,只要能耐住寂寞,只要能坚持不懈,就会取得成就。

我计算过,一年有365天,一年有8 760个小时,一年有525 600分钟,如果你把每天按小时过,按分钟过,不要浪费每一天每一分,那么,你的生命就会延长。如果将睡觉、工作(包括吃饭)、创作(包括学习)进行分配时间,一年中可以用在创作的时间只有121天,那么,谁又能保证这个时间呢。很难!所以,能有毅力坚持下来,就一定有所成就。

像作家孙文,写作了三十余年,坚持不懈,真是不易呀!因此,他才能够厚积薄发,三十余年,一百二十余个季节,一万一千余天,时间真的很漫长,可孙文却过得很充实、很丰满,他感恩这个创作,给他带来了契机和好运。

这些感觉,在他的"第二辑:顿悟:感慨与感动"中,有所呈现。

在这部分中,他既写了在地方的工作,也写了在部队的生活、学习和训练、调研等不为大家所熟知的有关方方面面,如《他穿上军装那年已而立》《军歌嘹亮铸忠魂》《永远飘扬在心中的旗帜》《我的文字情缘》《十年磨一"键"》《一捧黑土醉他乡》《难忘的票证岁月》《"知青"纪念日》等都是值得一读的好文章。而《"拼命三郎"谢幕的"拼命之履"》则写出一位诗人、作家、剧作家、评论家的创作历程,其步履和做法也值得借鉴,不一定那么走,但那么走一定会成功。

在这辑中,有一篇《童心发问》值得特别一读。那是祖孙的情感对话,很有情趣,孩子的天真十分可爱,老人家的幽默可爱十分,萌得让人陶醉,感慨和感动,其实,童心问出了哲理,也问出了文学的一个命题。

孔子曰:"三人行,必有我师焉,择其善者而从之,其不善者而改之。""独学而无友,则孤陋而寡闻。"

鲁迅说:"人生得一知己足矣,斯世当以同怀视之。"

孙子曰:"道不同,不相为谋。"

荀况曰:"君子赠人以言。"

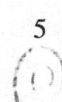

子夏曰:"与朋友交,言而有信。"

其实,人的一生中,只有活在诚信之中,才能体现生命的价值和意义。

孙文的生存价值和意义,在其"诚信"中得到了淋漓尽致的体现。

三、问写作状态:笔到悲欢离合之中

用激情来定义孙文的写作状态,真是恰如其分,为了写作一篇好文章,他可以几次采访、精心构思,他的想象力丰富,还原历史真相的功力超强,这是作为作家的基本素质和能力,这也是天赋。他能从一点生发开去,把一些琐碎的事件或现象连成整体,而且没有斧凿痕迹,真是功夫过硬。

如果没有激情,如果像挤牙膏一样,文章就会写散,故事就会写得支离破碎。写作应该像井喷一发不可收,才能写出好作品。我不反对修改,我反对那种面目全非的修改,有人说,我对这篇文章可下功夫了,先后修改了二十多遍了。那么,我想问,为什么第一遍不写成这样呢?!为什么第一遍不把文章写成呢?文章是写出来的,不是改出来的。如果是先天不足,再改也改不出来,如果文章写好了,还用改吗?当然,这与才华有关,而这个才华则是天赋。

在我主编"哈尔滨解放七十周年纪念文集《传承与传奇》"时,孙文写了几篇很有分量的稿件,既有历史事件的挖掘,又有现实事件的展示,而且速度快、质量好,特别是赋,据他说写赋还是第一次,可第一次却写得这么好,让人难以想象。我计划要写九区九县的赋,在征稿中,上来的几篇赋根本不成样子。于是,我将写赋分配给孙文和郑旭东,可他们却在三天内迅速地写完,而且质量好,这也是激情写作的成果。本来三天能写完的,有人却写一个多月还未完,即使写完了,也不如三天写出来的好。为什么?因为才华不够,因为是在挤牙膏,所以,质量欠佳。

作家这个头衔并不是所有写作者都可以随便说的,有人可以称为诗人,可以称为小说家,也可以称为散文家、杂文家、诗词家、报告文学作家、散文诗人、纪实文学作家、剧作家等,前面必须有一个限定词。可称为作家的,应为全才,也就是说,什么都能写,什么都能写得好,才可以称为作家。

在孙文的写作实践中,我看到了这样的潜质,他用事实来证明这一点,而在给纪念文集《传承与传奇》的供稿中,也证明了孙文的才华。

俗话说:人有悲欢离合。这是作为作家,应该写作的场景,一个真正的作家,就该是第一现场的亲历者和见证人,是第一现场的报道者,真实而艺术地还原事件,呈现给读者的是责任和义务,这其实很难,所谓,难则难,易则易,易者不难,难者不易。

在读孙文的作品时,你可以透过字里行间,可以读到那种睿智和才华。

这是读者之幸。

孙文曾经给我讲过《一篇特刊诞生的始末》,那是一篇政务信息的破茧化蝶;孙文还写过知足常乐的卖报女人、修鞋师傅的为人处世、推拿小伙的诚实守信、环卫工人的无言坚守及交通志愿者的奉献等劳动者的身影,写的事儿就发生在大众的身边,让人读得亲切、感到真实,孙文是以第三者的视觉去观察人和事,去感悟情和意,去感受那份感动,并且将那份情意和感动传递给读者。他用他手中的笔去写百姓的悲欢离合、喜怒哀乐、酸甜苦辣,去写大都市里小人物的人情和人性,这种人文的关怀让作家的情感具有悲悯性和超然性,做到这一点很难,可孙文却做到了,这也是让人崇敬的一面。

更让人崇敬的是孙文的为人和处世,一个写作者可以才华不出众,但人格不能不出众,才华的一部分可以后天培养,而人格人性则必须是完整的,否则,再超群的才华,也是要被人唾弃的。孙文有才华,可他更谦逊,这也是他的人格魅力。这也是他能成为挚友的基础和先决条件。

俗话说,因为可爱才美丽。在孙文的笔下,就写了身边左右、家庭邻里的小事,诸如拳拳孝心升华婆媳缘,深深铭记父母养育恩,双双恩爱传递夫妻情,悠悠教子彰显慈母爱等。以及他与《老照片》的不解情缘、网络文缘、七月情缘,还有那被"精美文字"指点的"江山",《沧桑老人话沧桑》《雪趣童真》《小荷才露尖尖角》《又见红领巾》……其写作领域之大,可见一斑。其实,我想说,能写是一回事,能写好则是另一回事。这些均可以在孙文的这部文集中找到答案。

文集《穿越心灵的步履》共分五辑:

第一辑:习俗:风雅与风韵(20篇),写出很有特殊地域风情的民俗文化。

第二辑:顿悟:感慨与感动(20篇),写出心中那份撞击心扉的感觉。

第三辑:画卷:佳景与佳境(19篇),写出感染心灵的那幅风景。

第四辑:幸福:陶冶与陶醉(20篇),写出生命历程中那份幸福的所见所闻。

第五辑:牵挂:真情与真意(20篇),写出情脉与血脉的那份真感情。

文集《穿越心灵的步履》计99篇,象征着长长久久,这其实是一种感觉。而这种感觉,我在设计篇扉中,用画面予以呈现了出来。寓示着那种穿越心灵的步履,是如何走过心灵的,走过酸甜苦辣,走过悲欢离合,走过春夏秋冬……

古往今来,厚积薄发者有之,天道酬勤者有之,而厚积薄发与天道酬勤能在同一个人身上体现并不多见,堪称范例者更是少见。孙文就是厚积薄发与天道酬勤的范例之一。

写到这里,我想用一副楹联来祝贺孙文的文集《穿越心灵的步履》出版,联曰:

"三域两赋一步履痕,痕辉花甲,江北尔烈压江南,北南西东谓曰文曲星;

万卷千里百种思绪,绪眷胸襟,心里韧劲寓心外,里外上下皆吟沁园春。"

此为序,写于乙未年十二月初二,子夜。

2016年1月11日·谢幕写于冰城哈尔滨听雪轩

▲谢幕:著名诗人、作家、剧作家、评论家。男。原名:郭治军。曾为国内外华语诗人、作家撰写评论(序、跋、巡礼)300余万字。曾出版评论集《品评与赏析》(63万字)、《奇迹与奇葩》——山东评论特辑①(50万字)、《白山与黑水》——黑龙江评论特辑①(50万字)、《光辉与光荣》——安徽六安评论特辑①(26万字)等;曾出版诗集《情脉与血脉》(22万字)、诗集《感慨与感悟》(12万字)、长诗集《感动的日子》(2万余行73万字)等;纪实传记文学《风雨人生——潘俊德纪实家族史》(10万字)、纪实报告文学《哈尔滨速度》(38万字)、纪实文学《战神之首无敌航母秘密档案大全集》(38万字)、纪实文学《世界谍战全纪实》(45万字)、纪实传记文学《最后一个青帮大佬太爷张仁奎》(33万字)、纪实文学《日落要塞——日本关东军霍尔莫津要塞》(30万字)等;散文集《感觉的盛宴》(26万字)等;长篇小说《中国维和女警在科索沃》(38万字)等总计500余万字,曾创作三十集电视连续剧《靠山寨》(70万字)、24集微电影剧本《二十四孝故事》系列(20万字)、电影文学剧本《义士安重根》(5万字)等(另有30余部800余万字作品集待出),曾主编"纪念中国人民抗日战争胜利暨世界反法西斯战争胜利60周年文集《和平鸽·橄榄枝》"、"纪念中国人民抗日战争胜利暨世界反法西斯战争胜利70周年文集《醒狮与腾龙》"、"哈尔滨解放七十周年纪念文集《传承与传奇》"、紫丁香文丛(10本)、雪龙文丛(3本)、黑水文丛(3本)。中国散文诗学会理事、中国诗歌学会会员、中华诗词学会会员、长白山诗词协会常务理事、黑龙江省作家协会会员、黑龙江省电视艺术家协会会员、黑龙江省电影家协会会员、黑龙江省戏剧家协会会员、黑龙江省曲艺家协会会员、黑龙江省楹联家协会会员、黑龙江省萧军研究会副会长、黑龙江省地方文学研究会副会长、黑龙江省电视艺术家协会电视创作专业委员会副会长、黑龙江省作家协会文学评论专业委员会委员。哈尔滨市党史研究会会员、哈尔滨市延安精神研究会会员。哈尔滨市文联全委委员、哈尔滨市作家协会全委会委员、哈尔滨文学艺术评论学会副主席、哈尔滨市道里区文联副主席、哈尔滨市道里区作家协会主席。

第一辑
习俗：风雅与风韵

土坯房子篱笆寨

我珍藏一张老照片，一张能够随着季节不断变换、富有魔力的老照片——那就是记忆中的"土坯房子篱笆寨"。

有人会说土坯房子篱笆寨，不就是泛指东北地区的泥草房及泥草房四周所夹的障子吗？怎么还会有不断变换的"魔力"？

不信吧？就请你移目往下看一看：

春季里，冰雪消融，大地露出了笑脸；万物复苏，阳光照耀下，水蒸气升腾。远远望去，时隐时现的土坯房子篱笆寨好似海市蜃楼的城堡，给黑土地赋予了神秘感，仿佛置于仙境一般。

夏季里，漫山遍野青纱帐，而浅黄色黄泥抹墙的房体、人字形苫房草苫的黄褐色房盖，土坯房子篱笆寨，又如镶嵌在茫茫绿海之中不沉的岛屿，给翡翠青纱点缀了和田玉。

秋季里，黄金塔似的苞米吊子和红辣椒串儿、微黄的角瓜瓣、紫白相间的茄子条，还有黄褐色的榛蘑串儿等挂满了屋檐，传递着收获与喜悦，"土坯房子篱笆寨"，犹如母亲把久别重逢、满载而归的孩子紧紧地拥抱在怀里，绽放出慈祥的微笑。

冬季里，北风萧萧，雪花飞舞，在这银装素裹的世界里，房盖白了、院落白了、道路白了、白纱般的袅袅炊烟变幻着舞姿，土坯房子篱笆寨犹如百岁老人，用满腔热血相拥严寒冰雪，尽享大自然给予的快乐。

在一年四季里，土坯房子篱笆寨变幻着服饰，犹如一幅幅不同色调的素描画。土坯房子篱笆寨，看上去茅连草舍的，但粗犷中却蕴藏着细腻，自然里凸显淳朴。正如这张老照片洋溢出的浓浓风俗情，不正是东北地区一道特色的风景吗？

在我国典型的民居中，有北京"口"字形的四合院、陕北高原上的拱形窑洞、闽西龙岩地区圆形的土楼、广西壮族上住人下关畜干栏式的木楼、云南高原区高墙小窗的一颗印、安徽黄山徽州依山傍水的四水归堂、山西的乔家大院等，而人们却很少提及东北的土坯房子篱笆寨。

假如用文学词汇来形容我国民居的话，前者就是阳春白雪，而后者则是下里巴人。所以，对于人们来说，在欣赏我国民居时不要把眼睛单纯地盯在阳春白雪上，而忽略了下里巴人，应该是全方位、多视角的，要在雅中追寻高深，在俗中体会粗犷，否则就没有了雅俗共赏。

说起土坯房子篱笆寨，是指20世纪80年代前东北地区，尤以黑龙江乡下为最的典型民居。就是这土坯房子篱笆寨，给了黑土地上的人们一个家，一代一代的得以繁衍生息。由于这土坯房子篱笆寨具有地域的民俗民风代表性，成为东北八大怪之一，被人们诙谐地传颂。

在垦荒较晚、移民较多的东北地区，土坯房子篱笆寨，是就地取材、成本最低廉、建筑工期最短的民居。最原始的还有垦荒初期在旷野挖的地窨子、搭的窝棚和马架子等，这在东北立村发展史中常见于屯名。

处在世界三大黑土地带之一的东北，剥开攥一把直流油的黑土，下面的黄黏土是脱土坯建房、扒炕抹墙维护土房的好材料。

说土坯房子篱笆寨，还得先从脱土坯说起。脱土坯，要有一个比万里长城上的秦砖还要大的木制矩形模框，老百姓都习惯叫它坯模子，这是按照长约30厘米、宽20厘米、高5厘米的尺寸用两块长木板和两块短木板凿榫锯卯而成，两头钻眼穿上细绳做把手，便于脱坯时提拉坯模子。就是这么一个看似非常简单的物件，脱出了一座座的土坯房子篱笆寨。坯模子可谓是东北人早年安家的有功之臣。

脱土坯的全过程，整个人始终处在弯腰下蹲的姿势，是很累的活，东北俏皮嗑就有和大泥、脱大坯……"四大累"的说法。所以，每逢脱土坯了，有的要找帮工，做几个像样儿的菜，喝上两盅。

除了和泥脱土坯建房外，也有茬土墙房的、拉合辫土墙房的，总之离不开土字。土坯房大都是起脊的，房盖的前后坡用的是苦房草。也有叫土泥房、茅草屋的。

土坯房里，火炕是用土坯垒的，每年麦秋都要用黄黏土和泥扒炕抹墙。扒炕，掏炕洞灰，更换断裂的土坯，再抹好炕面，添柴火烧干。抹墙，清理土墙根，堵住鼠洞，给土坯房增添一套新衣。一所土坯房能住二三十年或五六十年或更多的年头。

土坯房子四周围起的篱笆寨,当地人叫夹障子。大都是地上挖出沟,间隔着埋上木桩,把新秫秸、苞米秸或树木的枝条一头埋好、踩实,偏上部两面放上横经,在经纬相交处再用踩软的秫秸勒紧。这篱笆寨,是挡君子不挡小人的,也挡不住猪拱狗钻,更经不住牛马大牲畜的光顾,常常是一年一茬。当然有的人家如果维护得好,篱笆寨也能挺几年。

我突然想起家里夹障子的往事。父亲工作调动搬进了县城住,但那时城里绝大多数人家也都是住土坯房子篱笆寨。所以每年秋天从屯子里亲属那儿要来些秫秸夹障子,耐不住猪拱狗钻的,到冬天就把破烂不堪的障子掰下来烧火,第二年春天再重新夹。以后用柳条、榛柴夹障子就好一些,能用上两三年。随着生活的改善,改用小木棒夹障子,后来就用从林场买回的弯曲木,锯两厘米厚的木板钉障子。再后来,夹障子被砖墙代替了。障子是一个家庭的占地分隔,是与邻里的分界。在过去邻里之间,因为夹障子障沟往外挤了几寸,占了人家的地,也常常闹纠纷。我家就遇到过这样的事,父母虽然看在眼里,却没生不快,对我们说:"碗边子饭吃不饱人"。

20世纪70年代,父母为我在县城的土坯房子篱笆寨里举办了婚礼。记得那天,房门的窗户纸上挂一面红旗,红旗中间张贴一张毛主席像,门前的园子平整后垒起了锅灶,支起了大棚,左邻右舍都来帮忙,有负责挑水的,有腾出大锅做饭的,有倒出里外屋摆桌子的,亲朋好友前来贺喜,土坯房子篱笆寨里传出朗朗笑声、飘出阵阵酒香。

因为当时我与老伴都在离县城百里之外的林场工作,所以婚假后就又匆匆返回林场的苗圃上班。林场苗圃建在山脚下屯子的东侧一块开阔地上,办公用房和宿舍都是原汁原味的土坯房子篱笆寨。当时,苗圃共有五间泥草房宿舍,细木杆夹的障子,西头两间为女宿舍,除了里屋南北炕,还在堂屋搭了一铺火炕,三铺火炕住林场未婚女职工和季节临时女工,东头三间,林业站长住最东边一间半,对面屋的一间半,老职工住在南炕,我们住在北炕。

林业站长是从部队集体转业开发建设北大荒的第一代人,因县里成立了几个国有林场缺少干部,他是补充来的40多人之一。站长每天只身一人很早就上山巡视,走访辖区的屯子,宣传林业政策,检查处理乱砍盗伐,工作十分认真。操着一口湖北话的他,开会时把造成影响的造说成操,开始青年职工觉得好笑,可逐渐的也就听习惯了。他是上有老下有小的七口之家,主妇也是湖北人,过日子很节俭,篱笆园子里种上各种各样的蔬菜。站长有时说她熬菜放油少不香，她就说放两勺子油呢，其实这勺子是羹匙。对于刚参加工作、新婚不久的我们，从他们的身上学到了如何工作，怎样生活。

那时是计划经济统购统销的年代，买什么都得凭票，尤其每个家庭的布票都不够用，所以我与老伴结婚时家里给做的幔帐是按惯例的宽窄幅度做的，幔帐挡住了炕头却挡不住炕梢，挡住了炕梢又挡不住炕头，西墙并排挂着两家的四块大镜子，镜子就像开玩笑似的有时露出折射的目光。

土坯房子篱笆寨，之所以被人们称之为怪，就是因为其与众不同。从我国民宅建设史看，中原以南地域，人们注重房舍建设，形成了地域特有的风格。我们的祖国，幅员辽阔，地大物博，民族众多，在漫长的岁月长河中，在人与自然适者生存的斗争中，五色土编织了浪漫的故事，母亲河养育了中华儿女，不同的方言文化、不同的服饰色彩、不同的美食佳肴、不同的建筑风格、不同的忌讳喜好等地域差别，孕育出了千姿百态，代代传承的土风、土俗。土风、土俗文化如经年老酒一样的醇厚，似"石匠打石匠"没有虚假。土风、土俗文化趣味盎然的特色，各领风骚数百年的佳话，就像一部百读不厌的诗篇，娓娓动听，回味绵长。我不禁感叹，十里不同风，百里不同俗的魔力！

土坯房子篱笆寨里装满了东北人酸甜苦辣、喜怒哀乐的故事。如今，社会主义新农村建设日新月异，楼房、砖瓦房、砖院墙、铁栅栏取代了昔日的土坯房子篱笆寨，延续百年的特色风景板块已不复存在，即使偶见也该视为"文物"了。

就让我们在实现伟大中国梦、同奔小康的道路上，把土坯房子篱笆寨这道风景深深地珍藏在心底吧！

窗户糊纸纸在外

踏着岁月流淌的浪花逆流而上,我看到了淹没在历史长河中早已绝迹的东北"窗户糊纸纸在外"。

在土坯房子篱笆寨里,少不了窗户糊纸纸在外的点缀。于是,我仿佛看到了东北地区那幅土香土色的民俗画。

我不禁感叹,上苍给予的这一姻缘组合。窗户糊纸纸在外好似白皙少女的脸庞,篱笆寨又似少女身上摆动的花裙装,土坯房子就是那英俊的小伙子。一对如胶似漆的恋人,形影相随,唇齿相依,执子之手,不离不弃。冰霜雪雨苍老了岁月,但不变的是原汁原味的情感,不老的是那特有的风韵。

当你推开木杆当框柴草编织的院门,穿过篱笆的影子,来到土坯房前的时候,最打眼的就是窗户糊纸纸在外的这张俊俏的脸庞,房盖上的苫房草如同梳理整齐的秀发,房檐下黄土墙上挂满一串串红的、黄的、白的、黑的各式各样的干菜和生活生产用的小物件,犹如女孩子头上的饰品,使人在自然、干净、简朴中,感受到珠联璧合的外在美。

在我的记忆中,当年我家在乡下住的时候,一连脊七间房子,我家与对面屋邻居各住一间半在紧东头。房子的窗户分下半部和上半部两大扇,下半扇窗户的窗棂较宽,上半扇窗户的窗棂较窄,除了下半扇窗户偶见中间部位镶一块玻璃外,全部是窗户纸糊在外。上半扇窗户有凸放在窗户框的槽里面,往里开,挂在系在檩子上的木钩上,也可摘下来。下半扇的窗户,是插在窗户框槽里面的,摘窗户十分方便。夏天里,赶上好天气时,摘下窗户,和小伙伴坐在窗台上玩,有时还团泥球,晾干后打弹弓用。白灰色的窗户框,磨圆了棱角,布满了疤痕,在风霜雪雨中走过一年又一年。母亲按惯例春秋一年两次糊窗户,细心去掉每一个窗棂格子上陈旧的窗户纸,然后抹上糨糊,就像换季衣服一样再糊上新的窗户纸,给老屋、旧窗、农户带来一丝新意。

当你走进土坯房的屋内,女主人总会一边"三大爷来了""他二婶来了""他老叔来了"热情地打着招呼,一边连忙让座儿,叫你坐在炕沿上,或把你让到火炕上盘腿坐,再点上一袋旱烟吧嗒吧嗒抽起来,唠着家常嗑。那时候,你一定会不经意地朝着屋里最亮堂的窗户上看一眼,或许你会惊奇地发现,虽然阳光无法透过窗户纸直射进来,但窗户纸在外面如同银幕般的衬托,使里面的窗棂格子或十字形、口字形、吕字形、回字形、多口形、菱角形等图案清晰地出现在眼前,在分享窗户糊纸纸在外的工艺美的同时,你一定会感慨地说:"这窗户糊纸纸在外,原来是'包子有肉不在褶'啊"。

窗户糊纸,在远去的年代里是件极其普遍的事。我们经常会在电视剧里看到,在关内直至南方,房屋大都在窗前建有长廊遮风挡雨,窗户纸都糊在里面,精细窗棂格子图案露在外面,直观地显现出一种外在的美。而东北地区土坯房子的房檐很短,假如窗户纸糊在里面的话,夏季风雨来了直接打到窗棂上,雨水就会慢慢地沿着窗棂格子的缝隙渗透窗户纸,腐蚀窗棂的木料;假如冬季寒风凛冽,雪花飞舞,窗棂格子上一旦积雪,不仅影响屋内的亮度,而且除掉上面的积雪也十分困难,加之屋里火炕、火盆取暖,里外温差较大,屋里的温度由窗户纸传导会融化外面窗棂格子上的积雪,也同样会浸湿窗户纸、腐蚀窗棂木料。所以,东北人在长期的生活实践中,不断地摸索,一改常态,使出了绝招,把窗户纸糊在了外面,用鸡毛绫子淋上一点麻油,不仅可以防水耐用且屋内亮度好。这样,可以更好地遮风挡雨、抵御冰雪,延长窗户的使用寿命。通常春秋两季都要重新糊窗户纸。窗户纸是否完好,也是衡量是否正经过日子人家的一个标志。

记得我刚上小学时,学校是地道的土坯房,不过没有篱笆寨,教室的窗户是对开的,窗户纸糊在外面,室内的光线相当暗。那时还不懂"窗户纸一捅就破""就隔一层窗户纸"的寓意,不过有挨窗户的同学淘气已经尝试了。用手指蘸唾液,在窗户纸上不声不响地浸湿一个小洞,就斜射进来一束光线。下课了,有的同学像玩望远镜一样,把眼睛贴在窗户纸上的小洞往外看教室前面的草甸子。夜晚,小朋友们在屯中玩耍,时而看见忽闪忽闪的煤油灯灯光,把火炕上人影的动作照在窗户纸上,好似农家院里上演的皮影戏。

我家进城后,几近周折搬进了老纸坊胡同,一住就是几十年。老纸坊,顾名思义,就是原来手工做窗户纸的作坊。在这里,老水井、老柳树、老院墙的废墟和已改住房的几间作坊,还可以寻找到当年老纸坊的影子。住在这条胡同里的柳叔叔、邢叔叔和张伯伯都是县造纸厂的职工,时常听他们说起老纸坊的故事。而住在胡同最里边的张伯伯,他的工作就是在家专门为造纸厂编织手工抄窗户纸用的竹帘子。张伯伯家有接近棚顶的木架子、高脚板凳,木架子上排列一些用马尾作绳、黄泥砣当坠的经线,再用线梭子上的马尾作纬线,把如同铅笔芯粗细的深红色油漆圆竹棍固定在垂直的经线上,按照需要的长宽尺寸编织出一块块手抄窗户纸用的竹帘子。据说张伯伯这手艺,是县里独一无二的。一次,我有机会去了县造纸厂,在原料加工车间看见一个大型的电动石碾子正在碾窗户纸的纸浆。原来窗户纸的纸浆,都是收购来的碎布、麻绳头、旧布鞋底、破麻袋片等加工出来的。柳叔叔、邢叔叔的工作是在县造纸厂的窗户纸车间,昼夜两班倒。听他们讲,上班时就站在地沟里,前面是经过漂白冒热气的纸浆槽子,戴上口罩,围上橡胶围裙,双手戴上长长的橡胶手套,把竹帘子插进纸浆槽子里慢慢抖动均匀上面的纸浆,端起竹帘子就是一张窗户纸,干燥后就是成品。手工抄窗户纸,气味难闻,汗水淋淋,是一项很辛苦的工作。

窗户糊纸纸在外,是东北人在特定的地理气候环境中适者生存的体现,是东北人对传统习俗的创新,是东北人勤劳智慧的结晶。其实,窗户糊纸纸在外称之为"东北八大怪"之一,就是对其与众不同做法的认同和诙谐的褒扬。

窗户糊纸纸在外,挡不住东北人看外面世界的目光和美好的愿望,它如同一本无字的书、一曲无言的歌,陪伴东北人走过漫长而难忘的岁月。

如今,东北人的日子越来越好了,在全面建成小康社会的进程中,在奔中国梦的路上,请一定不要忘记带上窗户糊纸纸在外,与这张珍贵的民俗画一同走进新时代。

这是因为窗户糊纸纸在外的风韵犹存,价值所在!

姑娘叼个大烟袋

我们在欣赏传统的东北大秧歌时,秧歌队里总会有一位最活跃的老太太打扮的"二大娘"——头戴假发髻,发髻外面罩个网套、别个银簪子,戴无檐黑绒帽,帽子上别一朵粉红色的绢花,粉饰的红脸蛋儿,勾画的黑皱纹,黑色斜襟衣服和甩裆裤露出白衬里,挽着裤腿,脚穿圆口布鞋,手里拿个纸糊的大烟袋,随着锣鼓喇叭的节奏,神采奕奕地耍着大烟袋,不时把大烟袋伸向聚精会神的观众面前示意给你抽一袋,没等你做出反应又把大烟袋拽了回来,逗得大家捧腹大笑;不时舞动着大烟袋,滑稽的表情,夸张的动作,乐得大家前仰后合……人们一边观看一边议论:"你看那李老蔫儿,平日里蔫啦吧唧的,一个杠子压不出屁的主儿,这会儿扮演二大娘多欢实,大烟袋让他耍神啦,就像两个人似的"。让你在这道尽展东北女性风采的民俗大餐中,追昔抚今。

这喜闻乐见的表演,就是"姑娘叼个大烟袋"的一个缩影。有人可能会问:"姑娘叼个大烟袋和老太太叼个大烟袋是两回事儿?"其实,翻开东北女性叼大烟袋的历史,半路叼大烟袋的并不多,大都是从顶花带刺的黄花姑娘时就开始的。

1968年10月,毛泽东主席一个"知识青年到农村去"的最高指示,知识青年上山下乡的洪流席卷全国。我作为知识青年从县城来到一个偏远的小山村插队落户。在这里人们仍保留着淳朴的东北民俗民风,东北"八大怪"随处可见,伴随在屯民的日常生活中。

作为东北"八大怪"之一的姑娘叼个大烟袋,我在屯子里有所目睹。其实在叼大烟袋的人们当中,不仅有大姑娘,也有小媳妇,还有老太太,也有上了年纪闲在家的老头儿。东北人就是聪明、智慧,不知从何时起,谁的发明,为了户外活动方便,又叼起了小烟袋。有的人在家叼大烟袋,闲情逸致;而出门在外又叼小烟袋，为的就是便于携带。有的人对这一情形开玩笑说："一个烟囱，两套家什。"也有人说："瞧，人家的烟囱不'返风'，还两套家什呢！"在央视热播的《东北抗日联军》电视连续剧中，就有外面飘着雪花，赵林光着膀子跪在雪地里，马占山在屋内，用火盆取暖，叼个小烟袋，吧嗒、吧嗒一口接一口地抽个不停，这是做寸土不让日寇的抉择的那一幕。

屯子里许多叼大烟袋和叼小烟袋的男人或女人们，吞云吐雾地享着"饭后一袋烟赛过活神仙""歇气一袋烟解乏有精神""唠嗑一袋烟打开话匣子""睡前一袋烟安神睡得香"的快慰。

在与村民朝夕相处的日子里，让我了解了许多与姑娘叼个大烟袋有关的故事。

在缺少卷烟纸的年代，烟袋是既经济又实惠的最佳选择。一个烟袋可以使用十几年、几十年，有个别的可相伴终生，真可谓"一次投资，终身受益"。

在这个小山村里，生产队长唐大哥、大车掌包的程大哥、猪倌康大哥、老木匠李大爷、积肥员唐大爷等是叼小烟袋的爷们儿代表。而小李福（与大李福的区别）家的李大娘、五保户张大娘、康老三家的康大娘等又是叼大烟袋几十年的老太太。叼大烟袋的她们都是在山里土生土长的，自十几岁当姑娘起就跟大人学会了叼大烟袋，有了瘾，扔不掉，直至当了媳妇熬成婆，大烟袋仍是形影不离。当问起为什么当姑娘就叼大烟袋时，她们解释说，山里蚊虫多，也有长虫（蛇）经常出没，有时长虫会爬到房梁上，抽旱烟袋散发出的浓烈烟雾和烟袋油子特殊的气味，可以驱虫防蚊，长虫也不敢近身，就这样从当姑娘起学会了叼大烟袋。假如你听了这番话，这"姑娘叼个大烟袋"似乎有了合情合理的"驱虫防身"之说。

东北地区冬长夏短，往昔习惯于日出而作日落而息的人们，过着单调呆板的生活，到了冬季，冰封大地、素裹银装，没什么活计可做，就开始"猫冬"——白天两顿饭中间的一小天和晚饭后漫长的冬夜，常常是串门子、唠闲嗑、讲闲话（故事），或几个人凑在一起玩水浒纸牌、打扑克打发时光。在屯子里，哪家主人随和、哪家屋子暖和，也就自然而然成了大伙集聚的地方。每每集聚，不是"无酒不成席"，而是"无烟不成局"。大人们的烟袋锅里散发出浓烈的旱烟味，青烟缭绕，弥漫满屋。有的大人见呛得大姑娘直流泪，便半开玩笑地说："你抽几口尝尝，就不呛了"。大姑娘半信半疑地拿起了烟袋，学着大人的样子吧嗒吧嗒抽上几口，还是呛得咳了几声。大姑娘有了几次试练之后，索性来个一不做二不休，也就操起了大烟袋。从这一点看，"姑娘叼个大烟袋"也是民俗熏陶的结果,因此也就有了闲情逸致之说。

东北是满族的发祥地,我们从哈尔滨地区发掘出的白城子金上京会宁府遗址、金源文化博物馆的陈列、金兀术运粮河古河道、金兀术囤粮城遗址、皇后村的故事等,可以从女真为主体的金代王朝中,寻到满族先祖的足迹。我们还可以从哈尔滨由满语"阿勒锦"转化而来,满族昔日的狩猎场、沈阳故宫博物馆里的文物等进一步了解满族叼烟袋抽旱烟的史话。在这史话中,我们仿佛看到了满族姑娘叼个大烟袋的影子;仿佛嗅到了满族姑娘叼个大烟袋散发出的旱烟辣香。我们还可以从上演的清代、现代历史连续剧里找到姑娘叼个大烟袋的佐证。在20世纪70年代,我因工作关系去过离哈尔滨很近的双城乡下满族村,听当地人讲,在满族人眼里,叼烟袋抽旱烟是一种身份的象征,也是一种礼仪的表现形式。因此,满族人不但男人大都有叼烟袋的习惯,女人们在家解闷也鼓捣起叼大烟袋的营生。大姑娘到了十几岁,大人就开始教如何装烟、点烟的礼数,渐渐地姑娘自己也叼起了大烟袋。大姑娘出嫁了,娘家要陪送一只上好的大烟袋。东北的满族人推波助澜,逐渐把叼烟袋抽旱烟形成一种民俗文化。所以也就有了旗人首创之说。

纵观姑娘叼个大烟袋的各种说法,我们不难看出东北姑娘的那种泼辣豪爽、坦荡无畏、不甘寂寞、追求平等、热爱生活的风采。这姑娘叼个大烟袋,也是泛指东北抽旱烟叼大烟袋的大姑娘、小媳妇、老太婆不同年龄段的女性。

在东北的每一个家庭中,火炕上都放个烟笸箩装满旱烟,即使家人不会抽旱烟,也是接人待客必备的。烟笸箩常见的有用黄黏土掺上马毛合泥如同做火盆一样做出来的,只不过比火盆精巧了许多,风干后里外糊上糖纸、烟盒等花纸,很美观,也有柳条编的,比较轻便。

抽旱烟的工具就是烟袋,有大烟袋、小烟袋之分。烟袋由烟袋锅、烟袋杆、烟袋嘴组成。在东北的民间,上乘的烟袋锅、烟袋杆、烟袋嘴三部件有一色紫铜、黄铜、白铜的烟袋。而多数烟袋都是不同材料的组合,常见的有黄铜烟袋锅,配有乌木的、红藤条的、黄杨木的、白铝的等各样的烟袋杆和玉石、玛瑙的烟袋嘴。有精致的烟袋在烟袋锅、烟袋杆上还刻有花纹、字条、图腾等。小烟袋杆一般长20～30厘米左右,大烟袋杆的长度大都在60～80厘米间不等。

抽烟袋,除了烟笸箩外,还要配上户外活动便于携带的烟口袋(烟荷包)。烟口袋有皮料的、布料的,上面绣有花纹和图案等。烟口袋用皮条绳或锦绳来控制烟口袋的开口,还拴有一根用来捅烟袋锅用的如掏耳勺大小的铁烟钩等。烟口袋是抽烟袋人的"粮草"。常见几个人坐在一起,把烟口袋拉开,互让对方品尝自己的旱烟。实际上烟袋不仅仅是抽旱烟的工具,也是艺术品。如今,东北的烟袋早已成为古董爱好者的收藏品了。

在我的记忆中,屯子里抽烟袋的老爷子常年腰间扎个黑布带,别个小烟袋和烟口袋,也见过有的老太太在屯子里串门手里拎个长长的大烟袋。烟袋,是抽旱烟人形影不离的"武器"。

在寒风刺骨的冬季,马爬犁上坐着全身包裹大花棉被的老太太,怀里抱个大烟袋,出去走亲戚的情形,我如今仍历历在目。

记得母亲带我到少陵河对岸本家五奶奶家串门,五奶奶抽大烟袋很频,一会儿一烟袋锅。母亲还为五奶奶点过烟,以示当侄媳妇的对婶婆的尊敬。好奇的我见五奶奶抽完烟把大烟袋放到了炕柜上,便悄悄拿在手里玩,烟袋锅还有点烫手哪。母亲连忙喊着我的乳名说:"快放下,别把你五奶奶的大烟袋(杆)给弄坏了。"

在东北,为了抽烟袋能自给自足,人们都有种叶子烟的习惯。叶子烟的品种有的以形状叫的,什么柳叶尖、蛤蟆头;有的以地名叫的,诸如亚布力、漂河川等。种叶子烟,要经过点烟种、踩格子、铲杂草、间烟苗、栽烟秧、掐尖、打岔、割烟叶、晾晒、捆扎等环节。在二十四节气歌中,东北就有"白露烟上架"的说法。

"远望南山步步高,抽筋断骨最难熬。寸寸节节刀上过,死了还要火上烧。""穿身绿袍头戴花,到老被人捆又扎。勒得小脸黄又紫,专给炭火结强加。"这是有关叶子烟的谜语。也有"烟袋锅里炒鸡蛋——请的哪门子客"有关烟袋部件的歇后语。今天我们细细品一品,仍可感受十分新鲜和厚重的积淀。

说到叶子烟,叫我想起母亲的一段往事。记得我家从屯子搬到县城不久,就赶上了三年自然灾害。在这艰难困苦的岁月里,物资极大的匮乏,手里拿着钱,也无济于事,即使有物了,没有票也是"见物兴叹"。父亲从县糕点厂托人买回来10斤糖球,糖球是"裸体"的,五颜六色的彩条,是孩子们奢望的食品。母亲借来秤,每半斤一包分成20包,留下一包给我们哥仨吃,带上19包糖球回老屯去了。十来天母亲回来了,换回了半面袋子小米和几把叶子烟。而这一切都是在民间以物易物的形式悄悄进行的。因为统购统销的计划经济年代是不允许的。换回来的小米接济了不够吃的粮食,叶子烟也接济了会抽旱烟的人。母亲也抽叶子烟,不过她没有大烟袋。母亲留下两把叶子烟，把其余的叶子烟分送给城里的几位好友，这在当时是很大的礼呀。

　　这又让我想起电视剧《赵尚志》里面的主题歌，可能有些人记住了片尾曲《嫂子颂》，也都能完整地唱下来，但那片头曲《一袋烟》或许很少有人会唱吧。在纪念中国人民抗日战争胜利暨世界反法西斯战争胜利 70 周年之际，让我们重温一下《一袋烟》那火辣辣的歌词吧——"狠抽它一口吧嗒吧嗒嘴，狠抽一呀口吧嗒吧嗒嘴，攥紧拳头，不想哈腰，杀鬼子，那个拜土地，天生愿遭罪呀，嗯哎唉嗨哟……抬起头呀，挺直身，人活那一口气呀嘿，人活一口气。再装一袋亚布力烟，有滋味。"

　　假如我们穿越时光，走进往昔东北的农家院，女主人一定会热情地让你坐到火炕上，麻利地把烟笸箩推到你的面前，"来！抽上一锅"。大家还记得郭颂演唱的《新货郎》吧："哎……打起鼓来，敲起锣来哎，推着小车来送货，车上的东西实在是好啊……老大娘见了我呀，也能满意呀！我给她带来汉白玉的烟袋嘴呀，乌木的杆呀，还有那铮明瓦亮的烟袋锅来啊呀。老大娘一听抿嘴乐呀，心思货郎的心肠热。"这也是对东北女性抽烟袋的真实写照。

　　我见过网络热传的东北老照片中，其中就有那么几幅：在泥草房的火炕上，烟笸箩、火盆、炕琴、纸糊墙等陪衬下，有婆媳叼大烟袋的，有老太太和中年妇女叼大烟袋的，也有老太太独自一人叼大烟袋的。都是一人一杆"长枪"般的大烟袋，好像在"练武"，又好像在吹箫，提神醒脑，悠闲自得，平实自然，味道独特。

　　白山黑水间，孕育了醇厚的东北民俗民风。而这些民俗民风随着社会的发展进步也日渐远去，但记忆中不可不留，文字里不可不说，因为那就是昔日的史话。我仿佛又闻到了烟雾中浸透的那股烟香，看到了姑娘叼个大烟袋的风采！

养活孩子吊起来

一对老夫妻从北疆去南国旅游,已是三世同堂多年不见的老朋友为尽地主之谊,携一家人为其接风洗尘,尝特色小吃、品当地佳肴,酌地产老酒,其乐融融。

老友相逢,这话匣子也就打开了——

"你看,真是无奇不有啊,腐败窝子塌方的,忧郁自杀跳楼的,裸官暗度陈仓的,家里搜出上亿的……多亏现在'老虎''苍蝇'一起打呀!"

"是呀,还有做了好事被讹的,儿女不孝爹妈的,先婚后嫁'搭伙'的,食品造假坑人的……不树立核心价值观哪行啊!"

"那是,更有那地下黑彩想发的,变味足道色情的,麻将馆里赌钱的,铤而走险贩毒的……依法治国是时候了!"

两位老哥俩像说相声似的,一唱一和,无所不谈,都很感慨。

突然,南方老人上小学的孙子看着远道而来的老人插话问道:"老爷爷,听说你们东北那地方养活孩子吊起来,是真的吗?!"

"是啊!"北方老人见其有些疑惑不解,又接着说:"哈哈,别担心,那不是虐待小孩子,是以前东北人用一种叫悠车子的放小孩子,就像你们南方人把小孩子放在摇篮里一样,用绳子把悠车子吊(拴)在房檩子上,小孩子放在悠车子里来回悠,就像打秋千一样。"

"啊,原来是这样,谢谢老爷爷!"恍然大悟的他,小脸蛋涨得通红。

说养活孩子吊起来,还得先从悠车子说起。

有人会问,这悠车子是什么品牌的?是哪个厂家的?产地又在哪?这可难住了我,无可奉告。因为悠车子在东北,尤其黑龙江早见于20世纪70年代以前,是手工作坊的产品。

悠车子大多数是木质的，其主要原材料选自黄柏树、核桃楸、水曲柳等富含长纤维、有韧性的木材。做悠车子的工序比较多，听老一辈人讲，要把选好的木材用手拉大齿锯加工成厚木板，再用手拉小齿锯加工成薄木板待用。

通常是把薄木板围成长65～70厘米、如大写字母"U"一样的半圆形，再把同样的半圆形薄板口对口的对应交叉，两头略微上翘，用牛筋绳双行缝合成椭圆形，刮泥子打磨、涂漆绘画；将四个铜环或铁环分对称两组安装在悠车子两侧，安装底撑、铺上搪板等。

悠车子的外面上漆和绘画也是一种传统文化。一般都是采用代表吉祥的红颜色为主色调，基本用红油漆做底漆，描金色等距离的花边，花边中间画有五子登科、鲤鱼王子、荷花仙子、龙飞凤舞、梅兰竹菊之类的彩画，悠车子两头都有诸如长命百岁、平安吉祥之类的描金大字。

悠车子一般长90～100厘米、宽50～55厘米、高30～35厘米左右。因其形状如猪腰子，为此也有人叫"腰车子"。

当你走进东北老式的民房里，一定会看到位于炕沿的上方有一根与炕沿平行固定在墙里的木杆，当地人叫"二檩子"。因为檩子是在上面搭椽子用的，而这根二檩子则在檩子的下面，是用绳子吊悠车子专用的。家家户户盖房子时都要特意安上这样一根二檩子。

说到这儿，还要交代一下，吊悠车子。所谓"吊"，就是东北方言挂的意思。吊悠车子，一部分是用两根绳子各串一个铁钩子对应拴在悠车子两组铜环或铁环上，另一部分是把两根绳子对折，中间各系一个稍大一点铜环或铁环，绳子系在二檩子上，环与钩的结合，便于悠车子摘挂自如。

在东北，假如你看到哪家院子的晾衣竿、晾衣绳或障子上挂满红的、蓝的、白的彩旗般的褯子，这就告诉你，这家有婴儿出世了，悠车子也就开始派上了用场。

悠车子主要是在婴儿不会翻身、不会爬之前这段时间里使用，等婴儿到了会翻身、会爬时担心一眼照顾不到掉地上摔着，多数人家就不再用悠车子了。

在以前，东北人睡的是火炕。火炕有一个先天性的不足，就是受热不均匀，炕头热而炕梢凉。火炕是冬季取暖的散热器，更是盛夏的烘烤炉。婴儿出生，一家人皆大欢喜。不过，把婴儿放在火炕上十分不方便，头生的还好些，二生以后的婴儿又怕不懂事的小哥哥或小姐姐挤着压着挠着的。而到了夏季，火炕又极容易让婴儿起热痱子、尿尿淹大腿里子，带来不适和痛苦。所以人们都让婴儿睡悠车子。这样,也可以避免自家养的猫狗小鸡抓伤了或吓着婴儿。

婴儿睡悠车子,要在悠车子里铺垫上草口袋。草口袋里面装的是喂马的谷草,便于透气沥水,婴儿睡在上面舒适。一般人家都备有两个草口袋,把婴儿尿湿的替换下来。夏季里,悠车子来回摆动产生的微风,给婴儿带来丝丝清凉。到了冬季,把平时攒下的鸡鸭鹅毛做成毛口袋,婴儿在悠车子里就暖暖和和的。悠车子,是婴儿夏季里避暑的飞船、冬季里驱寒的热宝。

悠车子上面大都悬挂诸如纸葫芦、五彩线、香荷包和花穗什么的,吸引婴儿的注意力,夏季又可起到驱赶苍蝇、蚊子的作用。那时候家庭的主妇常年都要做针线活,婴儿的母亲坐在一旁边悠悠车子,边低头忙做针线活,嘴里哼着摇篮曲,婴儿很快就进入了梦乡。

北方早些时候的摇篮曲,大都是旋律平和、简单舒缓、优美委婉的抒情曲调。当母亲坐在悠车子旁,或哼上几句传统的曲调,或借曲调简单填词,或用哼与呀、悠与啊等不同韵律自创调子,管它是阳春白雪还是下里巴人,能让婴儿很快入睡就是好的摇篮曲。"月儿明,风儿静,树叶遮窗棂啊。蛐蛐儿,叫铮铮,好比那琴弦声啊,琴儿声轻,调而动听,摇篮轻摆动啊,娘的宝宝,闭上眼睛,睡那个睡在梦中啊……"那是艺术化了的摇篮曲,东北早年婴儿的母亲不会唱这个,以后年轻的母亲会唱了,悠车子却退役不用了。

在东北,都有姥姥家送悠车子的习俗。也有用旧悠车子悠婴儿好养活,寓意长命百岁、人丁兴旺的讲究。

关于悠车子的来历,说法也很多,但由东北早期满族人马背生活时用桦树皮、藤蔓等编织网篮装孩子演变而来的说法居多。当你来到哈尔滨阿城区金上京历史博物馆参观时,也一定会听到讲解员有关悠车子的介绍。

悠车子,是东北人在漫长生活环境中不断摸索的结晶,是东北地域特色的民俗风物。

听母亲讲,我出生后,父亲从县里买回了悠车子,姥爷给拴的悠车子绳。拴悠车子绳,看似非常简单的事,但拴不好,悠车子就会偏坠,四根绳子不平衡,悠起来就不同心。也有悠车子绳拴得不好,悠车子突然侧翻把婴儿摔到地上的。姥爷是大车老板,拴悠车子绳牢固。姥爷特意用筛子筛喂马谷草,拣出硬谷草结子和土块,除去谷草叶子,留下均匀的谷草茎秆装了谷草口袋。母亲一边轻轻哼着自编的摇篮曲:"悠啊,悠啊,悠我儿睡大觉了——啊!""悠啊,悠啊,悠我儿快长大了——啊!"一边忙着手里的针线活。我的二弟弟、三

弟弟相继出生后都是姥爷拴的悠车子绳,听着母亲淳朴无华、饱含深情的摇篮曲度过了悠车子里成长的婴儿阶段。

后来,我家搬进了县城,悠车子就留给屯子里的三姨家用。老妹妹出生在县城,恰好三姨家暂不用悠车子就取了回来。记得当时住的是公产草坯房,没有吊悠车子的二檩子,是父亲特意买回来一根杨木檩子自己安上的。因为住的是连脊房,安的时候因间壁墙上的拉合辫子比较薄,二檩子过界伸到了西院庞婶家。那个年代,乡村里的婴儿睡悠车子,城里的婴儿也睡悠车子。就是城里的幼儿园,也是吊着一排悠车子。

往昔的婴儿是睡在悠车子里动中成长,如今木围床替代了悠车子,婴儿是在静中成长,还要有保姆相伴。我们不禁感叹,真是一代人有一代人的生活方式,而生活方式的改变是社会发展进步的体现。

如今,养活孩子吊起来的主角——悠车子,已离我们远去,走进了民俗博物馆。悠车子既是地域厚重民俗文化的缩影,也是民俗史书的精彩华章。

悠车子,一代代不停地悠,悠出了东北人的淳朴,悠出了东北人的坚强,悠出了东北人的豪爽,悠出了东北人的勤劳,悠出了东北人的智慧。如同东北的大烟袋、高粱烧那样,散发出"十里不同风,百里不同俗"的醇香。

对于我而言,悠车子上,有母亲一把屎一把尿的辛劳和美好的期盼;悠车子中,有姥爷、父亲等亲人的无声关爱;悠车子里,不仅悠甜了我的梦,也悠甜了弟弟和妹妹的梦……

我的眼前仿佛出现了母亲的身影,她老人家还是那么年轻,穿着蓝布斜襟衣裳,哼着那享有"专利"的自编摇篮曲——"悠啊,悠啊,悠我儿睡大觉了——啊!""悠啊,悠啊,悠我儿快长大了——啊!"不时地抬头为悠车子里的我们,挡挡头,盖盖被,轻轻给悠车子加力,然后又低下头忙着手里的针线活。

悠车子,是我心中永远抹不去的印记!

狗皮帽子头上戴

"我们黑龙江那噶的(地方),冬天嘎嘎的冷!""怎么嘎嘎的冷?""我跟你说,冬天上'毛道子'(厕所)尿尿,得带上一根小棍,边尿边扒拉,不然就冻住了。""啊!有这么冷?""不是吓唬你,这是真的!"这是我20世纪70年代所听到的黑龙江人与南方人对话的一段笑话。不过,话虽然夸张些,但黑龙江的冬天呵气成霜、滴水成冰,这是事实。俗话说"腊七腊八冻掉下巴"就是对数九隆冬入木三分的刻画。这足以令南方人谈冷色变。哈尔滨的冬天零下二十几摄氏度是常有的事。在漠河北极村,就有零下五十多摄氏度的记录。

在过去,黑龙江人抵御严寒有自己的办法——男人女人穿的都是清一色的黑布或蓝布做的斜襟大棉袄和甩裆棉裤。为了防止寒风灌进衣服内,男人喜欢扎布腰带,女人则裹脚脖。男人脚上穿的是牛皮、猪皮靰鞡和后来的棉胶鞋,女人脚上穿的则是自己做的千层底棉布鞋,有的还穿蒲草鞋,后来也穿上了棉胶鞋。男人头上戴的是以狗皮帽子为主的皮毛帽子,女人头上除了戴棉角巾、无檐棉帽外,也戴狗皮帽子等皮毛帽子。特别是女人一旦出远门,没有狗皮帽子也得借一个戴。这不是演滑稽戏,是往昔黑龙江人过冬的正统装束。

有人可能要问,黑龙江莽莽森林、苍苍草原,有很多野兽的皮毛可以做帽子,怎么偏偏爱上了这狗皮帽子呢?

的确,在黑龙江能做帽子的皮毛很多。早年的东北,人们就把貂皮、人参、靰鞡草,誉为"东北三宝"。貂皮不仅价格昂贵,即使做成帽子,在乡野遮风御寒也不太适用,只能成为大城市里有身份人头上的饰物。狐狸皮、貉子皮也是稀罕物,做成帽子既轻便又暖和,只因价格不菲,一般人家也是戴不起的。在那个年代,谁要是戴一顶狐狸皮、貉子皮帽子会令人羡慕不已。山兔取之容易，但皮薄且脆，不结实，毛不经磨。一顶山兔皮帽子戴一冬，后面挨近脖子的地方就磨光了毛。而狗皮帽子与诸多其他皮毛帽子相比不仅价钱便宜了许多，且毛厚绒长，舒服压风，耐磨经使。于是人们便权衡利弊戴起了既经济又实惠的狗皮帽子。从这一点看，大东北，特别是黑龙江人戴狗皮帽子，是大众化的选择。

老式的狗皮帽子，是西瓜瓣式的帽盔、前帽脸、后帽围、两侧帽耳，帽耳上方贴耳朵处还有便于通气的小帽耳。每到冬季，蓝天、白雪、黑龙江，到处可见头戴不同颜色狗皮帽子的人们，好像在为这冰雪冬韵的大美图画泼彩点缀一般，一展风姿。

过去在黑龙江生活的人们都喜欢养狗看家护院。谁家的母狗怀上崽子了，就有左邻右舍的亲属朋友们前来打招呼"他叔""他婶子"的与狗主人称呼着："等你家母狗下崽了，可千万给我留一只呀！""好的！常过来看看，不然母狗下了崽，留也留不住，来晚了可让别人抱跑了。"就这样，不知母狗能下几个崽，反正要狗崽的人都先"盯"上了。母狗下崽的消息不胫而走，要狗崽的人们每天茶余饭后都过来看一看，母狗很护崽子，一边用自己的乳汁喂没睁眼睛的崽子，一边十分警惕地看着人们，有时还"汪！汪！"地叫几声，主人吆喝着母狗，大家仍是议论虎头虎脑的小狗崽。当小狗崽睁开了眼睛，主人就趁母狗不注意，把狗崽递给一旁要狗崽的人，用衣服一蒙抱回了家，喂小米饭米汤一天天养大。母狗的担心是无济于事的，下了几个崽，最后一个个被抱走。有时，主人留一只狗崽，那也是母狗的幸运，不然真是够可怜的了。小狗崽逐渐长成了大狗，又要来小狗崽养起来。有的人家养两三条狗。那时候，狗的主人常常根据狗的体态和毛色给狗起名字，什么"大黑""大黄"的，什么"花脖""四眼"的，十分形象化。

虽说"猫是'奸臣'，狗是'忠臣'"，狗与人类是好朋友，但老狗还是要勒死的。民间有"拉完磨杀驴"的说法，这可绝不是"看完院勒狗"啊！人们都习惯三伏天勒狗，炸了狗肉，熬狗肉汤，美食大补。将扒下的狗皮晾干，用硝或矾土法鞣制，也叫"熟皮子"，把熟好的狗皮裁剪做成狗皮帽子，也有做狗皮褥子、狗皮袜子、狗皮手闷子、狗皮套袖、狗皮套裤的等。后来乡村有了供销社，县里有了土产商店和皮革厂，人们就把狗皮卖了，到商店买狗皮帽子戴。

我突然想起了那些关于狗的成语、词组来，诸如狼心狗肺、狗急跳墙、狗血喷头、狗眼看人低、狗仗人势、鸡鸣狗盗、狐朋狗友、鸡肠狗肚、狗嘴里吐不出象牙、狗头军师、狗头鼠脑等。诚然，每一个成语和词组都是先人智慧的结晶,都有它的典故和出处、约定俗成的东西。可以说狗全身都是宝,却背了诸多的贬义之词,这似乎有些"不公平"。

说到"狗皮帽子头上戴",又勾起我难忘的往事。

我和二弟弟头上戴的狗皮帽子有几处早已磨光了毛,家从老屯搬进县城后,父亲每月几十元钱的工资,一家人的生活开销也不宽裕,没有闲钱给我们买新的狗皮帽子戴。后来父亲的好友,堪称"铁三角"之一的树贵叔叔在县百货商店给我和二弟弟各买一顶黄布面黄毛的狗皮帽子,乐得我们直窜高。寒假里我们哥俩回老屯,同大表叔去西河套玩狗拉爬犁,和老舅去东山坡打爬犁,跟三姨夫用马爬犁从草甸子往回拉蒿秆,尽管旷野寒风刺骨,但心里却美滋滋的,因为头上戴的是新狗皮帽子。

我家在县城老纸坊胡同安营扎寨后,养了一条白狗。说起这条白狗,还真有点故事。二弟弟非常喜欢狗,又不好意思向人家要狗崽。说来也巧,一天邻居田胖弟告诉二弟弟说东路边垃圾堆那儿有人扔了一只小狗崽。二弟弟一听,连忙跑出胡同,抱起了小狗崽。小狗崽刚生下来,还没睁眼睛。再一细看,浑身白毛、脸一半黑一半白,有些特别。二弟弟乐颠颠地把小狗崽抱回家中,给洗了澡,喂饭米汤加白糖,晚上也搂在被窝里,还让小狗崽趴在自己胸脯上玩。小狗崽睁开了眼睛,家里人发现两只眼睛一只发蓝一只发红,于是就给小狗崽起了个"阴阳眼"的名字。阴阳眼一天天长大了,那只蓝眼睛白天几乎被白眼仁盖上了,那只红眼睛晚上发的红光更亮了。阴阳眼既通人气又管事。二弟弟老远打个口哨,它就立即从院子里跑过去身前身后的直撒欢。冬天里,二弟弟用布条子做套包、两根小木杆做辕子,尕鞭赶狗,教它拉爬犁。它拉爬犁很卖力气,有时一土篮子煤块,有时半面袋子粮食,有时一筐头雪。母亲在粮店煎饼厂上班时,每到下班前它就等在外面,母亲下班往家走,它就连蹦带跳地跟在身边。后来阴阳眼有些不守规矩了。别人它不咬,专咬每天来挑泔水的陈叔叔。陈叔叔一进院,它就扑上前咬住裤腿子不撒嘴。气得陈叔叔把扁担都打断了,还碰到了电线。再后来,东院王婶家的小鸡崽每天少 两只,开始以为被黄鼠狼吃了,结果有 天它被抓了个现行。父亲担心阴阳眼再惹祸,就叫二弟弟把它勒死了。二弟弟讲阴阳眼从小到大没拴过,那天给它脖子上拴绳子,牵它就是不肯走,直往后挣,流了泪。阴阳眼在房西老柳树下结束了狗命。家里人念着它平时看家护院的功劳,不忍心扒狗皮、吃狗肉,挖了个深坑埋掉了。

关于狗的传说比较多,但努尔哈赤被"狗救驾""鹊救驾"的传说,在东北

21

地区流传广泛。正因为此,也有满族人不杀狗、不吃狗肉、不戴狗皮帽子的说法。但传说归传说,说法归说法。我看,狗的灵性和捕获猎物的本事应该是满族人爱狗的真正原因吧。

当我们来到张甲洲当年领导巴彦游击队打响共产党领导东北抗日第一枪姜家窑旧址的时候,仿佛看到了头戴狗皮帽子"还我河山,威武不屈"的誓师队伍;当我们伫立在镜泊湖东北抗日联军浮雕墙前的时候,又好像听到了头戴狗皮帽子的抗联将士们,在白山黑水间激战日寇的枪声;当我们来到海林威虎山景观、杨子荣纪念馆参观的时候,戴狗皮帽子的剿匪英雄们,驰骋在林海雪原的画面像过电影似的又出现在眼前;当我们来到双城解放战争四野前线指挥部旧址参观的时候,透过那些老照片,再现了戴狗皮帽子的解放军官兵爬冰卧雪、冲锋陷阵、舍生忘死、英勇杀敌的战斗场面和冒着敌人的枪林弹雨、勇往直前、浩浩荡荡的支前队伍的鲜活画面;当我们来到大庆铁人王进喜纪念馆参观的时候,在饱经松嫩平原泥土浸透的实物陈列中,无声地述说着戴狗皮帽子的创业者们的豪迈气概;当我们来到"龙江第一村"——甘南兴十四村参观的时候,透过村史展览,又沿着戴狗皮帽子闯关东垦荒者的足迹做了一次时空的穿越……

"狗皮帽子头上戴",一展风姿,不仅装点了枯燥的北国隆冬,更给予冰天雪地里的人们战胜大自然的勇气和力量。如今,"狗皮帽子头上戴"已载着荣光,离我们远去,而留下来的一串串感人的故事,书写的一篇篇精彩华章,将温暖我的心房!

反穿皮袄毛朝外

有这样一句顺口溜不知道你听没听过,叫作"四块瓦片头上盖,反穿皮袄毛朝外"。不清楚的人或许说:"这怪怪的,出什么洋相!"原来这顺口溜说的是,早些年东北人,尤其是黑龙江人,冬天天特别冷,头上戴的狗皮帽子等大棉帽子,有左右帽耳子、后帽围,再加上帽顶四部分,远远望去就像四块瓦片,而"反穿皮袄毛朝外"则不言而喻,这都是越冬的装束之一。

过去,黑龙江地广人稀,处于"棒打狍子瓢舀鱼,野鸡飞到饭锅里"的原生态,加之冬季又非常寒冷,当地渔猎的少数民族,便把猎取的兽皮披在身上御寒。随着闯关东大量移民的涌入,汲取了少数民族的做法,便把狼皮、鹿皮、狍皮等兽皮用硝熟了,就是鞣制,把熟好的毛皮裁剪缝成皮袄。后来,由于兽皮日渐减少,人们便打起了饲养绵羊、山羊和看家狗的主意,所以羊皮袄、狗皮袄渐渐地取代了其他兽皮袄。"反穿皮袄毛朝外",再加上"狗皮帽子头上戴""百褶靰鞡脚上踹"的点缀,展现了黑龙江人、东北人特有的古朴、自然、粗犷和豪迈的性格与风貌。

据说"反穿皮袄毛朝外"最早是进山狩猎、上山伐木人们的御寒衣。过去的穷人买不起布给皮袄挂里子和面,开始就以皮板为面,毛朝里直接穿在身上,时间一长,脱落的毛沾一身,也给虱子、虮子等寄生虫提供了滋生的温床,又好擀毡,而皮板朝外一旦雨水雪水浸入皮板后就发癀了,很容易被刮坏。皮之不存毛将安附焉。于是,有的人索性就想出了把皮袄反过来毛朝外穿。你还别说,皮袄毛朝外穿后还真不容易被刮破,雨雪顺毛滑落也就很难把皮袄打湿打透,也就殃及不着皮囊了,而且皮面贴身更加温暖舒适、灵活方便,白天毛朝外当衣服穿,夜晚毛朝里做被盖。皮袄毛朝外穿还可以展示兽皮天然纹理,既美观又大方。后来,这种既经济又实惠的"反穿皮袄毛朝外",不仅在进山狩猎、上山伐木的人们中蔓延开来,逐渐山区的人们、赶车的人们、野外劳动的人们也都反穿起了皮袄。作为猎人,反穿皮袄还便于隐蔽,有利于获得更多的战利品。作为伐木人,反穿皮袄一旦遇有雨水雪水就可顺着绒毛直接流下,皮袄就耐用。

这让我想起了反裘负薪成语的典故来。魏文侯是战国时一位聪明的君王。一次魏文侯外出游玩,看见路上有个人毛朝里反穿着皮衣背柴草,魏文侯说:"(你)为什么反穿着皮衣背柴草呢?"那人回答说:"我喜欢皮衣上的毛。"魏文侯说:"你不知道如果皮被磨光毛也就没地方依附了吗?"第二年,东阳官府送来上贡的礼单,上交的钱增加了十倍。大夫全来祝贺。魏文侯说:"这不是你们应该祝贺我的。打个比方这同那个在路上反穿皮衣背柴草的人没有什么不同,既要爱惜皮衣上的毛,而又不知道那个皮没有了,毛就无处附着这个道理。现在我的田地没有扩大,官民没有增加,而钱增加了十倍,这一定是从官员和百姓那征收到的。我听说过这样的话:百姓生活不安定,帝王也就不能安坐享乐了。这不是你们应该祝贺我的。"反裘负薪,喻指舍本逐末。魏文侯从中认识到"下不安者,上不可居"的治国之道。今天看来,从反裘负薪这一成语典故里不难看出一个道理是:任何事物都有它的规律,应遵循自然规律,不能舍本逐末,否则最终只能起到相反的结果。

其实"反穿皮袄毛朝外"一点也不怪,应该是当地人们从动物身上得到的启示,不仅是一种原生态的穿法,更是东北各民族融合借鉴的结果、劳动人民聪明智慧的结晶。

我的姥爷是南北二屯有名的马车老板儿。每年冬天姥爷都要赶着花轱辘马车在松花江上走冰道去哈尔滨卖黄豆等粮食,或去山里拉木材。冰天雪地赶马车出远门是一件大事。每当这时,姥爷都要事前给马挂掌,备好人吃的马喂的。那时候冬天特别冷,赶马车也非常遭罪,常常是胡须和眉毛上挂满白霜和冰碴子,为了不冻脚和暖身子有时还得下车步行。姥爷不仅有羊皮袄,还有羊皮裤,加之头上的狗皮帽子和脚上的牛皮靰鞡,可谓是全副武装。姥爷的这些行头一直陪伴他多年。后来姥爷上了年纪,不再赶马车了,母亲就把羊皮袄、羊皮裤给改成了活里活面的,姥爷头上的狗皮帽子也换成了小圆耳紫红色的毡帽,不过脚上絮靰鞡草的牛皮靰鞡仍然穿了好多年。

后来我去山区插队当知青,开了眼界。生产队里养了很多绵羊,专门有羊倌放牧。每年五月节、八月节的头一天,生产队都要宰羊,按一家一户分羊肉包饺子。羊皮晾干后卖给供销社,也有的村民按照供销社的收购价格买下羊皮,熟皮子,缝皮袄。不过除了老年人仍反穿皮袄外,多数人都把皮袄挂上了华达呢布的面和府绸布的里子。羊皮袄穿久了、毛脏了或擀毡了,人们就用潮湿的黄米面揉搓"干洗"、梳理擀毡的毛。

我在林场工作时,冬季采伐,山场上伐木的、造材的、运材的和山下楞场归楞的也见到过一些"反穿皮袄毛朝外"的倒套子民工。

如今,在黑龙江、在东北的冬季里,"反穿皮袄毛朝外"已经被款式多样、五颜六色的羽绒服、裘皮和棉服所替代。假如你不了解"反穿皮袄毛朝外"这古朴衣着民俗的话,可以从《林海雪原》《闯关东》和《东北抗日联军》等影视剧中找到精彩画面。如果你偶见"反穿皮袄毛朝外"打扮的,那也只是舞台和展会上的道具罢了。现代的人们穿着昂贵华丽的裘皮大衣也绝大多数毛朝外,与往昔人们"反穿皮袄毛朝外"相比,虽有现代与古朴之别,但展示皮毛天然的美感却都是一样的。

翻开东北现代历史画卷,从东北各民族互融共鉴积淀出来的不畏艰辛的关东文化中看到那古朴的民风、灼热的乡情、怪异的习俗,可以从"反穿皮袄毛朝外"的影子里,让你感悟到:任何一种民俗服饰,都是人们在长期的生产生活中逐渐摸索出来的,是岁月与人文的融合。

服饰里承载着许许多多的故事,"反穿皮袄毛朝外"也是如此,留给人们的是久远智慧的闪烁和甜美的回味。

大缸小坛腌酸菜

朋友,或许你是个旅行家,游遍了祖国锦绣的名山大川、戈壁草原、盆地平原;或许你是个美食家,品尝过许许多多的山珍海味、南北大菜、东西佳肴。不过,假如你来到了天鹅翱翔的东北黑龙江,一定会被这里的大森林、大平原、大界江、大油田、大煤矿、大粮仓、大冰雪及广袤的黑土地所震撼,也一定会被镶嵌在祖国版图上钻石般的北极、东极而称奇。在领略神州北国大美风光的同时,请一定要吃一吃纯正的东北家常菜,这才是既饱眼福又饱口福,双福而至,不枉此行。而在品尝东北家常菜中,请记住千万不要被小鸡炖蘑菇、猪肉炖粉条、排骨炖豆角、鲶鱼炖茄子"四大炖"所撑着,一定要留点肚儿尝一尝地道的酸菜菜肴和美食。

杀猪菜是酸菜菜肴和美食的代表之一。杀猪菜,顾名思义,这是由杀年猪延续下来的菜肴。

在黑龙江生活的人们,家家户户都有养猪的习惯,尤以乡下最盛。在乡下,哪家不养猪、杀不起年猪,会被人家笑话不是正经过日子人家。每到隆冬,进了腊月门子,养猪的人家就陆陆续续开始杀年猪,也叫杀肥猪。"小孩小孩你别哭,过了腊八就杀猪。"虽然这是哄小孩子的童谣,却道出了那个年代日子的艰辛,杀了年猪能解馋哪!每当这时,主人都要事先发出邀请,给远道的亲朋好友捎信儿来喝酒。

杀猪的过程就像唱大戏,热闹极了。到了杀猪那天,请来的杀猪匠和帮忙的邻居们早早就来了。先是抓猪,挑身强力壮又麻利的壮汉,慢慢接近肥猪佯作挠痒痒,然后利落地拽住后腿不放,几人同时上去把肥猪按在地上,捆住四蹄,用木杠抬到案板上。抓猪有时也会失手,把猪抓毛了(惊吓)。受到惊吓的猪如临大敌,眼珠子发红、嗷嗷直叫、跳圈、满院子跑,大家累得气喘吁呼。捆猪四蹄,系猪蹄扣。在民间系绳扣的花样很多,猪蹄扣应该就是从抓猪捆四蹄而来。捆住四蹄的猪在案板上喘着粗气,号叫着,做最后的挣扎,直至筋疲力尽时,杀猪师傅在猪的脖子处摸了摸,不慌不忙地将雪亮的杀猪刀用力捅进猪的心脏,随着杀猪刀拔出,一股殷红的猪血喷出流进盆子里。往接猪血的盆子里撒一把盐,用几根秫秸不停地搅和,防止猪血凝固,留着灌血肠。然后,在猪的后蹄处割开一小口,用钢筋做的捅子,当地人也叫"猪挺",皮里肉外的反复捅,杀猪匠憋得满脸通红用嘴往里吹气系紧,像一个充气的大皮球,用捅子反复打几次,目的是串一串气,皮肉分开,便于褪毛。褪毛后便卸下猪头、四蹄,开膛摘除猪内脏,撸猪大肠里的粪便和倒猪肚里没消化的食物,摘猪大油,劈猪肉半子,剔下排骨,再分割猪前槽、腰祥、后鞧,把一个白条猪大卸八块。然后,大锅烀肉。烀肉通常要选五花肉、白肉切成长方形和脊骨、哈拉巴扇、大骨棒等,还要烀苦肠、大肠等,把事先洗净淋好的酸菜直接往锅里放,盖在上面。灶膛里红红的火焰,把大锅烧得滚开,满屋飘香。待锅里的肉和肠煮熟时,再依次把猪肝、灌好的血肠和猪血放进锅里煮熟。桌子上一盘盘、一碗碗切好的白肉、五花肉、血肠、猪肝、苦肠、手撕的拆骨肉、血豆腐、酸菜烩菜等,都是"一锅出"的杀猪菜。屋外寒风刺骨,雪花飘飘;屋内笑声朗朗,热气腾腾,大块吃肉,大碗喝酒……

  猪身上全是宝,在缺医少药的年代,有人专门讨偏方,把猪脾晾干、烘烤、研成细末,治胃病;把猪大肠头煮熟,治脱肛。

  饱含亲情、友情、乡情的杀猪菜,形成了黑龙江人特有的风味,时至今日餐桌上仍然少不了这道独特的佳肴。

  酸菜能拿荤,煮出的猪肉香而不腻,因而成了吃杀猪菜唯一的配菜。酸菜与土豆,在黑龙江人的眼里是万能的主菜,人们在生活实践中创造出许许多多种吃法。酸菜可炒、可炖、可涮、可煮、可煸、可做馅等。假如你是外地朋友,到黑龙江不吃酸菜就等于没来。

  酸菜,是大白菜经过浸泡、自然发酵而成的。在东北黑龙江,冬季里主要的蔬菜就是土豆、白菜或秋季晾晒的干菜。而大白菜又极易腐烂,不好保存。所以人们就想出了在秋季把大白菜用大缸小坛装起来腌成酸菜的法子。这样一来,酸菜就可以从当年的十一月份一直吃到来年的四月份,挨过漫长的冬季和苦春头子。

  过去家家户户的堂屋至少有两口大缸,一口大缸装日常用水,一口大缸腌酸菜。人口多的人家还要多腌一些酸菜,所以除了大缸外,小坛也都派上了用场。

记得小时候,每到腊月二十三小年前后,家家户户都利用天然的"大冰柜"开始张罗包冻饺子。从腊月二十三小年到正月十五每天早上煮冻饺子吃。包冻饺子,谁家也少不了包酸菜馅的。

晚上,找来邻居、亲友包冻饺子。屋里灯火通明,大家有说有笑,有的揪剂子,有的按剂子,有的擀皮子,有的包饺子,有的摆饺子,有的端出去冻饺子,各有分工,像一出大戏。每年包冻饺子,父母亲都不让人家空肚子回去,煮上一锅饺子,让大家尝尝,品一品酸菜馅的味道,吃一吃面的韧性。那个年月,不是平常能吃上酸菜馅饺子的。其实,父母亲这样做也是对帮工们的一种无声的回报。

那些年,冬天里根本见不到什么水果和带绿叶的新鲜蔬菜,谁家来了客人,把酸菜心洗净切成小块,倒上红辣椒油,也是很好的下酒菜。酸菜汤,又是非常开胃下饭的菜品。如酸菜土豆汤、酸菜黄豆汤、酸菜豆腐汤都是百吃不厌的。

说到大缸小坛腌酸菜,让我又想起了那首"锔锅锔碗锔大缸,锔的大缸不漏汤"的儿歌。

我家有一口酸菜缸,其形状比大缸矮,但又比大缸略粗,土语叫矮子缸,也叫二大缸。这矮子缸是爷爷奶奶留下来的。从老屯搬家进城时,父母特意把矮子缸一同带进城里,仍然不改其腌酸菜的使命。我记得,20世纪60年代入秋的一天,小胡同里来了锔缸匠,一边挑着工具箱子,一边喊着"锔——大缸了!"母亲请锔缸匠换上了新的"八锔子"。这个矮子缸见证了血浓于水的三代人的亲情,一直陪伴我们兄妹长大,也相继送走了母亲和父亲。

锔缸匠的身影不见了,锔缸的这门老手艺也淹没在岁月的浪花里。

如今人们的日子红火了,但仍改不了大缸小坛腌酸菜的习俗,钟情于酸菜佳肴的独特风味。

冬包豆包讲鬼怪

"腊月家家黄面发,芸豆喷香彩球华,围着泥盆演杂技,只许看来不许抓。欢声笑语把话拉,火盆温暖窗冰花,眼皮打架鬼狐至,一剂兴奋醒脑瓜。"我自编了这个顺口溜,说的就是冬包豆包讲鬼怪的情形。

在大东北、在黑龙江的早些年,每到冬天,进入腊月门子,屯子里的碾坊、豆腐坊就昼夜地转,家家户户推碾子拉磨。

东北黏豆包,也叫年豆包,金黄色、劲道,是老少皆宜的美食。过去白面、大米少得可怜。年豆包,顾名思义,就是过年时包的年饽饽、年干粮等。

每当哪家包豆包,都要找左邻右舍的来帮忙。大家聚在一起干活,眼睛和手忙着,这耳朵、嘴也不能闲着,总得有点兴奋剂,不然就打不起精神来,于是就讲些鬼怪故事提神儿、取乐儿。时常是一人主讲,伴随插话。一人讲故事,引出新的故事来。久而久之,演绎出许多传说。冬包豆包讲鬼怪,也就成了东北人冬闲时一种不可或缺的民俗文化和风气。

其实冬包豆包讲鬼怪,也是泛指讲故事。屯子里识文断字的凤毛麟角,靠的都是口头文学。漫长的冬季昼短夜长,即使没有什么活计,邻居们也常常在夜晚凑在一起唠闲嗑、讲鬼怪故事。为了节省灯油,又都是摸黑讲鬼怪故事。外面朔风吹、柴草动、雪花舞,天寒地冻,而土坯房里,人们坐在热炕头、守在火盆旁,静静地听鬼怪故事。主人用烙铁剥去火盆上面的灰烬,露出红红的草木灰给大家取暖。烟袋锅的火光一会儿明一会儿暗,浓烈的旱烟味弥漫着整个屋子。鬼怪故事讲到高潮,讲得小孩子毛骨悚然,直往母亲的怀里钻;讲得胆子小的人头皮发炸、脚底发毛,不敢单独上茅房。这就是百听不厌的瞎话。瞎话意指黑灯瞎火在说话,鬼怪故事是讲瞎话的主要话题。瞎话,也有人理解为暇话,就是闲暇时大家凑在一起说说话、讲故事。在业余文化生活匮乏的年代里,瞎话也好,暇话也罢,都是上好的精神大餐。

包豆包的主要食材就是大黄米、小黄米。淘黄米,发黄面,烀豆馅,蒸豆包。

黏豆包不好消化。有人喜欢蘸白糖吃,有人怕烧心就嚼着咸菜吃,也有人愿意吃油煎黏豆包的。

记得我念小学时,放寒假回老屯,经常与比我大一岁的老舅在一起玩。那时候姥爷、老舅与大舅一起生活。房东的棚子里有个大缸,蒸好的冻豆包就放在里面。我仗着串门的胆,捏住棚子门上的铁铃铛,去拿冻豆包和老舅啃着吃,或者把冻豆包埋在火盆里,糊香糊香的。

我小时候就曾听母亲讲过,狐狸报恩的故事。有一个穷苦人上山砍柴,看见一只伤腿的狐狸趴在草丛中,便抱回家给上药、精心喂养,待狐狸腿伤好后又放回山里。后来狐狸修炼成仙,为了报答这位好心的穷苦人,每到冬天狐狸就把心眼不好的富户人家的冻饺子、冻豆包和粮食,在夜晚悄悄地送到这位好心的穷苦人家的仓房里,粮囤子里的粮食只吃不见少。

父亲经常给我和弟弟演义驿马山金马驹的故事。说家乡的驿马山很神奇,山上有个石门,石门里有个金马驹。金马驹按照天庭的旨意每天不停地拉石磨,拉出来的却全是金光闪闪的金豆子。每到大年三十的除夕夜子时,石门就打开一次,金马驹驮着金豆子下山送给穷苦人的故事。

当然,父母亲也离不开众多人都讲的诸如在世间不做善事,死后要下十八层地狱受各种刑罚的故事,白蛇传的故事,不撒谎的孩子"七七"夜晚在豆角架下能听到牛郎和织女说话的故事,还有狐仙送药的故事,坟圈子鬼打墙的故事,跳神驱鬼的故事,诈尸还魂的故事,老房子闹鬼的故事……也有把假死的母亲误认为诈尸被几个儿子用磨盘活活压死的案例故事。这些故事其实都是劝导向善,善恶有报的。

那年,我有幸去了重庆大足北魏石窟参观了临崖十八层地狱等石刻。又从重庆出发沿长江顺流而下参观了丰都鬼城名山风景。记得那天下午三点多钟,阴云密布,下着中雨,在导游小伙子的引导下,参观了鬼城、黄泉路、鬼门关、奈河桥、望乡台……青面獠牙、狰狞的恶鬼和作恶在地狱受刑罚的亡魂泥塑等。这里布满阴森,就连指路牌上的黑无常头像,帽子上也写着"你也来了",着实令人打寒战。鬼国神宫,善恶昭彰。鬼城丰都是一座以神奇传说而著称的古城,《西游记》《封神演义》《聊斋志异》等古典名著中所说的"阴曹地府""鬼国幽都"就在这里。鬼城前阴长生、王方平的塑像,道出了鬼城的来历。相传汉代阴长生、王方平在此修道成仙,而将"阴、王"二人讹传为"阴王",阴间之王居所即"鬼都"。并随之陆续建起了许多与"阴曹地府"相关的寺庙殿宇。这里是集儒、道、佛教文化为一体的民俗文化艺术的宝库,堪称"中国神曲之乡"。而把人死后的因果报应、生死轮回演绎给活着的人看,起到警示和教化的作用,这应该是丰富的中国鬼文化内涵所在。陪同我们的重庆导游小陈,小伙子上次跟团脚崴了,这次一瘸一拐的也不减幽默和风趣,"你们不是来旅游的"。他说得大家一愣,接着说,"人生有限哪,每个人百年之后都要到这里来,所以是来熟悉线路的,以免到时走错了路。""那人家信奉耶稣基督的,死后去天国永生,就不到这里来了!"我应对着说。

　　随着社会的发展进步,计算机的普及,网络电视的覆盖,想看啥就看啥,极大丰富了业余文化生活,黑龙江人也一改"冬包豆包讲鬼怪"的风气。

屯里人过元宵节

乙未羊年的元宵节,对于我来说,是过得最素淡的,但却非常快慰。下班回到家中,老伴早已经做好了饭菜,我们边吃边聊。尽管民俗中对这个节日大家都很在意,可恰逢星期四正常上班,如今又都转变了工作作风,儿女们上班、孙女和外孙子上学,事前说好了都不要回来。傍晚时分,外孙子打来电话,祝福我们节日快乐,并说在大舅家吃完饭了,正和小妹妹捏橡皮泥玩。

中央电视台正播放着元宵晚会。此刻皓月当空,五颜六色的烟花在空中绽放,主街道环岛的灯光格外明亮,高耸入云的龙塔灯光灿烂,披上珍珠般装饰灯的大厦好似遥远银河的一段,橘黄色的街灯如行走的龙蛇……好一个火树银花不夜城!

农历正月十五过元宵节已有二千多年的历史。在我国传统节日中,这是过了大年之后最热闹的一天。吃元宵、挂彩灯、放烟花、猜灯谜、看秧歌等已成为民间的习俗。这天,由于我国地域辽阔,东西南北中的习俗有所不同,少数民族区域和汉族居住区的习俗也有所不同,城市里和乡村里更有所不同……在这大同中的不同里,给我印象最深的仍是注入现代元素的元宵节和以往老味道的元宵节的不同。我,忘不了当年屯里人过元宵节的情景……

锣鼓喧天大秧歌

北方的正月十五,立春刚过,天气在冷与暖之间晃荡。白天化了,夜晚又冻了。屯里人对这时节的概括叫作"冻人不冻水"。清晨起来,屯子的一切都挂上了冰凌,而太阳升起时又一眨眼的没了。家家户户吃过早饭,陆续来到屯子里的那条土道上,翘首以待秧歌队的到来。东北大秧歌是屯子里人人喜欢、个个爱看的传统娱乐节目。一进入腊月门子,相邻的几个屯子就撺合起来,开始推选大姑娘、小伙子和小媳妇、小老爷们等组建秧歌队,张罗着进城买服饰、扇子、香粉、绢花头饰等道具,然后每天吹吹打打地开始练秧歌。正月初一拜大年和正月十五元宵节,秧歌队都要到每个屯子表演。锣鼓咚咚,喇叭声声。秧歌队刚进屯子,孩子们呼啦一下子就围了上去,跟在秧歌队坐的马车后面。总有腿快的男孩子跑在前面:"大秧歌来了!大秧歌来了!"这时,只见有人点燃鞭炮和双响子(二踢脚)"噼噼啪啪""乒乓",欢迎秧歌队的到来。随着节奏感很强的锣鼓和喇叭声,秧歌队员们扭起了东北大秧歌。踩高跷、摆旱船、走花步、编花瓣,悟空耍着金箍棒,老太太叼个大烟袋,小丑逗得大家乐呵呵……驱散了寒冷,忘记了烦恼,秧歌队员们用肢体语言诉说着屯里人的情与爱、喜与乐……一场东北大秧歌下来,头上冒着热气的秧歌队员们被让进屋里,歇歇脚,喝上一碗白开水或大碗茶,嗑着大瓜子,嚼着爆米花,含着糖球,抽上一支烟,有说有笑地又出发了。屯里的孩子们,仍然跟在秧歌队的马车后面,一直上了后岗,才气喘吁吁地跑了回来。也有没看够大秧歌的孩子结伴跟着去了邻村。有一年的正月十五,屯子里的大秧歌队去县城参加会演。从屯子到县城9公里,人们欢天喜地的,三五成群地结伴徒步而行,老早就涌进了县城,观花灯、猜灯谜、看秧歌,然后有的到亲属家住宿,有的大姑娘小伙子又兴高采烈地贪黑回到屯里。

油炸面鱼香又脆

正月十五这一天的下午饭,有条件的人家事先都进城或在供销社买上一两斤元宵,这一天就油炸元宵。那时候的元宵,没有现在这些品种,仅仅是白糖加上青红丝馅的。计划经济年代,买元宵要凭粮票,没有粮票即使有钱也买不到的。有了粮票,不仅可以买到元宵,还可以进城下饭馆吃上白胖胖的大馒头和香喷喷的烧饼。所以,屯里人为了能弄到粮票,就背上自家上好的小米,送给县城的亲属家换粮票。没有粮票的人家,不方便买元宵,用白面加上面起子(小苏打)、食用白矾和面炸面鱼,就是将醒好的面团揪成小剂子,再擀成小饼,中间用刀划几道,放到油锅里炸。这种油炸的面食,也有形象化的叫炉箅子的。那时候,北方的民间基本见不到江米面,所以就"以黄带白",用大黄米面来做食品,事先用大黄米面铺上芸豆蒸年糕和发黄面做豆馅蒸黏豆包,正月十五这天就有了金黄色的油炸糕、油煎黏豆包了,再撒上一点白糖。油炸食品,香甜酥脆,大人小孩子都很愿意吃。每户人家还要做上几个像样的菜,会喝酒的大人总要喝上几盅高粱烧或地产的瓶装白酒。

灯笼高挂映夜空

正月十五这天,当夜幕降临,家家户户点亮纸糊的灯笼高高地挂在灯笼杆上。靠点煤油灯照明的屯里人,在年前老早就都把灯笼扎好了,并买回几包蜡烛。扎灯笼的骨架就是用有湿度、有韧性当年的新秫秸,再糊上大红纸。最简单的灯笼是四角的,也有六角的、八角的,还有复杂一些的如鱼形灯笼、桃形灯笼、五角星灯笼等,用彩纸剪灯笼穗粘在灯笼的下方。有手巧的,还会扎转灯笼,糊上乳黄色的蜡纸、再粘上红色的剪纸,很漂亮。屯里人,谁家的灯笼扎得好,糊得精,大家总要赞扬一番。屯里孩子们也都有自己的灯笼,大都是大人买回来的玻璃拎灯。这拎灯,是圆形木板底座,底座上有一个倒钉过来的钉子尖用来插蜡烛,四根铁丝做立柱并把上端拧在一起留有系绳子的圆环,玻璃灯罩罩在铁丝立柱上,用细枝条做手拎的灯笼杆。孩子们的手拎灯笼,点的蜡烛又细又小,俗称"磕头了",意思磕头的工夫就点没了。也有大人给孩子糊的纸灯笼或买来的纸灯笼,但孩子们玩耍起来,有时"磕头了"倒了,把纸灯笼点着了。在屯里人的眼里,从大年三十到正月十五的晚上都要挂灯笼,象征着吉祥。要是哪家不挂灯笼就显得冷清,被人瞧不起,遭议论。所以,正月十五这天晚上家家户户都挂起了灯笼,有的人家还特意做了新灯笼。星星点点的灯笼照亮了山弯的土坯房茅草屋,给屯里人带来喜庆、祥和、快乐与美好的期待!

篝火烟花伴赏月

屯里人买鞭炮并不是很多,一般人家年前进城办置年货,必办的几件事就是买对联、福字和挂钱,买糊灯笼的大红纸和彩纸,买冻梨、冻柿子、糖球,买上100响、200响的两挂小洋鞭、十个八个炮仗、几个双响子和几个烟花,买纪念先祖的香、黄表纸、红蜡烛,还要买点灯笼用的白蜡烛、小孩手拎灯笼的"磕头了"……屯里人对民俗都是很讲究的,但又很会应景,从不大手大脚地浪费自己的血汗钱。不知从哪年起,每年正月十五这天晚上,在屯前紧挨草甸子的一块空地上,大家自动自觉地从家里拿来蒿杆、枝丫、柳条根子等点起篝火来,真是众人拾柴火焰高。皓月当空,带来几分清新气爽;篝火正旺,映红了屯里人陶醉的脸庞;孩子们拎着灯笼,流星般围着篝火嬉笑追逐;头戴毡帽、穿着大棉袄二棉裤的好信儿老大爷站在一旁,咧个嘴一个劲儿地笑,不时抽一口旱烟,忽闪忽闪的烟袋锅,也送来微弱的光亮;看家狗这工夫得到"特赦",前窜后跳的跟主人也来凑热闹,忽然"汪汪"叫了两声,转眼窜进了草甸子,过一会儿又撒欢地跑了回来……屯里的男男女女、老老少少,围在篝火旁,拿出自家零星的鞭炮烟花燃放,来个聚少成多的共享,其乐融融。展现出烟花疑星落,爆竹响春雷,篝火向月燃,元宵夜不眠的欢乐场面。

百步滚冰体康健

正月十五这天晚上,有"走百步"的说法,也有的叫作"走百病",意思是这么一走动,没有病的身体更康健,有病的病也就好了。所以,这天晚上,屯里的大人小孩都要出来溜达溜达,图个吉利。滚冰,也是东北民间除病驱邪的习俗。滚冰的依托就是屯里的井沿。冬季里,人们用辘轳打水,洒下的水致使井边结满了冰,几天就得用镐头把冰刨掉,不然一呲一滑的很危险,同时还得用铁打的井钏来钏挂在井凹板上的冰。出于安全因素,在井沿滚冰的大都是屯里的中青年人。不过,屯子西面不远处就是条大河,这里是大河的下游,再有十几里地就入江了,河水缓慢,河道宽阔,是天然的滚冰场所。正月十五这天晚上,天刚黑下来,邻居们一串通,大人带着孩子,拎着灯笼,去西大河滚冰。有的还拉着爬犁,让孩子坐在上面。在河面上滚冰,要选没有雪岭子、没被人走过的地方,点燃沾煤油的香蒲棒插在岸边的雪地里。灯光、火把照亮了冰河,人们在晶莹剔透的冰面滚动,如同躺在白玉雕琢的宫殿里,静静倾听三尺冰下河水的流动。每当这时,一些孩子都要打一会儿冰尜,直到香蒲棒燃烧完,才在大人的催促下,往回走。滚完冰回到屯里的人们似乎轻松了许多,日后见面唠嗑还蛮有情趣地提起这件事儿。

虔诚祈福送灯忙

正月十五这一天,从傍晚到日落星出之前,屯里人还有一件非常重要的事情要办,就是送灯。有供奉家谱的,再一次将家谱请下来,上香、点上一对红蜡烛,祈求祖宗保佑家人平安、幸福;家家都要给灶王爷上香、点红蜡烛,以求神仙赐福;还要给仓房送灯,红蜡烛照亮粮食墩子,祈盼五谷满仓;还要给猪马牛羊圈送灯,盼的是六畜兴旺;还要把灯送到井台上,意为打水平安;还要把灯送到碾坊里,意为丰衣足食,粮食常吃常有;屯子在土坎下,出屯的两条土路坡度都很大,特别屯东那条土路,进屯下坡的马车常有马受惊毛了的时候,一直跑到屯子里,很危险。所以,屯里人还要把灯送到屯头大路口,祈求出入平安……而最严肃最庄重的要数给已故先人到坟地送灯了。每当这晚，一家人要有分工，男人带着大一点的男孩子去给祖坟送灯，女人在家张罗着送灯。屯子里的坟地在东南山、西北山、后山上，离屯子最远的一里多路。每当这天天快黑了的时候，常常是父亲带着儿子，陆陆续续走出家门，去给祖坟送灯。去坟地送灯有讲究，就是路遇他人也不说话，仅是示意，以显严肃与虔诚。到了坟地前，上香、点燃红蜡烛金元宝形的灯、放鞭炮，然后把事先用煤油拌的稻壳、谷壳洒在坟地的四周并点燃，一条火龙照亮了黑夜。送灯人嘴里念叨祖先神灵保佑的话，向祖坟磕头谢恩，然后离开坟地回家。屯子坐落在山坎下，抬头望去，山冈上坟地的灯光闪烁，犹如天上的街市。天上人间共度元宵节。

　　屯里人用自己的方式延续风俗，承载着梦想与祈福，承载着文明与感恩，承载着欢乐与祥和，过上属于百姓的传统节日——这就是元宵节。

巴 彦 情

家乡,对于每一个游子来说,是漂泊天涯的根,是日夜思念的情,是百唱不厌的歌,是尘封香醇的酒……

我眷恋的家乡巴彦,地处松辽平原的腹部,如果把黑龙江比作一只翱翔祖国蓝天之上的天鹅,那么哈尔滨就是天鹅项下的一颗珍珠,而巴彦则是这颗珍珠旁的一颗翡翠。

"山不在高,有仙则名,水不在深,有龙则灵。"我吟咏刘禹锡《陋室铭》的精美诗句,家乡神奇的驿马山,秀美的少陵河,不正是如此写照吗!

我的老屯叫大崴子,坐落在一个由西北向东南走向的如同簸箕状的土坎下面。

据讲,当年闯关东来了王姓的两位兄弟,在土坎下搭窝棚、挖地窨子,落脚开荒,逐渐地这里人多了起来,人们就习惯叫大崴子,为纪念开荒斩草的兄弟俩,就在前面冠上王姓,叫王家大崴子。旧中国时,这王家大崴子在方圆几十里的河东河西(少陵河)、江南江北(松花江)都有名。那时候,坐落在屯子中间的王家大院,高高的院墙,大院的四角设有炮楼子,家丁昼夜守护。可到了解放前夕,王家大院的掌柜传到了第三代人身上,抽大烟打吗啡成性,家境逐渐败落了。土改时,仅存的七间连脊红松到顶的大瓦房和屯子后山二里路未开垦的,酷似森林植物园的王家坟茔地及坟茔地里排列有序的逝者阵容,足可见证王家大院的往昔。

老屯,岁月沉淀了祖祖辈辈日出而作日落而息的化石,讲述着悠远的故事。似水流年,老屯,对我来说,也留存了儿时故乡情的幻灯片。

每当沿着那蜿蜒的山路出行,回头看不见身后的屯子时,眼前豁然开朗,一马平川的黑土地,远处的驿马山拔地而起,脚下的少陵河蜿蜒南行,一切尽收眼底。

老屯的四季,如诗如歌如画。明媚春光,生机盎然,细雨和风,太阳爬了起来,升腾的水蒸气仿佛给乡野、村庄披上薄薄的面纱。点缀在山冈上的一片片天然次生林,草甸子里牛马猪羊站在自己的领地,少陵河上的白帆,吐红缨的苞米,拔节的高粱,分蘖的水稻,漫山遍野的青纱帐,炎热的夏天,把老屯勾勒出好一幅壮丽的水墨丹青。送爽的秋风悄然而至。一场秋雨一场凉,一场秋风一场霜,五花山色染,水草一枯黄,大豆摇金铃,高粱红似火,水稻乐弯腰,苞米黄金塔,清湛的蓝天、悠闲的白云,一切是收获的画卷。当西伯利亚的寒风送来冰雪的时候,这里又变了一番模样。雪地里跑着马拉爬犁,从草甸子往回拉蒿秆作为烧柴。偶有马拉爬犁去河西走亲访友的,赶马的把式头戴狗皮帽子、脚穿牛皮靰鞡,爬犁上坐着用棉被捂得严严实实的妇女和怀中的小孩,草甸子深处隐隐约约地传来炮手们的枪声,野鸡咯咯没命地从头上掠过,狼、狐狸、獾子、貉子、山狸子、野兔等的踪迹践踏了天降的雪绒被,留下"蛛丝马迹"。白雪与黑土相拥,又一个梦想重生。

从老屯往外走陆路有北面和东南面能走大车的山路,屯东一条坡度很陡的便道。少陵河在老屯的西边缓缓流过,河道开阔,河水丰腴。两岸的人们往来,靠的是坐舢板船渡河。每当封冻和开冻期间,就无法过往。有时,人们就在岸边等候,见对岸来人了就求人家给捎个信儿。一旦遇上非要到河对岸不可的事情,就得舍近求远,走五十多里冤枉路。

夏季里,少陵河上忙碌的船只,有运苫房草的,有运送人员过河办事的,也有远行的。假如坐上舢板船从水路出行,微风鼓起的白帆,打着均匀节拍的桨声,两岸开阔的平原草场,清晰可见的稀疏村落,缓缓顺流而下,行十里多路就到了少陵河的入江(松花江)口,烟波浩渺的江河汇合处,又一番天地。由此逆流而上,那就是闻名遐迩的哈尔滨,而借助滔滔的江水"顺水推舟",则可远行到佳木斯、扶远,直至出境。

少陵河从老屯西边流过,屯子里的人们也就有了西大河之称。少陵河养育了两岸的儿女,给予了这里勤劳的人们以回报,堪称是山清水秀、鱼米之乡。

我的家乡,永远是美好的。

炊烟织出的彩带

现在生活是全部的电气化、煤气化,可回想起当年烧火做饭的事,我家可经历了四部曲,那是缕缕炊烟编织出的彩带。

记得刚搬进县城时,搭的灶台是风洞式的,用干柴引火上面放上煤自然燃烧。母亲在屯子烧惯了柴草,这回还得学烧煤。有时煤火烧得不好,好久也开不了锅,还往灶外返烟,呛得母亲眼泪直流。于是,母亲就用一种用秫秸和线绳交叉钉成的圆形的盖饭盆用的帘子,在灶下扇风助燃。过了一段时间,父亲的朋友给了一个"风匣",也就是手拉的风箱,这回烧火做饭就快多了。母亲一边拉着风匣,一边忙着锅上。等我稍大一些,每当做饭时就替母亲拉风匣,也就渐渐地学会了引火。"呼—哒,呼—哒",风匣有节奏地发出进出气的声音,给我们初到城里的家庭带来了欢慰。又过了几年,烧火的工具有了改善,用手摇风轮。手摇风轮,有轴承和传送的皮带,做饭时省力省时。又过了一些年,城里兴起了电风葫芦,也就是电动吹风机。父亲求翻砂工做了电风葫芦的铁壳子,然后再求车工帮忙车好,最后求电工下线圈、上轴承,电风葫芦就做好了。有了电风葫芦,做饭时就用不着专人烧火了,不停地"嗡嗡"声,给家里添了喜庆。这是因为,在那个年代,不是每个家庭都能使上电风葫芦的。烧火四部曲,浓缩写实真,虽然困苦难,日子有改善。

为了改善家里的烧火做饭,节省买柴火的支出,父母亲带着我与弟弟出去捡柴。每到冬季,父亲带我与弟弟去50里外的山里捡杖干木。凌晨三点带上斧子和小锯拉着爬犁就出发,天亮赶到山里,在没膝盖的雪地里这个山坡那个山坡的转来转去,找寻"猎物",天寒地冻,身上却冒着热气。直到偏晌午,把柴火装好爬犁,我们才坐下来吃饭。两合面的馒头就着用葡萄糖瓶子装的凉开水。吃完饭,开始"打道回府"。父亲自己拉一个爬犁走在前面,我与二弟弟两人拉一个爬犁紧跟在后面,到家都得晚上10点钟左右。记得一年的正月十五,一家人吃完元宵后,父亲说年也过完了,天也渐暖了,明天再去东山里捡一次柴火。父亲一声令下,大家分头做好准备。母亲自然是给我们弄吃喝的给养了,我们检查爬犁、绳子和斧子、小刀锯等工具,一切准备妥当,老早就休息了。尽管这是元宵夜,但为了明天捡柴火,谁还哪有心思出去看大秧歌、踩高跷、观花灯。我与二弟弟跟着父亲如同往常,仍是满载而归。但回来的路上却遭遇了旱地拉爬犁的考验。那天刮的是西南风,气温偏高,吹化了路上的冰雪,步步艰辛。出了山走一段平川后,有一个1里多地20多度的大岭,父亲带我们哥俩三人一个一个爬犁往上拉。过了大岭,路上的冰雪化得稀溜溜的,又是一路小上坡,越来越不好走了。父亲仍走在前面,我与二弟弟不吭声地跟在后面。凌晨一点多钟才进了城,从大东门转到南二道街,在水井旁停了下来,父亲与我一起绕辘轳提上一柳罐水,喝了水后,都躺在了井沿旁,默默无言,仰面望星空。从这里到家还有3里路,街道是煤灰铺的,大家心里都清楚。就这样,3里路走了一个多小时,凌晨2点多终于到家了,母亲一直在等着我们。

每当生产队秋收庄稼上场院后,父母亲带着我与弟弟,出城到附近的生产队地里捡柴火。一家人每人必带的是两根绳子,一根用来系捡的柴火,另一根稍微粗一点的作背肩绳用,还得带上用8号铁丝做的小耙子。见到玉米秸就捡玉米秸,有豆叶就搂豆叶,反正不能空手回来。有时,父亲还拿个扁担,将捡到的柴火,挑回来。搂豆叶打捆最难,经过几次散包后,逐渐总结经验教训,事先捡几根玉米秸打捆时做底,然后一绺一绺地往上交叉放豆叶,两个人紧紧地捆紧。春季,父母亲带着我们出城在附近的田地里捡豆茬、玉米茬。母亲捡柴火狠载。一次,捡玉米茬,在壕沟边打的捆,背着试图站起来,因太重没站起来,当她憋口气猛然一站,由于用力过猛,一头摔倒了。当儿子的能不心酸吗!秋季去离城20多里路的西大河草甸子打柴草。最难以忘怀的是那年秋季父亲带我与二弟弟遭遇大雨的事。父母亲的人缘都很好,那天借了人家一个短轴的手推车。父亲带我们哥俩,天刚刚亮就到了西河套,草甸子上近处好烧的蒿秆早已无影无踪,三楞草也被"洗劫一空"。于是,父亲带我们哥俩走到河套深处,在河岸边还有一些江稗草,我们赶紧割了起来。伴着夕阳,拉着满满一手推车江稗草往家走,虽然很累但真是开心啊。不巧,回家的途中,遇上了瓢泼大雨,仅有的一块塑料布父亲赶紧盖在柴草上,担心雨水多了增加车的重量。看见父亲被雨水浇得浑身上下没有一块干地方,我们哥俩虽然浇得透心凉也不吭声,只顾用力拉车。看着父亲驾着手推车湿漉漉的身体,我心中一股暖流涌动。眼前出现了:"小雨哗哗下,黄瓜豆角都长大……"雨中的童谣,母亲喃喃地讲述,多么的纯真与质朴,尽管雨点不停地拍打,我的嘴角不由得露出一丝微笑,仿佛又回到了40多年前,每当天空下起了雨,蹦跳着呼喊那雨中的童谣,母亲收拾晾晒的衣衫……与小朋友们在雨中玩耍嬉笑着赶紧往家跑,怕淋湿了衣服没啥换的。最有意思的还是坐在窗台上静静地看雨、听雨,反复喊着那"小雨哗哗下,黄瓜豆角都长大……"邻居家的小朋友也在自家的窗台上呼应着。上小学时,父亲特意买了一把红色的油纸伞,一次在上学的路上,雨大风也大,把雨伞刮撸顶了,心疼坏了。以后,每当雨季,家里就给我配发了一块花塑料布,那时天气预报还没有如今卫星云图这么先进,常常是广播说"今天晴",可外面正在下着雨,与你开着天大的玩笑,让你无法全信。所以,有时没带那块塑料布,下雨了就得往家跑,来不及时真的浇得像落汤鸡似的。老师布置作业,要求写一篇在雨中的作文,我就写了在雨中那红油纸伞的故事。

乡间土路,雨水浸湿了浮土,车轮越转泥土糊得越多,最后就完全糊住了,用树枝往下抠泥也无济于事。泥水中,手推车变成了"爬犁"。雨中行,艰难的雨中行……

艰苦磨炼了我们的意志,打造了我们的性格。如今是山重水复疑无路,柳暗花明又一村了,票子多了,楼房高了,车子有了,日子好了,父母却走了,而我心中永远也抹不掉的只有那酸楚与甜蜜交织在一起的厚重感恩。

往事并非如烟!炊烟缕缕,缕缕炊烟,炊烟织出的生活彩带越来越缤纷。

儿时故乡情

一

"东骆驼西驿马,两山对峙;南松江北少陵,二水交融。"这是人们对家乡天然景观的点睛写照。我出生在少陵河东岸,距入江口仅有10里的一个依山傍水的村庄,家里人都习惯叫老屯。老屯西北方十四五里路便是驿马山。美不美,乡中水;亲不亲,故乡人。这里有宽广的河套冲积平原,水草茂盛,鱼虾跳跃,野物藏匿,候鸟欢唱,稻花飘香。堪称北国江南,鱼米之乡。

驿马山虽然不高,但有着美丽动人的传说。在驿马山的主峰上,有一块巨大的断岩,中间有一道缝隙,好像对开的两扇门关着,人们就叫它石门。相传石门里有金马驹,但谁也不能打开,打开石门就发大水。石门前的平地上,还有酷似桌凳的几块石头,相传仙人曾在这里下棋。这就是家乡巴彦的"十大天然景观"之一的"驿马仙弈"。如今这座平原上凸起的山峰上建起了寺院,开辟了陵园,郁郁葱葱、拔地而起的落叶松人工林,新修的省级公路从山脚下通过,雄伟壮观的大桥横卧在那条经久不息、滚滚而来的母亲河上……

少陵河发源于青峰山,当流经驿马山东麓时,河水在山前好像撒娇似的兜了半圈后又转向东南方,并汇集了由西北方流来的漂河水注入松花江。

我上学后,从史料上了解到巴彦历史悠久、源远流长。辽金时期,巴彦为"生女真"之地,后属上京会宁府东北境。清咸丰九年,巴彦县城就已建成集镇,原名称中兴镇(所以后来牌楼有"德培中兴"牌匾),受呼兰府守尉管辖。巴彦正式设县始建于清同治元年(1862年)8月,原称巴彦苏苏。巴彦,满语谓"富贵";苏苏,满语谓"屯",即"富贵的村庄"。又说巴彦苏苏山(今骆驼砬子山)在县境内而得名。巴彦名胜古迹颇多,有现保存完好的大东门(原名德胜门)、大西门(原名阜财门)是清同治三年建造的,东西牌楼是清光绪二十一年(1895年)巴彦商、佃人等为黑龙江将军依克唐阿、属将军齐齐哈尔副都统增祺所建立的德政坊,现为省级文物。东西牌楼上都有牌匾,东牌楼牌匾有(西面)正匾"德塞千古"、配匾"惠及""苍生"、(东面)正匾"德培中兴""恩周""赤子";西牌楼牌匾有(西面)正匾"樾荫永庇"、配匾"德洽""惠周",(东面)正匾"棠爱常留"、配匾"恩怖""泽流"。这些牌匾据说在"文革"时,多亏县文化馆的一位老同志偷偷地藏了起来才幸免一劫。

这是一座年轻而又古老的县城,东西长3公里,南北宽2公里,周长10公里的一个矩形城池,按照井字形匀称地分布着街道。要说这座城池年轻,可考究的也就是一百多年历史,那威严屹立的东西两座牌楼,见证了晚清以来的沧桑变迁。要说巴彦古老,从已发掘的王勃山遗址,小城子遗址等又拨开了尘封的黄沙,远去的岁月。

巴彦山川清淑、土地肥美,驿马仙弈与黑山云海、驼峰夕照、鲈比松江、泉眼流甘、石猿效伎、众星拱北、雷劈古洞、石骨仙垛、城头春望构成了十大自然景观。

二

刚搬到县城那几年,两个弟弟也都相继上了学,每当寒暑假,母亲总要带我们回老屯。因为老屯不仅是我们哥仨的出生地,还是母亲的出生地。那里的一草一木、山山水水、人情世故,母亲是那么的熟悉。那里有她曾经站岗放哨的村头高土坎;有她曾经耕种过的旱地与水田;有她曾经栽种的绿荫满枝头的榆杨树;还有她曾经挥锹担土修过的水渠……更有那难舍难分的亲人与朋友。

从县城到老屯,最近的一条路9公里。走大西门或西南门,过五岳河,偏西南经马家店、岳家窝棚、三合堡、火烧屯,从火烧屯向南1公里,下了山坡便到了老屯。

记得每当进入假期,我们喊着闹着要回老屯。当时交通不方便,而且我们还小,去老屯要等有方便的捎脚马车来。母亲一边安慰我们,一边去市场、大车店打听老屯有没有马车来。当我们坐上去老屯的马车,心里就别提多高兴了。虽是盛夏,酷热难耐,可一路上我们早已被一眼望不到边的青纱帐和虫叫鸟鸣蝶飞所吸引,也不觉得热;虽是严冬,寒冷异常,但我们早已被那一望无际的皑皑冰雪、素裹银装所陶醉,也忘记了冷。

还是姥爷、舅舅、姨夫懂得我们的心思。每当他们进城办事,特别学生放假时,都事先安排好进城的马车将我们捎回老屯。母亲有时间就一起去,如没时间由自己的亲人带我们也就放心了。屯子的亲友来了,父母亲免不了要招待一番,做上可口的饭菜。母亲烙油饼最拿手,我会烙油饼就是跟母亲学的。那时候细粮少,平日里家人不敢吃,积攒下来招待亲友。即使父亲"近水楼台先得月",偶尔批一点细粮,但也是不够用。亲友来了,吃饭时我们不能上桌,母亲告诉我们先出去玩一会儿,等客人吃完了再上桌。等我们稍大一些,就明白了是怎么回事,来了客人不等母亲说就赶紧躲出去或谎称不饿,其实我们肚里的"馋虫"早就爬到嗓子眼了。

　　母亲带我们回老屯,大都安营扎寨住在三姨家,有时我们也住在大舅家。因为姥姥病故的早,姥爷和老舅同大舅住在一起。亲友们听说母亲回来了,这个舅舅,那个姨的,总要轮流请母亲吃顿饭。在屯子的紧西头儿,院外就是草甸子,这里住着父亲的老姑姑,也就是我们的姑奶。这个院子是一连脊的五间草房,住着姑爷他们哥三个,姑爷住在东头两间,房前有四间西厢房,北头两间是碾坊,南头两间是马棚。一大家子人很和睦,走一个大门。姑奶非常干净利落,又很讲究礼节,父亲是姑奶唯一的亲侄子。姑奶是"民装"裹脚,对父亲非常疼爱,父亲都七八岁了她还背着他玩。每次母亲去看望姑奶,姑奶总要问问父亲怎么没回来。父亲抽时间回老屯,第一件事就是得先去看望姑奶。我们跟父亲或母亲回老屯,即使父母亲她们先回城里,姑奶总要留我们住些天。我去姑奶家,姑奶总是把好吃的先让我吃,比我大三岁的大表叔,与我同岁的二表姑,还有比我小的二表叔及其他几个表姑只能看东西多少,能不能轮到自己了。记得,有一天晚饭后,姑奶叫大表叔到棚子里拿回三个大冻柿子,装在小盆里用凉水缓,等大柿子缓好了,姑奶给我一个,剩下两个分给了表叔和表姑们吃。

　　在老屯,我主要和比我大一岁的老舅在一起,他带我同屯子里的同龄人一起玩。

三

　　暑假期间回老屯,玩的去处比较多。晴天常常到屯西 300 多米的水渠(当地人叫"稻壕")去玩。这条"稻壕"是在驿马山前的少陵河上修个拦河坝引过来的水,浇灌了近 10 公里的七八个村庄的水田。"稻壕"的水近半米深,我们将背心、裤衩、布鞋放到堤岸上,赤身裸体在"稻壕"里戏水、抓小鱼,一旦有大人经过,就静静地蹲在水里只露出脑袋看,大人过去后,大家又浪里白条,欢声雀跃。

在"稻壕"里玩腻了,我们就到草甸子里去玩。草甸子里有山韭菜、山芹菜,还有叫不出名的药材,还有苫房草、靰拉草。可别小看这靰拉草,它可是当年连同人参、鹿茸一起堪称关东三件宝。到草甸子主要是捉青蛙、哈什蚂玩。有一次我非常幸运地在草丛中看见了一窝野鸭蛋,高兴得不得了,数了数一共七个。当我拿起野鸭蛋朝向太阳光一照,发现野鸭蛋已抱窝出了黑影子,想到不久小野鸭就要出蛋壳了,于是又将野鸭蛋放回了原处。

听老人讲那些什么狼、狐狸呀,獾子、水獭、貉子等都藏匿在草甸子的深处。我见过野鸭子,也见过野兔子,还见过许多叫不上名的水鸟,只认识"长脖子老等"(叼鱼郎)、江鸥。河套里还有没人高的柳蒿秆和香蒲草。香蒲草能编草鞋,干蒲棒沾上煤油还能当火把。有一次在屯南草甸子里捉青蛙,我在塔头墩子间慢慢往前走时,突然在草丛里窜出一只似猫非猫、满身皮毛黑亮、瞪着大眼睛的"怪物",把我吓了一跳。后来才知道这个"怪物"是山狸子。草甸子东南侧是柳条通,这里有许多叫不上名字的小鸟,飞来飞去。每当我们去草甸子、柳条通玩,用青蒿和柳条编成圆圆的头圈,像小小的游击队员似的。

有时候我们到山坡的地头、壕边抓蝈蝈。抓到的蝈蝈放到事先用秫秸瓤扎好的蝈蝈笼子里,笼子里还放上角瓜的幌花。雄的蝈蝈前翅部有发生器,能振翅发声,传出阵阵响声。有时还去屯旁的东大沟,在沟旁用小刀挖锅灶,顺沟坡捅出烟囱,然后弄点干树枝烧土豆。

香瓜地是必去的地方。等到瓜地开园时,或姨姨、或舅舅、或表叔领我们去瓜地。看瓜的老瓜头每人都送上个瓜尝一尝,然后亲属称上二三十斤瓜带回来,给我们再吃两天。那时香瓜是生产队集体种的,买瓜记工分,年底分红时算账。如果你不是生产队的社员,就是花钱买也不卖给你。工分是农村社员的命根子,生活都不是很富裕,一个瓜秋,一家也就买两三次香瓜。苞米下来时,烀青苞米倒能吃上几顿,还有烀土豆。

玩腻了,我们还去屯后1里多路的坟地玩。这块坟地很大,坟地里除了大大小小按辈分排列的坟包外,中间还有一块预留的空地。靠北侧简直是个森林植物园。有高高的抱不拢的大杨树;有密密麻麻的榛树林;有白白挺挺的桦树林;有星星点点的老榆树;有稀稀疏疏的柞树;还有高低相间的混交树木。里面有胡桃楸树、黄柏树,还有弯弯曲曲的山葡萄藤、五味子,还有一种黄豆粒大小的黑色果实,叫"药鸡豆子"。草丛中有山百合花、黄花菜,还有十字花等许许多多的野花。各式各样的花蝴蝶在花丛中飞来飞去,喜鹊、乌鸦、麻雀、蓝大胆等小鸟时而啼叫,时而从这边树上飞到那边树上。这里是垦荒留下的未垦之地,我们时而在榛树下捡榛子;时而在核桃楸树下捡山核桃。最过瘾的是捅老鸹窝,我是"望树兴叹",二弟弟每次都是一马当先。

有时还到生产队场院里玩,见看场人不注意,我们就偷偷地钻到麦垛里捉迷藏。

四

老屯叫大崴子。地形似簸箕状,背后是山冈相抱,村前是开阔的草原水网。少陵河就在屯子西边由北向南流过。这里很早就开垦了水田,是个远近闻名的鱼米之乡。

听父亲讲,1945年光复时,一天一架小型飞机在老屯上空盘旋几圈后,突然俯冲下来迫降在屯西的稻田地里。机身上尽管溅满了稀泥,但上面的日本旗,老百姓也叫"膏药旗"依稀可见。从屯子里跑去的人们一看飞机驾驶员腿骨折了,动弹不了,哇啦哇啦地叫个不停。有人气愤地说干脆打死他算了吧,但大多数人还是很理性,既然日本鬼子投降了,还是把他上交到县里吧。老屯是块福地,没遇到过什么战事,"生擒日本飞行员"那是送上门的。

有一年夏季雨水特别大。一天午后屯子后山东北角的小水库突然决口了。那是1958年"大跃进"时的产物。社员们出大力流大汗的苦战奋斗,把通往山冈下的那条大沟从上半部拦腰截断修成了水库。水库的水像脱缰的野马,从三姨家房西的土沟顺势而下,流进了屯南的草甸子里。谁也没想到这里会出鱼,还是老牛倌傍晚赶牛回屯路过草甸子,看见水草中搁浅的鱼。一时间男男女女、老老少少都出来抓鱼、捞鱼。这时水流已经不急了。三姨给我找了铁筛子,还真管用,我捞上了三四十条小鲫鱼,还有山胖头(老头鱼)、泥鳅鱼。又过了几天,我与老舅等几个小伙伴还特意到水库玩了一趟,大坝冲开有三间房子那么宽的大口子,闸门、水泥桩子东倒西歪地躺在坝下的泥土中。

还有一年,母亲带我去看姑奶,姑奶留我住下来。那年少陵河涨大水,方圆几十里地一片汪洋。一天大表叔说咱们整鱼去。于是他带着我到草甸子抓青蛙、哈什蚂,傍晚时分同其他小伙伴趟水去3里外的二道沟子下杆。这种捕鱼的方法叫"下偓搭杆",专钩大嘴的鲶鱼、黑鱼等。用1米长的干柳条杆,中间系上1尺长的渔线,渔线系上大号鱼钩。下杆时,将鱼钩钩在青蛙、哈什蚂的背上,青蛙、哈什蚂还在水里直蹬腿。那天我与大表叔一共下了30把杆。第二天天刚蒙蒙亮,我们拿着抄箩、背着装鱼的帆布兜去起杆。我们缓缓地趟着齐腰深的水,将抄箩从杆的下方轻轻地捞起来,以防鱼脱钩跑掉。还算没白忙,我们钩到一斤来重的三条黑鱼和两条鲶鱼。

暑假在老屯,还能观赏和享受到一道美丽的风景,那就是傍晚时分,伴着晚霞的余晖,人们三三两两扛着工具,或背一捆湿柴草;或采一筐鸭食菜;或捡一墩干柳条根子,有说有笑地走在回家的路上。一群群马、一群群牛、一群群猪、一群群羊、一群群鹅、一群群鸭也都陆陆续续挤在回屯的路上扬起阵阵尘土,传出牲畜和家禽混杂的叫声,还有人们不时的吆喝声。草甸子里的青蛙、哈什蚂也不甘寂寞,在那叫个不停,一直叫到夜幕降临。

五

逢寒假回老屯,玩的去处就不多了。有时白天到三姨家门前的东山坡打冰爬犁。这个坡很陡,足有40度角,长100多米,玩起来很刺激。为了防止爬犁下坡速度太快,就用木棒插在爬犁前面来控制速度。姥爷家的爬犁让我给弄坏了,我和老舅就拿三姨家的爬犁玩。三姨家的爬犁做得非常精致,也是他们心上之物。有时我们三四个人一个爬犁,年龄稍大的在前面掌舵,很好玩。偶尔大人们也要来这里打冰爬犁,这是老屯冬季的一大天然乐园。

在漫长的冬夜里,晚饭后老舅经常带我去生产队的屋檐下掏麻雀。我在下面扶着木梯子,打着手电筒,老舅上去掏麻雀窝。麻雀在窝里见到光亮不飞。将抓到的麻雀捏死,回来埋在火盆里烧,糊香糊香的,味道很好吃。偶尔亲属也在火盆里埋上几个土豆,烧好后分给大家,那香味就别提了。有时亲属晚上用沙子炒爆米花吃,这是当年乡村待客很讲究的一种大众方式,然后衣兜里再装上两把,第二天玩时吃。冬季里农村都两顿饭,有时饿了啃两个冻豆包,也别有一番风味。

最好吃的要数鱼粥了。有一次,老舅带我踏着冰雪到二道沟鱼亮子去玩。老徐大舅起虚笼,淌了很多小鱼,有川丁子、白漂子、扁担钩子、七星、柏黄、青绫子、葫芦子儿等。老徐大舅用瓢舀上清澈的河水,将小鱼倒进锅里(也不用挤),然后将小米洗净也倒进锅里,先急火烧开,然后慢火熬,要出锅时放点盐,连油也没放,但吃起来非常的香。真是河水炖河鱼,原汁原味。我就吃过那么一次鱼粥,现在回想起来,还禁不住流口水。

有一次，三姨夫、老舅对母亲说，"大姐，我们给你铆鱼去"。我也跟了去。大家带着冰铆、镐头、铁锹、绞箩子，到了草甸子中的一个大坑，在冰面上刨的刨、搓的搓、铆的铆，忙乎了一小天，打了七八个冰洞，可连个鱼影儿也没见到。虽是空手而归，但却饱含着多么纯朴、真诚的情意呀！

老屯共有百十来户，两口辘轳井，东头那口井在姥爷家房西。据说两口井打在一条水线上了，是条地下暗河，所以东头井的柳罐掉井了，如果当时没来得及打捞，第二天在西头井里就能找到。冬季东头井沿铆冰落到井里的冰块，第二天西头井水里就飘着冰块。

假期我们回老屯自然也要力所能及地帮助亲属干一些活。"久住令人贱，频来亲也疏。"虽然亲属没有烦我们，但我们也尽量会来点事儿，抠土豆、摘豆角、擩猪食菜、采鸭食菜、拉土脱坯、河涨水从草甸子倒柴草。

假期过得很快，转眼就要开学了，我们也玩野了，还得突击写作业。以后我们干脆一放假就先写作业，玩起来心也踏实。对我们假期的作业，父母都是要检查的，写不完免不了要受罚。我学习不用父母操心，所以假期的作业每次都是免检的。

这些往事都是我在小学时期经历的。斗转星移，日月如梭，都五十多年了。我真的不想长大，想永远依偎在父母亲的身边，依恋着老屯的山山水水、一草一木和那些可亲可敬的长辈人。

黑土情怀·碧水欢歌

一

办公室挂着一张中华人民共和国的地图,闲暇的时候,情不自禁地驻足久久地观看。巍巍的兴安岭,滚滚的松花江,油汪汪的黑土地,广阔的大平原……黑龙江,美丽的天鹅腾飞在祖国的蓝天上,叫人陶醉,让人向往。

在地图上的山村里寻找童年足迹,回忆激情燃烧的岁月,寄托对父老乡亲的相思之情。

神奇的土地哺育巴彦英雄儿女,也留下了我生活的足迹和相思相恋的情结……我爱这里的山,这里的水,这里的乡下人。为了这份挥之不去的情感,表达对广袤黑土地上山山水水特有的依恋,对父老乡亲的感恩,我在写文章的时候笔名冠以"黑",意思是爱黑土地,加上自己属相是虎,名为文,就叫了"黑虎一文"。虽然听起来,有点毛骨悚然,却从内心表达出我对黑土地对家乡的一片挚爱之情。

在老屯,我度过了难忘的童年。至今,脑海里仍萦绕着童年栩栩如生的画面:屯南的柳条通里、青纱帐中,我们"小游击队员"时隐时现的身影,玩耍中惊飞了栖息的野鸟;屯西的草甸子上,蹑手蹑脚地抓蛤蟆"小分队",碰撞了正在抱窝的野鸭;屯北的未垦坟地里,胆大的野果子采摘"尖兵班",树上树下寻宝藏,吓跑了灌木丛中的野兔;屯东的土坡上,打爬犁的"战斗队",欢快地顺坡而下,一旁跟着蹦蹦跳跳的看家狗。嗅不尽的黑土地上的鱼米飘香,喝不够少陵河甘洌的水,亲亲草甸上的芦苇荡,甜甜晚霞和煦的风,讲不完的美丽传说……

远在金代鼎盛时期,在现在的巴彦县富江乡五岳村腰五营屯正南500米处，现存的小城子遗址，据考那是养育了金代四个皇后的远近闻名的"皇后村"。这个小城子遗址，还出土过一些金代的文物。我在青年时期曾两次跟父亲去打鱼、打柴到过这离县城十几里路的小城子遗址，驻足于断壁残垣之上，举目远眺历史的天空，感受脚下良田厚土的气息，联想昔日城池的繁华……从民族观、历史观的角度，金代正是我们这个伟大民族的一篇华章。

巴彦，有张甲洲领导的满洲省委在北满首创的一支抗日武装——"东北人民抗日义勇军"，也出了共和国的将军、省部级高干，更有文坛上的著名诗人、作家王书怀、陈玙、刘兆林、柳成栋、郑旭东等。据讲，陈玙的大哥陈绍能把康熙字典倒背如流，我念小学时与同学就好奇地去问过他，陈玙的二哥陈凡是县文化馆馆长，也是"文革"时期保护东西古牌楼匾额的人。

步入人生晚年的我，对家乡情更深、思更切。在黑土文化的熏陶和友人的鼓励下，也赶赶新潮，动动脑筋，转转眼球，用用手指，敲敲键盘，造造句子，情感流淌于方块字间，也开始玩起了网络文字"游戏"，在江山文学网、天涯社区发表了一些文章。这一玩儿可不要紧，有点上瘾，大有一网情深的味儿，也有了一"键"钟情的劲儿。

于我来说，写文章真正冠以"文学"的思索，还是从注册加入江山文学网开始。不是有"滴水成潭"那么一句话吗。细细数来，我以笨拙之笔写了一些散文，诚然，这些点点滴滴、滴滴点点，但从中体会到文学的力量和文学写作的乐趣。友人对我说，把这些文章整理整理编个电子书稿。我心允而从之，反正是在文学写作上的一种历练的积淀，也是一个阶段的纪念，更是一种情感的表达——以释那份执着的黑土情怀！

于是，我把自己的这些文章进行了梳理分类，一抹乡情切切、血脉亲情浓浓、友情诚挚久久油然而生，这或是"我的情感三部曲"吧。实际上，说了这么多话，想要说的就是两个字——感恩！感恩养育我的家乡父老，感恩我成长每一个阶段的帮助之人。

二

既然编个散文集，做个电子书，于是就有了《相思情暖少陵河》这个书名。但最重要的必然少不了具有书眼、书魂的序。你说自编自导吧，大有"自吹自擂"之忌，而当下又是"名人字贵"时代，真不知道该怎么办？

我想来想去，找到了黑龙江省作协会员、哈尔滨作协理事郑旭东老师，因为我们是老乡，虽相见恨晚，却一见如故。论年龄，我比旭东大几岁，但从文学成就上,我显得十分羞涩与惭愧。旭东老师曾著有《火浴》《播种记》《龙卷风》等长中篇小说和《陋室闲语》散文集等书,文学成就斐然。

我打电话给旭东老师,恳请他为我的散文集编审和作序,他一点奔儿没打,爽快地应允下来。并说,少陵河是你我共同的母亲河,《相思情暖少陵河》这个书名好,让我在前面写几句话,那我就写《蘸着少陵河水写出来的故事》。旭东老师睿智、厚重、深情、精美地道出序言的题目,犹如一缕清风拂面而来,一股暖流滋润心田,为我的文学梦增添了助燃剂。

2014年2月28日,当我把整理出来的书稿发给旭东老师后,他不辞辛劳,不吝赐文,欣然为我的散文集编审,于3月5日将序《蘸着少陵河水写出来的故事——写在〈相思情暖少陵河〉散文集前面的话》发给我。我一连读了五遍,娴熟的字里行间,流淌着深邃、质朴、亲切、诙谐的语句,鸣放了共同的乡音眷恋,再现了家乡的历史画卷,对我人格的褒奖,对作品的肯定与希冀,对今后写作的努力方向……

电子书虽然完成了,但是,我感觉自己仅仅是一个见习的"水手",在文海里泛舟,彼岸还很遥远。但我身边有和蔼可亲、谦虚可近、豁达可容、乐善可学、笔丰可敬的旭东老师和文友们,我何尝不去奋力击水?!

三

当《相思情暖少陵河》成为自己名下的一粒小小果实时,忘不了那些与我朝夕相处的浪子林杨、雪落黄河边、彧儿等黑土地上的文学网友们,他(她)们给予了我一路真诚的帮助与鼓励。那个浪子林杨是把我"悟入网途"的第一人,他与我在雪花飞舞的日子相识,在大雨即将到来之际不期而遇,在淡淡女儿红美酒里品味……有着许多文缘铸知己的故事,是他一直在鼓励我。雪落黄河边,当初的酸李子,如今的甜李子,她对生活的热爱,对写作的执着追求,一直感染着我。为我编审了好多文章,并获得精品。

彧儿虽然相识较晚,但却经常给我极大的信心与力量。在她为江山文学网社团社长时,我的《儿时故乡情》散文是她给编审评论的:故乡,有着悠久的历史和传统文化,有山有水,人诚物美。故乡里不仅有记忆中的童年,还有记忆里那一抹乡音的味道。作者以质朴的文笔对故乡进行了真切地描绘,山水相依,亲情暖暖,字里行间渗透着作者对故乡的思念之情,和对久远岁月的眷恋与回忆。其实,儿时的故乡很纯朴,也很简单,就连儿时玩耍的地界都有限,但是那所有的记忆却是乡音的彰显,是岁月深处最深切的怀想。行走于作者的文字中,在感受那纯朴的乡音的同时,更加钦佩作者对于故乡的那一抹深情。其实,故乡的一草一木,皆是情深,尤其对于漂泊在外的游子来说,更是一抹疼痛的思念。更何况,异乡的风景再美、再绚丽,也终究抵不过那一抹乡愁的味道。正因为彧儿如此精美的点评编按和力荐,作品获得了江山文学网的绝品称号,也更加点燃了我文学创作之火。

有时我静静地想,父母给我起名"文",你还别说,这辈子真的就注定与文字结下了缘。下过乡,插过(队)场,进县城,派基层,到省城,遇上了特殊的机会穿上了绿军装。几十年的工作生涯,无论是在地方,还是在部队,环境的改变,岗位的转换,唯一不变的工作就是一直在"爬格子"。在酷似钢筋混凝土般的格子里,用老祖宗留下的方块字,造着约定俗成的时代句子。既然与文字有缘,那些年利用业余时间也"零打碎敲"地弄个"广播有声,报上有名",只因为热爱文字。不过,都是些"萝卜条""豆腐块",是"马尾穿豆腐提不起来"的事儿。虽然写了一些论文、征文,也获过奖,但都是与工作有紧密联系的。近些年,随着计算机网络的普及,为业余写作提供了快捷和便利。于是,我也试图从工作上的爬格子到文学创作上的爬格子来个转轨定向,吐故纳新。诚然,自己还没有真正从以往的"惯性"中挣脱出来,仍需"在变中求适应,在干中去理顺"。

2006年4月7日,我的父亲病逝去天堂与母亲团聚,出于反哺之恩未尽报的遗憾与心痛,化悲痛为力量,收集资料,采访亲友,很快就写了十几万字《我的父亲母亲》,而后又从父母平凡一生中挖掘闪光点,用自己的文字去感恩。这或许就是自己在写作上由必然王国逐渐走向自由王国的一个开始。

在完成《相思情暖少陵河》散文集文章的最后精选排序时,我似乎有了一丝的欣慰。久久望着写字台上的笔筒和计算机出神,突然,我的耳畔响起当年马季等人合作的群口相声《五官争功》一样的"钢笔与键盘的对话"。哎!我的钢笔,我的键盘,你们就不要争了,都是我的功臣:钢笔,你"德高望重",转战南北,一笔写流年;键盘,你"励精图治",不懈追求,字字书新篇。

苦于没有少陵河的老照片,《相思情暖少陵河》的封面是专业人士为我设计的。湛蓝的天空洒落着洁白的瑞雪,柔和的阳光给远处的地平线以白皙,原野上微红与深蓝的光线相衬,告诉人们这里的冬仍有暖意,河畔上静静地矗立着天然的树木,河面上已经结下了如同镜子般的薄冰,薄冰上映着岸边树木的倒影,冰河下面那条母亲河仍然在涌动,攥一把直流油的黑土地上生长着茂盛的庄稼。这是一组由不同线条组合的层次美、和谐美、自然美。我仿佛又回到了那少陵河畔的老屯,听着河水欢快地歌唱,嗅着泥土的芬芳,喝上一碗河水煮的鱼粥,还有阵阵稻谷飘香……

故乡,对于我来说,在世人面前,是中国;在国人面前是黑龙江;在黑土地上又是巴彦。

"无功无名心存天下,有笔有墨书写人生。"这是我与文友小叙时的感怀。我的《相思情暖少陵河》,仅仅是一片萌动的嫩绿,为了装点黑土地的美,我将会一直努力下去。只因这分热爱,所以要永远执着:

小的时候我出生在这个地方/这是我可爱的家乡/童年的成长啊童年的梦想/把我的希望点亮/点亮/小的时候我生长在这个地方/这是我可爱的家乡/童年的向往啊童年的理想/给我指引方向/方向/啊……啊……这片黑土地/啊……啊……养育我的地方/亲亲我的这片黑土地/我的故乡……

这就是我的黑土情怀,碧水欢歌!

记忆中的那条小胡同

提起小胡同,在县城里并不多见。在我记忆中的那条小胡同,原名叫老纸坊胡同,如今改成了德都路。

小胡同是因为当年这里有一个手工抄窗户纸的作坊而得名。小胡同东西走向,宽不到 5 米,长也不足 200 米,是个半截子胡同。

1958 年,我家从乡下搬进城里,先后在四粮店路南、老公社西院、西小院厢房、苏银匠东屋、刀剪厂路北都临时租房住过,到了 1962 年父亲分到了公产房,就搬进了老纸坊这条小胡同,从此我家在城里安营扎寨,有了"大本营"。

记得,当年父母亲带我们搬到这里时,路边是两间临街厢房,住着柳婶一家,顺着胡同往里的路北是邢叔叔、董大娘、石爷爷家的各两间正房。然后就是原来抄窗户纸作坊的一连脊 4 间正房,我家住东头一间半,对门庞婶家住一间半,邱爷爷家从庞婶家堂屋地走住最里面的一间。再往里就是张伯伯家的三间正房,也是小胡同的尽头。那时的房子都是泥草房。小胡同南、西、北三面被菜社的菜地"包围"着,呈侧倒下的"U"字,"U"字口连接东面砂石铺就的主要街道。

1964 年,房产处将连脊四间泥草房原地翻建成了连脊五间泥草房,我家住东头两间,西头是庞婶、邱爷爷家各住一间半。我家东院石爷爷住的也是老纸坊留下的独立两间泥草房。石爷爷是收购毛皮的,一到夏天毛皮腐臭的气味很大,招来很多苍蝇。后来石爷爷家搬走了,又搬来了王伯伯一家。王伯伯是个瓦匠,在县房产处上班。王伯伯家搬走后,又搬来了赵伯伯一家。赵伯伯是哈尔滨一个工厂的职工,因家庭出身是富农被下放回原籍乡下的,县里很照顾他,便安置他留在了县城。赵伯伯家搬走了,又搬来了初叔叔一家。初叔叔是县造纸厂的职工。初叔叔家搬走了,在县医院当医生的柳叔叔一家又搬了来。几年后,柳叔叔将旧房扒了盖了新房。1970年左右,田二娘正对着我家在胡同路南的菜地里盖起了两间泥草房。尔后,胡同路南的菜地紧邻大街罗叔叔家盖了三间泥草房,李伯伯家挨着罗叔叔家又盖了三间泥草房,陆陆续续又有几家在这个小胡同盖起了泥草房。小胡同三面的菜地一点点被盖起的新房子"蚕食"了。李伯伯是县粮食局的局长、罗叔叔是县变电所的所长,从此,这个小胡同里有了"大官儿"。

父母亲对小胡同里的邻里很热心,邻里求到头上的事,只要能办到的,就从来不推辞。谁家婚丧嫁娶红白喜事,大事小情父母亲都主动帮着张罗;谁家盖房子了,父母亲带我们去帮工;谁家买煤、拉亚麻秸了,父母亲就指使我们兄弟出去帮着往仓房里端……邻里求父亲的事,主要是帮着给批点细粮、豆油或借下月口粮,"既然人家向你张一回嘴,就得让人家把嘴闭上"。父亲每次都尽量答兑他们满意。母亲的针线活好,常常是帮了东家帮西家,裁衣服、纳鞋底、打麻绳、絮棉花,有求必应,特别是谁家的儿子要结婚、谁家的闺女要出嫁,都要来求母亲给絮棉衣。我家简直成了这个小胡同的"被服厂"了。与初婶家作邻居时,正赶上自然灾害。初婶家孩子多,一大盆稀菜粥端上桌一会儿就喝光了。那时,初小三儿太小,吃粥抢不过,有时就吃不饱,饿得直哭,母亲就将我们吃的挤出来给端去。母亲有时晚上还帮邱叔叔、国云姑姑一家编笊篱,当然也有回报,家里的笊篱坏了,用原来的架子重新编一把。房前有一棵太平果树、屋后有两墩樱桃树,结的果子特别的多,父母亲每年都要给这家送一盆,给那家送一盆,有时就干脆叫来小胡同邻里的大人和孩子们自己去摘。西院庞婶、庞叔都过世了,房子由三有住着。父母亲做点好吃的都不忘他们,有时叫三有一家过来吃或给端过去,两家人都不隔心,有这堵墙是两家,没这堵墙就是一家。

这个小胡同,虽说住着普普通通的人们,可都有着不同的吃饭本事。张伯伯、庞叔叔、邢叔叔、柳叔叔、田二伯伯都是造纸厂的老职工,手工抄窗户纸的技术很过硬。张伯伯后来在家里专门给造纸厂编织抄窗户纸用的竹帘子。他家有个接近棚顶的木架子,高脚板凳,木架子上排列一些用马尾作绳黄泥砣当坠的经线,再用线梭子上的马尾作纬线把如同铅笔芯粗细的深红色油漆圆竹棍固定在垂直的经线上,按照需要的长宽尺寸编织出一块块手抄窗户纸用的竹帘子。据说,张伯伯这手艺,是县里独一无二的。在我的记忆中他还去过哈尔滨等地造纸厂支援编竹帘子。张伯伯闲暇时总愿意给小胡同的孩子们讲历史故事。董伯伯、王伯伯和国祥大哥是瓦匠,小胡同里谁家修墙垒垛、烟囱"犯风"了，都少不了他们的帮忙。邱爷爷是缝鞋匠，原来在县龙江鞋厂上班，后来自己在家里缝皮鞋，到街上摆修鞋摊，也少不了给小胡同的邻居家修鞋。邱大叔是黑白铁匠，白天上班，下班回家后也是乒乒乓乓地做炉筒子、拐脖、水瓢、水壶、洗衣盆。小胡同里谁家的水瓢、洗衣盆开焊了，邱叔叔"手到病除"。

后来，李大伯家打了压水井，邻居们挑水就不愁没有柳罐绳子了。小胡同还有一个柳叔叔是县医院的大夫，班前班后为有病的大人小孩打针。小胡同里的人们很和气，一家有事大家出动，"八仙过海各显其能"，从不看笑话。

每到夏季，胡同里的大人们每天吃完晚饭后都凑到东路口或小胡同的路边在一起聊天。冬天大长夜的，偶尔凑在谁家打打扑克牌。孩子们自然也要干自己的事，在一起捉迷藏、打冲锋、抠马掌钉、打瓦、打雪仗、打冰杂、放风等等。有时孩子之间难免发生打架骂人的事，如我们在场的话，父母亲，尤其是母亲，从来不惯孩子，严厉的管教，哪怕是自己的孩子吃了亏，也不去计较。

小胡同里的各家都很自觉地维护小路，平日里将煤灰倒在路面上，还自发地捡来碎砖碎瓦铺在路面上，主动打扫自家门前的路段，小路保持得很清洁。每逢下雨天，各家都出来主动挖沟顺水；每逢下雪天，各家又都主动出来清扫小路上的积雪，然后用爬犁将积雪运到东路口的垃圾堆。

如今，小胡同已被列入城镇住房改造规划内，不久将成为楼宇新区。小胡同里的人们也发生了变化，老辈人渐渐地走了，当年孩时的小朋友们也都"小时亲兄弟，长大各乡里"了，孩子的孩子都长了起来，也有了孩子，熟悉的面孔越来越少了。真有点"儿童相见不相识，笑问客从何处来"的味道哩！

小胡同犹如一条编织的彩带，彩带上系着一串串普通人的故事……小胡同，是我永存的记忆。

又见樱桃红彤彤

"自家小园儿里的樱桃啊!""又红又甜的樱桃啊!"

一位脚穿胶鞋、一身迷彩装、头戴围巾全副武装的卖樱桃乡下妇女,这一大早就蹲在街口不紧不慢、不低不高地吆喝着,面前放着用编织袋缝补的两只土篮子,里面装满红彤彤的樱桃,还有一根小扁担。

朝阳的辉映下,卖樱桃乡下妇女的一身装束、土篮子里红彤彤的樱桃与街道旁的高楼大厦、绿荫花卉,街道上的车水马龙,步道上熙熙攘攘的上班族,构成了鲜明的对比。

每年的六月底七月初,在北疆冰城哈尔滨,地产的樱桃就成熟了。这种樱桃,个头小,有别于辽宁、山东、陕西等地产的大樱桃,所以当地人都叫它小樱桃。小樱桃果柄小得可怜,保质期也非常短暂,常温下也就一天多时间,当天采摘当天吃最佳。而外地产的大樱桃不仅个头大,有长果柄,且保质期较长。陕西有个樱桃沟,每年4月份樱桃花盛开,举办樱桃花节,享有中国樱桃之乡的美誉。在哈尔滨,每年5月底6月初上市的大樱桃大都是来自辽宁大连和山东烟台的。物竞天择,适者生存。小樱桃,这就是上苍给予地处高纬度北温带大陆性季风气候的哈尔滨地区"迟来的爱"。

小樱桃成熟期,似串串的红宝石镶嵌在翡翠般的绿叶枝条上,一幅美丽的画卷,点缀着农家院,惹来蝶儿瞧花了眼,不知亲昵哪粒红,招来蜻蜓转晕了向,不知落在哪绿坪……徐徐微风,传出老人带小孩子摘樱桃的朗朗笑语。

小樱桃,别看个头小,但颜色鲜红,玲珑剔透,形娇、皮薄、肉嫩、味美。说形娇——似少女羞红的脸颊,如娇贵的千金闺秀;说皮薄——脉脉深情,含滴欲出;说肉嫩——碰一下怕破了,放到嘴里怕化了;说味美——甜丝丝的酸,酸溜溜的甜,甜中略带酸,微酸有甘甜,又甜又酸。小樱桃的果期较短,产量也不高。这种小樱桃，如今在都市里早已不多见了，即使在哪个小区有那么几簇也是美化绿化香化的杰作，只能作观赏，无法做交易；在乡下，已经见不到成片的小樱桃果园了，只有少数农户在自家房前屋后有那么几簇樱桃树。

红彤彤的小樱桃，是老少皆宜的地产水果。如今在都市里已成稀罕物了。

"自家小园儿里的樱桃啊！""又红又甜的樱桃啊！"卖樱桃乡下妇女仍蹲在路边不停地吆喝着。

匆匆过往的人们，有的对眼前的小樱桃视而不见，不屑一顾；有的扭头瞥上一眼小樱桃，也不问津；有的止步赞许小樱桃，问这问那；有的招架不住诱惑，顿足买小樱桃……

"小樱桃多少钱一斤？"一位走在我前面的女青年问。

"不论斤，论碗儿。"卖樱桃的妇女一边用手指着两个大小不一的玻璃杯答道。

"小碗儿一元钱，大碗儿两元钱。"卖樱桃的妇女继续说。

"都啥年月了，卖东西哪有不用秤的……"青年人嘴里嘟囔着转身就走了。

我看透了这位有点洋气略带娇气女青年的心思，只是出于好奇地问一问而已，根本就没打算买这么小的樱桃吃，要吃樱桃那也得买名牌不是？

"自家的樱桃吃不了，拿到市里换一点零用钱，哪有秤啊。"卖樱桃的妇女回应着。

"这小樱桃真是少见哪！"我自言自语地感叹。

卖樱桃的妇女见我这老头儿搭话了，就忙说："大叔，你看看这小樱桃，是天一放亮现摘的，来两碗儿吧？"

"哎呀，你这卖樱桃的，真够原始的啦。"我用手指了指两个玻璃杯微笑着说。

"就能摘那么几筐樱桃，还不够秤钱呢。"卖樱桃的妇女唠叨着又抬头看着我："来两碗儿吧，大叔？"

"有几年没见到这小樱桃了，那就给我来两大碗儿吧。"我边说边从衣兜里拿出五元钱递给她。

"大叔，这样吧，干脆就给你三大碗儿，这钱就不用找了。"她说。

我连忙说："那你不是亏了吗？"

卖樱桃妇女说："反正是自家产的，卖完了早点回家，明天还得起早摘樱桃，然后赶早班火车再来市里卖樱桃呢。"

又见彤彤樱桃红,勾起浓浓思乡情。

记得小时候在屯子住时,我家房后有一块很长的菜园子直通到北面的山坎下。每年母亲都种上菠菜、香菜、生菜、臭菜、小白菜、小辣椒、小葱、萝卜、豆角、茄子、黄瓜等应季蔬菜。

父母又在后菜园子栽上一排杨树,然后在园子里栽上了几棵李子树、小樱桃树。

在屋后的园子里栽杨树,寓意子孙满堂,健康成长,像杨树那样枝繁叶茂,奋发向上;而栽李子树、小樱桃树,则是取谐音"励志""英才"和"桃李"之意,激励后人。看得出父母亲对子女寄予深切的爱与美好的期盼。

每当春天李子树、小樱桃树开了花,花期一过,果树坐了纽儿,我就眼巴巴地天天盼着小樱桃、李子快快长大。

我家住的房子是屯子里仅有的一栋红松到顶大瓦房。大瓦房一共有七间,我家与同姓的一户住在大瓦房的东头,两家走一个房门,各住一间半,中间的堂屋有后门,开了后门就是菜园子。

我与对面屋同属同岁的沈阳子(出生在沈阳)每天开后门一起到菜园子里玩。

每当这时,母亲总要亲切地喊着我的乳名嘱咐:"不要摘青李子、绿樱桃,等红了再吃。"

"哎!知道了。"我大声答道。

我与沈阳子在园子里有时蹑手蹑脚地逮蝴蝶;有时在土坎下面用树枝抠蚂蚁洞;有时揪葱叶子吃;有时在李子树、小樱桃树下转悠。

看着树上的青果子,这肚子里的馋虫一个劲儿地拱。

"沈阳子,咱俩一人揪两个果儿尝尝。"我以小主人的身份说。

"小虎哥,那你妈不会骂你吗?"沈阳子对我说。

沈阳子虽然这样说,实际上他的馋虫早已爬到嗓子眼儿了。

"没事儿,我妈不会骂的。"我对小沈阳子说。

一听我这么说,小沈阳子就立即伸手撸树上的果子。

"别撸,别撸,摘呀!"我小声对急不可耐的小沈阳子说。

淘气的我们,摘下带白灰儿的李子、绿啦吧唧的樱桃,扔到嘴里嚼几口,刷的一下子,酸到了头顶酸到了胃,涩得龇牙咧嘴、舌头不听使唤。虽是自找苦吃,但心里却感到一个小小的满足。

每当这时,母亲总是乐呵地对我说:"不听老人言,吃亏在眼前。"

看了看我，又看了看小沈阳子，母亲又接着说："这好饭不能怕晚，嘴急吃不了热豆腐，再等等，等几天小樱桃、李子红了再吃。"

我懵懵懂懂地听着母亲的话，只是喃喃地重复着："等小樱桃、李子红了再吃！等小樱桃、李子红了再吃！"

在我家东北角，一户王姓人家，有好大的果树园子，小樱桃树、李子树、杏树、沙果树等各种各样的果树，我与小朋友也常去那里在园子外观看，因为那家养了大狗，担心靠前被狗咬着，三国演义里有"望梅止渴"，我们是"望果解馋"。

我家搬进县城头几年，房子都是临时迁就（租用）的，没有属于自家的寸土之地，也就没有栽小樱桃树的念想。

后来，我家有了公产房，父母在房后栽了两棵樱桃树。

樱桃树长得非常茂盛，遮盖大半个后山墙。花开花落果飘香。每当夏季小樱桃红了，不仅给我们兄弟们带来欢乐，也给进城的亲友们、左邻右舍的大人小孩们带来欢乐。

每当小樱桃红得"囊喷"时，父母亲就叫来邻居的大人小孩自己来摘。但母亲有一条："随便摘，管够吃，但不行折枝。"

就是母亲这一条规矩，樱桃树下吃樱桃，樱桃核自然播种，原来两棵小樱桃树连成了一大片。

"大叔！大叔！"卖樱桃的乡下妇女连声叫我。

"啊！"我从陶醉的乡情、亲情、友情中醒来。

"给你！"卖樱桃的乡下妇女把用塑料袋装好的小樱桃递给我。

"明天还来这儿吗？"我问她。

她说："明天还来，但不一定在这儿，或许到别的街口。"

我拎着红彤彤的小樱桃，快步融进了上班族的人群中，耳畔又响起"樱桃好吃树难栽"这流传久远的俗语。

而在我的内心，只有那又见樱桃红彤彤所流淌的感恩情、涌动的思乡潮！

夜幕下的哈尔滨

2015年哈尔滨的夏天,与往年有些不同,一连的低温阴雨过后,太阳公公又突然撒起欢来,像久别的恋人,亲吻这块土地。

坐地日行八万里。晚霞染红了西边的天,给享有"东方小巴黎""东方莫斯科"盛誉的美丽哈尔滨披上了盛大的晚装——锦缎般的松花江泛着暗红色波光,横跨大江南北的几座铁桥和公路桥,在东边地平线的衬托下更显得高大伟岸,太阳岛上游玩避暑的人们乘渡江龙舟陆陆续续返回南岸,高耸入云的龙塔又迎来了鸟瞰夜景的游人,街道旁的高楼大厦都翘首看谁最后一个送太阳下山……

夜幕降临的时候,中央大街步行街——这条百年老街上游人如织,漫步用"面包"状花岗岩石条"栽在"地上的路面、欣赏欧式建筑群落的艺术,华梅西餐厅飘溢面包的香甜、马迭尔宾馆的冰棍人见人爱……仿佛置身于异国他乡,十分惬意;而在松花江南岸的林荫带、江堤台阶上,又熙熙攘攘地会集了观景纳凉的人,防洪纪念塔上的鸽子蹦蹦跳跳归巢了,驯服的江水载着忙碌的游艇和渡船、习习江风送来清新与凉爽……富有诗情画意。

如果以百年老街为"线",防洪纪念塔为"点"沿斯大林公园展开,好似一个巨大的"T"字形模特舞台,而真正的模特却都是那些尽享美好、尽享快乐的普通人。

就在这个时候,坐落在哈尔滨市区的尚志公园、兆麟公园、建国公园、古梨园、湿地公园、体育公园等各个公园里,道里的圣·索菲亚教堂、香坊的哈利路亚教堂、南岗的圣·阿列克谢耶夫教堂、道外的清真寺等广场上,以及小区的院落里,有徒步走圈的、有用器材健身的、有挑灯夜战下象棋的、有聚到一起聊天的……

在节奏感很强的乐曲中，穿着统一运动装的人们，做着健身操、跳着健身舞，忘记了年龄、忘记了疲惫，展现了团队的整体美。做健身操、跳健身舞，这是夜幕下哈尔滨的一大景观。如果你留意的话，还会发现每一个做健身操、跳健身舞团队的后面，总有三三两两着不同服装、做着生硬动作的"编外"人员，而这看似有些不同的反差，却是群众性的体现。6月16日晚，我在中山路马家沟旁的广场上，就看到一位已经当了爸爸的青年人，穿着背心、休闲裤、休闲鞋，将穿背心裤衩的小儿子托在肩膀上，跟在健身操的队伍后面，踩着节奏……这一幕我用手机拍下来。

伴随着悠扬的曲调，人们跳起优美的舞蹈。热爱京剧的人们，虽然观众不多，但他们都很投入，在京腔韵味的国粹中得到陶醉。民族乐器与西洋乐器结合的乐团，给爱好歌曲的人们搭建了展现的舞台。每当那些脍炙人口的歌声响起的时候，互动的震撼，同唱一首歌……在中山路文昌桥下、香坊沃尔玛购物广场、革新街教堂广场、儿童公园的花卉园旁，只要傍晚一有时间，我总要去听一听、看一看。

哈尔滨夏天是一个不眠之夜。尤其每年端午节的头一天晚上（五月初四），人们不等太阳下山，老早就来到松花江畔、市区周边的湿地，支起帐篷、打着灯笼、摆上各种熟食、烧烤、水果、啤酒，欢声笑语，通宵达旦……迎接端午节早上的到来，踏青、采香蒲、拔艾蒿、挂葫芦、系彩线、观龙舟……

哈尔滨，是一座有着独特文化传统的城市。在东西文化相互交融之中，铸就了哈尔滨人喜爱音乐的品性。群力新区辟建的音乐主题公园，晚霞映红了"太阳岛上"的简谱；中央大街上栩栩如生的乐器组合铜雕，夜幕下仍旧专一的演奏；歌剧院、莫斯科大剧院里中西合璧的精彩演出……每当"哈尔滨之夏音乐会"到来之际，街区举办的群众露天音乐演唱会给这座城市带来沸腾……

五彩霓虹灯下，使哈尔滨的夜晚更加迷人，令人向往。

哈尔滨已是誉满中外的一张名片。作为哈尔滨人更应该倍加珍惜与维护这张名片。如果说，哈尔滨是天鹅项下的珍珠，那么夜幕下的哈尔滨，则是一颗闪闪发光的夜明珠。

悠远的风俗画

冰天雪地观农庄

  2014年腊月十一那天一大早,我随同黑龙江《新农村》杂志社的朋友们从省城哈尔滨出发,前往70多公里的兰西县黄崖子东北民俗村参观采风。

  兰西,对于我来说,既熟悉又陌生。熟悉的是地处松嫩平原腹地的兰西,广袤的黑土地,物华天宝,是粮食作物的主产区,更是享有盛誉的中国亚麻之乡。兰西的香瓜口头好,在省城很有名。每当瓜秋时节,哈尔滨的早市夜市和一些三类街道的路口都有商贩的机动车或摊位叫卖兰西的香瓜。陌生的是,这些年,我几十次来往于贯穿黑、吉、辽3省的202国道哈尔滨至黑河间,每一次都在兰西县城匆匆而过,没有机会撩起秀女般兰西这块神秘的面纱,也没有机会顿足于寺院庙宇前聆听悦耳的暮鼓晨钟,更没有机会倾听呼兰河老人讲述久远的传说。

  出了市区,没有了喧嚣,也少了色彩,入冬以来的几场大雪,覆盖了秋的金黄,冻土下面孕育着春的绿装,除了灰黑色的公路路面外,林带的土床披上了白斗篷,田地盖上了白绒被,村庄的屋顶红帽罩上了白纱巾,银龙般的冰河,哈达似的小路,偌大的一张画纸,旷野上下一片白茫茫。

  轿车从202国道右转进入绥兰公路,一路上坡,缓缓而行,尾部的排气管冒出来的白气瞬间又被凛冽的寒风吹得无影无踪。当轿车向东行驶不足3公里时,在路边停了下来。紧挨公路道南便是黄崖子民俗村迎客门。

  黄崖子民俗村迎客门一旁就是黄崖子休闲农庄。拉合辫子修筑的土粮仓格外显眼,休闲长廊上干枯的藤蔓被朔风吹得哗哗作响,地上留下的果蔬根茎告诉人们这又是一个年轮的收获,田园里土乡土色的老房子,四周的篱笆墙,还有醒目的漫画和标语、地里的黑土与白雪,勾勒出一道独特的风景线。

特殊的"迎宾队伍"

笔直的村路,直通村里,路旁排列有序的杨树林高大的树干、光秃的树冠、裸露的枝条在寒风里向过往的人们示意。我们一个右转弯,下了公路沿村路南行去村里。

这是一个较大的典型东北村落,东西走向的一条主街道足有一里多长,街道两旁错落有致地分布着村民的房舍,虽然没有见到像甘南兴十四镇村民住楼房别墅的,但房盖上不规则的积雪露出红、蓝的铁皮及红砖水泥屋面,足可知这里的村民在经历了农村伟大变革之后,正分享着祥和富庶的喜乐。而家家户户黄褐色的院墙、栅栏式和草苫式的人字形墙头,又把人们带入古朴、简约的过去。

"十里不同风,百里不同俗……"在村头一个醒目的水泥塑造的巨型书,曰"民俗诗篇"干练精辟的文字简洁明了地高度概括了土风、土俗的地缘成因、历史沿革、社会价值。

北方的数九腊月天,太阳公公也显得有些吝啬而收敛了光芒。或许我们的到来太突然,或许我们来的也太早,街道上没见有行人走动。

不过,街道两旁早已安排好了身着不同服饰、做着不同姿势的男男女女和老人孩子们 24 小时全天候的"迎宾队伍"。有放露天电影的、唱二人转的、放二踢脚的、摔泥泡的、爷孙对弈的、凑在一起唠嗑的、老汉叼大烟袋抽烟的……乡村里也有自己欢乐休闲的舞台;有编筐窝篓的、儿媳给婆婆洗脚的、妇女纳鞋底的、腌酸菜的、喂大鹅的、烧苞米的、做大酱的……平常百姓家也是过着有滋有味的日子;有铜缸铜锅的、放猪的、小烘炉铁匠打铁的、洋铁匠做工的、磨菜刀的、压滚子的、挂马掌的、算卦先生摆摊的……五行八作,各展技艺。原来这些迎酷暑、战严寒的人们竟是一组组栩栩如生的塑像。

这条街道就是黄崖子民俗村辟建的"关东民俗旅游文化大道"。假如你夜间进村来到这条大道,完全可以被这些以假乱真的塑像蒙住,或许你会上前打个招呼:"老乡,这么晚了还在忙啊!"或许你上前问道:"老乡,去民俗文化博览馆和乔家大院怎么走?"徜徉在这条民俗旅游文化大道上,仿佛置身于一幅悠久的民俗民风画卷之中。

不知不觉地来到"关东民俗旅游文化大道"的西头,一个巨大的茶壶雕塑矗立在路北,表达了有朋自远方来不亦乐乎的民俗礼仪。如同你到了雪域高原,藏族同胞一定会向你献上哈达、敬上青稞酒一样,如同你到了风吹草低见牛羊的大草原,蒙古族的同胞一定会向你敬下马酒、捧上奶茶一样……在祖国的北疆,由于受金源文化和满族文化的影响,客人来了首先就是以茶待客,以示尊敬。这让我忽然想起唐宋八大家之一的苏轼当年游莫干山,在寺观的境遇而写下的"坐请坐请上座,茶敬茶敬香茶"的故事。不过,假如你来到黑龙江、来到兰西、来到黄崖子,粗犷、豁达、热情、真诚的黑土地上好客的人们一定会张罗着为你端茶倒水,递上旱烟袋抽上一锅,喝上几盅高粱烧。猛然间,眼前这茶壶炉火正旺,鼎沸的热浪,清香的茶水正在为客人消渴解暑、驱寒暖身。

藏珍存奇的博览馆

在路南,一个较大的四合院,这就是黄崖子民俗村的"东北民俗文化博览馆"。博览馆的大门向北开,高高的门楼是用苇子起脊,正中悬挂着苍劲有力的东北民俗文化博览馆蓝色凹字匾额。博览馆的门楼左右各挂一只十分显眼的大红灯笼,增添了几多喜庆。博览馆的大门是用苇席装饰的,与苇帘子苦房、黄褐色的墙壁,浑然一体,简朴自然。

透过那由微黄变成褐灰色的苇席、苇帘,毋庸置疑地告诉人们,这芦苇就是产自黄崖子人赖以生存的呼兰河畔。我虽然是个外乡人,在少陵河畔长大,呼兰河与少陵河如同孪生兄弟姐妹,千回百转,投向松花江母亲的怀抱。我仿佛听到了那冰河底下传来深沉的吟诵与欢快的歌唱,我仿佛嗅到了那绿野仙境大自然的味道和稻谷的飘香,我仿佛看到了那白茫茫的芦苇荡在招手致意,以及芦苇荡里突突飞起野鸭的凌空表演。

我不敢拉长记忆的焦距,只是瞬间的回放。定睛一看,大家已经进了博览馆的大院,而我却被大门两侧山墙上的画面所吸引。这就是土坯房子篱笆寨、窗户糊纸纸在外、姑娘叼个大烟袋、养活孩子吊起来、狗皮帽子头上戴、反穿皮袄毛朝外、大缸小缸腌酸菜、冬包豆包讲鬼怪的"东北八大怪"。

这黑土地上的人们全知道的东北八大怪,画龙点睛般地道出了东北乡土风俗的真谛。

站在东北八大怪的彩画前,我的眼前浮现出许许多多的画面,尽管那画面早已泛黄,但还是那么的亲切、那么的难忘,寒风中怀旧的一种冲动让我不停地按动快门、贪婪地多看上几眼。我突然看见在大门左侧,水泥塑造的"怀旧之旅"四个鲜红的隶书体大字,脸上露出了由衷的微笑。

进入博览馆后，院子中央的大碾坊吸引了大家，先后留影纪念。在我记忆中，每到冬季，特别是一进腊月门子，碾坊是屯子里最热闹的地方，歇人歇畜不歇碾子，通宵达旦连轴转。"扔把笤帚占盘碾子"，是碾坊里以物示意的不成文规矩，意思是告诉别人这碾子我还没用完。屯子里的人们不知道围着碾坊一年转了多少圈，也不知道转了多少年，直至有一天通了电，粮食加工机械的到来，才告别了那原始的作坊。

在院子的偏西南处，有一口土井，井口上方架起的辘轳、井绳，一只铁箍的水桶，还有马槽。激情燃烧岁月的老照片和民俗介绍的展板，四周房舍门的上方都标有展室的名字。

在俗语风俗展室里，可以看到精选出来的东北方言俗语及民间流传的歇后语、俏皮嗑、哨等诙谐幽默的文字展示。像"埋了咕汰""整个浪""吊儿郎当""费劲巴拉""叽叽歪歪"……这些方言东北人谁都能说上几句。流传很久的俏皮嗑，至今仍在耳畔回响。诸如，"大姑娘的手，春杨柳，刚出锅的豆腐，黄瓜纽"说的是四大嫩；"东北风，河里的冰，老爷们的胡子，猎人的弓"说的是四大硬；"头场雪，瓦上霜，大姑娘小脸儿，白菜帮儿"说的是四大白等，还有什么四大红、四大喜、四大绿、四大黑、四大累、四大舒坦……可以随时结合人与物与事的特征编出来，常常是素中藏荤，荤里有素，荤素搭配。这些俏皮嗑是儿童玩耍打嘴仗的武器，也是大人逗哏的笑料。那茅房里的石头——又臭又硬、光着屁股上吊——死不要脸、豁牙子靠墙根——卑鄙（背壁）无耻（无齿）、白菜地捞镰刀——棵（嗑）散了、小鸡不尿尿——各有各的道……以物寓意的歇后语更是让你感到诙谐语言的力量。那相互斗嘴的哨，用成串儿成套儿合辙押韵的话语回应对方，更是一台好戏。我想，这些俗语风俗仅有文字记载还不够，如果能录制成音像作品供人欣赏岂不更完美！

在民俗风俗展室里，看到狗皮帽子、大褂子、甩裆裤、靰鞡等具有浓郁东北乡村衣装打扮的实物和照片。在生产风俗展室里介绍了节气与农事活动、农业谚语、气象谚语及土地的改革过程等，在这里看到久违的原始脱粒、编炕席、打麻绳、纺纳底绳和灯台、罩灯、马灯、窗棂、马鞍子等物件，而东北订婚、过礼、迎娶、闹洞房、生子的过程及开脸、回门、离娘肉等在婚俗风俗展室里介绍得淋漓尽致。再现"文革"时期黄崖子屯所发生的事情的"文革"风俗展室，有印有"最高指示"的原稿纸及蓝墨水书写的文字、红卫兵塑像、农业学大寨标语及生产队的各种账表、单据等。还有民俗百态展览、节日风俗展览，特别是过年贴福字、贴挂钱、贴对联、贴门神、供奉的家谱等往昔的情景历历在目。

往昔乡村里儿童游戏和玩具有拨浪鼓、扳扳倒、跳绳、翻花绳、走五道、打水漂、嗷嘎拉哈、踢口袋、藏猫猫、老鹰抓小鸡、弹溜溜、团泥球、打弹弓、摔泥泡、扣马掌钉等，透过展示的单调实物与图片，眼前仿佛出现了往昔孩子们玩耍的欢声笑语和大人们乐得合不拢嘴的情景。

乔家大院，是以当年闯关东的乔家拓建的院落，这是东北移民史的一个缩影，在这里可以找寻到垦荒者的足迹，看到东北乡村民建的范例，领略到治家的秘籍。

意犹未尽的思绪

我伫立在街道上再次环顾黄崖子村，寒风伴我在思绪的高速路上奔跑。

我感叹，一方水土养一方人。源远流长的呼兰河水和岸上这片神奇的土地，在黄崖子村得到完整的印证。黄崖子人在漫长历史进程的岁月中，以适者生存的理念，以融合的姿态，不断求索，发明和创造了看似很原始但又十分符合科学原理的生产、生活工具和用品，磨合出特有的语言文学、民俗民风，这是勤劳与智慧的结晶。

我感怀，透过黄崖子民俗村又拾起往昔的故事，又嗅到老屯泥土的芬芳，又看到草甸子的猪马牛羊，又听到了少陵河水的欢唱。一个身在他乡为异客，如今已是心安无处不故乡的我，到什么时候也不会忘记养育我的家乡，知足感恩家乡给予我的精神财富、勇气与力量。

我感慨，如今的日子红火了，但不能忘却远去的岁月。让更多的人了解过去，并不是守旧，而是更好地珍惜今天、展望未来。通过像黄崖子民俗村这样的展览，在远去的年代、浓缩的史话中，开眼界、明事理、知兴衰、辨真伪，扬弃约定俗成的民风民俗文化，与社会同步，与时代同行，大力弘扬社会主义核心价值观，凝心聚力实现伟大的中国梦，这就是黄崖子民俗村的价值所在。

黄崖子民俗村！待到春暖花开时，我再来看你！

那棵记忆中的黄海棠

洁白的杏花、鹅黄的迎春花、微紫的丁香花、粉红的干枝梅花……在这繁花似锦、孕育收获的季节里，我又想起了老宅庭院中的那棵黄海棠树。

老宅门前的庭院不是很大，临胡同盖了一排棚厦装杂物，一个铁大门，与这个胡同十几家住户浑然一体。

那年秋天，母亲在庭院的西南侧栽下了一棵黄海棠树。春天，为黄海棠树老早浇灌；夏天，为黄海棠树剪病枝、摘病叶、喷药防虫；秋天，为黄海棠树培土施肥、剪枝；冬天，为黄海棠树裹上防寒的草帘子、立上护桩。几年后，枝繁叶茂的黄海棠树开始结果了。母亲父亲仍然是年复一年地按照时节该给黄海棠树做什么就做着什么。

每年春天，邻居家的李子树、红海棠树、樱桃树开花了，母亲栽下的这棵黄海棠树也争相斗艳，满枝的白花，带有黄丝条的花蕊，引来嗡嗡的蜜蜂。

雪白的黄海棠花瓣随风飘落，枝头坐满了果子。酸涩的果子包裹着一层白霜，也照样诱人，邻居家的小孩、大人来串门也禁不住在树下转转，摘几个青果嚼嚼，酸涩的直咧嘴。到了八月份，酸涩的果子慢慢变黄。进入九月份，黄澄澄的、又甜又脆略带酸味的黄海棠果压弯了枝头。

黄海棠树越长越高，超过了房顶，树冠遮挡了大半个庭院。每当黄海棠果熟了时，被踩得平平的黄海棠树下散落着熟透的自然落地的果子。树下放着一个梯子，还有一个带铁钩的木杆子，用来摘树梢高处的果子。

父母是个热心人，谁来了都要摘一些黄海棠果吃，走时还得拿一些。

后来，黄海棠树累了、病了、也老了……

村落的崛起

　　金秋时节,恰巧在9月9日第29届教师节这天,我们一大早从省城哈尔滨出发,沿着绥满高速哈大齐段一路向西北疾行,尽掠松嫩平原的美景,一堆堆金黄色的紫花苜蓿点缀在平坦的牧场上,一片片芦苇随风泛浪。那中外闻名的大庆油田、素有鹤乡之称的扎龙自然保护区、史上抗战有名的齐齐哈尔嫩江大桥,行程400多公里,来到了被誉为"龙江第一村"的黑龙江省甘南县兴十四村。

　　当我们进入兴十四村的地界时,只见田野里架起一道道喷灌长龙,一条条水泥浇筑的农业开发路横贯田间,一道道林带绿荫镶嵌在田地的四周,一片片金黄色的稻田泛起波浪。啊!真是不一样啊,我情不自禁地感叹。

　　当我们从醒目的"兴十四村"四个大字的拱形钢架门进入村镇的时候,映入眼帘的是一条条宽阔平坦的水泥路、一幢幢精美别致的红顶白墙花园别墅。正赶上兴十四学校午休,穿着整洁蓝色校服的学生三三两两地走在回家的甬路上。

　　我们来到了广场旁的村史展览馆,在兴十四村城乡建设一体化总体规划图沙盘前,讲解员向我们概括介绍了兴十四村的现在和未来。在总体规划图沙盘的墙壁上,一幅超长的兴十四花园别墅彩照,就是村民入住的被国家住房和城乡建设部认定的AAA级住宅项目。当年,那面略带三角形的垦荒先锋队红旗,人拉犁杖开荒、草架子窝棚前合影的照片,陈列柜里当年村民们穿的靰鞡、裹腰棉裤、棉帽子在讲述当年北大荒的恶劣气候和生存的艰辛。还有当年的花轱辘车及生产劳动工具,特别引人注目的是,一台东方红牌链轨拖拉机,那是由总支书记付华廷当年腰里揣上煎饼,不辞辛劳地从外地一点点买回零部件组装起来的。大量的奖牌和领导接见的图片,记录了兴十四村的成功与辉煌。一面红色横幅印着金黄字体的"付爷爷您辛苦了,祝您健康快乐!"上面还有兴十四村小学生们的签名。孩子们的亲切问候和美好祝愿,流淌着感恩的情愫。

原来,1956 年,大批山东移民来到了松嫩平原西部的亘古荒原,并兴建了以"兴"字为序的一批移民新村,兴十四村因而得名。兴十四村,是山东临沂地区的移民。建村之初,在茫茫的荒原上,地上只插着一个木头橛子和一面小红旗,是一个"房无一间、地无一垄、树无一棵"的"三无村"和"生产靠贷款、生活靠救济、吃粮靠返销"的"三靠村"。在当地党委和政府的正确领导和大力支持下,通过兴十四村几代人的艰苦奋斗,特别是在党总支书记付华廷、四十年如一日地带领全村干部群众没有分田到户,坚定不移地走共同富裕之路,经过苦干实干拼命干,发生了翻天覆地的变化,取得了令人瞩目的成绩。兴十四村受到国务院嘉奖,被评为全国文明村镇、全国先进基层党组织、全国生态文化村等县以上奖励多次。党总支书记付华廷获全国劳动模范、共和国经济建设功勋人物等殊荣,先后当选全国人大代表、党代表,受到胡锦涛、习近平等党和国家领导人亲切接见。中央和黑龙江、山东等新闻媒体先后报道了兴十四村的先进事迹。

参观完村史展览,村总支书记付华廷同我们合影留念。然后又参观了农机合作社,大型进口拖拉机及其配套的机械整齐地存放在库房和停靠场上,不仅看出经济实力,而且农民真正从繁重的田间体力劳动中解放出来。在生态园展厅里有俗称"大地雷"136 斤的大西瓜,还有大南瓜,据讲全国农博会送展的大南瓜 330 多斤。一万平方米现代化的智能温室真是壮观,在这里一年四季都有盛开的花卉,还有无土栽培的芹菜、种植的西红柿、黄瓜等菜蔬。那一排排塑料大棚,遮住了视野。在一个超长的大棚里,我见到了号称"大地雷"的订单大西瓜,据讲一个大西瓜卖到 3 000 元。我仔细观察了一下,一个大西瓜有 6 个蔓供养其生长。礼品小西瓜是吊起来长的,刚刚下架。在明亮的生态园里,我们品尝了智能温室里的黄瓜、西红柿和大棚里的礼品西瓜,大家交口称赞。然后,参观了村民别墅,建设中的新区,原来音河乡也纳入了兴十四镇,不久将搬迁至此。村外以针叶的樟子松、落叶松为主兼有阔叶的杨柳树人工生态林,酷似天然氧吧,阵阵清香扑鼻而来。大家又来到田间参观有机水稻。据讲今年种植水稻 15 000 亩,预计亩产水稻 1 400 斤。我还特意摘下一个稻穗,数了数有 135 个稻粒。在夕阳的照耀下,泛黄的稻穗低下沉甸甸的头。不由得让我想起毛泽东的《七律·到韶山》中"喜看稻菽千重浪,遍地英雄下夕烟"的诗句,而今兴十四村全部实现了机械化,劳动力得到解放,已是"喜看稻菽千重浪,少见英雄在田间"了。

据介绍,兴十四村绝大多数劳动力成为二、三产业工人,土地实现了规模化种植、集约化经营。兴十四村在村办企业的基础上发展起来的黑龙江富华集团,先后建起了乳品厂、玉米深加工、马铃薯深加工、生态产业园等。兴十四村还立足独具特色的关东拓荒文化、现代化的农业生产和优美自然的田园风光等旅游资源,依托村史展览馆、单体花园式村民别墅群、万亩人工松林、村民公寓楼小区,大力发展具有浓郁关东文化乡土风情的红色、特色、绿色旅游。特别是随着以兴十四村和付华廷为原型的电视连续剧《龙头岭》、电影《神鹤》等影视剧在村里拍摄,更是吸引了大量省内外游客纷至沓来。兴十四村1982年就成为全国第一个彩电村,2002年以来投资建设了花园式单体村民别墅,村民只需出10万元,便可获得一栋有产权的别墅。还投资实施了"村电网改造工程",统一改用地缆。建设了高标准村民公寓楼、村中小学校、卫生院、三星级宾馆、村史展览馆、文化休闲广场、商服一条街,以及大型秸秆沼气工程等。村民享受新型农村合作医疗、社保补贴和公益性岗位补贴、学生上学等"十免费"待遇,生活富裕和谐。

农业产业化、农区工业化、住宅别墅化、村风文明化、管理民主化、多数村民非农化,这就是兴十四村现在的真实写照。

耳闻目睹,我被兴十四村的山东移民将沂蒙精神、闯关东精神与北大荒精神融为一体,在亘古荒原创造的奇迹所感动、所震撼、所折服、所感慨!

如果说在战争年代,沂蒙人民用小米供养了革命,用乳汁养育了革命,用小推车推动了历史,沂蒙精神是中国共产党与人民群众血肉相连的典范。那么今天,在兴十四村,来自临沂地区的山东移民把沂蒙精神带到了祖国边陲,得以发扬光大,在黑土地上生根开花结果,为黑龙江省的社会主义新农村建设做出了贡献。在村史展览上有这样一条醒目的文字"工资不多拿,奖金不多要,干部及家属不搞特殊"这是村干部的约法三章。村干部这种保持与人民群众同甘共苦的自律精神,更值得学习与敬佩。

就是这么一个当年中国地图上都找不到的地方,这么一个不沿海、不沿江、不沿铁路线、不靠大中城市,又无矿产资源的移民村却在祖国的边陲北疆,盛开着社会主义新农村建设的一朵奇葩。

兴十四村,祝愿你明天更美好!

李子酸·李子甜

在老家那间茅草屋前的园子里，有一棵李子树。是父亲亲手栽下、母亲亲手浇灌的李子树，也是这个偏僻村落里唯一的一棵李子树。

按照当地人的风俗习惯，房前屋后栽树是有讲究的，叫作"前不栽松后不栽柳"。意思是，假如房前栽上松树，取"前紧后松"之意，喻指那是对祖辈的不敬；假如屋后栽上柳树，取"烟花柳巷"之意，又喻指后人将来不正经。你说，这传统的穷讲究就是多。但，这都是民间一辈一辈传下来的，已是约定俗成的了。谁要违反了这个"常理"，是要遭到人们非议的。

父母虽然没有文化，但这民俗得懂啊，也得守啊。所以，栽下李子树，寓意子孙满堂、健康成长，取谐音"励志"，意激发勉励后人，都是一种美好的希冀与期盼。

冰雪消融时，春风扑面，那棵李子树绿叶子还没长出来，就撒娇似的鼓起了花蕾，竞相绽放，雪白的花瓣，芳香四溢……忽然，一夜风雨，花落满地，高粱米粒大小的李子留在了枝丫上。

我天天到那棵李子树下转悠，盼着李子快快长大。可这李子偏偏与你作对，怎么长得那么慢啊？当李子长到了像黄豆粒，终于盼到了李子可以品尝了。先下手为强吧，兄弟姊妹多，你一天摘几个，他一天摘几个，没过多久，那棵李子树上的李子全没了，剩下的只是片片的绿叶了。

青涩的李子还带着白霜，酸涩酸涩的，咬一口直咧嘴，嚼一口直倒牙。这就是我记忆中的青涩的酸李子……

当年，一样的天，一样的地，那时真穷啊，穷得锅碗瓢盆叮当响。吃的，有上顿没下顿，有时就揭不开锅；穿的，补丁连补丁，小的捡大的衣服穿；住的，泥草房、大火炕、窗户纸、点油灯；走的，泥土路，晴天一身灰，雨天一身泥……

大锅饭的年代,这里没有华西村、兴十四村子的富裕标杆,却"发明创造"了花钱靠贷款,吃粮靠返销,生活靠救济的"三靠"集体。

就像有的朋友说的,小时候我就以为香蕉是黑色的,后来才知道,那是因为母亲买处理的香蕉能节省一点钱,好的买不起呀。那时,新鲜水果根本运不到这里,只有冬天才能见到一些橘子,是挤压在一起冻成坨的,苦溜溜的;梨,也是黑色的,冻得硬邦邦的;苹果,也未能幸免,是冻的,皮褶褶的,酸了吧唧的……

一场伟大的变革,似春风,吹醒了祖祖辈辈面向黄土背朝天、日出而作日落而息的乡下人,吹绿了那穷乡僻壤……山乡沸腾,大地欢歌,茅草屋被砖瓦房、楼房所代替,拖拉机、小汽车开进了平常百姓家,泥土路变成了水泥路,连成片的土地实现了机械化,退耕还林换来了满山坡的花果树,已不是昔日的瓜田李下了,那李子树上沉甸甸的李子,尽情地长着,泛着羞涩的红晕,散发诱人的果香,露出甜蜜的微笑。

李子酸、李子甜,往事并不如烟,今非昔比,苦尽甘来,换了人间!

第二辑
顿悟：感慨与感动

"拼命三郎"谢幕的"拼命之履"

说到著名诗人、作家、剧作家、评论家谢幕,从大东北到大西南,从东海之滨到西部雪域高原,从华北平原到江淮流域,在中国的文学界早已赫赫有名。在众多文学爱好者的眼里,只知道黑龙江省哈尔滨市有一位著名的文学评论家谢幕。却很少有人知道他的原名郭治军,就连参加作协会议住在一个房间的作家警喻,多年后才揭开谢幕本名是郭治军的谜底。甚至,30年前一起参加哈尔滨市作协文学创作研讨班的同学郑旭东,也才恍然大悟,把30年后站在自己面前的谢幕与当年的郭治军对上了号。郭治军,仅仅属于他行使公民权利与义务的时候才以其自然人的身份出现。

谢幕老师毕业于黑龙江文学创作讲习所、中国文化书院中外比较文化研究班、哈尔滨大学。真正了解他的人,都交口称赞他是一位乐观向上、胸怀坦荡、谦恭笃学、和善包容、敢于拼搏的人,30多年如一日,他把文学创作作为自己最高尚、最美好的追求。

谢幕老师曾为国内外华语诗人、作家撰写评论(序)300余万字;曾出版诗集《情脉与血脉》《痴醉与痴狂》,长诗集《感动的日子》(2万余行73万字)等,纪实传记《风雨人生》(10万字)、《哈尔滨速度》(38万字)、《青帮大佬张仁奎》(33万字)、《战神之首:无敌航母秘密档案大全集》(38万字)、《日落要塞——日本关东军霍尔莫津要塞》(36万字)等,散文集《感觉的盛宴》(26万字)等,评论集《品评与赏析》(63万字)、《白山与黑水》(50万字)等,出版作品10余部,计500余万字,另有30余部计800余万字的作品集待出版,共撰写作品1 200余万字。曾主编出版纪念中国人民抗日战争胜利暨世界反法西斯战争胜利60周年文集《和平鸽·橄榄枝》、纪念中国人民抗日战争胜利暨世界反法西斯战争胜利70周年文集《醒狮与腾龙》(67万字);纪念哈尔滨解放70周年文集《传承与传奇》(63万字)、"紫丁香文丛"(10本)、"雪龙文丛"(3本)、"黑水文丛"(3本)等。辉煌的创作成就,回报给自己的祖国与人民,奉献给这个世界。

成就与荣誉总是成正比的。谢幕老师一个个职称加冕、一个个耀眼光环闪烁:中国散文诗学会理事、中国诗歌学会会员、中华诗词学会会员、黑龙江省作家协会会员、黑龙江省评论家协会会员、黑龙江省戏剧家协会会员、黑龙江省电影家协会会员、黑龙江省电视艺术家协会会员、黑龙江省曲艺家协会会员、黑龙江省诗词协会会员、黑龙江省楹联家协会会员、黑龙江省散文诗学会会员、黑龙江省中华民族文化促进会会员、黑龙江萧军文学研究会副会长、黑龙江省地方文学研究会副会长、哈尔滨市党史研究会会员、哈尔滨市延安精神研究会会员、江南诗词协会会员、莱芜诗词协会会员、《国际华文出版社》编审、《江北诗词》名誉主编、《北疆诗人作家》总编、《华人企业精英》总编、黑龙江省电视艺术家协会影视创作专业委员会副会长、哈尔滨柯蓝散文诗朗诵艺术团副团长、哈尔滨市文联全委会委员、哈尔滨市作家协会全委会委员、哈尔滨文学艺术评论学会副主席、哈尔滨市道里区文联副主席、哈尔滨市道里区作家协会主席。

德艺双馨的谢幕,被文学圈里的人称之为"拼命三郎"。

说到"拼命三郎",人们自然都会联想到施耐庵《水浒传》里梁山好汉一百单八将中侠肝义胆的石秀。

而今称谢幕老师为"拼命三郎",则是指他在文学创作道路上,无论是面对顺境还是困境,都矢志不渝地倾注满腔热血,以超常的毅力,用文字讴歌生活,用笔触驱赶寂寞,用作品换来快乐,走在时间前面,从不懈怠、从不自满、不断求索、不断攀登的拼搏精神,是他智慧与才华在文字上的体现,是他文学作品速度与质量的完美结合。简而言之,他的作品就是四个字:又快又好!

我们沿着这位文学创作成功者的足迹寻去,在"拼命三郎"谢幕老师身上,有许多"拼"字的传奇故事,令人折服,令人仰慕,令人感叹!

步月登云,为实现一个梦想而拼

在谢幕老师家中书架的醒目位置,摆放着镶嵌木框的一张黑白老照片,照片里一对慈祥的老夫妻,是他的父亲母亲。

谢幕老师拿起照片深情地告诉我,他的父亲是一位水利工程师,大学毕业后一直在省水利部门工作,把毕生的精力与才能奉献给了他那个水利事业。从懂事起,经常看到下班后回到家中的父亲伏案疾书、灯下读书的身影。"书里有大智慧、大学问,你一定要好好读书。"父亲的话语在他幼小的心灵里埋下了发奋读书的种子,一定要成名成家,而他在很小的时候就立下一个大志向,就是想成为一名作家,并为这个理想、这个梦而奋斗着。

为了早日实现自己的美好理想,谢幕老师从小就养成了读书的良好习惯。他上中小学时,正赶上"文化大革命",学习文化、读书遭受了毁灭性的摧残。别的同学还陶醉在玩耍中,而谢幕老师却悄悄地开始了读书与学习。他在父亲的教育下,开始识字、做算术题。父亲下班回来后,给他讲解《三国演义》《水浒传》连环画册。他常常被画册里的人物故事所吸引。因为,在那个年代这些书都被视为"四旧"的禁书。但求知的欲望,使他爱不释手,百读不厌。

谢幕老师向我讲述了这样一个故事:在他放学的路上有个商店,摆放着一本华特·司各特的《爱丁堡监狱》(上下册)才1元多钱。为了买这本书,自己把母亲给买冰棍的钱一点点攒起来,等到两个多月把钱攒够了,高高兴兴地去买这本书时,结果书卖没了,回到家中他哭了一场。母亲知道原委后便说,以后要买书就先说一声,两个月不吃冰棍就是了。

"父亲很支持我读书,一次出差在外地,高于书价几倍的交了押金租到《莎士比亚喜剧四种》,从远方把这套书给我背了回来。"谢幕老师说。

那时候新华书店全是"马恩列斯毛"政治类的著作,文学作品几乎没有,他去同学家写作业,发现一本《唐诗一百首》,同学们排着号争相借书抄写。他为了尽快抄写完转交下一个同学,就起早贪黑地抄写,手指肿得生疼,就垫上棉花,足足用一周的时间,连正文注释译文都抄录了,并都能背诵下来。

当《理想之歌》在《人民日报》副刊上发表后,这是由高红十、张祥茂、陶正、于卓四位北大72级工农兵学员集体创作的,全诗共4章、540行、3 758个字。谢幕老师朗诵完后,认为是好诗就立刻抄录在本子上。

谢幕老师读书记忆力好,许多故事都能记在心里,而且速度快、理解能力强。他说:"《鲁迅日记》多难读啊,两大本子,我一个假期就全读完了。"

后来,他下乡当了"知青",开始创作。他参军到北海舰队成为陆地特种兵,几年的时间里,脚踏战舰,头枕波涛,紧张的训练、执勤过后,忘不了读书。从部队到地方在哈尔滨车辆厂当过秘书、安全员、调度、办公室主任,还是党支部宣传委员、组织委员,而他主管生产的时间最长,优越的工作环境、繁杂的工作材料,并没有松懈他渴望知识的读书热情。

谢幕老师讲,一次单位让他出差去烟台办事。当时从大连乘坐的是东方红2号大轮船,夜行渤海湾。他就在轮船小卖部买了一本茅盾先生的长篇小说《子夜》,在船舱卧铺(三等舱4人间)上借着橘黄色灯光夜读《子夜》。

　　20世纪80年代后期,电影《芙蓉镇》上映后,他观看后感到还不解渴,于是就从新华书店买回了古华的《芙蓉镇》原著。那天,他上午9点从书店买书回到家中之后,便纹丝不动地读了起来,把小说当饭吃,直至夜半时分,读完了这部长篇小说。

　　读万卷书,行万里路。以书为友、与书为伴的谢幕老师,在知识的海洋开始绽放异彩。为实现自己当作家的梦,17岁的他就在《新青年》刊物上发表处女作。使他在晨曦中,看到了将要喷薄而出、冉冉升起的红日。

　　剧本,是集文学体裁于一身的整合体。老师说,写好了剧本,什么题材都会写了。于是,他就用3年时间专搞剧本创作,做了深厚的积淀。而后,开始写长篇、中篇、短篇小说及散文、评论,创作诗歌是最后的事儿。他讲述了自己文学创作的经历。就这样,第一部剧本、第一部长篇小说、第一部评论集、第一部诗歌集、第一部散文集……诸多的第一部,成了他创作生涯牢固的奠基石和耀眼的里程碑。

　　他曾感慨地说:"俗话说:有志者,立大志;无志者,常立志。那些今天想当科学家,明天想当数学家,后天又想当医生的人,最终什么都当不成,因为三分钟热血,不能成其大业,这就是无志者的'常立志'。只有那些'立大志'的有志者,只有那些为实现自己远大理想而持之以恒的人,才能最终到达那理想的彼岸,光辉的顶点。"

　　谢幕老师的父亲母亲已辞世十余年了,但音容笑貌今犹在他的心中。书架上二老的照片,是他做孝子的缅怀与感恩,也是他向二老回报的告慰。每当他抬头看见照片里的父亲母亲,就有一股暖流涌上心头,就有无限的力量……

炉火纯青,为真功二次锻造而拼

　　谢幕老师从部队回到地方被分配到哈尔滨车辆厂,先是做秘书后又管安全、管生产。优越的工作环境,接触领导机会多,加之他严谨、勤奋、出色的工作得到领导的认可,都说他有发展,但他的心思不是在"当一官半职"上,而是坚定地为实现自己既定的作家之梦而拼搏。为此,他白天在岗位上积极做好工作,晚上回到家中拼命地坚持读书、创作。为使自己能有足够的业余时间,苛刻地规范自己的日常活动。要问谢幕老师有什么嗜好,他一不吸烟、二不喝酒、三不打牌、四不闲侃,惜时如金,学习与创作。为了给自己创造更好的学习空间,他主动向领导提出申请调整了繁杂的秘书工作岗位到安全部门工作。

每一个成功者,都有属于他自己难忘的非同寻常的经历。

在这里,谢幕老师为自己成就文学梦想赢得了两次学习深造提升的机会。一次是参加哈尔滨市作家协会举办的文学作品研讨学习班培训,实际上是一个笔会,前提是哈尔滨举办了一个"哈尔滨风情"的比赛,他和陆春、郑旭东、刘红梅、刘国民、高凯等十余人是从六米高的稿子里遴选出来的。一次是报考黑龙江文学讲习所学习。于是就有了"六米文稿选英才,《两溅江花》中彩头"和"求学若渴进考场,三十比一榜题名"难忘的故事:

在文学创作研讨班里,同学的年龄不同、职业不同,有的是机关干部,有的是工厂职工,还有的是待业青年。经过十几天的紧张研讨学习,大家各奔东西。

一天,郑旭东老师给我打电话说今天有重要活动,我们见面后一同去公交站点等候从呼兰专程赶来的路春老师,期间谢幕老师来到我们面前,问是不是等路春的,郑旭东老师说,只见两人便紧紧地握住了对方的双手。原来,他们都是当年那次文学创作研讨班的同学,因当时通讯不方便,谢幕老师与郑旭东老师这些年失去了联系,好在路春老师与他们两人都有联系。

在谢幕老师家里,他拿出了珍藏30年的研讨班结束时的合影。镶嵌在木框里的黑白照片没有当下的夸张与渲染,照片里的人们穿着朴素,面带笑容,在照片顶部冠名"哈尔滨市作家协会《小说林》编辑部征文笔会",右侧标记的时间为"1986年4月29日"。合影共21人,有全国著名作家、市作协时任主席林予,全国著名作家、市作协时任副主席韩统良,市作协时任副秘书长、诗人李方元,市作协时任秘书支鹰,哈尔滨文艺杂志社时任社长张一,《小说林》时任主编赵润华,15位遴选的文学精英分3排站立。照片是在哈尔滨道里区十二道街照相馆照的。

三位老同学看着照片,"这是王阿成,这是刘国民,这是高凯,这是刘红梅,这是秦雅娟……"

——叫着每个同学的名字,带着自豪与温馨,侃侃而谈。

"当时,市作协说要找个地方办创作研讨班,因我在车辆厂当秘书,经常给领导写材料,接触领导的机会多,于是就跟领导做了汇报,厂领导很支持,当即给单位的招待所打电话,免费提供了食宿。"谢幕老师记忆犹新地说。"在15位同学中,我的年龄最小。"他又接着说。"你看,我在第三排左一,旭东紧挨着我在左二,路春在三排右一。"郑旭东老师接着谢幕老师的话茬说:"是啊,路春跟我说一个班里的同学谢幕,就是对不上号,哪承想郭治军摇身一变成谢幕了!"

当三位老同学,你一言他一语地讲起了照片中的几位领导时,都投以敬佩与感恩的目光,述说着每个人的功绩,缅怀已去世的老领导。

我有幸目睹了三位老同学的会面,无不感慨。当年的15位同学,他们就是从那一次文学创作研讨班里走出来的一代文学骄子啊!

当一只成熟的苹果砸在树下沉思者牛顿的头上时,一个发现万有引力的机遇也由此降临了。如果换了我们,也许会咒骂道:"这该死的苹果!"当我们还在惊叹正在烧热水的壶喷出股股热气时,脑子里压根没想到蒸汽机,而瓦特却发现了其中的玄妙。机遇对每个人来说既是公平的,又是不公平的。因为,机遇藏在苹果里,藏在水蒸气里,然而它只垂青于有准备的人。

谢幕老师就是一个有准备的人,所以抓住了这次机会。

他深有感触地说:"只要有理想,并为之去努力,就是一个美好的人生,坚持走下去,为之付出了,就无怨无悔。""就是从那次创作研讨班开始,给我的文学梦想添加了助燃剂。"

当年,有中央文学讲习所,就是鲁迅文学院的前身,南京部队文学讲习所,加上黑龙江文学讲习所,这三个文学讲习所是全国文学深造的最高学府,堪称文学的黄埔军校。

有一年黑龙江文学创作讲习所招生的消息刊登在《文学报》上。谢幕老师的父亲很支持他报考黑龙江文学讲习所学习深造,因为成就作家梦想、实现跨越,必须要有雄厚的知识根底。

"当时父亲每月的工资才几十元钱,拿出100元钱让我去报名。我去黑龙江文学讲习所报了名,讲习所的老师说等考上录取后再交学费。当问考试有啥复习范围时,老师回答得很干脆,没有。而且距考试仅有一周时间。"谢幕老师停顿了一下又接着说:"个个摩拳擦掌,跃跃欲试,很多人都是背着行李来的,那架势'我就能考上'。我心想,人家这么大决心,肯定有能力。"为了实现学习深造的渴望,谢幕老师凭借学习掌握的知识,也决心进考场拼一把。他回忆说,当年试卷是两部分,文学基础知识40分,命题作文60分。作文做得很有把握,文学基础知识答题也很好。不过,有一个填空题小什么见大什么,其实标准答案是小(巫)见大(巫),结果我填了个小(鬼)见大(鬼)。谢幕老师说这话时语气放得十分缓慢,我看不见电话那头他的表情,但懂得了他的心思:知识,是圣洁的,来不得半点瑕疵。

全省有3 000多人参加考试,最终以30∶1的比例仅仅录取了100名,这个考试比高考还难,当年高考是17∶1。谢幕老师当然是榜上有名。在一年的学习中,谢幕老师更加珍惜这一次难得的机会,刻苦学习文学创作理论,并努力实践。

在讲述"求学若渴进考场,三十比一榜提名"的故事时,谢幕老师不止一次地提到父亲当时很支持,拿出100元钱让他报名的事儿,看得出他充满无限感激的内心世界。

谢幕老师说:就在那一年多讲习所学习和以后的一年多时间里,他创作了1部长篇、10多部中篇、70多部短篇小说,还有几十首诗歌。《昨夜残花》《浊涩泪花》《两溅江花》"三花"三部中篇共16万多字,是当时很有影响的代表作。由此,他开始正式步入文学创作之路。

后来,我在谢幕老师一个标有《谢幕原创作品一览》的笔记本上看到了当年的记录并用手机拍照下来。从长篇小说《阳明滩》(25万字)至《橄榄绿色的摊床》共17篇;从短篇小说《远山,那心的呼唤》至《这……》共76篇,并有论文11篇,总共153.8万字。

是啊,谢幕老师以如奔腾的松花江,似咆哮的黄河,一发不可收的宏大气魄,不知疲惫、不甘寂寞、奋力拼搏、勇于攀登,用自己的文字作品去叠加真正属于他的文学金字塔。

凤凰涅槃,为诠释三项原则而拼

凤凰涅槃,以此典故寓意不畏痛苦、义无反顾、不断追求、提升自我的执着精神。谢幕老师的"短篇不过夜,中篇不过周,长篇不过季"的"三不过"创作原则就是凤凰涅槃的真实写照。

他告诉我,当初在哈尔滨车辆厂白天要上班工作,那时没有双休日,只休星期日,下班回到家中就开夜车搞创作,短篇几千字、万八千字、哪怕一两万字,就是宁可一夜不睡也要写出来,所以常常是写到后半夜,有时甚至到天亮。即使这样,第二天仍然照常上班。从那时起,就给自己规定了这苛刻的三条原则。

一个人给自己定规矩容易,但践行起来又谈何容易。

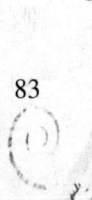

这些年,谢幕老师不恋虚荣与浮华,把宽容给了别人,把苛刻留给自己,低调做人,惜时如金,如痴如狂,一门心思搞创作,用百折不挠的毅力、顽强的拼搏精神,苦其身而乐其心荣其志,把自己美好的追求与心灵信守的契约做到了极致。他将自己绑在了文学创作这架战车上,成为见诸笔端指挥"千军万马"的将领,又是妙布方阵、稳操胜券的军师,更是冲锋陷阵、驰骋疆场的工兵,在文学创作战斗、战役中,不断刷新,推出力作,以兵贵神速、速战速决而著称。

在这里,我列了谢幕老师部分作品目录如下:

谢幕诗集第一卷至第十三卷依次为:

《情脉与血脉》(1980—2000年馈赠诗)、《颂歌与报告》(1980—2000年工业诗)

《困惑与诱惑》(1980—1989年的诗作)、《命题与命运》(1990—1991年的诗作)

《痴醉与痴狂》(1992—1993年的诗作)、《感慨与感悟》(1994—1995年的诗作)

《心痛与心慰》(1996—1997年的诗作)、《孤苦与孤寂》(1998—1999年的诗作)

《倾听与倾诉》(2000—2001年的诗作)、《天堂与地狱》(2002—2003年的诗作)

《雪崩与海啸》(2004—2005年的诗作)、《挣扎与挣脱》(2006—2006年的诗作)

《笑靥与梦魇》(2007—2008年的诗作)……

谢幕散文集(第一卷)《感觉的盛宴》(2007年,26万字)

谢幕散文集(第二卷)《思想的盛宴》(2011年,30万字)

谢幕新死亡诗集(第一卷)《死亡的分列式》(1993—1999年)

谢幕新死亡诗集(第二卷)《死亡的不定式》(2000—2009年)

谢幕散文诗集(第一卷)《黑天鹅与丹顶鹤》(1980—1999年)

谢幕散文诗集(第二卷)《紫丁香与松花江》(2000—2009)

谢幕儿童诗集(第一卷)《太阳帆与月亮船》(1990—1999年)

谢幕儿童诗集(第二卷)《太阳岛与月亮湾》(2000—2009年)

谢幕诗词楹联曲赋集(第一卷)《风韵与风骨》(1980—1999年)

谢幕诗词楹联曲赋集(第二卷)《品格与性格》(2000—2009年)

长篇小说《阳明滩》(1981年,25万字)、《桃园酒家外传》(1983年,30万字)、《中国维和女警在科索沃》(2011年,38万字)

纪实传记文学《风雨人生——潘俊德家族史》(2003年,10万字);纪实报告文学《哈尔滨速度》(2012年,38万字);长篇纪实文学《战神之首无敌航母秘密档案大全集》(38万字);电影文学剧本《义士安重根》(5万字);三十集电视连续剧《靠山寨》(2008年,70万字)等。

就拿2013年来说,谢幕老师用161万字写就并出版了三部作品,3月份出版了长篇纪实文学《战神之首无敌航母秘密档案大全集》(38万字)。他告诉我,这部作品写完后就放在那等我国的航母命名。"当中央新闻联播公布了辽宁舰命名后,马上填在了书稿上即刻付印。"谢幕老师又向我透露了创作这部作品背后的故事:出版社抓住了我国第一艘航母即将服役,市场需求的契机,打算出一部有关航母的书籍,在他接手之前3年出版社找了3个人,当出版社跟第一人谈时,就感到难度太大了。当时答应说,考虑考虑,就这么一考虑,一年就过去了。那时,出版社也是仅有个打算,时间不是很急。结果,第一个人,压根就没有动笔。第二个人,也是耗了一年,仅仅写了几千字而已,连个头都没开出来。第三个人,也同样感到难度太大,写不了。最后才找到了谢幕老师。为了完成这部作品,谢幕老师花近2 000余元购置了相关的图书资料。加之自己当过海军,原来就爱好有关航母方面的书籍,用96天时间完成了这部长篇,发行后成为畅销书。7月份完成并出版了《青帮最后的大佬太爷张仁奎》(33万字)长篇纪实文学。12月份又完成并出版了《感动的日子》(73万字)2万余行的长诗集。加上其他写的评论、散文、神话故事等,一年之内完成了三部书,总计186万字的创作与出版,也就是说平均每日必须写5 000字,今日不写,明日就一万字了,而他每日要写七八千字,最多日写12 000字,真可谓"拼命三郎"! 这是惊人的速度与过硬的质量的完美体现。说到速度,让我又突然想起谢幕老师的38万字纪实报告文学《哈尔滨速度》,著名作家、诗人、剧作家唐飙以《大胆识·大气魄·大手笔》为其作序。在这部著作里,有开往春天的地铁,用忠诚和誓言打造哈尔滨的地铁之春,地"铁"是这样"炼"成的,用智慧与奉献书写的"中兴"建设之歌,骁勇善战的"中兴"建设的先锋,用"奉献"谱写的"勤政之歌",新香坊·新乐章·新亮点,勤勉耕耘的奉献者,心系百姓的好主任,群力新苑:七个音符谱写的圣曲,龙橡棚改纪实九章,白家堡:百岁奏鸣三部曲,自主创业、创新成才,说的都是哈尔滨发展建设的速度。说来,还有个插曲:当初主管部门把这部书交给了记者们写,结果时间过去了,没有进展。于是有人想到了敢于打硬仗、善于打攻坚战的谢幕老师。谢幕老师不辞辛苦深入建设工地,深入采访、座谈,了解情况,挖掘典型,把获得的第一手资料进行精心筛选、精心加工、精心抛光。有时候,白天采访,晚上回到家里开夜车,连轴转。就这样,"速度"加速度,谢幕老师仅仅用四五个月时间就推出恢宏大作。

谢幕老师的长诗集《感动的日子》,2014年1月10日,首发式于"2014北京图书订货会"中国国际展览中心新闻发布中心隆重举行,众多名人出席,中国毛体书法家协会主席、毛泽东的侄孙毛世霖在会上致辞:

各位领导、各位朋友:

今日参加书法家韩树林《中华万寿图》百米长卷和诗人、作家、评论家谢幕长诗集《感动的日子》北京首发式,很高兴。

书法家韩树林是我的老朋友,很早以前就看好他的书法研究和撰书。对他刻苦钻研冷板字,四十年如一日的精神和行动,表示敬佩,很不容易。能用158种文字写成了七万四千多个寿字。真是洋洋大观,令人震撼。可以说,韩树林的《中华万寿图》必然会成为收藏界竞相收藏的新热点,也是拍卖的新热点,也会成为广大书法爱好者珍藏的一部作品。在此,我代表"中国毛体书法家协会"向书法家韩树林表示祝贺。

诗人、作家、评论家谢幕是新朋友。经常被书法家韩树林提及。当然,如果你在网上写上"诗人、作家、评论家谢幕"一查,就能看到谢幕的博客,几百万字的作品,也真是名声在外。谢幕的诗集《感动的日子》也刚刚读过,写得很好,很有知识性和艺术性。从民族传统文化的角度,填补了这个领域的空白,值得一读。在此,向诗人谢幕表示祝贺。

今天能参加二位的"首发式"很高兴,你们二位代表着黑龙江书法艺术和诗歌创作的水准。就在全国也是很高水准的,你们为黑龙江争了光。你们是黑龙江的骄傲和自豪。也必将成为中国书法界、中国诗界一颗闪耀的明星。再次向你们二位表示祝贺,也祝贺首发式圆满成功!

在4月23日"世界读书日"这一天,黑龙江省新华书城新闻发布中心再次举办了《感动的日子》首发仪式。

谢幕老师以《生命的写作与惬意的享受》一文作为《感动的日子》自序,其中写道:"其实,这篇序只写了我有关这些年的写作过程和个人感受,没有一点评论的成分,这种纯内心的告白更显真实,我想这很适合读者的口味。""诗人的桂冠是纯洁的,是至高无上的,它不许那些别有用心、哗众取宠、'志'大'才'疏的人利用和糟蹋,这是诗所不容忍的。作为真正的诗人,应该有责任和义务维护诗的纯正性。这很必要,也很重要。一个真正的诗人,必须是用生命写作的,这样才有资格享受惬意的诗境。"

《感动的日子》这部长诗集,被评论界评誉为21世纪中国诗歌典籍,可谓案头之作,受到诗人和评论家们的广为赞誉。

谢幕老师出版了多部评论集,诸如63万字的《品评与赏析》(全国)、50万字的《白山与黑水》(黑龙江评论特辑①)、50万字的《奇迹与奇葩》(山东评论特辑①)、50余万字的《圣曲与圣典》(山东评论特辑②)、26万字的《光辉与光荣》(安徽六安评论特辑①)等,在省内外受到了普遍的好评与广泛的影响。

在效联撰文《谈文坛评坛黑马》中对谢幕老师是这样评价的:诚如八旬高龄的文坛老前辈、著名作家、评论家黄益庸所言:"他的创作热情之高,写作速度之快,作品质量之好,受到圈内人士的尊重和好评,而他的勤奋在文学圈内真是有目共睹的。他善于思考,勤于写作的态度受到了老一辈诗人、作家、评论家的肯定与赞扬,亦受到青年诗人、作家的尊敬并成为他们学习的榜样。"

2015年7月,谢幕老师出差去北京开会,却因检查身体做了一次脑手术,出院不久本应该好好休养,但他按捺不住创作的激情,仍然坚持每天写二十几张稿纸五六千字。目前已经完成一部长篇小说的创作及为别人写评论、作序,并在短短两个月的时间里完成由其主编的一部很有纪念意义和收藏价值的书稿。从组稿、审稿,到出版,忙前跑后。在这部书里他自己撰稿就有24篇,达17万余字。在"拼命三郎"的血液里流淌着欢乐的文字歌。

在人生的旅途上,当把自己所要做的事情,作为一种美好追求的时候,就没有了终点,就会一直走下去……事实上,早已成名成家大名鼎鼎的他,在文学领域,按照幼年的目标已经远远地超越了,但是他没有放慢脚步。是啊,"人生能有几回搏,此时不搏待何时!"这是他的内心告白。

文不加点,为坚守四条秘籍而拼

在这里我问一句:谁见过谢幕老师的写作文稿和写作情形?我见过!

一天下午两点钟,我单独第一次去谢幕老师家时,正在写作的他听见敲门声,放下手中的笔连忙为我开门。进屋后,谢幕老师把我让到了他的创作间,他告诉我正在写一部长篇。只见桌案上写满多半页的稿纸的最后一个字是"可"字。谢幕老师忙说:"这不,听你敲门就放了笔,可是的是还没写呢。"

他把已经写完的稿子拿给我看,稿纸上的文字清清楚楚、干干净净,偶有画出的添加符号和一点点文字在右侧。眼前的情景,让我既震惊又敬佩。这哪是写作呀,这简直就是在抄写那本"心书"啊,下笔有神,笔走龙蛇,文不加

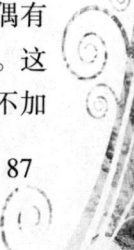

点，用哪个词都恰到好处。

谢幕老师桌案上一把十几支中性碳素笔，写没油随手换。他说过去使吸墨水笔时，写作前，七八支钢笔吸满墨水，写没了墨水，就换一支笔，不然影响思路。

记得20世纪60年代在中国大地上兴起了大练基本功活动，财贸战线上卖糖块的"一把抓"、粮店付粮的"一撮成"、打算盘的"一盘准"等。如今我看到了在文学创作上，谢幕老师的"一稿成"。

要问谢幕老师创作有什么成功的秘籍，他的天赋好、学习扎实、积累得多，再就是他的毅力非常惊人，写作速度快、质量好。成就他的，我不敢妄言，只是将自己所见到的如实写在这里，谢幕老师坚持几十年记日记，他的《评论构思大纲举要》《思路图》与提纲，还有书山有路勤为径，这就是他写作的四条秘籍。其实，也很简单，说白了，就是他有一个良好的习惯。

他给自己的日记起了个名字，叫作《情感的碎片》。日记本是谢幕老师把女儿原来学习没用完的笔记本拆下来，有的纸张和颜色也不一样，用细铁丝钉在一起，并配以宣传画报类的封面，经过他的一番打扮一本本日记板板整整的像书一样。并在每一本日记的扉页标有谢幕、情感的碎片、日记及起止时间等字样。每年都要剪裁农历年的属性图腾贴在日记本的开篇。他写日记已经坚持几十年，是每天睡前必办的一件事。

谢幕老师拿出了包得整整齐齐的日记，几十年几十本几百万字啊，在这里我们可以看到他真实的记录，这日记里有他创作的成功轨迹，有他人生的酸甜苦辣……

有一篇日记是这样记的：上午参加了黑龙江省报业集团美术馆活动，得到了入会者所赠的书籍，他都一一列详细，中午11点30分归舍，下午继续写作，感到又困又累，小歇。晚上仍然写作。并在日记中写道："最近写作太累了，为了往前赶时间，早日把长诗卷《感动的日子》完成，经常是一天完成两三首，或更多一点，每天都要写到后半夜一两点钟，甚至凌晨三四点钟。今天实在是太累了，但不能停下来，要完成'奥林匹克运动诗歌'的写作。"

看得出一个成功者的背后所付出的那种不懈的努力，忘我的拼搏精神。

谢幕老师的这些日记，从解读一个著名作家、诗人、剧作家、评论家文学创作角度去看，应该是一系列的经验之谈，是常人无法做到的一种毅力的比拼……在这里，又可以得到家庭、爱情、亲情、妻子、孩子的诠释，还可以找到社会责任与义务的态度等，一本本的日记就是人生百宝书。

谢幕老师的这些《情感的碎片》日记,其实就是他生命历程的写真,假如有那么一天,整理出来或许叫作《谢幕自传》。假如,有那么一天谢幕老师登上了获大奖的奖台,那他的这些日记的价值就会迅速飙升……从人生的角度,从写作的角度,十分有意义。

谢幕老师有一本《评论构思大纲举要》,这是他为人作嫁衣写评、写序、巡礼、侧记、透视等的提纲挈领,还有写长篇小说时的一张纸记着要写的章节名字。就这么一个笔记本和一张纸是他构思的精髓。有了这个条理清晰的提示,写作就不是问题了。于是,他每每写作总是笔走龙蛇,行云流水,下笔如有神。

厚厚的一本《评论构思大纲举要》,记录了他20世纪末期以来部分构思大纲举要,是他用心精雕细刻的杰作。每一篇举要都包括题目、导言部分、正文部分、尾声部分,计划字数、完成字数,完成的时间,并标记所刊发的刊物、书籍等要素。每一篇的导言和尾声部分都是省略的。例如一篇评论的构思大纲:

《红信封内的心语与蓝港湾中的温馨》
　　——试评青年诗人陈忠村的两部诗集

导言部分(略)

正文部分

上阕:心语蓄存在红信封内,谁与我共(评《红信封》)

(一)浓郁的朦胧与潮湿的梦境

(二)流血的前程与消失的沙漠

(三)弹响的心弦与永久的信念

(四)残酷的月光与错过的季节

下阕:温馨藏匿在蓝港湾中,谁与我享(评《蓝港湾》)

(一)破碎的爱情与辉煌的心境

(二)金市的乐园与白花的哀叹

(三)迟到的渴望与青春的诱惑

(四)荷塘的秋色与雪夜的灯光

尾声部分(略)

此评计划写作2万字,争取在18 000字,最多不超过25 000字,完成后实际字数23 000字。写作时间,2001年10月5日。

▲刊发于《诗风》杂志

▲此评收编于诗集《黄月亮》(作家出版社 2002 年 1 月第 1 版)

《谁人潇洒遵义诗畔》——试评《遵义九人诗选》

导言部分(略)

正文部分

(一)机械信仰的空旷与猝然凝固的愤怒(评姚辉)

(二)滚滚红尘的宿命与抵达灵魂的感悟(评惠子)

(三)生活写作的诺言与圣水明心的花影(评安斯寿)

(四)靠近思念的跌宕与困惑诱惑的交织(评郭思思)

(五)瓷器脆响的感动与黑夜雨帘的梦境(评司马玉琴)

(六)粉饰矫情的浮想与腐败背影的诘问(评陈灼)

(七)凄冷孤寂的呜咽与灵魂话题的摇曳(评郭正勇)

(八)宁静苍凉的缄默与血凝罡风的呐喊(评谢启明)

(九)飞翔梦想的传阅与生命游戏的演绎(评陈国华)

30 000 字,2002 年 11 月 2 日。

▲此评刊发于《大十字诗刊》(2002 年下半年合期 11、12、13 合期)

▲刊发于《当代作家》(2003 年第 3 期)《靠近思念的跌宕与困惑诱惑的交织》

《大别山纵队:用五部圣曲谱写的五彩盛典》——《大别山诗刊》创刊五周年巡礼

导言部分(略)

正文部分

(一)人性的光芒:黑褐色的奏鸣曲

(二)精神的高地:翠绿色的随想曲

(三)寂静的风景:淡紫色的回旋曲

(四)生命的舞蹈:深蓝色的进行曲

(五)飞翔的翅膀:栗红色的浪漫曲

尾声部分(略)

59 000 字,2012 年 11 月 11 日。

▲首发于新浪网,反响强烈。

▲刊发于《大别山诗刊》(2012 总第 25 期第 18~49 页)

谢幕老师的评论在贵州、山东、安徽、河北、河南、北京、上海、浙江、江苏、福建、江西、广东、海南、湖南、湖北、云南、四川、重庆、山西、陕西、江西、新疆、西藏等,遍布全国各地。有许多作者都是慕名而来,求其作序、评论。也因此结识许多好朋友,有的好朋友20多年虽然保持联系,但却一直没有见过面。在中国评论界,谢幕的评论以"气势恢宏、语言精当、角度独特、意境深远、构思巧妙、匠心别裁、知识量大,给人强大的视觉冲击和感觉的艺术享受"(著名评论家、作家、诗人、教授吴开晋语)而著称。

谢幕老师已出版评论集6部:

谢幕评论集(第一卷)《品评与赏析》(63万字)

谢幕评论集(第二卷)《奇迹与奇葩》山东评论特辑①(50万字)

谢幕评论集(第三卷)《白山与黑水》黑龙江评论特辑①(50万字)

谢幕评论集(第四卷)《白雪与黑土》黑龙江评论特辑②(50万字)

谢幕评论集(第五卷)《圣曲与盛典》山东评论特辑②(50万字)

谢幕评论集(第六卷)《光辉与光荣》安徽六安评论特辑①(26万字)

我有幸复印了谢幕老师的这本《评论构思大纲举要》,仅从这些题目的提炼与打造就是精粹奇观,是用心血的凝思浇灌出来的万紫千红,是用智慧的火花碰撞出来的五彩云霞。

谢幕老师写长篇时要用"思路图"与提纲。这张"思路图"如同一张画大小,从中间的核心部分(人物),然后一圈圈地勾画着千丝万缕的人际关系与事件,什么时候出现什么人物、情节……一张脉络清晰、通向成功彼岸的路线图。这张图,酷似当今大都市的环路,又如北京故宫的紫禁城,更像丝绸之路路线图一样,"思路图"与提纲的结合,运筹帷幄,决胜千里,成就了大作。

书山有路勤为径,学海无涯苦作舟。谢幕老师自幼养成了良好的读书习惯,而且为了写作又不断地购书。在他家中,走廊里、房间里堆满了工具书、资料书、世界名著、朋友赠送的作品等各种书籍,简直就是一个百科图书馆。四壁书柜之中林林总总摆满了古今中外门类齐全的书籍,大约有6 000余种8 000余册书籍。每四年一次的茅盾文学奖,谢幕老师都要把入选获奖5人的作品及入围5人的作品买回来学习并收藏。他购买了世界级文学大师巴尔扎克的《人间喜剧》全集,这是庞大的图书阵容。就连《水浒传》他有14种是最全的版本。谢幕老师视书籍为珍宝,为了腾出空间,阶段性地进行清理打包转移存放。

他还向我讲起与同事出差,西瓜摆在眼前,大家苦于没刀切吃不到嘴,他拿起西瓜在路旁石头上一磕,便吃起来。他说"按部就班,墨守成规"就没有出路,要换个方法,创作也是一样。

他还说起母亲养猫和狗的事儿,小猫走路很特别,每天钻猫洞绕屋子一圈圈的动作,还有狗晚上抓了耗子一个个地摆在甬路上,早上叼着母亲裤脚来请功,都说狗拿耗子多管闲事,其实管的不是闲事。他说,生活中的每一个细节都是支撑写作不可缺少的必要条件。

后来,我在2006年北方文艺出版社出版的《感觉的盛宴》谢幕散文集(第一卷)读到了《毛毛和丽丽》《嘉利和亨利》关于他讲的猫与狗的故事。

《感觉的盛宴》是阿成以《天道酬勤》为其作序,其中写道:"二十余年来,他不停地写作,他的勤奋在文学圈内是公认的,而他的进步也是文学圈内有目共睹的,特别是他的文学创作成绩也真的让人惊诧不已。有志者事竟成,功夫不负有心人,他的'天道酬勤'和'执着'终于得到了回报,可谓是'天道酬勤'。"

大放异彩,为纷呈五大亮点而拼

谢幕老师的拼搏与"拼命",伴随而来的是大放异彩缤纷的世界。家有贤妻、育女成才、品牌效应、书稿成山、责任与奉献五大亮点纷呈。

家有贤妻。谢幕老师不会打字,为了支持他的创作,妻子袁常青特意学习了五笔输入法。每天下班回到家中就把谢幕老师写好的文稿拿来打字。我见到这样一个情景,在不是很宽绰的房间里,谢幕老师将写完的稿子一页页地用小夹子夹好挂在墙上的小铁丝钩上,他说,妻子一下班就埋头打字,昨天晚上贪黑写出来的,第二天下班就打出来,从不积压。写多少打多少,这是他家一条不成文的规矩,是家庭文学创作的工作流水线。这些年谢幕老师写了1 200万字的文稿,都是他妻子一点点用手指敲打键盘敲出来的。无不让人感慨,一个成功的男人背后有默默无闻贤内助的付出。他们夫妇之间的和谐亲密、相敬如宾、相濡以沫、互敬互爱、夫唱妇随,堪称楷模。出于内心的感慨与感动,谢幕老师专为他的贤妻献诗两首:其一题为《呼唤》;其二题为《做我的妻,你会幸福》。并写了散文《写给妻子的诗》中这样描述:"人与人相识是个缘分,而从相恋到结婚更是天地作合的缘分……不是说,'有情千里来相会,无缘对面不相逢'吗?! 不是说'十年修得同船渡,百年修得共枕眠'吗?! 那么,与我能共枕眠的一定是百年修得共枕眠了。"

记得我上初中时,语文老师多次讲到马克思与燕妮的爱情故事,马克思写完的手稿,燕妮在一旁就给誊写出来,就是他们的同心协力克服了窘境,成就了震惊于世的伟大宣言与革命理论! 谢幕老师与他的贤妻又何尝不是这样！真正意义的夫妻,应该理解为是一架战车上并肩战斗的战友,夫妻之间可以没有共同的爱好,但要有共同的追求。他的贤妻是伟大的女性,可敬的女性!

育女成才。谢幕老师这样说过:"我与妻子有许多共同的天缘巧合……绝对的文理科搭配,绝对的资源互补,这叫取长补短,这些都是我们的基础。这不,有了孩子,我们就不用到外面补课,自己都内部消化了。在某种程度,这样互补型的组合该是天作良缘了……"

为了培养女儿,夫妻俩节衣缩食,克勤克俭,同甘共苦,节省开支,在家乐福闭店前去买些打折蔬菜。"打折蔬菜有时才五折,与白天买回放在家里不差啥。"谢幕老师对我说。

他们的爱女郭紫莹,从哈尔滨师范大学附属中学考入首都师范大学。六岁时,写诗两首《一个梦》和《又一个梦》。上小学时,诗《一个梦》刊发于山西省太原市《语文报》(小学版);诗《又一个梦》刊发于哈尔滨《家报》;组诗《两个梦》刊发于《北方文学》。初中时,其绘画作品曾获校第十八届校园艺术节大赛三等奖;高中时,其美术作品获2011年校金秋艺术节三等奖。摄影作品曾获"太阳岛百年回眸"摄影大赛佳作奖。组诗《两个梦》荣获"黑龙江省作家协会首届中小学生'感觉与发现'作文大赛"一等奖。组诗《母爱》(外二首)获哈尔滨市道里区教育局举办的"中华赞·2009诗词歌赋创作大赛"中学组一等奖。散文《家:温馨幸福的港湾》在"第二届青少年文学书画摄影大赛"中荣获"创新育人少年组作文金奖"。散文《传承与叛逆》获哈尔滨首届"天才杯"作文大赛二等奖。2006年,被哈尔滨市道里区共乐地区授予"学雷锋十佳青少年"荣誉称号。作品曾在《中国文学》《当代小说》《诗林》《北方文学》《家报》《语文报》等报纸杂志发表,另有诗歌被诗集《爱情诗为谁而作》(北方文艺出版社)、黑龙江诗人选集《红色记忆》(北方文艺出版社)编选。曾出版诗文集《恰同学少年》(24万字)、诗文集《正逢高中时》(35万字),其作品集被哈尔滨市图书馆、黑龙江省图书馆收藏。曾为哈师大附中首任文学社社长、首任校刊《香雪》主编。系哈尔滨市作家协会会员、黑龙江省散文诗学会会员、黑龙江省作家协会会员。而今,小紫莹已然成为首都师范大学一名大三学生。2015年9月5日,在哈尔滨中俄文化周作家签售中我见到了青年作家紫莹。她赠送给我《恰同学少年》《正逢高中时》两部作品。

谢幕老师以《紫气东来,莹光璀璨》为题,为女儿郭紫莹诗文集《恰同学少年》作跋,传递了育女成才的真经。谢幕老师在跋中这样写道:

我认为，培养孩子的学习兴趣和习惯是最重要的。

习惯的养成，是需要方法和时间的。最初，我女儿也是不愿意写日记，我就采取了"哄"的方法让她写，她写了几日后就不愿写了，于是，我就强迫命令她写，开始是写周记，后就写日记，开始的几个月，不规定她写什么，怎么写，只是说："随便写，把一天的事记录下来就行。"后来，就让她在记录事情的同时写出自己的感受，最后，让她在写日记时运用写作方法和技巧、包括语言的技巧、句式的技巧、结构的技巧等，再后来，就让她把每一篇日记都当成作文来写，这个过程大约有半年多的时间，从开始的三五百字到后来的千余字，逐渐养成了记日记的好习惯，写好作文，不是靠恶补几次就能达到立竿见影的效果，它是一个长期积累的过程，大家都知道"集腋成裘"这个成语吧。当然，学习要有方法，不是谁抄录的美言佳句多就能写好作文，关键看如何运用，这一点很重要，打个比方，你仓库里累积了一百样东西，而你只会用三五样，那样累积等于零，其效果是事倍功半的，这就没有达到预期的目的。相反，你库里只有五十样东西，但你却样样会使，而且得心应手，这就达到了事半功倍的效果了，达到预期的目的了，积累是为了更好地运用。这一比较就可看出灵活运用的重要性了。学什么东西别学死了，思维要开阔，心有多大，舞台就多大。在写作上，要达到勤思考、不懒惰、勤练习、不怵笔，才能养成"挥笔而就"的好习惯，这样，平均每日五六百字的日记，一年就写了20余万字，试想，用这么一个最基本、最简单的办法日积月累地"练习"，最终达到了熟练写作的目的，这是一个多么便捷的方法。这不仅记录了自己生命的步履，生活的感想，而且，还每天不停地锻炼着自己的写作能力，这的确是提高写作能力的一个途径，现在，我女儿已经养成了写日记的习惯了，而这个习惯对她而言则是她可以有机会使其"莹光璀璨"的原因和结果。

好的习惯是培养孩子成功的基础。只有具有好习惯的人，才会得到他人的尊敬，才能在更广阔的天地间发展自己的事业，才会最终走向成功的辉煌，走向璀璨的那一刻，当然，这条路很长，也很艰难，那么，如何一路走好，最重要的是信仰和毅力了。而才能则是万万不能缺少的，才能就像一把利剑，它可以劈开前进路上的荆棘，有才能才会受人崇敬，有才能才会干事业，才能干出一番事业，而才能的培养则是正确方法下的教育。

俗话说："有志者，立大志；无志者，常立志。"

那些今天想当科学家，明天想当数学家，后天又想当医生的人，最终什么都当不成，因为三分钟热血，不能成其大业，这就是无志者的"常立志"。只有那些"立大志"的有志者,只有那些为实现自己远大理想而持之以恒的人,才能最终到达那理想的彼岸、光辉的顶点。

所以,作为老师和家长,必须要培养孩子从小就立大志,而且要矢志不渝,还要注重培养孩子要有坚强的毅力、有必胜的信心、有克服一切困难的勇气,才能做到为理想而奋斗终生。作为家长必须给孩子上好这一课,而且"言传身教"才会有更好的效果,家长的"言谈举止"直接影响着孩子世界观的建立。如果家长总是为一点蝇头小利而斤斤计较,总是自私自利,又如何培养孩子有大理想,做大事呢。

所以,家长这个"教师"是很重要的。在老师和家长的教育下,当孩子自己有了一个远大理想了,就知道自己如何学习,怎样奋斗了。当然最终就会成功的。

谢幕老师的这段话,无疑道出了作为家长的"望子成龙,盼女成凤"的希冀与付出。女儿的成才,托起明天的太阳。这是谢幕夫妇的最大成功,最大幸福,最大欣慰!他常说他最成功、最幸福的作品,就是他的女儿。这里既有培养女儿的经验之谈,又有提高文学写作素养的诀窍。为此,我不止一次拜读他上面的这段话。

品牌效应。谢幕老师近些年所出版的作品,都是拿目录签约的。这是意想不到的,又似乎"违反常理"的事。在他的家中,我真真切切地看到了有四部作品他拿目录与出版社签约的出版合同。

谢幕,就是信誉,就是品牌,就是无形资产,就像哈尔滨百年老鼎丰,犹如秋林公司的里道斯红肠,浸透出品牌的价值。手持目录去出版社签约,在感叹什么叫真功夫、真本事的震惊之余,让人肃然起敬。

著书无书,手稿成山。他出版了许多部作品,但是出版社出版后仅仅给3册样书,他习惯叫作"本版书",要赠送朋友自己还得花钱到出版社或书店把自己的书买回来。于是,就出现了著书者无书的"怪事"。而他所有的却是另一番精彩——已有两垛装满纸箱的手稿,从地板上码到了棚顶。他打开纸箱,从中拿出一本给我看,《日落要塞——日本关东军霍尔莫津要塞》,厚厚的手稿,是用A4纸写的。这部36万字的作品,作为东北三江流域抗日的斗争系列丛书于2015年8月初出版。这仅仅是他写作的一个缩影而已。

社会责任的无私奉献。谢幕老师迎难而上敢担当,心存高远写世界。他继纪念哈尔滨解放60年之际主编了《和平鸽·橄榄枝》(30万字)之后,又主编了《传承与传奇》(63余万字)向纪念哈尔滨解放70周年献上一份厚礼。

《传承与传奇》这部纪念文集，从策划、与出版社签约、运作组稿、编审仅仅用了两个月的时间。全书分七辑十篇附录，收录了本土著名作家、史志专家和一些领导同志特写的专稿，是一部以史为纬、以情为经编制的具有很高收藏价值的读物。

2015 年 7 月 2 日，哈尔滨市作协组织 7 名本埠作家搞了一次"红灯记"公益活动，在省政府交通岗站岗 2 小时，执行完任务回到市作协，谢幕老师当即写下《责任第一，安全第一》23 行诗，第二天的 7 月 3 日，在《黑龙江晨报》发表。

黑龙江省作协组织省内重点作家采风，回到家后，第二天睡觉，第三天只用了一天创作了《牡丹江：一个情感触点的问卷》（20 行）、《绥芬河：一条历史的小路》（20 行）、《佳木斯：一曲荡气回肠的圣歌》（20 行）、《同江：一座大桥的遐想》（16 行）共 76 行"四个一"诗歌发给省作协交作业。

在公益方面，谢幕老师还有一个捐赠书的亮点。我看到了有北大、清华图书馆等十几个知名院校发给他的收藏证书。

写到这里，我们一定会从谢幕老师为实现一个梦想而拼，为真功二次锻造而拼，为诠释三项原则而拼，为坚守四条秘籍而拼，为纷呈五大亮点而拼，一路拼出来的成功所感叹。或许有人要问，既然是一位成功者，为何他的笔名还叫谢幕呢？

谢幕老师向我讲述了一段往事：2004 年，谢幕老师与著名诗人汪国真，著名书法家、画家、作家、诗人、天津市政协副主席王学仲，著名诗人丁芒等，作为颁奖嘉宾应山东省莱芜市政府、市政协邀请参加莱芜市政协主办的"首届'银河杯'全球诗词大奖赛"颁奖大会。在接风晚宴时，丁芒先生的夫人（浙江电视台新闻部原主任）樊淑媛女士，在《江北诗评》执行主编张成吉先生向大家介绍谢幕老师时，就急切地问"谢幕"二字是本名，还是笔名。当谢幕老师告之是笔名时，大家都对此两字的组合不解。快言快语的樊淑媛女士说："'谢幕'二字绝不是'不干了'那么简单，肯定有讲究。"于是，谢幕老师讲述了"谢幕"二字的由来：他认为，此"谢幕"乃成功的标志，只有成功的人才有机会"谢幕"。最后，谢幕老师还风趣地说："谢幕亦谢幕，谢幕非谢幕，谢幕寓谢幕，谢幕岂谢幕，谢幕乃谢幕也！"谢幕老师的一席话把与会者开心的笑声推到极点，而且每次聚餐之前之后都会异口同声地高声咏着谢幕老师的那段风趣之语，并且成为一则佳话。

谢幕老师不止一次地谈到巴尔扎克。他有自己近期中期长期写作计划，近期还有七八部长篇要写。他感叹人生能有几回搏,此时不搏更待何时。人生能有几个二十年,只有拼,才活得更有意义。有的人写一部长篇要花费一两年甚至三四年的时间,而他只用两三个月,实际上不就是延长了生命,多活了几十年吗!

早已把写作置于生命重要部分的谢幕老师的大胸怀、大视野、大手笔、大胆识,用真本事诠释了一个著名诗人、作家、评论家、剧作家谢幕的"拼命三郎"精神。这就是"拼命三郎"谢幕的"拼命之履"。

高山仰止,可学可敬矣!

谢幕,是勇于拼搏的成功者!

谢幕,是不断攀登的求索者!

谢幕,是精彩华章的缔造者!

谢幕,是独领风骚的佼佼者!

心安无处不故乡

　　世界再大,风光再美,也割舍不下对故乡的眷恋。路途再远,也要回家过年,回家陪陪父母、见见亲人,一家人团聚。
　　年,如同磁石,在牵动着人们。故乡,如同万有引力,在招呼游子的归来。
　　每当看着如潮如涌、势不可挡的返乡过年的大军,我的心直痒痒。羡慕之余而又无可奈何。我的父母早已撒手人寰去了天堂。故乡对于我来说,依然是那样的美好,而回老家过年却成了难以忘怀的记忆。
　　往昔有关忙年、过年的情景,尽管久远,但如今仍历历在目。
　　每到过年时都要供奉家谱。家谱是太爷传给爷爷,爷爷、奶奶病故后,父亲、母亲搬家进城又带进城里。记得1964年的腊月二十七八,关里家有人来县城卖家谱挂画,父母亲商量买个新的家谱挂画,以表对已故祖先们的崇拜与敬仰,也好喜庆喜庆。大年三十那天一早,父亲便将本家爷爷请来誊写家谱。
　　家谱挂画是由辈分图表和对联、配画组成。辈分图表最上方是男左女右(在家谱挂画的平面图上看男在右侧,女在左侧)端坐两位古装人图像,意是先祖的象征,也可以理解为,是上帝造人的始祖亚当夏娃。正面按男左女右从中线分开,左侧是男性,从1至20依次排列,序号下面对应处是供填写姓名的空格,右侧是女性,与男性的排列、供填写姓名的空格相同。然后,下面均是如上所述的供填写姓名的空格,足有十几行。最上一行是最长辈分,依次往下排列辈分。左侧序号,指的就是男性本辈分中排行多少。右侧序号,指的就是男性妻室相对应的序号。辈分图表最下面是大莲花,两侧有对联。上联是"继世立业文兼武",下联是"百代存心孝与忠",横批是"子孙万代"。配画是水粉画。家谱挂画,从艺术角度审视,不是很精湛,但在家人眼里和心目中却是件非常严肃和神圣的事情。

为了誊写家谱,父亲特意从商店买回了小楷狼毫毛笔、砚台和墨块。母亲将长方形饭桌放到炕上。那时住的是火炕,饭桌是矮腿的炕桌。这时我已用砚台把墨研好了。只见,父亲站在炕沿边儿展开老家谱,本家爷爷盘腿面朝东坐在炕梢,从上至下聚精会神地一笔笔地誊写。誊写完,父亲又和本家爷爷逐一核对,确认无误了,才将笔墨收起来。新誊写的家谱就挂到西墙上。老家谱在三十晚上接神时用火"升了"。

记得在这之前,还有一次过年前续家谱。续家谱就是亲人故去三年以后才能在家谱上填写名字。那次续家谱,是将爷爷、奶奶上了家谱。

我从懂事时起,父亲就经常说起:在清末光绪年间,太爷他们闯关东,从祖籍山东文登出来时是他们哥仨。出了山海关,走到辽宁地界时,有一天走进了一眼望不到边的芦苇荡里,走着走着,天空突然下起"大烟炮"雪来,西北风刮着雪花像刀子似的打得睁不开眼睛,天地一片昏暗。起初他们哥仨还相互照应着、呼喊着艰难地往前走。待夜色降临,风停了,雪也小了。你太爷便停了下来,说歇歇脚,吃点东西,然后再赶路。这时才发现少人了。开始以为在后边,可是等了一会儿还不见人影,这下子可急坏了大家,一边喊着,一边找着。茫茫芦苇荡,白白遍地雪,黑黑寒冷夜,真是叫天天不应,叫地地不灵。没有办法,你太爷他们只好在雪地里守了一夜,第二天天亮后仍没找到。出来时是哥仨,现在剩下哥俩了。你太爷打了个"哎"声说,不找了,命大活着以后还能找到。就这样,你太爷他们两股一直往北走,最后在离哈尔滨东北一百多里的松花江北岸的依山傍水的屯子落脚,开荒种地。走散那股在东北,很有可能也在黑龙江。因为你太爷他们出来时哥仨商量就去北大荒。也就是从那时起,你太爷说东北的本姓可能是近支家族不可通婚……

年前,父母亲总要忙一阵子,办年货、打扫卫生、洗衣被。等到了年三十,一家人老早就起来了,穿上整洁的衣服,吃过饺子,父亲带着我们屋里屋外贴对联、贴福字、贴挂钱;院子里用冰雪埋上灯笼杆,挂上彩纸糊的灯笼;打扫院子,并把水缸挑满水。最重要的一件事,就是将封存一年的家谱"请出来"挂到屋里显眼的地方(东西方向),俗称供奉老祖宗。按照祖上传下来的规矩,供奉家谱要在大年三十这天的中午12点前完成。供奉家谱的供品,每年都是母亲亲手做的。有油炸粉条,菜名叫不上来。一小把粉条用线将下半部系上,油炸上半部后坐在饭碗里,像玉树一样。有用熟猪肚做的大象。将熟猪肚弯部切下来倒扣在饭碗里就成了大象,肚弯似象鼻子,用绿豆做象眼睛,用绿葱心做象牙，一个活生生的大象就做成了。还有蒸猪肘子肉和红焖鱼。油炸粉条和大象身上还撒上红绿丝。还有蒸的开花大馒头，馒头上按上小红花。供品依次摆在家谱前的供案上，并对称摆上两个瓷酒盅、两双新筷子、两支蜡台插上两支大红蜡烛，正中间放上香碗，香碗里装满小米。蜡台和香碗是木制的。中午12点吃饭时，给家谱上香，斟白酒并点燃，家人从长辈开始依次向家谱磕头跪拜。这顿午饭是岁末的陈年饭。

从祖上传下来，从大年初一到初五不能用生米做饭。所以，母亲每年在腊月二十七八就特意捞一大盆干饭，一碗一碗地扣在秫秸帘子或干净的木板上，放到仓房冻饭坨，准备过年烫水饭。在这之前，母亲忙着发面蒸馒头、面鱼（用模具造型）、豆沙包、糖包、芝肉包，发黄面蒸黏豆包，还要剁饺子馅包冻饺子。一切主食都备得很充足。

大年三十中午这顿饭，按照传统习惯家家都很重视。母亲的菜做得很好吃，通常这顿饭有红焖鱼、蒸肘花、炖排骨、溜肠肚、烀猪手、肉皮冻，再配两个素菜。在那艰苦的年代，平日里是吃不到那么多好东西的，作为孩子的我们，都盼着过年。

从年三十中午起到初三，扫地、扫炕都往里扫，不能往外扫；不准往外倒泔水，倒在泔水桶里。现在看来是民间的陋习，但那时人们都很讲究这些。

午饭后，家人围在一起，吃瓜子、花生、冻梨、糖块等，有说有笑地在一起玩扑克牌。夜幕降临后，屋里屋外灯火通明。平日里用的15瓦小度数灯泡换上了大度数的。院子里点的灯笼，头些年用的是蜡烛，现在也换上了灯泡。

除夕夜要守夜，晚上不吃冻饺子还要现包，通常是韭菜或芹菜肉馅的。记得有一年父亲的朋友给了两扎蒜苗，三十晚上包了蒜苗肉馅饺子，好吃极了。母亲老早就把面合好装在饭盆里"醒着"。到晚上10点开始包饺子。其中要包一个放一枚一二分钱硬币和放一个糖块的饺子。意谁吃到放硬币的饺子谁就有财运，谁吃到放糖块的饺子谁就"嘴甜"。大约到晚上11点多钟，接神开始了（要在半夜12点前完成），父亲带着我们给家谱上香，点燃红蜡烛和酒盅里的白酒，院子里用木桦柴草点燃篝火，燃放鞭炮，烧上一些黄表纸，还要按方位跑出家门100多米去迎财神。回到屋里，大家喊着"财神接来了"，以企盼日子越过越好。

迎财神的方位都是年前四姨的公公姨姥爷给测算的。姨姥爷是个盲人，从小就学易经算卦，在县里很有名。每到腊月二十七八，父母亲派我们去问姨姥爷"今年的财神在何方？"

年三十，母亲按照迎财神的方位下饺子，把饺子煮好后，先给家谱上供，用两个小盘各放四个饺子，饭锅里用盘子留四个或八个饺子，意"四平八稳，年年有余"，然后再把饺子端到桌上。一家人先长后幼依次向家谱磕头跪拜后，便开始吃饺子了。这顿饭叫年夜饭。吃完年夜饭后，一家人还要继续玩一会儿。小时候，我们通常就一夜不睡。

从年三十到初二半夜12点要和衣睡觉。初二半夜12点送神后就可以脱衣睡觉了。送神程序与接神程序相同。按家族传下来的习惯，初二这天晚上半夜12点给家谱上完供后，将家谱卷起来，撤下供品，只留香碗，每天早晚一炷香，到正月十五这天将家谱再放下来，重新上供，正月十六半夜12点送神。搬到县城后，母亲同父亲商量，也进行了简化，改为初二半夜送神了。纪念先祖形式多样，但要简化。现在看来，父母亲当年改为初二送神还真是一种进步和改革呢！

父亲为了让后人时刻不忘祖先，便以家谱为依据，拜托本家殿生叔叔于2005年9月撰写谱书，但没有成稿。后来，我把家谱上面的先人按辈分依次抄录下来，编写了家族表。这个家谱是1964年重新誊写的，因为无法继续供奉，随父亲遗体一起火化了。

自从母亲、父亲辞世后，每逢过年，虽然享受着三世同堂的喜悦与幸福，可仍无法释怀思念父母的凄苦。

节前，由二弟弟代表家人专程为父母扫墓祭奠。2012年的旧历年，越来越近了。傍晚见到街道十字路口人们为已故亲人烧纸钱，又让我十分纠结，也有了为父母烧烧纸钱加入民俗的念头，可还是放弃了，不仅因为在街道烧纸钱不环保，更是源于得到父母生前的赞同在他们百年之后不为其烧纸钱，因为母亲生前信奉了基督教，也是出于对宗教信仰的理解与尊崇。祭奠先人，老祖宗留下了一些不成文的规矩，社会文明如此进程，移风易俗又伴有一些旧习。我想，采取什么形式并不重要，重要的是不忘父母的养育之恩，日子越好越感恩，年纪越大越思亲。这或许就是对在天之灵的父母最好的慰藉。

踏上回故乡之路的大多数游子，一年到头在外忙碌，盼的就是回家陪陪父母，而且就那么寥寥可数的几天，然后又匆匆返程，都是为了回家过个团圆年。去年，配合春节，网络上出现了亲情计算题，就是联系自己的实际，计算一下每年过年回家看望父母的次数、天数，有的减去朋友聚会的时间，细细算来，数字少得可怜。当然，各自的情况不同，其计算出来的结果也就不同。我从小受父母的教诲，养成了一个乐观向上、积极作为的心态，干工作有些投入，那些年离开故乡，也就少了多陪陪父母的时间。真是忠孝不能两全。今天看来，我无怨无悔，但却有些遗憾。父母和岳父母在世时，每年再忙也得回故乡几次，这也是情理之中的事。近些年，我只是羡慕别人回故乡，看望父母亲人团聚。而我回故乡，为的只是到父母和岳父母的墓碑前擦拭浮尘、粘挂绢花、感恩在心、默念祭奠。

故乡，那是我成长的摇篮，一脉相通的松江水网，驼峰映照少陵的凸起，沃野平原的粮仓……在那依山傍水的小山村，熟悉的田埂，攀爬的山梁，淌过的小河，没人的草甸，洗澡的水渠……更有那威严屹立的城门，见证沧桑的古牌楼，井字布局的街道商埠，环城二十里的城墙残垣，六次搬家的旧址，闭上眼睛都能找到家门的半截子胡同……

年，就是强大的磁场效应。故乡，就是万有引力的作用。这是因为故乡是血脉之根，更是情感归处，无论我们在何方在何地，哪怕是远隔重洋、海角天涯，在最传统的节日里总有挥之不去的乡愁萦绕于怀，都免不了被它牵动心弦。我渴望回故乡，但一想到已故父母、岳父母、罹难早逝的三弟弟这些亲人，又怕回故乡，因为已经找寻不到往昔的快慰，更嗅不到当年过年的味道。

乡情亲情难割舍，如今只能聊以自慰地说，心安无处不故乡！

军歌嘹亮铸忠魂

"向前向前向前！我们的队伍向太阳，脚踏着祖国的大地，背负着民族的希望，我们是一支不可战胜的力量。我们是人民的子弟，我们是人民的武装，从无畏惧，绝不屈服，英勇战斗……"

这首气吞山河的进行曲，对于每一个人来说并不陌生。它就是1939年由作曲家郑律成和诗人公木在延安窑洞合作而成的《八路军进行曲》。《八路军进行曲》历经半个世纪后，于1988年被定为《中国人民解放军军歌》。

这支进行曲，从它诞生起一直伴随着人民军队不断成长壮大。无论是硝烟弥漫的战争年代，还是和平建设时期，军歌嘹亮，嘹亮军歌，它像号角，吹响了人民军队向前向前，永远向前的号令；它又像利剑，指引人民军队为正义而战，所向披靡，无往而不胜；它更像宣言，宣告人民军队永远忠于党、忠于祖国、忠于人民的神圣使命，铸就了伟大钢铁长城的灵魂！

我们说《中华人民共和国国歌》是国魂，《黄河大合唱》是民族魂，那么《中国人民解放军军歌》就是军魂。"三魂"响彻神州，声扬天外。

在建军八十八周年前夕，我再一次来到人民音乐家郑律成纪念馆，缅怀这位革命的老前辈，参观他的生平事迹展览，沐浴军魂的洗礼。

纪念馆设在位于哈尔滨市道里区友谊路233号的哈尔滨警备区左耳楼，墨绿色的铁栅栏把展览馆与警备区隔开，展览馆在通江街一侧开门。

褐灰色阶梯式独特的门面造型，像是等距叠放的三本书，分别在左上角镶嵌郑律成青年、中年和老年银白色的浮雕头像，代表他不同时期的历程，在最上面的老年浮雕头像下，"人民音乐家郑律成纪念馆"银白色11个字，由乔羽题写。银白色的郑律成浮雕头像与银白色的人民音乐家郑律成纪念馆馆名在褐灰色门面的衬托下十分醒目，格外庄严肃穆。

接待室里有郑律成纪念馆简介,纪念郑律成的中韩文各种书籍。

当我走进展厅,开篇便是"向前向前向前!我们的队伍向太阳……"巨幅背投电视播放着嘹亮的军歌,眼前出现威武不屈、英勇顽强的人民子弟兵的画面……

郑律成左手臂抬起,手指呈半收拢状,右手握着笔,引吭高歌创作情形的紫铜色塑像下面,右侧的1914,左侧的1976代表他一生的两个关键数字。

展厅中央的前言,是在鲜红的底面上一块三十度角的有机玻璃,用白色宋体字规范地书写着国家原副主席王震1982年《怀念郑律成同志》的文章:"我和郑律成同志是在延安认识的。当时有一批朝鲜革命同志刚从苏联到延安,分配到三五九旅来。记得毛泽东同志曾经向我提起:'鲁艺有个年轻的很有才华的作曲家,叫郑律成,你认得他吗?'我说知道这个名字。'可以找他和新来的朝鲜同志讲讲话嘛!'后来我遵嘱请郑律成同志来和这些朝鲜同志见了面,并且还在朱总司令那里会过餐。"文章共分三段,第二段是对郑律成生平的肯定,第三段是对纪念郑律成、演唱郑律成作品,对社会的意义。

由梁茂春和郑律成女儿郑小提撰写的《郑律成年谱纪略》,以及从"开篇"起,逐一参观"动荡年代""延安岁月""军歌嘹亮""友谊之旅""根植祖国""情系黑土""时代歌者"及"结束语"各个展厅,让我了解了郑律成老前辈非凡的一生,光辉的一生。

国家原副主席王震评价郑律成曾说:郑律成是继聂耳、冼星海之后,又一位杰出的优秀作曲家,是无产阶级革命音乐的开拓者之一。郑律成2009年被中宣部、中组部、统战部、解放军总政治部等11个部门联合评选为"100位为新中国成立做出突出贡献的英雄模范人物"之一。

郑律成,1914年出生于朝鲜半岛一个革命家庭,原名郑富恩,后因酷爱音乐改名律成。19岁的他从动荡的朝鲜半岛来到动荡的中国大地,毅然决然地投身到抗日活动中去,23岁的他怀着满腔的革命热情奔赴延安,25岁加入中国共产党,36岁加入中国国籍,用毕生的精力,致力于音乐创作。

有一块土黄色展板白字标有"郑律成话语录"吸引我认真地阅读:小时候,一些革命前辈偷偷地教我唱《国际歌》《马赛曲》,唱着唱着,眼前似乎出现了许多穷苦人的模样,他们怀着满腔的怒火,一行行从我面前走过,我禁不住唱起来。教我唱歌的同志连忙使眼色,说:"小点声!"当时我不太明白,这么好的歌怎么不许唱呢?后来我参加了革命,并开始学习声乐,很想用歌声唱出人们的不平和希望。读罢郑律成话语录,让我肃然起敬,原来他从幼小的心灵就根植于人民。

沿着崎岖的山路拾阶而上，黄土高原上的窑洞，及窑洞里的灯光，还有那巍巍的宝塔山。特殊的布景，将参观者带进了延安岁月。在这里，看到了郑律成左手牵着战马站在黄土高原上的英俊照片，也仿佛聆听了郑律成的《延安颂》《八路军进行曲》等经典乐曲……一块专版展示了公木撰写的《八路军大合唱是怎样产生的》（精编版）资料。还有一张照片是这样写的："1939年2月郑律成在女生一队指挥唱歌，左二为队长丁雪松。经过三年交往，他们于1941年12月结婚。"有一块展板中间是电影《走向太阳》中表现郑律成和丁雪松在"延安鲁艺"礼堂结婚情景的几个画面。左侧是结婚典礼的真实记叙，右侧则是丁雪松的《收获爱情》的一段美好回忆。

一本红色书状装饰，竖写"军歌嘹亮"，旁边标有"他是不带军衔的战士，却是战士冲锋的号角"，展现了郑律成向着太阳歌唱的如同狂飙天落的声音。"友谊之旅"，又展现了郑律成在朝鲜创办了朝鲜人民军协奏团，创作了朝鲜人民军军歌，从而成为世界上"唯一一位"为两个国家创作军歌的作者。

"根植祖国"，展示了郑律成加入中国国籍后，在歌剧、少儿歌曲、少数民族音乐和毛泽东诗词谱曲创作上倾注的全部心血。

在玻璃展柜里，有郑律成为毛主席诗词谱曲的手稿，清晰可见"长沙""广昌路上""黄鹤楼""蒋桂战争""登庐山""雪""昆仑"等字样。还有红纸金字竖排从右至左分别印有"敬献给"、"伟大的领袖毛主席"（大字）、"郑律成"、"一九七〇年二月"，下面有一本厚厚的笔记本，想必是为毛主席诗词谱的曲子。还有郑律成使用过的黑塑料皮上面印有金色"为毛主席诗词谱曲"的带拉锁的笔记本，笔记本上还有五枚毛主席像章。

"红司令"的遗愿，在这块展板上，介绍了素有草原"红司令"和蒙古族"女英雄"美誉的乌兰在逝世前表示，她的追悼会不要用哀乐，一定要用音乐家郑律成创作的"延安颂"为她送行。乌兰的儿子安吉斯（电影《小兵张嘎》嘎子的扮演者）来到北京，请郑律成女儿郑小提用钢琴为其录成此曲，实现了母亲的遗愿。

实物展中，有一把日本军刀。是这样注释的：抗日战争时期，"黄土岭战役"缴获的日本名将阿部规秀佩戴的军刀。

在郑律成与黄河的展板上又有《军刀的故事》：抗战时期，八路军杨成武将军带领部队在黄土岭一战中，歼灭了日本"名将之花"阿部规秀。缴获了许多战利品，其中一把军刀被王震将军收留，王震将军又把它送给郑律成作为礼物，后来郑律成把这把军刀送给挚友黄河。为此黄河一直十分珍爱这个礼物，始终将它收藏身边。郑律成去世后，老战友黄河睹物思人，赋诗悼念："为君曾挂剑，何处可招魂？呼君君不语，白雪映红云。"黄河去世后，其子女无偿将这些珍贵文物捐献到人民音乐家郑律成纪念馆，让更多后人体会老一辈艺术家的深厚情谊，并以告慰先者。

一个伟大的名字，人民没有忘记你。郑律成逝世十周年，分别在北京和延边朝鲜族自治州举办了郑律成作品纪念音乐会，并出版了《论郑律成》。参观到这里，我又忽然想起，在2014年4月，当人民音乐家郑律成同志诞辰一百周年之际，"信仰——郑律成为毛泽东诗词谱曲音乐会"在北京民族文化宫大剧院隆重上演的报道。音乐会由《延安颂》拉开序幕，整场音乐会分为三大篇章，分别是上篇《红军不怕远征难》、中篇《战地黄花分外香》、下篇《数风流人物还看今朝》，共演出郑律成为毛泽东诗词谱曲的12首歌曲。结尾在大合唱《中国人民解放军军歌》气吞山河的气势中落下了帷幕。

据介绍，人民音乐家郑律成的女儿郑小提将父亲全部文物资料捐献给纪念馆，让后人在许许多多实物与照片中，去感受一位毕生为人民音乐事业呕心沥血的革命老前辈的伟大。

而透过一个郑律成又让我们看到千千万万革命老前辈在共产党的指引下，为了民族的独立、为了中国的解放，抛头颅洒热血，前赴后继，英勇善战，推进了历史的进程；又让我们看到了在共产党的领导下，建设新中国的艰难历程和光辉岁月……在这当中有一支无坚不摧的人民军队。

我又回到了"开篇"展厅，巨幅背投电视仍播放着《中国人民解放军军歌》——"向前向前向前！我们的队伍向太阳，脚踏着祖国的大地，背负着民族的希望，我们是一支不可战胜的力量……"

军歌嘹亮，嘹亮军歌。《军歌》铸就了钢铁长城——人民军队永远爱党、爱国、爱人民的忠魂！

我深情地向郑律成塑像敬军礼！

作为一名新时期的革命军人也好，还是从事其他行业的人员也罢，我想，《军歌》是永不休止的音符，每一个人都要从中汲取那昂扬向上的力量，在实现伟大中国梦的征程上，向前、向前、向前！

难忘的票证岁月

　　岁月总是在捉弄你,与你开着不大不小的玩笑。你经历过票证的岁月吗?如果没有,不要紧,那就给你讲述一下我的父母带我们度过的票证岁月吧。

　　那个岁月,实行的是计划经济,运行的手段是统购统销,采取的方式是凭票凭证供应。一句话,大到生活资料,小到日用杂品,什么都凭证、凭票。有粮证、煤证、副食证,有粮票(省内通用的地方粮票,全国通用的全国粮票)、布票、棉花票、肉票、豆腐票、白糖票、线票、肥皂票等。

　　布票那时每人一年发七尺,一家人穿的衣服都是"新三年,旧三年,缝缝补补又三年",常常是父母亲的衣服实在不能用了,就改成小的给我们穿。说不能用,就是父母亲的衣服因拆拆补补四周的针线眼处已无法再补了,只好改成小的。家里有一张父亲1975年去沈阳照的照片:父亲穿的棉裤在双膝处清晰可见各有一大块补丁。兄弟姊妹之间,就"小的捡大的穿"。为了既能节省布票,又能节省钱,母亲曾买细纹的黄帆布给弟弟做裤子。二弟弟曾回忆说,那时淘气,穿得很费,穿这种细帆布裤子省是省了,但走路有时磨大腿里子。当我们陆续长大,父母亲为了给我们操办婚事,就得攒布票,买白花旗做被里、褥里和妆新的布料。

　　春节拿副食证先领小鸡票、猪下水票,然后再去食品商店买。那时,一户就发一只小鸡票和一个猪下水票。小鸡一斤多重,母亲说没有拳头大。猪下水票不是给你一整付,而是一张票或猪肠,或猪肚,或猪心肝肺,或猪头,或猪蹄,你赶上什么只能卖给你一样。为了让我们兄妹能过好年,父亲就想办法找熟人要小鸡票或猪下水票。每当过年,少什么,也不能少了猪肚,这是因为在供奉家谱的供品中有一个用熟猪肚做的大象。所以,父亲作为置办年货的第一件事，总要想方设法买猪肠肚。那时过年，如果能有整付的猪肠肚，能吃上片猪肝、溜肠肚、烀猪蹄，到二月二还能烀个猪头吃，那就是相当不错的人家了。

豆腐票平时也舍不得用，攒着春节买上十斤八斤的干豆腐。有一年腊月，父亲要买干豆腐准备过年吃，可是一张5斤的豆腐票放好后却忘记地方了，急忙问大家看没看见，还特意问顽皮的二弟弟拿没拿。那时过年买干豆腐还得起大早，两三点钟就去县城唯一的豆腐社冒着黎明前"鬼龇牙"的寒风排队。豆腐社每天做干豆腐是有限的，人们都赶在年前买，所以，等排到你时干豆腐卖没了，就得第二天起早再去排队。买几斤干豆腐有时要一连跑上好几天。

肥皂票不够用，母亲每年都用猪的胰脏捣猪胰子。将猪的胰脏切碎后再用大擀面杖捣，一边捣一边加火碱，等捣得黏黏糊糊时用手做成团，干透就可以使了。

那时外出吃饭都得交粮票，在省内就用本省的地方粮票，如果去省外，就得用全国粮票。地方粮票换全国粮票当时控制得很严，要开介绍信说明理由，到粮食总部批，然后去所在的粮店兑换。1973年夏季，我第一次远行去南方考察，父亲额外给我带了20斤全国粮票。

正因为那时物资匮乏，所以城镇家庭"证（本）上的定量（指标），手中的票券"就可以与农村的亲友换一些物品。

票证的岁月早已远去，票证也走进了博物馆，票证不仅留下了难忘的记忆，也留给我们深刻的思考。

"知青"纪念日

每年的10月28日,是我的"知青"纪念日。

1968年10月28日,在松花江北岸的一个农业县城里,母亲比往日起来的还早,为家人生火做饭。吃过早饭,母亲便匆匆送我去县城的广场,从这里出发将要去农村插队当知青。广场上人潮涌动,在主席台的下方,我们找到了去长山公社的知青带队人姜志国老师。天空变得阴沉,飘起了雪花。这是初冬的第一场雪,清新的空气,飘洒的雪花轻轻地落在了每个人的头上、衣服上、行李上后慢慢地不见了,留下湿漉漉的水珠。广场上被亲情、友情、乡情诸多情愫缠绕的人们全然不顾,尚未走向社会、带有几分稚气的男女青年们要远行了,父母、亲友们的牵挂、嘱托、希望、期盼……广播喇叭响了起来,每个知青胸前佩戴大红花,背着行李,排着整齐的队伍,短暂的欢送会后,便登上解放牌大卡车奔赴知青点。这是特殊年代让我们这代人所经历的人生的重大转折。

若干年后,因工作变动,我们三名当年同班一起下乡插队的知青在省城相遇了。于是每年的10月28日这一天,都要聚一聚,同时还有同届的同学及家人,大家在一起喝点小酒,忆忆当年,叙叙家常。去年相聚,共有6人,4人已退休,还有两人明年也到点了。当年风华正茂,如今两鬓白霜。皱纹见证历史,笑脸书写人生。大家没有什么华丽的语言,只是一声感叹"保重身体,享受生活!"

1968年毛泽东主席知识青年到农村去,接受贫下中农的再教育,很有必要的指示,随即在全国掀起了知识青年"上山下乡"运动。在不到一周的时间里我和我的同学们就成了第一批知青。据相关资料记载,此后到1978年,全国有近两千万知青上山下乡,接受很有必要的贫下中农再教育。但上山下乡并非始自"文化大革命",它从20世纪50年代便被倡导,至60年代而展开。1965年下乡的人数较少,毛主席为这批知青题词:"农村是一个广阔天地,在那里是可以大有作为的"。因此,广义的知识青年上山下乡运动,从20世纪50年代中期到70年代末,前后经历25年。

  知识青年上山下乡,是特殊的历史时期为一代青年提供的一条特殊的道路。知青二字已不是单纯字面上的含义,而是那段特殊经历赋予他们的一种"资格"。

  如今,我虽然生活在现代的都市里,但脑海仍跳跃出那小山村劳动生活的场景,以及劳动过后在那寂寞中寻找快乐的片段,还有村民熟悉的面孔,大山、炊烟、林涛、小溪、狼嚎、狗叫、鸟鸣、抓鱼、套兔子、撵狍子……

  知青,用青春与热血,书写了苦乐年华,为共和国的建设可以骄傲地说,做出了不可磨灭的奉献。

  是呀,上天给我们老知青最厚重的礼物,就是对理想憧憬与追求的执着;就是对生活苦与乐后的微笑,就是对情感爱与憎的鲜明。

  人的成长离不开特定的历史时空,这是无法回避、无法选择的客观实际,该你奉献的时候就要奉献,我感谢那远去的知青年代。

  青春虽逝终无悔!

他穿上军装那年已而立

1979年的农历二月二龙抬头是在公历2月28日那天。

他像往常一样参加完人民公社的党委会,然后对任职以来的14个月工作做了交接。明天他将脱下黑棉袄,穿上黄军装,去隶属军分区的县人民武装部上班了。那年他已经三十岁了。

公社食堂去年腊月杀了年猪,集体会餐后特意留下的猪头和猪蹄子,大师傅昨天就从冰里刨出来,待解了冻,燎去猪毛,用斧子劈开,泡在了大盆里。乡镇在这个季节都是两顿饭。早饭后,那边开会,这边大师傅就把猪头和猪蹄子烀上了。肥猪是食堂用剩菜剩饭和泔水自己喂的,一来二月二,吃猪头肉,应应习俗,二来犒劳一下公社干部,年过完了该集中精力,深入下去,包队蹲点,抓备耕生产了。

他的欢送会没有单独搞,就和公社干部会餐一起了。二大碗装着高粱烧,大家开怀畅饮,好不热闹。

已经三十岁的他,拖家带口的,突然穿上了军装,"一颗红星头上戴,革命红旗两边挂",竟然从地方干部,像变戏法似的,眨眼工夫成为现役干部,一时间在这古老的县城和县直机关里,引起了不小的轰动。

不知细情的人都很纳闷,一连串的问号:"不是选派到人民公社任职了吗,怎么穿上了军装?""咋的,要打仗了?""都三十岁了,还能参军?""只看到从部队转业回来的,还没见过从地方转业到部队的,怎么回事呀?""在地方干多好,何必到县武装部去呢,图个啥?"人们善意的关心和好奇的议论,一直持续了很长时间。

原来在1978年全国民兵工作会议上,为了解决人民武装部人员紧缺,野战部队人员又不太适应地方武装工作的实际,决定选拔优秀的专武干部充实到县(区)人民武装部工作。这个县是民兵工作先进县,军分区给了一个名额。首先由县人民武装部党委集体研究,在全县28个公社(镇)近60名专职武装干部中确定推荐人选,进一步考核,然后分别向县委和军分区汇报,征求意见内定后,最后才通知本人,征求意见。

当他接到县人民武装部打来电话的那天,是1979年1月2日。公社正在开党委会议,研究备耕生产问题。电话是县人民武装部政工科科长打来的,只是简单告诉他内定转现役的事,具体情况明天到县人民武装部见面再说。

公社离县城不足十里路,晚饭后,他骑自行车回到城里的家中,把这件事告诉了妻子,得到妻子的支持。他又去父母那儿说了此事,父母虽然有些疑虑但最终还是赞成的。因为那是个特殊年代,祖国东北边陲正处于紧急战备状态。

他这一夜翻来覆去怎么也睡不着,心想自己年富力强,又是分管武装工作,即使有战事,组织动员民兵参军、支前也是首当其冲的事,从专职武装干部转为现役干部这可是千载难逢的机遇,既然县人民武装部都内定了,也是对自己的认可。

第二天,他来到县人民武装部,政工科长陪他去见政委,当即表态感谢武装部党委的信任,同意转为现役。就这样,他填写了入伍登记表,县人民武装部履行正式报批手续。军分区当时辖11个县人民武装部,一纸命令,批准9名专职武装干部入伍,命令中的他是某县人民武装部政工科干事。

他到县人民武装部工作前,从县直机关被选派到基层人民公社任职。28岁的他,是公社党委班子里最年轻的,党委分工分管政法和武装,兼武装部长,手下一个公安特派员和一个武装助理两员大将。他没当过兵,为了尽快适应工作,他虚心请教,认真钻研,组织民兵训练,既当组织者,又当参训对象,积极参加军分区组织的专职武装干部集训,很快得到提高。他工作认真,雷厉风行,到职刚刚两个月,数九隆冬,身先士卒,组织民兵出色地完成了构筑反坦克三角坑等任务,代表全县接受军分区的检查,受到赞誉。在全县专职武装干部中绝大多数人都是部队转业干部和复员军人,论军事,有的参加过大比武,各个都很过硬,论带兵,有的是营、连长。而对于没扛过枪、一天军营生活没有的他,凭什么优势去的县人民武装部成为现役军人的呢?有的专武干部也认为自己军事这么好却没被选拔上,怎么偏偏选拔了一个不懂军事的呢?开始对县人武部还有些意见,对他也有些羡慕加嫉妒。或许有的人在嘀咕:可能人家有后台、关系硬吧。说这话,不是时候,那个年代不兴这个,在选人用人上还没有那些歪七竖八的不正之风。他曾说过,穿军装,这辈子连做梦都没想过,也不敢去想,上帝却给予了他。真正的原委,是他那次去见政委才知道的——原来,这个县人民武装部缺少政工干部。"我们了解你在全县专职武装干部中文字基础比较好,县直机关的同志也这样说,现在县武装部就缺少政工干部,所以你是首选……"他还记得政委当年的一席话。

话还得说回来,他在穿上军装之前也曾有过两次备受当时县革命委员会和县委两个大院人们关注,引起轰动的事情。一次是1972年"七·一"那天,在党组织的培养教育和考验下,经县直机关党委批准,面对镰刀斧头,他庄严地举起右手宣誓,光荣地成为中国共产党党员。那一批党员,县革命委员会和县委两个大院各一名,他是县革命委员会大院的。另一次是1977年年底,他经过党组织推荐和考核,从县直机关选派到人民公社任职。他作为首批选派到人民公社任职的4人之一,于12月26日毛主席诞辰纪念日那天,县直机关召开欢送大会,然后分别送他们到职。这是1966年"文革"干部冻结以来的第一次解冻提职,在全县轰动很大。县直机关凡是认识他的人都在夸他:年轻,人品好,又肯干,在基层锻炼锻炼,将来一定错不了。想不到,时隔一年多,三十岁的他,突然穿上了军装走在大街上,熟识的人都感到非常新奇,关注与关心,问这问那也是自然的。

县人民武装部政工科的工作,除了日常的民兵政治工作、双拥工作外,主要围绕部党委就贯彻落实上级指示精神做出的部署安排,进行阶段性的工作情况综合、调查研究、总结经验等一些重要的文字材料,还有都感到挠头、有压力的通讯报道工作等。

他到职后不久,政工科科长就提拔到临县任副政委了,日常的文字材料和通讯报道工作全都压在了他的身上。那一年,正好军分区在这个县两个人民公社抓武装基干民兵大面积三落实试点,把他派到军分区副司令员那个工作组。试点工作分两个阶段,从四月份开始到五月中旬春耕结束为第一阶段,第二阶段在挂锄期。那时工作组都吃住在社员家,他参与了试点阶段性的情况综合和后期经验的总结工作。他总结的县人民武装部党委的典型材料在军分区交流推广。通讯报道工作对于他既是新任务又是硬指标。他变压力为动力,拿起120海鸥相机学摄影、在仓库的一角学冲扩照片,围绕武装工作挖掘好人好事写稿件,向《东北民兵》《中国民兵》、中央人民广播电台投稿,武装部当年就获得了通讯报道工作先进单位,他本人当然是通讯报道工作先进个人了。初来乍到的他,被大家刮目相看。

1979年刚穿上军装半年多的10月份,他又经受了定职的考验。县人民武装部十几名干部,人数虽然不多,但资格都很老,大多数都是20世纪60年代初入伍的,个别的还有50年代末入伍的。面对副连职、正连职、副营职的定职指数,给谁不给谁,也愁坏了县武装部的领导班子。原来都是参谋、干事的,没什么职位高低的区别,这回一定职就要拉开距离了,大家的眼睛睁得滴溜圆。他,也又一次成为关注点。因为,他来县人民武装部工作前是地方的副科级干部,按常理说应该比照副营级名正言顺地定职。县武装部党委首先将他的情况向军分区党委作为特殊情况反映,几天后回复说,这个问题涉及一个命令上的9个人,鉴于目前老同志太多,他们这一批人还年轻,要做好思想政治工作。县武装部政委和部长两人一起找他谈了一次话。实际情况都是心知肚明的,他没有发牢骚,而是愉快地服从组织上的决定——定为正连职。后来有人半开玩笑地对他说:"看你,这身黄军装穿的,明明是副科级,还没几天就来个降级使用。""咱去的时候没有级别,这一定职,老同志太多,论资排辈也是应该的,没什么吃亏后悔的。"他淡淡地一笑,话题一转又风趣地说:"谁叫咱是新兵老同志呢!"

自打那次定职后,新兵老同志也成了他的口头禅。

他见那些老同志把褪了色,几乎成白色的黄咔叽布、黄斜纹布的军装仍然补领口、缝袖口的穿着,自己补袜子等,过惯了简朴的生活,也直接感受到了解放军的好传统、好作风。这对修身来说,又是个偏得。

从此,他由县武装部又被调到军分区,演绎了"新兵老同志"的军旅生涯。他珍惜军人的荣誉,也深知军人的使命。在工作岗位上默默无闻、埋头苦干、酷爱学习、勤于思考,取得了可喜的成绩与进步,曾多次被评为先进工作者、优秀共产党员,因救火、抗洪两次荣立三等功,受到表彰与奖励。

当我采访他的时候,他特意嘱咐我,假如你写一点东西的话,就要实打实的写。他告诉我,种庄稼要靠"人努力,天帮忙",而人生旅途,除了自身的天赋外,靠的是机遇加进取。他拿出1988年授军衔时的彩色照片给我看。我读懂了他深藏在心底的那份知足感恩、那份军人的荣耀!

转眼间,又过去三十多年。如今的他,每当见到老战友,他仍然风趣地称自己是"新兵老同志",这是因为——他穿上军装那年已是而立之年。

老鱼和小鱼的对话

无论是在浩瀚的海洋,还是在奔腾的江河,也无论是在荡漾的湖泊,还是在涟漪的池塘,大凡都有鱼类生长。

一群群的鱼在水下四处游动,它们是在成群结队地游玩、观看水底变幻的精彩世界?还是在忙着什么?人以食为天,何况鱼乎!觅食,这是鱼类赖以生存的唯一手段。

涉世不深的小鱼忘我地游来游去,连汤带水地吃着送到嘴里的微小食物,见到老鱼游来,便很有礼貌地上前打招呼:"老鱼,您好啊!"

"好!好!你这是往哪去?"老鱼说。"这不,刚刚美餐一顿。"小鱼打着饱嗝,又忙问:"您吃过了?""还没有呢!"老鱼说。

"不合胃口?"小鱼说。"不是,饵很香,但吃了就没命了。"老鱼答后,看了看小鱼又说:"你知道我为什么长寿吗?!"小鱼摇晃着尾巴示意不知道。

于是,老鱼讲起了那次历险的经过:"有一次,我看到眼前的食物,可刚到嘴边就知道坏了,原来是下的香饵,幸亏钓鱼人起竿早,我玩命地往下挣脱,如今嘴唇落下了这道疤痕。""好险哪!"小鱼附和着说。

"是啊,捡了一条命,打那以后,我见到要吃的食物,就先在食物周围转上几圈,看有没有与食物相连的蛛丝马迹,管住自己的嘴,不该吃的,再香也不能吃。"老鱼又接着说:"这叫吃一堑长一智吗,这就是我的长寿秘诀。"

小鱼忙说:"听君一席话胜读十年书啊!"得到老鱼真传的小鱼,围着老鱼蹿上钻下地撒起欢来,以示谢意。

"老鱼,您见多识广,再给我讲讲呗!"小鱼带着央求的口吻说。

老鱼心想,真是饱汉子不知饿汉子饥,但一转念,既然人家小鱼愿意听,那我就满足它的要求。于是,答道:"好吧。"

"咱们鱼族,来到这世上,原本就是为人类服务的,有人因为我们的美貌而钟情,有人把我们视为神灵而崇拜,有人把我们制成药品驱疾病,而大多数人却都把我们作为餐桌上的菜肴一饱口福……哈哈,看我,竟然摆起了咱们鱼族的功劳了。"老鱼说这些,就是想要告诉小鱼一句话:"小鱼,这就是咱鱼族的生命价值啊!"小鱼有些懵懂地说:"是的,生命价值!"

老鱼咕噜咕噜喝了几口水,抬高了嗓门说:"在东方,有一个古老文明的大国,有许多与我们鱼族有关的故事。"小鱼一个劲儿地摆动腹鳍,乐得直拍手:"好啊,好啊! 老鱼快给我讲一讲!"

"那我就先从汉朝的羊续说起,他这个人非常喜欢吃鲜鱼,他到河南南阳当了太守,到任不久,有一位属下为了讨好他,便给他送来一条当地特产的白河鲤鱼。""有这样的美味,可以喝上几盅了!"小鱼忙不迭地插嘴说。

"人家羊续可不是见了东西就收,见了好吃的就吃的那种人。你猜怎么着?"老鱼问小鱼。小鱼眨了眨眼,不知如何回答是好。

"羊续再三推让不收这鱼,可那位属下却执意要他收下。羊续待那位属下走后,就把鱼挂在了屋外的柱子上,上好的白河鲤鱼经风吹日晒,竟然成为鱼干。后来,那位属下又送来一条更大的白河鲤鱼,羊续便把他带到屋外柱子前,指着柱子上挂着的鱼干说,你上次送来的鱼在这,请你一起拿回去吧。那位属下羞愧难当,无地自容,便悄悄地把鱼干取了下来连同新鲜的大鱼拿了回去。"老鱼说到这里,看了看小鱼,又说"羊续在柱子上挂起了白河鲤鱼,免去了白河鲤鱼的油烹之苦,假如羊续收下了鱼,又吃了鱼,那我们的白河鲤鱼就充当了贿品角色,白河鲤鱼用自己木乃伊的身躯为鱼族争了光,它的灵魂也会感谢羊续的!"

"这就是被人们传颂久远的羊续悬鱼的典故。"老鱼对正听得出神的小鱼接着说:"剩喜门前无贺客,绝胜厨内有悬鱼。清风一枕南窗下,闲阅床头几卷书。这首诗,是明朝的于谦,赞美羊续而作的。"

"你看人家羊续,送到眼前的佳肴美味就是不贪吃,把鱼挂在柱子上是向路人的一种宣示,当面教育送鱼人既十分巧妙又高明!"老鱼深有感触地说。"是呀,像羊续这样的人,真值得敬佩啊!"小鱼也有了些感慨。

"还有一个与羊续相似的付昭故事。说的是,付昭也很爱吃鱼。他在任安成内史期间,因为当地少鱼,下属便在一个炎热的夏天给他送来了不少的鱼,付昭便把鱼挂在了门边上晒成了鱼干,那些路人一看便知付昭的心思。"老鱼说到这儿又补充说:"付昭的这个故事,也看出羊续悬鱼的效应。""是呀,为官的清廉之德值得称颂啊!"小鱼好像长了很多见识,也有了自己的见地。

"是啊,羊续和付昭的故事,告诉了我们什么道理?"老鱼问小鱼。"要说这道理吗……"小鱼一时回答不上来,"这世上,人有所好,并不奇怪,但奇怪的是不分良莠、不把握分寸的所好。你看羊续和付昭,有人投其所好,他们就是不好! 一条鱼能够成全一个人,也能毁掉一个人。"老鱼这么一说,小鱼真的听懂了:"就是,就是啊!"

"小鱼,你还想听吗?"老鱼问小鱼。"听,还要听!"小鱼答道。"那好,今天我就饿着肚子再继续给你讲。"老鱼感到小鱼能把自己的话听进去,就没白说,也很兴奋。

老鱼张开嘴巴,吐吐吐,一连吐了几个气泡后说:"在三国时期,吴人孟仁曾任监池司马,负责渔政,自己会结网捕鱼。有一次,他把捕的鱼做成咸鱼,千里迢迢寄给母亲,以表孝敬之心……""这个孟仁真是个孝子啊,他母亲也一定会很开心的!"小鱼忙说。"小鱼,你不要抢话,我还没说完呢。"老鱼打断小鱼的话接着说:"孟仁的母亲收到咸鱼后,把咸鱼原封退回,并且附了一封信,信中责怪儿子作为渔政官员,近水楼台先得月,假公济私,这样的鱼,为娘的不能要。""真的没想到。"小鱼涨红着脸,有些不好意思。

"像孟仁老母退鱼教子的故事,还有晋人陶侃老母退鱼教子的故事。"老鱼说。"晋人陶侃年轻时做管理鱼塘的官吏,有一次,托人给母亲送了一坛腌鱼,他母亲不但没有收下,还在退回鱼时责怪儿子贪占公家便宜,如不及时改正,定会受到法律的严惩。"老鱼说到这儿便停了下来,看着小鱼。"这样的母亲就是了不起!"小鱼说。

老鱼看小鱼一点倦意没有,便说:"这么个偌大的国家,厚重的历史文化,鱼的故事三天三夜也讲不完哪。"小鱼不作声地用期待的眼神瞅着老鱼。"好,好,我最后再讲一个。你知不知道历史上有个叫公仪休的?""不知道。"老鱼与小鱼一问一答。"那我告诉你,这个公仪休是春秋时鲁国的国相,非常喜欢吃鱼,各地有许多人给他送鱼,但都被他一一拒绝。""公仪休当了那么大的官,收人家送的鱼算不了什么吧?"小鱼带着试探的口吻说。

老鱼说:"公仪休的弟子也不明其故,便问他你不是很喜欢吃鱼吗,那人家给你送来鱼为什么不要啊,不新鲜啊? 他说这鱼是新鲜的,但是我不能要,要了以后就贪污了、犯法了,我就不能当这个国相了,不能当国相也就自己没有钱买鱼吃了,别人也不会给我再送鱼了,所以我不收鱼,就一直当这个国相,我的工资买鱼吃绰绰有余,正因为喜欢吃鱼,我才不收别人的鱼,这样可以一辈子吃鱼。"

老鱼把公仪休拒鱼常食鱼的故事讲完,话锋一转说:"你说说,那些被打的'老虎''苍蝇',就没有公仪休拒鱼常食鱼的远见和修养,私欲膨胀,到头来搬起石头砸自己的脚,成了害群之马,真是可恨!""鱼与熊掌不能兼得,口腹之欲与清廉美德对从政者来说,也往往不能兼得。这一点,春秋时的公仪休说得最为明白。"老鱼又说。"这个公仪休,真是不简单!"小鱼发自内心的赞叹。

"就拿曾一度盛行的公款吃喝风来说,山珍海味,大摆筵席,我们鱼族可遭了殃。"老鱼气愤地说。"这人也真敢吃呀!"小鱼说。"可不,什么野生鱼、养殖鱼,来者不拒,吃坏了风气,吃坏了胃……就拿养鱼池来说,那时是一池浑水,垂钓者有头有脸、人来人往,池前若市,大都是拿着条子来,签个字就走,钓不着鱼,就大动干戈下网捞,弄得池里的鱼族心惊胆战。"老鱼说到这一转话锋:"如今,树正气、刹歪风、天蓝蓝、水清清,我们鱼族也欢了心!"

"小鱼,小鱼,今天故事就讲到这儿吧!"老鱼对听入了迷的小鱼说。老鱼说:"小鱼啊,这世上有些图谋不轨的人专把鬼主意打在咱们鱼族身上,拿咱们作钓饵再钓'鱼',以后可千万要警惕着点!""谁图谋不轨,我就用鱼鳍扎他!"小鱼愤愤地说。

"我们要珍惜生命,珍惜生活,珍惜自己,珍惜好的环境,珍惜一切美好的事物,洁身自好,远离污泥浊水,学一学鱼干的策略,退鱼的情操,拒鱼才永远有鱼的哲理啊!"老鱼无比感慨并忠告地说。

"再见了,小鱼!"老鱼说完,一挺身,游向了远方。

小鱼好像真的长大了,懂得了这一切,紧追在大鱼后面:"大鱼,快等等我,带上我一起走!"

母校师恩暖心窝

初春的阳光照在崴子里,复苏的黑土地给屯子里的人们带来新的生机与希望。

那年的3月,9虚岁的我,上学了!

记得,上学的第一天,是母亲送我去小学校的。

小学校就坐落在屯子东头的土路南,是村上小学校专门为屯子里孩子上学方便而设的一个点,有一、二年级两个班,由一位老师负责。待屯子里孩子念完二年级,上三年级时就到二里多路的后屯村上小学校学习。

小学校教室十分简陋。窗户上的窗户纸虽然抹了麻籽油,但阳光无法直射进教室。黑板清晰可见木板间的缝隙、钉子帽的痕迹,但却是新刷的墨汁,显得黑亮。课桌是用几块木板钉的,底下没有间隔,长条凳子是用两根树干锛平刨光并列钉的。白石灰把土墙壁刷得雪亮,给初入校门的孩子们减少了不少心理上的压抑。炉子里的苞米瓢子烧得噼噼啪啪作响,但也驱散不了北方初春的冷意。

李文老师简短的讲话后,给同学们发了语文、算术两本新书,开学仪式也就结束了。回到家后,我喜出望外地翻看书的封面和里面的插图。这是我第一次嗅到了课本散发出的阵阵墨香。

在我的记忆中,李文老师是一位瘦高个子的英俊男青年,彬彬有礼,讲话谦和,穿一身蓝布衣服,很精神。他住在二里多路的后屯,每天早早就来到小学校,为同学们烧炉子。有一次李文老师家访,摸着我的头对母亲说:"这孩子字写得好,听课用心,将来一定有出息。"李文老师一句夸奖和鼓励,在我幼小心灵里埋下了好学上进的种子。

为我上学,父母亲事先早就做了准备。那年的正月,父亲休假回来一连几天教我练习写自己的名字。说起自己的名字，父母亲曾几次跟我说，在我周岁时"抓周儿"，炕上摆放了几件东西，饭碗里放一块上杂拌果子、拨浪鼓、笔、筷子，让我自己去抓，结果我抓了笔。于是，父母亲高兴地给我起名为"文"，并取"文武双全"意往下排。所以，二弟名为"武"、三弟名为"双"、老妹妹出生在县城，名为"彦"。

感恩父母亲赐予儿女的名字。我渐渐地懂得了名字不仅仅是一个人的符号，而更深的内涵则是名字的尊严、名字的价值、名字的责任……

就在那年的麦秋，我家搬进了县城与父亲团聚。父亲之前就为我联系了接收的小学校。小学校是以李兆麟将军命名的，在县城里很有名气。因屯子里与城里教学不同步，我只好重新入一年级学习，分到一年三班，班主任是李文秀老师。

李文秀老师，个子不高，圆脸，头上梳两根辫子，讲话声音较高，但很和蔼。她拉着我的手，亲切地问这问那，并细心的嘱咐开学要带的东西。从那一刻起，眼前的李文秀老师给我这个屯子里来的孩子，留下可敬、高大的形象。

兆麟小学校是在原来庙宇的基础上辟建的。东西两个大殿，西面的大殿仅存地基上的青石板，而东大殿仍屹立在那里，被间壁成老师的办公室。东大殿坐北朝南，三面各有花岗岩台阶，南面的台阶比较宽。拾阶而上，大殿四周青砖铺地，朱红色的圆柱子撑起长长的檐廊，雕梁画栋，房盖上的琉璃瓦，正脊之下连着四条偏脊，五脊六兽……显得十分的神奇。

正方形的学校园区，正大门向北开，还有东西两个便门。老师办公室东侧由北至南两排教室，南面那排教室延伸到老师办公室的南面，北面的教室开南门、南面的教室开北门，中间的空地平时是师生做广播体操的小广场，冬季里则抬水、端水浇成滑冰场。南面那排教室的南边是足球场，上体育课踢足球，每年学校都在这里举办运动会，选拔运动员参加县城小学校六一运动会。

开学的那一天，李文秀老师发完新书后，叮嘱回家一定把书皮包好了。包书皮的纸是父亲从县印刷厂要来的包装用的废弃牛皮纸，褶褶皱皱的很不规则，母亲先用饭锅冒出的热气熏一下牛皮纸，然后一点一点地平整，最后剪出包书皮的料为我包书皮。

那个年代小学是六年一贯制，机不逢时赶上三年自然灾害。物资极大匮乏，就连百货公司9分钱一张的大白纸有时也断货脱销。加之学习需要越来越多的纸张和本子，父亲只好抬脸求人，从县印刷厂要来切下的白纸边子，订很窄的本子给我当演草本。父亲有时给我拿回工作中废弃的统计报表订成练习本。曾有一个阶段,学习所用的白纸,也玩起了"川剧变脸"成了黄色的草纸。这种草纸,是县造纸厂就地取材生产的,不仅没有脱色,还不光滑,而且非常脆,写起字来费笔尖。就是这样的纸,也得正反两面用。

李文秀老师教学认真负责,注重学生的品学兼优。一年级下学期的"六一"儿童节前夕,我加入了少先队。小学校的大队部专门举行了入队仪式。学生们穿白布上衣,整齐地站在老师办公室前面的场地上。东大殿高高的基座就是现成的主席台,几位学校领导站在那里。当主持人老师宣布入队仪式开始时,在队伍最前面身穿整齐的白衣服、白球鞋的高年级同学组成的鼓乐队敲起了大小洋鼓(军鼓)、吹起了小洋号(军号),鼓声咚咚、号声嘹亮。"我们是共产主义接班人,继承革命先辈的光荣传统,爱祖国,爱人民,鲜艳的红领巾飘扬在前胸……"《少先队队歌》响彻校园。学校领导讲话,宣布入队名单,少先队代表发言,然后给入队同学分别佩戴红领巾。当李文秀老师把红领巾给我戴在脖子上时,我激动得小脸蛋儿红了。

李文秀老师带这个班级从一年级一直到四年级,然后像跑接力赛一样把接力棒交给了班主任周志忠老师。

周老师中等身材,白皙的脸庞,乌黑的分发,写一手好字,钢笔字非常规范,粉笔字在全学校老师中也数一数二。周老师对学生要求十分严厉,一直教完六年级毕业。

当时,兆麟小学校有费耀武、胡景堂、周志忠三位男老师非常出名。费老师是大个子,有一点水蛇腰,脸较白,梳分头。胡老师,也是大个子,头发拔顶,前额既宽又亮,脸色微红。费老师和胡老师都是学校的篮球健将。三位老师事业心强,教学过硬,送走了一批批毕业生。

县第一中学坐落在县城的西北隅,北二道街横贯东西,与三面交汇的路构成一个很大的独立教学区,并在西侧的路西还有一个三合院,习惯叫西小院的教学区。

学校的两个大门柱子撑起的拱形门脸上镶嵌着醒目的学校名字。一进校门,一左一右两个篮球场,迎面有教室和办公室,西侧是俱乐部,东侧与障子相隔还有马棚、马车、菜地。东北角一个很大的多用途操场。俱乐部的西面是高中班,大部分初中班教室都在办公室后面和西小院。水房子有专门师傅烧开水,负责打钟。钟有点特别,如锅盖大小的圆形铁,声音清脆悠长,辐射整个校区。北二道街路南,还有学校食堂、宿舍生活区。

121

我初中在八十班,班主任是数学老师孙学芳、副班任是语文老师张跃,到了高中时班主任于光久又是数学老师。从小学到中学几位老师对我的成长起到了十分重要的作用。

师恩,重如山。人类灵魂的伟大工程师是对您们的至高赞誉,桃李满天下是对您们的精彩华章!时光陪伴恩师们风雨兼程地走进了耄耋的城堡,延年益寿、享受幸福晚年就是学生的最大心愿!然,无情的岁月,缅怀的痛楚,学生默祷天堂之上的恩师灵魂永生!

母校,是刻在我记忆中的一个个幸福温馨的摇篮,是一步步登高的梯子,令我情真意切!

恩师,是装在我心海里的一幅幅永不褪色的图画,是一张张远航的风帆,让我无限感激!

我的文字情缘

记得20世纪70年代初,机关里的文化生活枯燥得很,曾在报社工作过的同事编出了个谜语,字面是多余的话,谜底是打一字。结果害得大家冥思苦想,最后只好解铃还须系铃人,请人家说出谜底:就是能够的"够"字。这谜底就好比一层窗户纸,恍然大悟的我们分享了快乐。

我的文字情缘,就是从那时开始的。

说起"爬格子",虽被人们视为苦差事,但对我来说,自从务了"爬格子"这道儿,久而久之对文字产生难以割舍的特殊情感。"爬格子"不仅提升了我的素养,也改变了我的人生轨迹。

22岁那年,我从国有林场调到县革命委员会林业科工作,不久便又抽调到县革命委员会农林办公室工作。那是工业学大庆、农业学大寨、全国学习人民解放军的年代。家乡是黑土地上名副其实的农业县份,也是当年农业学大寨的典型,农林办公室作为全县农业生产的综合口工作忙得很。我每天除了打电话要农情、搞统计外,还负责向地区汇报全县农业生产进度、问题及好的典型等。为了更快速应对工作,我把全县和各公社的基本情况数字都记在心里,有问必答。工作中,父亲教我打算盘也派上了用场。

记得,当时县直机关流传这样一套嗑:"在机关没有专业,不会写文字材料,就没有发展。"于是,从那时起我就被逼上写文字材料这条路。

在我的身边,有很多从事机关文字的良师益友。有刘凤舞、徐行洲、端木庆友、王继才、金洪升、郭振兴、杨春发、唐令富等多年从事农村工作"运筹帷幄决胜千里"的县、科级领导;也有郭振通、王嘉庆、蒋忠恕等原来县日报社的咬文嚼字的编辑、记者;还有王振林、黄自恒等大专院校毕业后在农口工作、理论与实践相结合的专业技术人员……各个才思敏捷、谈吐自如、出口成章,真是令人敬慕。

说到具体写文字材料，我们也是尽显十八般武艺，各练一套。继才能够审时度势，深入思考，擅长给材料拿点子、出路子；振通带个近视眼镜，腰板拔溜直，坐在椅子上，胸有成竹地一边抽旱烟，一边口述材料；嘉庆腰肌劳损，但写起材料来蛤蟆骨朵似的字如行云流水，一气呵成；忠恕虽然有点耳聋，但写起材料认真得丁是丁卯是卯。

邹韬奋对提高写作基本功有三句至理名言，叫作泛览、精读、勤练。这是公文写作、新闻写作、文学写作三大写作领域所必须遵循的。

在县里工作那阵子，为了尽快提高自己机关文字写作水平，我就先易后难，循序渐进地学习。把别人已经定稿或用过的文字材料拿来，认真拜读，从中琢磨其中的奥妙暗自学习；我的钢笔字在办公室人员当中写的还算比较工整，而且速度又快，常常是执笔人写完一页，把关人审改一页，我就拿来抄写一页，在这样一个照葫芦画瓢的简单工作中，我就重点看一下把关人删除、添加和改写的句子，哪怕是一个字、一个标点符号，找出为什么的道理；师父领进门修行在个人，之后我就主动写一些简单短小的、日常工作情况的综合文字材料，然后丑媳妇不怕见公婆地请人家帮助修改，从中练胆练笔练技巧，增强了我写文字材料的自信心；每当参与涉及全县农业生产的会议讲话、报告和向上级的汇报材料等，县委和县革委会都组织相关人员在一起研究材料，然后按部分分别写，再统稿，我从中拓宽了视野，吸纳了营养，受到了锻炼；有时写材料人手不够，我就主动给自己压担子，得到了领导的鼓励，得到了提升。

当时，机关里对写文字材料人员是这样描绘的："嘴起泡，尿黄尿，费烟卷，省粮票。"可见，从事文字工作的辛劳。

一个特殊机会，没参过军、没扛过枪的我，脱掉黑棉袄穿上黄军装，由地方干部转业入伍到县武装部政工科工作。

在一次军分区组织民兵预备役炮团演练的借调中，由于较好地完成了政治工作方面文书的起草，演练中的思想政治工作报告得到军分区首长的肯定，又一纸调令留在了军分区政治部组织口工作。记得我写演练中的思想政治工作报告前曾流露出："赶紧写完报告交差回家"的念头，副参谋长对我说："你就不想到军分区来工作?"我没有回答，只是会意地点了点头。报告写完后送给分管首长签发时仅改动一个标点和一个别字，这在当时是少见的，因为这位首长原来在省军区政治部工作，对文字材料要求高、把关严。每每我想起副参谋长那句善意的提醒，就无法控制内心的感激之情。

在部队期间,是"爬格子"的丰产期,从360个字到180个字的稿纸不知用了多少本。前些天,一位退休的老战友来看我,还提起那些年"爬格子"的事,又提到了我那次围绕部队精简整编武装部移交地方深入调研撰写的《在变中求适应,在干中去理顺》文章本级交流、省军区和大区部门转发、国家级和大军区级民兵刊物刊发的一举五得的事。

那时,首长对你把得很紧,每年一次的训练,有计算机、驾驶等,都因工作忙错过了学习机会,如今计算机没学过五笔而是用程序上的汉语拼音,驾车也没沾过边,现在想起来也无怨无悔。后来我被批准退休了,首长考虑工作的接续,在文字上带一带年轻战友,于是我以一颗感恩的心,义务工作了9个月。

我参加了首次高等教育自学。拖家带口的我,妻子起早贪黑在工厂做工,孩子正在上小学,我白天要工作,晚上孩子睡了,自己再起来坚持学习课程。那时经常下基层调查研究抓典型,我就带上课本、辅导材料挤时间自学,就连平时通勤车上也要看上几眼标准答案的纸条。一种无形力量的支撑,两年时间单科结业学完全部课程,获得了大专毕业证书,而后又坚持学习拿到了文秘和人事管理两个大专文凭。就是为了文凭这张纸,不知付出了多少汗水,既圆了自己上大学的梦,也为爬格子注入了内在的动力,增添了后劲。

如今,我在某政府机构帮助工作已经十几年,仍然离不开文字,调研建议多次被省领导批示,进入决策参考。自己所负责的工作多次受到表彰,为集体赢得了荣誉,感受到"爬格子"的欣慰。

我是受长期从事机关文字惯性思维影响较深的人,文学写作仅仅是初学乍练。过去"爬格子"靠的是一笔一笔的写。如今是鸟枪换炮改用计算机了,文档里的这张白纸很奇妙,更方便快捷了。在文友们的影响和感召下,工作之余,赶赶新潮,动动脑筋,转转眼球,用用手指,敲敲键盘,造造句子,用思想的经纬编织心声的文字,将情感流淌于老祖宗的方块字间,得到了欣慰。我也有了自己的文学梦。不过,不能忘记千里之行始于足下。

清清白白纸一张,一撇一捺画沧桑。一路风景映日月,笑看人生色彩扬。一支钢笔、一台电脑、一张白纸伴我走过了年复一年的春夏秋冬,注定我今生与"爬格子"结下深厚的无悔的文字情缘。

梦游百味斋

一

农历乙未羊年春节的七天假日刚过,天上、地上、水上,贯穿南北东西的运输大动脉仍然承受着不同服饰、不同年龄、不同口音熙熙攘攘涌动人流的压力,返乡的农民工又陆陆续续地走来了,探家看望父老的游子们又恋恋不舍地踏上了征程,上班族又按部就班地给这座城市交通带来了早晚高峰。从尽享传统节日中复苏的人们伸了伸腰,爽一爽神,带着微笑、祥和与祝福,精神饱满地又紧张忙碌起来。

商家店铺门前春风舞动彩旗飘,锣鼓声声东北大秧歌扭得欢,在红底金字对联和大红灯笼的呼映下,正张罗着开门迎客。与往昔相比,人们似乎理智了许多,治理雾霾、呵护全国文明城市,居民鸣放鞭炮的明显少多了,不过图个开市大吉大利,商家店铺还是在门市前放起了"大地红""开门红",噼噼啪啪声伴随一股刺鼻的硫黄烟雾过后,真的铺就了一块"红地毯"……

在开了关,关了开,只换匾额不换屋,多如牛毛的商铺中,我看见不远处一家新开张的店铺,蓝漆鎏金凹字匾额上苍劲有力的"百味斋"三个大字。心想一定又是一家美食广场,可当我走到近前,只见门旁墙上镶嵌一块黑色的大理石上金黄色的隶书醒目地写道"人生百味知多少,欢迎惠顾答案找",落款是:百味斋文化传媒公司,2015年2月25日。

我随着络绎不绝的人群,走进了百味斋。"味道"一下子充斥了我的视觉神经,按板块思路设计,分别设有故乡味道馆、爱情味道馆、怀旧味道馆、家的味道馆、梦想味道馆、男人味道馆、女人味道馆、生活味道馆、思念味道馆、过年味道馆等展馆,可谓味道大全。每一个馆既各成一体又相互照应,如同孪生兄弟姐妹紧密相连,可见店老板的独具匠心。而从那重量级的综述里,按一字千金概算足有六百万金,又尽显店老板的大家风范!

当我得知百味斋老板是退休官员,为弘扬社会主义核心价值观而创办的独资公司,完全是服务他人、回报社会公益性的时候,油然而生敬意。

二

我戴上耳麦,聆听讲解,看着图文并茂的展览,静坐演播厅观看精彩片段。在留言簿上写下了自己的感言,带上百味斋人生百味的答案,细细咀嚼旅途人生,深深陷入情感味道的思索。我无法精深全面地概括味道,只好用事实的片段来诠释。

有人说,故乡的味道是甘醇的陈年老酒,思乡的时候喝上一口让你陶醉;有人说,故乡的味道是溢香的泥土,唱响了一代又一代繁衍生息生命的歌;有人说,故乡的味道是常青树的根,飘向远方的叶片总会回来的……而我还要说,故乡的味道就是印在脑子里、刻在心底的一张永不变的底片。我常常独自一人临窗远眺故乡的方向,翻动深藏骨子里的这张底片——依山傍水的老屯,镶嵌在山坎下的泥草房篱笆墙,袅袅炊烟披上神奇的面纱;屯前那片开阔的草甸子,猪马牛羊饱餐的牧场;屯西那条日夜流淌的大河,白帆桨声唱渔歌,冰河上跑着马爬犁;河套深处传来猎人清脆悦耳的洋炮声,划破了旷野的寂静;岗上的玉米大豆高粱翻绿浪,畦田里的稻谷飘清香;远近有名的小叶张苫房草,垫鞋取暖的靰鞡草;夏季里,蛙声伴你晚餐与入睡,冬季里围着火盆讲故事到三星偏西……日出而作日落而息的人们也活得很滋润。还有那阴森可怕的东大沟、森林王国般的坟地、游击战的柳条通、挖沙坑垒沙堡扣沙洞的沙坨子、赤身裸体戏水的稻壕,传来孩子们天真欢快的笑声。如今,老屯变了模样,白色水泥路面直通屯里,草甸子变成了一畦畦的水田,家家户户的砖瓦房盖在了岗上,五十年前姥爷家的三间泥草房虽已弯腰驼背却仍站立风中,老人和儿童组成了留守大军。还有,东大沟平了,西大河瘦了,北坟地没了,南沙坨子小了……从县城通往大顶子山航电枢纽的公路从老屯东边经过,屯子里通了营运的小汽车,出行更便利了。我在弟弟和亲友的陪伴下,找寻当年的影子。亲不亲故乡人,美不美家乡的山和水。我为老屯沐浴春风,伴着梦想的富庶而祝福、而骄傲、而感叹,老屯仍然定格在那张不变的底片上。这就是我的故乡的味道。

说起我的爱情的味道,没有当今的浪漫,没有当今的开放,没有当今的变数,就是"炒菜少放盐少放味精"的平淡。当介绍人引见我与老伴初次见面时彼此涨红着脸,初恋约会时彼此相隔三尺远,热恋相依时涌动的热血被理智的约章挡住。订婚照上的比翼齐飞,是彼此商量写下的誓言。记得那年的八月十五,父亲母亲为我们举办婚礼,单位还专门送来了一对大镜子,镜子下方密密麻麻刻上同事的名字,一份重礼是六十多元钱的六个晶体管半导体,盖有党支部印章的马恩列斯毛选集。夫妻好比连体鸟的一双翅膀,只有朝着一个共同的方向,才会飞得更高、更远。婚后,干好自己的工作,就是对家庭负责的理念,给爱情注入了新的动力。工作的转换,致使两地分居,长期在外,教育儿女、操持家务的重担落到了她一个人的身上,苦了她,累了她,但她从不抱怨,从不扯我的后腿,无声地支持我、鼓励我。两口子过日子,没有勺子不碰锅沿的,不过我们没有长期的冷战,如同放二踢脚乒乓两声也就过去了。如今,我们彼此执子之手、风雨兼程地走过了四十多个春秋,爱情的表达,变得更为平实和平淡,为对方端上一杯水,送上一句叮嘱,捶捶背、搓搓脚……没有爱情天梯的壮举,有的仅仅是爱情在无言中,爱情在细微处,爱情在日常的生活里。每当我下班回到家里,老伴儿已为我剥好了松子仁或瓜子仁,送到嘴边让我吃掉。进了屋脱鞋习惯鞋尖冲里,不知什么时候她摆放向外了。有时,我看着老伴的身影在想:"都这把年纪了,老伴儿呀,我能为你做点啥?"这就是我爱情的味道。

提起男人,就会想到男子汉这个词儿,还有与之相匹配的高大、伟岸和敢于担当。我曾说过,父亲是座山,是傲立苍穹的大山,战酷暑、挡严寒,艰辛困苦不弯腰。父亲是新中国成立前参加工作的,从屯里出来,几十年一直在县粮食系统工作。父亲对工作认真负责、兢兢业业、默默无闻,常常是早出晚归。父亲打一手好算盘,在统计报表上大显身手,又练就了付粮"一戳成"的技能,当个主任总是干在前头。为五保户定期送粮又是父亲下班后的乐趣。父亲多年被评为先进工作者和劳动模范,几毛钱的奖状挂在墙上一排,多了几份荣耀与喜庆。休息日时父亲也闲不住,不是骑自行车去江边、河边为家人打鱼改善伙食,就是带领我们兄弟去山里、草甸子捡柴火。父亲乐善好施,亲朋好友都很敬佩他。我的岳父在退休的前一年,光荣地加入了中国共产党,这是一种坚定的信念和不懈的追求。别人说他是个老积极一点也不假,勤勤恳恳,任劳任怨,在制油厂工作时常年高温作业,掉下地沟摔断肋骨也不吭一声,在粮库当保管员下班后蹲在地上捡散落的粮食粒。一个普普通通的工人却得到工友们的赞许。这就是我所认知的男人的脊梁、男人的追求、男人的性格、男人的气概、男人的味道！

母亲，是成熟女性的代表。歌颂母亲的文字屡见不鲜，但却是百读不厌。我曾说过，母亲是条河，纳溪水，汇涓泉，偌大的包容，坚韧的毅力，无私的奉献……我们哥仨都出生在屯子里，那时父亲在外地工作，母亲既要照顾爷爷和奶奶，又要照看我们，还要下田劳动，可谓里里外外一把手。屯子里的人都说母亲要强。家搬进了城里后，母亲为了减轻父亲的负担，纳鞋底、做面包、压挂面、摊煎饼、晒粮食、捡烧柴……付出了很多辛劳。这就是女人的高洁、女人的无私、女人的伟大……女人的味道！

三

百味斋里的展馆太多了，我突然感到自己的眼神有点不够使，心想不如用随身携带的摄像机先来个录像和照相，回去再慢慢品味。于是，伸手去挎包里拿摄像机，手被床头板挡了回来。原来竟是一场梦啊！梦醒时分，这百味斋不就是天之骄老师发表在江山文学网东北社团的《味道》组诗吗！没有睡意的我，连忙起身，开启电脑，拜读起《味道》来，也扫视了自己的跟评："羊年正月初七店铺开张，想不到老师的'百味斋'也开张了！没有深厚的积淀，没有哲理的思维，没有透彻的感悟，就没有如此精美的诗！谁要缺了'味道'，就到天之骄老师的'百味斋'来！"

天之骄老师《味道》组诗，道出了人生百味、情感百态，给人启迪，给人思索，给人感慨……说来说去，我突然想起了三字经的开篇——人之初，性本善。性相近，习相远。是啊，每一个人都是一位自我人生的调味大师，酸甜苦辣、香臭涩咸，都是自我调制；每一个人都是一位绘画大师，人生旅途或顺或逆、或浓或淡、或红或黑，都是自我描绘的图画。我们要从《味道》中汲取精华，接受传递的正能量，弘扬真善美，鞭挞假丑恶。一句话，就是做事一定要讲事理，做人一定要有人味儿。

哈哈，这就是我梦游百味斋的味道！

一米天涯情

每当我登录天涯社区,总要细细地品读这段文字:"在钢筋水泥的格子间里/依然常常想起天涯/心中总荡漾着天涯的壮阔,天涯的澄明/想起天涯,摇曳的芳草/想起天涯,无处不在的相逢/人说,天涯若比邻/是否,相逢就是此生的缘分——天涯社区将是您永远的朋友"。

这应该就是天涯社区的服务理念吧,也是饱含情感的告白式的服务宣言吧。这些真挚感人、温暖动人、浪漫醉人的话语,不由自主地将我带入了南国佳境,三亚天涯海角的美丽景观,高高凸起的天涯石,任凭惊涛骇浪的拍打、烈日高温的考验、狂风暴雨的洗礼,大有我自岿然不动之威伟,大有南天一柱之宏魄。

天涯社区,响亮的名字,美妙的名字! 一句天涯若比邻,博大的胸怀铺就了广阔的沟通交流平台,使七大洲四大洋的华人打破了地理上的局限与障碍,实现了零距离的接触。

2013年9月7日,在好朋友的推荐下,我以"黑虎一文"注册了天涯社区。这是迄今为止全球最大的华人网站,我由此成为天涯社区这个大家庭中的一员,今天,正好一年了。

我问自己,这一年,有几多收获? 几多感想?

种瓜得瓜种豆得豆,只有勤奋笔耕才会收获不断推出的原创博文。今天,当我写这篇文章时,进入我的天涯社区博客空间,在黑虎一文的名下,总访问量达129 405,博客排名为第11 352位。全部博文277篇,在自己所设文章分类的明细中,有"情感天地"134篇、"随想杂谈"96篇、"多彩人生"44篇。我在核对分类博文与全部博文时发现,分类明细博文比全部博文少了3篇,细细想来,原来是删除的文章数。看着这不断变化着的鲜活数字,令我十分欣慰。虽然自己进入老年了，由于多年的职业情缘，总愿意将所见所思写一写，这好比是大脑在跑步，加上手眼的协调配合，目的就是锻炼自己，激活沉睡的细胞，延缓衰老而益寿；磨炼自己，坚持读书写作，抛弃繁杂而清心境。看到博客空间所显示的数字，我坚信一条，只要你善于思索，勤于笔耕，勇于坚持，播下的种子，就会有所收获。而这种收获不仅仅局限于写作方面，更主要的是从精神上分享了一份真正属于自己的快慰。

紧扣主旋律，释放正能量，只有把握主旨才会给博文注入生命力。天涯社区对作者提交的博文有严格的审查程序，对一个敏感字符都不放过，要经过严格审查。我在提交博文时也多次遇到社区发来的消息，提示你等待审查。因为天涯社区所信守的是原则在前的运营方略，而不是一味地追逐利润，这或许就是天涯社区不断发展壮大的一个重要因素，或生命线吧。在当前开展的党的群众路线教育实践活动中，我见到一家医院的门厅上打出"热烈欢迎省××厅党的群众路线教育实践活动督导组莅临我院指导！"的字幕，一个医院不干救死扶伤的正事，却在这用形式主义反对形式主义，为此我就写了《究竟谁还在"整景"？！》一文；从几个名画家作画上的误笔，看得出缺少实际生活，闭门造车、画蛇添足、张冠李戴等不切实际的瑕疵，我就直截了当地《从名画家的误笔谈起》阐明了自己的看法；看到在机关事业单位存在的某些懒散骄惰、庸碌无为、安逸享乐、庸俗虚伪等在"耗油""站着茅房不拉屎"的现象，我就写了《警惕"软腐败"》进行抨击；针对网络交流沟通中出现的一些不雅、不妥问题，我就以《别了，别再来登》为题，呼吁网络交往需要真诚与守德；联系社会上学雷锋"三月来了四月走"的现象，我就以《写在雷锋纪念日》为题，呼吁文明等，上述这些博文都含有敏感字符，因为传递的都是正能量，最终得到天涯社区审查通过。在网络中，还是在现实生活中，千万要自觉遵守做人的道德底线，千万要严守按规定办事的安全线，千万不能触摸法纪的高压线。这一年让我感到，写文章一定要把心眼子放正，绝不能人云亦云、随波逐流、跟风逐潮，要有自己的主见，就是要与时俱进，紧扣主旋律，释放正能量，把握文章主旨，只有这样，你的博文才会有生命力，才会充满阳光。

玉石不雕不成器，只有情理交融才会编织出多彩闪光的博文。点击我的天涯博客消息栏，这里不仅记录了所提交博文有敏感字符的提示，及最终审查结果的通知，而且也记录了我的博文被网友推荐、栏目推荐的通知。我浏览了一下，有近十分之一的博文被推荐。看见这些熟悉的博文题目，我的脑海里又再现了当时写博文的背景与情景。《又是一个雪花飞舞的日子》《雨雪情谊清水一杯》《淡淡的女儿红，浓浓的网友情》《网络文缘让我你他走得更近》《林木万种独赏杨》等，这是从网络里走来，由网友成为现实生活中的好朋友的真实写照；《缺真少实将在网络上行不通了》则是对网络交往存在的虚假现象的鞭挞，对呼之欲出的网络实名制寄予期盼；《一网情深的舍与得》《九个日夜分别的感受》又是自己对网络写作、学习、交流的真切情感所在；也有针对社会某些现象撰写的《酒到何度方为好》《"路障"不除心不安》《研究生当环卫工人的思考》《小议为领导服务》《曙光就在前头》《睁开双眼看社会》等说出自己对社会事物和现象的客观看法；还有围绕感慨人生，释放感恩，亲情友情乡情"倾诉流淌"的《无限感激伴人生》《放弃比较接纳自己》《青春虽逝终无悔，夕阳铺路别样红》《心存感恩温暖永远》《感恩父母的花絮》《缅怀天堂的父母》《母爱在平常的日子里》《心安无处不故乡》；《雪人一家去了远方》则表达了自己童心不减、乐观向上、热爱生活的内心世界；《军歌伴我来成长》既是对自己军旅生涯的感慨，又是对军营战友的激励……

可以说，我虽然成为天涯社区的一员，但纯属一个新手，资历浅薄，有些操作上的技能还不会，有些技巧也不熟，有些应用还没有用。尽管如此，我还是积极地参与社区的活动，主动写博文。在我的博客里，由于操作原因有的文章出现了重发现象，至今没有删除。天涯若比邻，社区大家庭。我虽然是个老朽之人，但在天涯社区这个大家庭里，切身感受到了这个虚拟社区的温暖与亲切。当我点击天涯社区，都要习惯地看一看来天涯，与多少位天涯人共同演绎你的网络人生，目前在线又是多少人。映入你眼帘的是每天数以万计增加的网友，看着网友数量增长速度如此之快，就足以说明天涯社区强大的引力与磁力效应。"黑虎一文，欢迎回家！"仿佛家人就站在门口，等待你的回来，真情实意，倍感温馨。有时我发表文章，就会遇到天涯社区的提示"您的博文已成功提交！因为含有敏感字符，请等待社区编辑审核，请勿重复发帖，谢谢。"从严格把关这一点就会看到，天涯社区网站的主旨鲜明，政治上的成熟与政治水准的把握。与时俱进，扬弃分明，把握时代的主旋律，以及给网友们提供的高质量高标准的服务。置身于天涯社区这大家庭的怀抱，激活了我沉睡的细胞，焕发了沽露阳光，徜徉在浩瀚的知识海洋，分享到了无比的欣慰与快乐！

这就是我这一年的点滴心语，寄深情于我的文字中的天涯情怀。

让这座城市告诉你

哈尔滨,这座地处大东北边陲的省会城市,对于每个人来说并不陌生。

提起哈尔滨,生活在这里的人们,总会滔滔不绝地来刻画这张城市名片,而对于每一个外地来哈尔滨的人来说,对这座城市的自然风光和人文景观也会大加赞赏。一条百年老街,徜徉在青石条路面上,欧式建筑群落、华梅传统俄式西餐、马迭尔的冰棍,让你仿佛置身于异国他乡;一条日夜奔腾的松花江,变换着碧波与冰雪的模样,带着许多的故事,去向远方;还有那一座傲立江边的防洪纪念塔、一座美丽的太阳岛,以及一座神奇的圣·索菲亚教堂。这座城市像一位靓女,让你陶醉,令人神往。

哈尔滨不仅像一位靓女,它还像一位老人,除了告诉你它的美丽迷人外,还会告诉你它的岁月沧桑——

有两首歌唱松花江和太阳岛的歌曲,每个人都不会忘,或许都能唱上几句。听,"美丽的太阳岛多么令人神往,带着垂钓的渔竿带着露营的篷帐,我们来到了太阳岛上……小伙们背上六弦琴,姑娘们换好了游泳装,猎手们忘不了心爱的猎枪……"这是多么动情的《太阳岛上》啊!再听,"松花江水波连波,浪花里飞出欢乐的歌,歌唱天鹅项下啊,珍珠城唉,江南江北好景色……"这又是多么欢快的《浪花里飞出欢乐的歌》啊!歌唱美好的新生活,沉浸在幸福与欢乐中的人们,你可曾记得东北的沦陷,这座城市的创伤?"我的家在东北松花江上,那里有森林煤矿,还有那满山遍野的大豆高粱……九一八,九一八,从那个悲惨的时候……"这就是20世纪三四十年代风靡中华大地的抗战歌曲《松花江上》。《松花江上》鞭挞了日本军国主义者的侵略行径,揭露了日本军国主义者蓄意制造的震惊中外、骇人听闻的九一八事变。国破家亡的仇恨,悲愤的松花江,咆哮的松花江,一曲巨大凝聚力的《松花江上》,如同《黄河大合唱》《八路军大合唱》一般,呼唤同胞的觉醒,凝聚了民族魂魄!何时收复大好河山,回到那美丽的家园!问苍天,拜大地,对付豺狼只有拿起手中的棍棒刀枪!

坐落在哈尔滨市南岗区光芒街40号的中共满洲省委机关旧址,是1931年九一八事变后,中共满洲省委机关遭到破坏,于1932年初由沈阳迁至哈尔滨后,目前唯一保存下来的。据介绍,中共满洲省委机关,为适应斗争的需要,先后辗转在哈尔滨道外的十六道街,道里的中国三道街、偏脸子,南岗的花园街、河沟街、人和街和小戎街等处办公。这座典型的木刻楞俄式平房,原是南岗的小戎街2号,是俄国人的度假别墅。时任满洲省委机关秘书长的冯仲云,从俄国人女房东那里租来把家安在这里作掩护。室内松木地板,有书房、卧室、客厅、厨房四个房间,陈列有欧式床和沙发、俄式立柜、书架、写字台等,卧室里陈列冯仲云夫人薛文及女儿冯忆罗等的合影照片。据讲,有一次几个特务突然闯进屋来,薛文把文件塞进沙发缝,坐在沙发上显得若无其事的样子,急中生智的冯忆罗跑过去说你们干啥呀,看把地板弄脏了。特务没看出破绽,转身就出去了。这个化险为夷的故事,让我们看到了一个出生入死的革命家庭的缩影。客厅里的大壁炉,是当年取暖用的,也是为销毁来不及转移的文件用的。客厅沙发底下有一条通往外面的地道,是危机时撤离用的。原来房前有一个大花园,以窗台上摆放不摆放花盆为内外联络的信号。前后两个门,后门也有个后花园,当年的几簇丁香树仍枝繁叶茂。就是在这里,满洲省委多次开会,传达贯彻党中央关于抗战的指示,研究部署东北的抗日斗争策略方针,形成了诸多的文件。在这里,输送了杨靖宇、赵尚志、周保中、李兆麟、赵一曼等一大批优秀干部到东北抗日第一线。中共满洲省委机关,是当时共产党领导东北人民抗日斗争的总指挥部和文件库。它见证了中共满洲省委领导东北各级党的组织,组织发动和带领东北广大人民在白山黑水间,同日本侵略者展开的殊死搏斗,为东北人民解放事业谱写了一曲曲可歌可泣的壮丽篇章。

东北烈士纪念馆,在哈尔滨市南岗区一曼街241号。在抗日战争时期东北烈士事迹陈列中,展示了大量东北三省的烈士遗存、史料和图片等。其中有杨靖宇穿过的大衫、赵尚志用过的手枪、赵一曼用过的大碗及写给宁儿的信、李兆麟牺牲时穿过的血衣等珍贵文物。赵一曼留给儿子的遗书,由女播音员如泣如诉的录音播放——"宁儿:母亲对于你没有能尽到教育的责任,实在是遗憾的事情。母亲因为坚决地做了反满抗日的斗争,今天已经到了牺牲的前夕了。母亲和你在生前是永久没有再见的机会了！希望你，宁儿啊！赶快成人，来安慰你地下的母亲！我最亲爱的孩子啊，母亲不用千言万语来教育你，就用实行来教育你！在你长大成人之后，希望不要忘记你的母亲是为国而牺牲的！"有杨靖宇因弹尽粮绝，战斗到最后的悲壮，当敌人割下他的头颅，剖开他的胸膛后，发现他的胃里有的只是杂草、树叶和棉花时，无不震惊。有马占山的通电、敌我双方装备及兵力表，率领中国军队在齐齐哈尔对日本侵略军进行了激烈抵抗，以装备落后的长枪击落了第一架日本战机，史称"江桥抗战"的史料。有九一八事变后，中国共产党迅速派出罗登贤、杨靖宇、赵尚志、周保中、李兆麟、魏拯民、冯仲云等干部来到东北，组建东北抗日联军的事迹。有张甲洲创建巴彦游击队，有"八女投江"的事迹、有李兆麟的《露营之歌》的介绍，等等。还有东北抗日联军将士当年穿的棉鞋、棉裤、戴的狗皮帽子，穿的牛皮靰鞡鞋，以及密营中用过的菜墩、装粮食的空心圆木等。由《序》和《民族危亡时刻》《创建人民抗日武装》《夜幕下的抗日战争》《东北抗日武装的脊梁》《抗日战争的最后胜利》五部分翔实地展示了在东北白山黑水之间十四年艰苦卓绝的抗日战争中，为中华民族的独立和解放英勇不屈、浴血奋战、前仆后继的抗日英烈的事迹。这里是祭奠黑土英魂的神圣殿堂！

　　选在当年伪满警察厅遗址进行《伪满警察厅遗址及罪恶展》应该是最有说服力的。据介绍，当年张学良提议在哈尔滨建一个图书馆，于1928年开始建造，1931年竣工之后发生了九一八事变，没等图书馆投入使用，这座西欧古典主义建筑风格的三层楼房，就被伪满警察厅占用了。这里展出的各种酷刑的照片惨不忍睹，审讯室里老虎凳、钉子笼、烧红的烙铁等各种刑具，阴森恐怖。有日本宪兵课长的办公室，临时牢房上锈迹斑斑圆形的铁锁见证了它的罪恶。赵一曼就在这里遭受酷刑后走上刑场。这里还展示了众多列强洋行的照片、麻醉国人的大烟馆的照片、会芳里妓院的照片、当年的老报纸……而在平房区新疆大街，如今保存着《侵华日军第七三一部队遗址》，这是日军投降前夕，为毁灭罪证，炸毁后留下的一些建筑残存。主要遗址有731部队本部大楼旧址、特别监狱、四方楼、冷冻实验室、南门卫兵所旧址、动力班遗址、黄鼠饲养室遗址等。以及在罪证陈列馆中陈列大量的照片、罪证实物和见证人证言。这里是当年日本军国主义者进行规模最大的细菌研究和生产的秘密部队。据介绍，他们用中国人、朝鲜人、苏联人、蒙古人来做细菌实验、活体实验，如细菌注射、细菌传染、梅毒、鼠疫、毒气、冻伤、枪弹穿透、注射动物血液、烟注入肺，等等。亡灵名录墙上密密麻麻的名字，像是喷向侵略者的火焰！

《伪满警察厅遗址及罪恶展》和《侵华日军第七三一部队遗址》及罪行展述说着日本侵略者的狰狞嘴脸、惨绝人寰的滔天罪行。

在哈尔滨有许多以英烈名字命名的街道、公园和英烈雕像，诸如把李兆麟被害地的街道命名为兆麟街，辟建兆麟公园，李兆麟长眠于此。曾关押赵一曼的伪满警察厅前面的街道命名为一曼街，辟建了一曼公园和赵一曼雕像。尚志大街和尚志公园，赵尚志雕像就在公园的广场上。靖宇大街和靖宇公园及杨靖宇雕像。还有，红军街与苏联红军纪念塔，安重根义士刺杀伊藤博文纪念馆……

忘记历史就意味着背叛。在纪念世界反法西斯战争胜利70周年之际，再次从哈尔滨这座城市的史话中，感受到了它的厚重沧桑。这是一部争取民族独立解放运动史的一个缩影，这是一部正义终将战胜邪恶宝典的一篇华章！我们不会忘记那些为之抛头颅、洒热血的英烈们，他们惊天地、泣鬼神、震寰宇的英雄气概，与江河并存，与日月同辉！

和平鸽展翅翱翔，有一位老先生双手扶压手杖，略微前倾的身子，凝重的眼神，一旁一个女孩右手指向前方……

这一老一小的雕塑好像在说：铭记历史、缅怀先烈、珍爱和平、开创未来！

十年磨一"键"

十年磨一键,可能有人会笑话你说,怎么把"剑"字写成了"键"字了,真可谓"一字之差谬之千里呀"。我说的不是十年磨一"剑",确是十年磨一"键"。"十年磨一剑"出自中唐诗人贾岛的《剑客》。全诗是:"十年磨一剑,霜刃未曾试。今日把示君,谁有不平事?"有人或许还说,你想说什么就直说好了。其实,我就是担心不说这些,真有可能会使人误会的。

我来到这里工作,已经整整十年了。这十年的光景,因为岗位工作的需要,计算机替代了以往写材料手工作业、半手工作业的烦琐程序,鸟枪换炮了,写材料无非就是在计算机文档里不断地敲打着键盘,真可谓"十年磨一键"。

这十年,对于我来说,不仅经受了能力的考验,也经受了人品的检验。为什么这么说呢?十年前,2003年5月,我初到的是这个单位的下属企业,挂个部门负责人的职务,每天干着与企业无关的特殊工作,当时真的有些不解和困惑,暗自想,这是整的哪出戏,究竟是干啥?天生倔强执着、豁达开朗、乐观向上的我,曾动了要离开的念头。还是在一位老弟的劝说下,我没有提出来。就这样,3个月后的一天,也就是9月2日,总经理突然叫我,问我到上级主管单位工作愿不愿意去。我当然愿意了,因为那是一个行政事业单位,也就是如今的这个单位。至此,我才明白那3个月的工作原来是"上下串通商量好了"在试练我,只有我本人蒙在鼓里。就这样,我从那年的9月3日就到了这个单位工作。初到这个单位,又经历了3个月的试用期,最后得以正式聘用任职。这十年,我在工作岗位上干的是老本行,仍然是不停地"爬格子",完成了大量的文字材料和多篇调研,期间也经历了先进性教育活动、深入开展学习实践科学发展观活动,以及当前开展党的群众路线教育实践活动等方面的教育活动,当然也更少不了写材料。在这十年里,我粗略地算了一下,键盘上敲打出来的有关工作方面的文字保守说也得百万字以上。我所负责的业务工作也多次受到上级的表彰,为单位赢得了荣誉,自己也连续多年被上级评为先进个人。十年了,原来的老领导退休了,又迎来了新领导。在日常工作学习生活中,我完全融入了这个集体里。在这个集体里,我从大家身上学到了很多有益的东西,得到了提升,得到了认同,分享到了喜悦与快慰。一句话,我很知足,更加感恩。所以,寒来暑往,年复一年,不停地敲打那朝夕为伴的键盘。

感恩父母赐予我的一切,或许上帝就是如此安排的,注定我今生今世与"爬格子"结下深厚的职业情缘。过去我从使用英雄铱金钢笔,到条件好了买英雄100号钢笔,如今仍清楚地记得仅英雄100号钢笔就用坏了四支。几十年握笔爬格子,右手中指第一节左侧磨的硬包块如今犹在,或许这也是一种职业病吧。在这个单位,我优先更换了五台计算机。一米阳光看世界,指敲键盘做文章。一个老头子,深感朽木还可雕也的愉悦!

所以,我以《十年磨一键》为题,来纪念到这个单位十年的工作历程,聊以自慰。

十年磨一键,舞指做文章。
知足应感恩,长乐无烦伤。
笑看夕阳美,管它发添霜。
人生品五味,风景当自赏。

一捧黑土醉他乡

沃野良田溢芬芳,盛誉美名北大仓。一捧黑土成佳酿,游子情醉在他乡。

一

我的家乡巴彦距离天鹅项下的明珠,享有东方的莫斯科、东方的小巴黎美誉的省城哈尔滨不足一百公里,是哈尔滨的郊县。松花江在县内的最南部横贯东西,成为天然的屏障和县界。我的出生地那个屯子离松花江很近,如今大顶山航电枢纽的水泥路就从屯东头通过。在这个屯子,有许许多多我儿少时的黑土故事。

在屯子的东头,有一条天然形成的大沟,人们都习惯称之为东大沟。东大沟有一丈多深,两侧长满密密麻麻的榆树、柞树、杨树、柳树,还有稍条、榛柴、葡萄藤、杂草丛生,荆棘纵横。大沟很陡,由于雨水冲刷严重,沟帮上的树木有的露出长长的根须,有的树冠甚至大头朝下"倒栽葱",但都顽强地生长着。对于孩童来说,去东大沟玩耍是冒险的事。所以,村子里的小朋友都是结伴而行。

记得一次我与小朋友们在东大沟玩"抓特务",选一个年龄稍大、个子稍高的小朋友当"特务",然后让其先藏起来,我们钻进树丛中去搜,"特务"看我们快发现他了,就往前逃,我们就在后面紧追。情急之下,"特务"从沟底往沟上爬,沟边的黑土哗啦一下掉了下来,头发上、脖子里、衣服上都是土,让我们逮个正着。一个秋日的午后,我们几个小朋友又来到东大沟玩起了烧土豆。这是事先密谋好了的,有的带火柴,有的带夹把刀,有的带铁锹,有的带土豆,有的带干草,挖掉沟帮松散的黑土,在坚硬的黑土上用刀抠锅台,用干草引燃干树枝,烧下红红的炭火,埋上土豆。几个小朋友守在一旁,早已垂涎三尺了，有的顾不上土豆熟透了就急着啃上几口。我仿佛又嗅到了当年烧土豆的糊香味。

屯子西面有一条用来种水稻的水渠，这是在盛夏假期里，我们小伙伴每天必去的地方。水渠最深不足半米，我们把背心裤衩脱下，有时满身抹上黑泥巴，似非洲的黑人一般，在岸边晒太阳，然后蹲在或坐在水渠里洗泡；有时相互在水渠里追逐，见有大人来就都蹲在水渠里齐刷刷地只露出个黑脑瓜，静静地等大人走过；有时在水渠里掏鲶鱼窝、抓泥鳅；有时在水渠分流口用黑泥垒水坝；有时用干秋秸做帆船放在水渠里顺流漂行；有时抠一把水渠边的干泥巴，在地上摔来摔去，团成乌黑的泥球，晾干后用干泥球与小朋友们交换小泥人、小泥枪、小泥刀、泥五角星等玩偶……

屯南的草甸子黑褐色的塔头墩子上面长满长发般的绿草缨，我与小朋友们在这里抓蛤蟆，主要有白肚皮、绿花纹身子的"大花鞋"和红肚皮、黄褐色花纹身子的哈什蚂，偶尔抓到一种全身翠绿的小蛙，大人说这是"天老爷小舅子，玩不得"，我们就又乖乖地把它放回了草丛中。癞蛤蟆到处可见，行动迟缓，长相难看，我们都不去抓它，大人说这癞蛤蟆是中药材，后来才知道其学名叫蟾蜍。黑褐色的塔头墩子用场也很大，一些人家拉回来，用铡刀切好做土院墙的墙头；塔头墩子下面的草炭土拉回来掺上黑土，是上等的有机肥料，这粪堆也成了小朋友们打冲锋的好掩体。

在屯西不远处有一块沼泽地，屯里有人叫"蛤蟆塘"的，也有人叫"大酱缸"的。沼泽地边缘脚踩上去像皮球、如海绵，软软的发颤，中间还冒稀泥，人们都是绕着走，生怕陷进去。我与小伙伴们也十分好奇，从屯子里拿来木棍往沼泽地中间的稀泥处插，人小胳膊短，还是个未知数。时常有牛马和猪掉进这黑乎乎的泥塘里不能自拔，期盼着有人来拯救它。只见过往的村民有的找来缰绳，有的拿来木杆，大家挽上裤腿光着脚在泥塘的边上一起往外拉。陷在泥塘里的牲畜本能地挣扎，溅起黏糊糊的黑泥汤子崩大家一身。从泥塘拉出来的牲畜，周身如同披挂了重重的盔甲，走起路来摇摇晃晃的，本能地在地上打滚蹭黑泥，身上沾满了干土面子，没有蹭掉的黑泥干巴在皮毛上，一连几天还是不断地打滚，或赶上雨天淋个澡才还原真面目。

二

劳动是人生的必修课。

在初中读书时，学校每年都要组织几次集体劳动。参加支农劳动的工具都是自备的。住在县城里,难免不凑手,更何况"手巧不如家什妙"。为此,母亲就向老屯的亲属要多余的,父亲有时去借菜社朋友的。

记得第一次参加学校组织的春耕支农劳动,去了离县城十多里路的三合堡屯。从这里再往前走六七里路,就到了我的出生地王家大崴子屯。按行政区划,这两个屯子都是归松花江人民公社管辖的两个生产大队。

学生参加支农春耕生产劳动,主要是种苞米,刨坑的、点种的、洒手把粪的、培土踩格子的。

这次支农春耕生产劳动,我认识了这个生产大队的党支部书记、带领全县妇女修筑三八路和江湾水库的全国五一劳动奖章获得者张淑范,后来她还去北京出席了国庆观礼。我对黑土地上的女劳模肃然起敬!

记得一年我们去离县城八十里的丘陵山区帮助秋收,主要任务是扒苞米。秋霜来得较早,清早田间的苞米秸秆一层霜,拿上去凉刷刷的,继而又湿漉漉的,等到太阳爬了上来,瑟瑟秋风,苞米秸秆和叶子又干沙沙的,手裂出了血口子、划出了血道子。我们6名男同学挤在一家社员的北炕上,饭也由这家主妇给做,生产队保管员每天给送粮食,给她记工分。劳动一天的我们,在昏暗的煤油灯下,就着咸菜快速喝着大楂粥。"咔"的一声,粥里有沙粒硌牙了,可我仔细一看是山里红籽。"咔"的一声,几名同学也都陆续硌了牙。这家主妇连忙解释说:"不要紧,是孩子吃山里红吐的籽,混在炕的苞米粒子中了。"火炕烧得很热,但也很潮。原来炕席底下是新搓下来的苞米粒子。这是当时农村对新粮普遍采用的快速干燥法。

三

一场知识青年上山下乡运动,给正编织大学梦的我们来了个人生大转折。

我有两个弟弟一个妹妹,按照当时的形势,要"接受贫下中农再教育",别无选择。于是,在学校第一个报了名,来到距县城一百里的小山村插队落户。在这个小山村,同村民们开始了日出而作、日落而息的无奈与未知,但却毫不动摇的黑土地生活。在这里,我春耕时学会了扶犁破茬、点谷种、撒稻种,干过赶牲口压滚子、种玉米刨坑踩格子、耙水田地修池埂等农活;夏锄时给玉米和高粱地锄草,还薅过谷子;秋收时割过小麦、糜子,拿过豆地、玉米地的大草,收割过高粱、黄豆,扒过苞米,还捆过苞米秸秆,跟马车挨家挨户分秸秆,在场院挑灯夜战拖拉机带动脱粒机脱苞米,赶石头滚子打黄豆和谷子;冬天抡镐头刨粪送粪,还参加了修水库的大会战……在简单、繁重的劳动中,我不

141

仅受到了体力的锻炼和意志的磨炼,也找寻到了乐趣。在枯燥与寂寞的生活中,也与村民们结下了深厚的情谊。

这是我从校门走向社会的第一站。

四

辗转的工作机缘,岗位让我更亲近家乡的黑土地。

地道的农业县,使家乡在20世纪70年代工业学大庆,农业学大寨,全国人民学习解放军的热潮中,成为全省有名的农业县,也涌现出许多农业战线上的典型,更是产粮大县。记得当年流传这样一套嗑:"呼(兰)海(伦)巴(彦)拜(泉),绥化在外。"

我调到县里工作,一直在县革命委员会的农业综合口。当时叫农业会战办公室,后改为农林办公室,也就是后来的农工部、农委的前身。这是全县农业生产上报下达的枢纽中心,全办从领导到每一个工作人员都处于紧张状态,每天从早一直忙到夜晚,还要二十四小时有人值班。人家都下班回家了,我们还在办公室忙。人家听完晚上中央人民广播电台的新闻联播,就可以休息睡觉了,而我们正是更忙的时候,因为这个时候挂长途电话接转得快一些,经常忙到后半夜才回家。夏季漆黑的夜晚,时常掉进泥坑里;冬季寒风刺骨,有时摔倒在冰雪路面上。

记得1976年家乡的霜冻来得特别早,八月十五那天上午,县里召开紧急电话会部署防霜冻工作,主要措施就是发动社员在田间的重点地段堆上柴草秸秆,待半夜时分燃烧提高地温避免霜冻。这一夜,全办公室的同志谁都没合眼,一直守在电话机旁。

紧张的工作环境,磨炼了我的快速反应能力,培养了我的吃苦耐劳作风,提高了我的文字写作水平……现在回想起来,我更珍惜那时干群之间的和谐,同志之间的真诚。

后来,县里选派我到基层人民公社任职,按照公社党委班子分工到生产大队蹲点。吃住在生产大队,每天工作去生产小队。为了工作方便,将家里唯一的孔雀牌自行车带来了,往返于公社与大队之间。工作在基层,有时一个来月才回家看看住上一两天。当时两个孩子还小,妻子一边上班,一边把家务和孩子上幼儿园、上学的重担挑在肩上,默默地支持我的工作。

五

我爱祖国江南红土地的热烈奔放,我爱祖国西北黄土地的淡雅清秀,我更爱祖国东北黑土地的浓郁芬芳……

如今,我生活在都市里,高楼大厦,车水马龙,繁华的街市,斑斓的霓虹……但对那黑土地的眷恋之情,似乎随着时间的推移越来越烈。

我时常站在酷似雄鸡的伟大祖国版图面前,端详上方那只天鹅。从巍巍的大小兴安岭,到长白山麓北缘蜿蜒叠嶂的完达山、老爷岭、张广才岭;从美丽神奇的松嫩平原,到富饶辽阔的三江平原;从神州北极,到黑瞎子岛东方第一哨。这是一个因黑土地而闻名于世,因黑土地而成为共和国的骄子,因黑土地而令人向往的地方。我为生长、生活在这块黑土地上的人们感到无比的自豪与骄傲!

如今,在这白山黑水之间的45万平方公里的土地上,又迎来新的生机,黑龙江和内蒙古东北部地区沿边开发开放、黑龙江省"两大平原"现代农业综合配套改革试验、大小兴安岭林区生态保护与经济转型三大国家战略的实施,必将撑起大美龙江美好的明天。

天鹅腾飞翱蓝天,俯瞰华夏区域先。经纬独高两极占,欧亚大陆桥向前。四大水系两平原,安国粮仓油煤田。绿色黄金泛林海,五大山岭北东南。物华天赐数三宝,百姓餐桌山珍盘。三花五罗十八子,稻谷飘香笑开颜。八大经济蓝图展,三大战略谱新篇。策马扬鞭乘长风,北国龙江美明天!

故乡的一捧黑土置于我的心中,用跳动的脉搏弹奏起黑土地上欢乐的歌——我笑了!

故乡的一捧黑土置于我的心中,用涌动的热血描绘黑土地上壮丽的图画——我赞了!

故乡的一捧黑土置于我的心中,用眷恋的情怀酿成黑土地上甘醇的美酒——我醉了,醉在他乡!

永远飘扬在心中的旗帜

在建党91周年纪念日前夕,单位组织了一次没有说教却颇受教育的党日活动。

参观东北烈士纪念馆。因为是七一前夕,从电话中了解到这几天参观的人比较多。为此,在开馆前单位书记就带我们赶到了东北烈士纪念馆。随着参观的第一批人流,步入馆内参观。

展览由《黑土英魂——抗日战争时期东北烈士事迹陈列》和《伪满警察厅遗址及罪恶展》两个主题展览组成。《黑土英魂——抗日战争时期东北烈士事迹陈列》,展示了在东北白山黑水之间十四年艰苦卓绝的抗日战争中,为中华民族的独立和解放英勇不屈、浴血奋战、前仆后继的英烈事迹。

这里有时任黑龙江省省长的马占山将军,率领中国军队在齐齐哈尔对日本侵略军进行了激烈抵抗,史称"江桥抗战"。有人们非常熟悉的杨靖宇、赵尚志、赵一曼等烈士的英雄事迹,可以说他们是千千万万个烈士的代表。有九一八事变后,中国共产党迅速派出罗登贤、杨靖宇、赵尚志、周保中、李兆麟、魏拯民、冯仲云等干部来到东北,组建东北抗日联军的事迹。在白雪与枫叶为衬的墙壁上镶嵌着悲壮的《八女投江》故事,她们献出自己宝贵生命时年纪最大的才23岁,最小的战士只有13岁。烈士陈翰章的塑像,他牺牲时身体被捆着,后面有炸弹在爆炸,表现出一种强大的张力与不屈。张甲洲创建的巴彦游击队,还有几位更感人的少年英雄……

在日本侵略者的大后方,抗联14年的艰苦斗争牵制了数十万日伪正规军,有力地支援了全国的抗日战争。从抗联留下来的遗物当中,我们可以看到,他们是怎样克服了常人难以想象的艰难。有他们穿的棉鞋棉裤,戴的狗皮帽子……在用牛皮抽上褶做成像小船一样的靰鞡鞋展柜旁,年轻的同志有些好奇、有些惊讶。就是这靰鞡鞋里面再絮上靰鞡草过冬。靰鞡草,就是当年所说的人参、貂皮、靰鞡草"东北三宝"的靰鞡草。还有木板车、密营中用的菜墩、用做装粮食的空心圆木等。密林中地窨子地下兵工厂机床微缩展示,这是当时东北抗联唯一的一台机床。我仿佛置身于那冰天雪地的密林,耳畔响起"火烤胸前暖,风吹背后寒"的诗句。

在展厅临窗的角落有一张醒目的白色和平鸽壁画,和平鸽展翅翱翔,壁画前有两位布塑人物,其中老先生双手扶压手杖,身体略微前倾,表情有些凝重,显然他是那场战争的幸存者、见证人,女孩右手指向前方,是对未来的憧憬、对和平的守护。我顿足良久,相机里留下了这组展览。

大家在展厅合影留念。书记同志抓拍了同志们在参观中的镜头,并为每位同志在"永远继承先烈的遗志,以祖国的利益为最高利益,以人民的幸福为最大幸福。不忘昨天,珍惜今天。为了明天,我愿意贡献全部力量,让世界充满爱,让世界永驻和平!"的红底白字的誓词前留影。

《伪满警察厅遗址及罪恶展》,在展览馆的最下层。展览馆这座建筑,就是当年伪满警察厅遗址。通过展示伪满哈尔滨警察厅对哈尔滨地区人民的残暴统治,揭露了日本侵略者在政治上残酷镇压东北人民,在经济上不择手段掠夺财富,在思想文化上进行专制统治的殖民统治罪行。

来到这个展厅,首先见到的就是伪满洲国的傀儡皇帝溥仪的照片,日本侵略者的战刀、三轮摩托车。沿着展厅一条狭窄的小走廊向前走去,这里有临时牢房,牢房上锈迹斑斑圆形的铁锁见证了它的罪恶。墙上各种酷刑的照片更显当年的阴森恐怖、惨不忍睹。审讯室里各种刑具,尤其那"大"字形的老虎凳更述说着侵略者的狰狞嘴脸。抗日民族英雄赵一曼就曾在这里遭受酷刑后走上刑场。新中国成立以后展览馆门前这条街道就被命名为一曼街。由此,让我又联想起一连串用英烈名字命名的街道和公园,如兆麟街、尚志大街、靖宇街、兆麟公园、尚志公园、一曼公园、靖宇公园等。

这里还展示了众多的列强洋行的照片、麻醉国人的大烟馆的照片、会芳里妓院的照片、当年的老报纸……在历任伪满警察厅厅长的陈列中,有一个脸色阴沉的照片,还是书记有洞察力,"这可能是被人民政府执行死刑的照片",后面的参观证实了这一点。

怀着对侵略者的仇恨,我做着不同的出击手势,书记同志按动快门留下瞬间的记忆。

这是中华民族革命史的缩影,这是控诉日伪罪恶的血泪史,这是爱国主义教育的好课堂。"不忘国耻，爱我中华！"怀着对英烈的缅怀，对罪恶的仇恨，对和平的守护，我由衷地写下了这观后留言。

然后，参观突飞猛进的哈尔滨新区建设。沿着景阳街、靖宇街，浏览了中华巴洛克建筑群落，又来到江畔眺望了横跨大江南北雄伟的松浦大桥，如今在松花江哈尔滨段近几年建成的四方台大桥、阳明滩大桥、哈尔滨大桥，加上哈尔滨公路大桥及滨州铁路桥、新江桥共7座跨江大桥，天堑变通途。沿江路是一条防汛专用路，没有红绿灯，直插群力新区，这是位于哈尔滨松花江上游的冲积平原，是个宜居新区，宽敞笔直的大道，纵横交错，高耸入云的大厦楼宇和正在建设的楼盘间镶嵌着十几个主题公园，新落成通车、造型别致、7000多米长龙般的阳明滩大桥，从新区穿过。我们又来到了哈西地区，参观了正在建设中的哈尔滨西客站、哈尔滨公路客运站，这里原来的工厂、棚户已不复存在，被崛起的建筑群所代替。这里是故乡、是第二故乡，大家感叹不已。

回到办公室已是过午，大家顾不上休息，急忙上凤凰网、新华网等观看"神九"返回地面实况的视频。遨游太空、环绕地球200圈的天使归来，大家为之欢呼雀跃。为强大昌盛的祖国感到无比的骄傲与自豪！

短暂而又紧凑的半天党日活动，对于大家来说，是一个政治洗礼。

太阳虽现黑子，但光芒仍射寰宇。还是那一句不疑的信赖：中国共产党是伟大光荣正确的党！

穿越时空隧道，让我们去追寻，牢记历史，不忘国耻，守护和平；展现时代巨变，让我们去感受，科学发展，日新月异，珍惜生活。仍是不变的期盼与祝愿：中华人民共和国万岁！

镰刀斧头、五颗金星，镌刻着血染的风采，那光辉的旗帜、那神圣的旗帜，永远飘扬在我的心中！

一串串闪光的数字

"用事实说话",焦点访谈铿锵有力的开篇语,这是中央电视台备受关注的节目。而今天我要用数字说话,用一组组闪闪发光的数字,去展现以文结缘、以文为乐、以文相伴、以文会友的一位文学网社团社长的美丽的情怀。

一路成长的数字,用心呵护的历程

这是一个年轻崛起的社团,也是一个温暖和谐的社团,更是独具特色的社团。

这个社团从2013年7月4日创建至今,仅仅半年多一点的时间,到我投这篇稿件时止,准确地说只有198天。

记得,为了祝贺这个社团创建100天时,我还写下了《江山壮美在一隅》的感言:"我的祖国,疆域辽阔,巍巍西域雪山,滔滔东海之水,星星南沙诸岛,点点漠河北极,不仅地大物博、江山壮丽,而且历史绵长,文化底蕴丰厚。江山,就像一幅永不褪色的画;江山,犹如一首荡气回肠的诗;江山,更是一部记录沧桑的书。江山虽大,江山虽美,但大美江山在一隅。"

社团虽然年轻,而在她的精心呵护下,凝心聚力,从零起步,步步紧跟,步步刷新,扎实地一路走来,跃然而上,彰显了这个年轻社团在45个社团中正在崛起的一面。呵呵,干脆再创建11个社团吧,建议第56个社团的名字就叫作"兄弟姐妹",到那时,56个社团象征着民族团结之花、民族文苑之花那更有意义。

说这个社团是一个温暖和谐的社团,更多的是她的倾心维系、真心呵护、热心相待、诚心沟通的结果。

我与这位社长虽不曾谋面,但从网络交往中,让我了解了她。在她的身上没有那"不可一世"的清高，也没有那虚伪的迎合，更没有忘乎所以的张扬……为人处世的态度告诉我，她是一位坦荡直率、虚心谦和、勤奋执着、乐于奉献、真诚守信的人。

因工作缘故，让我几十年如一日仍旧不厌其烦地、一成不变地爬着那熟悉又陌生、枯燥又滋润的格子。一次与朋友通电话的偶然机会，让我有缘进入江山文学网，那是 2013 年的 9 月 22 日。就从那天起，我爬格子的生涯增添了新的色彩，利用业余时间开始了文学写作的尝试。从在社团投第一篇稿件起，我就受到社长真诚而热心的相待，给以尊重、给以鼓励、给以指点、给以帮助……每当我的文章获得精品了，她都第一时间留下鼓励的话语。这让我这个初来乍到的文学爱好者倍感社团的温馨。

说这个社团是独具特色的社团，不仅仅在于社团的名字富有鲜明的地域特征，而且社长她在谋划管理社团上也费了一番心思。开辟论坛专栏，每月工作情况的总结，相关问题的交流，编辑人员风采的展示，重大节日的跟帖活动，加强文友通联的技巧，等等。看得出她不仅是位才女，更具领导才能。我在机关干了几十年了，对于写诸如总结等应用文再熟悉不过了。记得，我去年 10 月初第一次进入社团论坛中去看 9 月份的工作情况时，还是文友告诉我的，看后为之一振，就连我这个初来乍到的老朽之人也被社长重重地提上一笔。

有思路，就有出路。这话用到文学网站社团管理上也照样灵验。一个好的点子，就是一台好戏。去年 12 月，在她的精心策划下，搞了同题诗《第一场雪》活动，赢得了众文友的支持。就是这样一次灵动，出一个题目，想一个点子，不仅活跃了文友的生活，加强了交流，而且激发了创作灵感，由此推动了社团发表稿件的增长，有的还获得了精品。我今天在 QQ 群里看到《第一场雪》同题诗展示 20 篇诗作，达 7 000 字。这是可观的"意外"收获。

是啊，在诸社团百舸争流、奋力击水、劈波斩浪、勇往直前的氛围中，这位社长心装全局，运筹帷幄，稳中求进，尽显老成厚道、大家风范。

每当我进入这个社团的第一件事，就是要看一看显示社团文章的那组数字。看着一天天增长的数字，我又有了新的期盼，什么时候社团文章能够突破 1 000 篇大关啊，到时候应该好好庆贺一下。当社团文章超过 900 篇的时候，当跨入崭新的 2014 年的时候，当期盼即将成为现实的时候，我更加每时每刻在挂念着这件事。这一天，终于就在眼前了！今天是 2014 年 1 月 17 日，显示的数字是：现有文章 990 篇，精品文章 179 篇 ，绝品文章 1 篇，每天平均发表文章5篇,精品率为18%。这就是一个不足200天的年轻社团所做出的努力。为此,我要抢在社团文章突破1 000篇之前发这篇稿子,以表祝贺!

可喜可贺的数字,给予了勤奋笔耕的人们以回报。这是与社长的精心呵护、众多文学爱好者的支持分不开的。

我以"黑虎一文"注册以来的118天里在这个社团投了51篇文章,也算是尽了自己一点微薄之力。

我围绕社团所发表文章的浏览量做了一个粗略的估算。1月6日,在当时社团文章48页目录中,随机选了100篇文章进行了浏览量记录统计,得到的结果是42 519次,由此可以进一步推算出社团文章浏览总量大约为43万次(或许网站有这个功能显示),这不仅给读者提供了精神食粮,也是对网站所做出的贡献。

当爱好插上梦想的翅膀,如同火箭增添了助燃液,一定会飞得更高、更远。看着这一路成长、来之不易的数字,怎能不欣慰,因为那是社长用心呵护的历程。

心血浇铸的数字,甘愿奉献的彰显

她,既是社长,也是编辑。为了对作者投来的稿件能够及时准确地进行审阅、编发,认真负责、默默无闻地坚守编审阵地,为作者的文章画龙点睛、精心编按。

于是,就有了宁可自己不吃饭、宁可自己少休息、宁可自己不睡觉、宁可自己的事情暂不办……诸多个宁可,彰显了她宏大胸怀的度量,演绎了她无私奉献的篇章,描绘了她感人的画卷。她,所图的就是把作者投的稿件在第一时间里保质保量地编审发表出去。

她,为了及时编审稿件,有时利用班前班后,有时利用工作的间隙,有时利用晚上回家后的时间,有时利用休息日,总之挤出一切可以利用的时间。我的那篇《亲情永驻天地间》的散文,是她给我编审的,2013 - 12 - 31 23:23:04是发表的时间,不言而喻,足可滴水见光辉!真可谓:夜半独坐荧屏前,指尖舞动不停闲。弹奏心曲为哪般?描绘装点美江山!

"我每一次编审作者的文章,在认真阅读作品、把握主题的基础上,都要事先把编者按在纸上写出来,修改后才正式打字的。"这是她在QQ中与我交流时说的。"哪位作者投了稿件后都会倍加关注的,如果迟迟不给编发就要挫伤投稿的积极性,如果编审不认真、不到位就会失去信任,其实编辑工作是

一件非常严肃的工作,没有如果,只有结果。"她对我说这些,是因为我刚刚也做了编辑工作。

看一看她的工作量便一目了然,如今已经突破1 860篇。为了方便编审工作,她也直接启用了社团名称来编审。最近一段时间,有时她一天要编审5~6篇文章。

我计算了一下"编者按"每一行的字数大约在76~79个字之间,她的编者按大部分都在4~6行,每一篇编者按概算都在300~400字之间,取中按350个字来计算,那么她的编者按文字的总数就达65.1万字。这是一个多么了不起的数字,更是一个惊人的数字。这个数字,相当于一部巨著。她是2012年7月23日在江山文学网注册的,时至今日543天,平均每天至少要写1 200字的编者按。那天我问起她,给作者写的编者按底稿还有吗?"还留着呢!"她告诉我说。我建议,将来整理出来就是一部《编辑心语》。

我的眼前突然浮现出当年用稿纸写文章的情形。继而又想,她的这些编者按,按每张300字的稿纸来计算,要用2 170张稿纸,100张一本的稿纸需要21本,那是一大捆啊!

从审阅、改错、编按,直至发表,一篇文章按30分钟计算(小说,还要花费更多的时间),就需要花费930个小时,相当于38.75个昼夜。还可以细算,按一天8小时工作日计算,又相当于116个工作日。从这个意义上说,她更是与时间赛跑,走在时间前面的人。

我向网站投的第一篇文章《儿时故乡情》,就是她为我书写了307字犹如一篇散文的精彩编按。暖暖的文字按语给我鼓励,一下子拉近了距离,驱散了陌生感。任何事,这第一印象,确实很重要。她的编者按,给我这篇散文增添了秀色,提升了美意,获得了精品,后来又获得了绝品,给我这个文学创作上的迟到者以勇气、以信心。这就是一篇好的编者按的力量所在!

一个人,当爱好真正成为自己的美好追求,当责任真正与义务紧紧地捆绑在一起,就会释放出源源不断的能量。她,就是一位永远使不完劲的人;她,就是用心血浇铸的文字镶嵌在作者文章下面默默奉献的人。

凝练笔触的数字,情愫流淌的欢歌

她有三代同堂的幸福和谐家庭,夫妻双方各有自己的事业和岗位,在家庭里夫妻俩孝敬老人、照顾孩子是雷打不动的"第一要务"。她有自己的事业、稳定的工作岗位,也是与众不同的工作岗位,营销记账、做表报税、银行往来、回款结算、招标中标、财务分析……工作时间离不开计算机、计算器、统计报表等,整天与那10个阿拉伯数字进行着不同的排列组合,是真正科学严肃守法地用数字说话。

一个人的精力是有限的,而无限的是对美好的向往与执着。她担当社长,就压上了一分担子;担当编辑,又增添了一分责任。而家庭又需要料理,特别是上小学的孩子的接送、课外学习等;岗位上的工作又岂敢怠慢?如今社会用工供大于求,不怕有本事,就怕没岗位。一个人岂有分身之术,每一天下来,实际上她留给自己的时间已经很有限了。但她是一位善于利用时间的人,凭着对文学写作的一腔热血、一片深情、一路执着,仍然是锲而不舍地坚持笔耕。就凭这一点,在一定意义上也可以说,她是一位延长生命的人,她是一位活得洒脱的人!

进入她的名下,一看便知,她的荣誉记录是"江山之星",用户名望是秀才,人气指数5 566。在她发表的131篇文章中,有江山诗歌73篇、诗词古韵2篇、散文44篇、情感小说12篇。文章总字数近20万字。

在她用心血创作的硕果中,小说《兄弟》为绝品,这是作为作者极少获此殊荣的。小说《兄弟》是一篇描写兄弟俩情感历程的故事,揭示了情感重于金钱的无价与高贵。写到这儿,我的脑海里又想起了学生时代读过的曹植的七步诗,古往今来,又有多少人为了权利、金钱等利益,而上演了手足相残的悲凄故事?小说《兄弟》全文7 496个字,阅读浏览2 765次,有22条评论。我写这篇文章又认真地进行了阅读,怎样呵护亲情,怎样维系亲情……真是发人深省。

在她的作品中,诗歌类占57%,比半壁江山还要强。而更多的是以歌颂家乡为主的,诸如《哈尔滨·冰雪之城》《雪花,飘过我窗前》《最美松江畔》《雪花》《冬末春初的雪》《秋雨》《高铁,续写历史的辉煌》等,浓郁的家乡地域特色,给读者以神奇、美丽的享受,同时,高铁的风驰电掣又彰显了祖国一角,家乡冰城北疆的飞快发展。

在社团搞的《第一场雪》同题诗活动中,她率先推出自己的《第一场雪》诗作交流:

你,来自于遥远的天际/掠过山川、河流、城市/坠入无边的世界/一些街道、建筑/于寒风中战栗成雕塑/而你,却旋转起飞舞的步子/全然不顾冬日的冷

孩子们也从不惧怕冬的严寒/以欢快的姿势,笑拥岁月/与你相融/掬一

抹清凉,沁入心脾/临一纸寒梅/展露一脉风情

欢呼声中,你来了/和着"咯吱咯吱"的乐曲/携着一缕馨香/驱走了阴霾,涤荡了灵魂/那些前尘过往,被抛到身后/唯有一串串脚印/深浅不一

对于写诗歌,还是初中时语文课堂上老师讲的那一点梗概了解。在她的诚心相约、热心鼓励下,我还是班门弄斧,"逼出"了一首《三色雪》:

雪除了白色还有别的颜色吗?何谓三色雪?

你带着天意/洒洒脱脱地来了/如同婴儿降临/无法选择家庭一样的来了/来到这世界上

你的洁白无瑕/疑似打造龙宫的水晶碎片/又如同天庭玉器洒落凡间/你独特的六棱造型/讲述多彩的神话

雪,你用原本的身躯/把那原野、山川、河流/换上了素裹银装/寒冬有你相伴/更加分外妖娆

第一场大雪过后/毛毯般的野地里留下串串的踪迹/炮手们老早就整装出发/冰河上传来孩童们阵阵嬉笑声/那第一行踩得十分认真的脚印

夜晚,天上的星星眨着眼/我依偎在妈妈身旁/聆听爸爸讲述着可歌可泣的故事/东北抗日联军爬冰卧雪打鬼子/剿匪小分队驰骋在林海雪原/抗美援朝风雪激战鸭绿江/那些流血牺牲的英烈们/将白雪染成了红雪

你的使命是给这个世界/留下美轮美奂/晶莹剔透是你的代名词/风儿把你送到何方/连麻雀的羽毛都变得灰突突/你又怎能幸免一劫的雾霾/甘愿承受这样的煎熬/白雪又变成了黑雪

雪,你来到这世间/命运的不同/不是天公的本意/我欣赏你如玉的雪白/我崇敬你凝固的雪红/我惋惜你毁容的雪黑/三色雪

占她作品三分之一的是散文,有着浓浓的暖意深情。有作为女儿的她,记录老父亲《铁汉柔情真爱无言》《母亲》的华章;有作为儿媳的她,从心底发出《婆婆也是妈》的感慨;也有作为母亲的她,看到《儿子上小学了》的欣慰,以及《适应并接受孩子的成长》的思索。这其中,我特别感兴趣、最欣赏的就是那篇《婆婆也是妈》。她的这篇《婆婆也是妈》,散文标题就让读者感到亲切,表现了女性像大海一样博大心胸的一面。这不仅仅是因为和谐幸福家庭处理好婆媳关系的重要,而且现实生活中耳闻目睹还真有那样婆媳水火不相容、如同老鹰与小鸡一样是一对天敌的。这篇文章释放了很强的正能量,发人深思,给人启迪,很有现实教育意义。我十分敬佩她作为一位年轻的女性,能够发出如此的感叹!我在《泰山巍巍 泰山辉辉》中的结尾处有这样一句话:

"我看到很多写我的父亲母亲的作品,却很少见写我的公公婆婆和我的岳父岳母的作品,这似乎有些'不公'。所以,我一定要写一写我的岳父岳母,也就有了这篇作品。"这也是我对她的这篇《婆婆也是妈》散文特别欣赏的一个理由。

一位哲人曾经说过,世界上有两样东西最能震撼人们的心灵——内心里崇高的道德,头顶上灿烂的星空。那我就用这句话作为本文的结束语吧。

闪光的数字,美丽的情怀。一路成长的数字,是她用心呵护的历程;心血浇铸的数字,是她甘愿奉献的彰显;凝练笔触的数字,是她情愫流淌的欢歌。这一组组闪闪发光的数字,犹如灿烂星空的点点繁星;博大的胸怀、道德的崇高、人格的魅力,又怎么人折服,又怎么不令人敬佩,又怎么不令人震撼!

只因热爱,所以执着。坚持下来就是自己的人生。这两句富有哲理、精辟干练的话是取自她文章的题目。

或许有人要问:她,究竟是谁?

她,就是"东北风情"社团的社长彧儿!

谨以此文祝贺在彧儿社长领导下社团文章早日突破1 000篇大关!祝贺彧儿社长编审文章1 860篇!祝贺彧儿社长发表文章131篇且绝品1篇!

绵绵江山,文缘凝聚东西南北客。

暖暖社团,文华各显兄弟姐妹情。

闪闪数字,文采飞扬一路结硕果。

浓浓情怀,文苑奇葩花香蝶自来!

童心发问

周末,孩子们带着孩子陆陆续续都回来了。晚饭后,家人一边聊天一边喝茶,然后便都各忙着自己的事。

我仍是把着那台电脑不放,熟练地进入江山文学网东北风情社团,因为这里有我所关注的人和事。

女儿对上小学三年级的外孙子发话:"今晚赦免课外学习,随便玩一会儿。"外孙子一听"啊!谢谢妈妈!"便欢快地蹦了起来,来到我这儿,贴在我的身边,引出了一连串的童心发问。

老师怎么还比学生年龄小呢

"这些文章都是天之骄老师写的。"我对身旁的外孙子自言自语地说。

"噢!噢!"外孙子轻声答道。"姥爷,他是你的老师呀,我们班级老师比同学大二十多岁,那你的老师一定也比你大很多岁吧?"外孙子来个常理式思维问我。

"哈哈!我们是同龄人,我还比他大两岁呢!"我对外孙子说。"老师应该都比学生的年龄大呀,那你怎么还叫他老师呢?"外孙子又追问。

我说:"别看人家比我年龄小,人家是个大作家。十几岁就在刊物上发表诗歌了,大家都夸他'是一个有出息的孩子'。"

"啊,十几岁就……真棒!"外孙子也有了感慨。

"后来人家上了大学,当了领导干部,写了很多书,有一部几十万字的大书,叫《呼兰河畔》,写的是打土匪、抓特务的故事,可惊险了。"

我看了看外孙子,又说:"叫老师是对人家的尊敬和敬佩,就像你们学校向好学生学习一样,姥爷我得向人家学习,将来也写书。"

外孙子听我这么一说，回转身从书架上拿出了《我的父亲母亲》："姥爷，这不是你写的书吗，上面都印着你的名字呢！"

我笑了笑对外孙子说："那是我写的家族回忆录，自己找彩印社印的，出书要由正规的出版社审批，有书号，这书号就像人的身份证一样。"

我随即从挂包里拿出这几天正拜读的《党存青短篇小说选》对外孙子说："你看，这本书是党存青写的，从沈阳特意给我邮寄来的，是白山出版社出版的，这个是书号，没有正规出版社出版的书是不算数的。他也比姥爷小十几岁，他也是老师。"

"啊，原来是这么一回事呀。"外孙子说。

我趁热打铁，引导外孙子："现在学习的条件多好啊，你要好好学习，将来也当个大作家。"

"记住了，姥爷。"外孙子答道。

我看了一眼外孙子幼稚的小脸蛋露出了微笑，他似乎明白了"老师也有比学生年龄小的道理"。

故事怎么长在土墙头上呀

外孙子也凑过头来跟我一起看天之骄的作品，突然又好奇地发问起来。

"姥爷，姥爷，长满故事的土墙头，什么是土墙头？故事怎么会长在土墙头上呀？"外孙子又不解地问道。

"呵呵，这土墙头，就是以前农村在房子周围用泥土垒的墙，土墙最上面就是土墙头。这几年打日本鬼子的电视连续剧里经常看到村庄里的土墙头。"

"姥爷，土墙头上只能长草啊！"外孙子说着又抬头看着我，等待"土墙头上怎么会长出故事"的答案。

"你记得在圣诞夜圣诞老人送糖果的故事吧？"我说。外孙子立即答道："记得。那糖果是在我睡着了的时候妈妈、爸爸悄悄给我放的。"

"上个星期天下午，我陪你上作文课，老师讲作文的写作手法你还记得吗？"我问外孙子。"记得。"外孙子答应着。

我接着说："记得，你给我说说。"外孙子有点打嗝儿，挠了挠头。

我笑着对外孙子说："圣诞老人送糖果，那是夸张。长满故事的土墙头，也是夸张。那是人家作家通过土墙头这条主线讲村子里的故事。"

"姥爷，那我可不可以说长满故事的钢笔呀？""可以的。"我说。

"姥爷，那我可不可以说长满故事的玩具枪啊？""也是可以的。"我说。

"姥爷，那我可不可以说长满故事的书包哇？""当然可以了。"我说。

"姥爷，那我可不可以说长满故事的图书呢？""那更可以了。"我说。

外孙子围绕"长满故事"一连串的问，我是不停地答。

"啊，原来什么都可以长出故事来呀！"外孙子似乎恍然大悟地说。

"是呀！生活处处有故事。"我说完又陷入了拜读天之骄老师《长满故事的土墙头》我写的心得中：你看，行家一出手就知有没有。这题目起得多绝呀，丰富的想象力，浓郁的乡土味。谁路过这里，特别是大凡经历过那个年代的人，你不让他看他也非得看一看这土墙头的风景不可。记得我第一次看这篇作品时，食欲大振，一口气吃得直打饱嗝，撑得够呛。这好东西也得慢慢消化不是，又反复回味。一看作品就知道天之骄老师，是一位地道的农村通，没有亲身经历，靠生编硬造是编不出来也造不出来的。真实感人，手法独特，语言诙谐，耐人寻味。一条主线，通篇贯穿，演绎着作者自身、亲人、邻里、屯子里的许许多多真情故事。这里没有像堆积木似的华丽辞藻，却如同呼伦贝尔大草原的牛肉干有嚼头，如同房檐下挂着的烀熟了的苞米吊子，在煮大楂粥锅里原汤化原食那别有一番风味的香。天之骄老师通过"一道院墙，划分开东西院邻居的分界线，如一本签署和平友好协议的书镶嵌在那里。一个院墙，也如一条纽带，把邻里之间的感情连接在一起"。蕴含了散文深刻的内涵，活灵活现地呈现了乡村人淳朴、勤劳、良善、友爱、和谐的关系。精美的作品不仅具有可读性、欣赏性、启迪性，其生命力的内核凸显，没有保质期，犹如文物一般，只有收藏增值！天之骄老师的这篇作品不就是这样吗！

柴火垛怎么会唱歌说话哪

我欣赏天之骄老师的《如歌如诉的柴火垛》，静静地思考，这柴火垛在乡村里随处可见，极其普通的事物，但却在他的笔下得到了升华，演绎了真情与哲理的故事，读罢好感动、好亲切啊！柴火垛，是庄稼院里不可或缺的风景；柴火垛，是勤劳节俭的象征；柴火垛，是耕耘收获的见证；柴火垛，是农户生活的缩写。我眼前仿佛看到了灶膛里跳动的红红火焰，大锅做出的喷香农家饭菜！《如歌如诉的柴火垛》，告诉了我们"生活处处有华章"这样一个道理。关键是是否具有像天之骄老师的慧眼、才思、妙招、真切。高山仰止！不比不知道，一比吓一跳，原来人家的柴火垛里有"奥妙"！

这时，吃完水果的外孙子又黏在我的身上，歪着小脖想知道我在看什么。

外孙子看见天之骄老师的《如歌如诉的柴火垛》，又问起我来："姥爷，柴火垛也没有嘴，怎么会唱歌会说话哪？"我说："你就把农村烧火做饭的柴火垛想象成是一个或一群人，那不就能说话、能唱歌了吗？""这样，你看咱们泡茶的紫砂壶，你就可以把这个物件当成人看，往紫砂壶里放茶叶、倒开水就像人在吃饭，从壶里往茶碗里倒茶水不就像欢快地唱歌、高兴地说话一样吗？"我又接着说。外孙子在一旁只是一个劲地"啊！啊！"答道。

为了让外孙子理解这个作品题目的意思，我又用手指着照片说："你看，那柴火垛上还坐着小孩呢！"外孙子又问："那小孩不怕扎着吗？"我对外孙子答道："农村的孩子皮实，不像城市里的孩子娇贵。你看，那孩子坐在柴火垛上还笑呢。""是呀。"外孙子答着。"姥爷的老家在一条大河边上，屯子里的柴火垛除了有玉米秸秆外，大部分都是从草甸子里割的蒿草。姥爷小时候与小朋友玩捉迷藏还钻进过柴火垛的茅草里呢。""哈哈，真好玩呀，好刺激！"外孙子高兴地说。

我接着对外孙子说："就拿厨房里做饭来说，大勺、碗筷、盆罐等各种用品在一起不就像锅碗瓢盆交响曲吗？""所以，柴火垛会说话、会唱歌，那是人家作家把物体比喻成人了。"我又说。外孙子忙说："姥爷，姥爷，我知道了，那《熊出没》动画片里的动物也都会说话、会唱歌，还有智慧与光头强斗呢。""还是外孙子聪明！"我说。

外孙子一听到夸奖，美滋滋的，热乎乎的身子贴我更紧了。

"也是人家作家借着柴火垛，把农村过去的事情，难忘的故事写出来，自己看，也是给别人看。"我接着对外孙子说。

外孙子"啊！啊！"地应着，实际上，他还没有看见过真实的柴火垛是啥样子的。

细细品读天之骄老师的这篇散文，真是感同身受，往昔父亲带我与二弟弟打柴的情景又浮现在眼前。

我自言自语地说："难忘父母带我们走过的那个艰苦年代，给我们积攒了勤劳节俭的资产，点燃了生命的火焰！"

"姥爷，你在说什么？我怎么听不懂！"外孙子又搭上了腔，将我从思绪中唤醒。"啊，我也是在想这柴火垛是怎样如歌如诉的呀！"我对还在身边候候着的外孙子说。

我暗自思量，天之骄老师的一些作品虽然取材于"土"，但却让他这个"巧夫"加工出了精细的一盘盘"新奇特"田园绿色大餐，大有"土"中见"洋"，

第二辑 ❀ 顿悟：感慨与感动

157

"洋"中见"怪","荤素搭配,百吃不厌"之感。我为他的那种火辣辣的热爱家乡、眷恋黑土的一颗感恩心、正气足的情操所钦佩;我为他的那种坦荡荡的天地胸襟、良好素养、一颗向上心、底气足的品德所折服;我为他的那种情深深植根乡土、提炼生活、一颗贴民心、地气足的风范所感动!

这个周末晚上,我像答记者问似的,回答了外孙子的一个又一个的提问,或许给懵懂的外孙子带来些意外的收获,也但愿如此吧。

一种即将被现代人忘记或不知的纯朴文化,却有着渊源久远的流经!一种美好的田园风光、自然的生活画面,将成为从那种环境中走来的人们永恒的记忆!一种深切的期待,又赋予了任重道远的历程!

在我完成这篇《童心发问》稿件的过程中,外孙子两次来看。他7月5日星期天晚上9点同女儿、女婿回来,又凑到我跟前,我对外孙子说:"这稿子还得改一改。""啊,姥爷那你改完,我再看。"外孙子说。"好啊!"我对外孙子说。

你看,因为一篇文章还牵动了小孩子的心思。啊!难得的童心发问,甜美的童心发问。

不能忘却的记忆

已是冰封大地，素裹银装。连日来雨夹雪、小雪下个不停，气温一直降到零下十几摄氏度，虽说是迟到了的冬天，但来得就是个猛，毫不逊色，毫不吝啬。

2012年11月25日，陪同来自齐鲁大地革命老区的朋友，我们一行6人，驱车去哈尔滨市辖的双城市参观中国人民解放军第四野战军前线指挥部旧址。

如今已是黑龙江省级文物保护单位、爱国主义教育基地的四野前线指挥部旧址，坐落在双城市东北隅。这是一座有着95年历史的青砖灰瓦顶、木结构硬山墙的民居建筑。据介绍，占地5 760平方米，建筑面积1 100平方米，分东西两院，有一月亮门相通，有7栋房屋，每栋房屋5间，共有房屋35间。东院为三合院，正房和东西厢房，南面有内外墙，内墙有一个门楼，直通前面的外墙大门。西院东西南北四栋房屋形成了一个四合院，南面中间有一门洞。

东院的窗户玻璃贴着米字形的纸条，真还有点战争的味道。正房门楣上挂着一块匾额，上面书写着"中国人民解放军第四野战军前线指挥部旧址"。走进屋内，一尊两米高的林彪半身铜塑像坐北朝南，这是纪念林彪诞辰100周年其女儿林立衡所赠。只见他戎装英姿，双目炯炯有神地注视左前方，右手拿望远镜至胸前，左手攥紧拳头从军衣左下摆里伸出，好像在观察敌情，并坚定进攻的决心。

东屋紧里间是林彪的卧室，外间是办公及会客室，西屋是作战室和小型会议室。这里有战场态势图，林彪、罗荣桓、谭政和刘亚楼正在分析战场上的态势，塑像再现了当年的情景。还特意考虑林彪怕冷、怕光、怕风"三怕"因素而挂上了厚厚的窗帘。西厢房是秘书和警卫班的住所，东厢房是伙房、仓库，均力求恢复当年的模样。

西院，正房是当年的通讯枢纽处，陈列着通向前线和各纵队不同功率的电台。房屋内基本恢复了那个年代东北民居的旧貌。东西厢房如今设有集各种图片、图表、影像、实物等为一体的展览，使历史事件鲜活生动，更具感染力。

在这里，我们又拾起了那红色的记忆。1946年12月至1948年9月，林彪、罗荣桓、刘亚楼等在此成功指挥了三下江南、四保临江战役，夏、秋、冬三季攻势、辽沈战役等战斗、战役22次，为解放全东北，继而解放全中国做出了不可磨灭的卓著功勋。据介绍，辽沈战役历经52天，共歼灭国民党东北"剿总"及所属4个兵团、11个军、36个师级地方保安团、队47.2万人；我军伤亡6.9万余人。

《运筹帷幄，决胜千里》的巨型浮雕，惟妙惟肖地再现了林彪、罗荣桓、刘亚楼四野主要将领研究战争局势的场景，林彪手持放大镜观看作战地图的动作更加逼真。在四野的战史展厅，以东北战场为重点全面回顾了纵横天下、屡建奇功的光辉战斗历程。也正因为此，1955年授予军衔的元帅、将领均居全军之首。在全军10位元帅中就有林彪、罗荣桓2位，在10位大将中就有肖劲光、黄克诚、谭政3位，在57位上将中就有19位……四野先后诞生了521位高级将领。

提起双城四野前线指挥部旧址，我再熟悉不过了。在部队工作那些年，经常到双城来。原来四野前线指挥部旧址，是县人民武装部的办公场所。有一年下基层，我一个人曾一连3天住过东院正房的西屋。我穿插讲解员的间隙向客人介绍着。在我的记忆中，原来旧址门前是一条小巷，如今门前的民房不见了，拓建成了水泥广场，还摆上了退役的舰艇；原来东院的外墙大门上有一块任凭雨雪风霜吹打得早已褪了色的"第四野战军前线指挥部旧址（1946.12—1948.9）县级文物"的木牌子，如今大门上那副"名播四海举手千军平北地，威震八方弯弓一箭定南天"的对联在述说四野的辉煌与功绩，经过修缮的旧址以特有的形式讲述着昨天的故事。

历史，是特定时空真实的记录。历史就要客观、公正地展现给后人。

朋友，当我们来到双城在这座普通民宅群落中参观四野前线指挥部旧址时，无不被四野的赫赫战功所震撼，倍感新中国成立的艰辛，今日幸福生活的来之不易。

墨韵飘香的"文三角"

　　我与浪子林杨老弟、雪落黄河边妹妹都出生在黑土地上的小山村,之所以能够成为"文三角",这一切都源于文字的力量。
　　上帝叫我们今生有这个缘分,只因写网络文学的共同爱好。
　　论网龄,他们比我长,论网技,他们比我强,论网域,他们比我广,论文采那就更不用说了,他们是我的榜样……我们同在一个天地,同在一个平台,喜怒哀乐、悲欢离合、是非恩怨、论短说长、地北天南、湖海江河、山石花木、宇宙星空、冰霜雨雪、春秋冬夏,旧事今事未来事,事事可写;你说我说各自说,说说开心。激扬文字,遨游网间。彼此展现灵魂的世界,书写甜蜜的情感,述说酸楚的心境,讴歌真善美的事迹,鞭挞假丑恶的行径,感恩收获的知足,希冀美好的未来。
　　我们彼此非常关注对方的网络空间。几日不通个电话交流沟通就好像少了点什么。我们从网络中走来,如今成了现实生活中的朋友。
　　记得,新年的第二天,老弟为了大哥的到来,做了特色的菜肴,还有稀奇的油炸蜊蜊蛄(学名蝼蛄),彼此都不胜酒力,淡淡的香醇、甜甜的回味、红红的脸庞、朗朗的笑声,沉浸在快乐中。
　　那天,从中午12点一直到晚上18时多,我们有说不完的话。老弟告诉我他的文稿网站要给出书了,并谈了他的写作计划,还给我一本网站编辑的期刊,上边有他的文章。看到老弟笔耕墨海的成就,我十分高兴。他用娴熟的行书字体写下了"笔墨人生路,笔墨兄弟情"。还在林杨的签名下面,几笔勾勒出阳光与草地。这几笔,我细细咀嚼,慢慢品味,眼前一亮,心花怒放。象征着笔墨人生路,天蓝蓝、云轻轻、风习习、地葱葱,一路风景,一路阳光;预示着笔墨兄弟情,地久天长。

那天，老弟给远在他乡的雪落黄河边妹妹发了手机短信，说孙大哥在这。赶集回来的雪落黄河边妹妹，马上连线视频。亲切的问候、真诚的沟通、热情的交流、无限的感慨、美好的祝福，说了近两个小时。我为浪子林杨老弟、雪落黄河边妹妹坚韧不拔、始终如一的笔耕精神而感动。我也更为他们沧桑岁月，不忘乡情，友谊醇厚的高尚情操所敬佩。在包括家人在内寥寥可数的我的聊天记录上，我还是第一次视频通话。视频中我也是多次以她的那些鲜活的感人作品为话题进行交流。她那边说，《网络文缘让你我她走得更近》，那是大哥感慨我们三人的心声。我又提起了林杨老弟那篇写当年他与雪落黄河边妹妹在兰姐家的文章，你们三人畅谈笔墨人生，诉说乡情友情，笑语欢歌的场景。如果有一天你们三人重逢，我为你们斟酒庆贺，我为你们拍照留念……我发自内心地说。

寒夜里，我走在回家的路上，零下30多摄氏度啊，街灯冻得也懒得发光，一趔一滑的步道上偶遇行人，汽车缓慢地行驶在马路上，排出似乎凝结的白色尾气……可怕的严寒，无情的黑夜，而淡淡的女儿红让我温暖，浓浓的网友情令我陶醉！

文缘结知己，情真意更浓。我们每个人都有自己的事业，那份酷爱不舍的工作；我们每个人都有自己幸福的家庭，那永远圣洁的港湾；我们每个人都有自己丰富的阅历，那缤纷五彩的生活；我们每个人都有自己做人的准则，那柔中有刚的骨气；我们每个人都有自己美好的向往，那乐观向上的追求；我们每个人都有自己的胸襟，那包容成就了一切；我们每个人都有自己的性格，那谦和挤跑了清高……

我们不经常见面，却又经常间接相约，挤出时间顿足对方的空间，琳琅满目的不是买卖商品而是给予对方的精神食粮，彼此的交流与鼓励。

人在旅途，不可能一帆风顺，否则前人就不用造"坎坷"二字了，一路走来，或风或雨展示世界的多变性，沟沟坎坎是对意志的磨炼。你所面对的一切，不要抱怨，更不要随波逐流，要勇敢地正视。做人，要固守信念，固守理想，哪怕雪山草地，哪怕激流险滩，都要乐观向上，天上不会掉馅饼，成功的蛋糕是给有勇气的人准备的，要昂首阔步，走九曲黄河之路，扬起万里黄沙；攀珠穆朗玛，擎起玉宇苍穹。风雨过后，总会分享"赤橙黄绿青蓝紫"，笑看彩练当空舞！这也是我与浪子林杨、雪落黄河边之间更多的正能量交流。

人活着就要自信，是金子总会发光的，纵然千里马遇上伯乐可能会派上好的用场。哪怕有时候比常人付出的要多，忍受的也更多，勇气让你不服输。

其实,社会是一个大舞台,活的就是一个自我。

我带着憧憬,那么渴望,然而该发奋读书的时候终止了这个权利,开始了人生的工作旅途,盘点起来,可以这么说,下过乡、插过场、进了县城、派到基层,特殊机会穿上了绿军装,"党政军工农商",工作岗位的转换,有不解,有苦衷,但每每都遇有贵人相帮,每每都是文字相伴,机会的恩赐加自身的努力,走到今天只有知足感恩。

鹰击长空,蛟龙戏水,"天生我才必有用",珍藏一切的拥有,珍惜一切的美好,一路高歌,用自己难忘而坚实的脚步,编织多彩的人生。

雪落黄河边妹妹,是个有较深文学造诣的才女。她,如今虽然生活在乡下,但看得出很幸福、很温馨、很知足、很感恩、很快乐。她的文章真实感人,从《我的故事》系列、《我的春天》《女人四十》等,看到了她坚定不移的精神与顽强拼搏的毅力,以及艰辛过后的喜悦和淡定的人生态度;从《想远方了》《友谊永远不会缺席》《有一种爱叫相惜》等,看到了她真挚眷恋的乡情友情;《亲情在前,幸福在后》《我的老公》《大哥》《儿子来信》《树上挂着的风铃》等,看到了她的浓浓亲情,先人后己的风范;从《母爱路口》《邻居》《那一院子的落叶》等,看到了她歌颂真善美的当地本土文化……

我的桌案上有一本浪子林杨老弟著的《彼岸花开开彼岸》新书,这是香港人民中文出版有限公司出版的。全书共收录了他近年来所写的网络空间散文、故事作品131篇,18.2万字。翻开书的扉页,"赠给:情深意厚的孙文大哥留存!"落款处"林杨 2013年2月22日"。十分工整略带拘谨的字体,看得出庄重与在意,还有"赠"与"杨"两个繁体字,看得出知识积淀的厚重与对往昔的难舍情怀,不仅出于美观而弃简就繁,多写上那么几个笔画,在这里不难找寻到浪子旅途的足迹。

《彼岸花开开彼岸》一书,这是浪子林杨老弟业余文学写作的一大硕果,凝聚了他的满腔心血与执着追求,彰显了他的敏捷才思与超人智慧,表达了他的丰富情感与美好渴望……

作为老大哥的我,也不敢懈怠,减少了不必要的应酬,减少了其他活动,忙里偷闲,围绕身边的事、过去的事,不拘一格,随心所欲,有感而发,有情可抒。反正那个空间是咱自己的家园,写出来的文章"都是自己的孩子",自主经营,也有新的收获。是他们的勤奋打动了我,是他们的文采感染了我,是他们的鼓励推动了我,是他们的沟通推介了我……好朋友的正动力,让我"悟入奇途"不知返。如今,咱那块自留地上已经长上了200多株、近30万个叶片的新绿。

我长浪子林杨老弟19岁、长雪落黄河边妹妹20岁,我们之间真是成了忘年交了。

我们之间的交往,说起来,省去了很多世俗,轻轻松松、真真切切、快快乐乐,没有遮拦,没有粉饰,原汁原味,清水一杯。可谓"君子之交淡如水"。

闻其名,识其人,但不一定懂其文,只有闻其名,识其人,又懂其文,才可谓知己。我们努力前行,好好珍惜吧!

一缕清风暖心田

这是来自腾讯 QQ 空间的日记：

兴由勤俭败由奢（2013.3.27 16:49）

看见日常工作中，领导班子带领大家从一点一滴做起，勤俭持家，精打细算，厉行节约，反对铺张浪费，我由衷的欣慰。这是贯彻落实中央八条、省委十条指示和国管办《关于认真贯彻落实习近平总书记重要指示精神做好驻京办事处勤俭节约反对铺张浪费工作的通知》精神的结果。贯彻落实党中央及上级党组织的指示精神，班子从来就不含糊、不走样、不推脱，及时提出了《关于厉行勤俭节约反对铺张浪费的实施意见》，在规范公务接待上，按照务实节俭、热情周到、规范服务的原则，严格执行具体规定。严格财务制度，坚持"收支两条线"，按照党风廉政建设的要求，杜绝了不应有的支出。在节约办公经费上，做到了不配置高档办公设备、用品，或在正常使用期限内提前更换办公设备、用品；不用办公电话聊天闲谈；充分利用网络收集工作资料信息，减少报纸刊物订阅量；节约一张纸、一滴水、一度电、一升油……这也是三年多来一直倡导艰苦奋斗、克勤克俭的继续。实际上，在这个集体里，崇尚节俭，反对浪费，早已蔚然成风。

艰苦奋斗，勤俭节约，是我们党的传家宝。联系宋朝从宋太祖赵匡胤到宋钦宗赵桓 9 代皇帝 319 年的兴亡史，也足以证明兴由勤俭败由奢这一道理。

表率就在平日间（2013.4.10 21:59）

看着崭新、整洁、摆放有序的办公场所，大家打心眼里高兴。可谁知道因办公室调整，就在前些天，这里还是灰尘满屋，物品堆放满地的一片凌乱。

他不声不响地利用休息时间，一个一个房间搞起卫生来，擦拭办公家具、擦地板、擦玻璃，细心擦拭落在沙发上的白灰，钻到会议圆桌底下擦灰尘，在仓库里倒动物品包，清理杂物。有十来个档案柜重新组合后，里外落满灰尘，他在周日整整干了一天……有的房间是办公住宿一体的，少这缺那还得张罗，调试电视信号、试水等都干到半夜，他也就张罗到半夜。大家得知后坐不住了，也都自觉地行动起来。汗水与辛劳的付出，节省了不必要的家政开支，换来了一个整洁的工作学习生活环境。

开短会，说贴心话，以事说理，自己动手写讲话稿……这是他的一贯作风。就在3月13日，组织全体人员学习习近平总书记《在中央党校建校80周年庆祝大会暨2013年春季学期开学典礼上的讲话》原文时，他结合单位比政治理论学习、比爱岗强技、比作风转变"三比活动"，从"学习是文明传承之途、人生成长之梯、政党巩固之基、国家兴盛之要"，深入浅出地引导大家，要挤时间，多读书，读好书，大兴学习之风，积跬步以至千里。3月29日，单位进行开展"作风年"主题实践活动动员，他通过讲述历史事件沉痛的教训，启发大家看加强作风的极端重要性。我有个统计，三年多来，他自己动手写讲话稿、辅导材料、调研文章达46篇、近5万字之多。

他就是注重实际、言传身教、先为而后言、表率在平日间的倍受大家尊重与信赖的好带头人。

借助平台唱大戏（2013.5.15 19:17）

班子创新工作思路，坚持"科学发展 服务两省"的主题实践，带领大家，转变作风从扑下身子、扎扎实实服务大局、服务基层做起，深入实际调查研究，向我省报送了关于黑龙江省边境对俄口岸的专题报告，得到主管部门的肯定；针对驻地与俄罗斯人文、地缘等优势，主动搜集俄罗斯经贸等海外信息，服务我省外经贸；围绕黑龙江省对俄经贸升级、对俄，尤其俄远东地区的林业、农业、旅游等合作开发多次提出积极建议，得到省领导的批示，进入省领导决策参考；积极协调服务鲁黑两地政府间、企业间的多次考察交流、项目推介、招商引资、洽谈合作，例如，成功地协助鲁能集团煤电一体化一期项目落户黑龙江省宝清，协助山东华泰保尔水务农业装备工程有限公司在黑龙江省拓展节水灌溉业务，世行500万美元赠款项目落户东营等服务大项目50多个。特别是积极协调、大力支持驻地山东商会发挥作用，借助商会的广阔平台，唱响了"服务经济社会发展"的大戏。今年春节期间，协助黑龙江山东商会礼品中心，积极向黑龙江消费者推介山东产品，第一次有计划、有组织地让章丘大葱、潍县萝卜、栖霞苹果、胶东大饽饽等具有浓厚山东地域特色的产品走进黑龙江的千家万户，受到当地消费者的交口称赞。今年三四月份，借助山东省农产品产销协会成立之际，建议和支持山东农产品产销协会深化与东北及全国山东商会的战略合作。

提起黑龙江山东商会，是我单位帮助设立的全国最早的山东商会。协助指导其创办了《闯关东》会刊，并在指导商会开展沟通与交流、加强管理与建设等方面做出了有益的尝试与探索。

温馨和谐大家庭（2013.6.7 22:19）

今天，是我的生日。同事们在食堂共进午餐。一会儿，见厨房师傅端来一碗香喷喷的荷包蛋长寿面放在我的面前，一股暖流涌上心头。

在这个集体里，每位同事每逢过生日的当月，就会收到生日贺卡和蛋糕。为了健康，每年查一次身体。每个人都为这样的温暖大家庭感到自豪。

同事们在四五个单位一百五六十人的集体食堂用餐，每次用筷子有时不太方便，单位领导看在眼里，在逛夜市时掏自己腰包给每人买了一把不锈钢的勺子和叉子，而且还用开水煮好消了毒，送给了大家。一把勺子一把叉子虽然不值几个钱，但领导心里想着大家，大家心里都热乎乎的。

一位同事去外地住院，单位的领导冒着恶劣的天气，不辞辛劳，前去看望。而恰恰自己的母亲因病住院手术却不吭一声，忙在工作岗位上。春节前，开车往返八百多公里去慰问退休干部和职工，那位职工感动得痛哭流涕。

一位同事，无意中看见领导办公桌上有一个带格子的装药片的塑料盒，脱口而出"这药盒子真好啊，在哪买的？"问者无意听者有心。三天后，这位领导将一个"康顾多药盒"递给他，并说"星期天，走了几家药店，就这么一个药盒了，就是小一点"。这是一缕温暖的阳光，这是一片没有瑕疵的真诚，这是一份无法度量的情谊……

关心群众疾苦，解决群众实际问题，从日常小事入手，真正把思想政治工作做到群众的心坎上了。良好的氛围，是"最佳适于人居的集体"。在这个大家庭中每一位同志都能够分享到温馨与快乐！

一缕清风拂面来，四季花开春常在。小善而为成大德，滴水光辉暖心田。

第三辑
画卷：佳景与佳境

春　雪

　　飘飘洒洒的春雪伴随人们梦乡和鼾声悄然而至。春雪似乎知道自己的使命即将结束,深情地吻着大地。

　　清晨,我临窗鸟瞰,小区的地面覆盖了一层厚厚的白绒被。"啊!好大的春雪,好美的春雪呀!"我情不自禁地说,随即推开窗户,一股清新扑面而来。

　　我生怕小区庭院那幅美丽的画面被破坏,连忙带上手机下楼,趁着还没有人走动,忙不迭地一边欣赏雪景一边拍照。

　　春雪,覆盖了紫铜铸牛的基座,公牛的四蹄半掩在雪里,牛的背上和左侧肋骨上有不规则的雪痕,显出一股"牛劲儿"。这座紫铜铸牛,虽然比不上华尔街的铜铸牛那样有名,不过,这可是小区的"镇院之宝"。紫铜铸牛的四蹄着地,腿上的肌腱清楚可见,略低着头,二目圆睁,锋利的犄角,卷在背上的尾巴,大有牛气冲天之势。

　　当镜头转向露天健身场地,春雪将红色的水泥砖来了个大"变脸",如同和田玉、羊脂玉一般。在洁白无瑕的地面上,健身器材深蓝色的立柱和横杠、米黄色的圆盘,格外显眼,勾勒出纯净的美。

　　半圆形的休闲长廊两端的圆顶橘黄色铁瓦也涂抹上了春雪。长廊排列整齐的乳白色柱子,在春雪的衬托下镂空的美感似乎不那么强烈。春雪也亲吻了长廊下黄色的条形凳子,留下斑斑唇印。

　　圆形古罗马建筑风格的中心广场,古典式的美女沐浴雕塑群,活灵活现、千姿百态的造型,……美女举起的瓦罐上、飘起的裙带上、长长的秀发上,雪中"芙蓉"更是洁白无瑕。圆柱最上方一位男性雕塑,像是主宰水的神仙,下方有四个裸体男孩造型,再往下有一个沐浴圆盘造型,四个沐浴的美女雕塑神采各异,而背后镶嵌在圆柱子上的四个男性雕塑头像,又都目不转睛地看着眼前的一切……春雪给这一组雕塑赋予了灵性。

沿着中心广场辐射的甬路，我来到了儿童天地。尽管这里寸土寸金，但小区还是给儿童们留了天真烂漫的空间。就说那滑梯，设计得蛮有意思的，一对大象头对头相连，形成小小的廊桥，好像是一对情侣在亲密接吻，春雪落在了它们的背上，全然不顾，仍然沉浸在甜蜜、幸福中……

相对应的两个凉亭，一个是灰褐色的圆顶，一个是蓝色的圆顶，这会儿背风面落上了条状的春雪，好像沾着白糖的又甜又脆的大西瓜。

甬路蜿蜒在林木、草坪与四周的楼宇间，显得格外幽静。甬路上规格一致、间隔有序的花岗岩石块、灰色水泥块，这会儿也变成了"银砖"铺地。我不得不踏碎这"银砖"，看一看春雪捂住了枯黄的草坪，雪地上的梅花鹿依旧摆着欢快的样子，由低向高过渡的灌乔林木组合……有叫不上名字的紫红色、青灰色灌木丛，还有挂着标牌标有树的名称和科属的树木，诸如金丝柳、海棠果、山杏、金叶榆、花楸、山丁子、家李、柞树、山桃稠李、五角枫、火炬树、水曲柳、清杆云杉……白雪落在树木的枝条上更加漂亮。

小区的环路，物业管理人员正在紧张地清理积雪。一声"辛苦了"的问候，得到"不辛苦"的回答，文明与和谐之歌在业主与物业公司间唱响。

此刻太阳露出笑脸，雪地发出耀眼的白光。春雪变得柔软缠绵。有两位看似爷爷辈分的老人，一边说一边动手滚起雪球来。这一情景，触动了我的神经，把我带进了远去的年代，拾起童年的故事……

春雪，带来了"微信"。雪的纯洁度的细微变化，无声地传递着治理雾霾的进程，而这任重道远的使命，人与自然的和谐，落在了现代人的肩上。

春雪，送来了佳音。在大陆性季风气候的北方，春雪如同春雨一样金贵。春雪落在了都市，尽管增加了环卫工人的工作量，但也是一次无偿的免费"干洗"；春雪贵如油，春雪落在了农家，滋润了黑土，孕育了生机，种田人乐在眉梢，喜在心里。

春雪，表达了对人间的深情。原本洁白如玉的春雪，在阳光的青睐下，来去匆匆，将对大地的那份深情与眷恋，悄然化作无声的喜泪，灵魂乘上春风的宇航船又飞向远方，等待下一个轮回重生。

原来这番雪中情、梦中画，让城市变得分外妖娆。

姗姗来迟的雪花

雪,对于北方人来说并不陌生。往年这个时节,早已是银装素裹,冰封大地了,可今年却不比往常,它来得比较迟,都进冬月十几天了,偶尔飘几片雪花,还是一场像样的雪也没下。北边下雪了,南边也下雪了,可偏偏这里就是不下雪,人们在议论这反常的天气,盼着下雪。

终于迎来了一场像样的雪。眼前的楼顶镶嵌了银箔,大地穿上薄薄的素装。小区篮球场像一块没有瑕疵的洁白毡毯,露天停车场上的自驾车披上了白斗篷,一块块枯黄草坪染上了白发,精美别致的院区灯戴上了小白帽,甬道上留下了杂乱的脚印,健身场上三三两两的晨练人们在做器械运动。小区外侧几栋米黄色的楼宇,在射灯的照耀下显得金碧辉煌,有的房间仍亮着灯,与庭院的积雪相应略有几分大气、洋气。远处铁路车站内在雪的掩饰下露出规则的黑黑的铁轨,好似一幅硬笔书画。街路上已被起早进出城的车辆搅乱了宁静,环卫工人正忙碌着扫雪清雪,橘黄色的服装、闪烁的橘红色安全警示灯、随风飘舞的手推车上的小红旗,还有明亮的街灯、闪烁不停的霓虹灯与漫天飘舞的雪花勾勒出一个五彩缤纷的世界……

洁白无瑕的雪!因为有了你,北国之冬才变得如此神奇壮美,黑土地才会涌动着经久不息的冰雪文化热潮。冰雪搭台,经济唱戏,笑迎八方客,猫冬变冬忙。人们欣赏着雪塑冰雕的艺术,体验着滑雪的刺激,领略着雪乡的神韵,传颂着冬泳的魄力。冒着严寒,徜徉在哈尔滨的大街小巷,还有吃冰激凌的爽、啃冰糖葫芦的甜、咬大列巴的脆、嚼红肠的香,更有那热腾腾的火锅、香喷喷的血肠白肉杀猪菜、肥美美的"三花五罗"冷水鱼、火辣辣的地产高粱烧……让你忘掉严寒,快乐无比。

姗姗而来的雪,我感谢你无私的馈赠。

少陵山水寄乡情

一

少陵山,山不算高,林不算茂,但它地处家乡的最西面,素有西大门之称。少陵河,河不算长,水不算深,但它是家乡巴彦最西面的内河,如一条洁白的哈达,迎接远方客人的到来。

少陵山与少陵河,就像一对兄妹,眷顾家乡巴彦这块沃土良田,默默履行上苍赋予的神圣使命。

而对于一个游子来说,每当听到少陵山与少陵河的名字,我就无比的自豪;每当看到少陵山与少陵河的容貌,我就十分的亲切。因为,这一山一水,寄予了我无限的思乡之情。

巴彦的境内,有许多大大小小的山和长长短短的河。每一座山和每一条河,都有传奇色彩的故事。而我心中的少陵山与少陵河的传说,又是多么的美丽动人,让人魂牵梦绕。

相传,在很久很久以前,天庭差遣一男一女两位小神,到凡间巡查。两位小神驾着祥云,奉旨来到东北方,被这里广袤的黑土地、丰富的物产所吸引;被这里的人们安居乐业,夫唱妇随,一片祥和、幸福的景象所打动。于是,两位小神便扮成夫妻,感受春夏秋冬的美景,沐浴雨雪冰霜的冷暖,日出而作日落而息,体会人间烟火。转眼间,归期已过,天庭仍不见两位小神回来复命。当两位小神从如醉如痴中醒来,知道犯了天条,便硬着头皮回去听候发落。此事,惊动了玉皇大帝。玉皇大帝把两位小神召见到凌霄宝殿前,问两位小神,"你们知罪吗?""知罪!知罪!"两位小神异口同声地答道。玉皇大帝念两位小神对人世间的美好十分眷恋,便下旨,你们就去凡间吧,但不能以夫妻相伴,否则会被世人耻笑,沾污神灵,要以兄妹相称,男神为兄,叫少陵山,赐漂河为妻,女神为妹,叫少陵河,赐驿马山为夫,你们要同心协力,造福一方。两位小神向玉皇大帝磕头谢恩,便遵旨下凡——从此,漂河畔有了英俊的少陵山,驿马山旁有了委婉的少陵河。少陵兄妹虽然相距很近,但彼此也是十分的惦念。哥哥少陵山担心自己的妹妹挨冻,就用自己的身体遮挡凛冽的西北风,还把产的沙金让漂河嫂子送到妹妹那里;妹夫驿马山用身体遮挡南来的热浪,妹妹少陵河就升腾水汽,为哥嫂送去缕缕清风,又派遣河蚌送去珍珠……从此,两兄妹、两家人和和美美、恩恩爱爱,用青山的挺拔和碧水的柔情造福于民,受到当地百姓的赞誉。

二

从我懂事时起,耳朵里听到的都是大人们去稻田地干活,去西大河打鱼,去草甸子割草等与少陵河有关的事情。而在我的童年里也有许多关于少陵河的故事。

记得,不知从什么时候起,人们在驿马山前修了个拦河坝,通过十几里的水渠把少陵河水引到沿途的郎家窑、徐家崴子、王家大崴子等几个屯子种水稻。这条水渠,当我上了初中,一个暑假去驿马山下少陵河左岸的同学家才见到真容。同学家离少陵河一里多路,叫上屯子里的几位好友,带我沿着少陵河岸往下游走,来到了那个拦河坝。拦河坝用八号铁丝编的大笼子里面装满石头,堆砌而成。宽阔的河面,清澈的河水,流到那条水渠里。拦河坝上的过水面很宽,发出哗哗的响声。水渠就在老屯西头不远处,是我儿时与小伙伴们戏水玩泥经常光顾的好地方。

自打 S101 公路建成后,回家乡巴彦快捷多了,距离短了,路况好了,客车也好了,不仅缩短了路上的时间,也不用遭罪了。

每当回家乡,我心中的那份眷恋早已成为一种习惯——当汽车一过呼兰的二八,我就抬起头来看左前方的少陵山,返回时又在汽车的右前方去看少陵山。当汽车从驿马山大桥上驶过时,我还是那样贪恋地看着少陵河,心又飞到了童年的老屯。

三

20 世纪 70 年代初我在县里工作期间,因防汛检查,两次去漂河水库,也就顺便两次登少陵山。漂河在这里是呼兰与巴彦的界河。漂河水库大坝一头连着呼兰的山冈，一头连着少陵山。一条砂石路从山底下通到半山腰的水库大坝。在临近大坝时，路的右侧是立陡石崖，左侧是大坝外深深的河道，溢洪道开闸放水的声音震耳欲聋。来到大坝上，一眼望去，库区水面较大。库区里，有几只舢板船正在起网。从大坝东头沿坝顶走到西头，有水利部门的技术人员专门逐一查看闸门、护坡及抢险物资等，并现场研究了如何安全度汛的措施。水库管理站就在大坝东侧山南坡的一块平地上。房后直至山顶，长满了柞树、杨树、桦树、榆树和灌木丛，有十分显眼的几棵樟子松点缀其间，还有形状各异的黄褐色大块石头在绿草、野花的陪伴下露出地表，像直升机似的蜻蜓和各式各样美丽花纹的蝴蝶飞来飞去。登上山顶，举目望去，起伏连绵的山冈，林木茂密。据水库管理人员讲，狐狸、狼、山兔、野鸡、斑鸠等动物经常出没。库区两岸远处有几个小屯子依稀可见，山下不远处的西集镇和稍远一点的驿马山尽收眼底。提到西集，还要多说一句。西集，原来称双山堡，就是因位于少陵山与驿马山之间而得名。假如，少了一座山，也许就叫单山屯了。西集镇，是县里的西大门，远近有名。一次去漂河水库正赶上晌午，就在管理站食堂吃了伙食饭，桌子上少不了鱼呀，有清炖胖头鱼、酱焖鲫鱼，还有农村菜干豆腐卷大葱、大豆腐泼大酱、苞米糙子水饭。漂河里的鱼真鲜美，农家菜又非常可口，饱饱美餐了一顿。啊，那时下基层就餐每人要交半斤粮票和两毛钱的。

四

三十几年前，我就从家乡调到省城工作。那时回一趟家乡近二百里的路程，最少要折腾大半天，不仅是因为路面又窄又不好走，还有老式的长途客车十分破旧，特别是每当春季里遇上翻浆路段时、夏季里赶上下大雨或桥涵被水毁坏时、冬季里遇上下大雪时，更是路难行。

每当我从省城出发沿着原来的老道，如今的 S101 公路回家乡巴彦的时候，总有一种翘首以待的心情。松花江北岸的老道，原来叫哈萝公路，始建于 20 世纪 70 年代，砂石路面从哈尔滨一直铺到佳木斯下游的萝北县，是条战备路。每一次回家心里总是熬着颠簸、数着站点，盼的就是早一点到家。汽车徐徐驶出呼兰，稍微松了一口气，走了近三分之一的路了。前面就是双井，然后就是方台，过了方台就是二八，又走了近三分之一的路了……盼着，盼着，当汽车一过呼兰的二八，颠簸疲惫的我，看见左前方的少陵山，就顿时打起了精神来。汽车从少陵山前面的漂河桥上忽闪地颠簸了一下，便从呼兰界驶入了巴彦界，我就松了一口气——可算回到家乡了！

剩下这三分之一的路就比较好走了，一会工夫过了西集镇，穿过昔日的穷棒岗今日的兴旺村后，从驿马山林场门前直奔驿马山北麓前行，很快就来到了架在少陵河上的原名陆家大桥，现为驿马山大桥。到这里，上了一个小坡，二十八里路那头的县城遥遥可望。美不美，家乡水！少陵河的两岸长满茂密的灌木丛和蒿草，弯弯曲曲的河道碧波荡漾，缓缓的河水牵动我的心房——前面十几里路少陵河的左岸便是我的出生地。

从县城返回省城，当汽车出了县城的阜财门西行，过了县亚麻厂，远处的驿马山就出现在眼前。这段路是当时全县养护最好的路，眨眼工夫，汽车就来到了驿马山大桥。我透过车窗凝望山坡上寒风中的林木，更有那片念初中时参加学校植树造林栽的落叶松林，然后又贪恋地瞅上几眼被冰雪覆盖的少陵河……汽车一过西集镇，我又在车的右前方由远及近的看啊、看啊、看啊——看那少陵山。

汽车从少陵山前面的漂河桥上忽闪地颠簸了一下，便从巴彦界又驶入了呼兰界，我恋恋不舍地再次回头张望……心底默默地说——少陵山、少陵河，下次回来再看你们！

我的心潮随着汽车不停颠簸，荡起甘甜的记忆浪花。

五

少陵山在平原区就显得凸起，加之又有漂河注入少陵水库，山水相依，景色秀美。

说少陵山，又让我想起黑龙江作协会员、哈尔滨作协理事、编审郑旭东老师。我与郑老师是通过江山文学网认识的，真是同乡同城不相识，江山万里把缘牵。郑老师出生在巴彦西集，成长在漂河右岸呼兰的二八，少陵山上有他儿时的藏宝洞，漂河岸边有他踩下的小脚丫……少陵山上有故事，漂河两岸皆故乡。他的长篇小说《火浴》，是描写解放战争时期哈尔滨地区剿匪的故事，小说中的兰陵山区背景地，就是取自少陵山。在歌颂家乡的画卷上留下了浓墨重彩。

在我的老屯，人们都习惯把少陵河叫西大河，这是因为少陵河在老屯西面流过。少陵河两岸的草场很大，盛产小叶张苦房草，还有东北三件宝之一的靰鞡草，一人多高的蒿秆是上好的烧火柴，香蒲草编草鞋御寒，蒲棒蘸上煤油又可当火把照明，塔头墩子修墙垒垛用得上，草炭灰又是肥力很好的有机肥料，许许多多可吃的老桑芹、山韭菜、柳蒿芽等山野菜，遍野的野花……草场深处藏匿着野鸭、野鸡、山兔、山狸猫、貉子、獾子、狐狸、狼等大大小小的动物。每年冬季，南北二屯的炮手来河套打围。纵横交错的沟渠与少陵河相连，形成丰沛的水网，开垦的稻田，收获一年一季的金黄。莲花泡、菱角弯，传出赏莲、采菱人们的欢声笑语。游弋的舢板船传来击水的桨声，扑鱼人忙碌的身影随处可见。江鸥飞翔，野鸭抱窝，有一种水鸟别名叫作"长脖子老等"，一丝不动地站在水边等待小鱼前来。我突然想起守株待兔的成语来，这水鸟的这种捕食方式就叫作"守水待鱼"吧。

少陵河作为松花江左岸的一条支流，江河脉脉相通，"三花五罗十八子七十二杂鱼"，味道鲜美，啥鱼都有。少陵河畔可谓鱼米之乡。

而如今，少陵山失去了原有的俊俏，矮了，又残了。我似乎听到了漂河在哭泣、在呐喊："快救救我的夫君吧！"作为妹妹的少陵河好像知道了哥哥的遭遇，也消瘦了许多。

少陵山啊，少陵河！假如真的有那么一天，高山变洼地，河水变桑田，我也不会忘记你们，你们是我心中打磨不掉的一缕乡思。

杨树·杨树·欣赏你

我欣赏眼前25cm×30cm装裱后的照片,有人说"人是衣服马是鞍"这话一点也不假。照片共11幅,有伊春原始森林的,有当奈湿地的,有雪乡冬景的……其中,一幅"L"型的堤岸上郁郁葱葱的杨树林,蓝天白云被池水倒映着,杨树林正好平分在中间,分不清哪儿是天哪儿是水,真是美极了!这些摄影作品,是出自一位热爱"大美龙江"摄影爱好者的手里。

还是在一个多月前,彩色打印机打出这张照片时,大家赞不绝口,我就在右上角写下"如此多娇",并把它插在卷柜玻璃的背面,抬头可见,确实有些惬意,有的同事还特意用它做了电脑的屏幕图。

杨树,名人名家笔下有茅盾的《白杨礼赞》,那是我当年读书时的课文,也有许多关于杨树的作文、散文,都运用不同的手法赞美它。

出于对依山傍水家乡的热恋,出于对大山深处小山村知青日子的苦恋,出于对林业系统工作岁月的爱恋,我与山与林与水结下了缘,它给予了我童年的梦想,它打磨了我青春的意志,它铺就了我人生的道路……

今天我欣赏它,要从它生长的不同环境说起。

当我们从哈尔滨沿着哈黑公路一路北上的时候,兰西、青冈、明水、拜泉、克东、北安……沿途几乎都是杨树林带。平原上生长的杨树,是那样的高大挺拔、纯净秀美,连路边的野花、蒿草都向它微笑。这是世界上仅有的三大黑土带上的杨树,那么的滋润,又那么的令人骄傲。

当我们去陕北革命圣地延安参观旅游时,所见到那山上、路旁的杨树,就没有故乡的杨树活得潇洒。在贫瘠而且降水量偏低的黄土高原上,杨树无法快活的生长。那年,我从西安出发,沿黄陵县、黄河壶口、延安,最后返回西安的东北环线,所见黄土地上的杨树、杨树林,坚忍生存,质朴瘦小,显出顽强的生命力。透过车窗,我体会到《白杨礼赞》的中心思想。

　　当我们踏入年轻而又古老的五大连池世界火山地质公园时,在滚滚黑褐色石海的边缘,大大小小不规则的植被群落里,最让人感叹的要数火山杨。是风的魔力,还是鸟的功劳?火山杨,不知从何而来,那北大荒无垠的沃野你不去,却偏偏选在这火山台岩地上安家落户。你奇迹般地生根、发芽、成长,给这冷酷无情的世界,带来了生机,披上了绿装。你没有更多的奢求,仅有的一点点风化砂土也就足矣,你不得不放慢脚步而延长了成长周期,你不得不把本应挺拔的躯体变得如此驼背弯腰,你不得不把本应高大的身材变得如此矮小瘦弱,你不得不把本应光彩的脸庞变得如此黯然。强烈的生的欲望,让你咬定岩石不放松,在瘠薄的土层里奋力地向外扩张那恰似血管的根须,甚至依稀可见裸露的静脉……火山台岩地上的杨树,林不密、树不壮、枝不茂、叶不浓,无怨无悔、不图回报地妆点那里的美。

　　当我们乘车沿着尚志、海林、镜泊湖从当年抗联的红色旅游线路,直插长白山时,都想一睹天池的秀美、瀑布的壮观、大峡谷的险峻、温泉的热情,可又有多少游人去欣赏那高山火山杨呢?长白山,自然多彩的垂直景观带在世界上是罕见的,"一山有四季,十里不同天"。当你乘坐景区的专用吉普车去天池的途中,将枝繁叶茂的乔灌木混交林甩在身后,进入海拔1 800米的地段,所剩下的只有那高山上的火山杨。高山上的火山杨,又有别于五大连池的火山台岩地上的火山杨。这里的火山杨,在瓦砾般的火山岩和十分恶劣的高山气候环境中生长,高不足两米,弯弯曲曲,满身"疤痕",一丝也找不出"杨树的模样",如果不是司机告诉你,谁能认得出那就是高山火山杨,尽管长得像个"丑八怪",但却彰显着它那坚强不屈、坚韧不拔的品质,虽然已失去昔日娇杨外在的美色,但它的本质没有变,诉说着生命的奇迹!

　　杨树,是你给春天带来了新绿,是你给夏天送来了清凉,是你给秋天迎来了金黄,是你给冬天换来了浪漫……

　　杨树,杨树,欣赏你!

一山一水一牌坊

一

老家巴彦有老黑山、骆驼砬子山、少陵山、双鸭山、王脖子山等大大小小山峰几十座,而我最喜欢傲视平原的驿马山;巴彦有松花江、泥河、黄泥河、漂河、五岳河等大大小小江河十几条,而我却对少陵河情有独钟;巴彦有古城门、王脖子山古代遗址群、小城子遗址、辽金古墓遗址、金代皇后村等古迹文物,我却始终忘不了见证百年、点缀在楼宇商埠间的古牌坊。

有人会问我,巴彦那么多青山绿水和古迹,要写的景物多得是,为什么偏偏只写巴彦的一山一水一牌坊?因为这一山一水一牌坊在我心中打下深深的印记。印记中有古老的传说,也有现代的故事;印记中有先辈的传奇,也有自己的经历……

二

相传驿马山有个石门,石门里有个金马驹,金马驹按照天庭的旨意每天不停地拉石磨,拉出来的全是金光闪闪的金豆子。每到大年三十的除夕夜子时,石门就打开一次,金马驹驮着金豆子来到山下的村庄,一路走来,朱门富户不入,专挑穷苦人家进,悄悄将金豆子放在纪念先祖的家谱挂画前,或放在供奉的灶王爷挂画前。穷人家有了福从天降的金豆子,日子过好了,一再感恩。金马驹也是年复一年地驮着金豆子送给山下的穷苦人家。不过,除了地主老财富户不送金豆子外,穷苦人家如果不务正业、好吃懒做的也不会送给金豆子。就这样,绝大多数穷苦人家有了生活的勇气,恪守着淳朴、善良、勤劳、节俭的美德,本本分分做人,老老实实办事,不辞辛苦地耕作,每年都能得到金马驹送来的金豆子,日子一天天好了起来。贪心的白财主看得眼红,气得要命,心里邪念顿生:"好啊你个金马驹,不给我金豆子,那就砸开石门自己拿去。"在腊月二十三小年夜,白财主悄悄带上家丁,打着火把,拿上钢钎,背着铁锤,踏着积雪,来到驿马山上的石门前,不由分说,一个劲儿地砸石门。黑夜里,火星四射,石门就是打不开。突然,石门里涛声大作,随之传出一个低沉的声音告诫贪心的白财主说:"石门是不会被随便打开的,一旦触怒了神灵就会发洪水,淹没山下所有的良田、村庄,殃及众生。贪心的人,快改邪归正,悬崖勒马吧,不然从石门缝里喷出水来会将你冻成冰人!"贪心的白财主一听,吓得魂不附体,在家丁的搀扶下连滚带爬回到家里,大病不起,不久就一命呜呼了。穷苦人见白财主因贪心而死,就送了个绰号叫"白贪金",后来演变成"别贪心""别贪金"。为了不让贪心的人再来砸石门,玉皇大帝就派两位神仙来驻守石门。两位神仙点化石门外的几块石头,变成了棋盘、棋子和石凳,并常从石门里出来下棋。

在老一辈人脍炙人口的民间文学里,关于驿马山的传说有着许多不同的版本,不过,不管什么版本,都离不开金马驹和仙人下棋。

驿马山不算高,但有仙则灵,于是流传着有趣的故事。

驿马山峰峦突起,蜿蜒迤逦,远望似骏马奔腾,主峰鹰嘴砬子山崖陡峭,巨石嶙峋,石门在与主峰相连一体的山顶上,陡然断壁,形状如门,中间一条直线犹如对开的两扇门的门缝。石门旁有一块平地,有高约三尺的长方形石桌,石桌上有小石子,圆若棋子,行列错落,酷似布局,石桌旁各有一方石头,犹如石凳,两位仙人在此下棋,故称"驿马仙弈"。"驿马仙弈"连同"黑山云海""驼峰夕照""鲈比松江""泉眼流甘""石猿效伎""众星拱北""雷劈古洞""石骨仙垛""城头春望"一起成为巴彦的"十大自然景观"。

如今,驿马山随着建起的驿马山门、灵隐寺,开发成为旅游的主要景点,神奇的驿马山也扬名大江南北。

因为驿马山神奇传说的吸引,我几次登上驿马山来到石门前,而每来一次都有不同的感受与联想。第一次到石门是念初中时,在驿马山农场参加夏锄生产劳动,利用歇晌的机会,我与几名同学不顾劳累,沿着山中几里地的蚰蜒小道一路小跑来到了石门。几名同学都十分好奇地趴在石门缝往里面瞅,想看一看石门里面的金马驹;把耳朵贴在石门上想听一听石门里面金马驹拉磨声和流水声;摸一摸石门前的石桌,坐一坐石凳,原以为石桌、棋盘、棋子是人工凿的呢,其实是大自然的鬼斧神工。几名同学站在石门前一眼望去,山下一马平川,少陵河犹如一条玉带,镶嵌在郁郁葱葱的沃野之间。我手指东南方说:"我的老家就在那里!"几名同学大声高呼,静听消失在山峦间渐弱渐远的回声;然后还做了抛石子比赛。尽管骄阳似火、天气闷热、大汗淋漓,但大家仍然兴奋不已,有说有笑。

在县里机关工作时,驿马山主峰鹰嘴砬子建起了微波站,前去参观,与几位同事走了几里小路我又去了石门。等我从戎到部队工作时,因勘察地形来到了驿马山,第三次去了石门。

驿马山,是当地人在传统端午节时踏青游玩的好去处。父亲去世后,我经常看着那年端午节父亲在子孙簇拥下在驿马山留下的老照片,想起合家欢父亲乐得合不拢嘴的表情,还有父爱的仁慈与严厉,如今阴阳两隔,不由愈加思念天堂里的父母。

爷爷奶奶故后,父亲按屯子里"头枕王脖子山,脚跐驿马山"的说法将爷爷奶奶埋葬在老屯的东南山上,后来,太爷太奶的坟墓也迁至此。驿马山的东北坡开辟了陵园,父母长眠于此。在这里,父母拜先祖、望老屯、观江河、听林涛更为方便了。我想,二老在天之灵一定会欣慰的。

我每年都要去驿马山陵园为父母扫墓。每次我都为父母的墓碑擦拭灰尘,然后将绢花粘在墓碑上,看着墓碑上方父母合影的烤瓷像,默默地追思二老,叩头鞠躬后,无以言表的感恩之情涌上心头……

三

要说少陵河的秀美是因为少陵河从莽莽的大山里一路走来,奔腾不息,既洒脱又委婉,高吟浅唱,像玉带飘落,似少女眷恋缠绵,崇山峻岭为其让路,原始森林为其梳妆,丘陵平原为其送行,草原牧场为其恭候,河水像甘甜的乳汁,养育了两岸的儿女。

这条发源于小兴安岭余脉、木兰县北部青峰岭的少陵河,流经木兰、巴彦、呼兰,又在巴彦松花江乡注入松花江左岸。少陵河古代称帅水、说罗河、硕络河和绰勒河,相传为金兀术养兵屯粮之地。少陵河也是流经巴彦境内最大的河流。少陵河在县偏南半部的东北方入境后一路西南,横穿全境。在全县如"川"字形的三条主要公路上,都有少陵河上的桥梁。驿马山下的少陵河大桥几经修建,天堑变通途。

在我的记忆中,当初大桥叫陆家大桥,桥墩、桥梁、桥面、桥栏杆全是木质的。后来,在原址旁建起了钢筋混凝土大桥,并改名为驿马山大桥。前几年,哈罗公路改造,把这个钢筋混凝土大桥废弃了,在其北面建起了宏伟的钢筋混凝土大桥。

每次我来到驿马山脚下的少陵河岸边,都会凝望好久。上游的河汊子,桥下的深水窝,离大桥不远处的回水崴子;沿着少陵河一路往下的拦河坝,郎家窑、徐家崴子、淹洪屯、王家大崴子、西下坎屯的河段处,都留下了父亲当年撒网打鱼的身影。

在老屯西侧的少陵河段,有十几里方圆的水乡泽国,也是天然草场。两岸水草丰茂、水鸟鸣飞、稻花飘香;晚霞送舟楫,白帆迎朝阳,一首渔歌唱了一代又一代。

传说古时少陵河的渔家女山杏儿暗恋王子,王子巡猎时被毒蛇咬伤,山杏儿舍命吸出王子腿上的蛇毒,两个年轻人就这样相爱了。国王要为王子选宰相之女为妃,王子却来到少陵河边找到心上人山杏儿。岂料国王派追兵要捉拿王子返回成亲。正当双方相持不下时,突然雷声大作,山洪暴发,山杏儿变成了少陵河的珍珠姑娘,王子变成了少陵河边的一座山峰,守候那里……这个凄婉的爱情故事一直流传至今。

如果说,驿马山像那英俊的王子,少陵河就是善良美丽的山杏儿姑娘,一山一水,生生世世,相依相守。

四

巴彦县城,东西长3公里、南北宽2公里,周长10公里的矩形城池,东南西北均有城门,残垣的城墙和深深的护城壕依稀可见,街道按照井字形分布。这座县城年轻,可考究的也就是一百多年历史。威严屹立在中心区的古牌坊、金碧辉煌的画梁、悬挂在画梁上的匾额、匾额上苍劲有力的字体,以及主匾额题字的落款,足以见证晚清以来的历史沧桑。

古牌坊坐落在县城正大街,原称太平街,现为人民大街。这一组古牌坊由东西相距1里的两个牌坊组成。

史料记载,古牌坊是清光绪二十一年(1895年)巴彦苏苏商佃人等为黑龙江将军依克唐阿、署将军齐齐哈尔副都统增祺所建的德政坊。古牌坊如今已经119岁了。

古牌坊,人们习惯称之为牌楼,西侧的为西牌楼,东侧的为东牌楼。这一组古牌坊,均系木结构无斗拱、圆顶飞檐建筑,底部八块莲花扁方石合抱四根方形木柱,石外各有两道铁箍稳固。牌坊梁木上绘有二十四孝油彩图。牌坊檐顶龙首相顾,飞檐斜翅,每个檐角各系一铁制风铃,微风吹拂,铿锵作响。两牌坊各有黑底红字正匾四块、配匾八块。东牌坊西面的正匾"德培中兴"、配匾"惠及"、"苍生",东面的正匾"德培中兴"、配匾"恩周""赤子";西牌坊东面的正匾"棠爱常留"、配匾"恩布""泽流",西面的正匾"樾荫永庇"、配匾"德洽"、"惠周"。

听老人讲,当年闹大刀会,队伍由正大街自东向西而行,高高的旗杆、飘扬的旗帜、震天的口号,为顺利通过不得不将东牌坊锯倒,后被重新修复。十年动乱期间,牌坊又倍遭蹂躏,险些被锯倒。直至20世纪末,古牌坊一改往日苍老寒酸的旧貌,恢复了历史的本来面目。后来,根据改造县城环境和小区建设的需要,将东西牌坊进行了迁移,并以牌坊为中心,建成了环岛。东西牌坊间辟建为步行街,商埠林立。作为省二级保护文物的巴彦古牌坊,光彩照人,绚丽夺目。

建立牌坊虽有为封建统治者褒扬之嫌,但却是客观真实的历史,从那些匾额题词中也深深道出了当时人民心底的呼声和期盼。如果将那些匾额题字进行扬弃,摒弃原有封建的思想,是否可以昭示文明与进步的和谐?是否可以暗示希冀与期盼的美好,警示"当官不为民做主不如回家种红薯"的为政之道?沧桑百年的古牌坊,以特有的视角,目睹家乡变化,见证巴彦历史。每当回到巴彦,我都要站在古牌坊前,看一看这位老人的面孔,回放往昔的故事。在《我的父亲母亲》回忆录中,封底图面就是取自古牌坊的彩照。

我感叹古牌坊历久弥坚与风雨飘摇时的坚强,也欣慰古牌坊见证当代对它的尊重与时代气息;我赏读古牌坊文化里的经典,聆听古牌坊岁月里的故事……古牌坊,是巴彦的地标建筑,也是巴彦的文脉。古牌坊正因为如此,巴彦人才会铭记它、欣赏它、赞美它!

这就是神奇的驿马山、秀美的少陵河、沧桑的古牌坊,即巴彦的一山一水一牌坊!

驿马山上的松林

我们驱车或乘坐大巴从哈尔滨出发,过松浦大桥或公路大桥,江北岸一眼望不到边的平原让人豁然开朗。沿省道101线东行70多公里,就是驿马山了。驿马山虽然不算高,但坐落在平原之上却有孤峰凸起之势,有"鹤立鸡群"之感。每当我乘车经过这里的时候,都要多瞅上几眼东北坡那片落叶松人工林。

或许人们只知道那片落叶松人工林一绿一黄地默默画着自己的年轮,给驿马山换上季节的服饰。但很少有人准确地知道那片落叶松人工林谁人栽种?树龄有多大?

那是1965年春季,当时我正上初二下学期,学校组织学生植树造林。在班主任孙学芳老师、副班任张跃老师的带领下,我们乘坐解放牌大卡车,打着彩旗,唱着歌曲,去驿马山东北坡植树。我们初二学年共有5个班级,植树的地点在东北坡的半山腰,初三学年的在山上,初一学年的则在我们的下方。老师做了分工,女同学负责运树苗和给树苗培土,男同学负责挖树穴和抬水浇树。山坡碎石和沙砾很多,挖树穴弄得铁锹咔咔作响。抬水浇树,要到山脚下的少陵河去取水,往返很远,还要爬30多度的坡。初春渐暖寒意未消,西南风扬起尘沙。师生们用辛勤的汗水栽下了一棵棵幼小的落叶松树苗……

2015年5月份的一个周六,我与老伴带上绢花专程去驿马山陵园给父母扫墓。扫墓后,我们特意来到了那片落叶松林。"你知道这落叶松林有多大树龄吗?"我抚摸着挺拔的落叶松问老伴。老伴在林场工作过,我知道这一点是考不住她的。于是,我抢先说:"如果没记错的话,当年栽的是2年生树苗,这片落叶松林的树龄今年应该是52岁了。"老伴瞅了瞅我应了一声:"是啊!""这是我在初中学校植树造林时栽的。"我又自豪地补充说。

钻进落叶松林里,松树香气沁人肺腑,顿觉天然氧吧给予的能量。看着直径大都在 30 厘米左右的落叶松林,我高兴地说:"成材了!"

在山坡的边缘处,清楚可见茶杯口粗细裸露的落叶松树根,盘根错节地编织属于自己的生命线。

"树有多高,根有多长。"老伴也有了感慨。是呀,那郁郁葱葱落叶松林美丽风景的背后,需要默默无闻、丰富多彩、顽强根系阵营的支撑啊!

"十年育树,百年育人。"我与老伴又有了更广泛的话题。对任何事物的认识,从感性到理性的过程,是认识飞跃的过程。透过松林的外在美,更应该看到其内在那咬定青山不放松的根。从这个意义上说,我赞美参天的林木,更赞美那埋在地下树的根!

驿马山林场坐落在公路旁,透过驿马山山门,一条水泥路面一直通往山上的庙宇和微波站。少陵河从驿马山东北麓缓缓流过,在驿马山大桥的西侧路南,一条水泥路面通向神秘幽静之处,十分醒目的大门和石刻告诉人们,这里是亲情永存天地间,青山绿水伴故人的驿马山陵园。

驿马山上还有石门与金马驹传说、鹰嘴砬子的险峻。山、林、水、庙、墓……这一切,令人神往。

呼兰河口湿地溢神韵

　　呼兰河,从小兴安岭西南坡穿山岭、跨丘陵、越平原,带着它的儿女,千里迢迢地一路走来,以其丰腴的体态,留下了溢满神韵的河口湿地,然后缓缓地涌向母亲松花江的怀抱。

　　相传很久很久以前,在东北方有个长白国。突然有一天,年迈的老国王驾崩了,王后失去恩爱的夫君,悲痛万分,不思饮食,日夜号哭,一连七七四十九天。当人们打开殿门,王后不在了,留下一缕洁白的丝绢。原来玉皇大帝见王后以死相许,便动了恻隐之心,于是降旨把王后点化成松花江,这样就可以日夜亲近在老国王的疆土之上。老国王膝下有一个王子和一个公主。公主见状,大喊一声,"娘!孩儿也随你去了。"纵身跳进井里。玉皇大帝怜悯公主,便点化她的灵魂,从此你就叫呼兰河,去小兴安岭那里,要受一番磨难,才会相伴在你的母亲身边。呼兰河,怀着早日见到母亲的强烈欲望,用自己的九曲柔肠,穿山越岭,披荆斩棘,历尽艰辛,百折不回,一路走来,终于盼到了这一天,见到了自己的母亲松花江。母女团聚,相拥相抱,泪如泉涌。从此,就有了这块呼兰河口湿地。

　　当我们来到凌空架起的河口大桥上,聆听呼兰河那舒缓的乐曲,眼前出现了水天一色、岛洲相映、串串珍珠、块块翡翠般神奇秀美的呼兰河口湿地,而呼兰河口湿地公园就镶嵌在其中。

　　盛夏时节,呼兰河口湿地是最美的。清晨,霞光彩云镀金箔;响午,中天骄阳舞银纱;傍晚,红晕余晖铺锦缎。

　　所以,来呼兰河口湿地公园观光游玩,一定不要错过这个时节。不仅河口湿地公园为你准备了丰盛的自然与人文的精神大餐,就连当年萧红笔下的小镇老城区、第三发电厂、利民开发区也会在远处露出甜美的微笑。

过了河口大桥,就进入了河口湿地公园。河口湿地公园共有五座风格迥异的大门。

一号门是众字形的构架,显得古朴、粗犷、简洁、稳重、大气。在正中间,四根高大的水泥柱子撑起一个人字,人字下面"呼兰河口湿地公园"八个蓝色繁体行书凹字匾额十分醒目,两旁各有略低中间人字的木刻楞小屋及小屋上面托起的人字,在呼兰河口湿地公园的后面,也悬挂一块"花经缘客扫蓬门为君开"十个蓝色繁体行书凹字匾额。我不知道一号门出自哪位高手名家的设计,但采用三人线条的有机组合,勾勒出众字的造型,实在是太妙了!众,大众之意,告诉人们,这里是百姓的乐园,大有接地气之感;众,众人拾柴火焰高,干事创业需要各方面的支持,饱含着对以往的感恩与今后的希冀之意;众,江河之畔,二水交融,波连波,浪逐浪,寓意财源滚滚来。好了,我不是研究易经的,只是觉得这个一号门新颖、新奇,寓意吉祥,便借题抒发一下自己的情感而已。

从一号门码头旁,乘坐电瓶车,沿着观光栈道——香蒲大道,直插湿地景区腹地。可以随处可见,叼鱼郎俯冲水面叼起小鱼得意地扬长而去的情景。远处一艘大型白色游艇格外醒目,从这里可以直接到市里九站码头和呼兰码头。大约长2公里的香蒲大道,偏右侧横贯观澜湖。行走在这条路上,仿佛置身于仙境一般,再现了《西游记》里孙悟空用金箍棒在河里一划河水,让出一条大路的那段故事。

左弯右拐伸向湖面的栈桥,那是野钓台。在这里可以钓上松花江流域鲜美的纯野生鲫鱼、鲤鱼、鲶鱼、胖头鱼等,如果幸运的话还会有"三花五罗"送上钩来。水里一个劲儿翻花的鱼儿和凌空飞翔的江鸥在向游人问好。

星星岛上的风车广场,微风习习,风车悠闲地转动,大有异国他乡的感觉。在这里,远看近观偌大的观澜湖、浅水区和湖畔,水草茂盛,翠绿的香蒲已经孕育了柔嫩的蒲棒,暗绿略带银灰的芦苇有些害羞地藏起了秀发,江稗草高大的个子风中点头哈腰,浮萍随波时起时落,菱角秧开出了淡黄色的小花,荷花静静地绽放生命的异彩,"料吊子"粉紫色花穗随风摆动。部落式的群生群居,将湖面点缀得如此自然、秀美。

湖中戏水的鹤群,一对情侣白天鹅,原来假亦真来真亦假,皆是不动的偶像。湖中有许多欢快戏水的野鸭子,一对夫妻相的野鸭子在悠闲漫步,它们的孩子紧随其后。那个头上戴缨的公野鸭,一个猛子下去,来个潜水表演,原来它们也玩起了家族式旅游来了。

风车广场旁一座木质板式台阶拱桥很有特点，桥下是调节湖水的闸门。桥外侧，便是波涛汹涌的航道。港湾里铁索连着游艇，随着波浪荡秋千。高高的混凝土防浪墙，让涌来的波涛皮开肉绽，水花四溅。

拾阶而上又沿阶而下，来到星星岛餐饮区。走街串巷在烧烤园里，游客可以烧烤自助；高档木刻楞别墅和特色餐厅，只见其古朴、雅典的外表，却不知其内在华丽的真容。

与风车广场毗邻的自然石广场，一块椭圆形巨石，横向纹理的粉红色主色调，相间灰黑色的纹理，象征着大地和湿地，略带赫黑色的一条由上到下、弯弯曲曲地纵向纹理标有呼兰河，另一条略带赫黑色的纹理，则标有松花江字样，一幅逼真的松花江、呼兰河及其湿地的地理风貌展现在眼前。我不禁感叹，是上苍早有这样的安排，还是建设者的独具匠心？

日月广场中央一个巨型灯柱，圆形环抱的花坛，地面用条形松木方铺成圆形，象征着太阳，两侧半圆形的长廊、桌凳，象征月亮。或许有人要问，怎么两个月亮呢？你先别急，由我来慢慢告诉你，其中一个是上弦月，另一个是下弦月，不是有"上上西西，下下东东"的口诀吗，就是上弦月，上半夜出来，在西面出来，月面朝西。而下弦月则与上弦月相反。

长长的栈道，一直通往很远的湖心岛。信步在栈道上，好似行走在水上长城一般，徐徐湖风送来清新的水汽。登上瞭望塔，碧波荡漾、绿树环绕、野鸟飞翔、水草丰茂、别致景观，湿地美景尽收眼底，还有远处向你打招呼的高高龙塔。港湾里一排精致的画舫，让你体会江南水乡的惬意。湖中游弋的竹筏子，穿橘黄色救生衣端坐的游人和撑筏人，好像水里会漂游的鲜花，怎不让人想起那漓江的迷人景色和动听的故事。

航道上，运沙船缓缓逆流而上，马达声声，唱着古老高亢的拉纤歌，将沉睡的江沙，日夜不停地运往现代化大都市的哈尔滨。

在河口航线与呼兰航线的结合部，防浪墙外的码头，停靠了十几只游艇。防浪墙有石头台阶通到下面的码头，码头上的台阶被浪花打湿，台阶上有登艇的木质梯凳。水手们全副武装，随时为游客起航。

当我们时而漫步在环湖路上，时而又在长廊下穿行，不知不觉又来到了月亮滩。装饰一新的一列小火车停在路边。广场外围由寄存小屋环抱，与欢乐水世界对应。沿湖畔建设一个规模较大的体育广场。正值晌午，广场内的各种体育器材，正在接受舒适的日光浴。

欢乐水世界里，高高的竞赛滑道，顺流而下的勇士们瞬间滑到了谷底；水寨的大木桶不时地开着玩笑,将水浇在下面玩耍的人们身上;大喇叭真是够刺激的了,十几米高的弯曲封闭水道,把游人送进直径七八米的大喇叭里旋转着,一直送到喇叭底的滑道出口。而且还有大黄蜂、大浪摆、海啸池等许多好玩的戏水项目。

环湖路上到处可见各种怪石,有的像牛,有的像猪,有的看不出像个什么,反正凭借你自己的视觉感受,让那些不会说话的石头,给你带来意想不到的欢乐。

分布在公园里的气象监测点,还有湿地监测站、水文监测点、动物救护站、瞭望塔等,肩负着恢复与保护湿地自然景观的特殊使命。

由明达集团投资建设的呼兰河口湿地公园,是国内最大的城市湿地公园,是哈尔滨万顷松江湿地的核心示范区、百里生态长廊的标志性景观带。

所到之处,原生态的天然次生林木与人工林木的混交,草坪、鲜花与野生的花草相伴,江河波涛滚滚与湖水碧波荡漾隔堤相望。湖水映洲岛,栈桥水长城,野鸟凌空飞,鱼儿乐得跳,码头白帆扬,乘风去游航……呼兰河口湿地是我们回归自然、感受自然、亲近自然的好去处。

呼兰河口湿地,你是上苍的孕育,你是母女合一的化身,你是吉祥的象征,你是精美的华章!

不识河口真面目,只缘身在松江边。北疆风貌多锦绣,何必日夜念江南!

溢满神韵的呼兰河口湿地啊,待到碧水、金沙、绿地、蓝天、洲岛齐放异彩的时候,我再来看你!

大美神州数北极

漠河拾趣

飞机下降了高度,透过舷窗向下望去,巍巍的兴安岭一眼望不到边,郁郁葱葱的林海波涛尽收眼底。飞机继续下降了高度,在山谷中向北飞行,不久徐徐降落在漠河机场。

在县城金马酒店安顿好行李后,导游带我们来到了位于县城西山上的北极星公园。拾阶而上,来到了公园广场,广场是削平山顶而成,面积不算很大,有漠河县城市标志"腾飞"的雕塑,最醒目的是用不锈钢建造的高耸入云的北极星,它在悄悄告诉游人已经到了祖国的北方。

站在西山北极星公园星标下向东鸟瞰整个漠河县城,这是1987年5月大兴安岭火灾后在叫作西林吉的镇子上重建的祖国最北的县城。县城不算大,建筑风格各异,街道两旁高楼林立,整洁的街道,依稀可见的行人和车辆,这里没有都市的喧嚣,在夕阳的照耀下,显得悠远、宁静、美丽。漠河县城,这个重新打造的精致小城,犹如镶嵌在绿海中的一颗闪烁的明珠。

从北极星公园下来,几分钟的车程就到了松苑,这是经过那场震惊世界的大火考验而依然傲翠城中的原始松林。如果不是见证者,谁能够相信与理解。这片原始松林,每棵树都系着一个刷了红漆打上凹字标有树种、树高、年轮、直径的铝标牌。据讲,这里有三四十厘米粗的260多年的松树。我寻找到了一棵标有60个年轮略比碗口粗一点的松树,兴奋不已地请同行给我拍照,留下了美好的、难忘的瞬间。这是因为,这一年我也正好60周岁,在人生旅途上标有特殊意义的符号。

紧邻松苑就是"大兴安岭5.6火灾纪念馆",这是为反思纪念1987年5月

6日发生在大兴安岭的特大森林火灾而建。据记载,那场大火经过8万多军、警、民28个昼夜的奋力扑救,终于在6月2日被彻底扑灭。那场大火,烧红了这里的天,烧黑了这里的地,烧没了这里的城镇……沉痛的血的教训,昭示着浴火重生,富于生命力的漠河,正在重新崛起!

  在游览北极星公园时,导游就按捺不住地向我们讲述了漠河大火的传奇故事。当年大火几乎吞噬了这里的一切,县城内外一片焦土,然而,人们惊奇地发现唯独松林、小庙、厕所、坟墓奇迹般地逃过火劫,因而有了这"四不烧"的传说。人们传说松林是栖福之地,火神不忍而躲之;小庙是供奉之地,火神不忍而越之;厕所是恶臭之地,火神不忍而避之;坟墓是亡灵之地,火神不忍而过之,女导游绘声绘色地讲述着。当地人流传着不同版本有关"四不烧"的故事,有的传说松苑不烧,因吉祥之地,火魔不忍也;清真寺不烧,因真主威仪,火魔不敢也;茅厕不烧,因污秽之所,火魔不屑也;坟地不烧,因鬼魅同宗,火魔不犯也。基本处于同辙的"四不烧",当地人称奇,也给来此旅游的外地人带来了几分神秘的色彩。

  在县城西南的林区,有棵无根树。这棵无根树,四五米长的树干悬在半空中,而其一根枝杈却牢牢地扎进了比它粗得多的一棵大松树的树干里。这棵无根树的养分靠大树供给,大松树好似"母亲"用甘甜的乳汁喂养怀抱的酷似"孩子"的小松树。不仅让人感到大自然的神奇,更让人感叹生命的奇迹。当地人把这两棵松树叫作"绝恋松",也着实让人感动,但我想或许叫作"母子松"更为贴切。

同去找北

  现实生活中,国人常常开玩笑说"找不着北了"。从字义上理解说得很直白,其寓意为处事没有了主意和办法,失去了方向,有点发懵。

  "北"之旅的第二天的早饭后,我们一行便乘坐大巴去北极村。漠(漠河)北(北极村)高速正在建设中,于是我们沿着原来狭窄的沙石路前往。大巴在一处桥旁的空地停下来小憩,雨后河水湍急,但非常清澈,有的蹲在河边洗手,有的去摘野花。车继续前行,偶见24年前大火过后留下的焦木,重新生长出来的林木遮掩了这里的一切。北极村是我国大陆最北端的一个临中俄界江黑龙江的小镇,与俄罗斯阿穆尔州的伊格娜恩依诺村隔江相望,素有"北极村""不夜城"之称,是全国观赏北极光和极昼胜景的最佳之处。

  大家兴冲冲下了车,首先到最北邮局购买了明信片,盖上了最北邮局的邮戳，通过小小明信片捎去来自最北方的祝福和思念。在街路边的小摊前，穿戴朴素的乡下妇女摆着一筐筐带着白霜的都柿果，吸引着游人的眼球。这都柿是纯天然的，价钱也不菲，好的卖到80元一斤，稍差一点的一斤也卖到60元以上。大山里的人很朴实，也很爽快，一个劲儿地"新采摘的大都柿，先尝后买"叫卖着。据讲，这都柿是大小兴安岭的特产，吃多了能醉人，可酿酒和加工饮料。

我们入住了别有特色的家庭旅馆。旅馆门前粗犷的仿古招牌、木刻楞的装饰，将人带进了久远的时空。

午饭后，天还下着蒙蒙细雨，旅行社导游与游客商量，取消了原计划参观林海观音、胭脂沟风景区、120多年历史的老金沟遗址的行程。导游就只好多占用一点时间给我们滔滔不绝地做了介绍。

在漠河，离县城40多公里，离北极村30多公里的地方，有观音山、胭脂沟、李金镛祠堂等景点。观音山景区位于漠河观音山山顶，是2006年9月将南海10.8米观音像从海南三亚南山运至这里，与海南三亚南山那座108米观音法身像，南北相望呼应。

胭脂沟位于漠河县金沟林场，又名老金沟，以盛产黄金而闻名于世。从清末至今一直是淘金圣地。胭脂沟已有100多年的历史了，至今仍可以淘到黄金。清朝时，这里的金子为慈禧太后换过胭脂，故称胭脂沟。又说，淘金兴盛，众多国内外妓女涌入老金沟。这些妓女卸妆后洗脸的水流入老金沟河，水面上漂浮了一层胭脂，故名胭脂沟。导游还说，在老金沟还有胭脂坟呢。

大家一起来到黑龙江边，望着缓缓的黑而清澈的江水，对面俄罗斯起伏的群山和山坡上的小村庄，微风吹着如云、如烟、如雾的细雨，仿佛置身于仙境。

在近三米高的花岗岩材质上刻有"神州北极"四个朱红大字，这是中国北极村的标志性建筑，与海南三亚海角天涯的"南天一柱"异曲同工、遥相呼应。大家争相在"神州北极"石碑前，匆匆拍下了打着花雨伞的照片。

经导游联系，我们一行18人乘坐两艘快艇，逆江而上，去看黑龙江源头。黑龙江源头有南北两源，南源额尔古纳河，发源于大兴安岭西侧，西北源为石勒喀河，发源于蒙古人民共和国境内的肯特山麓，南北两源汇合于洛古河上游8公里处，始称黑龙江。黑龙江全长4 000多公里，仅次于黄河而列世界第八大河。细雨蒙蒙，马达轰鸣，两岸青山沟壑，岩石峭壁，好似一幅幅水墨丹青画，美不胜收。对面岸边的丛林中竖起高高的瞭望塔，那是俄罗斯边防哨所。在黑龙江主航道另一侧从上游飘来一只搭有帐篷的木筏,一个俄罗斯人站在木筏上,是探险,还是回归自然?大约一个多小时,快艇在一个村庄停靠了,这就是洛古村。大家冒雨上岸,望着前方"v"字形滚滚而来的两条河水,交融在一起,形成宽阔的水面,这就是黑龙江源头。快艇画了个圈,顺江而下。

回到北极村码头,雨虽然停了,但天还是阴着。大家跟随着导游一起去找"北"。穿过江边的水泥小路,还有坚实的鱼鳞松木栈桥,大约徒步五里多路,来到了北极村最北面黑龙江畔的北极沙洲。这里别有洞天,在沙丘绿草中,镶嵌着选自不同年代名人墨客书写的不同字体的"北"字。在沙洲北边,耸立着中国陆地最北极点标志性纪念碑。据介绍,此碑取材于清代书法家邓石如的小篆体"北"字,纪念碑呈三面合围状,具有全方位"北"的视觉特点。下面的小三角就是北极点坐标物,坐标物上标注东经122°20′43.48″E 北纬53°29′52.58″N,旁边一块巨石上刻着"中国北极点"。这是代表着我国领土最北点的地理坐标,被喻为中国北极"金鸡之冠"的璀璨明珠。但实际上,我国最北点所在的位置,应该在北边界江江道的中心,这里的坐标物只是最北点的一个象征。大家忘记了疲惫,穿行在"北"字之间,忙碌地拍照。

北极沙洲的玄武广场,有龟蛇缠绕的玄武坛。"中国古代把天上的恒星分为'三恒'和'四象'七大星区。'四象'即为东青龙、西白虎、南朱雀、北玄武。而北玄武的本意就是玄冥,起初是对龟卜的形容,并从殷朝时期被喻为北方神。后云'北方玄武,龟蛇一形,统摄万灵,来从吾右',故受人们顶礼膜拜。玄武于此,寓意北极乃神佑吉祥升腾之地。"这是玄武广场大理石碑文上表述的。

当大家走出北极沙洲,路边有几个西瓜摊,当地老乡喊着"尝一尝北极西瓜有什么不一样",在中国最北方,高纬度上生长的西瓜,个头不大,不算甜,但很脆、很爽。

傍晚,来到一户房舍面前,导游告诉我们这就是中国最北一家,原来这里居住着一户祖籍山东人,现开辟为旅游景点。大家依次走进屋里,环顾屋外,典型而古朴的木刻楞,好似令箭的木栅栏及室内的摆设,浑然一体,勾勒出了大兴安岭之麓、黑龙江之畔欧式建筑风格。

夜晚,在一个农家餐馆大家开怀畅饮,导游吃完工作餐后,来讲夏至节传说为大家助兴。据说,在黑龙江边上住着一对老夫妇与专门负责为西王母取水的七个小侍女赤霞、橙练、黄衣、绿玉、篮裳、青霓、紫露。每年夏至这一天的晚上,北极村的人们经常能看到飘舞于天空中的七彩条带,即所谓的北极光，人们说那是西王母的七个侍女又回来看望她们的爹娘来了。人们为了纪念她们，每年夏至这一天，北极村的人们都会自发来到黑龙江边，点起篝火，边跳舞边等待北极光的出现，虔诚地等待女儿们回家。

回农家旅馆，大家仍没有睡意，请旅店的男主人简略地介绍了北极光。据讲，每年的夏至前后这里是观赏北极光最好的时候，北极光的形状各异，色彩斑斓，有条状的、带状的、伞状的、扇状的、片状的、球状的、圆柱状的、葫芦状的等，颜色是赤、橙、黄、绿、青、蓝、紫各色相间。每年夏至前后半个月，每晚只有子夜时分一两个钟头，天色稍微昏暗一些，随后又是朝霞似锦，旭日高悬，黑夜于是变成了"白夜"。最热闹的要数夏至这天傍晚，长长的黑龙江畔聚满了天南地北的游人，大家在江堤上点起一堆堆篝火，轻歌曼舞观看神奇的白夜景观。在同一时间欣赏到晚霞和朝霞的神奇的自然景观为北极村所独有。那日落又见日出的白昼，给人们带来无限的欢乐与遐想。

家庭旅馆就坐落在黑龙江边。一觉醒来，已是北之旅的第三天了。早饭后，乘车返回漠河。在北极村村外的北极哨所，我们参过军的5人在哨所门前合影留念。这天，正是八一建军节，营房内的军人正忙着庆祝自己的节日。

大巴行驶在那条来时的公路上，车内的人们来时的欢声笑语早已被鼾声所代替，大家陶醉在终于"找到'北'了"的幸福甜蜜的梦乡中。

兴安明珠

漠河县，是镶嵌在高高大兴安岭上的一颗祖国最北方富有诗情画意的明珠。提起漠河，这些年出差，我没少往大兴安岭地区跑。上天造就这块神奇的土地，由于地处高纬度祖国的最北方，四季时光几乎让漫长的冬季占去大多半，尽管如此，这里的四季仍然有其独特之美。

如曲的漠河之春。漫天飘舞的雪花，已经显得有些疲惫，轻轻地落在地上，没有了寒冬那沙子似的爽而有些绵。在像盖了棉被似的冰雪下面正孕育着新的生机。孩童们玩着越滚越大的雪球，倒置在屋檐下的冰溜子在阳光照耀下滴着水滴，悄悄融化的冰雪在传达春的消息。沉睡的大山林海黑土地万物开始复苏。当野草伴着冰凌脱掉枯黄的外套初露新绿，当嫩芽刚上枝条，大山披上浅绿新装的时候，漫山遍野的红杜鹃又染红了群山。这是一首亘古不变的经典曲、永恒曲，吹响了复苏的号角。淡雅春色无限好，周而复始悄然至，盎然生机惜时光，一年之计在于春。

如歌的漠河之夏。风儿吹起，静听绿海波涛，会让你充满联想；雨过天晴,雾里看山新梳妆,会让你为之一新;湛蓝的天空飘着白云,天然的氧吧,会让你尽享;蝶飞虫鸣鸟儿啼,会让你追忆童年而陶醉;五颜六色的野花开满绿草地,会让你欢歌笑语愉悦无比;涓涓溪流、潺潺泉水、滚滚江河,山水相映,浑然一体,会让你万分的感慨。远离赤道,骄阳当空,有大山遮挡,有林海调节,会让你尽享盛夏那个"爽";落日的晚霞还没散尽,而天边又露出了晨曦,会让你感到白昼的奥妙;形状各异,色彩不同的北极光的出现,会让你一睹宇宙间的神奇。变幻莫测的色彩和形象令人终生难忘,每一个景色,都是一首引吭不倦的欢歌。

如画的漠河之秋。凉意的风儿吹来,酷似珍珠的露水珠在旭日照耀下闪闪发光,一场霜不约而至,这一切都在告诉人们秋天的到来。金黄的兴安落叶松、橘黄的白桦树、翠绿的樟子松、大红的柞树,层林尽染,"五花山"丰富的颜色绘就了一幅天然的水彩画卷。这是山珍收获的时节,樟子松树结满松塔、核桃楸树挂满山核桃,榛柴丛榛子压枝条,五味子藤蔓挂着串串褐红色的果实,蘑菇、猴头、黑木耳、都柿,忙坏了采山人。

如诗的漠河之冬。大雪把大山、草地、江河、村落……换上了素装,银装素裹分外妖娆,仿佛是玉砌的世界。西伯利亚的寒风无情地吹着,呵气成霜,学滴水成冰,踩在雪地上发出嘎吱嘎吱的响声,至今仍保留着我国最寒冷的记录。马鹿、野猪、棕熊、犴达犴(四不像)、袍子、雪兔等野兽在雪地上留下了踪迹,飞龙、山鸡、鹌鹑、乌鸡等飞禽时起时落,马达声打破了大山的寂静,狗拉爬犁留下道道印痕,充满神奇的冰雕雪塑,木刻楞的房子里传出阵阵笑声。这就是如梦如幻又如诗的冬。

一幅水墨丹青

　　大自然以其独特的魔力，给这个世界带来了许许多多意想不到的神奇与梦幻。

　　由于连日气温骤降，松花江哈尔滨段封江了。出于好奇心，那天清晨，我乘坐2路公交车抵达九站终点，往前一走就到了松花江南岸的江边。朝霞在远方的地平线升起，染红了半边天，余晖洒落在江面上，一夜之间将犬牙交错、大小不一、形状各异行走的流冰凝结为一体，定格了今冬松花江的容姿。啊，太美了，好似一幅水墨丹青画。

　　凛冽的寒风里，有老人，也有青年人，但老人居多，就连晨练、遛弯的人们都停下脚步，在观看这封江的画面。摄影爱好者们从不同的角度记录了这奇特的镜头，更有老人静静地伫立在堤岸的台阶上，凝望江面出神，也有三三两两的人们在用手指点着议论着，还有爱动"淘气"的青年人，弄碎了紧靠堤岸冻结的冰面，露出了清澈的江水……很遗憾，因相机放在办公室里，我没有拍这水墨丹青啊。

　　听懂行的人讲，民间有"武封江"与"文封江"之说。就是在封江季节出现大量冰排，相互撞击出现冰凌后逐渐封江，叫作武封江。当在封江期间，天气特别冷，加上流冰速度缓慢，造成江面迅速凝结，叫作"文封江"。

　　今年的松花江哈尔滨段，是"文封江"。或许是因为下游大顶子山航电枢纽竣工的缘故，哈尔滨段的松花江丰腴了很多，昔日干瘦的江面、裸露的沙滩不见了，显得那么宽容、那么干净、那么文雅、那么清秀、那么美丽……这是历史上少见的"文封江"。

　　"武封江"，这些年见到的多了。"武封江"时，浮冰像发疯的野牛似的，没头没脑地相互碰撞，越撞浮冰越大，有时如小小的冰山，不耐烦地等待那寒冷在做最后的"挣扎"。

那年,我调到部队的上级机关,来到了哈尔滨这座闻名遐迩的城市。当时,虽然部队分配了住房,但家还没搬来,星期天我索性来到了九站下游一站地的防洪纪念塔前的松花江边,走过那片紧靠南岸江中的沙滩到主航道那侧观看了"武封江"。江水没有了夏日的欢快与笑容,在寒风中显得格外匆忙,有些慌不择路,不规则的冰凌、冰包、冰山,涌动着,撞击着,虽说不惊魂,也算动魄呀。还是那年,上了大冻后,因工作关系,我从这里徒步过江去对岸的太阳岛办事,沿着人们在厚厚的冰层上踏出的弯弯曲曲的过江小路,体会了"武封江"过后的壮美与险峻。

由封江引发了"文封江""武封江"的话题。大自然,就是这样不知疲倦地变换容貌、塑造姿态,给热爱生活的人们以不同的惊喜、不同的神奇、不同的异彩、不同的联想、不同的感悟……

朋友,你喜欢"文封江"吗?如果你喜欢,我就把这幅水墨丹青画送给你!

江山壮美鲁南行

我的祖国,疆域辽阔,巍巍西域雪山,滔滔东海之水,星星南沙诸岛,点点漠河北极,不仅地大物博,江山壮丽,而且历史绵长,文化底蕴丰厚。

江山,就像一幅永不褪色的画;江山,犹如一首荡气回肠的诗;江山,更是一部记录沧桑的书。江山虽大,江山虽美,但大美江山在一隅。

说江山就像一幅永不褪色的画,是因为那画卷舞动着杨柳春风,吹醉了春花秋月、江南烟雨、秋月菊韵,在绿野仙踪飘来了竹韵茶香,还有那辽阔的海蓝之天,海阔天空,啊,山水神韵尽收眼底!

说江山犹如一首荡气回肠的诗,是因为那里搭建了天涯诗语、墨香天涯、新诗部落、少年诗派的平台,文缘春天真的到来了,这是心灵之约,盛开着思路花语的芬芳,嗅着舞墨之轩的清香,在那清颜暖阁中撰写着雅韵文学、花妖文学、离魂文学、秋浦文学、东方文学,尽管指尖微凉,但文润心音,有了大筐小箩的收获,啊,享受着旋转木马的快乐!

说江山更是一部记录沧桑的书,那是因为在这人生家园、华文部落里,是这个伟大民族的众神殿堂,东北风情抚今朔昔,演绎着一个个动人的故事,逝水流年难忘怀,四渡赤水出奇兵,峥嵘岁月看今朝,茅林草舍新建树,欢乐酒家墨飘香,妩媚今朝点江山,年轻一代绘山河,我主江湖敢担当,啊,颐和兰庭写华章!

我借用江山文学诸社团的名字,写了前面的话,以此作为本文的引子。

青岛印记

我初次来到青岛,那是 2005 年的初夏。从内陆到海边有许多新奇。一个星期天,我在朋友的陪同下,马不停蹄地跑。游览了市区、五四广场,象征着这座城市的前卫与希望;沿着海滨从五四广场出发一直走到栈桥,海天一色,绿树红墙,领略了蒙蒙细雨中的美景仙境;海军博物馆里的一张张老照片、一件件实物、一页页泛黄的文件史料,以及静卧港湾的舰艇,诉说着这支部队的发展壮大和赫赫战功;在蒋介石青岛官邸前稍停片刻,夕阳下的炮楼与馆所没了昔日的"威严";德国文艺复兴风格的青岛火车站,给这座东方旅游胜地的城市增添了几分秀色,当年《胶澳租借条约》书写着清政府的腐朽与国人的耻辱;海洋世界,千奇百怪的海洋生物,将你置入梦幻般的另一个世界;沿着弯弯曲曲、狭窄的沿海公路去了崂山,刚刚上市的绿茶散发出阵阵清香;忘记了炎炎烈日而身裹金沙银沙在海滩上的闭目遐想,在蔚蓝的海水中陶醉着海浪拍打和涌动的魔力;随着熙熙攘攘的人流游览了崂山寺院,千年的古柏、磨秃的阶梯、几经修缮的殿堂,告诉人们道之久远的历史与传说。

　　7年之后,2012年的早春二月,我再次来到青岛,目的地是黄岛上的青岛经济技术开发区青岛保税区。有幸从胶州湾跨海大桥进岛,从胶州湾海底隧道出岛一览风光。那天没有风,看不到惊天骇浪。大桥似一只巨大的臂膀伸向远方,连接了胶州湾这边的青岛与那边的黄岛。据讲,胶州湾跨海大桥把青岛东西两个城区连接起来,东起主城区的308国道,跨越胶州湾海域,西至黄岛的红石崖,全长35.4公里,其中海上段长26.75公里,很是壮观。以往,青岛东西海岸因有辽阔的胶州湾天然屏障,遇有大风大雾天气而停摆,不得不舍近求远走环胶州湾高速公路。当我从青岛返回时,又特意从黄岛走了胶州湾海底隧道到青岛。胶州湾海底隧道全长7.8公里,分为路上和海底两部分,海底部分长3 950米。胶州湾跨海大桥是我国继杭州跨海大桥之后的又一壮举,胶州湾海底隧道更堪称中国海底隧道建设史上的新的里程碑。去机场时间还早,我就参观了奥帆基地。眼前,静静地港湾,整齐停泊着已落风帆凸显桅杆的帆船,远处镶嵌着五环腾图,五彩缤纷的万国旗迎风飘扬,伸向海里的"I"字形坝墙上奥运火炬傲然屹立,一艘大型游艇停靠岸边,昔日观光望远镜早已落锁,沿着海岸线点缀的商亭大多歇业,这就是2008北京奥运实现百年梦想的一个窗口。或许海风吹拂的缘故,虽已进入旧历二月,却寒意未减。依稀可数的游人,显得有些冷清。

初到日照

　　小雨停了,在夕阳的辉映下,我们一行入住了坐落在日照绿洲南路的良友君豪大饭店。

201

良友君豪大饭店，是一个很早的宾馆了，虽然房间装饰有些陈旧，墙上的壁纸有的已经卷曲，但酒店主楼"游船"的外观造型，由长廊连接的两座副楼，形成 A、B、C 楼群，在 A 座主楼大堂里"千帆竞发"的主题文化，尽显海滨城市的色彩，还有长廊中陈列的黑陶艺术品，告诉人们这里是黑陶的故乡。

晚饭后，我们穿过饭店的广场就来到了海边，这是一个静静的港湾，整齐地排列着停靠的帆船，这里原来也是一个帆船训练基地。夜幕下，海风徐徐，对面山冈上的潮汐塔间歇地闪烁着红光，真的有些惬意。对于来自北国冰城的我，到海边的机会毕竟不是很多。

第二天下午 3 点钟冒雨参观了日照港。这是我第一次参观港口。中巴在港口的路上穿行，一列列摆放整齐的集装箱不知道是来自何方又向何处去。中巴在一座楼前停下，"日照港展览馆"醒目的大字出现在眼前。大家来到一楼观看日照港电动沙盘，了解概况，然后乘电梯直达 5 楼，从 5 楼的通道到了室外的平台，日照港尽收眼底。在平台正前方吊车正从货轮上卸集装箱，左侧的货轮吨位较大正在卸沙子。平台上陈列着日照港各作业区及规划区平面图。大家返回 5 楼室内继续参观，然后 4、3、2 楼，最后又返回 1 楼。原来从 5 楼到 1 楼都有展览，每层楼都有一个缓坡的通道。日照港是 1984 年拓建的年轻港口，是山东进出口港之一。

从日照港展览馆出来后，又驱车游览了潟湖。我们破例乘车沿湖畔路而行，偶见湖边垂钓。在潟湖广场稍作停留，广场上游人无几，三人划艇的塑像下面的水池因自来水关闭显得有些干枯与无奈。广场上倒是很洁净，好像修建不久。在湖的另一侧见到了划艇运动员在训练。潟湖原本是个淡水湖，现在已与海水贯通了。潟湖的路好似倒着的"U"字形，没有环上的缺口就是港湾的入海口。潮汐塔紧邻入海口，塔下是海战馆，在入海口的左侧就是金沙滩，这里还蛮有人气，男男女女、老老少少在海水里沐浴。潮水已退，环卫工人正在清理涨潮带到甬路上的沙子。

自助晚餐后，我们"天南地北"的四人沿着饭店前的港湾路漫步，这里的海水很深，岸边设有栏杆。大家都很真挚，没有遮拦，你一言我一语，谈事业、谈家庭、谈人生，忘记了欣赏海滨夜晚的景色，不知是谁提醒一句"不早了，该休息了"，这才余兴未减地回房间。

第三天早饭后，我们就告别了日照返程。我们所住的饭店在东港区，离市中心还有六七公里路，也没来得及去呀。

取"日出初光先照"之意的日照，这个位于山东半岛南麓的新兴港口城市,犹如一颗璀璨的明珠镶嵌在黄海之滨,愿你明天更加灿烂辉煌!

遥望孟良崮

我们乘坐的考斯特中巴在京沪高速公路鲁南段向济南方向疾驶。

"看!右前方远处那个山包就是孟良崮"。在海南工作的老崔脱口而出,打破了车里的宁静。提起孟良崮,必然就联想到1947年5月华东野战军在陈毅、粟裕指挥下,浴血奋战于此,一举歼灭国民党精锐部队整编74师及援军一部共3.2万余人,击毙74师师长张灵甫的战史。这是一个在战争史、中国革命史上惊天地泣鬼神的战例,据讲当年毛泽东主席说,"在中国有两个人没想到,一个是蒋介石,一个是我毛泽东。"

孟良崮这座沂蒙山区的小山也由此名扬四海。"我的大伯19岁从老家文登参军,就牺牲在这里。"老崔告诉我,"那年我在孟良崮烈士陵园还找到了我大伯的名字。"在这里还有华东野战军九纵指挥所遗址、国民党军七十四师指挥部遗址、孟良崮战役旧址,这里又是"诸葛故里,红嫂家乡"……八百里沂蒙,山连山,水接水,这里是中国红色根据地,是著名的革命老区,在这片热土上,发生过多少荡气回肠的故事,涌现出多少可歌可泣的英名,蒙山沂水谱写出共产党人与人民群众血肉相连的动人篇章。是党的群众路线的生动写照,蕴含着坚持马克思主义群众观的坚强力量。

中国革命历史是最好的营养剂,让我们共同走进沂蒙这片红色的热土,在这里重温那段光辉的历史,从中汲取宝贵的政治智慧和道德滋养,激荡思想,净化心灵,增强投身伟大事业的坚强信心,使我们党的肌体永远健康,使党员干部队伍永葆一种昂扬向上的力量。

我第一次到鲁南大地,虽然没有机会登上孟良崮,凭吊那些为新中国而捐躯的先烈们,但来之不易的今天又怎能不去珍惜,我期待祖国的统一,更期盼世界和平!

邂逅雪野湖

中巴继续北行,大家半睁半闭双眼,似乎有些乏困。一位老同志一声"咱们到雪野湖吃午饭",车子里一下子热闹起来,有的伸伸懒腰,开始调侃。莱芜市如今已将雪野湖开辟为雪野旅游区,午餐我们就选在了雪野国际航空表演中心。大家品尝到了雪野湖里的大鲢鱼、烧黑猪肉、莱芜香肠、黑山羊排、传统大煎饼等"好客山东"的特色美食佳肴。"到目前举办几次国际航空表演

了?""已经举办了两届国际航空表演了。""有多少国家参加,多大规模?""去年有来自23个国家的爱好者,开幕式那天有五万多人。""每年选在什么季节举办?""每年选在9月份,到那个时候这里天高气爽,没有雨。""那飞机又是怎么运来的?""参加表演者事先都把飞机分装运抵后再组合,也有把飞机存在这儿的,现在库里就有两架哈尔滨企业老板的飞机。"我好奇地问,公司的负责人答。午饭后,参观了国际航空表演中心的飞行表演照片、停机坪、跑道、飞机库。雪野湖,是大型水库,沿着雪野湖10多公里的环路游览了雪野湖溢洪大坝、点缀在山湾湖边的村落及新辟建的建筑群体。这里离济南不足100公里,有山有树有水,清秀优雅,是个好地方。

陶醉房干村

继续驱车往山里走,去40多公里外的房干村。车在"九龙大峡谷风景区"前停下,上来一位操着当地口音的年轻漂亮的女孩,并自我介绍是房干村本土的导游。车沿着山路继续缓缓上行。导游介绍说,房干村位于莱芜市西北部的鹿野乡,原名叫房屋子峪,为什么后来改叫房干村,原来这里是革命老区,党的干部经常住在这里,百姓就把这里叫房干村了。房干村有本地村民174户,550多口人,过去吃粮靠救济,人均年收入4 500多元,改革开放以后,村支书带领村民出义务工,雨天上山植树,晴天劈山修路,我们脚下这条5公里的山路就是用两年时间修成的,如今人均年收入1.5万多元,主要靠旅游,还有山上的果树。现在来房干村打工的外地人也有一百七八十人。车在"九龙大峡谷"的牌坊前停下,司机也有些累了,稍作小息,因为这都是计划之外的活动。大家依次下车,继续向山上走大约1公里,便到了山顶竖有白色大理石凿刻"天台"两个红色大字的地方,海拔不到八百米,但居高临下,大峡谷就在脚下。从"天台"沿着石台阶而下可以走到谷底。台阶共有660阶,为不破坏这里的原生态,是村民从远处运来的石头修建的。据讲,大峡谷长20公里,谷底也有路。站在这里,群山环抱,绿树成荫,天空格外晴朗,空气别样清新,仿佛仙境一般,令人陶醉。上山容易下山难,镶嵌在半山腰的弯路和谷底积满三四十米深的山涧坝塘及纵横交错的沟壑显得有些惊险。

房干人告诉我们,幸福之路就在脚下,幸福之路要靠自己铺就!

是啊,江山壮美在一隅,一隅溢香满江山!

谷雨喜得雨

　　昨夜微风送细雨,悄然润物不作声。
　　今朝忽见芳草绿,一股清新洗旧尘。

　　晨起,我仍然习惯地站在窗前,眺望远方,俯视庭院。"下雨了,你看小区甬路上还有积水哪。"我情不自禁地告诉妻子。
　　今天是一年二十四节气的谷雨。生活在北温带大陆性季风气候的人们,早就有"清明难得晴,谷雨难得雨"的说法,今天却蒙上苍的偏爱,喜得了春雨。
　　"清明忙种麦,谷雨种大田"。这个时节,江南已是繁花似锦、杨柳舞姿,然而,这里却是迟到的春天,春潮刚刚涌动,轰鸣的机声、人欢马跃的场面打破了寂静的田野,捧一把攥出油、踩一脚没脚踝的黑土地,正用那博大的身躯孕育着新的生命。虽然沃土千里,但这里十年九春旱,这场春雨,对于保墒情、种大田十分有利,应该是个好兆头。去冬降雪偏少,假如这场春雨再下大一些会更好。"春种一粒粟,秋收万担粮。"种下的是希望,等待的是收获。
　　早饭后,6时40分我便下楼去上班。乌云笼罩着天空,好像有些疲惫似的仍然不紧不慢地下着小雨。风吹折伞雨沙沙,一股清新扑面来。我索性取消了原本乘公交车的想法,干脆徒步前往。路上的行人不算多,见到的大都是去上学的学生,还有出来买菜的中老年人,身穿橘黄色服装的环卫工人也更加显眼。清新的空气,带走了枯燥;梳妆的景物,除去了尘埃;放绿的小草,展现了生机,这一切让人耳目一新,为之一振,充满了无限的遐想。
　　在人生的旅途上,"喜降春雨",是给你提供了一个机会。你就要牢牢地抓住机会、珍惜机会、把握机会、驾驭机会,切莫错过机会,不断地发展、攀登。

事实上,机会是给有头脑、有胆识的人准备的。有很多人错过了送到自己眼前的机会而悔之晚矣。

"正是播种的时节",好比人生打基础的关键阶段。你播下的是什么种子,就收获什么果实。还有个珍惜时光,千万别错过农时的问题。"种瓜得瓜,种豆得豆",关键之处是你播种之后在除草、中耕、撒药、追肥等诸环节是否真正下了功夫,功夫不到就没有好的收成。学习是这样,办事是这样,做人更是这样。日月如梭,白驹过隙,要惜时如金,把握时节,有多少付出,就有多少回报,这是这个世界上最最公平、最最简单的道理。

"一股清新洗旧尘",也可以联想到人的吐故纳新,经常用"雨水"冲刷冲刷。思想旧了要更新,心灵老了要润滑。要不断地自省、自警、自慎、自律,对自己要苛刻些,千万不要故步自封、自以为是、沽名钓誉、孤芳自赏。要与时俱进,丢掉陈腐的、改掉不良的,这样才能不断进步,享受快乐的人生。

情醉婆婆丁

2015年五一节这天上午,我收到了高中老同学邢永富特快专递寄来的婆婆丁。

4月30日那天午饭后,我像往常一样出去走走,突然手机铃声响起,阳光下虽然看不清来电显示,可一搭话就听出对方老同学邢永富那亲切的声音。真是心有灵犀一点通。我也正准备散步后给他打电话致以节日的问候呢。

两个小时后,永富又打来电话,问我具体的住址,给我通过特快专递寄婆婆丁。我说:"谢谢老同学,心意领了,太麻烦,就别寄了。""麻烦啥,咱自家的快递公司,你把地址告诉我,今晚发出明早就到。""那晚上再通电话告诉你地址吧。"我来个缓兵之计,真的不想让老同学费事。但又一想,老同学的一片真心,情谊深重。于是,傍晚我把地址告诉了他。

老同学邢永富寄来的婆婆丁,是孩子们在骆驼砬子山麓西坡新挖的。我手捧一把带着家乡泥土的婆婆丁,深情地掂量着,贪婪地嗅着……或许因为"橘生淮南则为橘,生于淮北则为枳"的缘故,这家乡的婆婆丁就是与众不同,卷曲的肢体演绎春天的舞姿,绿色的容颜散发出大自然的芬芳,给生活在喧嚣都市的游子送来清新和活力,诠释了乡情友情的纯真与质朴。

家乡的婆婆丁,令我情醉!

婆婆丁,我喜欢你的悄然而至——当冰雪消融,春回大地的时候,你在黄草泛绿中顽强地舒展身躯,退去枯黄,奇迹般地重生。

婆婆丁,我欣赏你的昂首怒放——当原野竞相吐绿,展现一片新姿的时候,你微红而修长的圆柱茎秆托起希望的花蕾,吸纳了阳光雨露,用不变的菊黄印染了春的衣裳。

婆婆丁,我赞许你的志存高远——当油黑的土地披上翡翠般盛装的时候,你花序桂冠,留香余韵,珍珠般的种子搭乘白绒球的降落伞,带上梦想随风飘向远方,孕育新的生命。

"今晚我们又多了一个婆婆丁蘸酱菜。"老伴随后又提醒"可别忘了给你老同学打个电话道谢呀!"

时代的潮水来了!我与我的同学们贴上时髦的"标签",奔向了农村广阔天地。邢永富同学回到了骆驼碇子山下的村庄。机会都是给有头脑的人准备的。他原本就是个摄影爱好者,于是就大显身手,利用农闲,骑上自行车,南北二屯地跑,给村民们到家门口照相。后来,他在镇上成立了首家照相馆,又搞起了家电维修,生意十分红火。与时俱进的他,近年来又扶持女儿成立了快递公司,自己又忙起了快递业务。老同学的成功与为人,令我欣慰与敬佩!

你说,当体会到婆婆丁不仅仅是礼轻情意重,更看到婆婆丁品格、情怀彰显时,你能不情醉吗?

一片绿叶总关情

万里江山多锦绣,花红柳绿各不同。心扉物语寄相思,一片绿叶总关情。

森林王国梦中游

就在前些天,睡梦中我又回到了我的出生地村子里,少年时的小伙伴们相互亲切地喊着对方的乳名,连蹦带跳地又去了那森林王国玩。"森林王国哪去了?""森林王国哪去了?"急得小伙伴们大声呼喊,喊声惊动了土地爷爷:"哎,孩子们别找了,快回去吧,森林王国早已不复存在了,可惜呀、可叹哪!"

我的出生地在少陵河左岸一个依山傍水的村子里。村子坐落在河套冲积平原边缘的土坎下,土坎上是一眼望不到边的沃土良田和镶嵌在田野里的村落。村子有三条土路与外界相连,进出村子都要爬上爬下翻越土坎。外来人进村子,平地望去见不到村子,有些发懵,只好按路前行。当你走着走着,突然发现自己的脚下出现了错落有致的房盖时,也就自然来到了村子。举目远眺,茫茫的草场、纵横的河渠、连片的稻田……大有远望不见真面目,路尽方现自然美之感。

在这里,我度过了难忘的童年。9岁那年春季是在村子里上的小学,因父亲工作调转到县城,麦秋时我家就搬迁到县城。少年时代的我,每当小学校放寒暑假,先是急急忙忙做完假期作业,然后就盼着母亲父亲发话让我和弟弟回村子里去玩。

村子里有很多亲友,对我们很关爱。老舅、大表叔、大表弟经常带我们玩。草甸子、水渠、柳条通、树林、沙陀子……凡是好玩的去处都留下了我们的欢声笑语。而今,每每回想起在森林王国的流连忘返,更令我陶醉。

说起森林王国,只不过是离村子1里多路的一块很大的坟地。从村子北面上了土坎,一眼望去,在四周农田的衬托下,这块坟地林木参天,枝繁叶茂,是方圆几十里地仅有的。

这块坟地是村子里王姓大户人家的,坟地里大大小小按辈分排列的坟包有四层,也就是说这里已经埋葬了王氏家族的四代人。强大的阵容,足可见证沧桑久远。在坟地中间还有预留的坟地,种一些黄豆、绿豆、芸豆矮棵作物。坟地的四周都被郁郁葱葱的林木覆盖,靠北侧简直就是一个天然森林植物园,植被保存完好,这是开荒斩草时留下来的未垦之地。这里有高高的抱不拢的大杨树,有密密麻麻的榛柴林,有白白挺挺的桦树林,有星星点点的老榆树,有稀稀疏疏的柞树,还有高低相间的混交树木,里面有胡桃楸树、黄柏树,还有弯弯曲曲的山葡萄藤、五味子,还有一种黄豆粒大小的黑色果实,叫"药鸡豆子"。草丛中,有黄花菜、山韭菜、山芹菜、小根蒜、婆婆丁等各种山野菜,还有山百合花、窜地龙、艾蒿、益母草等中草药材,以及野菊花、马兰花、牵牛花、十字花等,还有许许多多叫不上名字的野花。各式各样的蝴蝶在花丛中飞来飞去,喜鹊、乌鸦、麻雀、蓝大胆等小鸟时而啼叫,时而拍打着翅膀由这边树上飞到那边树上。我们时而钻进榛柴林下的草丛中捡榛子,时而翻动胡桃楸树下捡山核桃,遗憾的是,捡到的榛子、山核桃都是上年秋季剩下的。我们有时又钻到山葡萄藤下采摘青青的山葡萄和揪山葡萄叶柄吃,酸涩得龇牙咧嘴。有时发现了花鼠子(大眼贼)又追赶一阵子,直至眼巴巴地看着它钻进坟包的洞穴里。有时又捉上几只花蝴蝶带回去夹在书本里。有时又去捅老鸹(乌鸦)窝。老鸹的窝巢都筑在高高的树杈上,我不会爬树,只好"望树兴叹",而二弟弟却是爬树能手,每次都大显身手。有时还把捉住的蜻蜓尾部插上一个小小的白色羽毛,然后再放飞,"啊,快来看哪,飞机起飞了!"欢呼雀跃的我们打破了这宁静的坟地。有时,我们几个人分成两组,玩起捉迷藏、打冲锋。有时,武的过后还来点文的,有扮演狐狸的,有扮演老虎的,演绎着狐假虎威的寓言故事……不知不觉地玩到太阳下了山,这才觉得"瘆得慌",于是我们年龄小的在中间,年龄稍大一点的在前后,一字走出坟地。

后来,听说这块坟地在20世纪70年代平坟运动时平了坟包,伐倒了树木,开垦成了耕地。如今在这里的年轻人,或许已经很少有人知道村北那块坟地,但在我的心中却永存着这森林王国和少年时期的快乐。

绿荫果香宅地树

从打记事起,我家在村子里住的是一连脊七间大瓦房东头的一间半。这大瓦房是红松大托、红松檩子、红松椽子、红松门板、红松窗棂、红松地板、红松间壁、红松炕沿……当地人叫作红松到顶的房子。像这样的房子,在村子里是绝无仅有的。据父亲母亲讲,这大瓦房原来是村子里大户人家的,土改时分给了农户。我的爷爷、奶奶就很幸运,分得了这一间半大瓦房。

　　大瓦房的后院延伸很长,一直通到山坎下面,也就自然成了住在大瓦房里的各家的菜园子。每年,母亲都种上菠菜、香菜、生菜、臭菜、小白菜、小辣椒、小葱、萝卜、豆角、茄子、黄瓜等应季蔬菜。父亲、母亲在后菜园子紧挨北面土坎下,栽上了一排杨树,园子里还栽上了几棵李子树、小樱桃树。每当春天李子树、小樱桃树开了花,花期一过,果树坐了纽儿,我就眼巴眼望地天天盼着小樱桃、李子快快长大。我家对面屋住户与我家同姓,两家走一个房门和堂屋的后门,开了后门就是菜园子。我与同属同岁的小伙伴常常开后门一起到菜园子里玩。我们在园子里有时蹑手蹑脚地逮蝴蝶,有时在土坎下面用树枝抠蚂蚁洞,有时揪青葱叶子吃,有时在李子树、小樱桃树下转悠,淘气的我们,摘下带白灰儿的李子、绿啦吧唧的樱桃,扔到嘴里嚼几口,刷的一下子酸到了头顶酸到了胃,涩得龇牙咧嘴、舌头不听使唤。虽是自找"苦吃",但心里却感到一个小小的满足。

　　我家搬进县城头几年,没有属于自家的"寸土"之地。在我 15 岁那年,房产部门对原住房进行原地翻建。我家由原来的一间半,改为两间,有了自己的独门独院,房前房后也有了自己的菜园子。父亲、母亲带我们把房前屋后菜园子里的砖头瓦块拣出来,然后借来手推车从城外拉回黑土给前后园子来了个改头换面"大换土",栽上了果树。这些果树年复一年的开花结果,点缀了小小的院落。父亲还在后园子的北边缘栽上了杨树,种上了榆树钱儿,榆树长起来了,以此夹障子,也是"挡君子不挡小人"。

　　今年的国庆节前夕,65 岁的我回县城老家,同二弟弟一起去了趟那闭眼睛都能摸到的小胡同和小胡同里的老房子。我深情地凝望着这历尽 50 多年风雨沧桑的老房子,眼前出现了父亲母亲的音容笑貌,仿佛又嗅到了园子里果木的香甜,又听到了邻里们的欢声笑语……勾起了心海深处串串难忘的故事和涌动的感恩情!

挥汗植树添新妆

　　那年春季,正在念初中的我参加了母校组织的一次植树造林活动。
　　那个年代,学生参加学校组织的集体劳动是必修课。每年春耕、夏锄、秋收都要背上行李去农村参加支农劳动。还有春季爱国卫生大扫除、夏季除"四害"、日常捡废品、冬季积肥拣粪等。

  学校组织的这次植树造林活动地点就在距县城近30里的驿马山东北坡。这是一次大规模义务劳动。师生们一大早来到学校集合，按班级依次乘坐县运输公司派来的草绿色解放牌大卡车，红旗招展、歌声嘹亮去植树，傍晚再按顺序接回。

  记得，那天春风比较大，沙土满天飞，师生们的眼角、鼻孔、耳朵眼儿、头发上都蒙上了尘土，大家全然不顾，仍然热情高涨，有的挖树坑，有的抱树苗，有的捡树坑里的石子，有的给树苗培土，有的用水桶、脸盆到少陵河里端水、挑水浇树苗。

  如果我没记错的话，当年栽的是2年生落叶松树苗，现在的树龄应该是52个年轮。山坡上那片高大挺拔、郁郁葱葱的落叶松林给神奇的驿马山披上了美丽的盛装。每当我回家乡，车过这里时，总要贪婪地望上几眼。记得，一年家乡遇到旱灾，有几棵落叶松枯死了，很可惜。如今，落叶松林下金黄色的针叶铺就了松软的地毯，迎来远方的游客，就是一个"酷"字的赞叹；痴情的恋人醉了，连树上的小花鼠也看得发呆；假日里男男女女、老老少少，林荫下一块塑料布摆上了丰盛的野餐，欢声笑语吵醒了沉睡的大山……不需要谁去记住昔日栽树的人们，只希望现在的人们更好地保护与利用这块绿荫，解读"前人栽树后人乘凉"的内涵。

大山深处结情缘

  20岁那年的端午节前夕，我有机会从农村的知情临时抽调到国营林场帮助工作，这一帮就留了下来，与林业结下了缘。

  建在山脊上的林场场部，砂石公路从林场门前斜穿而过，走出林场院子四周就是长满茂密林木的沟壑。一个不足三十人的小单位，却有着大背景，这些人大都是当年十万转业官兵开发北大荒的一员，因设立林场，从生产建设兵团农场专门调转来的。他们的老家都在关内，有江苏、浙江、江西的，有湖南、湖北、广西的，也有山东、山西、河北的……虽多年在外，但乡音未改，讲起话来"南腔北调"的就像演口技；他们大都穿着那褪了色的黄咔叽布军装，一副大干部的派头，不过开起玩笑来也都各有一套，很合群、很亲近；他们大都从家乡走出来，投身革命，身上都有鲜为人知的故事；他们大都是出生入死参加过解放战争、抗美援朝战争的无名英雄。他们有文化，在部队除了个别的是营长和教导员外,多数都是连级干部,还有文化教员,来到林场最大的官就是任林业站站长,有的还是护林员。这些为青山常在而默默无闻、甘愿奉献、可亲可敬的面孔至今仍跃动在我的眼前。

这些老同志既是前辈,也是榜样,从他们身上汲取了力量,我也更加热爱这大山、这林海。

林场新建了一个苗圃,派我去当管理员。说起管理员,实际上除了要做好食堂管理员的主业外,还要兼职仓库保管员、学习辅导员,采伐期间的材积核算员、收票员(由县统一按计划下发的木材票和枝丫票)、开票员、收款员、统计员,林场干部职工都戏称我为"八大员"。

苗圃地里,人们整天穿行在等距排列的苗床间,钉木桩、盖草帘、修苗床、疏水道、喷灌水、打农药、施肥料、薅杂草……从春一直忙碌到秋,起出当年生的树苗埋在沙子里越冬假植,第二年春天再把假植的树苗重新等距栽在苗床上催壮,秋后就可以上山造林了。

苗圃地坐落在山下的平川里,土地肥沃,水源丰富。为了保证苗圃地生产用水,挖了一个很大的蓄水池,手扶式拖拉机将小河里的水提到蓄水池,苗床用水时再把蓄水池里的水提到干渠后,分流到需要的苗床沟里,每间隔两个苗床的苗床沟处修一个深坑便于喷壶灌水浇苗。

在苗圃地,我听惯了两种声音,白天,提水的手扶式拖拉机"突突突……"均匀的马达声,夜幕降临,蓄水池、河套草甸子里"呱呱呱……"此起彼伏的青蛙欢叫声。曾记否,有多少个夜晚,一对恋人坐在蓄水池岸边,静静地分享那蛙声的快慰,憧憬美好的未来……

行走在大山天然氧吧的林海里,不是游玩而是一项艰巨任务的使然。森调队从伏天刚过就上山一直干到老秋,按预计的采伐范围,带上航拍的林班号图纸逐一调查分布的树种、郁闭度、木材蓄积量及给待采伐树木打号做标记等,最后整理汇总资料上报。县里根据上级批准的抚育伐计划,下达采伐任务和指定人民公社抽调采伐义务工,由林场冬季组织实施采伐。森调队的工作很辛苦,整天穿行在林木中,开始是大汗淋漓,后来是露水湿身。当茫茫的林海又收获了一个圆满的年轮,金黄的兴安落叶松、橘黄的白桦树、翠绿的樟子松、大红的柞树,层林尽染、五花山色时,当樟子松塔、山核桃、山梨、榛子结满枝杈、五味子藤蔓挂着串串褐红色的果实时;当地里的庄稼弯着腰、低着头,给勤劳的山里人以丰厚的回报,小山村家家户户泥草房的墙壁又穿上了新衣,房檐下挂满串串的红辣椒、黄蘑菇,就连蒿草也随着微风不停摆动为金

213

秋喝彩时，森调队员们没有心思欣赏美景，采摘山货，只有一个念头：必须尽快完成森调任务。

如梦如幻又如诗的冬季终于来了，晶莹的雪绒花，不知疲倦、潇潇洒洒飘然而至，把山冈、川地、小溪、村落……换上了素装。西伯利亚的寒风像刀子似的无情地吹着，呵气成霜，滴水成冰，行人踩在雪地上发出嘎吱嘎吱的响声。山林里野猪、狍子、雪兔等野兽在雪地上留下了踪迹，飞龙、山鸡、鹌鹑、乌鸡等飞禽似流星般的时起时落，拍打翅膀和啼鸣的清脆声回荡在林中。大山里，伐木民工劳动的场面打破了沉寂，搅热了这一方冰雪冻土……

从山上采伐现场运到楞场的木材，就等于是入库的国有物资。楞场的管理人员都按各自分工忙碌着。虽然听不到山上伐木的交响乐，却另有一番紧张的劳动场面：归楞的民工把头领号，杠工和声，大家哼着和谐的调子，有时把头还用激将法来点儿"荤"的，不管你说啥，都是"嘿呀"一个声音的和着。三九严寒，杠工们甩掉了狗皮帽子，解开了棉袄扣子，浑身上下冒着热气，头发和衣服挂上了白霜，把木材分门别类地堆放得像一座座小山。我与另一名同事白天负责楞场木材入库检尺，夜晚灯下搞统计，作为县里计划分配木材的原始依据。正月初七楞场开楞销售木材，一直到二月二。父亲教我学会打算盘派上了用场，于是我又担当了楞场的材积核算员、开票员和收款员。销售木材高峰时，天还没亮拉木材的大车就开始排号，晚上挑灯夜战到很晚，还得连夜坐马爬犁去几里外的信用社存款。

县林业科还几次临时借我出公差。一次派我去一个林场提取调拨的大青杨树种。那时交通十分不便，我起早从县城出发，赶到省城地区林业局办理完调令已是下午，然后又连夜乘坐火车，后半夜下了火车，第二天一大早，当地林业局的同志帮助安排搭乘去山上运木材的森林小火车的守车去林场，到了林场提完杨树种子，又在林场的协调下搭乘从山上运材下来满载而归的森林小火车守车返回。我又连夜乘坐火车到了省城，第二天乘坐早班车直至下午才回到县城，将一铁桶大青杨树种交给了苗圃技术员。我这急三火四的，是有原因的。事先技术员就有交代，这大青杨树种不好保管，应保持在一定的温度内，一旦高温就会腐烂，因此装树种的铁桶里要掺上木炭粉。所以我这心一路悬着，时不常地把手伸进铁桶查看温度计。

艰苦、烦琐的工作环境，磨炼了我的毅力与耐力，也为我后来的工作转换做了坚实的铺垫。

214

兴安北极猎新奇

我生活在祖国北疆冰城哈尔滨,常听人们闲暇时说:"不到大兴安岭听林涛,不到洛古村看黑龙江源头,不到北极村观白昼,那是一生的遗憾。"

60岁那年盛夏,我有机会去了神州北极。听林涛、看黑龙江源头、北极村找北让你真正领略大森林、大界江、我国陆地最北点的风采。

在漠河,我第一次听到了有关绿树的故事——那夫妻树,犹如上帝从亚当身上取下肋骨造夏娃一样骨肉相连;那片躲过火魔而余生的松苑,在神奇的传说中,棵棵傲然挺拔。树干上挂着铝质红底凹字小牌的兴安落叶松,铝牌好似身份证一样注明树种、树龄、树高、树径。我找到了与自己同龄的一棵松树,右手抚摸树干,左手打着手势,乳白色的太阳帽,粉红色白领的体恤,在翠绿苍松旁留下了瞬间美好的记忆。在这里,我也好奇地问:"怎么没看见像伊春五营那样的成片原始红松林呢?""这里没有红松。"导游小姐告诉我。看我有些疑惑不解,导游小姐又斩钉截铁地补充一句:"反正我们这里没有红松,不知什么原因。"回到省城后,我在百度网页搜索"大兴安岭上有没有红松",结果竟然有这么一条《大兴安岭上的神秘红松》的文章,文中是这样记叙的:在内蒙古大兴安岭满归林业局的北岸林场施业区内,自然分布着61株在大兴安岭极其罕见的珍贵树种——西伯利亚红松。这片红松是由游猎的鄂温克猎人发现的。因为与众不同而且特别稀少,因此被称为"神树"。每当鄂温克猎人路经此地,一定要在树上挂上饰物顶礼膜拜。文中说的是20世纪80年代的事。后来,我问起林业专家才知道,因气候带的原因大兴安岭地区不适合红松生长,红松生长在小兴安岭地区,或许没人能够注意到这气候带专业术语这个词,不过物竞天择,可千万别混淆了大兴安岭与小兴安岭森林树种的不同。

要说的话,要写的事很多,还是就此打住吧。

一片绿叶,犹如小舟,情丝缠绵,心海荡漾。

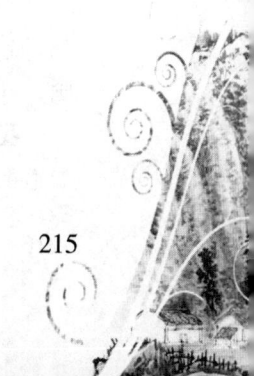

呼兰河上画舫游

上苍降临甘露给呼兰河奔腾不息的勇气,天庭的琼浆玉液陶醉了呼兰河儿女的情怀。20世纪40年代萧红的《呼兰河传》问世,使北疆小镇呼兰与其名字闻名于世。《呼兰河传》如同呼兰河上的画舫,绽放异彩。半个多世纪以来,弘扬民族文化,创作黑土文学,萧红故里文坛精英层出不穷,他们一部部佳作华章也打造成一艘艘画舫,追随《呼兰河传》远航,给这条母亲河以多彩多姿。而天之骄的《呼兰河畔》又是继萧红之后,服役最早的一艘画舫。

一

当我在江山文学网首页"江山长篇阅览区"军事历史题材的栏目下,看到天之骄的长篇小说《呼兰河畔》时,眼睛为之一亮,精神为之一振,嗨!好家伙,仅一字之差,马上就联想到了萧红的《呼兰河传》。

对于作家萧红的《呼兰河传》,黑土地上的人们应该说是更为了解的。1940年12月20日,萧红在寂寞、苦闷怀旧的心情中,写完了长篇小说《呼兰河传》。作品带有浓厚的乡土气息,具有独特的艺术风格,以第一人称"我",通过对故乡小城呼兰的典型人和事,以朴素率直、凄婉细腻的笔调,真实而感人地再现了她童年时代东北农村黑暗、落后、愚昧的社会生活,揭示了旧的传统意识对人民的束缚和戕害,表达了她对家乡人民苦难境遇的深切同情,以及对旧风俗、旧习惯进行了无情的鞭挞。这是萧红《呼兰河传》闻名于世的"骨骼"与"经络"。茅盾先生在序言中称:"它是一篇叙事诗,一幅多彩的风景画,一串凄婉的歌谣。"

我念初中时就读过《呼兰河传》这部作品,作家萧红笔下的令人窒息的东二道街的大泥坑、跳大神、放河灯、野台子戏、四月十八娘娘庙会的小城精神盛举、小团圆媳妇的惨死、有二伯的不幸遭遇、磨官冯歪嘴子一家的艰辛生活等,至今记忆犹新。近些年也曾几次去呼兰参观萧红故居,站在大花园里,眼前又浮现出萧红那细腻、逼真的描写……

而对于天之骄的这部继萧红《呼兰河传》之后的第一部长篇小说《呼兰河畔》,我倒想看一看里面究竟装的是什么宝贝疙瘩。

"这是日本鬼子投降后的一九四六年仲夏的一个傍晚,一叶小舟在越来越浓的夜色掩映下,从松花江的上游向下游划去。摇桨的是一位二十八九岁的少妇……她叫耿兰,刚刚接到中共中央东北局哈北专员办事处的命令,到兰陵山区任区委书记。"由于船行到晚上的时候,遇到天气突变,并碰到了三个前来拦截他们的土匪。耿兰让历娟把土匪引到船上消灭,过程中孟虎开枪,引来了山寨上的土匪,情况很危急。小说由第一章初试锋芒开始,继而依次推出叔女相遇、磨倌妈赠马、古城寻迹、石公祠怀旧、骆驼山义举、难断怪钥匙、乔装进城、贼店遇险、石匠醉打女匪首、火烧屯赏月、双女探险、修女巧救难、雪夜追仇敌、虎穴请神医、智探白蛇洞、巧舌离间、有鸳没鸯、"秧歌队"歼匪,到第二十章火欲兰陵,耿兰他们全力攻打兰陵山,邱八告诉了鸳鸯眼睛的秘密,耿兰打开军火库,找到了枪支和弹药……

"天高云淡,兰陵山今天格外壮观、美丽、多娇。一辆辆马车载着军火奔驰在通往呼兰的乡间路上。耿兰和孟虎、历娟扶着磨倌妈来到小草和东诸葛的墓前,依次向小草和东诸葛三鞠躬,一颗颗泪珠落在雪地上。"

"耿兰、孟虎、历娟等人飞身上马,他们共同往天上放三枪,向死难的烈士致敬。然后,战马腾飞,箭一般向前奔去……"

这部长篇小说,描写的是解放战争时期,东北某兰陵山区剿匪反霸,同隐藏的国民党特务斗争的故事。小说紧紧围绕鸳鸯钥匙、鸳鸯石门为线索,通过一系列波澜起伏、环环相扣的情节,惊险、紧张、传奇、曲折的场面,塑造了女区委书记耿兰及历娟、"美人痣"姑娘、东诸葛、邱八等人物形象。浓郁的东北地方风情、风俗的描写使该书更具有可读性。全书28万字,哈尔滨出版社已经出版,并在广播电台录成长篇小说连播。

我如饥似渴地读完了天之骄的《呼兰河畔》,被小说里栩栩如生的故事情节所感染。心想,哈尔滨有中共北满省委机关办公旧址,有东北烈士纪念馆,又有以李兆麟、赵一曼、杨靖宇、赵尚志等民族英雄和革命烈士命名的街道、公园,有作家周立波笔下反映中国农民土改斗争的长篇小说《暴风骤雨》的原型地尚志元宝村和作家曲波长篇小说《林海雪原》的牡丹江地区当年生活实

地,尚志的小北门赵一曼英勇就义地、海林的杨子荣纪念馆及其墓碑,李兆麟将军被害地哈尔滨水道街9号及李兆麟将军墓碑,以及赵一曼、赵尚志、杨靖宇、李兆麟塑像等。对于我们生在新中国、长在红旗下、唱着东方红和没有共产党就没有新中国歌曲的20世纪50年代的人来说,从少年到青年,所受到的就是革命传统的熏陶,浇灌的就是"忘记历史就等于背叛"的理念。自己原来在部队岗位工作时也为一些离休老首长整理过当年参加东北剿匪的回忆录等,这些年也多次到这些爱国主义教育基地参观……纵观哈尔滨的革命史,《呼兰河畔》的问世又为哈尔滨地区解放战争时期那段难忘的历史续写了新的精彩篇章。

歌颂什么,反对什么,是文学作品的灵魂与生命。毋庸置疑,《林海雪原》《暴风骤雨》是反映解放战争时期家喻户晓的文学瑰宝,而《呼兰河畔》则是反映解放战争时期的文学奇葩。

为此,我非要认识认识《呼兰河畔》作者天之骄不可。

二

通过作家彧儿的牵线搭桥,我终于见到了自我研发、自我打造《呼兰河畔》这艘文学画舫的总设计师、总工程师天之骄,也知道了其本名叫郑旭东。

我面前的这位中等身材,偏瘦的小老头儿,着灰蓝相间的羽绒服,单拎皮包,里面装着多功能的录像照相机,不吸烟,不喝酒,慈祥谦和,平易近人,稳重老练,谈吐自如,幽默诙谐……不了解的人,谁也不会想到《呼兰河畔》这部长篇巨著就出自这个小老头儿之手;没有一点"官架子"和所谓"做派"的他,又有谁会想到这小老头儿竟然是一位堂堂正正的领导干部。这就是我初见作家郑旭东先生的第一印象。

生于20世纪50年代的作家郑旭东先生,哈尔滨是他的故乡,确切地说,他是生在巴彦,长在呼兰。毕业于黑龙江大学,国家公务员,曾任呼兰区委政策研究室副主任,呼兰区广播电视局副局长兼电视台台长,哈尔滨申通广电网络公司副总经理。黑龙江省作家协会会员,黑龙江农村记者协会理事,哈尔滨作家协会理事,呼兰区作家协会主席。现任呼兰区关心下一代工作委员会秘书长。

认识作家郑旭东先生,是我的幸运,这要感谢江山文学网东北风情社团社长彧儿。提起这个彧儿,我还真得要多说上几句,她叫刘丽华,是哈尔滨作家协会会员、辽宁省散文协会会员、东北小小说沙龙会员。这位年轻的女作家,虽学理科,却对文字情有独钟,大作频出,出有《岁月馨语》散文集,其作品发表于诸多文学网站和纸媒报刊,多次参加征文并获奖。她是一位以手写心、以文会友、倾心写字、坦荡为人的人。在她的身上有一串串为江山文学东北风情社团付出的闪光数字,我也拜读过她的多篇作品,也曾写了《彧儿笔下的家人》的读后感,彰显了一位年轻女性"只因美丽才漂亮"的高尚情操。我这个人就是不做过河拆桥的事,所以就多说上这么几句。

呼兰河、少陵河,割舍不断的地缘乡情,让我与作家郑旭东先生一见如故,相见恨晚,大有"大水冲了龙王庙,一家人不认识一家人"之感。

记得,我与作家郑旭东先生还没见面前在QQ上发信息时,他问我:"你哪年从巴彦走的,王志义你认识不?""我是1982年来省城的。"我一边回答又反问一句:"你怎么认识他?"郑旭东先生告诉我,当初他在呼兰、王志义在巴彦都是广播局的领导。说来也太巧了,我与王志义大哥是在1977年12月26日一同从县里派到基层人民公社在一个班子工作的同事。我给王志义大哥打了手机,他告诉我:"郑旭东局长为人厚道,擅长写作,出版了很有影响力的作品,还赠给我一部长篇小说呢!"有了这样一层关系,我与作家郑旭东先生更近了。

同龄人,又都是老乡,说起话来就有共同语言。没多长时间我们就混熟了,尽管他叫我老兄,出于对他文学创作成就和人品的敬佩,我还是尊敬地称他为老师。

人熟为宝。我这个人办事是个愿意较真儿的人,一来二去的,难免向郑旭东老师问起他的成长史,每当这时,不愿意张扬的他,像挤牙膏似的,讲述一些往昔的片段,那带有传奇色彩的故事:

他,17岁中学毕业回乡当"小半拉子",因为瘦小不会干活,割地时,人家割完早就回家了,他还得贪黑割一两个钟头。生产队长见他太瘦弱,就派他"看青"和读读报纸。也许是报纸的灵性所致,干不惯庄稼活的他念中学时作文底子就好,18岁那年,在县里《红文艺》上发表了一首长诗《歌唱张勇》,自然,这足足在小小的山村"轰动了一个夏天",他也被人们称道是"有出息的孩子"。于是,乡亲们推举他上了大学。继而,兄嫂节衣缩食地供他上学……大学毕业后,从小就有志于"写出去"的他,从来没有放下手中的笔,痴心不改地舞文弄墨。也是由于萧红这枚"烛光"的感召,在县直机关工作之余,或与县志办人员交谈,或在下乡工作期间,常常听老人们讲呼兰剿匪斗争故事,他又访问了很多当年参加剿匪工作的老同志,感恩图报的他,在一次作家班作品

讨论会上，谈出构思，引起出版界及同行的高度重视，市作协的几位领导亲赴呼兰为其请创作假……

不久，郑旭东老师的长篇大作问世了！这不是当初因发表《歌唱张勇》的一首长诗，在小小的山村"轰动了一个夏天"，而是沸腾了呼兰河、唱响了松花江、激荡了黑龙江……宝剑锋从磨砺出，梅花香自苦寒来。郑旭东老师是呼兰儿女的骄傲，更是黑土地上人们的自豪，也正应了天之骄的笔名。

《遥远的昨天》是黑龙江省作家协会副主席、编审、中国作家协会会员韩梦杰为郑旭东老师这部长篇小说作的序。

"白云点燃了蓝天的记忆……也是在松花江北岸的乡间土路上，一个背着书包上学的黑瘦小小子，每当路过一片坟地，他都要停下来数数那三十二座坟包子！到了夏天，放学归来的他总是要在草甸子上采摘着野花，黄色的、白色的、紫色的、红色的，他把这些叫不上来名字的野花用草梗扎成一束花，然后，恭恭敬敬地把一束一束的花，放在三十二座坟前……从小学到中学的九年间，一天八里地，这个光着脚丫子上学的黑小子是天天路过这群无名烈士坟。这三十二名烈士是为了解放呼兰这块土地而牺牲的，人们只知道他们是'三五九旅'老八团的，都是南方人，这里有连长，有指导员，还有战士，然而，为了解放黑土地的这群南方人都没有留下他们的名字！没有名字，可人们却能记住他们。这个记得这群烈士的小男孩，如今已经长大成人——就是今天的郑旭东。"

"《呼兰县志》是这样记载着这些无名英雄的：1945年11月—1946年12月，在呼兰剿匪斗争中，牺牲的外籍烈士，除尚长河、王培烈、王庆祥外，有36名烈士没有留下姓名。"

"《呼兰县志》还记载着这些无名烈士的同一时代人——骑白马、挎双枪的有名的剿匪英雄：耿田，女，原名耿宽云，河北省阜平县魏家峪村人，父亲早逝，家境贫寒，十岁就到地主家当佣人，后在其表哥、共产党员李信仁的影响教育下，从地主家逃出参加革命。1929年入团，1931年入党，抗日战争时期，在后方做了大量组织工作和妇女工作。1945年'八·一五'后，响应中共开辟东北根据地的号召到了东北，同年11月耿田任中共呼兰县委组织部长兼东三区委书记。"

"1946年蒋介石大举向东北进兵，占领了山海关、沈阳、长春等地。潜伏在各地的国民党余部，认为时机已到，到处招兵买马，收编土匪，对新建的民主政权进行反攻倒算。因此，清剿土匪、保卫政权，成为当时党的中心任务。

东三区……加上其他零散的小股土匪,合计1 000余人。耿田组织了六七十人的区武装中队……在耿田的指挥下,从1946年8月2日—1946年9月20日,不到50天时间,区中队和土匪打了5仗,共击毙土匪24人,俘虏10人……"

这就是郑旭东老师这部长篇小说的历史背景,耿田就是小说中女主人公耿兰的原型。

"寻求历史与现实的呼应,以关注承载着他整个生活和命运的呼兰这一方水土为旨归的长篇小说给我的第一印象是作者有丰富的想象力,是编故事的能手,可谓匠心独运。"

"我只想重复一句古人的话:'文如其人'。作家郑旭东平时话不多,是个耽于思考而不事张扬的人。在被污染了的当今时代,他敢于以被贬值了的文人自居,固守着自己的理性思考和道德勇气,敢于褒贬时弊,体现了他对社会、对人生的人文关怀。"

是呀,高山映蓝天,江河流日月。昨天虽已遥远,历史却已铭记,道德不可或缺,传统不可丢失,否则就会成为发育的畸形!这正是郑旭东老师这部长篇小说的价值所在。

郑旭东老师的《呼兰河畔》,这是继萧红《呼兰河传》之后的第一部以呼兰河为中心写作的长篇小说,也是呼兰地区第一个被广播电台录制连播的长篇小说,据讲该小说目前正准备在香港筹拍电视剧。如同当年萧红继《呼兰河传》后,又推出了长篇小说《马伯乐》,小说《后花园》,散文《小城三月》《北中国》《骨架与灵魂》《给流亡异地的东北同胞书》《九一八致弟弟书》等诸多作品一样,如今在郑旭东老师的《呼兰河畔》这艘文学画舫上,又搭载着李兄弟长篇小说《火浴》,描写农村机械化的中篇小说《播种记》,反映百姓生活的短篇小说《龙卷风》,描写黑土地上人们生活、习俗的散文集《陋室闲话》,电视剧(广播剧)《喇叭、棋招、预见性》(获黑龙江"飞龙杯"三等奖)则是鞭挞农村自吹自擂、假大空的力作;他还参与多部电视专题片的撰稿及歌词创作活动,并获得相关奖项等。

郑旭东老师的画舫承载着他的诸多作品,竖起了一座新的里程碑。

三

郑旭东老师在逐渐步入老年阶段的今天,仍然是感恩图报、勤奋笔耕、大作频频。而有时又是出于作家的一种责任的使然和义务的传承,与青年作者和刚入门的作者有了更多的交流沟通，辅导讲座，传经送宝，主动为弘扬黑土文化默默无闻地做出奉献。

郑旭东老师以《小说创作之我见》撰文指出：最近，在网上看了一些小说，也和很多文字爱好者共同探讨对当前网络小说的一些看法。结合自己多年创作的实践，总感觉有许多的话要说，不吐不快，特撰小文，谈一点体会。

他从什么是小说，总结了一句话："以刻画人物形象为中心，通过连贯的故事情节和典型环境描写来反映社会生活。"必须具备人物、情节、环境"三要素"和开端、发展、高潮、结局"四个部分"。

而他在小说创作两个基本点中，又深有感触地指出："小说是所有文体中最杂、最乱、最难写的。""一个基本点，是会刻画人物。另一个基本点，是会编曲折精彩的故事情节。"在这方面，郑旭东老师一再强调要"立起来"。这也是他多次对我说的话。

他在小说创作基本要求中又讲到在人名、主题、刻画人物、结构、语言运用上的注意事项。"作家语言就是画家的画笔，音乐家的指挥棒，导演的'讲戏'。"又指出："现在，有些网上小说让读者看不懂，有的犯'法'（语法）。"

他在创作中的几点体会中所说的，小说创作是作家因为被现实生活所感动，根据对生活的审美体验，通过头脑的加工改造，以语言为材料创造出艺术形象，形成可供读者欣赏的文学作品。通俗一点讲，创作小说就是要做到一是作者要有较高艺术修养。二是要深入生活，体验生活，会观察生活。三是一定会编故事。四是小说写好后，要多给人看，不要怕提意见。五是作者要加强自身政治素质的提高。

郑旭东老师利用业余时间，以挖掘黑土文化为乐趣，最近在江山文学网发表了系列的东北风情散文，拜读后不仅感到厚重的文化底蕴，构思的巧妙，直观率真中又有十分的新奇。对于东北风情这些特有的东西，当今的年轻人或许都不十分清楚，或许也不想去了解，不过我说还是知道一些要好得多。就像我们阿城区金上京历史博物馆中大金国记事年表中表述的那样，因为女真族是满族的祖先。也有当年宋朝抗金英雄岳飞的故事，精忠报国精神定当弘扬，只不过金国的女真族当时是中华民族大家庭的一个少数民族。谈到这里，历史或许不需要后人去矫正什么，只是向后人告诉了什么。所以，用大民族观的科学态度，就东北而言更应该重视大金国这段历史，更应该重视满族文化的了解。

而郑旭东老师的东北风情系列散文，都是历史留给我们的奇珍异宝。你看,《大姑娘叼烟袋》,我们想再一次目睹大姑娘叼烟袋,只能去看放在博物馆的展柜里那绽放着温润的光泽展品,听讲解员讲述那烟袋锅里的久远故事……《养活孩子吊起来》,说的就是怪。乡村的摇篮曲,哼来了燕飞蝈蝈叫,天上白云飘。农屋里小景,勾勒出殷实人家幸福、和谐的素描。悠车子,感谢你!悠香了我们祖辈人的童梦。悠车子,记着你!让我们后代人,不忘过去,永远珍惜今天……

郑旭东老师热心、真心、倾心关怀文友们的成长与进步,每当文友们发表了作品,他都及时给予鼓励;每当文友们求助于他,他从不推辞;每当文友们请教于他,他都耐心指点;每当文友们有了一些作品,他都精心策划,积极推荐……我就有"近水楼台先得月"的感受与体会。

郑旭东老师见我在江山文学网等发表了一些散文,就与我说,把这些散文整理整理,编个电子书稿。既然是电子书,总得有个名字,这就叫作名正言顺。于是围绕家乡的少陵河去考虑书的名字,《少陵河晚风》有点像小说,最后定为《相思情暖少陵河》。我打电话给郑旭东老师,恳请他为我的散文集编审和作序,他爽快地应允下来。诚然,这也是《呼兰河畔》这艘文学画舫前行中搭载的为人作嫁的绿色副产品。

我在文章中由开始的天之骄,到作家郑旭东先生,后来到郑旭东老师这样一个渐进的称谓,不仅是自然的过度,也是情感所致。

榆树钱绿了又黄了

每当春暖花开,树木吐绿,榆树钱下来的时候,当年稍大一些的孩子们都爬上老榆树撸榆树钱吃,稍微小一点的孩子也都吵着闹着的让自己的父亲给弄榆树钱吃去。

在我家房子的西侧,穿过一块菜社地,不远处有一条南北走向的壕沟,壕沟边上长满了一排不规则的老榆树。当高高的榆树结满了榆树钱,就吸引了许多大人和孩子们。二弟弟爬树很有本事,每次撸榆树钱都一马当先。在家东边不远处是解放后县里开辟的一处公园,大家都叫作花园,是因为那里有当时县城里唯一一处花窖。花园里长满了榆树,有的榆树有一尺多粗,就是稍微细一点的也有碗口粗。这里,又是孩子们撸榆树钱的好去处,而且榆树钱又大又甜。有时,弄榆树钱吃,用事先找来的竹竿,前头绑上铁钩子,往下钩。但这里的老榆树太高,无济于事。还是二弟弟爬树去撸榆树钱。花园里管理人员不时地巡查,怕的是有些孩子撸榆树钱连枝撅下来,所以每次我们光顾都是"速战速决"。

三年自然灾害时,榆树钱成了"抢手货"。城里凡是有榆树的地方,人们先撸榆树钱,榆树钱撸没了就撸榆树叶子,有的人干脆扒榆树皮,弄得整棵榆树"赤身裸体"。那个时候谁也顾不了生态环保了,填饱肚子是第一需要。母亲把洗净的榆树钱与面糊搅和在一起,加上食盐,在锅里摊薄薄的榆钱饼,酥脆可口。母亲用榆树叶子做的小米粥、做苞米面大饼子,也别有"风味"。

有时,榆树身上没有了油水,就去城外挖野菜充饥。什么车轱辘菜、灰菜、柳蒿芽、婆婆丁、曲麻菜、马齿苋、小根蒜、野韭菜、山芹菜、刺老芽、老蕨菜……凡是能填肚子的野菜就采回来。

有一年秋天,父亲带着二弟弟拉着手推车去离县城50多里路的东山五家户、赵家店一带割梢条。梢条是一种灌木，可作烧柴，也可以编土篮子。父亲与二弟弟在一个山坡上见到有好大一片蘑菇，不由分说，欢喜若狂地采了起来，装了半麻袋，拉回了家。这可是额外的收获呀！一家人兴高采烈地晾着蘑菇，胡同里的邻里也来观看。"这是毒蘑菇！你看长得那么好看，连个蛆眼都没有。"不知是谁说了一句。是啊，都说毒蘑菇长得好看，没有蛆眼。多亏好心的邻居提醒，不然非得中毒不可。当再次确认采回来的是毒蘑菇时，只好扔到了路口的垃圾堆。父亲幽默地说，东山割梢条，偶把蘑菇采，多份"战利品"，谁想白费劳。一次我跟四姨出去挖野菜，在一个壕沟旁把野蒿当成了柳蒿芽，兴高采烈地挖了一筐，回到家里母亲用"柳蒿芽"做了小米菜粥，结果一家人吃完后都吐了。为了充饥，灰菜是家常便饭，但吃多了身上就浮肿，尤其是父亲和母亲。

嫩绿的榆树钱逐渐变黄了，随风飘落。学校给小学生下达了捡榆树钱的任务，这是检验学生劳动品德的一项内容。每当这时，放学回家的路上，壕沟里风刮来的榆树钱、住家房山头风旋来的榆树钱、障子根风吹来的榆树钱都不放过。到家后，就赶忙拿起笤帚、盆子去扫榆树钱。把捡到的榆树钱挑去土块、柴草等杂物，用口袋装好，等凑得差不多了就交到学校，老师要称重量的，达不到斤数还要继续捡。有的同学很细心，把捡到的榆树钱还穿成串。

小学校四周原来是土墙，土墙有的倒了，有人弄出了豁口，后来学校干脆把土墙彻底推倒了，种上了榆树。事先，学校老师给每个同学下达捡榆树钱的任务。我上学放学的路上，见到成熟飘落在地上的榆树钱就一点点捡起来装进母亲为我缝的旧布口袋里。为了完成捡榆树钱的任务，还专门找障子角、屋角、路旁的土坑，有旋风的地方。父亲、母亲也帮我去榆树集中的房西大沟里捡榆树钱。放暑假前，学校组织同学上劳动课，按班级划段，清理壕沟，挖土打床，然后种上榆树钱，不时地还要浇水。下学期开学了，小榆树密密麻麻地钻出土面，同学们还得间树苗。小榆树一天天地长大了，也结满了榆树钱。

若干年过去了，一次在一个酒店用餐，服务员端来一道菜叫作榆钱饼，就是用鲜嫩的榆树钱和面粉做的饼。这可是受现代都市人们青睐的绿色佳肴。榆树，是塞外北国绿化的当家树种，在城市、乡村到处可见。榆树钱，对于我来说，是再熟悉不过的了。我看着眼前的榆钱饼，桩桩往事历历在目。同样用榆树钱做的饼，却品出了不同的味道。

清水出芙蓉·天然去雕饰

当我收到作家林雨荷馈赠的《林雨荷诗集》时,兴奋不已。我端详封面良久,快速浏览目录,蓦然间耳畔回响起唐代著名诗人李白的"清水出芙蓉,天然去雕饰"的精美诗句,不言而喻,林雨荷与其《林雨荷诗集》不就是这样吗?

春雪欢舞迎诗集,雨荷大作飨文友

虽已立春半个月,可这里最低气温仍然在零下二十几摄氏度。昨日下午的一场不经意间飘来的小雪,给上午还是"雾里看花"轻度雾霾的北国冰城哈尔滨来了个大过滤。

今天是2月18日、正月十九,我迎着晨曦的笑脸、吸着清新的空气、踩着薄薄的积雪,细数着脚下的咯吱声,拾阶而过那座横跨大街的天桥,乘坐3路公交车上班去,并惦记着一到班上就先发表那篇《美丽的心灵 浓郁的亲情——彧儿笔下的家人》散文。

8时58分,我突然接到大厅工作人员打来的电话:"您有个快递邮件到了,已签收。"工作人员知道我包括双休日在内连日来每天都在询问自己的特快专递到没到。我知道,一定是《林雨荷诗集》到了。于是,我兴致勃勃地去大厅,不出所料,果然如此。

早在2月3日、正月初四的14:05我就接到林雨荷的短信,告诉我她的诗集已寄出。大过年的林雨荷为我邮寄诗集,真是好感动。初五我到单位打了招呼"我有个特快专递请注意查收"。春节后初八上班,我每天都到大厅查询,就是想尽早看到《林雨荷诗集》,实际上一切公私信件、报刊都有专人管理收发,那是差不了的。一晃十天过去了,我仍没有收到《林雨荷诗集》。急切的我,只好向林雨荷反馈,于是,她在2月13日又给我重新邮寄了一本。在传统佳节期间林雨荷两次为我邮寄诗集，真让我过意不去。

《林雨荷诗集》是全套五册的"东北风情丛书"之一，由党存青主编、作总序，白山出版社出版的。翻开《林雨荷诗集》的扉页，只见"黑虎一文惠存"落款"林雨荷2014年2月13日"，楷行相间的流畅笔体，尽显洒脱大气。

开卷拜读赏诗集，池水清澈荷更秀

《林雨荷诗集》共分六辑，第一辑"春暖花开，绿野仙踪"；第二辑"雾中赏景，乡村恋歌"；第三辑"采茶山歌，秋日低语"；第四辑"低眉与你，思绪如风"；第五辑"时光吻痕，女人如烟"；第六辑"爱是你我，宁静致远"。全书共收录其诗歌作品142首，共343页，达20万字。

你在冰雪的梦幻中，就奏响了复苏的前奏，痴迷于《春的模拟》，将冰河、土地、小草、柳枝、燕子、三月、北方，融入特有的时间与空间，展现那精彩的一幕。拉起那摇曳的长线，系朵朵白云，天真的孩儿长大了、长高了，我的《风筝》。《站在风的路口等你》，细细品味风的魅力，好的心情，冷风也是暖意，又拾起多许浪漫与温馨，"满山红叶醉了谁的情／徜徉霞中不愿醒"，等你，等你到春暖花开。《冷春》，我的朋友，你终于来了！你注定要改变这一切，让枯黄吐新绿，让山河披翠装。季节的使者，此时变换着姿态，原来《我是你春天里的一枝绿叶》，春天的绿叶，短暂的轮回，少年染白发，精神不朽，色彩永恒。《晨风，好冷》，风的温度依然，那是惜别的意念，没有重逢的约期，只有别后苦苦的守望。当阳光揉进岁月，细雨没有凉意，我多么的在意你，原来，《你安好，便是晴天》。当春暖花开的时候，我静静地《站在海棠树下》，"和她说起了悄悄话／亲爱的／你什么时候开啊……"看你"含苞的眼／是否／毫不顾忌地睁开"，"你的唇／未敢触碰／嫩嫩的"《等你，刺玫花开》。沿着《红色甬路》走出健康快乐人生，这是一道时尚的风景线。忘却了年轮，开心得像个《六月里的孩子》，童心尽享童趣，这是《写在"六一"》的精彩片段。《一帘幽梦》，这是记忆的美，梦里的甜，风情的醉。淡香的《薰衣草》"花海里／尽情抒写爱的等候／无言／并不代表无情"，情在深处不言情。《绿野仙踪》好精致，落叶松、阳光、瀑布、山坡、布谷鸟……将大自然的胶片回放。《和你，在如意湖边》，那一次相约，湖水清清，野草盈盈，返璞归真的记忆仍是美好的回味。树木当笔，山石为砚，合水研磨，《写意夏天》，"夏季如同美女的纤手，夏季如同亲人的唇纹，夏季如同爱人的肩膀"，拟人化的夸张，只因爱你。那《幽静的山路》，一次难以忘怀的旅游。《大烟花》，大烟花与众不同的绽放，醉了路人、醉了痴迷。

《雨的微笑》，有笑也有泪，触景生情，勾起了尘封的思绪。《我在晚霞里等你》，霞光的变换，带来多许遐想与幻觉。五月唯美，当属《游，锦州世博园》，世界就在眼前，美丽装入心中。雷声、雨声、风声，声声敲心坎，赏夏、恋夏、惜夏，夏夏印脑海，明天就是立秋日，《赏一道，夏日落幕的风景》。啊！《这个夏天，我突然想说》山美、水美、家乡美、风美、雨美、雪更美、春美、秋美、四季美，文美、书美、心更美！

这是我拜读《林雨荷诗集》第一辑《春暖花开，绿野仙踪》时，将书中所收录的24首诗歌趣串成文，略加浅析。

诗歌是将事物用节奏、韵律及感情色彩融为一体的一种语言艺术形式。林雨荷的诗歌，紧扣生活中的人物、景物、事物，深入观察，潜心锤炼，抒发内心丰富的情感，达到诗者言志，歌者和声的一致，升华了诗作的完美性。

我对诗歌了解得很少，不可妄加评论，但总览《林雨荷诗集》的目录及其诗文，感到林雨荷的诗歌有这样几个特点：

轻盈的欢快——从诗歌的语言文字表达看，充满激情，乐观向上，恰似少女娓娓道来，犹如英俊小伙子洒脱大方，朗朗上口的精美诗句，略带几分顽皮与轻松，给读者的应该是愉悦。在她《童年的小摇车》中有这样的诗句：小摇车/童年里甜甜的酒窝/摇篮曲飘出炫美的歌谣/摇啊摇/童年的小摇车/母亲眼里一株青稞/父亲脚下一条小河……小摇车斟满记忆的酒/洒下感恩思绪里的漂泊/传承亲情的彩带/天空下绽放花儿朵朵。轻盈中伴有欢快，欢快里有着轻盈。以小摇车为背景，成长、感恩、希冀，抒发了内心童年的记忆。每个人都有童年经历，感同身受，如临其境。

深沉的灵性——富有极大的想象力，跳跃性的思维，用理性编织着诗文的经纬，用灵感增添多彩纷呈的画面，不呆板，很活泛，又添诸多的妙笔生辉和闪烁的精华。在她的《垂柳》里有这样的诗句：垂柳/远看女人的牵手/近看女人的发丝/晨里舞秀……一颗露珠/滴在树梢/与你的缕缕清香缠绵/和你诉说离别的苦楚/一弯明月/洒在霓裳/和你的翩翩妩媚回首/垂柳/无百年老杨挺拔/无俊美白桦迷恋/心里的位置久远……写物言志，借物托情，拟人化的手法，富有灵性与深沉，给以启迪。

浑然的融合——源于生活的往昔、心存美好的记忆，以及咏物言情、睹景生情的表达，显得自然得体，入情入理，不故弄玄虚，不牵强附会，将读者带入意境，难以释卷。《念，心底升起的一缕云烟》，这是她抒发故乡情怀诸多诗歌中的一首，诗中写道：故乡/孩提时的一把伞……童趣随着自己的长大丰满；

故乡/少年时的一股清泉/掬一捧含在口/乡音/乡情/飘出的香茗/聪慧点缀风花雪月的幽帘;故乡/青年时的一条山路/捻一地/踩碎的坎坷/经历/磨难/打结成绳索/毅力/涂抹后的彩虹娇艳;土地/故乡的希望;山脉/故乡的春天;白桦/故乡的青春;故乡/天上人间的晨露/故乡/人间天上的水仙/世外桃源/念/心底升起的一缕云烟。林雨荷的这首诗,故乡、乡音、乡情在诗中出现过11次,而通过孩提时、青年时,以及土地、山脉、白桦等层次的展开,将人物与自然有机结合,赞美故乡的美好,表达了强烈的思乡情感。

唯美的轻吟——如同潺潺流水,在柔和、温顺、亲切中细细品味情感的升华、情感价值的体现,没有"暴风骤雨",没有"暴力抗争",没有"大声疾呼",有的是小桥流水人家的和谐,有的是轻歌浅唱的和美。向日葵/太阳花的绽放/轻轻走近/吻你/清香扑鼻/秋日的美醉;你在一片绿色的海洋里/舒展妩媚/向着东方升起的红晕/写下你的无悔……林雨荷的这首《向日葵》,通过向日葵的花开、生长、成熟、果实等诸多细节刻画,犹如轻歌浅唱一般,把向日葵的美丽、质朴、高尚展现在读者面前。

鲜活的奔放——思路清晰,层次鲜明,逻辑严谨,表达透彻,文字精美,犹如一泻千里奔放的江河,给读者以大气之感。《唱支山歌给你听》……一切/宛如昨日璀璨/山歌里传出醉人的新曲……清晨/山歌唱给你/夜晚/山歌送你远行/竹韵有你/茶香有我/努力/一起为家园的振兴。这是林雨荷在江山文学网社团里的抒怀,鲜活的文学创作生活,注入了她的满腔热情,心血凝成的执着信念,助跑了锲而不舍的追求,热情奔放、激励向上。

文如其人在诗集,映日荷花别样红

获赠《林雨荷诗集》,让我对林雨荷本人有了进一步的了解。

林雨荷,原名林颖,辽宁铁岭市人,职业教师。1999年开始网络文学创作,作品散见于《诗潮》、《辽海散文》、《齐鲁诗刊》,江山文学网、好心情、火种、中国散文网、扫花网等多家文学网站。先后发表小说、散文300多篇,诗歌近200首。辽宁省散文学会会员,沈阳市和平区作协理事,铁岭市作协会员。这是录入《林雨荷诗集》封二上的介绍。

林雨荷是一位勤于笔耕的作者,她除了《林雨荷诗集》外,据我所知她在江山文学网发表作品600余篇;又是勤于工作的突击队员,编审稿件的工作量近3 000多篇;她更是勤于沟通的活跃分子,看得出她务实求精、真诚奉献的精神。

说到敬佩，我是有切身感受的。记得在时间紧迫、人手不足的情况下，我的几篇作品都是她给编审的。由于她精美的编按提升了我作品的色彩与质量，获得了精品。在此，将其编按节选展示，不会有赘述之嫌吧。"[镌刻丰碑的数码]一篇写给天堂母亲生日的文字，读起来总是让人心疼。在丈夫眼里，母亲是温柔贤惠的妻子，在儿女心中，母亲是善良可亲的人，在公婆面前，母亲是爱心孝心的儿媳。作者用心写出的文字，体现了对母亲的怀念和感恩。母亲，虽然离开作者15年了，对母亲的想念依然是那样炙热，母亲是一座镌刻心中不朽的丰碑。如果说世界上爱是一滴甘露，那么母亲的情怀就是一盏不灭的灯。用母亲那细雨的温情，用钻石的坚毅，温暖着身边她最爱和最爱她的人。所以，我们说母爱不是人生中的一个凝固点，而是一条流动的河，这条河造就了我们生命中美丽的情感之景……文风朴实，描写细腻，孝心拳拳，情感真诚。"

"诗歌来源于生活，生活就是诗。我愿意写诗，但并非是诗人，但我会去努力为之实现。我愿我的生活诗情画意，我更愿我朋友的生活画意诗情。"（节选《林雨荷诗集》后记）

我衷心地祝愿林雨荷在创作之路上越走越远，越飞越高，推出更多精美作品！

趣味横生的牌匾

当我们忙于在车水马龙中按部就班地期盼"绿"的顺畅的时候,或许没有更多的心情欣赏路上的风景;当我们置身茫茫人海中"随波逐流"的时候,或许无法顿足细看眼前的一切;当我们徜徉在楼宇间那古老而现代的大街小巷的时候,或许会在悠闲中惊奇地发现,都市里不仅仅是喧嚣,而优雅无处不在,就连那比比皆是的牌匾也是趣味横生,给热爱生活的人们以快慰。

一

李老蔫,在屯子里是一杠子压不出个屁来的手儿,正因为这一点,45岁才找了蔡寡妇。蔡寡妇有点虎,屯子里男人女人都不敢惹她,是有名的母老虎。你说这老蔫和老虎结合,还有老蔫的好啊!本来大龄才成家的李老蔫挺珍惜这婚姻,蔡寡妇说往东,不敢往西,言听计从,百依百顺。夫妻俩和平共处,让屯里人刮目相看,都很羡慕。这就是金刚钻揽了瓷器活,人家蔡寡妇能把李老蔫拿住。李老蔫也有两面性,一次去邻村走亲戚,酒过三巡菜过五味,酒壮英雄胆的他,开始"说话不大喘气了"——什么叫大丈夫,大丈夫是一丈之内归老婆管,一丈之外就不服天朝管了。你看李老蔫这胆儿肥了不是。后话咱就不说了,李老蔫这话迟早要传到蔡寡妇耳朵里,到那时肯定又有一出好戏——李老蔫挨收拾。我这似乎扯得远了点,大有跑偏之嫌。实话说,不说不唠不热闹。

由百依百顺,就想到了一个卖男装的店铺牌匾——"百衣百顺"。假如不看字面,还真的以为是那个言听计从、千依百顺、唯命是听,一切都顺从别人的百依百顺呢。但,用"衣"替代了"依",文字的内涵就发生了质的变化,将原来百依百顺的贬义巧妙地转换为"百衣百顺"的褒义。你说,这世上哪个男人不爱美,哪个男人不想洒脱,哪个男人不图吉利!就凭这"百衣百顺"的招牌,百衣,有颇多的意思,再加上一个"顺"字的诱惑,总不会不屑一顾吧。可见,独具匠心,把一个男装店赋予了鲜活的积极意义。还有,一家户外服装用品店的招牌——"衣酷到底",很打眼。"酷"字,取于现代年轻人的流行语,是对某人、某事加以赞赏时说的。如果赞赏到了极点就会说"酷毙了"。由此也就产生了一酷到底这个词,而把"一"变为"衣",又把这个户外服装用品店在注入现代元素中得到升华。一见钟情,精辟地道出异性交往初见产生的专注情感。而在一家女装店铺的门前,挂起了"衣见钟情"的牌匾。这店里的衣服,见了一定会情有独钟的,就像异性相吸一样。而"浩色",单听这个词会让你马上联系到好色之徒、色狼、色鬼之类的词句和事情,而当你知道这个"浩"不是那个"好"时,眼前一定会出现五颜六色的女士服装,在花海中畅游,美不胜收。常说为人要低调的"低调"二字也被当作了服装牌匾,富含了谦和与文雅。

写到这里,我忽然想起那句俗语:人是衣服马是鞍。是呀,当人类从知道用树叶遮挡敏感部位的那一瞬间起,文明有了跨越式的进步。当现代人认识到外在美与内在美对一个人的重要性的时候,那醒目的牌匾、精美的服饰也一定会为其锦上添花、增光添彩,而注重内在的美是一个坚持不懈的修炼。

你看,这服饰店铺的牌匾真是蛮有意思的。

二

"品至"(品质)是个老特工,在"大年初一"这天一大早就受领任务从"根据地"出发,穿过"农家谷",翻过"老青松",路过"靠山屯",过了"乡村大院",一路小跑来到了"聚点"(据点),过了哨卡盘问检查,便急匆匆地"走街串巷""烤古部落""七滋八味""味当家""小笨猪""最东北""居家"……左拐右拐终于来到了约定的地点"老地方"——"食全酒美"大饭店。这里是个闹市区,有通往北面"北来顺"、西面"牛庄"、南面"地锅"和东面"小百九"的路,交通十分便利。所以,接头地点选在了这里。"品至"环顾了四周,选了个临街的餐桌坐了下来,不紧不慢地从挎包里掏出"家谷文"(甲骨文)接头信物放在了桌子上。一种多米诺骨牌的连锁效应,这"饭是钢",见人家喝酒吃饭,早已饥肠咕咕的他更按捺不住了,一看离"街头暗号"(接头暗号)的时间还早,为了遮人耳目就来个"鲜来鲜吃"(先来先吃),于是点了"家常菜",端起了"八大碗""虾吃虾涮""胡吃海喝"……这时进来一位斯文的先生悠闲地看了看,在

"品至"桌子的对面坐了下来。掌柜的"酒久利"忙热情地上前问先生想吃点啥"您作煮"（您做主），"随便吃点"吧，给我来"羊家匠"（杨家将）的"天上叼馅饼"（天上掉馅饼）一张，还有一碗"勾魂面"（嘿，真吓死人哪）。"品至"与前来接头人员就这样在众目睽睽之下"面对面"、神不知鬼不觉地交换了情报，顺利完成了组织交给的任务。

哈哈，你看这些餐饮店铺的招牌，串联起来，还真的演绎了"光明的故事"，不过这是"那些年"的事。如今是"鼎盛食代"（鼎盛时代），什么"老妈蒸饺""老头包子"都是百姓的家常便饭，时常来点"李家猪蹄""麻辣百分百"，还有回味的"人民公社""生产队""老知青"，有了空闲"知音酒楼"推杯换盏觅知音，"莲花渔村"品松江三花五罗十八子，亲朋庆典齐聚"满汉楼"，"珍食汇"（真实惠），"食在体面"（实在体面）……

三

有趣的牌匾遍布大街小巷、各个领域。你看，"伊燃美"，取谐音依然，竟是一个减肥会馆；"别初鑫彩"，取谐音别出心裁，竟是一家影楼；"倍多分"，取谐音古典音乐家贝多芬的名字，竟是一家教育机构；"鑫启点"，取谐音新起点，竟是一家汽修店；"大脚聚点"，竟是专营大码鞋店；"足迹"竟是一家鞋行；"薯与我"，取谐音属于我，竟是仓买店；"好来屋"，取谐音好莱坞，竟是一家房地产公司；"发彩"，取谐音发财，竟是一家烫染店；"洗相逢"，取谐音喜相逢，竟是一家车垫套干洗店……

当我们细细品味这些牌匾的时候，或许能够从同音、近音字来代替原本字的谐音中得到乐趣。

当你走在大街小巷，假如稍加留意一下店铺的牌匾，一定会感受到趣味横生的。

任凭高山与大海的呼唤

在我心中有一张恰似雄鸡一样的图,那是伟大祖国的版图;在我心中有一面高高飘扬的旗帜,那是鲜艳的五星红旗;在我心中有一首歌,那是慷慨激昂的国歌;在我心中有一个难忘的日子,那是新中国诞辰纪念日;在我心中有一颗闪耀的红星,那是八一军徽;在我心中有一支钢铁队伍,那是"镰刀斧头"领导下的解放军……

朋友,当我们分享改革开放辉煌成果、在伟大英明正确的中国共产党的领导下、满怀豪情奔小康的今天,是否想到了为了国家安全这个最高利益而默默奉献、流血流汗的解放军将士,尤其是那些常年驻守在海防、边防前线的官兵……他们用壮志豪情打磨了意志坚强的苦乐人生,他们用满腔热血浇铸了报效祖国的无字丰碑,他们用青春年华谱写了无怨无悔的壮丽诗篇……这是宗旨与使命的必然,高山与大海的呼唤。

我的眼前突然一亮,出现了那张再熟悉不过的中国地图,镶嵌在高山、大海、河流……上的蜿蜒的国境线。撕下记忆的封条,唤醒沉睡的细胞,昔日边防军人催人泪下的故事历历在目。

在雪域高原、山口要塞,有的地方一年通车通邮仅仅三个月时间。一位战士,家中老父亲病危的电报山下部队大本营收到了,可在山口哨卡执勤的战士因大雪封山毫无办法,等第二年下山后,见到了4个月前父亲病故的电报,他手拿着电报,面向家乡,只能痛哭一场。一名战士探家后给部队首长发了一封"1、2、3、4、5、6、8、9续假"的阿拉伯数字电报,这是什么意思?原来数字中少了个"7",在边防当兵对象不好找,部队首长批准了他的续假。一位战士复原已回到了家乡,家里邮寄来的包裹刚送到山上。而无情的雪崩也不知吞噬了多少名年轻军人的生命。

在浩瀚的南疆岛屿,守岛军人过着"野人"的生活,淡水、蔬菜、粮食一切生活用品都是靠舰艇运来的,一遇到大风天,岛屿上就断了炊。没有别的办法,接天上的雨水喝。"淡水贵如油",洗不了淡水澡。孤零零、光秃秃的岩石,举目是蓝天,低头是大海,插翅难飞,你还能想啥,只好咬紧牙关,坚守阵地。偶见过往船只,摇晃着衣服、帽子、蹦跳着、欢呼着,高兴得不得了。在戈壁滩、草原深处执行任务的军人也是如此,有的当了三年兵,住了三年的帐篷……特别是在人烟稀少的区域里,不能正常交流沟通,说说话也成了"奢望"。

在塞外北国的边陲,漫长的冬季,零下四五十摄氏度的严寒,汽车打不着火,枪支也有些失灵,但军人仍然我自岿然不动地站岗、按时巡逻……有的战士当了几年兵就没出过大山,有的形势紧急时在猫耳洞蹲了两年……就连我本人当年也是在处于紧急战备状态下说服了父母,带着媳妇,领着孩子由地方转业到部队工作的,多彩的人生由此浓浓地添上了一笔。

快收住昔日的故事吧。现在,我们国家综合国力增强了,部队装备精良了,条件改善了,待遇提高了……一切都在飞速发展变化中。尽管如此,牵挂、想念,似一条无形的丝线将家乡与军营相连。当母亲的惦记军营里的儿子,数着星星在说话,树上风铃也传情;做父亲的想念军营里的儿子,一袋闷烟暗思量,一壶小烧也甘醇。祝愿年轻的战友们,牢记嘱托,经受考验,百炼成钢,成为军之骄子。待到晋级加冕时,回报父老养育情。

任何时候、任何条件下,当军人就意味着奉献,而且是无怨无悔的奉献。这是因为,有一条始终不渝的把住国门、当好国盾、彰显国魂的宗旨与使命,祖国在心中,天职让你任凭高山与大海的呼唤!

军营小战友蓝马,祝你好运!

五彩蚕翼绣

2012年7月14日是双休日的周六,我参观主题为"八女刺绣"的林口县蚕翼绣作品展。一周后的7月21日中午,我再一次参观了"蚕翼绣"作品展,这次主要拍几张作品的照片。

何谓"蚕翼绣"?何谓"八女刺绣"?是这样的:2006年,林口蚕翼绣开始兴起。经过几年的研究实践,在民间技艺的基础上,开发出了独具特色、易于掌握、能灵活表现作品风格的刺绣针法——立体交叉细乱针、滚针,并研究出能表现作品光影效果的丝光技法。因作品多采用1~2根丝线刺绣,1~6根丝纤维丝光,绣出的作品或薄如蝉翼,或灵动如画,且作为全省柞蚕生产基地县,刺绣所用绣线多为林口所产柞蚕丝,因此将这种刺绣命名为"蚕翼绣"。又因为林口县是抗战时期"八女英烈"的殉难地,为纪念英烈,民间自发地将此种刺绣称之为"八女刺绣"。目前,林口蚕翼绣拥有专业绣娘100多人,精品绣娘30多人,作品已被日本、俄罗斯等国家和地区的艺术爱好者收藏。

在展出的60余件蚕翼绣作品中,大部分取材于张大千的中国画山水与荷花,兼有版画、摄影作品等。每幅作品的标签很有意思,都标有作品名、绣娘姓名、花费的时间、所用蚕丝线的股数、种类数量、收藏企业等一连串的信息。大部分绣品是绣娘单独完成的,个别是合作完成的。有的一幅作品,要花费十几个月的时间才能完成,用时最少的也在4个月。那行走边关大漠的驼队、那月色朦胧的夜晚、那出淤泥而不染的彩荷、那欢快劳动的场面、那带着丰收成熟的落果、那北国雪乡的美景、那洁白的雾凇、那火红的枫叶、那你追我赶融为一体的金鱼⋯⋯赤橙黄绿青蓝紫,这是一个缤纷的世界。

据介绍,林口蚕翼绣历史久远。在林口境内牡丹江一江多河流域660多处遗迹中出土了大量的汉代丝织品及刺绣产品。到了勿吉时期,随着邑娄文化的进一步传播,人们开始在生活适用布品上加绣他们的生活环境、飞禽走兽、青山秀水,使这一刺绣走向艺术。到了鞑靼时期,随着生产工艺进一步改善,人们生活比较富庶,布制品日益精良,蚕丝制品、亚麻制品开始出现,这些布品的采用,使刺绣工艺日益受到人们的喜爱,刺绣技艺得到进一步提高,刺绣的内容也更加广泛,民间艺人开始总结出不同的技法,这就是蚕翼绣的开端。林口蚕翼绣工艺逐渐融入了唐长安刺绣的庄重、大气、明快的风格,这时产生了几种绣法,一是宫廷刺绣,用于官府人员,另一种是民间刺绣,用于平民的日常生活,同时也诞生了冥器刺绣(鞋、衣、枕等)。宫廷刺绣雍容大气,民间刺绣清新雅致,冥器刺绣同样表达了人们对逝者的怀念之情。20世纪七八十年代以来,在林口县一江多河流域尤其是莲花镇一带出土了大量的精美的丝织品和刺绣品,有一大部分在渤海博物馆收藏。唐渤海国时期,作为距首府(上京龙泉府)首州(龙州)仅170多公里的林口,凭借得天独厚的优越地理条件和盛产柞蚕的优势,满族先民不断学习、借鉴、吸收汉唐先进技艺,纺织、印染工艺日臻成熟。到了宋代,由于当时朝廷奖励提倡之故,刺绣愈加兴盛。到了金代,随着金上京在阿城的建都,这时女真、契丹、东胡等民族具有民族特色刺绣手法,也逐渐进入林口区域,使林口区域的民间刺绣与官府服饰制作呈现出丰富多样、各放异彩的刺绣技艺。朝代的更迭使林口蚕翼绣与时代同起同落,这一古老的民间工艺没有丢失,始终世代传承。改革开放三十多年的洗礼,蚕翼绣这门技艺迎来了传承和发展的春天。

林口蚕翼绣是将当地柞蚕丝作为绣线,把立体交叉细乱针、滚针的刺绣针法和能表现作品光影效果的丝光技法融为一体,兼容了中国画、版画、素描和摄影作品的表现手法,既有以摄影作品为蓝本,表现现实主义题材的绣品,也有将极具印象派风格的漆画、版画作为模板的绣品,更有将中国传统的水墨画、工笔画以刺绣手法还原的绣品。

林口蚕翼绣是融原料特质、艺术创意、技艺创新为一体的艺术,与苏绣、湘绣、粤绣、蜀绣相比,有着鲜明的东北文化特征和艺术特点,目前正在申报"非物质文化遗产"。如今已形成装饰画刺绣、旅游文化纪念品两大系列。

眼前这些出自绣娘妙手的薄如蚕翼的作品,将精湛的技艺赋予织布以飘逸灵动的艺术美感,呈现出无穷的艺术生命,着实令人叹为观止!

第四辑
幸福：陶冶与陶醉

巴彦县赋

中华北疆,天鹅项下珍珠璀璨,翡翠①巴彦四海名扬。巴彦苏苏,由来久长,满语谓富贵之村庄,称苏城则民之习常。南松江北泥河,东驼峰西漂河,四邻友邦,尽览风光。

物华天宝,人杰地灵。昔"江省邹鲁""江省粮仓"之著称;今农业大县、产粮百强之赞誉。继往开来,奋发图强,百舸争流,放飞梦想,建立新功,谱写华章。

巴彦史话,源远厚重。王勃山遗址群,展现万年画卷;"副都统之印"章,讲述八百沧桑。遗址发现,文物出土,文字记载,史韵悠长。先秦秽貊之地。汉晋夫余之境。隋唐靺鞨之域。辽金"生女真"地。泥庞古部居于帅水,术甲部居琶里郭水,唐括部居隈鸦河旁,"三河"②流域人烟已盛。金景祖昭肃皇后多保真③,隈鸦河畔小城诞生之地;一代巾帼助完颜成大业,赫赫上京会宁"金源"吟唱。

元初封地后属女直水达达路。明代永乐设亦玛剌卫海西辖。清朝垦荒,始于咸丰,"中兴"④崛起;兴于同治,设立衙门,建政之始。同知文琪始建巴彦城门,留下方形城郭;知州元慎编《巴彦州志略》,首建历史文档。光绪设州,民国更县。日寇入侵,巴彦沦陷。抗战胜利,万民齐欢;建立新政,当属最先。几经沿革,划属哈市;都市城圈,卫星相拥;十八兄弟,史上无双。浩浩历史长卷,悠悠往事千年,荣辱遗篇。喜看今朝盛世,福地绽放新颜,祥和兴邦。

巴彦儿女,光荣传统,崇尚文明,中华美德,勇于斗争,挺直脊梁。孔广才举义旗,反抗清朝统治,攻城池毁衙门,英豪气贯长虹。"占北""两响"义军,抵抗帝俄入侵,毙敌迫使溃退,保家乡真勇强。秦广礼高继哲,崇尚三民主义,投身辛亥革命,先贤英名传颂。民国官商勾结,群众运动捣毁盐局,书写正义诗篇；民国横征暴敛，学生运动赶走贪官，斗争精神高昂。

张甲洲北大学子回家乡，创建东北抗日第一武装，党史华章；编为红军同赵尚志挥师，夺巴彦克东兴奇袭康金，松江北岸抗日烽火点燃，奋起救亡。王英超身份巧掩护，愤恨击毙日本相甫，义勇大军激战宫家，英勇顽强，威震四方。罗云鹏共运当先锋，活跃京津，密赴陕甘，创办刊物宣传马列，英勇就义高呼我党。震惊东北巴木通三地大惨案，爱国志士，英雄儿女，面对屠刀热血流淌。赵春霖骆驼峰道士，帮助抗联秘建交通，生死置外，广为传扬。孔庆尧任一中校长，痛骂日寇怒斥伪傀，狱中绝食，气骨闪光。李时雨建队伍奋起抗日，隐蔽斗争赤胆忠心，令人敬仰。赵连才冲锋陷阵，视死如归立军功，为国捐躯，英名浩荡。抗日烽火，解放硝烟，抗美援朝，血染沙场；英烈先贤，可歌可泣，浩气长存，忠魂标榜。热爱国家，踊交公粮，跻身前列，固国安邦；改革开放，百业俱兴，勤劳致富，笑声朗朗。

活烈士李玉安，魏巍写入"最可爱篇"，默默无闻甘做普通一兵，隐功埋名境界高尚。司机长郭树德，主席接见签赠选集，"毛泽东号"机车风驰电掣，一代英模尽展风采。著名作家陈玙，著《夜幕下的哈尔滨》，风靡全国横跨世纪，醉了人民火了家乡。突出代表，光辉榜样；有口皆碑，众人颂扬。

传承美德，奋发进取，各界精英，添彩增光。从戎卫国，翱翔蓝天，劈波斩浪，驰骋疆场，喜报频传，志在四方。大区首长之傅秉耀，乐守华疆；部队医院之李乃民，早有名望；军事院校之李文瑞，桃李芬芳；武警部队之刘世民，首都驻防；驻港部队之赵永清，使命神圣。军中将领层出不穷，钢铁长城军旗生辉。

江省文风，东荒称盛，巴彦尤著；传承更旺，群星璀璨，誉溢四方。德艺双馨，刘兆林军地有名好榜样；志书专家，柳成栋执着追求续史长；辞赋大家，王玉德千诗总汇韵绵长；钟情群艺，孙荣欣文化战线美名扬；硕果双丰，警喻创作办刊独爱华章；传奇诗人，费中元磊落一生耀家乡；剪纸能人，姜立新民艺之花名誉响；献身诗坛，李冰牧呕心沥血精神彰；扮演曹操，孙彦军惟妙惟肖展风采；画技高超，罗凤山张旭忠倾情墨香。《巴彦诗词》《巴彦文学》，梦想点亮。《楹联集萃》《艺苑金穗》出版发行。《点击巴彦》大型摄影画册，一展风采。舞蹈《大姑娘美》、曲艺《劳动佳话》，喜获大奖。《巴彦苏苏》，一曲高歌，唱响龙江。小说散文、诗词文赋、民间艺术、书法绘画、艺苑表演，各领华章。

张左己任省部领导，位显牢记为民履职，口碑褒扬；张淑范勇于挑重担，筑三八路修江湾库，巾帼英雄；刘焕奎育良种能人，四十五载特殊贡献，名冠四方；王文范致力搞科研，刷新纪录填补空白，为国增光；常祯竖起建筑领军，长城股份广厦万间,业绩辉煌。细览志书,各个时期各行各业,优秀儿女举不胜举,无法列详。仕途政要,科研尖兵,兴工领军,大地之子,辛勤园丁,群英合唱。可敬可赞,青史留名;可喜可贺,巴彦骄子!沉沙一粒可固基石。谁创历史?莫忘人民!巴彦人杰,浩然正气,大山铭记,千秋称颂;巴彦传统,灿烂闪烁,碧水高歌,万代弘扬。

巴彦风采,万众凝心,八方聚力,千帆竞发,开拓创新,彰显优强。膏腴黑土,物产富饶,八村麦黄,十里谷香,粮仓盛誉,经久分享。"强农"战略,深化改革,调整结构,综合治理,发扬优势,固国粮仓。大豆驰名,玉米品优,绿色农业,长足发展,生猪生产,龙江十强。"兴工"战略,探索新路,横向联合,招商引资,力补短板,拼搏向上。米业加工,生猪屠宰,浓缩饲料,玉米淀粉,产业链条,续写篇章。"活商"战略,转轨定向,民有民营,促进流通,市场繁荣,拨亮贸商。集贸市场,商贸新城,古街商埠,欧街商区,商潮涌动,扬帆起航。

三大战略,基础拉动,推进发展,城乡焕然,共筑和谐,同奔小康。水泥路屯相通,辐射成网;实施"安居工程",红砖房栅栏墙;物流公交发达,运输繁忙;邮路畅通无阻,千里知详;自来水沼气灶,普及面广;楼宇花园新区,百姓民房;靓丽景观大道,绿树成行。休闲广场,步行街区,百姓舞台,快乐分享;城乡建设,突飞猛进,焕然一新,蒸蒸日上。党的政策,惠及民生,三严三实,勇于担当;做中国梦,奔小康路,高唱凯歌,幸福逐浪。

巴彦佳景,得天独厚,山川秀美,绿水清波,鳞潜羽翔,一派风光。"鲈比松江""众星拱北""黑山云雨""驿马仙弈""石猿效技""驼峰夕照""石骨仙垛""雷劈古洞""泉眼流甘""城头春望"。天然十景,鬼斧神工,千姿百态,自古叫响。

南望松江之水,犹如银练,横贯西东,豁然开朗;东看群山之威,环绕高耸,层峦叠嶂,心情激荡;西顾大地之阔,一马平川,恰似锦缎,心海涌浪;北眺山冈之莽,兴安余脉,蜿蜒绵亘,遐思遐想。心旷神怡,四面风光。

兴仁居东,阜财在西,明覆占南,文治立北,古城四门盛装登场。东西牌楼,翘檐碧瓦,龙首相顾,风铃悦耳,彩画争艳,匾字苍劲,无声述说百年沧桑。文化公园,皇后塑像铭文颂扬;小城残垣显赫当年,穿越时光。烈士陵园,缅怀英名,洗涤心灵,传统弘扬。西郊公园,堤岸垂柳,亭伸水央,美色荷塘。

驿马山上,百鸟鸣唱,林涛涌动,石门前聆听金马驹传说⑤,观看仙人布下对弈残局,灵隐寺庙暮鼓晨钟,凡间仙境,神奇圣壤;驿马山下,千亩鱼池,万畦田园,平如地毯一幅壮丽画卷,蜿蜒少陵水走龙蛇,水鸟低翔,鱼米之乡。

243

航电枢纽,高坝平湖,天堑已成南北繁忙通途,挥笔泼墨,装点松江。水上乐园,笑迎八方,情融碧水恰似鲜花绽放。江畔临风听涛,隔岸远眺青山,吟诗信步亭廊;明珠广场耀眼,麻丫神石守望⑥,醉了痴情欢畅。江湾水库碧波荡漾,水深鱼肥,渠远稻香。森铁火车世界之最,穿山越岭,汽笛回响。高丽村寨民族风情,载歌载舞,米酒飘香。江河沟汊池塘库坝,悠闲把竿,渔歌畅享。松江之滨草场湿地,大美长廊,神韵水乡。四时变幻魅力无穷,如诗如画,特色风光。孟浩然欲来把酒桑麻,陶渊明愿做归隐之乡。

一部画卷,回味绵长。一幅蓝图,共筑梦想。一同奔路,明天辉煌!

高声咏叹,枫叶白杨,黑土金黄。低吟浅唱,少陵春光,东去大江。念我巴彦,赋我巴彦,引笔就章!

注释:
①黑龙江省的版图犹如天鹅,哈尔滨则喻为天鹅项下的明珠,巴彦山清水秀则喻为翡翠。
②指少陵河(帅水)、黄泥河(琶里郭水)、五岳河(隈鸦河)。
③金景祖昭肃皇后唐括氏多保真生于隈鸦河旁的隈鸦村,今富江乡小城遗址。
④中兴镇即今巴彦镇。
⑤驿马山上有一凸起的陡壁,陡壁中间裂缝纹理似两扇对开的石门,传说石门里有金马驹拉金豆子送给山下穷苦人;石门前平地有几块石头似桌、凳和棋盘,传说仙人在此对弈。
⑥巴彦港江畔公园的麻丫石,是根据民间传说麻丫与刘生凄婉的爱情故事,从松花江里打捞出来的神奇石头而立。

通河县赋

　　一览浩浩长卷,溯源赫赫通河;雄踞古道重地,因大通河而名。革命老区绽放异彩;千秋伟业气势恢宏。

　　北偎巍巍兴安之怀,眺望铁力庆安林海;南临滔滔松江之水,感叹方正宾县天堑;东接悠悠古城之韵,聆听依兰千载佳话;西连坦坦大道之宏,编织木兰巴彦通途。四邻友邦皆我兄弟,八面来风云舞神龙。

　　矩形版图,七山半水一分田,分半沼泽和草原;地势走向,北高南低敞胸襟,山丘平原依次情。重峦叠嶂,五十二峰筑雄关;绿水清波,二十七流织锦缎。原始森林莽苍苍,山沟涌动淘金梦;油气储量已探明,石英石晶莹无瑕,人参王[①]堪称国宝。广袤沃野孕育万种精美物华;高山大川蕴藏千品稀世之宝。展风貌堪称神奇地,山水画素描自然工。

　　天圆地方乾坤朗,通河一页史悠明。周以前为肃慎地,战国时期属貉地,汉时期为屈沙地,后汉三国扶余地;晋时期仍延续之,隋唐时期靺鞨地,辽时为生女真地,金属上京会宁府。太平屯金代古城遗址,出土铜质"巴刺海山谋克之印";一元时为或赤厅分地,属合兰府水达达等路;明时属奴儿干都司统辖;清初为呼兰副都统辖地,乾隆始设崇古尔库站[②],光绪三站为大通,隶属吉林依兰店;民国县治移至岔林河东,改名通河[③]隶属黑龙江省;伪满时期划东北十四省,随划属新设三江省管辖。日本侵略者无条件投降,载歌载舞欢庆抗战胜利,重见天日组建民主新政,由三江划归合江省管辖。新中国成立恢复东三省,通河划属黑龙江省管辖;松花江地区专属十一县,大都市松哈合并十八星。华夏文明一脉传承,松江之北独占哈东。

　　张熙首撰《大通县全境总册》开篇史,高登甲组织纂修《大通县志》续史长。沙俄列强划界毁林,伐参天林木筑中东铁路;不甘屈服人民怒击俄兵,扬国人之威弘不屈精神。官商勾结克扣百姓，民不聊生积怨不平；不畏强权奋起抗争，民国掀起抢盐运动。一九三〇年建中共支部，南湖革命火种播种北疆，宣传革命真理发动群众，长夜拨亮一盏指路明灯。

日寇炮舰联队进犯，守军五团奋力抵抗。激战七昼夜，三保通河城，团长吴凌汉，团副张兴华，血染松江水，捐躯沙场魂，扬中国军威，浩气荡然存。大刀会红枪团高举义旗，同仇敌忾彰显民族气节。抗联第三军赵尚志，林海密营风餐露宿，神出鬼没抗击日寇，铁血丹心威震敌胆；赵尚志李延禄夏云杰率众部，从清河镇小古洞槟榔沟出发，运筹帷幄挥师西进所向披靡，凤山镇大东北岔缴械保安营，日伪军两千多不敢正面交锋，战功赫传四方书写一页辉煌。建立抗联地下交通总站，杨春父子巧妙掩护身份；传递情报发展壮大队伍，秘密筹集物资运送给养；杨春二叔杨生壮烈牺牲，杨振瀛子继父任敢担当；秘密联络策划"四六"起义，英勇作战负伤被捕入狱；受尽酷刑严守党的机密，堪称北满第一地下交通。

朝鲜族特支书记李秋岳，转战珠河延方通游击区；发动群众点燃斗争烽火，传递情报筹措枪弹给养；延寿夹信子设计送靰鞡，通河西北河成立抗日会，培养骨干动员参加抗联，惩办罪大恶极走狗汉奸；印发抗日传单，撰写《流尽最后一滴血》歌词，狱中坚贞不屈，呼出"把日寇赶出去，解放全中国"；曾与赵一曼珠河并肩战斗，同誉为威震敌胆巾帼英豪。哈东游击队司令李福林，掩护军事会议首长转移，清河二道河子激战伪军，英勇杀顽敌热血洒青山；开烧锅商会会长孙左亭，帮助抗联筹集钱粮物资，面对日寇审讯大义凛然，满腔爱国志忠魂遭沉江。日寇丧心病狂，凤山镇清山沟，伐木工套子户二百无辜，大楞场尸横遍野血成河。王金才"四六"起义领导者，砸牢门救同胞三百余人，宣布建反满抗日游击队，烧伪公署砸军械被服库，激战据点毙敌四十余人，大义凛然民族气节高耸。

苏联红军进攻东北，穷途末路日寇投降，三五九旅乘胜挺进，松江省党政机关入驻，陈云亲临做报告，分析形势指方向。减租减息实行土地革命，人民当家做主巩固政权；抗美援朝保家卫国；解放战争势如破竹，可歌可泣，英雄壮举。难释手中史卷，缅怀志士先贤，江河可见，日月同辉，大山作证，气贯苍穹。

英雄辈出新时代，继往开来谱新篇。春风送暖求发展，改革开放云潮涌，勤劳致富创大业，小康人家笑语声。牵手同奔中国梦，万众凝心换新容。

兴安岭下绿洲，松花江畔明珠，统筹发展强县，区域中心城市，滨水之城、园林之城、环保之城、卫生之城、特色之城、精品之城、观光之城,蓝图铺就,乘东风跃马扬鞭,奔梦想幸福与共。

特色工业品牌:稻米精深,禽类屠宰,豆乳山产,绿色有机,生产"三化"④,国内有名;高纯石英,球形硅微,电弧坩埚,光伏电子,高端产品,堪称稀有;丰富林木资源优势,高新技术设备先导,成材地板家具厨具,绽放精深增值光彩;力推新型建筑材料,服务适合人居建设;资源禀赋梧桐树,引来八方金凤凰,省级工业示范基地,作用凸显引领驱动。

有机农业品牌:有机农业,二甲沟30万亩大型灌区;绿色农业,太阳沟现代农业示范区。土地治理,高产攻关,中低产田改造,农业综合开发,标准化良田建设。引农业产业开发龙头企业,为强工富农战略任务服务。北药开发,深入合作。贡米飘香千万里,省内最大有机稻米生产加工基地;肉鸭禽类产业化,省内最大樱桃谷肉鸭生产基地。以农为根,青山绿水黑土地;有机为上,咬定特色不放松。

全新城镇建设品牌:城镇改造迅猛推进,楼宇新区鳞次栉比,街路笔直四通八达,街道绿化香化亮化;市场繁荣商潮涌动,商贸开埠生意兴隆。夜色阑珊霓虹闪烁,不夜城吉祥和安乐。辟建广场公园步行街区,城镇空间得到扩大,基础设施得到完善,载体功能逐步增强。村路相通辐射成网,百姓出行门前乘车;"安居工程"显真功,告别昔日泥草房,红砖绿瓦太阳能,庭院不比城里差;自来水沼气灶普及面广,村屯卫生环境极大改善;彩电冰箱淋浴器,大爷大妈玩微信;健身体操广场舞,音乐一响就登场;祥和幸福无忧愁,欢声笑语不觉累。生产在农村,生活在城镇;生活在城镇,就业在城镇。党的政策强县惠民,城乡发展日新月异。凝心聚力精神抖擞,同奔小康实现梦想。中国文明县城,中国小城镇建设重点县,黑龙江省小城镇建设先进县,黑龙江省城乡规划管理先进县,省级卫生城,全新城镇建设品牌,光彩夺目五大殊荣!

全方位旅游品牌:浩荡松江东逝水,俊秀明珠通河城;美不胜收风光好,久享盛名赞西东;隔江远眺南岸地,不知不觉北来风;一股清新润肺腑,目送浪花去远行。黄金水道载着百年故事,讲着荣辱兴衰远去时光。一桥飞架南北,彩虹架起通途。人民广场浮雕伟岸,烈士陵园庄严肃穆,防洪高塔锁洪镇江,鸡讷高速纵贯南北,哈肇公路横穿西东,水路交通重要枢纽。大通河水库,一潭碧波水,犹如天上月,酷似一颗珠;三面环青山,陡峭林茂盛,山水舞清影;水仰山势高,山染水色美,天地之灵气,醉了画中人;东有石岩洞,西有佛掌石;登山顶南眺,豁然胸襟朗,松江舞银练,尽览万亩田;日寇军火库,谜团未解开。通河因大通河而名,不到大通河是遗憾。岔林河漂流,回归大自然,皮伐顺流而下,蓝天白云为伴,青山花草相送,旷古河道欢声。森林蒸汽小火车,堪称世界之最,这头乌鸦泡,那头兴隆镇,汽笛声声回荡山谷,车轮哗哗令人陶醉。乌龙狩猎场,观赏野生动物。槟榔沟抗联密营遗址,鹰窝抗联密营遗址,铧子山抗联密营遗址,青峰岭抗联密营遗址,白石抗联密营遗址,革命洗礼传统教育。铧子山神奇雄浑,誉为通河"小泰山",AAA级国家森林公园,红松老人已修炼五百年,因三个铧子状山峰而名,远观恰似王母遗落仙桃,细听神仙赠铧耕地传说,原始清新,群峰巍峨,森林茂密,参天古树,遮天蔽日,植被丰富,气候宜人,景色秀丽,山高涧深,奇松异石,景观独特,蔚为壮观。参谷溪上苍恩赐"国宝参王";圆觉寺暮鼓晨钟佛教圣址;听松涛观五花山独特神韵;古朴典雅木栈道廊桥一梦。世外桃源皆仙境,天造佳景色彩浓。

诗曰:
四大品牌天赐响,百业兴盛夺目光。
日新月异韵蓝图,共筑梦想凯歌扬。
美哉,通河! 奇光放异彩!
富哉,通河! 富裕恒久长!

注释:
①指1987年采参老人在铧子山二甲沟采集到的一茁重505克的人参,堪称国宝"人参之王"。
②即今三站。清乾隆二十七年,吉林将军以"三姓(今依兰县)西阿勒楚喀(今哈尔滨阿城区)地势辽远,驿递不便"为由,请求在松花江北岸借地设站,驿站由三姓入其境内,经宾州到阿勒楚喀。经过有关人员在松花江北踏查,在后设置的大通县境内设了五处驿站。即妙噶珊站(一站)、鄂勒果木索站(二站)、崇古尔库站(三站)、富拉珲站(四站)、佛斯亨站(五站)。
③因与甘肃省大通县重名,故改名通河县。
④规范化、系列化、标准化。

大都市里的小人物

这是一座省会城市,虽然比不上北京、上海、天津、重庆这些直辖市,但也可谓是个大都市。在这个政治、经济、文化中心的大都市里,那些高官显赫、富翁贵族们咱不去说,今天偏偏说一说大都市里的一些小人物的事儿。

卖报女人的知足常乐

在我每天上班的公交站点旁,有个小小的报摊。报摊的主人是一位中年女性。她中等身材,有些偏瘦,黑发镶嵌银丝,脸上布满深深的皱纹,戴着红色鸭舌帽还围个浅蓝色的纱巾,穿着报业集团的专用红夹克服,在绿茵的衬托下,很是打眼。

一个夏日的早晨,我像往常一样来到小报摊旁的公交站点等车。突然狂风大作,紧接着下起雨来。老天这突如其来的变脸,弄得卖报人手足无措。我急忙帮她好不容易支起遮阳伞。

打那以后,每逢见我来这里等公交车,她都要主动打个招呼。时间一长,有时她也主动聊上几句。她告诉我:"原来工作的工厂倒闭了,现在已买断了工龄。""都这个岁数了,又没有什么特长,要不是政府照顾,出来卖卖报纸,就得干待在家里。""那卖报纸不管什么天气,每天起得很早,很辛苦啊。"我对她说。"是呀,每天我要三四点钟就起床,骑上配发的专用报刊车去发行站上报纸,然后再回到卖报点,50 份报纸,到中午就卖完了。"她对我说。我问她:"怎么卖这么一点呢?"她说:"这里是城乡接合部,人流虽然大,但大多数人是下岗的或农民工,买报纸看的并不多。每天要是能卖上 50 份报纸,只要能挣个每月 500 元的底薪就行。"她紧接着继续说:"卖报也要看天气预报,天气好时就多上一点,天气不好就少上一点。有时遇上不顺,完不成定额,为了保 500

元的底薪,就得花钱把报纸买回来然后买给收废品的小贩,过去还好每公斤报纸能卖上1元四五角钱,现在不行了,只能卖上9角钱。""干啥也不易呀。"没等我感叹,她却自言自语地说了出来。

报摊有个报业集团配发的小黑板,在小黑板的上方,她每天都要摘记当日的天气预报、气温、风向等。接下来小黑板就是摘记报纸上主要报道的题目。这不大的小黑板却有着很醒目的文字,给过往和买报的人们提供了方便。

她的心眼很好使。我常常看见报摊旁有那么两三个熟悉的面孔,他们不是来买报纸,而是每天到这报摊上免费看报纸的。"他们都是附近下岗的工人,还没到领社保的年龄,早上来看看报纸也是个人气。"她乐呵呵地对我说。

她是个知足常乐的人,内心充满感恩的情感。她告诉我:"儿子已结婚,儿子儿媳在工厂打工,孙子都2岁了,由姥姥照看着。"她又说:"这样就把我解放出来了,政府的关照,夏天上午卖完报纸,下午就背上个塑料保温箱到街口卖冰镇矿泉水,半天下来也能挣上四五十元钱,最多的时候能挣70多元钱哪!"说到这里,她似乎有些满足的兴奋。可话锋一转她又说:"到了冬天,除了上午卖卖报纸,下午就在家做做家务。"

报摊,它是城市不可缺少的传播文化、传播信息、传播文明的"片片绿叶",卖报女人则是洒落大街小巷的"点点红花"。

修鞋师傅的为人处世

2012年8月30日那一场"布拉万"台风,引发强降雨肆虐了这座城市。

台风过后,第二天一早我同往日一样,不到七点钟就下楼准备步行去上班。当我见到斜对面院区通道旁的修鞋亭子的门开着,心想反正离上班时间还早,正好修修鞋。到了修鞋亭子,师傅却不在。"师傅,师傅,修鞋了!"我喊着。修鞋师傅闻声在院区内的花坛旁转过身来,答应着:"修鞋呀,来了!"

原来,修鞋师傅在给昨天被台风刮倒的花卉扶正培土。修鞋师傅回到修鞋亭子,一边放下手中的工具,一边洗手。"鞋怎么了?"修鞋师傅问我。"啊,开线了。"我应答后,把鞋脱下来递了过去。转眼间,修鞋师傅就缝好了鞋。

修鞋师傅又拿起工具去院区扶花培土了。我也跟了过去。这是个比较老的居民小区。四面各有一栋八层的楼房,院区中央有个小亭子,四周均匀分布6个花坛。花坛里开着红的、黄的、蓝的、白的、紫的,五颜六色的花卉。就是被台风刮得七扭八歪的。

"师傅,你住这吗?""我就住在北面那栋楼紧东头那个单元的三楼。"修鞋师傅又说:"我在这院区修鞋已经13年了,大家对我很关照,谁家修个鞋、配个钥匙啥的,都来我这儿,咱也不黑,比别处都便宜。""这不,没活儿,就扶扶花、培培土,不然烂掉就可惜了。"

因再不走上班就迟到了,我只好与修鞋师傅打招呼告别。

一座城市,是生活在这里的人们共同的家园,大家都应该付出那美好的关爱,哪怕是微乎其微的一点点,也是崇高的。修鞋师傅做到了。

记得还有这样一件事,一个开放式的公园种植的鲜花被人悄悄挖回家后自感愧疚又写了认错书挂在公园的花丛旁,告诫大家千万不要做损人不利己的事。而在一个主街道的路口处,一个大花坛,夏季的花卉过后,又换上了菊花。这菊花千姿百态,过往的行人都要多看上几眼。谁也不会想到的是,一天一辆轿车停在花坛的侧面,从车上下来两个穿着华丽的中年妇女,挖了几株菊花后扬长而去。

文明与不文明,虽然仅是一字之差,但差之千万里。为了我们赖以生存的美好家园,人人都有责任去呵护她!

推拿小伙子的诚实守信

一个32岁的小伙子,在三类街道上租个门市房开了个推拿康复所,自己既是老板也是服务员。他的手法好,有的顾客还是原来在别的地方跟过来的,活儿供上了手,收入也蛮不错的。

记得一个周六,我的QQ空间突然收到他发来的即时消息:"叔叔你好,因为我家买了新房子,离这里太远,晚上回家不方便,只好把推拿康复所兑了出去。你的会员账上还有存钱,请在近日来店里把钱退给你。"我读完这个小伙子的消息,感到丝丝暖意。随即给他回复了即时消息:"对你做事如此认真,讲诚信,叔叔很高兴,也很感谢你前段时间对我的服务,我的存钱可能所剩不多了,就算了吧。祝你顺利!"让我想不到的是,这个小伙子过一会儿又给我发来即时消息:"叔叔,请你务必来一趟,这钱不退给你我心也不安。"那天,我去了他那里,与他交谈得知,会员一共有四十多人,账上有存钱的,他都一一告诉来店里来领存钱,没有存钱的也都打了个招呼,提醒以免别再白跑一趟。

我是因为去年腿摔坏了,在康复治疗过程中,需要推拿理筋,就找到了这个推拿康复所。

因为这个推拿康复所在我上班的路上,离单位又稍微近一点,这样,我就加入了会员,坚持在这里理筋。经过一段时间的推拿理筋,也基本痊愈。入冬以来,由于天冷路滑,我由步行上下班改为乘坐公交车了,所以也好久没去那里了,也不知道会员账上还存多少钱。

我与他说话期间,就有三四个会员前来领钱的。我对他认真诚心的态度表示赞赏。他也与我说:"咱不能一走了之,干缺德的事,找挨骂。"

推拿康复所的小伙子翻动着会员账单,找到我的名下说:"叔叔,你还存75元钱。"一边说一边把钱退给我。"叔叔,请在账单上签字。""啊,谢谢!"我签下了自己的名字,扫视了一下账单"退款75元,存款0元"。

从这位小伙子给顾客退钱的事情看到,为人处世的哲理与学问。本分做人,终身受益。我祝愿这样的好人一生平安幸福。

环卫工人的无言坚守

在我家所住的小区不远处就有一个垃圾站点。每天天不亮,就有五六位五六十岁的男女环卫工人从附近的小区里推来生活垃圾,倒进备用的垃圾车厢内,一直要忙到晚上七八点钟。寒冷的冬天,他们却汗流浃背,头上冒着热气,一会儿热气变成了白霜。炎热的夏季,垃圾散发着酸臭味,招来嗡嗡乱叫的苍蝇,可他们仍旧默默地工作着。

我不知道他们一年发几套工作服,我只知道每当见到他们时衣服都是脏的。

2013年冬那场50多年一遇的大雪,给整座城市的运转带来了考验。一连几天,环卫工人们每天只能睡上三四个小时,奋战在清雪的第一线。

街道的积雪用机械清扫,街路两侧步行道的积雪仍然是人工一点一点地清扫。这是一座以雪为令的城市。一旦下雪,整座城市就立即投入清雪战斗。就像当年支前一样,街道旁的商家店铺大开方便之门,熬好姜汤、备上热茶、开水送给清雪的环卫工人。有的店铺还特意打上电子屏幕"环卫工人们辛苦了!室内免费备有咖啡、茶水、开水,请来暖暖身子吧!"有的单位的职工食堂特意为环卫工人免费提供午餐。有的餐馆把热气腾腾的包子、馒头、咸菜送到环卫工人手里。

提起环卫工人,在这座城市里,还有件新鲜事。去年,研究生毕业的大学生,也应聘当上了环卫工人。而且有的大学生竟是学食品专业的,真有一点"所学非所用"的味道。

宁可一人脏,换来万人洁;宁可一人累,卫生千万家。环卫工人以其单薄的体力为这座大都市默默无闻地工作着,堪称是城市的名片、高洁的美容师。

环卫工人是个弱势群体,需要全社会更多的关注、理解与支持。作为生活在大都市的人们,我所期盼和呼吁的是:养成良好的卫生习惯,为环卫工人减轻一份负担,提高生活环境质量。

交通志愿者的奉献

说起志愿者三个字,那就与人的甘心情愿的奉献联系在一起。

在我每天上下班的一个主要街道路口,每当上下班高峰,就有么三四个身披绶带、手里拿着印有"创建文明城市,维护交通秩序"黄字的小红旗的中年男女,他们就是交通志愿者。

每隔几天,这个路口的交通志愿者就要调换一次。人的面孔虽然变了,但维护交通秩序的使命没有变。

一天,我从路对面按照交通志愿者的指挥横过斑马线后,与两位交通志愿者聊了聊。其中一位30多岁的中年小伙子告诉我说,他是出租车司机,是去年报名当的交通志愿者。"我没那哥们干得长。"说罢,他指向另一位40多岁年纪大一点的交通志愿者。"你干几年了?"我问。"干5年了。"那位年纪大一点的答道。"每天几个小时?""高峰时两个小时。""干交通志愿者影响收入啊!""是的,少说得少挣七八十元钱。"我一边问,一边听着那位年纪大一点的交通志愿者乐呵呵的对答。"你要是想当志愿者就到社区报名就行。"30多岁的那位小伙子对我说。我连连点头说"好!好!"

短暂的交谈与沟通,两位交通志愿者给我留下了深深的印象,他们的言行在书写着什么叫作奉献。

大都市里的小人物多得是,他们身上有好多大人物做不到的事情,也正因为如此这些小人物构建了大都市,支撑了社会这个大舞台。

只因美丽才漂亮

女人不是因为漂亮才美丽,而是因为美丽才漂亮。容貌的漂亮,岁月的风雨总会无情地侵蚀,称不上美丽。而只有美丽的心灵,才会善始善终,豁达无私,洒脱自如,越活越有劲,越活越年轻,越活越漂亮。

我与江山文学网"东北风情"社团社长彧儿,虽不曾谋面,但通过拜读她笔下家人的作品,我更加了解了她。她就是一个有着美丽的心灵、浓郁的亲情的人,就是一个"因为美丽才漂亮"的人。

拳拳孝心升华婆媳缘

彧儿《婆婆也是妈》这篇散文是于2012年5月7日,在母亲节来临之际,献给年迈婆婆的。作品通篇围绕婆媳关系问题的亲力亲为、亲身感受,用简洁、干练、生动的文字与日常生活中的典型事例共分四部分进行了叙述,生活气息浓郁,真实感人,发人深思,给人启迪。

彧儿用真真切切的文字写了婚前与结婚初期的心理活动,以及与婆婆关系融合的良好开端。"刚刚和先生恋爱那会儿,有先于我结婚的朋友就曾神秘地告诉我,想着将来结婚了,自己多个心眼儿,现在的婆媳关系难处着呢!"彧儿开篇自然,切中主题。一个"神秘"的字眼用得极妙。而她"淡淡地一笑",彰显了其内心和善的一面,她没有随声附和,却有沉重的思绪。当她与先生牵手走进神圣的殿堂,当了儿媳妇初期的时候,"心里还真跟压着块石头似的,沉重异常、不知所措呢!"然而,心存善意、百善孝为先的她,选择自己母亲与祖母婆媳关系的范例来为自己拨开迷雾、释去重负。"记得母亲说过,婆婆也是妈。母亲和祖母一直相处融洽,形同母女,同一屋檐下生活了三十年,不曾有过半点争执。我坚信母亲的话,我更坚信情能生情。"但是,"我毕竟不是婆婆身上掉下的肉","如果我待她如母亲,她是否也待我如女儿呢?这样的想法在最初的日子里反反复复地折磨着我","甚至让我不知道怎么办才好,就连那声'妈'也感觉是硬生生地从喉头挤出来的。"这又是刚刚做儿媳的她的切身感受。而"这样的日子持续了一段时间,直到有一天下大雨,我的想法才发生了跳跃性的变化。"因自己穿的单薄,晚上下班便发起了高烧,正巧先生出差,婆婆一整晚守着我,端水送药,也不知用酒给我搓了多少次身子。早起的时候,我的烧退了,婆婆的眼睛却熬红了。那一刻,我的心溢满了温暖,由衷地说了句,"谢谢妈!"婆媳关系是家庭这部机械的一个链条,初期应该有个磨合期。这个磨合期的长短取决于婆媳双方的主动性与驱动性。

或儿在文中发出:"走进一家门,便是一家人"的感慨!"有人说,有妈才有家。母亲不在了,婆婆是这个世上我唯一叫妈的人。每当下班回家,开门后的那一句'回来了!'淡淡地,轻轻地,却是一种殷实地暖,暖过身,暖过心,深深地溢着幸福的爱。谁说婆媳关系难相处?其实只要真心相待,婆婆也是妈。"将自己对婆婆的情感表达推向了高潮。

或儿写婆婆的第二篇作品是诗歌,诗歌的题目叫作《婆婆的方向(外二首)》,发表于2014年2月11日。

婆婆的方向

岁月的画面,于光影下/不停地切换/你,浑浊的目光/折射出隐忍与沧桑/……但你却笑容依然,看到儿孙/温馨的笑脸,仿佛看到东方升起的太阳/于流年里辗转成希冀的模样/而我,抚不平你岁月的留痕/唯一能做的,就是在季节的路口/托起一个明媚的春天陪你,生命的遥远

一双开花的手

当时针叩响子夜的钟声/我的目光,穿透岁月的经纬/定格在,那双皲裂的手上/……而今,时光的年轮/一层层剥离青春的外壳/我看见,这双手如花一样的绽放/菊一样温婉,梅一样灿烂……这浸入心扉的花香,可化解/我心底的疼和眸中的伤

眺望的目光

站在季节的边缘/我想象着,让日子与太阳一样圆满/让生命如花般的明媚/而,你却于流年中/将目光举起,宛若长长的绳索/捆绑住我疾驰的脚步/……你羸弱的身躯已如秋后的枯黄,委顿/皲裂的皮肤,干涸的容颜/已泄露了,你隐忍背后的苍凉/而我所能做的,就是在你岁月的渡口/用一根敏感的神经,翘动/你眺望的密码/将这目光衔接,延续/静守,秋天的丰硕

或儿的《婆婆的方向》,将"方向"镶嵌在歌颂婆婆的诗作题目上,不仅有新意,也显得十分大气。方向,常与引领相伴,不难看出婆婆在作为儿媳或儿心中的位置。而这种位置是用真正的情感度量的。在陪伴婆婆老人家尽享三世同堂的天伦之乐之际,虽然自己这个多年媳妇还没有熬成婆,但作为未来这个家族的准婆婆,表达了对暮年婆婆的感激之情及发自肺腑的感言。《一双开花的手》,婆婆的双手,没有特异功能,是一双历尽沧桑,饱尝艰辛的手;是历经流年,翻动岁月的手。在这里,让我联想起《父亲的一双老茧》的作品,正好相互呼应。新奇的创意,细微的挖掘,内涵的深刻,表现了或儿对婆婆的满腔深情。《眺望的目光》,眺望的目光,则是一种力量,则是一种期盼,则是一种岁月的延续。面对苍老的婆婆发出感叹、感恩与感慨。

如果说《婆婆也是妈》是正确处理好婆媳关系的一个庄重的宣言,那么《婆婆的方向》就是提升婆媳关系的一本经典。

作为已婚的女性,没有极特殊情况,总要面对婆媳关系这个问题。然而,现实生活中,又有多少像或儿与自己婆婆这样令人敬佩的经典纪录片呢?或儿能够与婆婆和睦相待,视为自己的娘亲,这源于其人本的彰显、良善的内心、孝顺的践行,也源于其娘家"有其母必有其女"好的家教、好的家风。

由于婆媳关系的特殊性、传统性、世俗性、现实性的客观存在,有人错误地认为婆媳之间是一对"天敌",是一条不可逾越的"楚河汉界"。于是乎,上演了一幕幕有悖老祖宗美德、有损做人形象、有碍社会和谐的丑剧。从一定意义上说,或儿的这两篇作品也是对那些狭隘之人的鞭挞与鲜明的对照。

深深铭记父母养育恩

歌颂、赞美、感恩父母是人类一个亘古不变的主题。

或儿写自己父亲母亲的作品共有3篇。在或儿散文的笔下父亲是位《铁汉柔情,真爱无言》的人,而写《母亲》则有殷实的散文记叙和精美的诗篇。

散文《铁汉柔情,真爱无言》发表于2012年7月23日,写于6月份父亲节时。或儿用"任思绪纷飞,渐飘渐远,让过往的时光静静地流淌成深情的文字"来感恩铁汉柔情的父爱,来感悟父亲真爱无言。或儿打开记忆的闸门,"那一刻我看到父亲日渐增多的白发,瞬间的苍老,我的心疼得几乎滴出血来。""在母亲面前,父亲一直是笑着的,我明白父亲的心,他是想让母亲放心地走。""直到料理完母亲的后事,父亲的泪如决堤的水,长流不止。那是我30年来第一次见到父亲那样伤心地哭,而且哭得像个孩子。"或儿这质朴、简洁的描写,把父亲勾画得活灵活现。而在弥留之际的母亲面前,"父亲一直是笑着的"。将父亲铁汉柔情塑造得名副其实,刻画得淋漓尽致,这才叫作人物的有血有肉。作为女儿的她,慈母辞世的悲痛,对父亲操劳"心疼得几乎滴出血来",非常自然地表达了那份对父母亲的情感。"我的心深深地疼着……如果不是在人生的跌宕起伏中经历了那么多的事,或许我还不够了解父亲,不够了解父亲与母亲之间的那份感情,是那么真,又那么纯。"彧儿在这里,用"真"与"纯"二字将父母这对恩爱夫妻画龙点睛般地进行了刻画,对诸多往事留有广阔的空间,而且也给人以诸多的思考。

彧儿通过对往昔家境的描写,父亲常年在外的辛劳,母亲一边工作,还要照顾家里,照顾年幼的我们和年迈的爷爷奶奶,以及父亲回来时抽空带我们嬉戏玩闹,和自己幼年成长的经历等片段的情景再现,感恩父亲母亲面对上有老下有小,为了这个家所付出的心血与汗水,特别感恩父亲当年的那句话:"孩子的成长顺其自然最好,绝不能拔苗助长!"

继而彧儿写了当她高考通知书送到家的时候,全家人高兴的情形。"我分明看到父亲的眼里溢满了泪,嘴角挂着满足的笑。蓦地,我发现父亲的额角处不知何时爬上了稀疏的白发,在夜晚的灯光下,真真切切,却又扎扎实实地刺疼了我的眼、我的心。"彧儿在审视父亲面容的瞬间,一股感恩的潮涌激荡心田。"记忆里的父亲一直是高大、年轻,永远那么生机勃勃充满朝气的。"又与白发相衬托,形成了强烈的反差。印记在彧儿心里的父亲形象永远是美好的。"我不解,父亲的年纪并不大,怎么白发生得这样早?"一句反问,答案却是父亲一串串感人的故事。"父亲是在用他弯曲着的身子和宽厚的肩膀,撑起了家的一片天,给了我们依赖中的温暖啊!"此时的彧儿,大彻大悟、无比感恩的内心世界,真正破译了父亲真爱无言的密码。

步入晚年的父亲每天晨练、转公园、下棋、聊聊天、看看书、写写字……"仿佛一瞬间读懂了父亲"又在父亲沧桑岁月中变换着焦聚。而定格的就是原来无言的爱才最真,才是大爱。首尾呼应,诠释主题。父亲,在彧儿心目中永远是高大伟岸的!

2012年8月2日,彧儿发表了散文《母亲》。"用老人的话讲,母亲是个苦命的孩子。五岁的时候,外婆去世了……母亲作为家里唯一的女孩子,理所当然地承担起了洗衣、做饭、操持家务的活计。"彧儿记叙了母亲苦涩的童年。

母亲18岁那年嫁给了父亲,便早早地背负了家的担子。由此塑造了一个豁达、乐观的母亲形象。彧儿通过追忆母亲与祖母婆媳30年的母女情深的和睦相处，其中有困难年代母亲给祖母做红焖肉情节的细描，"妈，您怎么不吃肉？""母亲温和地笑，'妈不爱吃肉。'"在平淡中看出母亲浓浓的亲情。我突然发现彧儿《婆婆也是妈》作品标题的出处，原来是其母亲的精辟语录，是母亲孝敬婆婆浓缩的结晶。表达了彧儿对母亲无限的崇敬和深切的怀念。母亲当年"婆婆也是妈"的谆谆教诲，彧儿已延续到了自己和婆婆的身上，母亲美德的彰显，这也是对九泉之下母亲英灵的告慰。

"我从未给母亲过一次母亲节，每当这个日子的时候，我都是陪在婆婆身边……我一直在心里惦记着这件事，却终究没能做成，直到母亲去世，那束康乃馨变成白菊的时候，我才知道对于母亲，我欠得又何止是这一束花？""母亲去世后，我在整理她的遗物时，从她的旧箱子底里居然找出几条棉裤来！父亲说，那是母亲做给我们全家人的。因为母亲担心她年纪大了，做不了针线，怕孩子们没得穿。那一刻，我的泪成了决堤的水，再也抑制不住。母亲就是这样一个人，她宁可苦着自己，也要为家人着想，她的所作所为都是为了这个家，为了这个家的人。即使在生命的最后，她的温暖还在，她对这家所有人的爱还在。"真是让人感动啊！彧儿质朴的文字，不禁感同身受。母爱无我，母爱无畏，母爱无疆！那就把心中珍藏的那束康乃馨献给永远活在心中的母亲吧！

《母亲》（组诗），这是彧儿继《母亲》（散文）发表一周后 2012 年 8 月 8 日的又一歌颂、追忆、缅怀母亲的作品。

  雨，打开夜的心事/缱绻，记忆的目光/涌向那个宁静的夏天/孤灯盏里，一枚线/穿透了岁月的叮咛/携一缕思念，融入牵挂的梦/缜密的针脚/卷起你，爱的心潮/于暗影，摇曳成一片温婉的世界

  你站在，季节的风口/翘首企盼/记忆的小路，牵动着你的视线/落寞中，你把思念/封存打包，遥寄我的心底/岁月的溪水旁，拥抱一抹记忆的暖

  一缕思念流淌于/颤动的指尖，敲醒了/泪的思念，浸入黑色的键盘/携一把夜的暗香/洒入想你的诗行，于心底/凝固成一尊恒久的守望/子夜，你从梦中走来/一抹浅笑/嵌入心海，融化我冰冻的目光

彧儿饱满的情丝，凝练的语句，穿越岁月的长河，回放精彩的瞬间，把人置入尽享母爱的意境。犹如传咏久远的唐朝诗人孟郊的《游子吟》一般，富有极大想象力的将母亲对孩子的爱用一枚线与岁月的叮咛、牵挂的梦，没有渲染，朴素自然，却真挚感人：爱的心潮，摇曳成一片温婉的世界。彧儿用季节、风口、翘首、小路、视线等一连串的词组，寥寥几笔勾画出自己成长中母亲所

付出的一切。"你从梦中走来,一抹浅笑,嵌入心海,融化我冰冻的目光。"表达了怀念与感恩母亲的情思。彧儿写母亲的这组诗,淳朴素淡的语言,饱含浓郁醇美的感恩,情真意切,令人潸然泪下。

读罢彧儿《铁汉柔情,真爱无言》《母亲》的散文与组诗,暖暖的文字,深深的情怀,犹如一曲委婉动听的感恩父母的颂歌。更为彧儿有这样平凡而伟大的好父亲、好母亲而喝彩!而肃然起敬!

双双恩爱传递夫妻情

声声细数,暖暖爱语,抒发了作者那份柔润的情愫。"亲爱的,辛苦了!"是来自心里的关怀与怜惜。付出的是劳作,回报的是情意。有你陪伴,每天的阳光依然靓丽,每天的生活绚烂无比。疼你爱你在梦里。小诗意境很美,亲切自然。我认真阅览雪梦儿对彧儿2012年9月25日发表的《亲爱的,辛苦了》的编者按。

亲爱的,辛苦了

收到你的信息/心中满是惊喜/知道你在忙/却还要挤出一点点/给我的空隙

亲爱的,辛苦了/你忙碌的身影/常会冲撞我的记忆/你带病的身躯/牵动着我脆弱的神经/久久挥之不去

亲爱的,辛苦了/相信一切都会好起来/因为你的付出/我永远支持/你所有的辛苦/我真切地疼在心里

亲爱的,辛苦了/想为你理一理凌乱的发/暖一暖冰凉的手/即使这样的想法/只能是在梦里!

彧儿围绕老公的一个信息,拨动了对老公真爱的心弦。用"亲爱的,辛苦了"作为诗歌的题目,亲切、质朴、浪漫、温馨,而在诗中3次出现"亲爱的,辛苦了",叠语的运用,紧扣主题,不仅朗朗上口,而且每一次叠语的出现都有彧儿对自己老公饱满情感的诉说:忙碌的身影、带病的身躯,这是夫妻居家过日子极为平常的事,可在彧儿的心里,却上升到"牵动着我脆弱的神经"的情感高度;相信一切都会好起来因为你的付出,我永远支持,这又看出彧儿对自己老公事业的支持与付出的认可,对生活充满希望的乐观心态;想为你理一理凌乱的发,暖一暖冰凉的手,作为妻子的彧儿,此时心存感激的她,面对老公为了这个幸福的家所做出的努力与奉献,流露出"你所有的辛苦,我真切地疼在心里"的真挚情感,我能为你做点什么?!在这里,彧儿淡淡地用"理一理凌

乱的发,暖一暖冰凉的手"体现了细微之处见真情。这就叫作真实的生活。夫妻之间的一个温馨微小的动作,比起那口头的赞美要强百倍万倍。结发为夫妻,恩爱两不疑。不难看出彧儿与老公和谐幸福的夫妻生活。

有人说,婚姻如同七色板:白色的平淡;黄色的温暖;蓝色的浪漫;红色的热烈;紫色的神秘;绿色的插曲;橙色的成熟。我说,婚姻就是彼此双方用心血与汗水绘就的一幅多彩的图画。

有人说,幸福婚姻=100%宽容+100%浪漫+100%油盐+100%体贴+100%忠诚+19%嫉妒+1%吵闹=520。我说,幸福婚姻假如是一道数学题的话,可以是2的n次方,或是"有理数"绝对值的计算。

《牵手》这首歌是最熟悉不过的了,不仅旋律优美,而且歌词感人,这是对婚姻的最美诠释。

我衷心地祝愿、深深地祝福彧儿和她的老公,举案齐眉琴瑟之好,伉俪情深比翼齐飞!牵手!牵手!白头偕老,相伴终生!

悠悠教子彰显慈母心

《儿子上小学了!》和《适应并接受孩子的长大》两篇散文,这是彧儿融入自己与老公情感写自己儿子的作品。

《儿子上小学了!》看得出作为母亲,当然也包括父亲为孩子上学所感到无比兴奋的一刻。彧儿通过儿子上学前的准备工作、第一天送子到校与参加学校升旗仪式和开学典礼,及儿子放学归来等情节的细致描写,刻画了作为母亲的彧儿在高兴的同时,又伴有一份紧张与担忧的心绪。以及通过循序渐进地调理儿子的生活起居,联想自己小时候上学的情景,感受到母爱的传承与担子的分量。"好的,妈妈,我要努力考大学,像妈妈一样。""呵呵,我还真不知道我从什么时候开始成了儿子的偶像了!"这位年轻的母亲又看到了儿子的美好未来!而彧儿《适应并接受孩子的长大》,是写儿子在幼儿园成长片段的。"总之宝宝在一天天地长大,我不能再以他是单纯的孩子的眼光看待他,我应该渐渐地适应并接受他的长大,然后再渐渐地适应并接受自己的老去,对吗?!"一个"适应"与"接受"的字眼,切中主题,看得出在教育儿子中的理性。而在对孩子报补习班问题上,又是一种睿智的思考:"首先要选他所特长的强项来报,争取将来在某一方面有所作为才好。尊重孩子的每一步成长,让孩子的童年在快乐中学习才是我这个母亲该做的事!就让我和孩子一起成长吧!"

或儿的《儿子上小学了!》与《适应并接受孩子的长大》先后发表于 2012 年 9 月 26、27 日。这是或儿对孩子教育的一个阶段性的总结、理性的思考、明智的选择,悠悠教子,慈母情深,值得称赞!

或儿在饱含深情的八篇作品中,转换着角色,头上有儿媳、女儿、妻子、母亲的光环,而每一道光环并不是炫耀的资本,而是责任的使然。让我们在或儿笔下的家人这些充满激情的文字中,感受涌动的血脉亲情的浓郁与纯真!感受一个为责任所付出的年轻女性崇高的境界、美丽的心灵,这就是"因为美丽才漂亮"的印证。

第四辑 ❀ 幸福:陶冶与陶醉

他与《老照片》的不解情缘

　　他,酷爱读书,为此购买了许多书。而他对山东画报出版社编纂的画册丛书《老照片》更是爱不释手,结下了不解情缘。

　　说他与《老照片》的情缘,那还得从 19 年前说起。

　　"一次,与同事聊天的偶然机会,同事向我说起这画册丛书《老照片》,图文并茂,书很好,刚出版发行三辑,要想买新华书店还有。"于是,他到新华书店让营业员拿来《老照片》不停地翻着,感到这书果然不错,就买回了一至三辑。

　　他似乎有些兴奋,滔滔不绝地向我介绍《老照片》第一辑中关于当年修缮天安门的照片和文字记叙。天安门修缮是 20 世纪 70 年代的大众新闻,但书中的许多细节,对于我来说还是第一次听到。

　　对《老照片》情有独钟的他,从此成了新华书店的常客,接着购买了第四辑、第五辑……春夏秋冬四季轮回,19 个年头过去了,职务的升迁,工作的忙碌,岗位的转换,他没有改变对《老照片》一往情深的挚爱。直至 2015 年 6 月 9 日购买了第一百辑,圆了自己的一个梦。

　　面对百辑《老照片》,回首看看他走过的购书、读书、藏书所经历的漫长岁月,令人折服。在精神世界上,可以说,他是一位富有者。

　　8 年前,一次去享有泉城盛誉济南出差的机会,我到过他坐落在千佛山脚下的家。宽敞明亮的客厅里,挂着名言书法字条,书房里一大排书柜,装满了各种古今中外的名著与工具书。他特意拉开书柜的玻璃门,让我欣赏《老照片》。因时间关系,对眼前排列整齐的《老照片》我无法尽览,便伸手轻轻爱抚。"真了不起呀!"我发出内心的感叹。

　　《老照片》,从 1996 年 12 月出版发行第一辑到 2015 年 6 月出版发行第一百辑,时间跨度较大,出版发行的时间前些年也不确定,能够购买到百辑一辑不少,并非易事。

他对我讲,有几次因出国或出差,错过了新华书店购买《老照片》的时间,他就给编辑部、印刷厂打电话,说明情况,恳求邮寄。执着与真诚感动了上帝,及时补上了漏买的那一辑。有时,编辑部、印刷厂把他要买的那一辑《老照片》免费赠予。他还向我说起一件事:有一辑《老照片》,等他出国回来,不仅新华书店卖没了,就连编辑部、印刷厂也都没有存货了。买不到那一辑《老照片》,岂不成了断了线的珍珠,一时急坏了他。"山重水复疑无路,柳暗花明又一村。"他灵机一动,心想何不到旧书摊转转,或许……于是星期天的旧书摊上就又多了个"淘宝"人。功夫不负有心人,一次回老家看望父母,发现街上旧书摊摆着四本《老照片》,不由分说全部买下,不仅补上了缺少的那一辑,多余的还送给了家人。真是谋事在人,成事在天。正是:众里寻它千百度,蓦然回首,那书却在,街摊旧物处。

这一百辑《老照片》,起初他是从新华书店直接购买,中间有两年通过邮局订阅,后来邮局取消了这项业务,又到新华书店柜台购买,近几年通过网购,更加快捷了。

当我问起这一百辑《老照片》价位时,他对我说:"最便宜的一辑只有3.5元,最贵的一辑20元。"停顿了一下,他的话锋一转:"当初买《老照片》时刚33岁,如今已经52岁了。"

光阴无痕,岁月有情。他为了这一百辑《老照片》,竟用了近20年的时间。假如我们把每一辑《老照片》设定为1分的话,那么从1、2、3、4、5……一分一分地积累,最终得了100分。这是人生难忘的历程,欣慰的历程,闪光的历程!

试问人生能有几个20年,又能做成几件事?!世界上从来就没有免费的午餐,更没有天上掉馅饼的美事。只有无悔的付出,才会有丰厚的回报。只有不懈的坚持,才会达到理想的彼岸。透过他购买百辑《老照片》,不难看出一种美德、一种精神、一种追求的彰显。

"《读图时代的老照片》——终于买到《老照片》第一百辑……从第一辑发行到一百辑,时间跨度也近20年……每购此书必先睹为快,再翘首企盼下一辑。《老照片》满足了我的读图读史爱好,并触发了怀旧情怀。几次想撰写一篇《老照片里的母亲》投稿编辑部,终因各种原因未成。亲情铭刻心里足矣,无须晒于别人……等退休或一百岁时,再仔细研读此类书籍尚且不迟。"这是他在2015年6月11日15：49：01给我QQ发来的消息。

近些年,他一直工作在外。除了回家购买的《老照片》外,他把在驻地买回来的《老照片》,总要送给我翻一翻。我从《老照片》以图说事、图文并茂中,看到了远去年代的缩影,知道了老照片背后鲜为人知的故事。

往事并不如烟。我感叹的同时,也曾动意购买一套完整的《老照片》,可惜有些辑早已售罄,只好作罢,待有朝一日前百辑再版时,一定要收藏一套。

在我的办公桌上,是他昨天送给我看的第一百辑《老照片》。扉页用"一同走来",展现了《老照片》百辑封面,很有纪念意义。

在这第一百辑《老照片》中,有张鸣的《高跷上的新中国》,是北京城庆祝解放的一个侧面;有薛原的《蒋介石在青岛的一张老照片》,从秘密档案印证了蒋介石到青岛的时间及下榻地点;有孙国辉的《八分钟的纪实摄影》,真实记录了"无产阶级文化大革命"的侧影。

"收集照片便是收集世界。"这是被称为"美国的良心"——苏珊·桑格塔语。傅国涌以"收集照片便是收集世界"为题,为《老照片》一百辑撰文写道"蓦然回首,我发现这本朴素、低调的读物完成了中国期刊史、出版史上一项前所未有的事业,与其说它以过往的照片来记录历史或社会的变迁,不如说是在记录人的命运。将一百辑《老照片》分散开来,或许不觉得怎样,但是集中在一起,我们却可以看见19世纪末以来,尤其是20世纪国家的沧桑,其中有多少个体的血泪和欢笑、梦想与挣扎,追求与幻灭,一个个具体的有血肉的生命被时代裹挟,他们的命运起伏跌宕。""穿过岁月幸存下来的老照片,远不仅仅是满足人的怀旧的需要,更多的是人的尊严与权利被重新肯定,由此可以体悟《老照片》不是茶余饭后的闲语,而是以一种特殊的方式在正视人的命运,是以记忆反抗遗忘之举。""……文化的力量是一种神奇的可持续的力量。一百辑《老照片》屹立在那里,就是有生命的存在,更是有意义的存在。因为它在漫长的时光当中,以如此独特、如此确定的方式承担了自己的使命,回望过去,并指向未来,不可替代,独一无二,岁序无论如何更替,它总是沉默如初,滋润忍心,不争不闹。"

我细细咀嚼傅国涌的这些文字,禁不住笑了,终于找到了他与《老照片》不解情缘的答案。

雪趣童真

一

雪人一家又回来了，拥抱你的依然是一见如故的老朋友。

大自然总是以其特有的方式馈赠这个世界。今冬，雪厚冰莹的一大特点，给被誉为东方莫斯科、东方小巴黎的哈尔滨的人们带来无限的情趣。

一连几天的中到大雪，飘飘洒洒，好似久别的孩儿扑向大地母亲的怀抱。雪，天生就与洁白相连。雪，给这里换上了新装。但，一时间却也带来了不便。教育部门为了学生的安全和缓解交通压力，中小学还特意停了课。

四楼的大平台上已经积满了厚厚的雪。有几位业主像当年哥伦布发现新大陆似的，早已捷足先登，在那热火朝天地开始了堆雪人的"伟大工程"。我与上小学放假在家的外孙子也加入了堆雪人的行列。

外孙子站在没膝盖的雪地里说："姥爷，咱们就在这里堆雪人吧！""好的！"我迎合着。外孙子用塑料盆舀雪，我借来铁锹在一旁助阵。一会儿工夫，就堆出一组雪人。今年的雪人，个个又白又胖。

外孙子还叫姥姥从楼上扔下彩笔和纸写上"爸爸""妈妈""儿子""女儿"的字样用烧烤的竹签子分别插在雪人身上。"姥爷，你再给雪人一家起个名字吧。""好啊，勤俭是中华民族的美德。就叫勤俭之家吧。"外孙子听罢，连忙写了"勤俭之家"四个大字用两根竹签子撑起插在了雪人旁的雪堆上。

外孙子趴在雪地上，然后站起来扬起雪花高兴地喊："雪人一家又回来了！雪人一家又回来了！"

二

雪人有了幸福的家，多么的温馨与浪漫。

接二连三的大雪、小雪飘飘洒洒地下个不停,整个城市换上了银装。蔚蓝的天空,清新的空气,无瑕的大地,淡雅的色彩,雪的激情,雪的火热,雪的执着,美轮美奂。

　　有雪相伴,快乐无限。四楼平台上那个"骨瘦如柴"的小雪人,还是我陪同外孙子在当初第一场雪时堆的呢。

　　后来,又下了一场大雪,让原来那个瘦小单身"男子汉"雪人,转眼间就发福了,个子也长高了。

　　人们常说春风得意马蹄疾。你看这雪花飞舞也喜事多呀。如今单身"男子汉"的雪人,已是腰缠万贯、大腹便便的绅士了。

　　一个星期天的上午,我又同外孙子去了四楼平台,在雪人的右侧又堆了个雪人。新堆的雪人两条用红色塑料包装绳做成的小辫子随风舞动,两个雪人之间用红色塑料包装绳相连着。这喜从天降的缘分,雪人也成家了!外孙子绕着雪人蹦蹦跳跳地转圈圈。

　　那场大雪之后又下了一场小雪。两个雪人身上又披上了新衣裳。更值得庆贺的是,在两个大雪人的前面又多出了一男一女两个小雪人。啊!这对雪人夫妇,如今又喜得"龙凤胎"了。

　　一些业主夫妇带着孩子在四楼的平台上欢乐地踏着雪,相互追逐着,打着雪仗……欢乐的场景让我们忘记了寒冷。

三

　　雪人一家去了远方,何日君再归?!

　　春天的脚步悄然而至。这座城市经历了一次三十年一遇的严寒考验,吹了一冬天的西伯利亚寒风总算有些疲惫似的减弱下来,白昼渐长的日照积温,给这冰冷的大地送来了丝丝暖意。

　　素裹银装变成了斑斓的图画,冰雕雪塑已经"人走家搬",街道彩色花树使命过后安闲休整,厚厚冰层下已传出欢快的呐喊,残雪冻土下正孕育新的生命。

　　去年冬天在四楼平台上安家落户的雪人一家,夫妻俩带着一双儿女也去了远方。住在这个单元楼的大人和孩子们还真的有点舍不得。

　　一雪一世界,一冰一景观。记得,去年下雪后,四楼平台上先来了个小伙子,过些日子又来了个大姑娘,他们相亲相爱,成了家,后来又有了一双儿女。这里的人们与雪人一家和谐相处,各享其乐。

去年冬天的雪下得非常频,每当飘雪过后,人们都主动来到雪人一家身边,轻轻拂去雪人身上多余的雪花,打扫周围的积雪,始终保持雪人一家干干净净,露出平台上的彩砖。

孩子们在雪人一家周围欢歌笑语地玩耍着,红红的脸蛋,头上冒着腾腾的热气,忘记了寒冷。春节时更有意思,我特意带着外孙子给我们堆的雪人一家送上了一副对联,上联是"飘飘洒洒自如来",下联是"暖暖洋洋随意去",横批是"幸福家庭",旁边的冰块上还有"和谐小区"的字样。

漫长的冬季,雪人一家日夜坚守,屡遭雾霾的侵袭,粉尘的骚扰,在蓝天白云的期盼、PM2.5不超标的希冀中,原本洁白如玉一身晶莹的它们,却变成了百孔千疮满身黑了。

几天过后,在平台上留下了湿漉漉的泥水,又过了几天水没了,装点雪人的道具被捡走了,只剩下了一层尘土。

雪人一家,就这样没有忧伤、没有烦恼地带着期盼与希冀转换了生存的方式去了远方。

四

雪趣情真,给一家三代人带来无限的快乐。

雨水拥抱着雪花,雪花亲吻着雨水。它们本是同根生,只因季节转换、形体不同。雪花,飘飘洒洒地来了,与路面上的雨水交融。雨水伴着雪花,被车轮碾来碾去,不断变换着辙痕。步行道上的人们,有的打着雨伞,小心翼翼地赶路,脚下不时发出"扑哧,扑哧"的雪与水的交响乐。

这种天气,真是叫人两难,穿雨靴吧,气温又较低。对于毫无准备的行人来说,只好任凭雨雪的"蹂躏"与"侵袭",鞋子、衣服无法幸免不被浸湿。

打那天起,这天就始终没有露出笑脸,总是阴呼呼的。偶有微风吹来,路面的雪化了,又是湿漉漉的。又是一个下午,气温骤降,天空又飘起了雪,而且这雪越下越大。到了傍晚,路面冻得像镜子似的,这突如其来的雪又成了"滑石粉",给这座城市带来措手不及。

街道上,大大小小的汽车,似蜗牛一样爬行。虽说是双休日的周六,公交站点等车的人仍然很多,翘首张望来车的方向,显得有些无奈。

我一跳一滑地往家走。当我走到小区栅栏外,就听从里面传出:"姥爷回来了!咱们上楼吧。"女婿对外孙子说。

雪花飞舞,外孙子格外兴奋,在栅栏边堆小雪人儿。外孙子,一会儿捡起雨雪冻成的雪块,一会儿双手捧起雪。我替换了女婿也加入了行列,外孙子更来劲了。栅栏边有一块较大的雨雪冻成的雪块,他用脚踹没踹下来,只见他拿起一块小木方,又找来一块雨雪冻成的雪块垫在底下,"这是杠杆作用"他喃喃地说。"是老师教的吗？""是我自己看书学的。"

小雪人儿堆成了,还砌了个小城堡……雪还在下,外孙子兴趣未尽,在没有划痕的雪地上用小木方写下"此地不可久留。冷呀！"

这个夜晚,是伴着雪花入睡的。虽说雪下得不算大,但清晨醒来,路面又重新铺上了一层白绒毯。

四楼平台上的积雪都攒下了,一位老人、一位男孩,正在堆雪人儿。他们指着雪人儿在说什么。我会意地翻动喝过的矿泉水瓶,捡了几个红色、蓝色瓶盖子,用塑料袋装好开窗扔了下去。那位老人招招手以示谢意。于是,雪人有了红眼睛,蓝衣扣。那个小男孩拿来一块红褐色的广告纸卷成了雪人的鼻子,还很醒目的。

昨晚与外孙子堆雪人,今晨又见平台上堆雪人,不由得勾起了我小时候玩雪的记忆。那时冬天冷得出奇,雪也下得特别大。虽然住在县城里,棉手闷子、棉胶鞋也都难以抵御无情的寒冷。每到冬天,我和弟弟们的手脚都冻得红肿,裂开了血口子,即使是这样,还是关不住我们那颗滚烫的童心。

我家房子北西南三面都是菜社的菜地,寒假里经常与小伙伴们在这菜地打雪仗、堆雪堡,玩得很开心。父亲还带着我们哥几个,把院子里没有弄脏的雪扫起来,堆成雪人。雪人旁还竖立一根准备过年挂灯笼的木杆子。雪人的眼睛是用煤核儿镶嵌或用草木灰炭画的,插上一根苞米瓢子当鼻子。过年时,雪人也要打扮一番,父亲带着我们小心翼翼地剔除雪人的脏外套,母亲打好糨糊粘贴彩纸小旗插在雪人旁。

山舞银蛇,原驰蜡象。天公把洁白给予了黑土,人们火热的激情搅热了呵气成霜、滴水成冰的世界,传来阵阵热爱生活、向往幸福的欢声笑语……

这就是家乡北国如梦如幻又如诗的冬,这就是我与外孙子的雪趣情真！

新官上任没踢"头三脚"

老领导退休了,来了位新领导。新领导个子不算高,中等身材,略显瘦小但很结实,操着一口浓重的家乡话,军人出身,喜欢喝自己带来的家乡绿茶,是个有吸烟历史的老烟民,还是个业余打乒乓球的高手。

他适应环境快,进入角色快,融入集体快。他没有慷慨激昂、哗众取宠、套话连篇的就职演说,也没来个"下马威",而是十分谦和、坦诚地对大家说"组织派我到这里工作,我们就一起'噶伙计'了,是一个战壕的战友,是一条船上的船员,工作需要大家支持,事业需要大家来干!"一席话,大家感到很温暖,一下拉近了距离。他没有忙于去踢所谓的"头三脚",而是静静地埋头熟悉工作情况,理顺工作关系,解决工作难点,带领大家开展工作。他没有官架子,为人宽厚,贴近群众,心里装着大家,工作之余,找大家谈心交心,拉家常,以心换心,把脉"下药",真心关心大家的政治、工作和生活,探望病号、送生日蛋糕、开展业余健身活动……新领导很快融入了大家庭,得到了大家的信任和期待。

他工作认真,作风严谨,敢于负责。尽管工作单位远离上级,"山高皇帝远",但他凭借强烈的事业心、责任感,贯彻上级指示严肃认真,从不打折扣,从不拖泥带水,有时间要求的只能提前不拖后,有数量要求的只能超额不亏欠,有质量要求的只能达标不应付。在内部管理上,创新管理教育方式,健全完善管理制度并严格组织实施。特别对与规章制度相悖的现象,毫不留情面,敢于批评,积极引导。管理教育的经验做法得到上级的肯定。从实际出发,探索创新了以"抓班子、带队伍"为总的抓手,率领大家取得了可喜的成果,树立了良好的形象。

他勤奋好学,刻苦钻研,亲力亲为。工作中率先垂范,亲自动手。在不到两年的时间里就亲自撰写各类文字材料30余篇，近5万字。组织参加各种教育和学习活动，带头记读书笔记、写心得体会、撰写论文征文、参与答题测试。带领大家深入基层，调查研究，完成有价值的调研报告和专题报告10余篇。他坚持自己打扫办公室、宿舍的卫生，保持洁净整齐。无声的行动影响和带动了大家，形成了良好的学习、工作和生活氛围。

他严于律己，两袖清风，一身正气。他有着坚强的党性原则和良好的素养，认真执行纪律规定，贯彻执行《廉政准则》。工作生活节俭，从不铺张浪费。先后给大家进行10余次廉洁从政专题教育。将"常修为政之德，常思贪欲之害，常怀律己之心"作为为政的座右铭，讲境界、讲品行、做表率，永葆共产党人本色。带领大家努力塑造廉政勤政"四种形象"，即不断加强学习，提升境界，做一个政治合格的"明白人"；强化自律意识，遏制私欲杂念，做一个廉洁从政的"清白人"；弘扬传统作风，经得住考验，做一个放心满意的"老实人"；认真履行职能，给力工作，做一个务实创新的"进取人"。

他心装全局，爱岗敬业，无私奉献。工作岗位的转换，使他由气候适宜的中原古都来到祖国的北疆，远离家乡、远离亲人，克服了日常工作生活中的许多意想不到的困难。他的岳父是一位90多岁的老红军，母亲也是一位近80岁的退休老干部，日常照顾老人的任务就全都落在他的妻子身上。年迈母亲住院手术，他因工作忙没有回去，九十多岁高龄的老红军岳父病危抢救，他只陪伴了几天待转出重症监护室就返回了工作岗位。

他作风民主，善于集中，维护团结。针对新形势下党建工作的新情况、新问题、新要求的实际，坚持不懈地抓了基层党组织和党员队伍建设。作为一把手，他认真贯彻民主集中制原则，作风民主、襟怀坦白、勤于沟通、倾听呼声、善于集中、敢于拍板，正副职配合默契，一班人形成了很强的合力。他认真落实民主生活会制度、党课制度等，亲自撰稿，有针对性地进行党课教育。较好地发挥了基层党组织的战斗堡垒和党员干部的先锋模范作用。

他是一位坦诚可信、谦和可亲、严格可塑、勤奋可学、无私可敬的好领导！大家也这么说。

网络文缘铸知己

金秋十月,是收获希望的季节。我沉浸在网络文缘铸知己的快乐中。

浪子林杨、雪落黄河边,是我黑虎一文的网友。一路走来,网络文缘让我们越走越近,成为实际生活中的朋友。

浪子林杨老弟,从一开春就忙起来了。我知道,在这段时间里正是他指挥"千军万马"、夜以继日、分秒必争奋战的日子,更是他挥洒汗水、换来甘甜、丰满收获的黄金日子。雪落黄河边妹妹,是一个女强人,又做工,又下田,又要做家务,里里外外"一把手"。平日里我非常惦记他们,有时或打打电话,或发个即时消息,问候一声。

那天,我见浪子林杨老弟在 QQ 空间评论了我的日记,从那时间段上看,我断定他是刚忙完,这个时候肯定在家里。于是我赶忙打他家的座机,老弟真的在家。是老弟在电话那头恳切地向我推介了江山文学网。浪子林杨老弟与远在中原的雪落黄河边妹妹加入江山文学网,我早就知道。老弟在那边说,"大哥你加入江山(文学)吧,这样我们就可以在同一个网站里经常见面"。于是,他不厌其烦地指导我在江山文学网注册了自己的笔名,成为这个大家庭的一员。江山文学,"江山"意味着祖国,有着宏大的气魄,给我的概念就是:这是祖国的文学,大众的文学。于是我在"东北风情"社团发表了第一篇作品——《儿时故乡情》,后来还做了社团的优秀编辑,在细细咀嚼作者文字的同时,又有了"编者按"快活的一块天地。初来乍到的我,在短暂的时日里,让我对江山文学的宗旨鲜明、方式创新、管理严谨、和谐发展、友善沟通有了了解,又领略了这个大家庭的温馨与风范。

浪子林杨、雪落黄河边,为我注册的网名也花费了心血。雪落黄河边妹妹说,叫"沾露阳光"吧,"意思是永远有一颗年轻的心","寓意是希望你永远都健康阳光"。浪子林杨老弟讲,叫"云淡风轻"吧,"是希望你永远保持高洁","根据你的年龄我想了很久了"。一个"沾露阳光",苦想冥思,超常推出。"沾露阳光",目前网上没有注册的,可谓知识产权的"专利"呀。记得,播报当年的一个"莫言醉"不打眼的一个酒的商标,竟因莫言也一夜身价几百倍。"沾露阳光",让我童心不灭,那棵小草、那棵小苗、那棵小树……更有那鲜艳的红领巾。沾着露珠的滋润,沐浴灿烂的阳光,重新梳理,振作精神,乐观向上,健康阳光! 一个"云淡风轻",酝酿良久,真情奉献。讲世情、国情、党情、民情,咱不用去细说,"云淡风轻"多么的符合"我情"啊。这是一种美好的意境,多而不庸,雅而不俗……远去了昔日风华,编织了夕阳锦绣,似那微风轻拂,犹如浮云淡薄,了却浮躁,寡欲清心,保持高洁,珍惜今生……一个篱笆三个桩,一个老头两相帮。"沾露阳光""云淡风轻",一字千金,情深似海。说实在的,我特别的开心,难于取舍的真心喜欢这两个名字!

既然是真心的,那就深深的珍藏在心里吧。在分享"沾露阳光"与"云淡风轻"中,于是有了"黑虎一文"这个名字。主要出于家乡的省份为"黑",广袤的黑土,苍茫林海藏匿着的东北虎,"虎"字与自己的属相相匹配,"一"字象征着千里始于足下,"文"字取本名,笔名内涵简洁明了,只是眷恋黑土,寄予浓浓的乡情,只想虎啸山林,期盼如虎添翼。哈哈,够猛的了! 胆子小的可能"望而生畏""毛骨悚然",就是壮着胆子来看我的,恐怕也要事先吃点压惊药啊。自己的梦都是美好的,就怕"虎落平原被犬欺"呀。

黑土广袤故园金,虎居山林遇知音,一醉云淡风轻美,文缘沾露阳光新。我以这一首"黑虎一文"藏头诗,深深地感谢浪子林杨老弟、雪落黄河边妹妹。

当我登录江山文学网时,在浪子林杨、雪落黄河边的名下,看见那洒脱的老弟、妹妹的照片倍感亲切,那不停闪动的鲜红的一个"签"字,那些在作品题目前飘红的标记,那些记载人气指数、工作量一系列的数字,以及荣誉等级等,在无声地告诉我,他与她所走过的坚实足迹,所取得的成就与拥有,我为之感到十分的自豪。

浪子林杨老弟,是一个对雪情有独钟的人,我黑虎一文又是一个对雪难以忘怀的人。

在一个雪花飞舞的日子里。那天下午,洁白无瑕的六棱形雪花热情的飘洒、无私的奉献,将你我相牵。就在那特定的环境下,我们弟兄俩一见如故。真诚与坦率,让我们增进了信任,"舞文弄墨"的爬格子阅历与爱好,让我们觅到知音。就这样,一个肚子里没装多少墨水的小老头子与一个文武双全的中年汉子,开始了雪花为媒、文字结缘的情谊。

我们彼此都有各自的事业,奋斗的岗位,虽然近在咫尺,一个小区住着,见面的机会并不多。一年也就见上那么有数的几回,更多的是从网络上见面,电话里沟通。

我的一篇《在大雨即将到来之际我们不期而遇》,得到了浪子林杨老弟《人生难得一知己》的回应,彼此在空间里表达了真挚的情谊与真实的感受。

于是,我与浪子林杨老弟《雪花为媒 文字结缘》开始有了升华,我在浏览拜读浪子林杨老弟的作品中,像考古新发现似的,知道了他的过去与现在值得回味、荡人心弦的故事。我所写的那一篇《一个真实的爱情故事》,那是他条条情感彩线的织就,滴滴心血文字的浇铸,引起了反响和联动,"也许这就是文字的力量吧",雪落黄河边妹妹发出了真挚的感叹。

我也走进了时间的隧道,看见了那老屯屋后那棵杨树和李子树,纯朴无邪、天真烂漫、原汁原味的风貌与姿态。又想到那句"人非草木岂能无情"时,也要为这树木打抱不平,说句公道话,感叹"树木也有情啊"。于是,我为远在中原的雪落黄河边妹妹写了那篇《李子酸·李子甜》,上演了人生旅途酸甜苦辣的一幕幕。

情暖家乡的七月

一

傲立沃野平川的驿马山低头让出一条笔直的大道,蜿蜒的少陵河水舞动着游龙般的倩体,苍松翠柏杨柳榆着上了绿色的新装,郁郁葱葱的田野列着整齐的方队,阜财门敞开胸怀伸出宽大的臂膀,碧水清波的池塘荷花泛红晕,见证百年沧桑的古牌楼风铃清脆响,一场小雨洗涤了尘埃粉刷了街市……这是北方的七月,这是家乡的七月。

这令人神往的家乡七月,这富有传奇的家乡七月,这竞相向上的家乡七月,属于谁?！属于家乡父老,属于你,属于我,属于他,属于我们大家,因为我们在七月相聚。

我们怎能忘记,1968年10月的那一天,似火青春的我们,恋恋不舍地告别了神圣的母校,辞别了朝夕相处的同窗,不容选择地带着大学梦醒的余温,无奈地茫然地却坚定地踏上了未知的征程。星移斗转,这一别就是一万六千多个日夜,四十五个春秋冬夏,整整45年。短暂的一个夏秋,我们结下今生今世难以忘怀的深厚情谊。无论我们在何方,彼此发出心底的呼唤——我的老同学你在哪里？你还好吗？有的曾经失去联系,有的经常沟通,有的时常小聚,有的一别至今没有见面……大家期盼着重逢。为了这一刻,各位同窗老友,有的从外地,有的从乡下,有的放下了手中的工作赶来了;更令人感动的是有的拖着病体赶来了,因为我们在七月相聚。

我们怎能忘记,在这45年里,社会的大舞台让我们扮演了各种角色,编织了彼此多彩的人生。各奔西东,奋战南北的我们,在漫漫的人生路上锲而不舍的求索、不懈的攀登。或顺境,扬帆舞东风;或逆境,劈波斩恶浪。一路感叹,一路高歌。我们每个人都是一部书,有着五味人生,有着感人的故事……许许多多掏心窝子的话要对大家说,因为我们在七月相聚。

抚今溯昔,感叹人生。当年风华正茂的我们,已是黑发添银丝,满脸写沧桑的花甲人。我们可以问心无愧骄傲地说,我们是国家的贡献者,我们是事业的成功者……我们是千秋大厦中的一块砖、一块石、一根钢筋!

青春虽逝终无悔,夕阳铺路别样红。

来吧!我们在七月相聚,同举杯,甘醇暖心窝;

来吧!我们在七月相聚,齐欢歌,情愫拨心弦;

来吧!我们在七月相聚,慢倾诉,坦荡见心扉;

来吧!我们在七月相聚,共祝福,平安度春秋。

二

2013年7月20日至21日,巴彦县高中四十班的老同学于家乡聚会,这是从1968年10月毕业至今45年来的一次难忘的聚会。

早在7月12日,作为同学会秘书长的由淑清给我打来手机说:"杨永久回来了,很多年没见了,看选个时间咱班的同学聚一聚吧。"

7月15日我刚到班上,又接到由淑清打来手机:"你听谁跟你说话。"我知道对方肯定是同学。我连忙说:"你好!"对方说:"我是崔淑慧,咱们几十年不见了,我都有病了,手术刚出院,班长你能回来吗?""我是姜连成!那些年我们去你家,你媳妇给我们做饭,一晃几十年过去了,都想见见你!"多么亲切,多么真诚,我也一连串地点着多年不见的老同学的名字。大家都说,咱班主任已经不在了,你是班长,你可一定得回来呀。真情让我感动。时间就定在了7月20日至21日的双休日,并原则上敲定了聚会活动具体方案。

于是,由淑清、田成龙、孟庆兰等发通知、预订饭店和宾馆,还与孙荣欣联系特意制作了同学聚会横幅等,做了相应的准备工作。

7月20日凌晨4点老伴催促我起床,吃过面条荷包蛋后,5点钟我打的去了公路客运站。大客车在稀稀拉拉的小雨中正点出发,8点20分就到了县城。我一个人按捺不住愉悦的心情,跑到了母校,站在校门前脑海过着昔日的电影。然后到由淑清单位会合。由淑清是从县中医院眼科主任岗位上退下来的,又被返聘继续工作,因为没有助手,双休日也不休息。10点30分,大家去了预订的酒店,挂横幅,安排合影的地方。接到通知的同学陆陆续续地都来了,有的多年不见,已经不敢认了,叫不出名字了,有的端详良久,才恍然

大悟……大家亲热地打着招呼,彼此问候。

12点,1968—2013高中四十班同学会由同学会秘书长由淑清宣布开始,大家没有忘了我这个班长,只好欣然致辞。孙荣欣在省文化界高职退休,就从他开始大家一一简要介绍了45年的经历。刘焕奎的育种生涯,唐元刚的男儿敢担当,崔淑慧的知青片段,熊自恒的乡村崛起,杨永久的船员生活……时而开怀畅谈,时而举杯畅饮,时而乐曲响起,喜气洋洋,欢聚一堂,大家沉浸在欢乐幸福之中。老同学们相聚,更加深深地怀念已故的班主任老师和几位同学。由淑清还请来了在业余团队一起活动的孙玉书大哥为大家录像、拍照,并由其帮忙将这珍贵的一聚刻录成光盘,以作纪念。

19时,刘焕奎在我们下榻宾馆的二楼餐厅宴请了久别重逢的老同学。刘焕奎毕业后40多年如一日,倾情于玉米良种培育事业,功成名就,成为农民育种家、省内知名种子鉴定专家,享受国务院津贴,在县种子公司退休后自己又注册了种子研发公司,如今三个儿子也都接上了班。他赠送给每位同学一份厚重的礼物——刚刚印刷的《希望的田野》诗集。

7月21日8点30分从宾馆乘车出发,在母校门前合影留念。那个横幅可是派上了用场,用透明胶粘贴在校门的大理石上方。然后,游览了北二道街的街容街貌及平地拔起的现代化小区,之后大家来到了西郊公园。清池碧波,荷叶似伞,莲蓬挺立,荷花正红;环岛绿荫,堤岸上垂柳成行,微微摆动,枝条酷似碧玉翡翠帘;那个立于两池之间的文武亭,寓意深远。从西郊公园驱车直奔县境内松花江北岸的港口——巴彦港。

站在巴彦港堤岸上,举目遥望,豁然开朗。松花江烟波浩渺,大有松江之水天上来的感觉。对岸的陡壁青山依然是记忆中的那副模样,江心岛已被游客们唤醒,港务局下边的那个大江汉子又浮现出许多难忘的故事。据讲,松花江上的客船早已停运,有谁还记得当年往返忙碌于松花江上的北京号、上海号两艘客船?在我的印象中,当年的巴彦港是松花江航运中较大的港口,码头上等待外运的粮食一垛垛码得整整齐齐,哼着号子从驳船上卸原木的工人,传送带把驳船上乌黑的煤炭送到岸边堆成煤山……如今,货运码头显得有些萧条,不见了当年忙碌的景象,仅看到挖沙船和岸边堆得山一样的江沙。

信步在江畔公园,公园内矗立一块石头,刻有"麻丫头",有人说这是块神石,富有传奇色彩的故事。田成龙带来了在乡下战友家自种的旱黄瓜,给大家解渴。杨永久买来矿泉水和扑克,江畔上60多岁的人上演了扑克大战的一幕。我还有了个意外的收获,观看了县纪委办的"德政画廊"。

中午时分,大家在港口的一家饭店就餐。这是王淑珍昨天晚上给曾在一起工作过的同事打手机,让他协助安排的。这位热心的焦姓老弟,起早帮买的江鲤鱼、鲶鱼、江虾、吃小鱼大鹅下的鹅蛋。大家吃着可口的家乡农家菜,亲切、舒坦,好不乐乎。席间,大家频频举杯对这次聚会发表感言并致以深深的祝福。

我们的七月相聚成功落幕。忆往昔,青春虽逝终无悔;看今朝,夕阳铺路别样红。让我们怀揣愉悦,期待下次再相聚。

三

分别45年的老同学在家乡聚会,期间有的即兴侃侃而谈,也有的在聚会结束后发来手机短信,说出了肺腑感言。我收集了其中的一部分,细细品味,美美分享,深深珍藏。

孙荣欣老同学说:

四十五年才聚首,翩翩少年已白头。

坎坎坷坷人生路,风风雨雨度春秋。

往事如烟散不尽,举杯家国敢分忧。

一点挚诚敬学友,管它志酬未志酬。

唐元刚老同学说:

松江逝水记流年,同学聚会啼笑间。

毕业都似枝头蕊,相逢已过花甲年。

共诉跋涉坎坷路,倾谈相思肺腑言。

满天云霞夕阳好,老骥奋蹄再著鞭。

刘焕奎老同学说:

四十五年才相会,年龄已到爷爷(奶奶)辈。

这次相聚是初次,争取来年再相聚。

崔淑慧老同学说:

四十五年憾未逢,学友情谊荡襟胸。

昔日同窗亲切切,今朝相聚乐融融。

敲开话匣啼风雨,激动心情乐晚情。

莫叹明朝各西东,天涯海角心相通。

瞬息羁离数十年,仿佛弹指一挥间。

离时正是风华貌,相逢均见白发添。

暑往寒来情难忘,如烟往事记心间。

抚今溯昔忆当年,畅叙沧桑再聚欢。

王淑珍老同学说:

朝阳有晖晖无限,夕阳虽美时短暂。

祝愿身体永康健,同窗常聚报平安。

杨永久老同学说:

抚今皓首四五载,追昔蒙童六八年。

无情岁月催人老,有味人生颐养天。

康乐宁心夕阳好,自强不息天行健。

但愿来日常聚首,同学相会喜空前。

我在大家的感召下,抚今溯昔,触景生情,也写下感言:

同窗一夏秋,缔结深厚情。

今朝喜相聚,白发舞青影。

德政文武亭,母校觅钟声。

花红莲蓬挺,肥水送清风。

岁月磨容颜,沧桑写兴隆。

风采依旧在,笑看夕阳红。

2015年7月12—14日,巴彦高中四十班同学在家乡再次聚会,甚为欣喜。因故不能前往深感遗憾。我写下《同学友谊常青》藏头诗以表心意:

风,恰似信使驾云腾,同聚首,心已在苏城。

情,不须言表默相行,学子吟,沸酒煮真朋。

重,纵把骄阳系长绳,友相逢,却是霜月明。

梦,一别各奔北西东,谊暖身,一代皆精英。

恒,天经地义乐乃翁,常回念,风华踏歌声。

赠,莫问夕阳路远耕,青春在,解甲仍出征。

我们已将青春送给了岁月,历尽坎坷成大道。让我们把收获珍藏,珍惜友谊、珍惜生活、珍惜健康,享受幸福晚年,去笑看夕阳红!

有你相伴我永远快乐

　　自从我爱上了你,就牢牢地结下了这份缘。我满腔热忱地对待你,从来就没有冷落过你。无论我在耕耘黑土的山村,还是在林场的苗圃,无论我在生产汇总的中枢,还是在日夜忙碌的基层,无论我在军旅生涯的都市,还是在管理企业的集团,……无论我在市场流通的商海,还是在政府机构里供职,都是你伴随我度过那多彩难忘的每一个冬夏,每一个春秋。

　　啊,你就是那英雄100号金笔。

　　记得念书时使钢笔,开始是蘸水钢笔,蓝色钢笔水片,在家用热水泡开,灌到从医院要来的小药瓶里,带到学校。那时的学习用纸是黄草纸,很不光滑,几天蘸水笔头就磨偏了,有时钢笔水还弄脏了手。以后父亲给我买了吸水钢笔。到中学时,开始使用的是永生牌的钢笔,后来到县城工作就一直用英雄牌的钢笔了,但那时是普通的铱金笔。自从由地方转业到了部队工作后,收入高了,我就买英雄牌的金笔,从十几元、几十元到二百元的,反正我就是爱上了这英雄牌的金笔。我桌案上的英雄100号金笔,已经是第5支了。

　　前些年,城市里还有专门修理金笔的摊铺。记得第一支英雄100号金笔是鸭蛋青灰色的。一次,政治部主任要用一下我的钢笔签个字,自己心上的东西谁都不愿意借,又何况拿钢笔的姿势不同,担心把笔尖磨坏了。也太凑巧了,主任签字后说笑着"这什么破钢笔",本意把笔递给我,可他没拿住,笔尖扎进了胶合板的桌面,给我心痛的呀,害得我两次去修笔尖。后来这支笔老化了,实在不能用了,又买来新的英雄100号金笔,是绛紫色的……以后又买来黑颜色的。灰、紫、黑三个不同颜色的英雄100号金笔,伴随我送走了往日,迎来了今朝。

　　如今,这支英雄100号金笔,我真的舍不得用它了,留做纪念。每当看到它,又仿佛回到了当年,当你思考时,它静静地守候着你;当你打开思路的闸门时,它又流畅地为你倾诉……文章"搁浅"它鼓励你,材料获誉它鞭策你……

钢笔,有了你我从来就不寂寞。英雄100号金笔,是你书写了我那难忘的岁月,是你见证了我那多彩的旅途,是你讲述了我那平凡的故事……

钢笔,有你相伴我永远快乐!

沧桑老人话沧桑

拜读了天之骄老师的散文《惜别——"老江桥"》。让我的眼前又出现了那横跨松花江南北哈尔滨最早的银灰色滨州铁路桥的轮廓,又勾起许多记忆。那是1966年的盛夏,我与四五名同学第一次来到哈尔滨,"战战兢兢"地通过这座铁路桥的人行便道去江对面的太阳岛公园,还在那沙滩旁的岔流戏水;1983年初冬正赶上封江跑冰排的时候,因公务要去太阳岛上的一个单位办事,我与另一名战友也是从老江桥上徒步过江的;1991年秋季我第三次从这里过江沿着铁路线走了十几里路去了松花江外围堤防外侧的一个军事单位。虽然在这个城市里生活工作了30多年,但亲自体验这座老江桥的雄姿,对于我来说仅有三次。

"哈尔滨人是最重情重义的。当他们目睹在'老江桥'东侧,新建的哈大齐客运专线松花江特大桥正在如火如荼地施工,年末就可以通车,'老江桥'在2014年4月10日起,停止了使用后。很多人情不自禁到这桥上来走走,拍照留念,珍藏永远的纪念。"天之骄老师的这段文字,道出了惜别这座铁路桥的原委。就凭重情重义这四个字,我又抽时间去看了滨州铁路桥。

我站在松花江南岸,习习江风轻拂,清清江水东去,久久凝望这座完成历史使命而光荣退役的112岁的老江桥,犹如一位沧桑老人话沧桑,细细体会天之骄老师笔下的惜别的滋味。

用政治家的敏锐目光审视

不就是一座江桥吗,怎么还联系上了政治!咱先别疑惑,看一看天之骄老师在文中是怎么说的:这座桥——记录着共和国的缔造者毛泽东主席去苏联访问,视察哈尔滨的身影,如今,"学习""奋斗"领袖的题词仍在鼓舞着龙江人民;这座桥——送走过"铁人"王进喜带领的钻井队去往萨尔图,从此,一列列载着原油的列车从这座桥上驶过,奔向全国各地;这座桥——迎接过去往北大荒的十万官兵和成千上万下乡知识青年奔向大北方,北大荒从此变成了"北大仓"。

每一个排比句式,都与共和国的成长相伴;都浓缩了历史篇章……

我们怎能忘记位于哈尔滨市南岗区颐园街一号的那座欧式建筑,那是毛泽东主席在新中国成立后第一次出访苏联,于1950年2月27日同周恩来总理在从莫斯科回国途中,第一次对松江省和哈尔滨市视察时,曾工作和居住于此。毛泽东主席还在这里为松江省委、哈尔滨市委和在哈尔滨市召开的第二次团代会题写了除了"学习""奋斗"外,还有"不要沾染官僚主义作风""发展生产""学习马列主义"共5幅题词。60多年来,毛泽东主席的这些题词激励着一代又一代的龙江人。

继而又让我联想到"一五"期间黑龙江省就有诸如哈尔滨电机厂、哈尔滨汽轮机厂、哈尔滨锅炉厂、哈尔滨轴承厂、哈尔滨伟建机器厂(哈飞)、哈尔滨东北轻合金厂(哈尔滨101厂)、哈尔滨量具刃具厂、哈尔滨电碳厂、哈尔滨电表仪器厂、阿城继电器厂、佳木斯造纸厂、中国第一重型机械集团公司、友谊农场、齐齐哈尔钢厂(北满钢厂)等22个项目,为共和国的发展建设做出了巨大贡献。

我们怎能忘记,为了甩掉一穷二白的帽子,结束连照明的油料也叫"洋油"的日子,1959年9月26日16时,随着第一口松基3井的提前完钻试油,原油大量涌出,从而宣告了松辽盆地第一个油田的诞生。9月27日,时任黑龙江省委书记欧阳钦和李范五、李剑白等领导到大同镇祝贺,欧阳钦提议把大同镇改名为"大庆",既有对发现油田的肯定,又有国庆10周年之意。时任石油部部长余秋里得知欧阳钦的提议后,说道:"好么!大庆好么!"随后,石油部经党中央批准,抽调全国的勘探队伍到大庆开展了石油大会战,并将油田命名为大庆油田。大庆油田在创造连续27年稳产5 000万吨的辉煌后,仍保持在年产4 000多万吨,当之无愧为我国第一大油田。大庆油田的诞生,书写了共和国辉煌的一页。由此,在荒芜的盐碱地上奇迹般地盛开"石油之花",在中华大地上回响着大庆精神、铁人精神。

我们怎能忘记,当年十万官兵奉党中央的指示集体转业来到"棒打狍子瓢舀鱼,野鸡飞到饭锅里"的北大荒,屯垦戍边,具有深远的战略意义。当年风华正茂的190余万来自沪、浙、京、津等中国各地的热血青年在这片黑土地上留下了开拓足迹,涌现出金训华、张勇、母维平等知青烈士和王毅、崔天凯、梁晓声、张抗抗、聂卫平等各界知青名人代表。

用史学家的客观公正述说

走在"老江桥"的桥面上,我好像踏进历史的隧道里。面前浮现出一幅幅画面,耳边响起来那熟悉的声音。大桥上,火车曾经载着沙俄、协约国、侵华日军的部队在这里路过;大桥上,苏联十月革命时期的大批俄国移民通过这里来到了哈尔滨定居;大桥上,还有我们早期的中共领导人从这里踏上通往"赤都"莫斯科的红色旅程,为新中国迎来了光明,才有了天安门上的礼炮声。

我们从这段文字中不难看出,这座铁路桥饱受风霜,历尽沧桑。

它见证了正义与邪恶的较量——这座铁路桥,又称哈尔滨中东铁路桥。这个名字,总让人联想到它的历史,以及清朝政府的软弱无能。1896年,沙俄通过《中俄密约》攫取了中东铁路修筑权。中东铁路以哈尔滨为中心,西起满洲里,东至绥芬河,南到旅顺口,覆盖了中国东北部主要地区,成为沙俄掠取豪夺的主要交通工具。日伪时期,通过这座铁路桥,沿着滨洲铁路线向西北前行,在安达和海拉尔的草原上有侵华日军第七三一部队细菌武器秘密试验场,而在哈尔滨的平房区,日寇的所谓给水部队,竟然是用被捕的爱国志士、抓来的无辜中国人做活体试验的魔窟。在这条铁路线的另一端,也就是滨绥铁路线,有二战的终结地,侵华日军留下的虎头要塞。哈尔滨的伪满警察厅罪证陈列馆,揭露了日伪的残暴与狰狞。在东北烈士纪念馆,陈列了为正义而战、为祖国而战的共产党员、民族英雄、爱国将领的大量珍贵文物资料,黑土英魂,可歌可泣,感天动地。圣·索菲亚大教堂,这是当年沙皇俄国部队的随军教堂,如今已为我所用,开发为著名的旅游景点。正义终将战胜邪恶。这是一条颠扑不破的真理。经过屈辱更知道自强,经过战争更珍视和平,经过贫穷更懂得昌盛⋯⋯中国人民永远也不会忘记那段屈辱的历史和战争的创伤,一切篡改历史的企图都是徒劳的。

它见证了开埠与变迁的历程——随着中东铁路的修筑,成为筑路指挥部的当年田家烧锅名扬天下,成为哈尔滨地区开埠最早的市井。当年修筑滨洲铁路桥的运材土路,搅拌着中国劳工的汗水与鲜血,浇筑了如今的百年老街——哈尔滨中央大街。中央大街两侧,以其独特的文艺复兴、巴洛克、折中主义及现代多种风格的欧式建筑群,给这座城市积淀了厚重的文化底蕴,成为享有"东方莫斯科""东方小巴黎"美誉的哈尔滨市一道亮丽的风景线。还有那座高耸入云的防洪纪念塔,塔顶上工农兵精美的雕塑不仅是艺术的呈现,而且彰显了在中国共产党的领导下哈尔滨人民团结奋斗、保卫家园的战无不胜的精神。如果你来到防洪纪念塔前,可千万要看一看塔基座的三条标记线,它们记录了旧中国和新中国三次松花江特大洪水的水位线,而最下面的是旧中国当年松花江的水位线,虽然水位最低,但洪水却灌进了市区,见证了新旧社会两重天。

"老江桥"见证了光明与黑暗的抉择——通过这条铁路线,早期中共领导人秘密去十月革命的故乡莫斯科,寻求真理,把马列主义的星星之火点燃,闪闪发光的镰刀斧头,照亮了长夜,驱散了迷雾,只有中国共产党才能救中国!历史的长河滚滚向前。然而,世界上第一个进入社会主义国家的苏联布尔什维克执政长达74年的政党,却在一夜之间退出了历史舞台,这个由列宁创建,这个让西方世界望而生畏的布尔什维克共产党领导的苏维埃社会主义联邦国家解体了。2013年,我在线收看了中央编辑的教育参考片《苏联亡党亡国二十周年祭——俄罗斯人在述说》。在哈尔滨生活的人都知道位于哈尔滨南岗区光芒街40号(原小戎街2号),有一座典型的木结构俄式平房,房内三室一厅,内部格局有客厅、卧室、书房、厨房,门窗刻有雕花,屋顶为铁瓦红漆。这是中共满洲省委机关在哈尔滨保存下来的唯一旧址,是当时中国共产党领导东北人民抗日斗争的"总指挥部"和"文件库"。1933年夏至1934年夏,中共满洲省委机关和秘书处曾先后设在这里;当时省委的全部文件在此存放,省委的许多重要指示都是在这里发出的;省委秘书长冯仲云以大学教授的身份为掩护住在这里。1927年"八七"会议后,中共中央决定建立东北地区党的统一领导机构,组建满洲省委。10月24日,在哈尔滨召开了东北地区第一次党员代表大会,成立了中共满洲省委临时委员会。1931年九一八事变后,满洲省委机关遭到破坏。于1932年初,满洲省委机关由沈阳迁到哈尔滨。由于工作和斗争的需要,省委机关经常变换地址,在当时的道外十六道街、道里三道街、偏脸子、南岗花园街、河沟街、人和街、小戎街都设过省委机关。满洲省委从这里输送了大批优秀的干部,到东北抗日斗争的第一线,人们熟知的革命烈士杨靖宇、赵尚志、周保中、李兆麟、赵一曼等都是从这里奔赴抗日第一线,与日本帝国主义进行了殊死的斗争。该旧址对研究抗日时期东北及黑龙江省的革命斗争史具有重要意义。

用数学家的精确数码记叙

天之骄老师运用一连串的精确数字,记叙了这座老江桥的建桥史话。

滨洲铁路桥是专一供铁路用的桥梁,桥上的铁路线由哈尔滨通往满洲里,进入俄罗斯。滨洲铁路线与滨绥铁路线连接,形成了贯通我国东北部并首尾均与俄罗斯相接的绥满铁路线,因而这条铁路线被誉为欧亚大陆桥,哈尔滨也就成了重要的交通枢纽,这座老江桥的身价更为尊贵,这里也一直是重点警卫的目标。

这座松花江上哈尔滨段的铁路桥,由当时的沙俄从1898年开始测量、设计,1900年5月16日动工,1901年8月22日全面完工,同年10月2日临时通车,滨洲线先后用了4年的时间至1903年7月14日正式通车。从交付使用时算起,这座铁路桥已过完了112周岁的华诞。大桥铺设的铁轨在当时是世界上最新型的铁轨,每米重32公斤。通车后,桥上轨距随滨洲铁路多次发生改动。1935年3月,日伪收买中东铁路后,于1936年8月1日将宽轨改成准轨。1945年8月,苏联红军进攻东北,因军事运输需要,又将准轨改为宽轨。1946年4月,苏联红军撤退回国,东北民主联军接管滨洲线,又将宽轨改为准轨。大桥共19个孔,桥宽7.2米,全长1 015.15米。桥墩为石膏白灰浆砌筑,花岗岩石镶面。当时负责大桥施工的是俄工程师阿列克谢罗夫,他招募来350名专业沉箱工人,从事桥墩基础沉箱施工。18个桥墩上的桥桁梁是波兰华沙铁工厂制造,从俄国敖德萨港运往符拉迪沃斯托克(海参崴),经乌苏里铁路运抵伊曼港,再装船顺乌苏里江而下,溯黑龙江、松花江运到建桥工地,在现场拼装架设而成。新中国成立后的1962年7月,由东北铁路工程局设计并进行该桥梁的加固工程,全部抽换8孔76.8米钢桁梁,加设两侧人行道,加固11孔33.5米钢桁梁,铲除17号桥墩身,9号桥墩用混凝土加固,一直工作到现在,光荣退役。新建的哈大齐客运专线松花江特大桥正在如火如荼地施工,年末就可以通车,"老江桥"在2014年4月10日起,停止了使用。

这些或是年代时间,或是数量,或是重量,或是进度,或是速度,或是长度宽度高度的准确翔实的表述,使人仿佛走进了一个庞大的数字王国,每一组司空见惯的阿拉伯数字都是这座铁桥不变的数码,都是用历史的经纬线编织的故事。通过这些翔实准确的数字的记叙,看得出身为作家的天之骄老师查阅和掌握了有关这座铁桥的大量资料。他不仅是编故事的高手,以盘盛珠,推出力作28万字的长篇小说《火浴》,而且又深入基层,贴近生活,以线串珠,打造出12万多字的《陋室闲语》散文集等,弘扬了黑土文化。

巧妙地运用数字的写法,这还不多见,足可见天之骄老师其严谨务实的作风。

用地理学家的广阔视野展望

天之骄老师用地理学家的广阔视野，勾勒出"老江桥"的地理位置和景观。

"老江桥"是松花江上最早的铁路大桥，也是哈尔滨第一座跨江桥梁。它位于哈尔滨松花江畔斯大林公园东侧，是哈尔滨市道里、道外两区的分界线。

站立在老江桥的中央，天高云淡，江风拂面，眺望四野，顿觉心旷神怡，大有一洗尘俗之感。望西方，宽阔的松花江江面上，一艘艘装扮花枝招展的游船穿梭在防洪纪念塔和太阳岛之间，汽笛声、欢笑声，引来很多水鸟在空中盘旋；松花江、阳明滩、四方台公路大桥摇手传语，互比谁娇。飘荡在江面上的空中观光缆车如彩蝶在蓝天上翩若惊鸿，如飘舞的风筝好玩、好看。向南看，美丽的斯大林公园绿树繁花尽收眼底，青年宫、江上俱乐部……友谊宫绿瓦红墙，花簇靓男俊女。防洪纪念塔前，游人如织，中央大街上，花海似潮。翘首北方，松北新区厦楼林立，绿柳藏古寺。大地里，一块块白晶晶水面上波光粼粼，那是农家的养鱼池，可见小船在池中游戈，渔嫂正把鱼食撒向鱼儿。一辆火箭头的列车飞驰而来，这是临时改道的特快列车。今年冬天，它将在我身边的高铁轨道上穿行。回望东隅，滚滚远去的江水驮着长长的大货轮慢慢地远去，方向是下游的佳木斯、俄罗斯口岸。高耸入云松浦公路斜拉大桥，欲与飞翔的燕子比高。桥上的车辆不时地鸣着汽笛，是在与"老江桥"这个哥们告别？还是为"天堑变通途"唱着赞颂的歌！

望远赏美景，看近览"圣地"。这座桥曾是无数青年男女谈恋爱的"鹊桥"。在桥的"圣地"上，可见一个个同心锁，可看写满爱的句句誓言。我到过泰山的玉皇顶，看见过那里的同心锁，没有想到，在这座铁桥上，爱情的誓言写满了每一根钢梁。是啊——我们哈尔滨人，同这座城市一样的浪漫。爱得张扬、爱得坦荡、爱得疯狂。

天之骄老师用站在老江桥上，远望赏美景，近观览"圣地"，将东西南北中与远近和上下的景观尽收眼底，可谓是一部大视野、全方位的纪录片，让读者一饱眼福。

用艺术家的巧妙手法刻画

"今年的五月，哈尔滨的天，雨水像送君惜别的眼泪，一直恋恋不舍，淅淅沥沥地下个没完没了。"将自然界的雨水与送君惜别的泪水相比拟,又有几分惬意。来到松花江边,再一次目睹一位老人,为他送别留念。拟人化的写法更给读者以亲切感。"这位老人今年已经112岁。他伟岸,横卧在松花江上;他瘦削,瘦骨嶙峋,特殊骨感的美;他坚强,风霜雨雪中昂首天穹。"入木三分地刻画,展现了铁路桥敢于担当,坚守使命的品格;展现了铁路桥团结和谐、合作共赢的风格;展现了铁路桥忍辱负重、不屈不挠的人格。变焦的时空镜头,又把人们带入现今铁路桥成为哈尔滨的一个人文旅游观光点,勾勒出百年沧桑巨变的壮丽画卷。

迈着沉重的脚步,跨上高高的台阶,路过早年武警战士守桥站岗的岗楼,我扶着铁栏杆向桥中间走去。啊——这座桥太刺激了。记得在一个盛夏的下午,我与几名同学因为第一次来到这座江桥上,既感到好奇,又感到刺激,于是大家兴致勃勃地从江桥东侧拾阶而上,铁桥人行道的入口处有军人站岗值班,我们边走边赏着景,一会儿工夫便来到了江北,铁路线东侧的船坞,那是哈尔滨造船厂。我们在不远处的道口过道,又从江桥西侧人行道返回江南岸,然后又从江桥东侧人行道走到北岸,这次赶上了一列货车匀速在大桥上通过,体会了共振的感觉,真是有点自己吓唬自己,心里没底的感觉。有幸还见到了巡道工,挎个工具包,手上拎个小铁锤子,在江桥的钢轨上边走边敲打,凭着传递出的声音来判断有无松动的螺栓。

滚滚的松花江水,猎猎的东北风,走在"镂空"的大桥上,有不少初次登桥的人和我一样,好奇又心惊胆战,刺激得腿有些打战。然而,也有的人健步如飞,有的人在上面骑自行车,他们是大桥的熟客,是大桥经常见面的老朋友。"镂空"二字,是雕刻艺术的一种表现技巧,而将其用在这座江桥钢架铁网上,真是恰如其分,十分贴切,是一件特殊的艺术品,一种特别意境的美。

依偎在大桥的钢梁上,就像靠在一位饱经风霜老人的肩膀上,它是那样慈祥、那样温暖、那样坚强,它是哈尔滨这个城市的一个缩影,是哈尔滨人民永不言败、拼搏向上精神的影像。告别了,老江桥,哈尔滨建设的功勋者,兴安黑水不会忘记你。你一定会同你一起长大的城市——哈尔滨一起,披戴共和国奖给振兴东北这块老工业基地那枚奖章。

是呀,天之骄老师这些精彩的文字,浓缩了惜别的深厚情感,饱含了惜别的深刻内涵,升华了惜别的意义所在。

一座老江桥承载了世纪风雨,浓缩了百年历史,牵动着龙江人的心弦。

当我们乘坐火车在绥满铁路线上风驰电掣般旅行的时候,当我们穿越滨洲铁路桥在共同震颤中感慨昨天今天明天的时候，当我们从巍巍的大小兴安岭到长白山北缘蜿蜒叠嶂的完达山、老爷岭、张广才岭的时候，当我们从美丽神奇的松嫩平原到富饶辽阔的三江平原的时候，当我们从神州北极到黑瞎子岛东方第一哨的时候，当这白山黑水之间45万平方公里的土地上黑龙江和内蒙古东北部地区沿边开发开放、黑龙江省"两大平原"现代农业综合配套改革试验、大小兴安岭林区生态保护与经济转型三大国家战略的实施，又迎来新的生机，撑起大美龙江美好的明天的时候……永远也不会忘记退役的老江桥，我想老江桥也一定会笑得更甜更美！

惜别了老江桥，松花江依恋你，哈尔滨铭记你。

老江桥，我更赞赏你不弯的脊梁，不变的使命，不改的方向，铭刻荣辱、见证沧桑的风格！

一对新人老友

好久没有听到信弟弟的声音了。那天是周四,信弟弟来了电话,"很想念大哥,如果有时间周六中午见面再细谈"。可能是出于想要尽早见到信弟弟,并没有觉得初冬时节的寒气袭人,我如约前往见面的地点。信弟弟早就在饭店的大厅等候,引导我到了二楼的一个房间。信弟弟直截了当、非常郑重地向我介绍"这是我的夫人"。我连忙道贺"喜从天降,祝福你们!"

信弟弟的夫人是宇妹妹,他俩虽是一对新人,但却是老友。我与他们相识、相处已十多个年头。他们夫妻俩登记结婚虽已三个月有余,但至今对外仍处在"保密"阶段。承蒙他们夫妻俩的信任与尊重,"大哥,如今除了家人谁也没告诉呢,你是第一个。"

对于这次相聚,我来之前猜测可能是家里老人过生日,或是老人从外地回来了……与信弟弟有三年没见面了,那次见面是信弟弟因家事特意请宇妹妹的母亲和我吃饭。如今我才恍然大悟,在那之前……都怪我这个当大哥的粗心。

对于这次相聚,他们夫妻俩十分重视,特意踩点安排的饭店,六道精美菜肴,六瓶家乡哈尔滨超干啤酒,取意"六六大顺"。席间,大家免不了说说过去的话,谈谈过去的事,经过风风雨雨验证了人品,历尽岁岁月月磨炼了意志,远去了昔日的浮躁,剩下的是坦坦荡荡的真诚;浪花洗刷掉了泥沙,留下的是闪闪发光的金子。这是一种感慨。

见到信弟弟与宇妹妹夫妻俩相敬如宾,我这个当哥哥的很是开心。但就如何称谓,却出现了两难:若是从信弟弟那边论,我就成了宇妹妹的大伯哥;若是从宇妹妹那边论,我就成了信弟弟的大舅哥了。信弟弟说还是从他那边论,是婆家的朋友;宇妹妹说还是从她那边论,是娘家的朋友。宇妹妹还风趣地说,"以后如是受了委屈,我就向娘家大哥告状。"大家不约而同地笑了起来。我说,就别论了,反正我是你们的大哥。

信弟弟与宇妹妹的结合是必然的。信弟弟为人仗义,做事投入,敢于负责。宇妹妹本分沉稳,贤惠真诚,灵巧勤奋。我只是挑主要的点一点。原来是一个集团公司的同事,确切地说信弟弟是老总、宇妹妹是员工,是上下级的同事,以后信弟弟牵头又与宇妹妹一家共同创业……他们夫妻俩由相识到相知,由暗恋到热恋,经历了长时间的考验和重大事件的检验。他们夫妻俩的结合再一次证明什么叫缘分,什么叫爱情。我打心底为这对新人老友而祝福!

缘乃天意/分在人为/有缘无分/上帝赐缘也无缘/有分无缘/穷追不舍难成全/有缘有分/天作美/人努力/有情人终成眷属!

因爱生情/因情生爱/谁先谁后谁人知晓/一对孪兄妹/形影两不离!

爱情像一首诗/那是彼此共同填写的词牌;

爱情像一首歌/那是彼此共同谱写的旋律;

爱情像一本书/那是彼此共同书写的故事;

有人说/爱情是虹/那是洗礼后的五彩缤纷;

有人说/爱情是桥/那是息息相通的纽带;

有人说/爱情是锁/那是固守誓言的见证;

有人说/爱情是巢/那是衔泥垒起的家园。

迎风破浪的航船/如今驶回了平静的港湾/朝思暮想的求索/终于有了满意的答卷/不再听那织女牛郎天仙配儿时的传说/不再唱那"千年等一回"/而今践行"爱你一万年"的承诺。

祝福你们一对新人老友:莫忘昔日/珍惜今天/憧憬未来/相依似漆/相伴白头/幸福百年!

精美文字点江山

"走亲戚"所引发的一日游

利用一个星期日,我起了个大早贪了个大晚,做了一次别有情趣的江山文学网一日游。我依次进入江山文学网站每个社团,在每个社团作品近期目录中选一篇作品通读,并记下作品的名称、题材、作者与编审编辑,在选择作品中散文、诗歌、小说、赏析、杂文等诸题材兼而有之。用每个社团的名字组成一句祝福与希冀的话语,并做好阅读摘记或写下自己的读后感想。

原则与要求:要做到"三读",即作为一个读者,就要怀揣敬仰之心,对所选作品虚心拜读;作为一个作者,就要端以求知之心,对所选作品精心品读;作为一个编者,就要不忘责任之心,对所选作品诚心研读。

目的与效果:通过进行江山文学网的一日游,在虚心拜读作品中拓宽自己的视野,在精心品读作品中吸纳写作技巧,在诚心研读作品中增长编审要领,以达到自我学习、自我完善、自我提升的目的。

就这样,当家人还在梦乡里,我便悄悄爬起来,打开江山文学网,去践行了别样的江山一日游。

美不胜收的风光

江山文学网每个社团就是一道风景,道道风景构成壮美江山。以下是本人以进入社团先后为序,所作的江山一日游的纪要。

江南天赐一美景,烟雨轻盈沐榭亭。走进江南烟雨社团,红凤青鸾的《我的父亲》(散文),从往日生活细节着墨,通过平实的表述,塑造了一个"严父"的形象,不仅感恩的暖流溢满心田,而且又给人以"严父出孝子"的感受。

逝水东去英雄在,流年岁月放异彩。走进逝水流年社团,荷塘人的《写给儿子的信》(散文),是父亲通过写给儿子的信这种形式,彰显了父子之情,尤其是作为儿子创业成功后孝敬老人的举动,同时也鞭挞了那些专门啃老,无所作为的年轻人,读来耐人寻味。

春花似锦墨写就,秋月清新前程秀。走进春花秋月社团,琴若雨的《山坳里的土楼》(散文),娓娓道来那富有久远历史文化的土楼,以及由土楼所展现出的风土人情。土楼巍然绝秀在闽西南崇山峻岭的山坳里,宛如一幅生机勃勃的风情画卷,成为世人心头隽永的记忆。

杨柳枝头情意长,春风化雨有华章。走进杨柳春风社团,满山红叶的《流年》(小说),细腻刻画了穆氏兄弟俩所扮演的不同角色和故事情节,对好大喜功、虚假邀功的不良风气进行鞭挞,极具讽刺意义,引人警醒。

墨香四海醉心房,天涯无处不芬芳。走进墨香天涯社团,枕雨听风的《七绝十首》(诗歌),以《残荷》《落花》《落叶》《蒹葭》《秋》《雪》《秋日随想》《锦瑟闲吟》等精雕细刻的文字,展现出一幅幅独特的画面。我遂将《七绝·秋日随想》录于其中:纤纤细雨逐花飞,漠漠秋阴一盏茶。闲对轩窗书篆字,一丛陶令到谁家?叠字的运用,加深了别样的景致。反问一句到谁家,又有深远之意。

雅韵之风陶醉人,文学精华显精神。走进雅韵文学社团,幽兰紫梦的《倔强的生命》(散文),从大象的力气、到蚂蚁的力气开篇着墨,然而着重赞美了卑微的小草,赞美了生命的宝贵、生命的顽强,令人感叹与思考。

文润字丽呈缤纷,心音著墨佳作真。走进文润心音社团,邹满文的《一面小镜》(小说),是一个情爱与友谊结合在一起的悲惨故事,是道德与良心、爱情与同情交织升华的好作品,给人以心灵强烈的碰撞。

山水相连一江山,神韵异彩在眼前。走进山水神韵社团,执手今生的《石碾永存祭英魂》(散文),是作者参观冀东烈士陵园的纪实性散文,弘扬了爱国、爱党、爱家乡的主旋律。

文缘凝聚人才棒,春天喜迎百花放。走进文缘春天社团,潮仙的《人生的思辨》(散文),是引用哲学家、教育家苏格拉底说"人生最大的幸福是思辨",开篇着墨,开门见山,扣紧主题,在文中引出得与失、甜与苦、离家与回家,阐述了对人生的辩证思维。

笔尖舞动造佳句,为暖文字无瑕玉。走进笔尖为暖社团,白水红叶的《写在女儿生日的四封信》(随笔),分缘起、女儿三岁、女儿四岁、女儿五岁、女儿六岁,记录了女儿成长的轨迹,饱含一个母亲对女儿的深情,细腻的刻画,创意的新颖,方式的别致,给人以启迪。

欢喜网屏一米天,酒家甘醇醉诗仙。走进欢喜酒家社团,楚牛的《在雪域高原与藏民同欢》(散文),说的是同学一行去九寨沟旅游,与高原上的藏族兄弟姐妹同欢的场景,释放了正能量,唱响了主旋律。

新诗精美敢称奇,部落人生有大局。走进新诗部落社团,凌雨烟云的《月无痕》(组诗),由《烧刀子》《青菜》《安慰》《围城》组成,精美的诗句给人以深刻的内涵。

人生文字添喜乐,家园笑迎四方客。走进人生家园社团,张民胜的《苞谷》(小说),这是一个以粮食为题材,讲述了旧中国饥荒年代一个村子的村民不同的遭遇与命运的故事。

天涯尽头有芳草,诗语唱响毕升谣。走进天涯诗语社团,浪子林杨的《土地,村庄,庄稼汉》(组诗),对黑土地、村庄、庄稼汉、山路等细腻的刻画,浓郁的乡土气息,表达了对家乡深深的眷恋,感叹社会的进步、时代的变迁。

东北一隅边关要,风情浓郁文章俏。我是9月22日加入江山文学的,一直坚守在东北风情社团,因为这是我的文缘家园。选读了彧儿的那首《秋,引领季节的温度》(诗歌),用温度来写秋,用秋风、山川、陌野、小径,还有老农、流年、雁群等,营造了鲜活的画面,富有生活气息,感叹人生,珍视年华。

海阔调墨写美文,天空胸怀抖精神。(海阔天空社团)
华文自古响五洲,部落相容名四海。(华文部落社团)
指间舞动键盘忙,微凉清风润心房。(指间微凉社团)
军警携手筑铜墙,文学佳作美名扬。(军警文学社团)
大筐装着文学梦,小筅飘出墨香情。(大筐小筅社团)
绿野深处墨香家,荒踪踏歌满天霞。(绿野仙踪社团)
峥嵘往昔文激扬,岁月沧桑写华章。(峥嵘岁月社团)
舞墨尽欢乐翩翩,之轩传咏精美篇。(舞墨之轩社团)
秋浦绘就大蓝图,文学花开众人读。(秋浦文学社团)
清颜秀丽铸美文,暖阁飘出泼墨香。(清颜暖阁社团)
秋月高悬作诗章,菊韵尽赏独自香。(秋月菊韵社团)
荒原插起文字旗,苍狼团队志不移。(荒原苍狼社团)
旋转同步人心齐,木马扬踢创新奇。(旋转木马社团)
年轻自有多壮志,一代精英写华文。(年轻一代社团)

少年有志敢登攀,诗派风格领风帆。(少年诗派社团)
心灵植下文学梦,之约奋笔溢墨风。(心灵之约社团)
东方一轮红日出,文学佳作众人书。(东方文学社团)
四渡江海舟帆竞,赤水为墨写春秋。(四渡赤水社团)
我主江山新天地,江湖诠释文缘义。(我主江山社团)
墨派生来做墨客,文学骄子写文学。(墨派文学社团)
竹韵一幅文字画,茶香清心赋诗人。(竹韵茶香社团)
花妖绝丽文风好,文学天地创新高。(花妖文学社团)
妩媚尽显篇章秀,今朝情谊文铸就。(妩媚今朝社团)
众神挥墨创佳作,殿堂之上显灵通。(众神殿堂社团)
思路一出好主旨,花语润泽新文章。(思路花语社团)
篱魂情系江山网,文学创作前程广。(篱魂文学社团)
海蓝合墨挥毫急,云天为纸写新奇。(海蓝云天社团)
茅林深处甘泉涌,草舍优雅吟书声。(茅林草舍社团)
颐和园内楹联赏,兰庭幽处墨飘香。(颐和兰庭社团)
临瞳网屏观江山,如故文缘点河川。(临瞳如故社团)

文采缤纷的作品,构成了美轮美奂的江山风光,令人神往。

游兴未尽的思考

收获中的咀嚼。江山一日游,对于我自己来说,确实是游有所学,游有所乐,游有所得。每个社团都凝聚了许多文坛高手,绽放异彩缤纷。就文学写作而言,我开阔了视野,丰富了知识,学到了技巧。特别是,我作为江山文学网站东北风情社团的一名编辑人员,从网站编辑之家专栏,学习了解了编辑的一些基本要求和规范。

瑕疵中的启示。我在江山一日游中先后共选读了46篇作品,可以说都是上品。但在精美之中也偶见夹带小小的瑕疵。例如,错别字、错用标点符号等,有的编者按过于冗长,有的又三言五语太过于简单。虽说是在所难免的,但也是不应该的。特别是在打字中注意错别字的修改,写好的稿子要多看几遍,投稿之前再仔细阅读,确认无误再进行投稿,自己一定要把好投稿这一关。在认真审稿中一旦发现有错,也一定要帮作者改错。我是这样认为的,经过编审后发表的稿子,一旦在作者的作品中出现诸如错别字等明显的问题,那是编辑的责任了。同时,从上述拜读的这些作品的编者按中还有一点,就是赞美的多,附和的多,华丽的辞藻多(有的简直成了套路了),真正给作者指出注意问题的少,为作者指明努力方向的少,为作者实打实地说点掏心窝子话的少。实际上编辑们都很辛苦,为了编审稿子,都要挤出自己的休息时间。我所看到的、所说的,并非吹毛求疵,意在学习交流。

家庭中的温暖。我认为江山文学网站是文学爱好者的大家庭,每一个社团都是这个大家庭下的小家庭,或称之为子家庭。对于每一位作者来说,都有自主选择社团的权利而进行投稿。所以,不外乎有这样几种情况,有的作者是游走四方,哪里需要哪安家的;有的作者是友情客串,出于情谊打支援的;有的作者是老守田园,固守本土不外走的。不论哪种情况,总该有一个落脚的地方,作为作者而言都有自己的内心所向。反正你到哪个社团投稿都是对网站的支持和贡献。

写到这里,我就用编辑部的那首《江山文学网主题歌——江山颂》,在激扬欢快的旋律、嘹亮优美的歌声、催人奋进的歌词中来结束吧:

江山万里铺锦绣/文采诗韵竞风流/喜回首/雅乐普天奏/正气贯神州/正气贯神州/一代文豪/百花齐放馨香送/江山如此多娇/常常在我心头/啊……江山/江山/我们永远的精神家园/精神家园……

"蜗牛之家"的快乐

　　小学二年级的外孙子,自放暑假后跟随女儿、女婿又都回到了大本营。这次外孙子带回了一只陀螺形蜗牛。蜗牛放在一个圆形的透明玻璃器皿里面。外孙子还顽皮地用图画纸画了只彩笔蜗牛,并清晰写上"蜗牛之家"贴在装酸奶的小纸盒上,放在了一旁。

　　有时,外孙子好奇地在那静静地观看蜗牛缓慢舒展柔软的身躯和触角,我们大家偶尔也凑到跟前助助兴。有一天开了空调,老伴还特意观察温度对蜗牛的影响,并说:"蜗牛好像冷了"。每天洗刷玻璃器皿及蜗牛的排出物、给蜗牛放洗好的鲜嫩绿叶蔬菜的活,主要是女儿来做,女儿出门在外这个任务就落在了我的身上。外孙子每天都用手指蘸水轻轻地弹在蜗牛的壳子上面,并自言自语地说:"妈妈告诉我说蜗牛喜欢潮湿,但水不能多,只要壳子上弹一点水就行了。"

　　蜗牛这个软体动物看似文文静静、行动缓慢,但有趣的是,这只蜗牛也有过3次"出逃"的记录呢。

　　一次,女儿早上准备给蜗牛清洗玻璃器皿时,发现蜗牛不见了,大家立即来找,结果蜗牛纹丝不动地贴在离地面两米多高的墙壁上。还有一次,也是女儿早上发现蜗牛又不见了,还以为蜗牛又爬到了墙壁上,结果没有,就在地板上、墙角边寻找,仍然没有找到。没办法,女儿只好发动大家来找。女婿趴在地板上查看沙发底部和下面的地板上及茶几的下面,也没有蜗牛的踪迹。这蜗牛一夜之间究竟去了哪里呢?最终,还是女儿在门厅外孙子的轮滑鞋帮处发现了蜗牛。

　　这回,对蜗牛实行了"管制",在装蜗牛的玻璃器皿上盖上了一个长方形带缝隙的塑料筐,因为玻璃器皿是圆形的,不匹配,有很大的空隙,结果又让蜗牛爬了出来，不过这一次，蜗牛没有爬多远。最后，我只好找来网状的塑料盆扣在了玻璃器皿上，"天罗地网"，这回蜗牛就只能在这局限的空间里规规矩矩的了。每天早上起来就会看见扣在玻璃器皿上的那个网状塑料盆布满了亮晶晶的银线，不知这一夜蜗牛爬了多远。

说起这"不安分的"蜗牛，还要从去年暑假老伴和女儿一同带外孙子去陕西旅游说起。7天行程，她们紧紧张张地游览了骊山、秦始皇陵、兵马俑、大雁塔、古城墙、黄帝陵、黄河壶口瀑布、延安等景点，好不快活。外孙子发现了在植物上的蜗牛，就把它捉来装在玻璃罐头瓶子里玩。从西安返程那天，在咸阳机场安检时，装有蜗牛的玻璃罐头瓶子连同蜗牛被滞留下来。外孙子玩得正在兴头上，回来后女婿特意在本市花鸟鱼宠物市场给他买了这只蜗牛。

2013年暑假，原来养的那只蜗牛不知怎的了，一连两天蜷缩不动，这可急坏了外孙子和大家。最后，那只蜗牛还是死掉了。外孙子心疼地说："把这只蜗牛埋在土里吧，一定会长出好大的一棵树来。"女婿开车带外孙又去道外花鸟鱼市场，买回了一公一母一对蜗牛，还买回来装蜗牛的透明箱子。

我看着不仅给外孙子，也给一家人带来快乐的蜗牛，进入了沉思：蜗牛，静静地贴在那里，尽管家人在不时地走动、电视机里不停地播音，或是一家人开心用着飘香的佳肴，丝毫都不影响它的一切。就是在野外也是如此，似乎静止的蜗牛，什么美丽的田园风光，什么迷人的彩虹蓝天，什么清新的微风吹拂，它依然不屑一顾，或者根本就是视而不见，听而不闻。安然的蜗牛，超然物外的态度，让人感到它的修炼高深，与世无争，而只有一条亮晶晶的银线，弯弯曲曲，诉说着它曾经走过的艰辛。蜗牛软绵绵的身体，又背负一个空壳爬行，是多余吗？当然不是。这正是造物主的神奇之处，试想，蜗牛没有了背上的壳子，那软绵绵的身体如何生存？有了这壳子，虽然背着壳子前行累一些，但随处都可以安家，缩进壳子里休息，悠然自得，无烦无忧，不管前面的路还有多远，既可以提前出发，又可以随遇而安，总是执着地向前……人活在世上，如果能够像蜗牛一样有着淡寡无争、不烦不躁的心态，坚韧不拔、锲而不舍的精神，收敛张扬、步步为营的风范，营造空壳、遮风挡雨的远见，乐观向上、走到哪里哪安家的情操，那可就真的没白活一回。

开学了，"蜗牛之家"又跟着外孙子搬迁了。

又见红领巾

外孙子因上学跟爸爸妈妈住在原来的房子,一周才能回来一次。原来周五晚上回来,新学期上了二年级,周六上午学奥数、下午还有打乒乓球或口才班的业余学习和训练活动,这样,就改为周六晚上回来,周日晚上走。

隔辈人相见格外亲热。外孙子一进屋就喊:"姥爷、姥姥好!""这周有什么收获呀?"我问。"期中考试班级第一名。"女儿说。"祝贺!祝贺!"我与老伴开心地鼓励着。"还有好事呢……"没等女儿说完,外孙子打着手势并脱口说:"妈妈先别说!""啥好事呀?"我忙问道。"入队了!"女儿接着说。外孙子他想给我们一个惊喜。一听这个消息,我与老伴更是乐得合不拢嘴。

"红领巾是红旗的一角,是用革命先烈的鲜血染成的。少先队员的口号是时刻准备着,我们是共产主义接班人。"我情不自禁地唠叨起来。"姥爷,老师跟我说了,我记住了!"外孙子说。

"姥爷和姥姥,你妈妈和爸爸像你这么大时也入过队,也戴过红领巾。"我对外孙子说。"只有品学兼优的小学生才能入队,你虽然入队了,还有小毛病没克服掉,要再接再厉呀!""是的,一定努力!"外孙子答应着。

又见红领巾,让我格外的兴奋。

记得我入队那天,是在"六一"前夕,学校统一组织的入队仪式。新队员站在学校办公室门前的操场上,少先队队旗迎风飘扬,老师和少先队大队干部讲话,组织我们新入队的队员佩戴红领巾、行队礼、宣誓……学校的办公室是利用原来的一个庙宇改修的,大条石地基高出地面足有一人高,黄褐色的琉璃瓦,屋脊上造型别致的小动物装饰,后来才知道这叫作"五脊六兽"。

"六一"儿童节那天,穿上白衣服,戴上红领巾,格外的精神,没有入队的学生,排在队伍的后边。学校组织去参加县城中小学生运动会。学校有前导队,敲着鼓、吹着号、打着彩旗,各班级依次跟进。运动会的场地就在县城的广场,广场设有主席台,主席台是利用评剧院的后大墙建的,北侧紧挨着电影院的后大墙,这是当时县城的文化体育中心。

父亲那时每月工资不多,仅有四十元零五角钱,六口之家,生活虽然艰辛,但父母在开学之前都把学杂费、书费给我准备出来。我记得当时红领巾只有三毛七分钱,洗的逐渐褪了色,也舍不得买。

儿子、女儿入队很早,看着他们脖子上戴上了红领巾,我与老伴知道孩子懂事了,进步了。

昨天晚上,女婿、女儿给我发来手机短信,原来是外孙子作的《杂诗》"盛年享幸福,一日难在晨。及时当勉励,岁月不待人。"我赶忙念给老伴听,并立即回复短信。盛年分享幸福,幸福快乐要珍惜。一天的好时光,最难得的是早晨,想睡个懒觉都不行啊,还要去上学。不及时地鼓励自己再接再厉怎么能行,岁月不会等待你的。我为外孙子的聪慧睿智而高兴。

在修改这篇稿子时,我把2015年10月10日孙女加入少先队也写了进来。儿子还给已上二年级的孙女照了纪念照片,冲扩装帧后挂在了墙壁上。儿子叫着孙女的乳名说:"将来爷爷奶奶年纪大了,你能不能照顾他们?""能!"孙女答道。看着孙女佩戴红领巾的照片,听着孙女的话,我内心充满了喜悦。

红领巾伴随着三代人的成长。而今,我又见红领巾,红领巾依然那么鲜红,那么耀眼……

小荷才露尖尖角

刚刚上小学的外孙子,学习很用功,去年一年级上学期语文取得优秀成绩,老师还发了奖状。上几天期中考试又取得了好成绩。家人和亲友都非常喜欢他,虽说不满八周岁,但有他自己的思维,说起话来朗朗上口,初露天赋。

2012年3月的一天,姥姥带着他,他命题《自开》,写下了如下诗句:"从小生在苦家中,人来人往无出路。心里无爱也无人,如今天上出天日,人心里面开开心。"开始并没引起家人的注意,以为小孩子随便写着玩。过几天,大家在谈笑中感到孩子这是有思想的作品,或许是因为妈妈管教得严厉而发出内心的呼吁,或许是写出了由不理解到"开开心"的过程。外孙子还太小,不能深层次沟通,他究竟反映一种什么思想,还不是很清楚,不管出于何种想法,但从文字、诗歌的平仄韵律看写得很好。"可怜天下父母心",只有等长大了才能够理解妈妈对自己的严格管教,"就像小树一样,只有经常修理才能够成材"。

2012年4月30日傍晚,女婿开车去郊县,家人坐在车上有说有笑,我又问起外孙子此时从车窗往外看有什么要说的。"横看万里田,处处结果实。"外孙子张口就来。他看到田野上的拖拉机,忙碌的人们正在播种,广阔无垠的土地,用"万里田"来形容,好似夸张,但显示出一种宏大的气魄。按照一般成年人的思维,或许把"里"换成"亩"写成"万亩田"而已。紧接着,他想到春天撒下了种子,秋天这田野上便是"处处结果实"了。这两句诗词,上下对仗,首尾呼应,多么美妙啊!

2012年5月10日一早,女儿给我发来手机短信,当时还没仔细看内容,傍晚女儿打来电话问,这才仔细一看,原来是外孙子说的女儿记录的诗词《温暖的五月》:"暖暖温温照耀我,五彩光芒飞尔过。无思香甜漫诱人,五月暖暖天象来。"女儿跟我讲,记录时,问"尔"是哪个"尔"时,外孙子说:"就是哈尔滨的尔"。这是多么热情洋溢的诗词呀,对于北方冰城哈尔滨的五月,终于送走了漫长的寒冬,迎来了和风细雨、明媚清新、骄阳似火、"暖暖温温"、"五彩光芒"的春天。这里,微紫泛白的丁香花、浅黄色的迎春花、雪白的杏花、紫红色的干枝梅花……诱人的香甜,弥漫、浸润、充斥着空间,多么温暖的五月,真是好天气呀!感动之下,女儿写下了《报春》:"新绿吐鹅黄,浣碧粉梳妆。抖擞亦精神,竞相把春报。"女婿写下了《庆春》:"一绿万物苏,二禽水中戏。众民齐推盏,无人肯早归。"我也有感而发:"丁香绽放杨柳绿,早穿夹袄午纱戏。冰城景色独特美,北国风光醉心绪!"外孙子拿起碳素笔在黑板上给加了个题目叫作《北国风光》。外孙子在黑板的空白位置写下姥字,意思是大家都写诗了,这是留给姥姥写诗的地方。老伴欣然写下了:"人生一杯酒,有甜也有苦。儿女孝双亲,自己也蒙福。"一块写字板,记录了家庭赛诗会。

  2012年5月11日,外孙子又写了《天长地久》:"天天不来日,处处有来人。不知何处去,次次又会来"。虽然有些不解其意,也不需要更多地去想,从其《天长地久》的题目看,或许是每天的时光已过就不会再来,可处处总是有人来。人来人往不知去向哪里又忙碌着什么?而且次次"又会来"。天长地久,一种梦幻的向往,一种美好的祝愿!从结构上看,有天、有日、有去、有来,蛮有诗意,真的是很棒的。

  2012年5月12日晚,外孙子给大家出了谜语"生来无本影,走动便有声。夏天无它热,冬天无它冷。"外孙子等不及大家猜,就干脆告诉说谜底是"风"。紧接着脱口而出"生来有本影,走也走不动。一旦开启它,呼呼刮凉风。"这个谜底是"电风扇"。大家在笑声中深深感受到外孙子较好的记忆力。

  宋诗《小池》的作者杨万里写的"泉眼无声惜细流,树阴照水爱晴柔。小荷才露尖尖角,早有蜻蜓立上头"。真可谓传咏不绝的佳作。外孙子的聪慧天赋就好比这小小荷花刚刚露出水面尖尖的小角一样,我衷心地期盼他好好学习,天天向上,健康茁壮成长,成为一名诗人,成为国家的栋梁。

一篇特刊诞生的始末

人们都不会忘记新型长征二号 F 捆绑式火箭将"神舟"五号航天英雄杨利伟成功送上太空，历时 21 小时、绕地球 14 圈后安全返回地面的那举国欢腾、世人瞩目的时刻。

在分享幸福与喜悦中，《哈尔滨日报》也让我收获了工作上的一篇政务信息特刊的厚重成果。

我在山东省政府驻哈办事机构负责日常政务信息收集、编辑和报送工作。那时，还没有网络，仅有一台电脑供日常打字和连接专网用，政务信息的主要来源靠的就是订阅《哈尔滨日报》《黑龙江日报》等当地报纸获取。

2003 年 10 月 15 日"神舟"五号发射后，《哈尔滨日报》做了连续报道。为了能够及时获得更多有价值的信息，一连几天，我常下楼去收发室取当日的《哈尔滨日报》，认真阅读后，把"神舟"五号的相关报道剪裁下来。

在这些《哈尔滨日报》剪裁中，有"四项技术确保宇航员生命安全"的报道——哈尔滨工业大学研制出一套"故障诊断"系统保证飞船出现重大故障时宇航员可及时脱离危险，哈飞集团研制的逃逸阻尼器控制逃逸舱翼打开速度，第 49 所配套的全程监控宇航员生命指标的传感器，第 49 所配套执行地面指令打开一级伞的伞压传感器；有"构件减重十余公斤，承重不逊色铝合金——哈玻璃钢研究院研制复合材料为飞船减负"的报道；有"'神舟'飞船上的传感器出自 49 研究所"的报道；有"两千只电子元器件把守电源重要关口——哈晶体管厂产品确保万无一失"的报道；有"即使撕碎了粘接物也撕不开胶粘部分——黑龙江省石化院胶粘剂将部件粘牢"的报道；有"座椅头盔用料特殊超塑板材性能优良——东轻向飞船提供大部分铝合金材料"的报道；有"进入太空必经之旅，地面上的'小太空'——哈工大承担'神舟'最大子项"的报道；有"哈工大人与神舟飞船结缘"的报道；还有一张"哈市为'神舟'配套单位及项目一览表"等。

10月17日下午,我把这些大小不一矩形的报纸剪裁摆在办公桌上,看着翔实的资料,嘴里自言自语地叨咕着："这么好的素材,应该从哪个角度来编报呢?!"突然,我的眼前一亮,感觉实现了从量变到质变认识上的飞跃。

于是,以《哈尔滨鲜为人知的高科技助推'神五'飞天》为题,写下了导语："哈尔滨有着全国闻名的高等院校和科研院所,高科技人才实力雄厚,高科技项目领先,高科技成果尖端。'神五'飞天揭秘了哈尔滨鲜为人知的高科技。从第一艘无人试验飞船'神舟'一号到载人飞船'神舟'五号发射成功,我国成为世界上继俄罗斯、美国之后第三个掌握载人飞船技术的国家。哈尔滨科技人员为'神舟'系列飞船研制、发射和'921'工程顺利实施做出了重要贡献。""据介绍,我国载人航天工程于1992年1月正式启动并由此命名为'921'工程。在包括发射'神舟'系列飞船的7大系统中,载人飞船是核心。在'神舟'系列飞船研制过程中,哈尔滨工业大学、哈尔滨飞机工业集团、中国电子科技集团第49研究所、哈尔滨玻璃钢研究院、黑龙江省石油化学研究院、东北轻合金有限责任公司、哈尔滨晶体管厂7家单位承担了相关技术及材料配套任务,在飞船的推进舱、轨道舱、返回舱3个舱段及'神五'新设的逃逸舱各个组成部分,配套部件从指甲大小的传感器到庞大的船体部件,全部做到了万无一失。"然后,根据剪裁的报纸,简洁明了地一一介绍了相关情况,提出了值得借鉴的建议。

为了保证政务信息报送的及时性,加班打字校对后连夜上报,上级有关部门编发了特刊。这是数量极少的政务信息的最高等级成果。

如今,十几年过去了,每每想起这件事,对《哈尔滨日报》仍是感激满怀。同时,让我深深地体会到看待任何事物都不要只看表面,要看其本质的这一道理。

心　愿

我认识小海，纯属偶然。

一次，我去一家公司办事，老板对正在计算机前忙着的小伙子说："小海，把公司的企业画册拿给客人。""好的！"小海是声到人到东西到。

"别看我们公司人不多，一个小海、一个大海。"老板半开玩笑地又说："小海今年29岁，大海今年24岁，但论个头小海没有大海高，所以大家就习惯把个高的叫大海，把矮个的叫小海，呵呵！""是啊，财源茂盛有客来，生意兴隆有俩海吗！老板你就等着发财吧！"我也诙谐地接着话茬应了一句。

我仔细打量着眼前的小海——的确，1.5米多的小个子，又十分瘦小，剃个小平头，戴一副眼镜，着一身整洁的服装……我心想，这哪是快30岁的小伙子，简直就像一个小孩子，叫小海真是"名副其实"。小海很机灵，思维敏捷，语气和缓，而办起事来又非常麻利。这是小海给我的初次印象。

俗话说"一回生，二回熟，三回成朋友。"我后来几次去这家公司办事，小海都主动打招呼。有时，我们也唠上几句家常。

原来，小海的家在距离省城一百多里的山区，父亲、母亲都快60岁了，身体都很硬朗，留守在家种田，还种些木耳段。一个26岁的妹妹，也在外打工。2014年11月份，小海来到省城打工，一家人的日子比上不足比下有余。

有一次，小海轻声跟我说："老大哥，麻烦你一件事呗？"他用一种信任的目光看着我。"什么事？"听小海告诉我："那是快二十年的事情了，那时家里经济状况很差，是村里有名的困难户，都10岁了才上学。多亏村里来了扶贫工作队，给我们生活困难的同学捐了款、赠了学习用品……那个带队领导的名字我记着呢，论年纪应该是爷爷辈分了，我就想找一找他，可不知道他是省里的还是市里的，具体是哪个单位的。"

"那可就难办了。"我说。"要报雪中送炭之恩哪,你为什么现在想起找那位领导了?"我问。小海说:"这不,现在生活好了,我原来在外地打工,现在来到了省城,就想找一找他,等找到了,我要……"

"你别着急,比如当年你们之间邮过信没有,有没有照片或其他的物品。"我对小海提示着。"没邮过信,但家里还保存着当时的集体合影,还有几张有我的照片。"小海说后又补充:"但也看不出那位领导是什么单位的呀。"

"这样,等你什么时候回家把那些照片拿来,让我看看,帮你尽量找。"我看着小海说:"你再仔细想一想,还有什么能够参考的东西吗?"

"别的……对了,我家柜里还有几张当时他给我做练习用的办公废纸呢!"小海说。"那你回家时一并带来,或许有什么发现。千万别忘了!"我对小海嘱咐着。

过了几天,小海跟我说,端午节他回家了,把物品都带来了,让我看一看。摆在我面前的一共有四张彩色照片,其中一张是扶贫工作队的领导、村干部和四名受资助学生代表的集体合影,当年的校长、村干部有的已故、有的患有重病;有两张分别是那位领导与小海在学校门口和教室谈话的照片;另外一张是那位领导到小海家走访的照片。小海告诉我说,那位领导坐炕沿边上,炕席上炕的是白芸豆,站着的是他父亲,穿的黄色长袖衣服袖子都耍圈了,黑漆的小柜,后窗户玻璃坏了,后墙横着木板的被垛,纸糊的天棚掉下了一个角……我看着照片,这就是那个年代乡村里贫困生活的真实写照,因为我在基层工作过,太了解不过了。

从这几张照片看,小海要找的那位领导,看上去身材魁梧,圆脸庞,梳背头,前额略有拔顶,戴一副褐色框的眼镜,敞开的蓝色夹克衫,露出白衬衫、对襟红毛衫,蓝黑色的裤子……没有架子,和蔼可亲。尤其那位领导与小海在教室谈话的照片,端坐的小海,渴望的眼神,那位领导往前探下身子的细微举动,仿佛听到了一位慈祥的老人对幼小心灵的呼唤和启迪……

这四张照片,标记的日期是 1997 年 7 月 17 日。

小海从家里带来那位领导送给他练习用的三张 A4 办公废纸。空白面早已被小海写下了密密麻麻的笔记,那面当年打印的字迹有些模糊,大白天的不得不借助灯光,我反复看着。

这三张办公废纸,是"1999 年度目标管理自检得分统计表"。其中在一条信息标题中标明了那位领导的职务,单位也就一下子明了了,因在信息采用栏标明省里采用,也就说明他是市里的。

我手里拿着这三张办公废纸："小海，几张废纸想不到成了宝贝，你可真能留啊，在一般人手里或许早已没了踪影。"我对小海大加赞赏。

我给一个部门的负责人打了电话，十几分钟电话打了回来。

当我把那位领导已于2002年辞世的消息告诉小海时，小海低下了头，沉默好久。小海抬起头的时候，我看见他的眼睛湿润了……

"要不是那位领导的扶贫资助，我或许一年级都念不完，……我还记得他当年嘱咐我无论遇到什么困难，也要把书念下去，一个人没有文化、没有知识是多么的可怕……我遇到了好人，现在回想起来还是暖暖的！"小海喃喃地说。

"小海，是呀，那个年代虽然困难些，但有党和政府的关怀，广大干部和群众的爱心，社会大家庭始终是温暖的！"我看着小海说。

小海，终于道出了埋藏心底的秘密——原来，他前几年跟中医药大学的教授学习了针灸、推拿和按摩、修脚等技术，主要是因为自己身体弱，坚持保健强身。他本打算找到当年关怀他的那位领导，利用休息时间，给老人家定期地按按摩、修修脚，力所能及地来表达自己感恩的小小心愿。

好人已去，无以表达心愿的小海似乎感到有些遗憾。

"小海，老人家的在天之灵知道你的这份心思，也一定会很欣慰的！""我给你一个建议，假如有可能的话，你也可以利用业余时间去养老院给那里的老人按按摩、修修脚，也是一种爱的奉献、爱的承接、爱的表达啊！""小海，你要把那份关怀、那份感恩，作为今后人生的动力，对得起家庭、对得起关心帮助你的好心人、对得起社会，那就是最好的表达！"小海连连点头称是。

逝者如斯夫。当年一位领导者的职务活动，温暖和感动了小海，好事好人，人们会永远记在心里。

祝愿小海扬起风帆，伴随伟大的中国梦，飞得更高，走得更远！

我与书的故事

"书籍是人类进步的阶梯。"高尔基的这句名言激励着无数世人,尤其是年轻人好好学习,多读书,读好书。我从上小学一直到中学,经常听老师反复地用高尔基的这句名言,来教育学生。

爱书。高尔基的"爱护书籍吧,它是知识的源泉。"这是念书时老师常讲,每个学生都知道的话。记得小学时,每当新学期发了新书,老师都反复强调要爱书,回家把书包上书皮。开始是母亲为我包书皮,以后就自己学着包书皮。随着时间的推移,包书皮的纸张也跟着变化,有旧牛皮纸书皮,有旧画报书皮,有废账表书皮,有旧报纸书皮……那个年代,学习书籍如果缺了、坏了很难买到,所以倍加爱惜书籍。就这样,我每个学期学完的课本都比较新,也很完整,就存放在一起。

借书。臧克家说"读一本好书,像交了一个益友。"那个年代,有的一个家庭三四个孩子念书,交学杂费都很为难,买课外书籍看简直就是一种奢望。父亲每月挣四十多元钱的工资,生活上的费用有时还接济不上,给我们的零用钱寥寥无几,所以家里除了学习的课本外也没有什么书籍。那时,哪个同学有几本课外书籍,是一件令人羡慕的事。谁新买的课外书都不太愿意借给别人看,担心把书弄脏了、弄坏了、弄丢了。只有要好的同学之间才能借到书。后来,逐渐地出现了同学之间互换书籍看。那时,在学校看同学之间关系好坏,能借到课外书看就是衡量的其中一条标准。谁有了一本新书,同学们都要接龙式的排号,你看完后又转给另一个人看,最后,退还给书的主人时,新书已变成了旧书。上小学时喜欢看《三国演义》《水浒传》《红楼梦》《西游记》四大古典名著连环画册。有时借到了书,书少看的人多,放学后几个同学就聚到我家,两个人看一本,或者几本连环画册大家在一起轮流看。大家对《三国演义》里的人物记得很扎实,记得当年同学中还有一套顺口溜叫作"一吕二赵三典韦四关五马六张飞……"活跃了课余生活。有一次我把借同学的《水浒传》中《三打祝家庄》那本连环画册给弄丢了,没有办法,父亲只好拿出钱来让我去县里唯一的新华书店买了一本赔人家。父亲虽然没有责怪我,但我为自己的粗心大意感到内疚。吃一堑长一智,打那以后,我无论是借的书,还是自己的书,都格外在意保管。上初中时同学们争相传看《钢铁是怎样炼成的》,至今记忆犹新,被书中的主人公保尔·柯察金顽强地投身革命工作的情节深深的感动,从中汲取了那种伟大的精神和强大的力量,是青年人励志学习的榜样。姚雪垠洋洋四十万字的巨著《李自成》出版后,就甭想花钱买了,仍是人家花钱我看书的原则,还是一个字:"借"。在我们班级家庭生活条件比较好的春和同学父亲是部队营职干部转业的,当时每月有七十多元钱的工资,同学们都很羡慕。他父亲给他钱买了一本《李自成》,班上同学们知道后老早就排上了号。大家常常被那跃然纸上宏伟磅礴的气势、绚丽多彩的画面、浓郁的历史时代氛围、栩栩如生的人物形象所吸引,课余时间都在议论着书中的故事。后来,广播电台每天播《李自成》评书,做完功课的我,也跟父亲母亲坐在火炕上静静地听着。借到别人的书看是一种荣幸的事。当时,在读者中广为流传、有口皆碑的堪称"红色经典"书籍,比如由中国青年出版社出版的《红日》《红旗谱》《红岩》《创业史》,由人民文学出版社出版的《山乡巨变》《青春之歌》《保卫延安》《林海雪原》,此外,还有上海文艺出版社出版的《铁道游击队》等。这些被通称为"红色经典"的书籍,据讲都是指新中国成立初期出版的,反映中国革命年代的优秀文学作品,是中国革命史的一个缩影。通过借这些书看,也让我了解了这些作品背后的一些鲜为人知的故事,原来这些小说原型大多来源于生活中的真人真事。比如,红军时期就参加革命的杜鹏程写出了《保卫延安》,当过军区文化部长的吴强写出了《红日》,部队指挥员曲波则创作了《林海雪原》,"中美合作所"的幸存者罗广斌、杨益言写出了《红岩》,有着地下党斗争经验的李英儒写出了《野火春风斗古城》等。《林海雪原》的故事就发生在东北牡丹江茫茫林区,如今在黑龙江省海林市建起了杨子荣烈士纪念馆,英雄杨子荣烈士就长眠于此,高高的山冈上矗立杨子荣英雄纪念碑。近年来,因工作关系我多次来到这里参观学习。每参观一次我都受到一次心灵上的强烈震撼!当年借《林海雪原》那本书的情景又出现在眼前,封面上鲜红的四个大字,仿佛是由热血浇筑,与皑皑白雪相映衬,显得更加鲜艳、更加耀眼、更加火红。

抄书。"人离开了书,如同离开空气一样不能生活。"科洛廖夫精辟地说。一场史无前例的无产阶级"文化大革命",后来被人们称之为"十年浩劫"的运动,使这个国家变成了"红色的海洋",新华书店里几乎都是马恩列斯毛的各种版本的著作,新的文学书籍几乎"绝迹",文化生活极其单调。"文革"时期出版的《毛泽东诗词》,在高中的我,还是惯行借书那一套,把书借来然后一首首把诗词抄写下来。发表过的毛泽东诗词书法,自己还学着誊写。记得,自己出于好奇心和收集资料,当时流传的一本汇集全国各省市自治区成立革命委员会给党中央、毛主席的致敬电和发表的社论,我都照借不误,给抄了下来。虽然"文革"破四旧,但有些历史文化不能丢,为此晚上关起门来我帮助父亲抄写周易方面的书,然后用线绳订好。当时社会上私下里出现了一种手抄书,通俗的叫作手抄本。记得,一个名字叫作《一双绣花鞋》的手抄本,实际上就是与后来的雾都有些相似的故事。在那个年代,也是不能公开发行的。我好不容易将《一双绣花鞋》的手抄本悄悄借到手,人家还给我规定了时限,于是我如饥似渴地先看了一遍后,便连续十几个夜晚挑灯夜战,用原稿纸抄录了这本书,抄好后用线绳订好再用牛皮纸糊上封皮,并在封皮上用钢笔描上了书的名字。然后就暗中在同事、邻里中流传开来。为此,单位领导还善意地提醒过我,千万注意,别弄出"说道"来。

购书。别林斯基强调说"好的书籍是最贵重的珍宝。"当我走上工作岗位后,特别是到了部队工作后,时常光顾新华书店,去找寻"珍宝"。只要自己喜欢的书、对工作有帮助的书,就毫不吝啬。后来因工作调转来到了省城,买书方便多了。但有时也不凑巧,记得《辞海(缩印本)》出版后,自己想存一本,可跑了几家新华书店还是没有买到,最后只好托战友找熟人买回来。买《辞海(缩印本)》给我一个提示,为此我主动与几个新华书店的经理建立了联系,有什么新书预告都主动打电话告诉我,优先进行选择预定,通过买书我们彼此还成为好朋友。休息日,抽出时间去书店转一转,浏览新书,或看看新书资讯,没有空手回来的时候,总是要抱回自己喜欢的新书。有时还到早晚市上的旧书摊去"淘淘宝",只要自己没有的书,又便宜得很,少花钱多买书,何乐而不为呢。旧书摊上有许多盗版书,不过即使书很便宜我也不买,要买就是正版的。如今网络购书快捷多了,从网上购书还能打折。我时常在想,自己不吸烟,那就把这笔"香烟钱"用到买书上吧,所以买书也就成了我的一大"嗜好"。渐渐地,聚少成多。从购书的种类看,有文学、历史、政治、经济等,从用途上分类则以工具书为主。妻子为我买了书柜,书柜挤满了书,书柜的木板格段都压弯了,可是书还是放不下。原本不很宽绰的屋子,床下、床头、吊柜、墙角等一切可以利用的空间都堆满了书。"书山"遍及房间的每一个角落。

读书。莎士比亚说过"生活里没有书籍,就好像没有阳光,智慧里没有书籍,就好像鸟儿没有翅膀。"伴随我生活的书籍,主要是围绕工作方面的多一些。这也是买书时就已经做出的选择。我所读的这些书籍,确实对自己工作的开展、任务的完成帮助很大。有时还"临阵磨枪不快也光"。我这人说来也很怪,什么言情、武侠类的小说从来就不去看,历史题材的倒是很喜欢,尤其是近代、现代的,以及富有哲理的书籍。《十万个为什么》丛书的出版,当时我还在小学读书,因为家庭的拮据,仍旧是张嘴去借。这部分为数学、物理、化学、天文气象、动物、农业、地质矿物、生理卫生等分门类的科普读物,对于我来说,真是开阔视野、丰富知识,让我知道了许许多多个为什么。当我上了中学后,正当全国开展向雷锋学习的热潮,读《雷锋日记》确实受到很大的教育与触动,伟大的共产主义战士雷锋虽然只有初中文化程度,但他留下了闪耀着充满理性思考的日记,其日记使用了平实朴素而简练生动的语言,信手拈来却恰到好处的修辞,比如,"一瓶子不满,半瓶子晃荡","一花独放不是春,百花齐放春满园",等等。读《上下五千年》《成语典故》《从政史鉴》等,不仅让我了解了中华民族的历史,而且也从中得到了启迪。因为"十年浩劫"的无产阶级"文化大革命",破碎了我与同学们上大学的梦想。一直到33岁那年,在部队工作的我,有机会参加了黑龙江大学的党政干部自学专业学习,十二门课程,孩子正在上小学,老伴当时在工厂起早贪黑也很忙,我也是白天工作,晚上孩子睡了自己再起来学习,又经常下基层,就把课本随身带。两年时间,获得了大专文凭。阅读是一个国家的精神秘史。一个时代的精神风貌往往可以投射到其个人阅读活动中。我很欣赏李子木的这句话。《求是》杂志社编辑、学者苗作斌曾说过三种阅读生活,第一种是灵魂阅读书犹药也,善读可以医愚。第二种是急用先学,为了工作的需要而阅读,第三种是兴趣阅读。我是三种情况兼而有之,只是一个时间安排和实际需要的问题。把读书作为一种高雅的兴趣,把读书作为一种美好的追求,把读书作为一种实际的需要,不断地"充电"。所以,养成良好的读书习惯,利用工作间隙、节假日休息时间,潜心读书,不仅可以打发枯燥的时光、赶走寂寞,而且从中寻找到了快乐、丰富了知识、汲取了养分。

送书。"书籍是伟大的天才留给人类的遗产。"这是爱迪生的名言。随着电子书籍的问世,以及网络的广泛应用,加之几经搬家,对存书的观念也有了改变。于是,对原有的书籍也来了一次次的"革命",每一次的大清理,每一次的乔迁,我都把书反复折腾几遍,仔细核对是否一种书有精装本、普装本,如果有了精装本的就不留普装本。同时,看是否存有过时的书籍,如果确实没有保留价值的书籍就不留下了。这是一个原则。工具书不管什么版本。是否有重的,我都是要留下来的。所以,对一些闲置的书籍还是忍痛割爱地进行"易主",该送人的就送人,多多派上用场,也是对爱迪生"书籍是伟大的天才留给人类的遗产"这句名言的一种感悟。对一些实在没有存放价值的书籍干脆该卖的就卖掉了。我的"书山"由原来的"山岭相连,层叠起伏",逐渐地在一袋子一袋子的减少、一箱子一箱子的易主中所剩都是精品了。

  写书。培根精辟地概括道"阅读使人充实;会谈使人敏捷;写作与笔记使人精确。史鉴使人明智;诗歌使人巧慧;数学使人精细;博物使人深沉;伦理使人庄重;逻辑与修辞使人善辩。"读书要坚持知与行的统一,做到学与用相结合。要切实把读书所学到的东西用到武装头脑、提升思想境界、掌握方法、科学指导工作上来。回想当年,自己当通讯报道员时有的稿子上了中央人民广播电台新闻联播节目、《中国民兵》杂志、《东北民兵》杂志及省内电台报刊等,就是通过不断地读书学习得到的提高。撰写的《党委书记要善于弹钢琴》征文获得大军区政治部门三等奖。整理的多篇离退休老同志的回忆录均出版发行。连续多年承担地市级《年鉴》军事部分的撰稿工作,参与志书史料整理等也是一种锻炼。整理家族史料,撰写了纪念亲人的文章,印刷成册也是一种体验。开辟网络博客,赶赶时尚,动动脑,动动手,坚持写点文章,更是一种享受。书,需要一页页地写。只要天长日久,总会积水成潭。把那些过去的、现在的、将来的、真善美和假丑恶用不同的题材记录下来并汇集起来就是一本书,这也是一本写不完的书。

  这就是我与书的故事。

月亮可知我的心

中秋那夜,我静静地伫立窗前,抬头望着挂在空中冰清玉洁的月亮。脑海响起了那首《月亮代表我的心》的歌曲,赞美月亮,表白心境,多么美好。随着歌曲的结束,我又突然暗自发问,月亮可知我的心?

皎白撒银辉,清美色融融。中秋因月亮而诞生,月亮因中秋而更圆。

中秋,你是团圆的象征,欢乐的写照。古往今来,人们为你歌唱赞美,为你赋诗填词,留下了许多脍炙人口的名言佳句。诸如,"床前明月光,疑是地上霜。举头望明月,低头思故乡。""海上生明月,天涯共此时。""人有悲欢离合,月有阴晴圆缺,此事古难全。但愿人长久,千里共婵娟。"

月是故乡圆。时间隧道将我带回快乐的童年。每到中秋节,父亲总要买回二斤月饼,应应节令,母亲将月饼和洗好的海棠果分别摆在两个盘子里。传统的月饼,是县糕点厂生产的,对于那个年代的我们,很有吸引力,哥几个眼巴眼望地看着月饼转来转去,"等着,等月亮升起来再吃。"母亲发话了,只好又把"垂涎三尺"的口水吞咽回去。弟弟有些着急了,"这天咋还不黑,月亮啥时候才能升起来呀?!""去去,别黏着,出去玩一会儿。"母亲说。月亮升起来了,一家人分享着甜蜜、快乐,母亲给我们讲嫦娥、玉兔的故事,父亲给我们讲"以月饼为号,八月十五杀鞑子的故事"。在中国的大东北,作物都是一年一季,外地的水果运不进来。到八月十五,仅有当地的大秋果。记得有一年把买来的西瓜放到院子的菜窖里,等中秋节吃,结果还是烂掉了。

月是故乡圆。这句话对于我来说,感触极深。那年的中秋节这一天,老宅子宾朋满座,喜气洋洋,院子里支起帆布大棚,二姨夫领着大厨煎炒烹炸,帮忙的小伙子端起饭菜东西院忙个不停……房门上悬挂父亲借来的一面红旗和毛主席像……恩重如山的父母为我们举办婚礼。那天,是云遮日,谚语说"八月十五云遮日正月十五雪打灯",是个好兆头。两间房子倒出来作为洞房,父母亲带着弟弟和妹妹住在邻居家。

月亮升起来了,长明灯亮起来了,指引我们开始了甜蜜幸福的生活……

带着家乡泥土的芬芳,牢记亲人的嘱托,我们这个小家成为大都市的一分子。抹不去的乡情,舍不掉的亲情,告诉我们要学会珍惜,珍惜这已拥有的一切,要拼搏,拼搏未知的世界……

这些年,每当中秋之夜,我还是执意地望着窗外的月亮,回味童年的月亮,心里装着家乡的月亮。

今年的中秋,亲人远行,结束六天之旅,昨夜平安归来,释下一份牵挂。

冰清如玉的月亮啊,那么清新淡雅,那么明媚温存,那么清纯灵动……这是一份迟到的中秋感怀。

月亮可知我的心。

第五辑
牵挂：真情与真意

母亲的针线板儿

　　母亲有个针线板儿，一直陪伴她走过近四十个春秋冬夏。人们常说，往事如烟，随风飘去。我却说往事并非如烟，深深地烙印于我的心中。

　　说起母亲的这个针线板儿还真有一点来历。记得，我上小学四年级的时候，那年春天，父亲从县木材公司批了两立方米板皮。板皮是加工木材的剩余物，在那个年代，可是个"稀罕物"，这板皮，用处可大了，长一点的可以钉板障子，取代了用秫秸夹的障子，这种障子就很耐用。对于短一点的板皮也可以钉个装杂物的箱子，比如做煤仓子的隔板、仓房里放物品的垫板等，实在短小的就作引火柴用。父亲求了一辆马车把板皮拉了回来。左邻右舍的都很羡慕，过来帮忙往院子里抱板皮，还有的干完活要走了一两块板皮。父母亲将板皮按照不同用途挑选出来并分别垛好。母亲双手抱起一块沉甸甸的短木头疙瘩，问父亲"这是什么木头？""这是色木，人家木匠做刨床子就用这种木料。"父亲说。母亲说："那这么瓷实的木头就留着做个针线板儿吧"。

　　就这样，父亲用斧子费了好大的劲，砍出了个小板幌子毛料。然后去求木工师傅给做了个针线板儿。不几天，父亲下班将做好的大约长30厘米，宽4厘米，厚度不到1厘米的色木针线板儿带了回来。

　　起初，这个针线板儿，是一头缠白线，一头缠黑线，不知道什么时候又在中间缠上了蓝线。

　　母亲做针线活，不仅麻利，而且针码小，还匀称，在亲属、朋友和邻里中都很有名气。所以，常常是帮了东家帮西家，裁衣服、纳鞋底、打麻绳、絮棉花，有求必应，特别是谁家的儿子要结婚、谁家的闺女要出嫁，都要来求母亲给絮棉衣。我家简直成了这个胡同的"被服厂"了。那时的人际关系没那么多"讲究"，相互之间很真诚、很朴实，都是无私奉献，自觉做义工的。母亲是个热心肠的人，又是特别要强的人，一旦别人求到头上帮做针线活，她都笑呵呵地应下来，"拿来吧，啥时候要？"

家人的衣服、裤子、鞋子都是母亲一针一线做的。母亲根据家人的体型、脚型，创造出属于自己的"专利"，就是用牛皮纸做成的、冬夏两季的衣服样子、裤子样子、鞋样子等。有时邻里的大娘、大婶找母亲帮着裁剪衣服，母亲就用她的"专利"或放大，或缩小，或加肥，或变瘦，一切都迎刃而解了。

姥姥病故得早，母亲又是其姊妹中的大姐，生活在乡下的老舅、四姨与我都是同龄人，母亲拿他们比自己的孩子还在意，每年对于他们的穿戴十分上心。记得，麦秋时，母亲都要专程回乡下为老舅、四姨拆洗被褥，拆洗棉袄、棉裤。母亲走到哪，那个小小的针线板儿就跟她到哪。母亲每一次回乡下，还要帮三姨做些针线活。三姨常年有病，家里人口又多。母亲在乡下时间长了还惦记我们兄妹几个，有时就把要做的棉衣棉裤带回城里做。老舅到了该成家的年龄了，母亲为他着急。当老舅的婚事定下来后，母亲、父亲一起张罗，挤出钱来，买来了花被面、棉花和布料，给做了妆新的被褥和衣裤。

二弟弟很顽皮，曾有一年一个夏天竟穿坏了六双夹鞋，但等稍大一点就知道母亲的辛劳，也就注意节省了，下雨天怕弄湿了鞋，就将鞋别在腰带上，光着脚走路。

看着母亲的针线板儿，我心中情不自禁地吟咏起唐朝诗人孟郊的那首《游子吟》来："慈母手中线，游子身上衣。临行密密缝，意恐迟迟归。谁言寸草心，报得三春晖？"我们做儿女的，就像那一株小草，怎能报答得了母亲像春光一样的爱心呢？我学着改写一下，叫作《孩儿吟》："慈母手中线，孩儿身上衣。倾心密密缝，意恐不堪用。少小不懂事，怎解老人心？""真是可怜天下父母心啊！"我们小时候只知道贪玩，哪知道母亲默默的辛劳，等我们长大了，也做了父亲、母亲了，才倍感母亲、父亲恩重如山哪！

棱角已经磨光了的针线板儿，不知它带走了母亲为我们操劳的、多少难以忘怀的岁月；木质本色变暗的针线板儿，不知它浸透了母亲多少心血和汗水；那些不规则的表面划痕的针线板儿，不知它刻记了母亲多少"酸甜苦辣与喜怒哀乐"。

针线板儿啊，针线板儿！你是我们的传家宝，你是母亲对这个家庭无私奉献的见证，你是母亲无字的功德碑。

父亲的渔网

说起父亲的渔网,谁也想不到他老人家究竟有几张渔网?

清冷的早春,那天下午,在清理父亲遗物时,从仓房的墙壁上、房梁上,取下父亲的渔网,一张、两张……数了数一共有七张,其中有一张渔网是崭新的、用丝袋子包裹着的,还有一张是织好了没有上网礁子的(网纲上的铅坠)。这些渔网是父亲的爱物,足见他老人家对打鱼是情有独钟的。

一条松花江的支流,就在入江口的那块冲积平原上,水草丰茂,稻谷飘香,鱼肥虾美,大自然赐福了故乡的人们。苍茫大地,物华天宝。家乡的特产很多,淡水鱼就是其一,"三花""五罗""十八子"誉享中外。"三花"有鳌花鱼、鳊花鱼、鲚花鱼;"五罗"有法罗鱼、哲罗鱼、油罗鱼、鸭罗鱼、铜罗鱼;"十八子"包括华子、鲢子、草根棒子、青根棒子、黑鱼棒子、泥肚子、麦穗子、红眼眸子、七粒浮子、江兔子、山鲤子、鲤拐子、嘎牙子、川钉子、泥鳅钩子、鲫瓜子、白瓢子、葫芦子、草菇子、花菇子、斑鳟子、米线子、岛子、柳根、江鲶鱼、山鲶鱼、怀头、黄尾巴、江鲈、牛尾巴、老头鱼等众多杂鱼。这几年我注意收集这小杂鱼究竟有多少种,到目前为止仅收集到以上这些。这些小杂鱼的名字,大多数是当地人们根据其体貌特征而形象的习惯叫法,至今不知其学名叫什么。

听父母亲讲,在那依山傍水的小山村住时,每年一到汛期少陵河水就出槽,两岸十里八村一片汪洋。有一年,父亲休假在家,正赶上汛期过后西大河撤水,一天下午他带着鱼罩,去西河套罩鱼。一个下午,父亲也没罩着几条鱼,见太阳快要落山了,便往家走。当走到二道沟子时,父亲见清清的水壕里有几条"小鱼"在夕阳余晖下缓缓游动,便索性轻轻地按下鱼罩,只听扑隆、扑隆,鱼蹦个不停。出大鱼了,那看似"小鱼"实际上是大鱼的鱼鳍。原来河水撤得急,鱼在沟里子没有来得及跟河水撤走。父亲赶紧用鱼罩和割来的蒿草将沟的下游堵上,然后跳到沟里去抓鱼。一连抓了17条大鲤子。这时,天色已晚,父亲又无法一下子拿回去这么多鱼,便捡来一堆干柴拢起了篝火。当地人们都有这样的习惯,到草甸子必带的有镰刀和火柴,父亲也不例外。在草甸子里守了一夜的父亲,与家人失去联系。爷爷、奶奶和母亲都很着急,茫茫草场,担心黑夜里遇到狼。第二天,天刚亮,爷爷等人找到了父亲,背回了大鱼,大的足有10多斤重,小的也有5斤多重。这是父亲捕鱼的一次辉煌战例。

  我6岁那年夏季,父亲带我到屯西的"稻壕"里抓鱼。"稻壕"就是灌溉水稻的水渠,这是屯里人的习惯叫法。父亲挽着裤腿,在水里慢慢地向前不停地摸着,一会儿就抓住一条鲫鱼,一会儿又用脚踩住一条鲫鱼,扔到堤岸上我费很大劲才把活蹦乱跳的鲫鱼装进榆树条编的小筐里。

  父亲还用回水网在西大河里回鱼。回鱼,顾名思义,是在水流的回水弯处捕鱼的一种方法。回水网,长长的木杆装上网、网底下有网兜,像一个小写的"f"字母,插在回水处回鱼。一次,父亲回了很多鱼,有鲇鱼、黑鱼、鲫鱼,还有一个鳖鱼,装在大泥盆里。二弟弟用蒿秆捅鳖鱼,鳖鱼狠狠地将蒿秆咬住,母亲喊着"快放下,别咬着手!"。

  自打搬进县城后,父亲主要用渔网、当地人叫旋网打鱼。用渔网打鱼,先得学会抡渔网。父亲借来朋友的渔网,下班后到学校的操场上练习抡渔网,我与弟弟跟在后面去看热闹。父亲开始抡渔网呈"马槽状",朋友说这样不仅打不着鱼,反而把鱼吓跑了。经过多次练习,父亲逐渐掌握了要领,把渔网抡的呈"笸箩状"了。记得有一年深秋,父亲借来渔网去打鱼,渔网挂在了河底的树根子上,费了很大的劲儿,才把渔网拽上来,结果网纲拽坏了,网礁子也丢了几个,回来后好久才修好。等逐渐手头宽裕了,父亲就买网线自己学着织渔网,把渔网织好后便到县土产公司找熟人买废铅,自己翻砂做网礁子。说织渔网,还是母亲手快,常常帮父亲的忙。父亲和母亲经常晚饭后,一边听着广播喇叭或唠着家常,一边熟练地行走线梭子织渔网。织渔网,开始用的是细白线绳,以后用尼龙绳。织好的渔网,要用桐油、清油浸泡后晾干,这样耐用。

  父亲有几个非常要好的打鱼伙伴,每到星期六就串联星期天打鱼的事。有时,听说哪儿出鱼了,星期六下班后就贪黑去打鱼。一年汛期,松花江江水出槽,听说南江湾出鱼了,父亲就约好伙伴连夜去打鱼。父亲在月光下,沿着江水灌进的沟汊,不停地抡渔网。这一夜,父亲装鱼用的帆布口袋满了,虽然一夜没合眼,但父亲很欣慰。

父亲打鱼主要是为了改善家里的伙食,有时鱼打多了,就送给邻居、亲属们吃。在老宅子那个胡同里,住着十几户人家,哪家都吃过父亲打的鱼。

父亲打鱼吃了很多辛苦,风里来雨里去的,也遇到过一些险情。有一次,父亲去南江沿打鱼,去时一个上坡由于用力过猛,自行车的链条断了,推着自行车走到江沿。打了一天鱼的父亲早已筋疲力尽了,回来时没有办法又只好推着自行车走了30多里路,很晚才回到家里。父亲出去打鱼经常遇上大雨天,泥土路无法骑自行车,推着自行车走又粘车胎,没办法只好扛着自行车走,弄得满身泥水。有一次父亲求了个舢板船在江边打鱼,实在太累了,就躺在小船上歇了一会儿,没想到小船顺水漂动好远,父亲一看,赶紧将小船划到了岸边。不知什么时候,打鱼的人们用汽车内胎粘水衩,春秋水凉时穿水衩可站在水里打鱼。一次,父亲穿水衩打鱼,打到的一条大鱼从装鱼的帆布兜里窜了出来,父亲往前一抓,不慎脚下踩空,掉进一个坑里,身体一倾,水衩灌满了水,瞬间负重很多,动弹不得,父亲往后一点点挪动脚步,费了很大的劲才退到了安全地方,真是后怕呀!父亲冷得直哆嗦,赶快上了岸,找来干柴拢火烤衣服。还有一次,父亲带二弟弟去打鱼,渔网被水里的条茬子挂住了,试探拽几次也无济于事,如用力拽网网不仅弄坏了,而且那十几斤重的网礁子没可不好买,没有别的办法,二弟弟下到冰冷的河水里将渔网摘了下来。有时,赶在封冻前打鱼最遭罪,父亲的手冻得发红、发麻,衣服上挂满冰凌。但父亲为了这个家,为了儿女们,从不抱怨。

父亲打鱼的交通工具就是骑自行车。有时一天往返七八十里路,年轻人都骑不过他。那辆永久牌28自行车,没有瓦盖、没有车锁。你知道为啥没有瓦盖吗?万一遇到雨天,土路上的泥巴容易糊住自行车的瓦盖,没有瓦盖就好走一些。那辆自行车也不知换了多少副内胎、外胎,也不知换了多少副脚扎子(脚踏板),一直伴着父亲"南征北战",去南江沿、西大河等地打鱼。

父亲70岁以后,直到病故的上一年仍然骑自行车出去打鱼,主要是锻炼身体。

父亲的渔网,是他老人家为了儿女们无私奉献的一个缩影。

我的老泰山

　　巍巍泰山，雄伟磅礴。说起泰山，就要联想到五岳。泰山，享有"五岳之首""五岳独尊"之美誉。东岳泰山之雄，南岳衡山之秀，西岳华山之险，北岳恒山之幽，中岳嵩山之峻，也有"泰山如坐，衡山如飞，华山如立，恒山如行，嵩山如卧"的说法而闻名世界，令国人世人发出"五岳归来不看山"的感叹！

　　那年秋天，我在当地朋友的陪同下，首次登泰山。我仰视巍巍的泰山，沿着那条直插蓝天、古老的路径拾阶而上，久远的脚印凝成铺路的化石，找寻的影子化作风儿吹来，心中泛起串串涟漪，席地而坐的喘息间倾听那美丽的传说和脍炙人口的故事，一鼓作气登极顶之上举目观翻滚的云海，细品千古佳句一览众山小……

　　因泰山，又是岳父的别称，所以，今天我就说一说我的岳父。

　　我的岳父，他老人家是一位普普通通的人，解放前在乡下务农，解放后参加了工作，在当地粮食系统的制油厂、粮库当工人，直至退休。他老人家虽然大字不识，但为人处世的道理很明白，在他身上有着许多闪光点。我的岳父，我的老泰山，平凡见伟大，普通显精神。我作为女婿的可以这样说：泰山辉辉！

　　我与妻子结婚后不久，那年的"七一"，岳父工作的粮库党支部举行庆祝建党纪念活动，其中有这样精彩的一幕：在粮库的活动室里，坐满了党员和入党积极分子，党支部正在为新党员举行入党宣誓，而面对镶嵌金光灿灿镰刀斧头党旗的竟是一位59岁的老职工。只见他庄严地举起右手，组织委员领誓一句，他庄严又似乎有点紧张地复述一句。这个人，就是我的岳父。

　　我的岳父在退休前一年终于成为共产党的人了，这是政治上的荣耀，在当时也是很少见的新鲜事。"都快退休的人了，还入啥党啊，真是老积极！"一些工友议论着。工友们说我岳父是个老积极，这话一点也不假。

我岳父原来住在距离县城90里北面全县第二大的镇子上,这里是全县境内唯一通铁路线的地方。粮库、制油厂就建在铁路线旁。

岳父家住在火车站前的一所厢房里。这是一条繁忙的铁路线,每天南来北往的货车、客车昼夜不停,火车进出站的汽笛声、火车站的广播喇叭声、火车驶过的隆隆声都听得一清二楚。

我的岳父在制油厂榨油车间上班,昼夜两班倒,不仅活计累,而且是最遭罪的工种。我岳父工作中很能吃苦,那时制油厂榨油道道工序都是人工操作,比如紧油榨,两个人用螺旋钢钎合力拧紧,豆油从油榨四周一点一点流进下面的地沟里,直至油榨不流豆油了、豆粕变成了豆饼为止。榨油车间冬夏始终都要保持一定的高温温度,否则就影响出油率。岳父和工友们在如同蒸笼一样的车间里工作,每天都是大汗淋漓。我岳父工作认真,肯于出力,年年都是制油厂的劳模。"爸爸就是刚强,在制油厂榨油车间工作时,有一次,不慎掉进地沟里摔断了两根肋骨,在镇医院走廊加的病床上卷曲着身子,就是不哼一声。"我的妻子回忆说。

我岳父因成年累月的劳作,他的背有些驼了,但他老人家做人的腰杆却不弯,始终堂堂正正,重来不做让人指脊梁骨的事;他的腿走路有些晃了,但他老人家处事的尺子是笔直的,始终本本分分,重来不做出格的事。

听妻子讲,当年在制油厂榨油车间工作,一些工友都利用工作之便,趁人不注意用饭盒往家里装一点豆粕或油渣沉淀物,可岳父他做不来。你可知道,困难时期,这些剩余物可都是好东西。为此,有的亲属来岳父家串门就直截了当地对岳父说:"公家的东西,大不见小不见的,不拿白不拿。"岳母也在一旁唠叨:"人家积极,脸皮薄。"而岳父却说:"咱不能厚着脸皮拿公家的东西。"

岳父与岳母膝下7个子女,9口之家,当年只靠岳父每月的微薄工资维持生活。这边要糊口,那边要供学生读书,出于生活所迫,岳父、岳母,还有妻子等姐妹,无一例外都要投入到"为家庭而战"的义务劳动中。

岳母有时到制油厂榨油车间做豆饼码垛的临时活计。一垛豆饼码垛要一人多高,岳母个子矮小,就得爬上豆饼垛,一块块接下面的人把豆饼递上来。一块豆饼近20斤重,一天下来累得腰酸腿痛。

平日里的早晚,岳父、岳母就带着妻子等,拿上簸箕或撮子、笤帚,去货运煤场的路上扫洒落在地上的土煤,或带上用铁丝做的小耙子去一些单位倒出的煤灰堆像淘宝似的挠来挠去地捡煤渣;春天去镇子外的田野里拔豆茬、刨

玉米茬，秋天搂豆叶、捡秸秆。

"那时，我有两根绳子，一根是编的稍微宽一点的背肩绳，一根是捆柴火的绑绳。"我静静地听着妻子讲述20世纪60年代的故事。"记得秋天赶上有月亮地时，爸爸上夜班，妈妈要照顾年幼的妹妹弟弟，晚饭后，我就带上两根绳子老早站在大门口张望，看见有出去捡柴的人也不管认识不认识，就悄悄地跟在后面……有一次捡了很大一捆秸秆，由于往起站时用力太猛，结果秸秆从头顶上翻了过来，把我带了个前趴子。"妻子兴奋地说着。

在镇子东面十里来路是起伏的丘陵荒地。岳父就带着家人去那里在沟底刨镐头荒。春天，岳父下了夜班，顾不上睡觉，忙不迭地去镐头荒那里翻地、打垄、撒上玉米种子；夏天又扛上锄头去除草，回来时还要割上一担子喂猪、喂鸭鹅的山野菜；秋天，收获了一些玉米棒子，用布袋背到家里磨成玉米面。一口大锅烧得吱吱响，锅里炖着菜，岳母抓一把和好的加上山野菜的玉米面，左手倒右手，右手倒左手，啪的一声，甩到了锅沿上，然后盖严锅盖，添柴加火，一会儿工夫香喷喷的饼子就出锅了。

镐头荒地里每年的收获应收尽收。因为这是汗水换来的，舍不得丢弃一点点。先把玉米棒子掰光背回来，再把玉米秸秆割光背回来，最后把玉米茬刨光背回来，这"三光"是艰辛度日的写照，更是勤劳与节俭的缩影。

艰辛度日，打造了坚韧与顽强的性格，养成了节俭与勤劳的家风。听妻子说，在"文革"期间，正赶上大庆来镇上招工，未成年的她，也报了名。那时候的大庆还在建设中，也是很艰苦的。妻子去了大庆，是在建筑工地工作，吃集体食堂，住集体宿舍，每月工资65元钱，这个数目在当时也算是很多的了。简朴的家风在妻子身上打下深深的烙印。妻子每月只留5元钱生活费，早晚都是一碟咸菜一碗粥，舍不得吃菜，每月把60元钱汇到家里，岳父、岳母就别提多高兴了，逢人就夸。可当岳父知道妻子每月只给自己留下5元钱生活费时，刚强的岳父数落着妻子的乳名，流下心疼的泪水。

岳父一直在制油厂工作到1969年。1970年，县里在距离县城70里的东北方的一个公社选址设立了粮库，人员都是来自全县粮食系统的。我的岳父就这样也来到了这个粮库做保管员工作。

岳父到粮库工作没多久，就把全家随之搬迁过来。开始，一大家子人临时找房，后来在离粮库一里多路的街里盖了两间泥草房。

记得，难忘的那年七月初，晴朗的天空，漫山遍野的青纱帐中点缀着泛黄的麦田，我在两位同事的陪同下第一次踏进岳父的家门。那天，岳父中午下班后脸上带着微笑准时地回来了。岳母忙前忙后地特意做了拿手的糖发面饼、熬的大米粥、煮的盐鸭蛋。吃饭时，北炕放了一个炕桌，岳父和我们三人围坐一桌，南炕上内妹正哄着几岁的内弟玩。一盏酒壶，一人一个小瓷酒盅。看得出岳父很高兴，一再招呼我喝酒。我不胜酒力，一盅白酒下肚，脸似关公。

岳父一家属于非农业户，吃国家供应粮，大米、面粉、豆油每人每月都是有定量的。岳母就把细粮做了"关照两头"的巧安排，因岳父工作累，又是一家的顶梁柱有所倾斜，还要关照年幼的弟弟妹妹。除此之外攒下一点细粮就是等来客人吃。第一次去岳父家的印象就是深刻，至今仍历历在目。

这里是浅山区的中心地带，四周辐射5个山区人民公社。街里一条南北走向的主街道，南边通县城，北面走出4里后左转偏向西北穿过山岭可通到有铁路线的那个镇子。

岳父每天早早来到粮库，人家都下班回家了，他还不回家。真是个老积极。后来听岳父对我讲："每天早去一会儿，打扫一下卫生，烧一大壶开水，也累不着。你说晾晒场散落在地上的粮食粒儿，不捡起来多可惜呀，晚回来一会儿也不耽误吃饭。"

岳父在粮库工作期间，仍然保持着劳模的记录，不过在这里刷新了，一连几年都是全县粮食系统的劳模。老积极不仅在工作上积极，而且在政治上也积极要求进步，所以就有了在即将退休的59岁那年光荣入党的精彩一幕。

岳父家房后面有30多米长的大菜园子。岳父母带领大家翻土、打垄、种上各种蔬菜，从春一直吃到老秋，还经常把菜园子的蔬菜送给邻居们。

那时吃水都是用辘轳从笨井里提水。岳父家路东300米处有一口水井，但没有井绳和柳罐，当时自家也没有，吃水只好去南面一里多路公社院外的水井去挑，往返就三里来路。后来，粮库的水井早晚对外提供方便，但也是往返二里多路。岳父干一天活已经很累了，内弟年龄又小，内妹逐渐结婚成家，吃水因距离太远成了大问题。大姐家离娘家不算太远，大姐夫有时过来挑水，一挑就是满满的一缸。

后来，兴起了打压水井。岳父挤出钱来买来了材料，请打井师傅，在自家门前打了一口压水井。这样一来，吃水难的问题就解决了，全家人都很开心。

那时，打一口压水井虽然钱不是太多，但大部分人都处于还没彻底解决温饱问题，所以，谁家有了压水井也是一件令人羡慕的事，有的人家拿不出这笔钱来，也只有"望井兴叹"的份儿。

我的岳父性子急、脾气暴，对子女要求极为严厉，常常是板着脸，很少见到笑容,子女们都怕得溜溜的,就连岳母也得躲着点。可岳父他老人家对邻里却很讲究礼数,和睦相处,相互照应。自从打了那口压水井后,他老人家就主动告诉邻居们:"挑水就到我这来吧。"有岳父的诚意,邻居们挑水也就不再舍近求远了。来岳父家挑水的人多了,压水井的部件磨损得就快,有时部件坏了,岳父就悄悄地买来新的换上。邻居来挑水的人多了,压水井前和甬路上难免要洒水,夏季还好说,一会儿就干了,可一到冬季,这水很快就结成了冰。岳父一声不吭,刨压水井前的冰包,用草木灰铺垫甬路。

有一年,遇到了大旱,压水井的水位下降了。但岳父、岳母仍然是照顾邻居们的用水。邻居们都说岳父、岳母心眼好使!

岳父家东院邻居翻盖房子,岳父二话没说,就把水管子这头接到压水井出水口,那头就直接拉到建房现场,浇灌地基、和泥拧拉合辫,压水井不停地压,井水不断流儿地流。大家对建房的主人说:"真是摊上好邻居了!"

写到这里,让我更加感受到我的岳父平凡中的伟大和滴水映日辉的为人。真是泰山辉辉!

我的岳父生于1924年农历四月十六日,71岁那年因病医治无效去了天堂。刚强而又勤劳,宽宏而又质朴,节俭而又忘我,严厉而又善良的老人家离我们远去。我的岳母生于1924年农历九月十四日,77岁那年与天堂中的岳父团聚。

每年春秋,我与妻子都要去为岳父岳母扫墓。我岳父岳母的骨灰埋葬在那片树林中,墓前一潭山水汇集的塘坝,绿水青山寄哀思。我们没有烧纸钱的旧俗,只是每次去为二位老人家扫墓,摘下墓碑上粘的绢花,用毛巾擦去浮尘,再粘上新买来的绢花,站在墓碑前深深地鞠躬,寄予绵绵的追思与感恩。

我看到很多写我的父亲母亲的作品,却很少见写我的公公婆婆和我的岳父岳母的作品,这似乎有些"不公"。所以,我一定要写一写我的岳父岳母。

泰山巍巍,举世奇观,安邦定国,兴我中华!

泰山辉辉,光照后人,感恩效法,吾辈无悔!

亲情永驻天地间

今天,是2013年的最后一天。在这辞旧迎新、新年的钟声将要敲响的时刻,我用键盘敲打出心底的文字,来纪念我父亲他老人家的诞辰。

"父亲,祝您老人家生日快乐!""这些年父亲您与母亲过得还好吗?"

父亲的生日是农历十一月二十九(或称冬月二十九)。

越是在这个时候,我越是想念已故的父母。我常常是夜里醒来,透过窗子望着夜空,再也无法入睡;也常常翻动一下老照片,看一看父母亲那慈祥的面容,看一看夹在照片中父亲留下的珍贵笔迹。

父亲7岁读了3个月私塾,8岁随爷爷搬迁,10岁读两年小学,12岁开始给别人家放猪、放马,14岁在家务农,18岁参加工作,同年10月1日加入中国共产党,担任过村财粮、武装文书、粮库检斤员、粮食供应部收款员、付粮员、粮食供应总部调拨员、粮店主任。

父亲对工作认真负责,十分敬业,多次被评为劳动模范和先进工作者;父亲热爱生活、热爱家庭,对子女疼爱有加;父亲宽厚善良、大度无私、和蔼可亲、乐于助人,一生中朋友较多。父亲几十年的工作历程,把青春与年华,把智慧与汗水,全部奉献给了粮食供应系统。

那时,县里一共有6个粮店,父亲先后在5个粮店当过主任。接触的面比较广。那是困难年代,有的人家有时当月油粮不够用,只要找到父亲的都给予照顾从下月的定量中借给,并帮助做好用粮的计划。父亲联系五保户,经常利用午休或下班为孤寡老人送粮到家。父亲对业务十分精通,调拨、点库、统计报表等样样都头头是道。父亲付粮的"一戳成"是真功夫,买几斤粮食,一戳就成,在多次系统内观摩检查中做过现场表演。父亲的算盘打得好。我经常看见父亲晚饭后在灯下做统计报表,算盘不时发出有节奏的噼噼啪啪的响声。在县粮食委员会关于为父亲办理离休的请示中,党组织对父亲给予了高度的评价。

母亲的生日是腊月二十七(农历十二月二十七)。

母亲16岁时与长她3岁的父亲结婚。婚后在乡下照顾爷爷、奶奶,下田干农活。爷爷、奶奶相继病故后,家搬进城里。母亲出于生活所迫,先后在鞋厂手工纳鞋底,到粮店面包厂做过面包、挂面厂加工过挂面、煎饼铺摊过煎饼,还在房产、粮库等单位做过季节性的临时工作。母亲用她的辛勤与汗水换来的报酬填补了父亲工资的不足。母亲60岁那年信奉了上帝,61岁受洗礼,成为一名虔诚的基督教徒。

母亲16岁就做了新娘和儿媳、17岁就做了妈妈、38岁就做了婆婆、39岁就做了奶奶、51岁就做了姥姥。一个个炫耀的头衔背后,她老人家都要付出那传统与现实的责任和义务。母亲不仅贤惠,而且宽容;不仅善良,而且坚强;不仅俭朴,而且勤劳,她是一个不同寻常的平凡而伟大的女性。

父亲与母亲的一生,是相互搀扶着走过的一生,是正直、善良、宽容、俭朴、勤劳的一生,是平平淡淡的一生,也是清清白白的一生。我为自己有这样的好父亲、好母亲而感到无比的荣幸与自豪,我为自己能够生活在这个家庭里而感到知足与幸福。

感慨万千、感恩不尽。父母的爱是天生的,是自然的,如天降甘霖,霈然而莫之能御;是无条件的施与而不望报。父母的养育之恩,子女想报也报不完。如今,生活质量好了,待遇保障高了,父亲、母亲二老却远去了天国。

在我的同事和朋友中有近百岁的老红军父亲,有80多岁的老抗战妈妈,有70多岁老解放父亲,……前不久,我参加一位老哥哥母亲的生日庆典,那位老人家90高龄身体仍十分硬朗,四世同堂,其乐融融。

每每这时,我既为他们老人的健在而感到十分羡慕,分享着一丝快乐和幸福,同时更想念已故的二老,又是一阵阵的酸楚。

前些天,获得博士学位、留大学任职的侄子要我写的《我的父亲母亲》的文稿,我给其发了过去并嘱咐多提提修改意见和补充材料,打算重新印刷。

遥望长空慰灵仙,朔风飞雪舞蹁跹。

恩泽世代贯日月,亲情永驻天地间。

一份无法分割的遗产

我的母亲先行一步去了天国,6年之后父亲也去了天国。二老撒手人寰留下了一座50多年的老宅子,如今仍矗立在那条德都路的小胡同里,等待开发。我作为长子自然会与弟弟、妹妹处理好父母亲留下的这份遗产。而有一份遗产又无法分割,就是父母亲一生留下的为人处世宝贵的精神财富。

父亲、母亲的教诲像一盏灯,为我们照亮前程;父亲、母亲的关怀像一把伞,为我们遮蔽风雨。二老平平淡淡、清清白白、勤勤恳恳、朴朴素素、节节俭俭、实实在在的为人处世是孩儿取之不尽的精神财富,永远的丰碑!

我概略地整理了父亲、母亲生前说过的一些话语和一些事例,来更好地理解二老那朴实无华、真切直白,但富有哲理的话语;来更好地从二老那看似平常的琐事、小事,不起眼的事情中,去寻找做人的道理。

我父亲、母亲的骨灰葬于家乡犹如玉带飘逸、蜿蜒奔腾的少陵河畔那座富有久远传说的驿马山上。真情挚爱存天地,青山绿水伴故人,想必在天之灵的父亲、母亲也会慰藉的。

母亲常对我们兄妹说:"你们一定要好好学习,不能像我似的,一辈子睁眼瞎(不识字)。"父亲常对我们兄妹讲的一句话就是"书念不好,就没有出息"。

父亲他仅读二年书,可他参加革命工作后,能够虚心学习,字写得很好,而且练就了一种特殊的字体。我时常看一看保存下来的父亲笔迹,寄托追思。父亲自参加革命工作后直至退休在家,由于工作业务关系,他老人家与算盘结下了不解之缘。父亲的算盘打得很精,这是他多年不断学习操练的结果。记得,父亲曾多次参加珠算竞赛。母亲连一天学校的大门也没有进过,但她也要摘掉文盲的帽子,不断地认字。记得,当年母亲上夜校学习,认识了

"毛主席万岁""中国共产党万岁""东方红""总路线""大跃进""人民公社"等,报纸上的字能认识一些,还会写自己的名字。母亲到晚年,信奉了基督教,《圣经》上的一些段落,虽然一些字不会写,可她却能认识并读下来。

就是父亲、母亲这些平淡的话语和平常的经历,让我们逐渐懂得了知识的重要。从书山有路勤为径、学海无涯苦作舟,书到用时方恨少、船到江心补漏难,少壮不努力、老大徒伤悲,书中自有黄金屋,书籍是屹立于时间汪洋大海中的灯塔中知道了一定要珍惜时光,勤奋读书;从人最贱的是无志、人最贫的是无才,人生胜百宝、知识重千斤,攻城不怕坚、攻书莫怕难,读书破万卷、下笔如有神中明白了知识的巨大力量。

父亲常说"再难,也没有过不去的火焰山。"母亲常说"不要一碗水看人看到底。""没有苦上苦,哪有甜上甜。""不要门缝看人,把人看扁了。"

在那个年代,父亲每月40多元的工资一直挣了很多年,6口之家,又要供我们兄妹4人上学,日子确实很艰苦,但是父亲、母亲在生活上向低标准看齐,带领我们走出了困境。往昔的苦日子,让我们历练了意志,自立自强,奋发不息;让我们懂得了怎样珍惜来之不易的幸福生活。

我怎能忘记,父母带我们艰辛度日的往事。城里烧煤凭证供应,为了接续烧柴不足,父母每年都要带领我们出城捡柴火。秋季捡秸秆、搂豆叶、拔豆茬,去草甸子打柴草;冬天拉爬犁进山捡干树枝、杖干;春天刨茬子……捡柴火遭了很多罪,"冰消雪化旱地拉爬犁""大雨泡天土路拉手推车"一幕幕往事历历在目。穿戴的衣服,都是哥哥穿完给弟弟,一个捡一个,补丁叠补丁。那时候,能穿上一件新衣服高兴得不得了。每年春季都要出城挖野菜,婆婆丁、小根蒜、车轱辘菜、灰菜、柳蒿芽……

父亲常说"不管干什么工作,都要剜下心,好好干。""我从农村出来,能有今天,实属不易,是一点点干出来的。""现在找份工作多难,有了工作一定要好好珍惜。"母亲常说"活在世上,就得有吃饭的本事,靠谁也不行,就得靠自己。"父亲常说"人到啥时候不能没有骨气。"母亲常说"人不能鼠目寸光,更不能'三个饱一个倒'窝囊不喘地活着。"父亲常说"人生在世,无论为国为家都得奋斗。""种瓜得瓜,种豆得豆。"母亲常说"任何时候都不会有天上掉馅饼的美事。"

1948年,父亲18岁就为了追求崇高的革命理想,光荣地加入了中国共产党,获得了政治生命。从此,他便义无反顾地投身到党的事业中,兢兢业业、任劳任怨、扎扎实实的工作,曾多次被评为县粮食系统先进工作者和劳动模范。他老人家对事业的无限忠诚,对工作的满腔热情,将永远激励我们晚辈珍惜工作,爱岗敬业,做一个有益于祖国,有益于人民,有益于社会,有益于家庭的活得有价值的人。

人生的价值在于奋斗,人生的乐趣在于奉献。我7岁之前,我们家在乡下住,爷爷、奶奶、我的身下还有两个弟弟,父亲因在外地工作很少回来。照顾爷爷奶奶,照料我们兄弟三人,下田劳动,重担都压在了母亲身上。我6岁那年,爷爷病了,父亲陪爷爷领着我专程到哈尔滨给爷爷看病。爷爷病重期间,父亲因工作忙也不能回来,都是母亲照顾。就这样,母亲不辞辛苦的夜以继日照顾爷爷。第二年,奶奶一病不起,母亲又为奶奶送终。屯子里人都说母亲胆子大,实际上那是因为父亲在外地工作硬逼出来的。我们家搬到县城住后,母亲在鞋厂做工是快手,在粮店加工厂做工又是巧手。母亲在鞋厂做工纳鞋底时,别人一天纳一双多,她就一天纳两三双,常常是挑灯夜战,为的是多挣几角钱。母亲在粮店加工厂工作每天都是天不亮就上班了。母亲做得一手好针线活。自家的穿戴就不用说了,每年都老早在换季之前把衣服、鞋子样样准备好。母亲纳鞋底、上鞋帮,做的鞋很耐用,每年都有一些亲属邻里找她帮忙。母亲絮棉花非常拿手,由她絮的棉裤、棉衣不滚包。所以,一些妆新的特意找上门来求母亲帮忙,母亲是个热心人,也从不推辞。父亲、母亲虽然讲不清楚书本上的大道理,但他们明理,为人处世热心肠,肯舍得,乐于助人,在亲朋好友、左邻右舍中口碑非常好,用他们的实际行动构筑了普通人的和谐。

父亲在粮店工作,一人身兼多职,能者虽多劳但并不多得。经常看见父亲下班回家后仍要加班做统计报表,算盘打得非常流畅准确。父亲教我学会了打算盘、搞统计报表,想不到在我刚参加工作时不仅派上了用场,而且又展现了特长,铺垫了工作道路。母亲教我烙油饼,让我从小学会了做饭,不仅增长了生活的本事,更使我对生活充满乐观。人的成功取决于机遇、素质、勤奋三个要素。父母给予了我生命、给予了我智慧、给予了我本领……

父亲常说"有国才有家,国家大事不可以不关心。""不能做温室的弱苗,要做经风雨长成的大树。"母亲常说"大河有水,小河才能满。"

父亲、母亲在大事上从来不含糊。当年,要求知识青年上山下乡,二老就支持我们哥三个下乡到农村在"广阔天地"锻炼成长。二弟弟去万里之遥的新疆当兵,二老也都想得通。母亲是个非常刚强的人,记得二弟弟当兵走的那天,母亲默默不语地送出好远,在一个转弯路口我们哥俩让母亲回去吧,母

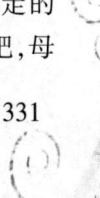

亲对二弟弟说"好好干,平安回来!"二弟弟当兵走了,二十多天才来信,得知一路坐的闷罐军列足足走了一个星期,部队住在沙漠支起的帐篷里,风沙大气候干燥,东北人不适应,鼻子出血……你说父母能不惦记吗?父亲亲笔回信鼓励二弟弟一定要克服困难,安心服役,保卫祖国。那年,正当祖国北方处于紧急战备时,三十岁的我要从地方转业入伍到县武装部工作,去征求父母的意见,二老十分赞成。当第一期国库券发行时,家里虽然很困难,父亲也是响应号召,带头积极购买。父母以大局为重的思想影响和教育了我们。

父亲常说"到啥时候做任何事情都不能出大格。"母亲常说"喝凉酒,花赃钱,早晚是病。""人奸没饭吃,狗奸没屎吃。""人不能昧着良心,不能像'张三'(野狼)似的,吃红肉,拉白屎。"

父亲、母亲的一辈子是奉公守法的,他们没干过违法违规的事情,同时也谆谆教导我们当子女的要时刻遵纪守法,这是做人的准则,只有这样活得才踏实。记得有这样一件事,父亲在粮店当主任时直接管粮票,由于工作忙有时交给一名付粮员代管,结果在清点粮票时发现少了,那名付粮员不认账,父亲只好从自家的粮本上起粮票补上了。父亲说,宁可自己吃点亏,也不能让公家受损失。同时也告诉我们,对人不能盲目地过分相信。父亲在食堂买二斤白糖,人家考虑关系说啥不收钱,父母心里当回事,隔几天1元6角钱的白糖钱如数给了人家。父亲一生是清清白白的共产党员。

父亲、母亲的言行让我更加明白这样的道理:一个人活在世上,最可怜的是无知,最可悲的是自私,最可笑的是狂妄,最可敬的是拼搏。胸怀磊落能扶正,心地光明自驱邪。行公义,好怜悯,存谦卑心。人生坎坷,顺逆兼程。顺风时要自勉,不骄不躁,奋力前进。逆境中要自强,不妥不懈,拼搏抗争。知足常乐,能忍自安。勿以恶小而为之,勿以善小而不为。傲不可长,惰不可纵,志不可满,乐不可极。严肃于工作,活泼于生活,敏捷于谈吐,真诚于待人,不轻不重,不偏不倚,分寸适度,本分做人扎实做事。

我的父亲、母亲给我们留下了这份无法分割的遗产,恩泽了我们。正是:语不惊人哲理深,平凡经历有精神。无形财富享不尽,感恩慈父好娘亲。

永不凋谢的康乃馨

今年五月份的第二个星期天就要到了,这是一个欢乐、祥和、幸福的日子——母亲节。

女儿逛商场为母亲挑选合适的衣衫,儿子张罗着为母亲预订酒席,鲜花店里早已为孩子们备足了献给母亲的康乃馨。

然而,我的脑海在飞转着,追思母亲、三姨、四姨。

母亲身上有个哥哥,身下两个弟弟和四个妹妹,兄弟姊妹共八人。在五位姐妹中,母亲排行老大。由于姥姥病故得早,母亲经常回老屯看望姥爷,就住在三姨家,三姨她们进城也就自然到大姐家。后来母亲将四姨接进城里直到送其出嫁。手足之情,令人羡慕,堪称是姐妹"铁三角"。

母亲,刚强一辈子,一手好针线活,下田、做工又是好劳力,为了这个家,为了抚养四个儿女健康成长,同父亲一道默默地承受着、支撑着、煎熬着,不知洒了多少汗水与泪水。母亲或许是当大姐的责任使然,对兄弟姊妹是无微不至的呵护与无私的付出。

三姨,住在乡下的老屯,姥姥病故后,也是近水楼台,让未成年、未成家的舅舅和姨姨"先得月",照顾有加。三姨的身体一直有病,从我记事起她就基本没有下田干活。麦秋,土豆、青苞米、豆角、香瓜等菜蔬下来后,三姨忘不了城里住的大姐。年关了,包的黏豆包,定做的干豆腐、冻大豆腐,杀的本地鸡,杀年猪等,三姨也都想着城里的大姐。

四姨,被母亲接到我家后,在县被服厂学徒,学徒期满正式工作后,母亲既当姐姐,又像母亲似的为其出嫁张罗着。四姨,她为人处世非常周全和长远,在亲属圈中口碑非常好。四姨很能吃苦,为了一大家子,同四姨夫经常去山里捡柴,去河套打草,去田地遛土豆、拾粮食。她既要照顾老人和孩子,又不辞辛劳,起早贪黑为大家缝纫衣服。四姨用下脚料拼做的小坐垫,在那个年代可真是令人羡慕的"奢侈品"。后来,劳动用工体制变了,四姨在自家开起了服装加工店,亲属来做衣服,从来不收钱。

母亲与三姨、四姨,三姐妹走得近,当然还有父亲、三姨夫、四姨夫的支持。父亲是个热心人,三姨夫是个老实人,四姨夫是个有学问的人,而且三姨夫与四姨夫又是亲表兄弟。

母亲与三姨、四姨,是伟大的母亲、高尚的母亲、可亲的母亲、值得敬仰的母亲、恩重如山的母亲!平凡之中包含着伟大、普通之中彰显着高洁,作为后人的我们将世代传承。

康乃馨象征着母爱之花。母亲与三姨、四姨是永不凋谢的康乃馨。

镌刻丰碑的数码

母亲,又是一年的腊月二十七,今天是你的生日。孩儿今天凌晨三点钟就醒了,你的儿媳也醒了。她知道我的心思,便对我说:"咱妈和咱爸走得安详,善终也是有福之人了"。

母亲,你老人家辞世去天堂已经 15 个年头了。天堂里生活得还好吗?

今天,孩儿用心底的文字来纪念你老人家的诞辰。

母亲,你与父亲的墓碑下那本《圣经》不知你看了多少?《圣经》中箴言书第 31 章 10 节说:"才德的妇人谁能得着呢?她的价值远胜过珍珠。"母亲,你是有才德的妇人。父亲得到了母亲,是父亲和我们这个家族的福分。

母亲,你 16 岁那年带着美好的憧憬成为咱这个家族的一员,这对你来讲,人生的驿站转换得似乎快了点。

从此,母亲你紧紧地将自己系在这个家庭上。你为了这个家庭,像春蚕一样吃桑叶,吐银丝;像燕子一样衔泥巴,筑窝巢;像蜜蜂一样采百花,酿香蜜……辛勤操劳,维系着家族的一大家子人。

母亲,听你与父亲讲,你与父亲是 1949 年刚开春结婚的。那时候家里还很穷,咱家土改时分得了一间半大瓦房、两垧半地,还有一匹马,自给的农村经济,还达不到自足。所以,更谈不上买什么嫁妆了,就连婚礼时母亲你穿的大棉袍还是借别人的,穿了 3 天就马上还给了人家。

提起这大瓦房,在分配土改胜利果实中也算是不错的了。大瓦房原本是王家大院的老房子。土改前些年,王家老一辈当家的因吸大烟把家底折腾空了,房子卖给了别人。在屯子中央坐北朝南一连脊的七间青砖青瓦、红松到顶的房子,在当时是少见的。七间大瓦房开两个门。东头三间是我家与另一同姓农户各一间半,我家住西屋。房子的南北跨度 2 丈 1 尺,东西的间量是 1

丈 2 尺，房子的举架也很高，上下两层老式窗户，上层窗户往里开可挂到棚杆上面的木钩上。里屋南面是火炕，靠北面有一个间壁可放杂物。间壁墙全是"清一色"的红松板，地上铺的是 2 寸厚的红松地板，一尺多宽的红松炕沿可躺着睡觉，红松大柁足有 2 尺粗，大碗口粗的红松檩子，小碗口粗的红松椽子。

母亲，屯子里都知道你干活非常泼辣，上山种旱地，下河套种水田，样样都行。你干了一天农活，回到家里，还要做饭，做家务活，照顾爷爷、奶奶，还要照看我们年幼的哥仨。若干年后，母亲你还说过："农村的活计，我什么都干过。"这是一种荣耀，也是一种资本。

我幼年时得到了两代长辈人的疼爱。母亲你多次对我讲，我吃母亲的奶水一直到 3 岁。那时我很不"省事儿"，常常无缘无故地哭闹不止，母亲你怎么哄也不行，奶奶急了就埋怨你。有一次母亲你站在屋地哄我，但我仍不停地哭，奶奶从炕上抓过她的长方枕头就朝你扔了过来，母亲你一躲，枕头摔落到了地板上，里面装的小米撒了一地。这件事母亲你多次讲过。说起那时的枕头还真特别，是一个长 80 厘米、20 厘米见方的长方体，里面装上粮食（大都是小米），讲究人家还在两头绣上花。母亲你对我说，有一次，我在炕沿上玩掉到了地板上，地板角将我的头磕了个坑儿，这下可惹怒了奶奶，不依不饶地骂你。爷爷和父亲、母亲你们去水田地干活总要带着我，将我放到窝棚里，爷爷还用长把铁饭勺子给我煎哈什蚂大腿吃。每当城里货郎来到屯子里，爷爷、奶奶总要拿出几角钱，给我买麻花、烧饼、糖球、"驴马烂儿"。

父亲一直在外地粮库工作。我 3 岁那年，有一次母亲带我去父亲那住了一段时间。在那里，母亲、父亲你们二老带我照了第一张照片。那是冬天，我穿着小花棉袄，戴着棉帽，还系了个腰带站在你们的中间，留下了那瞬间的永久记忆。母亲你惦记爷爷、奶奶，带我要回去了。父亲便请假送我们，也好顺便看看爷爷、奶奶。

那时交通不便，听父亲讲，你们带着我从兴隆镇坐火车到康金井下车，再转坐斗篷车到西集镇，再步行 30 多里路才能回到老屯，中间还要翻驿马山。母亲你说，那天贪黑赶路，你与父亲轮换抱着我走在山路上，父亲舍不得用同事借给的手电筒，结果却不慎给弄丢了。母亲你与父亲抱着我深一脚浅一脚地摸黑赶路，到家已是夜半时分。

我们哥仨都出生在老屯土改分的那个大瓦房里，挨肩相差 3 岁。我们哥仨如同天平上的砝码一样，越来越重地压在了母亲你的身上。

1956 年这一年，咱家发生了大变故。

爷爷病了,是胃有问题,吃点东西就吐。母亲、父亲你们商量赶紧去哈尔滨给爷爷看病。于是,父亲请了假,陪同爷爷去哈尔滨看病,临行时也带上了我。记得那天,从老屯找了个捎脚马车到县城,然后坐斗篷车去码头。我们下午到了码头,买了船票,傍晚时分才上了上海号轮船,沿松花江逆流而上。轮船的航速较慢,200多里水路走了一夜,第二天早上到了哈尔滨道外码头。在船上,父亲买了中间用纸绳串着的列巴圈给我吃。买的船票是统舱,大板铺上一个人挨一个人,不知怎么搞的,船票叫父亲弄丢了,急得不得了。最后,还是临铺那位中年妇女把船票给了父亲。父亲开始找船票时,那个人却不吭声。但现在想起这件事,我心中依然要感谢那位素不相识的女性。

父亲陪爷爷到哈医大进行了检查,遗憾的是当时的医疗水平太有限了。从哈尔滨回来后,爷爷的病一天天加重。母亲是你每日里又要下田干活,又要为爷爷熬药。"有病乱投医",治病心切,用了很多偏方,爷爷的病仍不见好转。为了给爷爷治病,母亲你还找巫医跳了"大神"。在缺医少药的那个年代也是可以理解的。为了不牵扯父亲的精力,母亲你将家里的担子全部挑了起来。

爷爷病危期间,母亲你日夜守护在身边。爷爷临终那天晚上,母亲听你讲,爷爷半夜时就说他要走了,西南有两个人摆着小船带着铁链子来接他了。母亲你仗着胆子商量爷爷说,这深更半夜的往哪走啊,要走也得等到亮天。爷爷说那就等到亮天。爷爷还嘱咐母亲你,他走后要在他的遗体右侧放一满桶水并放一个饭勺子。当鸡叫时,爷爷说这回该走了。说完,自己将腿转到炕沿边就咽了气。

爷爷为什么能预见自己的死亡呢?偶翻报纸,在《都市资讯报》上有一篇题为《人可以预见死亡吗》的文章。文中指出,多数人预见到了自己的死亡,并列举了一些实例:中共中央新闻网最新发布的新版《毛泽东传》(1893—1976)中,写了毛泽东临终前的心理活动。书中写道,对于死亡,毛泽东的心态十分坦然,而且早有预感。1975年10月1日上午,毛泽东没有看书,也没有睡觉,独自靠在床头上,静静地想着。突然,他自言自语道:"这也许是我过的最后一个国庆节了,最后一个'十一'了。"一年后的9月9日,毛泽东在北京逝世。黎巴嫩前总理哈里里在遇刺前,曾预见到自己的死亡。他对琼布拉特说:"该来的终于来了,你我可能在劫难逃。"几天之后,由4辆豪华轿车和护卫吉普车组成的车队在通过圣乔治饭店时发生剧烈爆炸。瞬间,哈里里乘坐的汽车置身于一片火海之中。2000年俄罗斯"库尔斯克号"核潜艇沉没,遇难的海军军官科列斯尼科夫的妻子说:"不知为什么,我的丈夫似乎预感到了死亡。就是他踏上死亡之航前不久,他悄悄地写了一首凄凉的诀别诗,其中最不祥的几句是这样写的:虽然我真的不愿意想到死亡,可当死亡的时刻即将来临的时候,我真想悄悄地对你说:'亲爱的,爱你到永远!'他悄悄地把这首诗留在了家里,是后来才发现的!"著名瑞士心理学家荣格在他的著作中提到,一个朋友一次讲起自己的梦,在梦中这个朋友登山时遇到雪崩而摔死。荣格听到后当即提醒他说,近期不要做冒险的事情。对方很不以为然,不久后这个朋友在一次登山活动中,由于固定身体的锁扣滑脱而身亡。"预见死亡"可能与人的潜意识有关。中国专业意象对话心理咨询师何明华,从精神分析学的角度解释,这种"预见死亡"的现象和人的潜意识有很大程度的联系,是人的心理情结在起作用,特别是这些预感多发生在突发的死亡事件之前。人的潜意识是人类几千年积淀下来的智慧,潜意识中包含的信息量远远大于人的意识层。每个人潜意识里都有死亡的冲动,心理学上称之为"死本能"。人对死亡的预感,可以说是这种死本能激发、扩张的表现。

母亲你按照爷爷的嘱咐为他送了终。我记得,盛水用的是老式木桶,是用近二十块的木板组成的,外面套上铁箍的那种,饭勺子也是木头做的。爷爷为什么这样嘱咐?母亲、父亲你们生前曾多次提起这事。今天,作为孙辈的我们,是否可以从水的特性和作用来理解,或许爷爷昭示他清清白白的一生;或许爷爷在告诫子孙,要像水一样纯洁,存好心,说好话,行好事,做好人;或许爷爷预示子孙因有丰富的水这生命之源,而男聪女秀,人丁兴旺;或许爷爷喻示子孙,日子越过越好,福分多多,像满满的水一样……

送走了爷爷后的大约七八个月,转过年,奶奶又病了。奶奶得的是妇科病,一病不起。母亲你带着我们哥仨,每日里为奶奶端饭、熬药。

奶奶是个非常爱干净的人,虽然已病卧在炕,母亲你每天都要为她换垫布,洗洗涮涮。母亲你有时一连几天都顾不上合眼,实在困得坚持不住了,就把我叫来坐在奶奶身边看着点,你打个盹儿。

我那时已能按你的吩咐干一点小零活。记得一天晚上,母亲你叫我烧开水给奶奶冲白糖水喝。我赶紧穿上带大襟的蓝花棉袄,到院子里的豆秸垛一小把一小把地拽豆秸,抬头看看清冷的夜空,三星已在西南。我用簸箕端着豆秸进屋,母亲你说把锅刷好,锅里舀上水,豆秸放到灶坑里,划着洋火(火柴)。我把饭碗里放上白糖,舀上开水,小心翼翼地将一碗白糖水放到奶奶头边上的炕沿上。

姥爷看母亲你太累了,担心熬坏了身子,偶尔晚上来帮忙照看一下奶奶。

爷爷有病时怕热,一直躺在炕梢。奶奶有病时怕凉,一直躺在炕头。奶奶病故那天晚上,母亲见奶奶病情加重,便将姥爷叫了来。姥爷在火盆里给我们烧土豆,用苞米粒崩爆米花。奶奶也是快亮天时病故的。是母亲找称二娘的老太太给奶奶梳的头。

父亲因为工作在外,爷爷、奶奶病故时都是后赶回来的。母亲你两年相继为爷爷、奶奶尽孝送终,屯子里的人都说真孝顺!

养育幼子本艰辛,尽孝公婆更熬人,下田劳动是能手,普通家庭女强人。母亲,孩儿说这话一点也不过。

我的姥姥病故得早,那是1957年春。姥姥病故时,老姨3岁、老舅9岁、四姨12岁、二舅15岁。姥爷一狠心将老姨送给了母亲的堂三舅母家(我们称三舅姥)。在老屯住时,母亲你既要照顾奶奶和我们哥仨,又要像照顾自己孩子似的照顾几个未成年的舅舅和姨姨。尽管有大舅、大舅母照料,母亲还是三天两头就往姥爷家跑,缝缝补补、洗洗涮涮。

1958年搬城里后,母亲你再忙每年也得抽时间回老屯去看看自己的父亲和弟弟、妹妹,拆洗被褥,缝补衣服,问寒问暖。特别是暑假时,母亲你带我们回老屯,都将姥爷和舅舅、姨姨的棉衣拆了洗,洗完浆,然后重新给做好。

进城后不久,母亲你同父亲商量将四姨从老屯接到咱家,然后托人将四姨的户口也迁移到咱家,从此四姨成了城里人了。为了让四姨学点手艺,父亲又托人给安排到县被服厂学徒。记得四姨学徒时每月的工资是18元钱。四姨第一个月开支后将钱交给了母亲你,母亲你说:"这钱家里不花,给你攒着,将来自己过日子用。"四姨要结婚了,母亲你忙着为她做妆新的棉袄、棉裤。我记得十分清楚,棉袄的布料是蓝底红花的礼服呢,棉裤的布料是青色的礼服呢。母亲你还为四姨买了些布料等,陪送的物品整整包了四大包裹。四姨结婚那天,天气很晴朗,伴有徐徐微风。上午8点多钟,喇叭声声,锣鼓喧天,四姨父雇的接亲斗篷车来到了家门。四姨婚后,经常在四姨父的陪同下回娘家来看望她的大姐和姐夫。以后,四姨家买了缝纫机,每年都给我们做衣服,回报这个家庭,减轻了母亲你的负担。我们结婚成家后,四姨与外甥媳妇处得很好,时常给我们大人和孩子做衣服,还用被服厂剪裁扔掉的小布角、小布块给我做椅子垫,如今让我记忆犹新。四姨家里要盖房子,母亲你帮忙张罗,姥家这些亲属全都来帮工,运土的运土、拉水的拉水、拧拉合辫的拧拉合辫,大家挑灯夜战,没几天三间房子就盖好了。

老舅到了该成家的年龄了,母亲你为他着急。当老舅的婚事定下来后,母亲、父亲你们挤出钱来,买来了花被面、棉花和布料,给他做了装新的被褥和衣裤。姥姥病故后,姥爷、老舅一直与大舅在一起生活,老舅结婚后,与姥爷生活在一起,仍旧住在老房子的西屋。

　　三姨常年有病,干不了家务活,母亲你每年都要给她家的大人、孩子做棉衣。三姨一犯病,母亲你就将我的两姨妹妹接到城里住些天。三姨到城里看病、住院,父亲赶紧找大夫会诊,母亲你忙里忙外搞后勤,送汤送饭。那是一年的隆冬,三姨病危了,母亲你让二弟弟找了个212型北京吉普车,带我们去老屯看望三姨。

　　二舅母有一年大年三十病得人事不省,后事都准备了。父亲赶紧帮着办理入院手续,联系大夫进行抢救。母亲你又要照看年幼的表弟,又要煮饭、煎药,哪还顾得上别的,年也没过好,直至二舅母痊愈出院。手足情,到什么时候也是难以割舍的。1970年我在林场工作时,母亲还惦记二舅家要盖房子没有木料,就捎信让我给弄一些。那时的木材是凭票的。母亲你发话了,又是自己的舅舅,尽管木材很紧张,还是让二舅"高兴而来,满载而归"。

　　二姨结婚就进了城,我们搬进城后,母亲你经常带我们去二姨家。等四姨结了婚,我们又有了去处。这两个姨姨家都有老人,每逢年节,母亲你与父亲去姨姨家,都要带上点礼物,一方面对老人尊敬,一方面也给姨姨"长脸",好让姨姨在公公、婆婆面前能抬起头。

　　母亲你和父亲对老姨更是十分的惦记,多次去乡下三舅姥家看她。记得,有一年夏天,母亲你带我去看老姨。三舅姥家在屯中间住,是两间草房,夹的柳条障子,柳条都活了,长得很高。房前屋后的院子里种了很多蔬菜,还有几棵果树。房前院子里还种了两垄家"菇娘儿"。老姨领我钻到垄沟里捡家"菇娘儿"吃。有时,母亲你捎信让舅姥带着老姨进城住些天。有一年舅姥带老姨到城里来住在咱家,母亲你还特意把二姨叫过来,陪舅姥吃饭。并带着我们哥仨,二姨带着丽华、丽娟两个妹妹,与舅姥、老姨共同合影留念。老姨在舅姥家生活了十几年,念完了小学、中学。老姨稍大一些,听到屯子里人们的议论后,知道了自己的身世,期待着能够早日回归家族。这时舅姥爷病故,舅姥改嫁到了城里。母亲你便找舅舅、姨姨们商量将老姨接回来。老姨18岁(1972年)那年,二舅将老姨接回了老屯。不久,老姨就参加了工作,开始在村上的小学代课,以后被录用为民办教师,因工作出色转为国家正式教师。老姨对舅姥很孝敬,逢年过节买些衣物和食品前去看望,一直为她养老送终。

母亲你对娘家的贡献最大,特别体现在对弟弟、妹妹们的关照上,确实做出了当姐姐的样。论功劳,更要感谢父亲,因为父亲有着同母亲一样注重亲情、为人良善、朴实厚道、不计得失的高贵品德。

自从我们参加了工作,自从我们有了自己的小家,自从我们也当了父亲、母亲,我们对母亲和父亲的情感常常疏于表达。

但是,不论你年龄有多大,不论你走多远,不论你在干啥,母亲你和父亲依然那样的牵扯着我们。

我们当儿女的,也多么希望能挤点时间,找点空闲,常回家看看,去更多地陪一陪母亲和父亲。

1982年,我的小家搬到哈尔滨后,前些年,每年的春节都能带着小家的全体成员回县里陪陪父母,与大家团聚。近几年,渐渐地改变了方式,每年的新年、春节、"五一"、"十一"等节日及逢老人生日时,能回去尽量挤时间回去,就不像以往那样拖家带口的大团聚了。

虽然我这个小家不在母亲和父亲你们的身边,但好在弟弟妹妹们都在你们跟前。平日里,弟弟、弟妹、妹妹抽时间陪伴父亲、母亲,干干零活,聊聊天,打打牌,大家很开心。逢年过节,弟弟妹妹们或到父亲、母亲那里,或请父亲、母亲到他们的小家,欢聚一堂。

我记得,2000年的正月,大家去二弟弟家吃饭。二弟弟家房子比较宽敞,二弟妹的菜做得很讲究。那天,从老房子出来,我陪着母亲你走在后面。

母亲,还记得1992年正月吧,是你与父亲带着二弟弟、三弟弟及妹妹各小家的全部成员,到哈尔滨大团圆。妹妹请大家看了冰灯,父亲、母亲分别与每个小家、三个儿媳和女儿及孙辈合影留念。有一年夏季,父亲带着大家来哈尔滨玩得也很开心,去了太阳岛公园,母亲你照看家没有来。

1999年的春节,全家人也是最全的一次,三代同堂,欢天喜地,其乐融融,还特意留影纪念。有全家福,有父亲、母亲你们二老的合影,有父亲、母亲你们的单人留影。也真的想不到,第二年母亲你就走了。

母亲,孩儿有一肚子说不完的话,愿你与父亲的在天之灵安息,庇佑你的子孙。

母亲你与父亲的诞辰纪念日就是镌刻丰碑的数码!

一缕红丝

蒙沙老妈妈的遗体覆盖着鲜红的中国共产党党旗,在鲜花、松柏的簇拥下,走完了她85岁的光辉一生,犹如那庄严党旗中的一缕红丝。

2013年的12月20日,是老妈妈她老人家逝世两周年纪念日。

越是临近这个日子,我越是思念她老人家。老妈妈那朗朗笑声、亲切的话语如今仍回响在我的耳畔;老妈妈那慈祥可亲的面容仿佛就在我的眼前……

见物思亲。这几日,我小心翼翼地反复翻动着由老妈妈她老人家主编的那本《凝固的音符》,凝望着老妈妈与我的合影,细细品读虎妹写老妈妈她老人家的文章,以及小妹发来的图片、文字资料和信件。

老妈妈她老人家的一生,是走出了一条真正属于自己的路。

这正如"其实地上本没有路,走的人多了,也便成了路"。我刚上初中的时候,语文老师就操着一口天津话,经常给我们同学讲起鲁迅先生这句经典的话,在我的脑海里打下了深深的印记。当我逐渐长大,走出校门,迈向社会,开始由浅入深地体会到,原来,这人生之路,真的是自己走出来的。

尽管每个人的人生之路是不一样的,或许平坦笔直,或许曲折坎坷;或许欢笑甜蜜相伴,或许苦闷忧愁所缠……

成功也罢,失败也罢,成功有不一样的成功,失败也有不一样的失败。其实,人生的一路走来,贵在一步步走来为之奋斗与求索的这样一个过程,这或许就是人生自我、自我人生吧。而在这人生的过程中,又要越过急流险滩,又要面对何去何从的选择。

"在人生的关键时刻要做出正确的选择!"这是老妈妈她老人家留给后人的至理名言。

老妈妈她老人家是1926年2月生人,1939年参加八路军,1954年转业后一直在省会济南的机关里工作,1983在市文联领导岗位上离职休养,离休后享受副市级待遇。

老妈妈她老人家,在狼烟四起、山河破碎、国难当头的时候,当年的一个13岁柔弱的小姑娘,不在家里享清福,也不甘心早早出嫁过日子,而是偷偷跑出了家门,奔向那日出的东方,心怀正义的她毅然决然地选择了共产党领导的抗日队伍,富有传奇色彩的她,从此开始了忠于国家、忠于民族的革命征程。

老妈妈她老人家,在自己的婚姻大事上,面对有首长、有战友等众多的追求者,自有主张、忠贞不贰地选择了一个正直儒雅、志同道合的文化军人,从此夫唱妇随,你谱曲来,我填词,用乐曲和歌声鼓舞部队的斗志,英勇杀敌寇,奏起了琴瑟和鸣的乐章。

老妈妈她老人家,在无产阶级"文化大革命"这个风雨阴霾的日子里,由于从小受先进文化和革命作品的影响,1938年就奔赴革命圣地延安,在抗日战争时期他的歌曲就在敌后广泛流传,解放后首任大军区文化部长,曾率文化交流团出访受到周恩来总理亲切接见的自己同患难、共荣辱的人民音乐家、好丈夫,没有死于枪林弹雨、硝烟弥漫的战场,却不幸在这场"浩劫"中被扣上"黑线人物""三反分子""里通外国"等大帽子,被迫害致死(后得以平反昭雪,定为烈士),但她没有动摇自己的信念,蒙冤悲伤不怨恨,始终不渝地坚信共产党,化悲痛为力量,一如既往地从事党的工作,又独自一人担负起培养六个读书且尚未成年儿女的责任,坚强不屈的她选择了心底的阳光和希望。

老妈妈她老人家,在子女成长的道路上,她展现了一位母亲的坚韧与睿智,审时度势的她选择了适合孩子自己人生的轨道,为每一个孩子量身定做,指明了未来的方向。

老妈妈她老人家,在离休后的岁月中,清心寡欲,慈爱豁达,谦和开朗,坚持读书看报,撰写回忆录,讲述革命故事,平淡之心的她选择了乐观健康的晚年生活。

老妈妈她老人家,在生命将要走到尽头的时候,对照顾她的子女及医院的医护人员等身边所有的人都再三表示感谢,不希望再麻烦大家,她淡然无我地选择了知足与感恩。

老妈妈她老人家用自己的言行诠释了"选择有时比努力更重要"那句名言,揭示了在人生的关键时刻,选择尤为至关重要这样一个道理。

老妈妈她老人家的一生雄辩而无声地告诉我们,她的一生是成功的一生,她的一生是光辉的一生,她的一生是伟大的一生!

我的脑海中又浮现出与老妈妈她老人家交往的难以忘怀的情景,开心愉悦的场面,浓浓的情谊,甜甜的思念,应该是一部真真切切的纪录片,那就干脆给这部纪录片起个名字叫作《忘年交的母子情深》吧!

那年初秋,因工作关系,我来到泰山山脉千佛山脚下、黄河之滨的济南古城。记得,在一个风和日丽的下午,我按捺不住内心的激动,无暇游览那享有泉城盛誉的趵突泉、黑虎泉、珍珠泉等名泉,无暇参观位于泉城广场上的古代齐鲁名人纪念碑廊,也无暇顿足黄河大桥看那中华民族的母亲河,更无暇去攀登那翡翠般绿荫下镶嵌着微黄泛白奇石的千佛山……在小妹的陪同下来到济南军区家属大院,去看望老妈妈。

这是我第一次踏进她老人家的门槛。老妈妈打开房门,直呼我的名字,我喊着妈妈,娘俩紧紧拥抱着,完全沉浸在无比的幸福之中。

老妈妈她老人家像接待一个久别回家的孩子一样接待了我。她老人家把切好的西瓜分给大家,大家边吃西瓜边拉起家常,好不乐乎。小妹还特意带了相机拍下了她老人家与我们在一起的珍贵瞬间。

老妈妈她老人家和我同属相,大我两旬。尽管她老人家已经进入耄耋之年,但身体依旧那么硬朗,笑容依旧那么慈祥,视觉、记忆力依旧那么清晰,就是耳朵略微有点背,对待晚辈及友人非常热情。

老妈妈她老人家的丰功伟绩和人格魅力,让我十分的崇敬、尊重和钦佩。儿女们具有父亲的傲骨与睿智、母亲的坚韧与豁达,没有辜负父母的培养教育与希冀,牢记嘱托,放飞理想。有旅居英法的华侨,有我军高级将领、艺术家,有赫赫有名的画家,有党政机关的领导干部,这辉煌的成长足迹,是父母的恩泽,是儿女的回报,是这个家族的荣耀。

原来我与老妈妈她老人家都是直接联系,过一段时间就主动给她或打手机,或打座机。后来随着她老人家年龄的增长,又加之把保姆辞退了,所以与其联系也就想了个稳妥的办法,通过虎妹、小妹等先行转达预报。

记得2008年夏季的一天,我再一次出差去济南,给在京工作的小妹打电话说想要看看老妈妈她老人家,经小妹与老妈妈打了招呼后,我再次来到济南军区家属大院老妈妈的家中。

老妈妈她老人家特意让我参观了家里珍藏的老照片、有关她与老爸爸的传记、报道,还领我到了楼前酷似天井的庭院,逐一告诉我每棵花树的名字。

那天,老妈妈她老人家特别开心,我们娘俩一起吃的晚饭,边吃边聊,悉心聆听老人家给我讲述她的亲身经历和战争年代烽火连天的故事,介绍老爸爸的革命历程和他创作大量革命歌曲的丰功伟绩,回忆起当年她在"战士剧社""前锋剧社"和军区文工团的一些老战友。

当我在聆听了那些尘封的故事后,自己也仿佛置身于硝烟弥漫的战争年代,亲身感受到老一辈革命家的火热情怀与舍生忘死的精神。

老妈妈她老人家记忆力很好,一些战友的名字还都记忆犹新。她委托我把由她主编为追忆丈夫而著的《凝固的音符》这本书,赠送给生活在北国冰城哈尔滨的老战友,以追忆战友情。我也请老妈妈她老人家赐书一本,她那恢宏大气、刚劲流畅的签名,尽显出这位革命老人的风范。

我带着老妈妈的那本书回到冰城后,按照她老人家说的,"我的那位老战友王心田同志转业后一直在哈尔滨市的文化口工作"。一连几天,我通过查询有关电话,还通过自己的战友,帮助查找王老。终于有一天,有了好消息,市里的一位好心人告诉我说:"你要找的那位王心田老人听说早已离休了,我也不认识。"在我再三恳求下,对方给我提供了一条十分重要的线索:"王老的儿媳妇在省博物馆工作,但不知道叫什么名字,不过你可以去那里打听打听,或许有消息。"我喜出望外地连声称谢。

我想好了去省博物馆找王老儿媳妇的方案。第二天,我老早就来到省博物馆,等到上班后就去了办公室,一位中年男子问我:"来办什么事?"我说:"我要找一位王心田老人,他是老八路,听说他的儿媳妇在这里工作,但不知叫什么名字,麻烦帮助找一找。""哎呀,这怎么找哇?"看得出那位中年男子有些为难。"真的谢谢你了,麻烦跟馆里的老人给问问。"我对他说。只见那位中年男子出了办公室找馆里工作时间长的老人问去了。一会儿工夫,他兴冲冲地回来了,对我说:"这就是你要找的老人的儿媳妇。"王老的儿媳妇有些丈二和尚摸不着头脑赶忙问我:"你找我公公有什么事?"于是,我说明了来意。

当我从王老的儿媳妇那儿得知王老已身患癌症住在省医院治疗时,我带上老妈妈她老人家的那本书,还特意买了水果,专程去医院看望王老。一番自我介绍后,王老十分欣慰地接过老妈妈所赠的书籍,"好啊!好啊!"并喃喃地说:"这一别就是天南地北的几十年过去了。"突然,王老对我说:"我的老战友还好吧?""老妈妈身体很硬朗!"我回答王老的问话。王老的病房墙上挂着一幅《百福图》,是王老自己写的。虽已病成这个样子,但王老还在坚持写书法、做剪纸、粘贴画。我告别了王老后,立即向老妈妈复命,老妈妈很高兴,我还得到了她老人家的夸奖。

《凝固的音符》这本书,可以说是我国现代革命史的一个缩影,是一部爱国主义教育的好教材,还是一本教你如何做人、怎样做事的宝典。我通过爱不释手的多次阅读这本书,更加了解了这个令我十分崇敬的革命大家庭,并从中受到极大的震撼和鼓舞。

我的孙女即将出生了,老妈妈知道后,高兴得合不拢嘴,欣然写下寄语并送上压岁钱,托小妹带给我。我本想当面感谢,可她老人家却去儿子家了。她老人家做事用心良苦,送给我孙女的1 000元压岁钱是特意从银行换的连号的百元新币。本来老妈妈年事已高,我应该多多孝敬她老人家才对,这让我不知如何是好,真的有种担当不起的感觉。

俗话说得好:"每逢佳节倍思亲!"前些年,每当过春节、过中秋节等一些重要节日时,我都给老妈妈她老人家打个电话,表达一下做晚辈的惦记之情,每次听到是我的声音,她都格外高兴。

老妈妈她老人家把我当作亲儿子,我也把她视为亲妈妈一样敬仰,我们娘俩来来往往,互相关心,互相牵挂。

老妈妈她老人家是正月初五的生日。记得,那年她的生日是在儿子家过的,之前我通过邮政礼仪公司给她老人家送了祝寿花篮,以表达对这位伟大母亲的敬仰之情。

当我接到小妹发来的《沉痛的相告》《悼念妈妈》和济南市文联给老妈妈写的生平,以及从虎妹博客中复制过来的向老妈妈告别仪式的照片及文字时,都说男儿有泪不轻弹,只因未到伤心处,我的泪水哪能止得住!只能任凭泪珠簌簌地落了下来。

老妈妈她老人家的不幸辞世,我万分悲痛。我为没能前去看望病中的老妈妈和为其尽孝送终,深感终生遗憾。

老妈妈她老人家走了,但音容笑貌今犹在,不朽精神励后人。正如小妹所说:"妈妈如此苦难的一生,坚强的一生,她慈爱豁达、乐观开朗,军人的勇毅、诗人般的浪漫和练达……妈妈离我们而去了,我们难过的心情无法用语言表达。想到妈妈的精神,妈妈最后留给我们的坦然、豁达、感恩、知足的人生态度,成为我们永远的人生财富,我们也就有理由为了不辜负妈妈的期望而更好地生活下去。"

我在与虎妹、小妹、弟弟交流中曾经说过:"革命的老妈妈她老人家是我们大家的妈妈。"老妈妈她老人家也开心地对我说:"我有很多很多的儿女!"

我将那份真挚的情感永久地珍藏,我将那份沉痛的思念化为力量。

悼念老妈妈她老人家的挽联是这样写的：

上联：生未生，走未走，天地不过一沙；英雄气概，从来在义不在家。

下联：成已成，了已了，往来尽在滴水；慈母情深，沙平草长蝴蝶飞。

是呀，老妈妈她老人家就是八百里蒙山沂水中的一粒沙，从来在义不在家的英雄气概，与天地长存。慈母情深，成已成，了已了，她老人家是世界上最伟大的母亲！她老人家把毕生的精力献给了崇高的事业，更是那庄严党旗中的一缕红丝！

父亲教我打算盘

父亲是新中国成立前参加革命工作的,在粮食系统干了一辈子,也跟算盘打了一辈子的交道。

长期的工作磨炼,父亲的算盘打得又快又准,同事们都说他是"铁算盘"。每当这时,父亲都风趣地说:"铁算盘,木头籽,干扒拉没有准儿。"父亲在工作中曾多次参加地区、县粮食系统珠算和付粮"一戳成"比武,还获过奖。

父亲在粮食供应部上班,开票、收款、粮食调拨等业务工作都离不开算盘。每日里父亲上下班拎个母亲给做的黄帆布兜子,里面除了算盘,就是报表和蓝色红色复写纸、圆珠笔。每天晚上,父亲回到家后坐在炕桌前噼噼啪啪打算盘做当日调拨、付出、库存粮油的统计报表。每当月末,父亲回来更要忙到很晚,为了不影响我们睡觉,他就站在地下以柜盖当桌子进行统计工作。父亲的阿拉伯数字写得非常专业,以至于曾一段时间书写汉字都是偏歪的。

后来,为了工作方便,家里放了一长一短两个算盘。我与弟弟接触算盘的机会多了,经常把算盘反过来当多轮卡车,上面装几盒火柴、几根粉笔、铅笔、橡皮什么的在炕上、柜盖上推来推去的玩。母亲怕我们在炕上爬来爬去地磨裤子、磨炕席,又怕把火柴盒弄坏了,在柜盖上玩又怕我们把柜蹭出印子。所以,每次被母亲看见,不容母亲说,我们赶紧见好就收,不然准挨骂不可。

有时,父亲统计报表做完后,离睡觉时间还早,他就教我打算盘、背运算口诀。我印象最深的就是,父亲刚教我打算盘时,让我定好位后把 16 875 加十遍,准确的得数只是进一位,否则得任何数都是错的,这样反反复复的练习……又教我统计报表必须做到横平竖直,不允许有一点差错。有时父亲用算盘打完的数字,又让我去打,看能不能与他的数字相符。就这样,我对打算盘和统计报表产生了浓厚的兴趣,逐渐的也就学会了。

　　由于父亲教会了我打算盘和统计报表,在林场工作时,组织上安排我当过食堂管理员、楞场木材检尺员、材积核算员、收款员,县林业科的计划、统计、调度,又调到县农业生产会战办、农林办工作。5年期间,每天都有全县28个人民公社的农情汇总统计报表工作要向县领导、地区报送,大家夜以继日,忙得不可开交。每当我值班,如鱼得水,报表很快就弄了出来。就这样,每天循环往复地要电话、问情况、写材料、打算盘、填报表……爬格子就是从那时开始的,这些年一直就"情有独钟"地放不下。于是,刚刚走上工作岗位的我,遇有贵人相帮、自身努力,加之老伴的支持,"文革"后期第一批在县直机关入了党,又提了干。

　　往事并不如烟。是父亲给予了我一技之长,是父亲给予了我信心和力量。尽管当今已经步入现代电子社会,老祖宗发明且使用几千年的用算盘进行计算数字的方法逐渐被人们遗忘,但我每每回想起自己的历程,倍感幸运与满足,感恩父亲教我打算盘!

母亲教我烙油饼

我会烙油饼,是母亲教的。

今天,我来个王婆卖瓜,自卖自夸。我烙的油饼家里人都愿意吃,有时还要特意多烙一些送给亲属。家里的面粉,除了每周用来包饺子外,几乎都用来烙油饼了。如果我长时间不烙油饼准有人要说话了。

那天晚上我与老伴在看电视,她带有商量的口吻说:"亲爱的,明早烙点油饼吃吧。"你看,她老了老了还学起了浪漫,我就学不来。我不是"拿把",她是见我最近起早贪黑的比较忙,不太好意思。"好的!"我领受了任务。

在家里,下厨房是我的乐趣,就怕你不提出要吃什么,只要提出来,该买的就买,从来不怕花钱,该做的就做,从来不怕麻烦。第二天早晨,我正点起床,洗漱过后,遵照"懿旨",烧水、和面、醒面,醒面这时间正好做菜、做汤,来个优选法。面醒好后,开始做面剂子,然后就开始烙油饼了。我烙的油饼,与饭店烙的有所不同。饭店烙的油饼,通常是冷水和面,刚出锅感觉好吃,但稍微放一会儿口感就发硬了。我是温水和面,吃起来口感好,放的时间长一点也不发硬。和面的水温、湿度,烙饼的火候、油量等都是有讲究的,比如不是油多就好吃,可根据情况适当调整。我体会烙油饼也是有技巧的。

你看,我絮絮叨叨的,都成了烙油饼"技术讲座"了,还是说说怎么学会烙油饼的吧。

自从我家从屯子搬进城里,乡下的亲友进城买东西、看病、办事,都乐意到我家。为什么呢?这是因为父亲、母亲待人非常热情,还有我的爷爷、奶奶已过世,没有老人,少了拘束。那时,农村面粉少得可怜,平时几乎很少能吃上面食。亲友们来了,父亲、母亲赶紧张罗饭,猪肉炖粉条子、烙油饼,让亲友们美餐一顿。母亲烙的油饼,亲友们都赞不绝口。有时亲友们来了,也不客气,就直截了当让母亲给烙油饼吃。每当这时,我的任务是帮母亲烧火。母亲烙油饼的每一个步骤,她都耐心地告诉我,不懂的我就问,就这样,天长日久,我学会了烙油饼。有一次,姥爷带着老舅、三姨夫来了,母亲仍是烙油饼,我往灶坑添柴火,一没注意,柴火添多了,母亲喊着让我撤火,可已经来不及了,把油饼烙糊了。这也让我知道了什么叫火候。后来,亲友们来了,母亲在一旁指导,就让我实际体验烙油饼。

父亲是独生子,乡下的亲友大都是姥姥家那边的,而且很多,三天两头儿就有来的。城里的粮食是按人口定量供应的,为了接待乡下的亲友,父亲、母亲都做着盘算,攒下面粉、大米和豆油。尽管这样,有时还是措手不及,只好向邻居家借用。由于父亲、母亲的真诚、热情、无私、宽容,我们家简直成了乡下亲友们到城里来的饭店、大车店了。

说起烙油饼,现在每个家庭的人口都比较少,在家里做面案的主食,大多数人又都感到很麻烦,也有的年轻人苦于不会做。我把"母亲教我烙油饼"写了空间日记,就有一位网友先后五次给我发送即时消息问烙油饼的事,我告诉她说:"要把握和面的水温、和面的水量、烙饼的火候","其实没有什么奥秘,关键要自己在实践中慢慢体会与不断地调整摸索。"

那天,老伴开玩笑说:"你得把我老婆婆烙油饼的技巧传给你的姑娘儿子呀。""你别说你老婆婆坏话就行了。"我也开着玩笑答道。

是啊,生活无处不学问,为人处世在其中。宽厚待人不图报,一技之长乐趣多。

忘不了,忘不了,母亲教我烙油饼!

老三的手足情

那天早上，老伴告诉我说："老三病了，病的较重，在老五那儿，坐火车上下天桥恐怕有闪失不放心，等几天病情缓和稳定了再接回来。"老伴惦记老三，坐立不安，夜晚难以入睡。我也有点神经质，每天下班回来都问老伴："老三怎么样了？"一连几天，老三成了我们老两口的主要话题。

老三，是老伴的三妹妹。老伴排行老二，上有1个大姐，下有4个妹妹1个弟弟，姊妹共7个。

三妹妹二十几年前做了手术，也是奇迹般地挺了过来，但身体一直比较虚弱，并伴有哮喘病。这次是哮喘病发作，就有了前面老伴说的话。

三妹妹这次远离省城哈尔滨300多公里去牡丹江，是为了护送大姐前往，因五妹妹和大姐的老闺女都住在牡丹江。

前些天，大姐因腰椎间盘突出，三妹妹和妹夫一马当先，联系医院，请最好的医生，安排高级病房，顺利地实施了手术。老三及妹夫、外甥，老四、老五及我的老伴，精心护理。大姐术后恢复得较快，惦记她的老闺女，要去看看。

三妹妹和妹夫这些年为了亲属的大事小情付出得太多太多了。老伴与我都感同身受，看在眼里，记在心上。岳父母晚年身体不好，都患有老年病，时常发作。每到这时，三妹夫、三妹妹及时联系省城医院，查体、治疗，忙前跑后。老六是最小的妹妹，夫妻都过早离世，扔下一个女儿，三妹夫、三妹妹这当姨姨、姨夫的竭尽全力在外甥女的学习、就业、成家上给予无私的母爱父爱。姐妹家的孩子升学、就业、购房置业、求医治疗等，她们夫妻俩比自己的事还上心，慷慨相帮，不图回报，无私奉献，重在亲情。我记得，每当亲属送上感激的话语时，三妹夫总是说这样一句话："实在亲戚嘛！"看得出不图回报的胸怀与大度，将亲情置于至高的地位。

三妹妹和妹夫将亲情做到了极致,而且对自身要求非常严格,日常生活十分节俭、朴素,过日子是把好手。他们为人谦和,以诚相待,乐于助人,广交朋友。她们教子有方,儿子对父母百依百顺,十分孝顺,无论在家庭上,还是工作岗位上做得都很出色,堪称年轻人的楷模。

我的岳父岳母信奉上帝,福音传给了儿女,姊妹7人都是虔诚的基督教徒。三妹妹和妹夫经常带着儿子儿媳去教堂做礼拜,有时与我的老伴及四妹妹在教堂一起做礼拜。党的宗教政策好,信徒们相互探望、相互沟通、共同诵经、共同祈祷、共同传福音、行施善事、甘愿奉献,当无名英雄。如今,葡萄树越长越茂盛,果实越来越丰硕。

三妹妹病了,可忙坏了、吓坏了五妹妹和妹夫。三妹妹病中似梦非梦用自己的胸膛温暖儿媳那冰冷的手脚。这是因为,三妹妹和妹夫将要当爷爷奶奶了,家族将是四世同堂。三妹妹病情稍有稳定,想家心切,五妹妹和妹夫,只好打的把三妹妹平安地送回了省城。

当我与老伴见到三妹妹时,她那消瘦的身体蜷曲在床上,我可能因为年纪大了,情感脆弱,情不自禁地热泪盈眶,强忍着、忍着,泪滴还是簌簌落了下来。

信、守、望,但愿三妹妹更加坚强,战胜病魔,身体一天天好起来、强起来。因为大家需要你!

在亲缘关系上,除了父母的养育之恩比天高比地厚,莫过于一奶同胞的手足之情。在现实社会里,有相敬如宾、亲密无间的佳话;有坚信不疑、真心不变的至亲;有相恤相惜、在所不辞的楷模;有相助援手、忙前跑后的故事……上演手足之情的喜剧。三妹妹和妹夫他们的言行已做了完美的诠释。

但也有冷若冰霜、互不问津的冷血人;也有相互猜疑、明和暗争的负心人;也有斤斤计较、自私自利的小气人;也有急不相帮、袖手旁观的局外人,也有大打出手、水火不容的结怨人等,连做人都不够,还谈什么手足之情。

一母生九子,九子各不同。性格不同,处事方式不同,情趣爱好不同,自身阅历不同,实际状况不同……凡事不可攀比,不可观望,彼此之间要多包容、多宽慰、多体贴、多感激……我们不应该有遗憾,也不会有遗憾!

我把最美好的祝愿送给三妹妹和妹夫及他们的家人!

老伴,送你一份迟到的生日礼物

老伴,在你生日那天早上,说好了晚上陪你一起吃饭的。可没想到,我这"公务"在身,临时赴约参加一个"三国四方"会议。你可能会说,你这老头子别给我耍花腔了。其实,咱这辈子压根就没有做过那"黄粱美梦",也没有那么大的"野心"。我能够有今天,咱这个家能够有今天,不都是全靠你这个"内务部长"吗!啊,我到现在还没有混上这户主的名分哪。

那天,我到了会场,当着人家的面给你发了个手机短信:"老伴祝你生日快乐!今后挣钱全交,活计全干,剩饭全吃,听话全办。哈哈!"

今天,我如实地向你"交代"。那天的会议我像个"特使"似的斡旋,议题,说它大可以大到全球,说它小又可以小到"细胞"。会议围绕家庭、夫妻情缘展开,通过交流沟通,没有联合公报,没有签署条约,只是随着和平与发展的主旋律,初步达成了共识,要么就像当年一夜之间推倒柏林墙一样实现东西德国的统一,要么"一国两制",怎么也不能像朝鲜半岛那样,一个民族,两个国号,一条三八线隔断了亲情。会议开得很热烈,他与她当着儿子的面呼出了:"等儿子结婚时再照一张婚纱照吧!"这是经历了一段婚姻变故后,双方初步达成的共识。我期待着他们这一天的早日到来。

那天晚上,我一直惦记着你生日的事,因为你是个很在意家人,却很不在意自己的人。按常理,要是在别人身上不发一点牢骚,不发泄一点怨气才怪呢。回到家里,你也没有问我做什么去了。我呢,外面的事也从来不随意向家人透漏,彼此之间就是个理解。

或许到了这把年纪了,岁月让我们缺少了浪漫,退却了激情,但积淀了那份沉甸甸的信任与真诚,情深深,爱浓浓,都在平淡的日子中,这是磨合后的融合与默契,这是风雨后的彩虹与新的天际。

老伴,我这个人哪,喊过亲爱的,但没有用到你的身上,那是亲爱的党啊,亲爱的祖国。你可能说,你这老倔头子,从打认识你也没那么浪漫过。我就这么倔了,改是改不了了,就将就点吧,我的老伴。

　　今天,上午收看了党的十八大盛况,在发展机遇和风险挑战并存的今天,中国共产党带领人民到2020年实现小康社会,多么的鼓舞人心,催人奋进哪。

　　我们好比一杯淡茶,在夕阳中相互搀扶着享受幸福的晚年,慢慢地品那淡淡的馨香。

　　祝你健康长寿！老伴,这就是我送给你的一份迟到的生日礼物。

遥望长天默诉说

　　我不得不将手中的笔停下来,第一次真正感受到了,迄今为止人类还没有一例能够用语言文字完整地表达对父亲、母亲养育之恩的感激之情的。的确,想说的话太多太多,要写的事也太多太多。

　　父亲、母亲你们走的是那么早,又是那么的突然。正是繁花似锦春满园,苦尽甘来幸福景,儿孙满堂天伦乐之时。

　　我遥望长天,默默地向父亲、母亲诉说:

　　　　九九重阳今又是,
　　　　菊黄枫红初染霜。
　　　　遥望长天默诉说,
　　　　感恩潮涌开心窗。
　　　　苦尽甘来未尽享,
　　　　无形遗产闪金光。
　　　　天堂父母还好吗?
　　　　思念双亲暗自伤。
　　　　父亲母亲啊,
　　　　日日夜夜、每时每刻孩儿都在思念着你们!
　　　　即使我们行走在繁华喧嚣的街道上,
　　　　但耳边响起的仍旧是你们的亲切话语;
　　　　即使我们的工作紧张有序也无须查岗,
　　　　但知道每时每刻你们都在监察审视着我们;
　　　　即使我们遇到了难题和困难,
　　　　但眼前再现你们顽强拼搏的身影而不气馁……

父亲母亲啊,
你们除了艰辛,还能分享什么?
你们除了坚强,还能表达什么?
你们除了善良,还能证明什么?
你们除了慈爱,还能给予什么?
你们除了俭朴,还能做到什么?
你们除了宽容,还能彰显什么?
你们除了真情,还能期待什么?
春蚕到死丝方尽啊!
你们把一切都无私地奉献给了儿女,
你们把一切都无私地奉献给了亲朋,
你们把一切都无私地奉献给了社会。
父亲母亲啊,
是你们用无言的行为告诉我们,
什么是人格,怎样才是自尊;
什么是名誉,怎样才是自爱;
什么是考验,怎样才是自强;
什么是奋斗,怎样才是自立!
父亲母亲啊,你们走后,
我们兄妹倍感手足之情的分量。
我们没有忘记是一个趿一个肩膀头来到这个世界;
我们没有忘记每个人周身流淌着的是同一血脉;
我们没有忘记一双筷子易断一把筷子难折的道理!
父亲母亲啊,
因为有了你们——平淡的生活才变得多彩;
因为有了你们——平常的家庭才变得坚强;
因为有了你们——平和的心态才变得崇高;
因为有了你们——平凡的生命才变得伟大!
父亲母亲啊,
你们是我们心中长明的灯;
你们是我们一生走不完的路。
我们愿化作缱绻的云朵,

永远伴随中天耀日的你们；
我们愿变作淙淙的小溪，
永远归向浩瀚江河的你们；
我们愿变作出航的帆影，
永远不离回航港湾的你们！
父亲在天堂还撒网打鱼吗？
母亲在天堂还做针线活吗？
不要太累了，该歇歇了。
恩重如山的父亲母亲啊！
你们的恩泽，是我们子孙的福分。
子孙当自强，纷呈绘人生。
父亲母亲啊！
来生仍做你们的好儿郎！

  以上是2011年重阳节写给父母的诗句。2011年底我与二弟、妹妹为你们二老扫墓。你们所疼爱的大孙子每到节令都要为你们祭祀。今年的正月十五为你们二老送灯的是你们的二孙女，往年你们的三儿子做得最认真。

  父亲母亲，咱这个家族，大家的宗教信仰不同，对你们的怀念、祭祀都有不同的方式。2010年9月，在你大儿媳的张罗下，我们兄妹在家乡那座山上买了墓，从此你们二老有了新居。我还嘱咐三弟弟特意为母亲在县基督教会买了一本《圣经》。因为，母亲当年传了福音，葡萄树的果子越结越多，可以说是硕果满枝。这里是你们最熟悉的地方，当年你们回老屯看望爷爷奶奶的必经之路。山下的河流，是父亲当年经常光顾的捕鱼场所。往东南望去，那里有你们二老的出生地，还有我们的老屯。老屯全变样了，当年的十里草甸子被块块稻田所代替，崴子里的人家都搬到了岗上，白色的水泥路面一直通到村头。

  父亲母亲，孩儿有许多话要对你们说……

母爱蚕丝情

母爱,像春蚕一样默默奉献,丝丝深情给这个世界以温暖,给这个世界以绚丽!

你雨中的花折伞有人给你打/你爱吃的[那]三鲜馅有人[他]给你包/你委屈的泪花有人给你擦/啊,这个人就是娘/啊,这个人就是妈/这个人给了我生命/给我一个家/啊……

《母亲》这首优美动听、饱含深情的旋律真挚感人,脍炙人口的歌词唱出了每一个做儿女的心声。"我要用我的心河、我的血脉、我的气息不断地唱下去,直到永远、永远……以表达对母亲的无限感恩。"

高尔基的"世界上的一切光荣和骄傲,都来自母亲。"罗曼·罗兰的"母爱是一种巨大的火焰。"但丁的"世界上有一种最美丽的声音,那便是母亲的呼唤。"米尔的"母爱是世间最伟大的力量。"惠特曼的"全世界的母亲多么的相像!她们的心始终一样。每一个母亲都有一颗极为纯真的赤子之心。"邓肯的"母爱是多么强烈、自私、狂热地占据我们整个心灵的感情。"郑振铎的"成功的时候,谁都是朋友。但只有母亲——她是失败时的伴侣。"是呀,人类迄今为止,对母爱的感恩,万语千言,经典名句,已是数不胜数……

母爱,是人类亘古不变的主题。母爱,是人类没有休止符的咏叹调!

我记录了几位母亲的片段,去品读一下平凡中母爱的伟大吧!

一

她是一位生活在乡下的母亲。

她的女儿告诉我:我的母亲今年已经72岁了,虽已两鬓霜染,但耳不聋眼不花,160厘米的个子,仍显得十分硬朗,手脚也非常麻利,每天还在帮我做

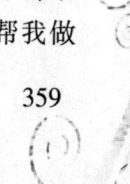

饭、洗衣……干些力所能及的家务活。

母亲为了支持我的事业,她春夏秋冬,寒来暑往,每天循环往复地已经陪伴我七个年头。看见母亲默默地为我操劳,我又因工作无法分身,常常暗自流泪,也常常鼓励自己,一定要把事业干起来,更好地回报母亲。

我的家在松花江中游北岸的乡下。父母带我们姊妹六人的八口之家,日子过得很红火。天有不测风云,父亲43岁那年因病突然辞世。记得,父亲走的那一天,上苍也动了情,默默地下着雨。全村的男男女女、老老少少冒雨为父亲送葬。乡亲们为之叹息,为之悲哀……

母亲带着我们姊妹六人送走了父亲,"就这样走了,以后的日子咋过呀?"母亲悲痛欲绝的哭声让我至今难忘,我们姊妹围在母亲身旁,也泣不成声。

天大的不幸让我们姊妹过早地失去了父爱那座高山,抚养教育我们姊妹的重担就全部压在了母亲的身上。

母亲既要下田干农活,又要操持家务。她每天起早贪黑地忙碌着。经常是我们都睡一觉醒来,见她仍然在做衣服、纳鞋底……

记得小时候家乡冬天很冷,雪也很大,我上学每天都要走上五里路去邻村小学,母亲每天都为我围好围巾,戴上手闷子,将我送出院外,并一再叮嘱我路上小心。厚厚的积雪一片银白,只有我们踩出的一条长长的小路。放学回来,又是母亲为我端上热气腾腾的饭菜,享受着母爱的温暖。

母亲为了我们姊妹六人,十分勤劳节俭。为了给两个哥哥娶媳妇,母亲喜在脸上愁在心里,省吃俭用也得跑东家借西家地凑钱。在我的记忆中,母亲从来没买过一件新衣服。过年过节母亲将好吃的饭菜端给我们吃她都不动一口。从那时起我就发誓长大挣钱给母亲买漂亮衣服,给母亲买最好吃的。

我大哥家的孩子长得很帅气,很懂事,人人见了人人夸。可是,他十八岁那年因生气得了精神病,这是母亲最疼爱的孙子,看见母亲伤心无奈的眼神让我心疼。母亲天天守在孙子身边和大哥一起精心护理,尽管如此,几年治疗也不见什么效果,一个好端端的孩子就这么完了,大哥也欠下了不少外债。

我二哥家在县城高中承包了食堂,二哥签完合同后又不想干了。我母亲就安慰二哥"万事开头难,你们去吧,家里不用你们惦记"。母亲就帮二哥看家,种园子,照顾孩子,让二哥二嫂安心地打理自己的食堂。二哥家的园子有两亩地,都是母亲一个人种,夏天园子里什么菜都有,还分给邻居吃。每当我二哥回家母亲就鼓励他,终于他获得了成功,创出了自己的事业。

我二姐是老师,长我9岁,我和妹妹小时候她天天业余教我们学习。二姐的婆婆瘫痪在床,她就像照顾孩子一样,天天守在婆婆身边,一把屎一把尿地照顾得干干净净,直到婆婆老去。我都自愧不如啊!那不是一般人能做到的。我二姐就是母亲的一个影子,一样的善良。

我母亲常说人都有老的时候,要孝敬老人,做人"孝"为先。可怜天下父母心,哪个父母不希望自己的儿女过得好呢,如果做儿女的能理解父母心,就不存在婆媳不和的事了。

母亲心眼好使,乐于助人。记得小时候我家邻居张叔娶媳妇没有房子住,母亲就把我家的房子给他收拾一间让他娶了媳妇,张叔非常感激,逢人就说,"要不是高婶给我房子住我怎么娶媳妇呀!"我家的园子大,母亲就把自己种的各种蔬菜分给邻居吃,邻里关系很好。我们村有个没有妈的孩子,衣服穿不上,鞋子也没有。我母亲每到冬天就把我们的鞋拿出来给那个孩子送去,有时候还叫她到我家吃饭,现在那个孩子还打电话问候我母亲呢!

我自己开了个小吃部,忙得饭都顾不上吃,有一次饿晕了,是妈妈给我做了米粥,并心疼地说,"再忙也得注意身体呀!"去年我做了个手术,是母亲日夜不离身边地照顾我……

母亲啊,如今你的儿女已经成家立业,也是三世同堂了,你也该歇歇了……

二

她是一位闯关东的母亲。

她的老家在山东平度。20世纪60年代三年自然灾害时,为了渡过难关,她与老伴商量,四个儿子她带老大、老三闯关东去,留下了老二和老四由老伴带着。

她背着行李卷,带着两个儿子,一路艰辛,来到阿城山里。她就带着两个儿子挖了个地窨子,偷偷地开镐头荒,加上山里野果野菜较多,度过了自然灾害。就这样,因逃荒当了几年"盲流",后来将全家的户口迁移过来。

老人家含辛茹苦一辈子,年轻时在山东平度老家是生产队的劳动模范,一上午就把生产队猪圈的粪便一筐筐清扫完。自从她来到东北也是待不住,春种秋收冬藏样样农活是能手,春秋穿山越岭采蘑菇、榛子、野菜等山货,冬天踏着没膝的积雪这山转到那山捡柴火……

这位老母亲,我仅见过一次面。她瘦小的身材,梳着短发,眼不花,耳朵有点背,没什么大病,身体很硬朗,根本不像90岁高龄的老人。问起健康秘诀

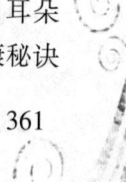

来,家人介绍说,老人生活起居很有规律,一日三餐定时定量,晚上偶尔看看电视但睡得早不熬夜,每天起得也早。老人家腿脚很利落,走楼梯都不用扶栏杆,每天到小区坚持健身,散散步。

老人家头脑很清醒,"一辈子没攒下啥(钱财),攒下的是四个儿子四世同堂,一个好身体。"说完她满足地笑了起来。

那天,因为去给她老人家祝寿,早晨4点30分就从床上爬起来,简单吃过面条荷包蛋,便匆匆下楼。

初冬时节,天刚刚放亮。过了天桥来到对面的公交站点,最早的公交车还没发,很怕延误约定的时间,只好打的前往。路上车辆很少,从三环到火车站只用了30分钟。老远看见老哥哥高大的身影,红白脸膛,满头银发,穿着皮风衣,站在微冷的晨风里,他那高大魁梧的身影,风韵不减当年。如果把老哥哥下巴加个瘩子还真像个伟人。

6点30分,我们一行7人乘坐"L"字头的列车出发了。这趟列车是铁路通勤车,出了市区逢站就停,从省城出发,大约两个小时的车程,到达了目的地——90公里外的山里末等小站。

小站坐落在半山腰,铁轨枕木外高内低呈半圆形通过小站伸向远方。接站出租车早已在站外等候,十几分钟我们来到小镇上的水泥厂小区,老哥哥的母亲住在四儿子家。老人家在这住惯了,哪也不去。

与老哥哥相处虽说年头不算多,但很是投机,你敬我一尺,我敬你一丈,彼此相互尊重,"一壶浊酒喜相逢"品一品还真有点那个味儿,"亚布力的烟"吧一吧嗒嘴还真有点那个劲儿。

老哥哥的四弟弟找来帮厨,做了丰盛的酒席。当地几位挚友,加之远道而来的我们,两桌合成一大桌,为老人家祝寿。老妈妈年轻时能喝白酒,现在年事已高,只喝半瓶啤酒。大家推杯换盏,谈笑风生,诉说亲情,倾吐友情,祈福未来,其乐融融。老哥哥的侄女、侄女婿开车赶回为奶奶祝寿,献上精美香甜的大蛋糕。看到老人家幸福的晚年,"有好儿子不如有好儿媳妇"大家很感慨,我情不自禁地向女主人敬酒答谢。

我们告别主人,去火车站。小站每日上下行共有3对6个车次客车,我们等的是上行的最后一趟返程客车,是17点13分进站14分开车,仅停车1分钟。我们提前检票进站,站台上等候这趟列车的也就20来人。老哥哥还在不停地说:"没有我娘,哪有我们今天哪!"

夜幕降临,群山不见踪影,远处小镇闪烁着点点灯光和公路上时隐时现的汽车灯光。一声长鸣,列车缓缓驶来。再见了,小站!

随着前进的列车,我沉浸在幸福的回忆中,眼前再现父亲60大寿的情景,父母高堂坐,儿孙伴两旁,亲朋喜相聚,笑语述衷肠!我们兄妹四人忙里忙外,好不热闹。然而,母亲走了,父亲也走了,她们走得那么匆忙。就连当年给父亲祝寿的亲友有的也走了。父亲母亲啊,孩儿是多么的想念你们!那天我到妹妹的QQ空间看了她的《思念》日记,感同身受。我因离开家乡在外工作,父母的寿诞之日有时赶不回去,真是很愧疚。

三

她是一位年轻的母亲。

9年前,她的丈夫突然逝去,如晴天霹雳。刚进入三十而立的她,从悲痛欲绝中,重新振作起来。"这个天不能塌下来,这个家也绝不能散!"

她,擦干了眼泪,抚慰着当时年仅6岁的儿子,坚强地一路走来。

寒来暑往,斗转星移。她一面坚持工作,一面照顾年幼的儿子。一天下来,顾这顾不了那。为了儿子健康茁壮地成长,她既当妈妈又当爸爸。如今,她的儿子已经上初中四年级了。看到儿子一天天长大,她很是欣慰。有时,她也骄傲地说:"我的儿子长得和他爸爸一模一样!"

她的丈夫在世时,我只见过一面。记得,那是一个傍晚。她带着丈夫与我共进晚餐。她的丈夫一米八十多的大个子,威武英俊,性格开朗,为人真诚。这是给我的第一印象。后来,我还为她们夫妻俩在一家私立体检中心体检为了省点费用找过朋友。记得一个星期后,体检结果出来了,医生在她丈夫的体检报告上提醒注意心脏疾病。就是因为太年轻啊,身体又没有什么不适的,还是忽略了。为她丈夫送葬那天,隆冬时节,来了很多亲朋好友,可见这对小夫妻的为人处世。

作为一位单身带孩子生活的女人,面对不同条件、不同心态的追求者,她始终没有动心。

她是一个非常孝顺的人。这些年,每到重要的节日,她都要去看望公公婆婆。公公前年病故了,尽管婆婆与女儿女婿生活在一起,但她仍然惦记婆婆。

在她的生活中,民俗中的祭扫,她再忙也都要挤出时间去墓地为天堂里的父亲、公公和丈夫祭扫。

她是一个精打细算、善于理财,又远见卓识的人。为自己的儿子开立账户,将每年亲朋给的压岁钱单独存上,每年还给儿子定额储蓄,还买了保险。

原来不会做饭的她,如今已学会了为儿子加工美食。她对儿子的成长,不仅重点放在学习上,更放在如何做人上。

"我每天给儿子两元的零用钱,是让他买矿泉水的,他从来不乱花钱,也不多要钱。"这是她前几年对我说的话。

去年,她向我讲述了这样一件事:

前几天的一个双休日下午,我儿子与他姥姥在家里。姥姥在看电视,他在学习。突然,他见到地板上有一张50元的现钞,连忙喊:"姥姥,你的钱掉了!"姥姥从沙发上站起来,走到衣柜前摸摸自己的衣兜然后告诉外孙子说:"我今天上午刚刚破开的零钱,最有数,这钱不是我的。""姥姥,这钱不是你的,那又是谁的呀,也没人来,反正也不是我的!"他直率地说。这50元钱的主人一时成了谜。他把钱放到了茶几上,仍旧专心学习。

过了良久,当他学习完毕,往书包放书和笔记本时在书包里翻来翻去的,最后,把整个书包的书和本子全部倒了出来……他在找什么呢?只听他说:"姥姥,那钱是我的。""是你的,就装起来吧!"姥姥应答着。

他的姥姥是个很细心的人,心想,我这3个姑娘,做人做事一个赛一个,大家都赞不绝口,这小孩子……心里有些犯嘀咕。

傍晚,他姥姥就把这钱的事向我说了。"儿子,有两种钱咱不能花,一是拿了别人的钱咱不能花;二是捡到的钱,要交给学校老师,咱也不能花。"我又接着说,"这钱是你的吗?是你的钱又是从哪来的?"他涨红着脸说:"钱真的是我的!"说着,他从书包里掏出一个用纸叠的精美小袋子,将里边装的东西全都倒了出来——一张50元钱,就是掉在地上的那张钱,还有两张10元的,两张5元的,三张1元的和六个一角的硬币,共计83.6元钱,旁边有一张纸条,记录着几角钱、几元钱不等的数字,加起来与现钞相符,这是推不倒的证据,钱的主人就是他。"这钱是我攒的!"他告诉我。

原来,刚上初中的他,每天10元钱的午餐是按月一次性先交到学校老师那儿,学校不烧开水,我每天只给他两元钱买矿泉水喝,后来自己买一份午餐8元钱,再加上买矿泉水的钱,我一天给他10元钱。他有时一天少买一瓶矿泉水,或者买一份稍便宜的午餐。就这样,寒来暑往,三个秋两个春,五个学期不到,攒下了这83.6元钱。

"是呀,我把零钱放在那儿,试探过几次,我外孙子就是不动心。"他姥姥跟我小声说。

他姥姥和我这个当妈的看着他,一股暖流涌上了心头,会心地笑了——他懂事了!

当我听到这个故事后,怎能不为之感动。他是骄傲,他是期待,他是托起的希望、明天的太阳!

作为父母,给孩子攒个金山银山,不如教孩子养成一个节俭、诚实的好习惯。这是因为,孩子的好习惯是其一生取之不尽用之不竭的财富。

我几次停下敲打键盘的手,眼睛望着那闪烁的鼠标,思绪万千,激情满怀……默默地为她们母子祝福!

门前老树长新芽/院里枯木又开花/半生存了好多话/藏进了满头白发/记忆中的小脚丫/肉嘟嘟的小嘴巴……

当我们耳畔还在回响2014年春晚节目《时间都去哪了》的时候,那股炽热的情感、血浓于水的情愫,让我们倍感母爱和父爱在平凡中的伟大!

母爱是一座高山,为你遮风挡雨;母爱是一根脊梁,为你撑起不屈不挠的腰杆;母爱是一只春蚕,母爱……母爱就是太阳,母爱就是月亮。

假如我写一首诗,那诗的题目就叫作《母爱无疆》;

假如我唱一首歌,那歌的名字就叫作《母爱如山》;

假如我写一本书,那书的名字就叫作《感恩母爱》;

假如我做一次演讲,那演讲的题目就叫作《母爱蚕丝情》!

魂牵梦绕的小山村

　　45年前，一场知识青年上山下乡运动，我来到了距县城一百里的叫窦家屯的小山村插队落户"接受贫下中农再教育"。

　　窦家屯就坐落在大山的脚下，大山像两个桃子似的，所以得名双鸭山。窦家屯在大山东坡的山脚下，共有七十来户人家，分两个生产队，在这个屯半里多路的山坡上有个十几户人家的小屯，再往山上去，在山半腰的屯子里住着二十多户人家，从山脚下依次为第一至第四生产队。窦家屯南的一道山冈与远处的山峰叠为一体，是一眼望不到边的林海山冈；往村东是一块六七里长二里宽的狭长川下湿地；出了村北行二里路，翻过一道山冈，过条小河，前面又有一道山冈，山冈上是沙石公路，公路边上一个屯子住着四十多户人家，这里是第五生产队，也是大队部所在地，紧挨着的西边一个小屯是第六生产队，山冈向西北方向延伸，第七生产队二十来户人家就在大山东北坡的山窝窝里。这个生产大队三道山冈，形成两条沟，分布着六个屯落、七个生产队，第一、五、七生产队三个青年点共有知青三十几人。

　　我们五男六女十一名知青，是从县里来到这个人民公社一百三十多名插队知青中公社革委会打乱重分的，有的是同班、同学年、同学校的同学，有的是其他学校或街道上来的，大家尽管都是从县城而来，但相互之间有的还不是很熟悉。大家坐上生产队派来的两辆胶皮轱辘马车，崎岖的山路，马车忽上忽下，东悠西晃，生怕被甩到车下，到了屯子已是掌灯时分。我们的"家"就安在五保户张大伯家。大家摸着黑往屋里搬行李，生产队派来做饭的大嫂在煤油灯下晃动着忙碌的身影。大家在昏弱的灯光下仍然木讷地、机械地面向毛泽东主席的挂像进行每天的"三敬三祝"，然后就着咸菜喝着热乎乎的疙瘩汤。

昨夜抹黑进屯，并非悄悄而来，其实消息早已传开。第二天安排我们休息，大队会计、生产队长、民兵排长、保管员等陆续来到张大伯家以示领导的关怀，也有三三两两的热心人前来主动搭讪，试探地问这问那。我们也索性结伴出去转转，山里人老远就把好奇的目光投向我们，有的热情打着招呼，有的真诚地让进屋坐坐，还有的交头接耳在议论着，有的审视后默不作声地悄悄走过，还有的孩子们从身边跑过后不时地回头张望。

　　村中唯一的一条土路东低西高，伸向大山深处。村前杂草丛生，溪水缓缓流过，村后荆棘遍地，山水冲刷出深深的沟壑。大山和土岗从三面挡住了人们的视野，只有沿着山川谷地往东望去才能见到十里八村，而后又是连绵的丘陵地。

　　我们来到生产队，这里是社员的"家"。生产队坐落在村里偏东位置，是一个四合院，坐北朝南连脊的五间泥草房，西头两间是豆腐坊，一口特大的铁锅，里屋一盘石磨、两口大缸，豆腐包散落地挂在棚杆上，满屋散发出一股特有的煮豆子的气味，虽已初冬，仍有苍蝇飞来飞去。生产队的老会计自言自语地说，天不亮，豆腐匠就起来把牲口戴上蒙眼和嘴箍磨豆浆、熬豆浆、点卤水，然后或泼干豆腐或压大豆腐。清晨，人们拿黄豆来换豆腐。我深深地感到，这豆腐坊是大山深处村民们唯一的"副食品"基地。东头三间，另开东门，一个筒子屋，这是生产队办公、开会的场所。屋里倒是很宽敞，窗子上下两扇，上边是窗棂糊的窗户纸，下边均等镶着两块玻璃。墙上泛黄的报纸记录着那个"红色年代"的辉煌，放煤油灯的墙窝窝被熏得乌黑，裸露的柱角被磨得发光放亮，半腰挂着马灯，大红纸写的几条"最高指示"还是那样的醒目，在西墙正中间是伟大领袖毛主席的挂像，两边配有时髦的对联，横批是人人皆知的"祝毛主席万寿无疆"，北边是火炕、南边靠窗子是一排用树木做的简易条板凳，靠窗边摆放着两张没有油漆的桌子、一个绛紫色的卷柜。三间东厢房是生产队的仓库，三间西厢房一半保存农用工具，一半作为草料间。开着北门的马棚在大门的东侧，一个车老板儿正在修理绳套。马棚南侧是羊圈和牛棚。大门的西侧是南开门猪圈。大门前的路边放着翻地、耙地、种麦子用的儿件大型农具。后来才知道，这个大队当时仅有一台东方红链轨拖拉机。院子里有点北高南低的小坡，打扫得很干净。

　　第二天晚饭后，敲钟声传遍屯子的每个角落，其实是敲破旧的铁铧，生产队召开欢迎知青大会。生产队的三间连脊房，火炕上、板凳上、桌子上挤满了男男女女、老老少少。民兵排长把早来坐在板凳上的村民叫了起来，让给我们新村民坐。浓辣的旱烟呛得我们喘不过气来,两盏煤油灯跳动着橘红色火苗,人们忽高忽低说笑着,小孩子屋里屋外跑着玩。"大家肃静,现在开会了。"生产队长郑重的宣布。然后,领着大家搞敬祝,学知识青年接受贫下中农再教育的最高指示,代表村民表示欢迎,我们一一做了自我介绍并表了态,生产队几位有头有脸的人物都讲了话。散会后,我们夹杂在人群中深一脚浅一脚地回住处去,山林笼罩,夜色茫茫,天空好像变得小了,星星也少了,惊醒的野鸟从头上掠过,不知谁家的狗叫个不停……

从此,我们十一名学生在这个小山村,开始了无奈与未知但却毫不动摇的知青生活。而后,又从这里一个个走了出去,告别了这座大山,告别了小山村。是命运的捉弄,还是历史在开玩笑,已早有定论。但我至今仍无怨无悔的十分感慨、十分满足那段经历,因为这是从校门走向社会的第一站。

在遥远的偏僻小山村里,我同日出而作、日落而息的村民一块儿挥洒过汗水,春耕时扶犁破茬、压滚子、点谷子、种玉米、踩格子、耙水田地、撒稻种;夏锄时铲地,给玉米和高粱地锄草,还薅过谷子;秋收时割过小麦、糜子,拿过豆地、玉米地的大草,收割过高粱、黄豆,扒过玉米,还捆过玉米秸秆,跟马车挨家挨户分秸秆,在场院挑灯夜战拖拉机带动脱粒机脱玉米,赶石头滚子打黄豆和谷子;冬天抡镐头刨粪积肥、送粪,还参加了修水库的大会战……在小山村里,我作为插队落户的知识青年,在简单、繁重的劳动中不仅受到了体力的锻炼和意志的磨炼,也找寻到了乐趣,在枯燥与寂寞的生活中也与村民们结下了深厚的情谊。

村南那道山冈上那年生产队种的黄豆,垄特别长,有二里来路,有割黄豆早到地头的社员,打来柴草拢起了火烧黄豆,谁也顾不了许多,蹲在冒着烟的火堆旁用蒿秆拨拉黄豆,只见嘴巴吃得黑黑的,开心地一笑,或许减轻了一天的疲惫。

在西山半山腰有一块玉米地,薄薄的土层,锄头下去碰到石头发出清脆的响声。铲头遍地时,尽管蒿草长出一尺多高,但山里还很凉,我穿着薄棉袄,铲到地头累了就仰面朝天,躺在地上透过树林望着那被遮挡的蓝天或闭上眼睛静静地喘息,顾不上地上的蚂蚁或其他昆虫在爬。

村东是块川地,村前村后从山上下来的泉水小溪汇聚到这里,生产队开垦出一块水田,每到秋收,每口人分上几斤稻子。种完大田后,开始种水稻,修补水渠和田埂、耙地、放水、捞地,然后把事先浸泡好的稻种漫撒在田里,那时还没有育秧技术,靠自流灌溉。虽说是五月下旬,山里的气温要比平原低几摄氏度,生产队仅有一双靴子,给水稻把式穿上了,我们穿着高腰农田鞋站在水里,冰得腿脚发麻,后几天干脆就光着脚下田,还能节省鞋。

庄稼上场后,昼夜专人看护,我临时打了替班。场院设在村后半里多路的一块平地上,场院东侧有几座坟茔,白班转悠着不太在意,等到夜班就瘆得慌,再加上时有狼嚎声传来,盼天亮方觉黑夜长。等到煞冷了,开始打场,赶着马拉石头滚子,不停地转着圆圈,在冰冷的夜色里发出吱吱的响声。每次夜战打场,生产队都做一顿苞米糙子干饭、炖大豆腐的夜饭犒劳大家。

西北风无情地吹来,雪花飞舞,哈气成霜,然而村前抡起镐头刨粪的我们却汗流浃背,摘下了头上的狗皮帽子,甩掉棉衣,头上、身上冒着热气并渐渐地挂满了白霜。踩着没膝盖的积雪,跟在马车后面往地里送粪,用手一块块把冻粪规则地摆成小堆。去西北沟拉枝丫材回来的路上,大车压碎了河沟的冰面,车轱辘泡在水里,好在小河是沙底,车老板吆喝着牲口,嘎嘎甩着大鞭,上了对岸,大家松了口气。这时不知谁喊了一声"黄鼠狼!"顺着手指的方向,几个人蹑手蹑脚地向河边的塔头墩围拢过去,黄鼠狼与大家玩起了捉迷藏,费了半天劲儿一无所获。往回走吧,偏偏车轱辘冻住了,拖来拖去,好一阵子才转动起来。真是"黄鼠狼没打着,惹了一身骚"。

生产队里除了队长,"官"很多:马倌、牛倌、羊倌、猪倌,还有看青的、看树的,全都是无冕之王。每到五月初五端午节、八月十五中秋节,生产队里杀猪宰羊,好不喜庆。按户分割,然后抓阄,谁也没意见。每当这时,队里领导说城里来的青年不容易,总要给我们一些关照,于是享受了特殊待遇。

瓜秋了,我们几个青年从村后的小路往山上走四五里路去生产队的瓜地买瓜。看瓜老头非常抠门,凡到瓜地来的人就送给你破烂瓜,想吃好的就得买,其实是记账,到年底分红时用工分抵,好在我们几个没有调皮捣蛋的,否则瓜地将会遭殃。

进入腊月,家家户户开始蒸黏豆包,有好心的大嫂前来帮我们发黄面,做豆馅,金灿灿、香喷喷的黏豆包,那是很金贵的食品。

劳动之余,我们去村东的河沟里捕鱼捞虾、捉林蛙;去山坡野地挖老蕨菜、小根蒜、婆婆丁、荠荠菜,还有叫不上名的山野菜;摘刺老芽、五味子;采蘑菇、木耳、猴头;打山核桃、山梨、山里红、榛子;药山鸡、套野兔、撵狍子;砍锄扛、镰刀把、斧把、锅叉……每当回城里,每个人都有自己的战利品。

山里人很厚道,与他们相处得很融洽,至今一张张和蔼可亲的面孔,一件件令人难忘的事情,仍历历在目。后来一个临时借调工作的偶然机会,让我

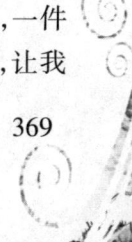

告别了乡亲们，留在了离这个村二十里路的国营林场。这时村东那块地已被林场征用办起了苗圃地，说来也巧，我又来到这苗圃地工作，一个村里一个村外，相互之间像走亲戚似的，你来我往。苗圃地育苗、整地，上山挖树穴，抚育林打草等季节临时用工，优先村里人，冬季抚育伐剩余的枝丫材优先卖给村里人，能关照的就关照一下。在苗圃地工作，我有了重大的转机，不仅缘定终身，娶妻生子，又调到县里工作。回到城里工作后，与乡亲们仍保持着联系。至今，我还常与村里的好友通通电话，问候一声。

  23年后，已到不惑之年的我们五位男知青专程回到小山村。父老乡亲，我们没有忘记你们。好心的大嫂为我们缝补衣裳，大伯为我们用沙子炒爆米花、用火盆烧土豆，回城探家送我们干豆腐、大豆腐……滴水之恩如泉涌。那熟悉的山山水水、一草一木，又把我们带回了当年。村子里仍然还是那条土路，泥草房少了铁皮房多了，务农的少了走出去打工的多了，贫困的少了富裕的多了，老人少了新人多了，就连当年风华正茂的生产队长也已是满脸沧桑。

  缕缕炊烟，轻盈飘荡；阵阵林涛，欢快歌唱；道道山梁，挺拔坚强；潺潺溪水，凛冽甘甜；暖暖春光，催人奋进；青青原野，竞相生机；灿灿金秋，果实满仓；皑皑白雪，晶莹梦幻……我坐在返程的车中静静地思索着、找寻着、期盼着……那情牵梦绕的小山村！

七夕节前的晚宴

2013年的七夕是在8月13日这一天。就在七夕前一天的8月12日，我参加了朋友聚会晚宴。

酒店坐落在繁华商业中心。在这里，有秋林公司百年老店，随风可以嗅到里道斯红肠、俄式大列巴的阵阵清香。在这里，有当年中东铁路局局长的官邸阁楼，那具有异国风格的建筑在风霜雪雨中讲述着久远的故事。在这里，有苏联红军解放东北纪念塔，草绿色的塔身威武矗立，仿佛听到了昔日战场上隆隆的炮声，看到了弥漫的硝烟。在这里，有与纪念塔相匹配的红军街。在这里，有以这个城市命名的火车站，穹顶上昔日的大圆钟声仿佛在耳边响起，并肩而行的钢轨伸向远方，架起了欧亚大陆桥……

我们就在这里聚会。我想，假如你不嘴急，假如你不木讷，这也是与众不同的一盘吃不尽、用不完的好下酒菜。

在酒店二楼的百合厅大家落座，都是老弟及弟妹的好朋友，有的是从小的娃娃、几十年的老邻居和同事。我参加过几次这个朋友圈子的聚会，在座的各位，我只有两位是初次见面的。

老弟拿出了52°瓷瓶装杜康酒，因产自中国酒文化的摇篮的杜康村而得名，这是中国最古老的历史名酒。这时服务员陆续端上了菜肴。我见这美酒佳肴，情不自禁地问："今天是什么主题呀？"大家告诉我，原来弟妹过生日。我这才恍然大悟，前年老弟找我参加聚会也是在七月初六，席间才知道是弟妹过生日。你看我这记性，愣是没想起来。弟妹解释说："就是把好朋友叫到一起聚聚。"老弟送给弟妹一件饱含深情爱意的礼物，大家为之喝彩。想不到老弟这样细心，还送给我一份手足之情的礼物，让我倍感亲切与温暖。

大家送上美好的祝福，开怀畅饮，其乐融融。会唱歌的点播着悠扬的歌曲。一曲《父亲》，字字句句打动了我感恩的心，追忆在天国的父母，又讲述了父母赐名的含义。老弟的一首《爱你一万年》把晚宴推向了高潮……

我作为老大哥，应老弟之邀参加聚会，深感欣慰。虽然不会唱歌，总得说上几句吧。"老弟、弟妹的朋友也是我的朋友。"我说。这是朋友交往中的信任、尊重与和谐的一种态度。

是酒精令我兴奋，还是真情让我陶醉？我为大家助兴：

人人都说七夕美，鹊儿搭桥不觉累。

茫茫银河两相守，遥望苍穹论喜悲。

翩翩起舞歌声飞，杜康美酒琉璃杯。

个个真情来祝福，牛郎织女人间配。

香香寿面溢心扉，分享吉利莫辞推。

沙沙秋雨润窗棂，百合厅内夜光辉。

酒已酣，兴未尽。或许人间真情感动了上苍，一场大雨洗涤了尘埃。让我们抛掉烦恼，除去忧伤，分享愉悦，怀揣温馨，带上梦想，奔向远方！

这几天我虽然工作忙碌，但没有忘记七夕前一天的那次聚会。今天抽时间把它记录下来，是纪念，也是激励。

还是在8月9日（周五）那天上午，我就接到老弟打来的手机，他对我说："大哥，下周一晚上咱们聚一聚，饭店已经预定好了"。

写到这里，我的脑海里又出现了一幅幅图画：

在那北国初秋的傍晚，美轮美奂的彩霞挂满了西边的天际，好似织女下凡，机杼声声，请问彩锦为谁织？

在那辽阔的大草原上，草甜花美，蝶儿飞，牛羊悠闲安逸地啃着青草，唯有骏马奔腾，那匹可敬的老马焕发了青春活力。

在那巍巍的崇山峻岭中，甘洌的清泉，涓涓的溪水，唱着欢乐的歌一路走来，林木梳妆，戴上丰满的头冠，披上翡翠的外衣，在静静地等待飞天搭桥鸟儿的归来。

你说，这画面也太多了，还是概括一下吧（把各位名姓镶嵌其中）：

彩云织锦天象吉，老骥伏枥焕新奇。

涓水清甜林儿静，扬帆起程志不移。

神仙笑看凡间事，世代相传是缘分。

谨此一文献诸友，珍藏美好是情谊。

牵　挂

牵挂是情感的心结。人非草木,孰能无情。生活中,有家人的牵挂、亲属的牵挂、朋友的牵挂……总之,牵挂时刻伴随着你。

2008年5月7日,妻子与女儿从哈尔滨飞往成都开始8天的四川之旅,5月12日下午我与妻子通话,她告诉我刚参观完乐山大佛下到半山腰的凉亭,女儿还在后面没下来。突然,通话中断了,我不断地打她们的手机就是打不通,一直到傍晚才联系上,妻子说汶川发生了大地震,乐山这里震感比较强烈,大地颤抖,小亭子上的瓦片都掉下来了,我们都平安,不用惦记,现在正等待往成都返。她们娘俩不经常外出,自出发后,我每天都要给她们打手机问一下情况,女儿也会发短信给我,偏偏遭遇上大地震,连日来真是让我焦急万分,坐卧不宁。她们娘俩像逃难一样,抱着被子坐在宾馆一楼沙发上哪敢睡觉,好不容易去了机场,又是苦苦的等待,滞留了很多旅客,大厅里挤满了人,她们只好在广场一个花坛边上坐了下来,天下着雨,捡一块包装塑料袋遮风雨。这种遭遇,妻子是回来后才说的,当时说安排的都挺好,免得我挂念。我至今在手机里保留着女儿发来的短信:2008/05/14 16:15:50"正排队办理登机牌";18:00登机,一直等到22:59:32"马上起飞";2008/05/15 01:33:32"到济南";我彻夜未眠,老早做好早饭等待她们母女俩回来,6:20当把房门打开,一股暖流,无以言表,我紧紧拥抱了妻子,这是我俩平生的第一次。真有些后怕,妻子告诉我,大地震的前一天,她们这个旅游团一行二十几人就在震中的映秀镇过的夜,真是不幸中的万幸,感谢上帝的恩赐!

有朋自远方来不亦乐乎。2013年10月2日那天上午我紧紧张张办完事,便急匆匆地赴约见远道而来的朋友。风尘仆仆的你,带着美好的心愿、牵挂的思念、憧憬的希冀,来到了你既熟悉又陌生的哈尔滨。那天我还是迟到了，主动致以歉意。相见倍感亲切，彼此没有遮拦，没有做作，餐前饭后虽仅仅几个小时，二弟弟、妹妹我们聊得很投机，不亦乐乎。我为你孝敬老人而敬佩、为你无私呵护弟弟而感动、为你超前睿智的择业成为佼佼者而祝贺、为你做人仗义而折服、为你品评我纪念父母二老的文章而感到欣慰、为你侃侃而谈往事而兴奋……你是一个有责任感、事业心的人，又是一个重情重义、坦荡无私的人。如何做人、怎样做事，是一本让世人永远解读不完的无字书。而你是一个真正的爷们。列车承载着情义驶向远方，了却了牵挂又生牵挂。但愿人长久，千里传佳话。我衷心祝愿好人一生平安！

　　2013年冬月初六，老舅、老舅母从外地回老家办事，我接的站。一别四年，容颜已退，亲情依旧。老舅比我大一岁，是我童年回乡下一起玩的好伙伴。姥姥病故得早，童年的老舅便失去了母爱，是母亲、父亲的呵护，让他度过难忘的岁月。二弟打电话说："老舅和咱们特亲。"是的，这种亲情是刻骨铭心的。老舅一家身在他乡，在当地买了房子，日子过得蛮好。表弟、表妹很能吃苦，也有头脑，收入颇丰。老舅虽然患有腰椎间盘突出症，还在企业打更，老舅母利用空闲捡废铁还能换些零用钱。就像与妹妹交流说的那样"走出小天地就会见到大世面"。我期盼老舅一家日子越过越红火！

　　2015年8月8日大家在利民开发区南京路三八饭店欢聚一堂，8月10日赴大庆参加外甥婚礼，12日妹妹又去了国外。这一年的年初，侄子建国也去了国外。尽管时常有联系，但牵扯依然。10月28日老伴四姐妹去三亚度假，几乎每天都通通话，心里还是挂念着。

　　情未了，未了情。但愿牵挂不是苦苦涩涩的而是香香甜甜的，但愿牵挂不是朝朝暮暮的而是长长远远的，但愿牵挂不是花花哨哨的而是真真切切的。

丁香含苞待放时

习习暖风吹来，又接连下了几天的蒙蒙细雨，路边的丁香树丛唯恐春天把它落下而跃跃欲试，含苞待放。

五一劳动节 3 天小长假因公务占去了两天，这对我来说已是家常便饭了，这些年的年休假及其他节假日我基本都没有休息过。妻子前几天就唠叨五一节放假咱们去扫墓。这天忙完公务后，已是下午 5 点钟，为了往前赶时间，于是女婿驾车送我们，到县城已是晚上 7 点钟。

第二天是 2012 年的五一节，一大早，在二弟的陪同下，去距县城西北方 15 公里的陵园给父亲母亲扫墓。老远就看见那依山傍水坐落在山腰的陵园，在朝阳的照耀下更加庄严肃穆。我们拾阶而上，为父亲母亲擦拭墓碑，瞻仰墓碑上二老的遗像，然后献上绢花。清明节前后二弟、妹妹等都来扫墓了，正月十五是侄女送的灯。墓里还有一本特意让三弟买的《圣经》，我自言自语地说。这是因为，母亲是家里最早信奉上帝的并把福音传给家人、亲友，以此作为纪念。

早饭后，又继续驱车去距县城正北方 70 公里的一个镇子，给我的岳父岳母扫墓。岳父岳母的墓就在这个镇子的东南方不足 2 公里的地方，因通向墓地的路是土路，高低不平，索性我们徒步前往。岳父岳母的墓是用红砖水泥砌的拱，花岗岩墓碑，占的是亲属承包的山坡林地，坡下还有一个小塘坝，有山、有水、有林，可谓清秀寂静。打扫了墓上的尘土，撕掉已褪色的绢花，又献上崭新的绢花。同时，为岳父母墓西侧的二婶墓献上绢花，去年那束绢花依旧插在坟头。妻子眼睛红润，默不作声。我知道她的心思，这里毕竟交通不方便，于是我说，回去后与弟弟、姐妹打个招呼，咱们出钱也买个墓地。

丁香树，椭圆形的好像涂了蜡似的墨绿叶片长满枝杈，紫色、白色的花儿开满枝头，散发出宜人的阵阵清香。丁香树的叶子有苦味，因而人们也称之为苦丁香。丁香虽苦，却把芬芳留给人间。我的父母、我的岳父母，又何曾不像这丁香树，他们为了这个家，含辛茹苦了一辈子，没有奢望，没有抱怨，没有享乐，只有不停地奋斗与付出，把甘甜给予了老人，给予了儿女……本分做人，扎实做事，这是对你们在天之灵的最好告慰，也是最好的回报，也请四位亲人庇佑你们的儿孙家业兴旺、事业有成、幸福安康……

　　轿车驶入了高速公路口，我从思绪中醒来，按下车窗玻璃，一股清新的暖风涌进车内。路边的丁香树丛花骨朵压满枝头，一夜过后，或许……我仿佛看到了争相绽放的丁香，犹如仙女信手撒下的五彩祥云，轻轻飘落枝头，如烟如霭，在翠绿的映衬下，宛如一幅清新素雅的画卷。丁香啊，丁香，你留下了苦涩，却给人以清香、芬芳！

被"指认"出来的立功者

　　那是1980年2月底一天的清晨,北方的初春仍旧显得冷清,古老的县城上空炊烟袅袅,可数的工厂和机关单位取暖的大烟囱挺拔地吐着黑烟、喘着白气,晨曦中昨夜的霜花晶莹闪烁,高低不平的砂石街路把县城纵横切割,古香古色的牌楼传出风铃悦耳的叮叮咚咚……

　　县人民武装部是县城里唯一的军事单位,坐落在正大街东牌楼道北,坐北朝南的三趟平房,临街一栋为办公区,中间一栋为生活区,后面那栋为器材装备区。清一色的大青砖院墙,大墙东侧开两个大门。平时人员出入走前栋办公区值班室的门。

　　"咚咚!""咚咚!"县武装部的门前一对中年男女在敲门。值班员忙披上棉衣"谁呀?"边问边拉开铁门闩。"这一大早还没上班,你们有啥事?"忙把看上去是工人打扮的来人让进了值班室。听说有重要事情来找武装部领导反映,值班员不敢怠慢,当即向政委报告。政委是省军区派下来的,原来给省军区政委做过秘书,家在省城,自己住单身宿舍,每天起得很早,这时正在院内散步。

　　政委听了值班员的报告,犯了嘀咕,这一大早的,地方上的一对中年男女到武装部来,究竟是啥重要的事情? 政委忙叫通信员打开会议室的门,把来访者让进屋里。

　　"你们好! 我是武装部的政委,两位这么早有什么事情,就跟我说吧。"政委热情地打着招呼。

　　"啊,你就是武装部领导,我姓张,在县亚麻厂工作,这是我的媳妇姓李,在县机械厂工作。"那位中年男子自我介绍起来。政委点着头。只见他从衣兜里掏出叠得板板整整的信纸递给了政委。政委掂量着这信纸的分量,不紧

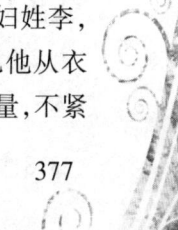

不慢地打开信纸,就一页信纸,不到半页的字,一眼就看见歪歪扭扭的"感谢信"三个大字,这悬着的心一下子总算落了地。政委匆匆看完那封感谢信后,望着眼前这两位来访者,心中还有一些不解。

"是这样的。"那位中年男子好像看出了政委的心思,忙说:"我们家住在县委后大墙外那条路道北,一连脊的五间东厢房草房,我家住一间,从南头数第二家。那天早上我们两口子因为去我老丈人家有事,走得很早,办完事就分别上班去了。可谁也想不到家里的电线老化,打了火花,引起了火灾,要不是路过的一位解放军同志发现,及时救火,那可就惨了,肯定会火烧连营的,所以今天特意来武装部表示感谢"。

政委又拿起放在桌子上的表扬信看了看后对中年男子说:"你说救火的人是我们武装部的?"

只见那位中年女子搭了话:"那天我刚到班上,邻居跑来报信说我家起火了。我一听,赶紧往家跑。等跑到家,火被救住了。邻居们告诉我,多亏了一位解放军同志发现及时,不然可就遭殃了。邻居们说那位解放军同志看上去三十岁左右,是个高个子,大家忙着救火,也没太注意长啥样,等火救住了,再找这人他却悄悄地走了。邻居们说县里穿军装的只有武装部的人,所以我们就来向领导反映情况,一定要找到这位同志,当面好好谢谢他。"

政委对来访的这对中年夫妇说:"谢谢你们反映的情况。但不知道这救火的人是不是武装部的人,即使是还不知道是哪位同志,等情况了解清楚了,再告诉你们。""那好,领导就不打扰你了,我们该上班去了。"政委亲自送这对中年夫妇到门外。

县武装部上班的铃声响后,政委到部长的办公室通报了一大早来访者反映的情况,能不能是大部队回来探家的军人呢?为了慎重起见,部长和政委商量此事先不要声张,等调查清楚了再说。

于是,政委双管齐下,紧锣密鼓地开展了秘密调查了解。

政委采取的第一步,就是带上政工科的一名老干事不声不响地走访了失火那家的邻居们,得到的情况与来反映的情况相一致。又到失火那家走访,查看一下现场情况。

第二步,政委通过走访后带着一连串的问题认真进行分析梳理,如果救火的人真的在县武装部,这二十几名干部中究竟又是谁呢?这是谁做的好事,怎么捂得这么严实,一点"风"也不透?如果将失火那家的邻居们请来"指认",万一找不到救火的人,这兴师动众的,又显得有些唐突。如果内部开大会通报此情况,公开查找救火的人,既然人家不想声张,甘当无名英雄,逼人家说也不会说的,更何况这救火的人是不是武装部的也没确定,弄得"满城风雨"也显得不好,这也不妥,那也不行,真是两难。怎么办,政委想来想去,干脆在武装部干部中来个悄悄地"排查"。

"排查"开始了,这就是第三步。在武装部二十几名干部中,第一轮将家在外地的、个子矮的、年龄偏大的排除在外,剩下的人员就在第二轮中由政委逐一找其个别谈话,了解最近的情况,说起县委后大墙外一家草房失火的事情,试探被谈话人的反应。就这样,政委同十来个干部都谈了一遍,仍然没有结果。

政委与部长沟通了情况,或许救火的人不在县武装部,有可能是大部队探家回来的军人。于是,政委带上政工科的那位老干事,再一次去失火那家走访看望,并说明了情况。

又过了些天,一天中午休息,武装部突然又来了一男两女,还是说找政委有事。原来这三人政委都认识了,他们是失火那家的女主人和两个邻居。一见面,没等政委开口,失火那家的女主人便抢先说:"领导,救火的人就是你们武装部的,今天一早我的邻居王婶看见了那个救火的军人从门前那条道上路过,见他往武装部方向走来了。""是吗?"政委显得有些惊喜。政委说:"这样,下午上班的时间就快到了,你们就坐在值班室里,帮我找出那位救火的同志好不好?""好的,好的!"

武装部的干部,除了几名家在外地的,大多数的家属都随军住在县城。只见,有的骑自行,有的步行,通过值班室来上班。"领导,就是他!"那个王婶用手一指。政委一见,原来是丛理呀!心想,好家伙,你"隐藏"得够深的了。

说起丛理,他是由地方干部转业到部队的,论年龄不小了,但论起军龄来可就短了,所以他常常自嘲叫"新兵老同志"。

刚进门的丛理见有人指着他,旁边还有政委,先是一愣,不知道发生了什么事情。政委叫丛理说:"这三位你认识不?"丛理摇摇头说:"不认识。"还是那个叫王婶的说了话:"我可认识你,你不是那个救火的解放军吗?"那家失火的女主人说:"可把你找到了,太谢谢你了!"

在证人的"指认"下,丛理只好做了如实的"交代":"那天,我上班从县委后大墙那条道由西向东走着。突然发现了那家房门往外直冒浓烟,心想不好,一定是失火了,赶忙跑步来到房前,院门上了锁,断定这家没人,于是我大声疾呼快救火呀!邻居出来了人,情急之下,我只好翻越高高的木障子和上面的铁丝网,拽开房门,钻进屋里救火。浓烟中,我见屋里的电线、棉门帘子、一大块纸糊的天棚都着了火。我不由分说,跳到炕上撕下着火的天棚纸,把火打灭,防止火势蔓延。仅装一挑水的水缸,四周结了冰,没舀上几瓢水,就没有了。我拽下着火的棉门帘子扔到了外面。这时又进来两个邻居一起救火,左邻右舍端水的端水,总算把火扑灭了。我的右手食指划出血了,军装也弄脏了,于是又赶紧回家包上了手指,换了军装,这才来上班,就是迟到的那天早上。"

政委做事一向很细心。一天就要下班了,他带着丛理这位救火英雄和那位老干事,说你们晚回去一会儿,咱们出去办个事。于是,又特意去了失火那家及其邻居家走访。下班的人们陆续回到了家里,那天救火在现场的邻居们一眼就认出丛理来了:"那天救火的就是这位解放军同志!"政委脸上露出了微笑,忙着和大家热情地打着招呼:"这是我们的丛理同志!"

县武装部为此专门召开大会对丛理同志救火的事迹进行了通报。经县武装部党委会议研究,根据丛理同志的事迹,一致同意报请军分区党委为其请三等功。

那年的4月8日这一天,军分区召开学雷锋积极分子表彰大会,丛理他作为立功受奖者,第一次跟随武装部的领导到省城参加如此大型的会议。事先,县武装部早就接到了通知,军分区党委给丛理荣立了三等功。

礼堂里座无虚席,军分区政治部的同志把荣立三等功的两名同志安排在会场的前排就座,胸前佩戴大红花。当军分区首长宣读嘉奖命令时,在热烈的掌中,两名同志走上主席台,接受首长为其颁发证书和佩戴奖章。丛理曾说过,是身为老红军的军分区政委亲自为其颁发的立功证书并佩戴的奖章。

时间过得好快呀,一晃30多年过去了。一天,丛理在省城见到了当年的老政委,70多岁的老政委又慢声拉语地提起那次救火的事,半开着玩笑地说:"想不到你真有抻头,害得我愣是没查出来,还得证人'指认'。"丛理感慨地说:"做一点好事那是理所当然的,有啥张扬的,可想不到,又被'指认'给'揪'了出来,这群众的眼睛就是亮啊,想悄悄当个无名英雄也难哪!"

丛理他说完爽朗地笑了起来,笑得是那样的轻松自在,笑得是那样的无我淡泊,笑得是那样的欣慰甘甜……

那份爱让我不老

世界上有数不完说不尽的关于爱的故事与传说。因此,就有了锲而不舍的爱的追求,天地可知的爱的承诺,我心永恒的爱的坚守,也留下了错过时节的爱的遗憾,为时晚矣的爱的忏悔,激情燃烧的爱的重拾……语言表达着爱,文字表达着爱,歌声表达着爱,肢体表达着爱…… 爱,以不同的方式传递着、延续着,爱!

那么,属于我的那份爱究竟在哪里?为啥让你不老?我的那份爱,其实不是什么秘密,就在淡定的心里。有了这种心态,知足常乐,不断感恩,笑口常开,你说会老吗?

已是三世同堂了,论年纪是大了一些,在家里也不能以老自居呀,与老伴是朋友,与子女是朋友,与孙辈也是朋友。力所能及地为家人做点什么,完全出于自觉自愿的,就会享受其中的快乐。比如,只要我在家,每天按时起床不厌其烦地为家人做早餐,包饺子、烙韭菜盒子、烙油饼、做米饭及炒菜,事先能来得及征求意见的最开心,有时你说咸了,是吗,下次就做淡一点,有时你说硬了,好的,下次注意做软一点。我很有个性,家人要是到厨房帮着做,我还不愿意。老伴开玩笑说:"送你一面锦旗,可最少80多元钱,还舍不得。"不过,我得了奖状却是真的。30多年前,一天下班回到家中,老伴同儿子、女儿都在笑,弄得我丈二和尚摸不着头脑。还是孩子的眼神告诉了我。在门旁的墙上贴了一张劳动模范奖状,还写着我的名字。我也捧腹大笑,倍感家的温馨与幸福。我曾经写过一篇《在下厨房中得到的》日记,得到的很多,有那么五六条感悟,无非就是少睡一会儿懒觉、少休息一会儿。我也风趣地对老伴说:"我成了咱家保男了。"或许人生就是这样,年轻时家庭的担子老伴挑得太多了,我也应该回报。

哪家都有难唱的曲,这是试练。哪有勺子不碰锅沿的,夫妻吵架千万不要记仇,我们是"战斗"过后不超过二十四小时就握手言和,从不打"持久战""冷漠战"。小家庭,是个大舞台,夫妻俩要相互鼓励,默默地支撑,分担在各自的心里。家庭,也有大局。

在家庭里,或许你冠以很多头衔,佩戴许多光环,但活得却很累,即使80岁也放不下孩子的事,其实,你殊不知,你操的那份心已经没有必要了。应该学会"简政放权",什么事都跟着操心、都去掺和,真的就很累。

上帝给了我们灵敏的味觉,品尝过爱的"五味"的人,酸甜苦辣悲,才会感悟到生活的"滋味",或许就变得淡定了许多。过去的爱,要默默地珍藏;现在的爱,要牢牢地珍惜,未来的爱,要好好地把握。

任何事物都有自己的内在规律,人的生命也是如此。有些人患有"恐老症",连自己多大岁数都回避,有那个必要吗?我每天上下班无论是走在路上,还是乘坐公交车,在那个特定的时段里,熙熙攘攘的人群中,比自己岁数大的几乎没有,而且中青年人很多。就连在食堂就餐,几个单位加在一起一百六十人里,"唯我独老"。每当战友聚会,比我小十几岁的也都退休了,没什么事可做。老天是公正的,那些年在部队,首长把着你,整天忙于工作,学习计算机的机会放过了,可这些年,工作给了我机遇,写材料自己打字,而且工作空闲坚持写日记、文学写作,结识了一些文学朋友,给予我支持与鼓励,活得很充实。有朋友说我是"帅哥",其实容颜已去,是品尝爱的"五味",走过山、趟过水,摸爬滚打,"摔"出来的哥哥呀。人生如同七巧板,会拼出不同的图形,人生也是调色盘,会描绘出不同的图画。我真的感谢多彩的阅历。

昨夜,看了中央电视台现场直播《九九艳阳天》纪念重阳节的节目,主题很鲜明,但就艺术欣赏来说还有些不解渴,也不能求全责备。看见天津老人的舞蹈表演、将军后代合唱团的演唱、百岁老人再穿婚纱合影,你又有何感想?

老,有什么可怕的,怕的就是心老了,尤其是那些"人未老心先老"的人。我因为有那份淡定的爱,也有给予我的真挚的爱,这让我活得轻松,活得开心,活得有滋有味,总之一句话,那份爱让我不老!

后 记

送给故乡的心音足迹

孙 文

我是一个从农村出来的孩子,随父亲进城高中毕业,走出校门知青插队当了农民,到林场当了工人,到县机关当了干部,又提职派到基层公社当了领导,后来连做梦都不敢想的竟穿上了军装当了军人,如今朽木仍可雕,依然"小材大用"工作在山东省人民政府驻哈尔滨办事处的岗位上。

家乡的父老培育了我,少陵河给予了我灵动的智慧,驿马山打造了我挺拔的脊梁,黑土地铸就了我宽阔的胸襟,巴彦人是我的骄傲与自豪。每当看到或听到游子们为家乡的发展建设献智出力时,我内心油然而生敬意的同时,又受到炽热的烘烤,涌动的思绪无法平静下来。我时常在问自己,我能为家乡做点什么?!当然,感恩家乡的方式很多,有的出技术,有的用歌声,有的拿财力,有的献智慧……虽然我功不成名不就,位卑言轻,但我可以用我的笔触、我的文字,来抒发一抹乡愁的心音,去践行不改方向的足迹,宣传我的家乡,赞美我的家乡,讴歌我的家乡!

从小就爱好文学的我,又有多年"爬格子"的经历,有许多感恩的话要说、要写。可苦于工作的忙忙碌碌,这些话一直憋在肚子里,倒海翻江,步入老年的我越发感觉到沉重。直至近几年,当脚步放慢了的时候,感恩的情愫才得以释怀。我梳理了思绪,把心音与足迹化作缠绵的情丝,用方块字编织一幅感恩的画卷,写一部文集向家乡父老汇报。

这些年,我积攒下来500多篇近百万字的文章,在编辑整理《穿越心灵的步履》时,从中挑选出99篇,组成了这部文集,共分五辑。

第一辑,习俗:风雅与风韵。在本辑里,有家乡东北的"八大怪"及八大怪里家乡老一辈人的影子,有往昔屯里人元宵节的情形等,也有我儿时故乡情的故事，展现了渐远的民风民俗这部悠远的史话。

第二辑，顿悟：感慨与感动。在本辑里，有心安无处不故乡的感慨，有母校师恩暖心窝的感怀，也有人物事迹和历史事件的感动。这里，看似比较"杂"，但通过时光穿越，镜头的变焦，展现了一个多棱镜的视角。

第三辑，画卷：佳景与佳境。在本辑里，有少陵山水寄乡情的抒发，有一山一水一牌坊的写真，有一片绿叶总关情的倾诉，浓浓的乡情再一次展现，并以自然风光为依托，推出了深层次的人物与事物的美。

第四辑，幸福：陶冶与陶醉。在本辑里，有巴彦赋与精美文字点江山的迷恋，有童真的快乐与沧桑老人话沧桑的分享，有大都市里的小人物与只因为美丽才漂亮的赞美，侧重以小见大、以乐融情，一个个鲜活的画面，展现了醉美的意境。

第五辑，牵挂：真情与真意。在本辑里，有母亲的针线板儿与父亲的渔网的传奇，有父亲教我打算盘与母亲教我烙油饼的传技，有我的老泰山与遥望长天默诉说的缅怀，有抗战的革命老妈妈的一缕红丝与几位平凡的母亲的母爱蚕丝情，集中表达了真挚的亲情与友情。这是每一个人都会经历的一道情感圣宴。

出于对家乡的感恩与眷恋，就连我的笔名黑虎一文，也要注入感恩和激励自己的元素。"黑"，是我籍贯黑龙江省的简称，因奔腾的黑龙江而得名，因广袤的黑土地而称奇，家乡巴彦更是黑土地上盛开的奇葩，一抹乡愁的黑土情怀，一捧黑土醉他乡的眷恋；"虎"，是自己的属相；"一"，在数字排列上是最基础的，在社会生活中又是最前位的，而我则取跬步千里之意，也源于自己一笔签名，在"文"字一捺上交叉一笔，如一把宝剑；"文"，是父母赐予的名。黑虎一文这一笔名，乍听起来，有点毛骨悚然，但我一爱如初。

工作的机缘让我几十年与"爬格子"相伴，虽然有过公文写作、新闻写作、文学写作的经历，但写作的高度、精度、广度、深度的提升与晋档还有很大的空间。我这个所谓的"笔杆子"，不是响当当的"笔杆子"，至今仍没有出徒。但所欣慰的是一路走来得到众多贵人的关爱与相帮，所幸运的是因"爬格子"不断地给自己的工作带来新的机遇与转折。也曾零打碎敲、小打小闹地在中央、省级报刊媒体发表过一些作品，弄个广播有声，报上有名啥的。那也是"马尾串豆腐提不起来的事儿"。不过，"爬格子"让我终身受益，这真的一点也不假。

2015年9月，我撰写了《巴彦赋》，多次阅读案头的两部《巴彦县志》，常常被家乡各界名人骄子所感动。而我从家乡出来三十多年,行囊羞涩,深感惭愧。好在有这部文集聊以慰藉。

在这部文集出版过程中,得到著名诗人、作家、评论家、剧作家谢幕的全程鼎力相助,得到老作家郑旭东、路春和中青年作家刘丽华、林杨、李春慧、孙宏及老战友、老同事、老同学、老朋友的帮助与鼓励,在此一并致以深深的谢意!

特别要感谢著名评论家谢幕那《厚积薄发与天道酬勤的范例》如此深邃与深厚的序,老作家郑旭东那《蘸着少陵河水写的书》如此深情与深妙的跋,老作家路春那《吟咏故乡情》深挚与深意的跋。在名人字贵的当下,为本文集不吝赐文,鎏金镀银,此乃我之荣幸!

"无功无名心存天下,有笔有墨书写人生。"我爱祖国江南红土地的热烈奔放,我爱祖国西北黄土地的淡雅清秀,我更爱祖国东北黑土地的浓郁芬芳……因为,祖国是我的魂,故乡是我的根。我知道,我的能力甚微,从小就有文学梦的我,要继续去书写穿越心灵的步履,把最动听的心音与最坚实的足迹,献给我最可爱的故乡——母亲!

舀一瓢少陵河甘甜的心水,折一枝驿马山常青树的魂魄。

采一束骆驼峰巅的火种,捧一把松江湿地的野菊。

我用激情燃烧情感的火焰,我用真心调羹心灵的畅想。

煮一壶思乡之茶,将我心灵步履的感慨与感悟,奉献给我的家乡父老品尝!

2016 年 1 月 11 日于哈尔滨

跋 一

蘸着少陵河水写的书

——作家孙文的文集《穿越心灵的步履》跋

郑旭东

认识孙文先生是缘分,我们曾一起在文学网站发文章,文风相近,性格对撇子。在文字上交流后,见面更是一见如故,大有恨不相逢年少时之感。

孙文先生虽工作在哈尔滨多年,除有文人气质之外,仍然不改我们乡下人纯朴品格,待人接物诚恳热情、大大方方、敞敞亮亮、谁提谁夸,见一面就有倾心之感。

我和他是地地道道的老乡,是具有"江省文风,东荒为盛,巴彦尤著"的巴彦县人。他老家在驿马山东南,少陵河东的,我老家在驿马山北,西集镇的北小市场附近,相距只有二十多里路。后来,我搬家到漂河西呼兰的长山屯,还是地相连,水牵手。没有看族谱,可能五百年还是亲戚呢!我们在一起交流,说不完家乡话,唠不完农村嗑,语言对路,爱好相同,经历也大致相同。他大我两岁,虎年出生,下过乡,插过(队)场,进县城,派基层,到省城,遇上了特殊的机会,在三十岁的时候穿上绿军装,成为最可爱的人。我也是农民出身,刨过粪,赶过车,上大学,进机关。孙兄参加工作几十年,无论是在地方,还是在部队,环境的改变,岗位的转换,唯一不变的工作是一直在"爬格子"。从报纸上的"豆腐块"文章,到著书立卷,一路走来,爱好文学痴心不改,他退休以后更对文学情有独钟,学习电脑,遣词造句,将生活积累和情感流淌在方块字上。他说:只因这一份爱好,终生无悔。

一个人具备两种能力是了不起的,一个是人品,一个是才气。有的人,人品很好,可惜没有才,成不了大器。有的人有才,但是,没有人脉,喜欢的人少,两者兼之的人有,不是太多。孙文兄是人品好,还有才。退休多年了,仍然在工作岗位上,不是私企,是党政机关。我佩服!

谈笑有鸿儒,往来无白丁。孙文兄性格豪爽、随和、重情重义。他的朋友、文友遍及省内外,著名作家、评论家谢幕,著名作家袁炳发,小说家路春及青年作家警喻、尤秀玲、刘丽华、林杨、李春慧、孙宏等。闲谈中,惊悉黑龙江人民出版社要出版他的散文集《穿越心灵的步履》,我欣喜若狂,他嘱我写几句话,我有些为难,我是高不成低不就的"半拉子"文人,过去都是在机关里工作,也是和他一样,左手画圆,右手画方,从来不敢在别人文章前后留墨。最亲是老乡,又不能不说几句话,恰好也是学习机会,就画蛇添足啰唆几句。

几天来,我一直坐在电脑前读《穿越心灵的步履》里面收集的文章。可以说,这些年,能够这么长时间不烦不躁地读一本散文集,还是头一次,因为文章吸引我,欲罢不能,虽是囫囵吞枣,却感觉津津有味。

这部散文集里,活蹦乱跳的文字上,有我熟悉的山山水水,闭上眼睛也能想起来模样的父老乡亲,还有那具有东北特色的风土人情,张嘴就能侃出来的口头语、顺口溜。

一篇篇生动有趣的文章,作者将我们领到那驿马山下,少陵河旁,一起去看驿马仙弈,听溪水咚咚。荒草甸上,仿佛看见作者和童年伙伴在抓蝈蝈,逮蚂蚱,还有那可亲可敬的老父亲、老妈妈、村姑、村嫂们……这里是一幅山水画、一股关东风、一碗香喷喷的大碗茶。

览读全书,每一篇文章就是一片土地,土地上有作者儿时劳动的身影,有青年时期激情燃烧岁月洒下的汗水、懵懵懂懂的爱情。每一个方块字就是一坨黑黝黝的土垃块,这上面长着水灵灵的柳蒿芽、婆婆丁,还有那亮晶晶晨露映着的太阳,跳动在草叶上的小蚂蚱……

我不是评论家,不能用更恰当的语言来评论孙文兄的文笔,我只想说,在大家工作闲暇中,沏一杯喜欢的好茶,读一读这本书,慢慢地品茶、品书,肯定是件赏心悦目的好事情。

故乡是每个人的相思树,是每个人心中斩不断的根。故乡有儿时梦,故乡有初恋情,故乡更有父母的爱。几十年来,孙文兄虽然远离故乡在外拼搏,始终没有忘记故乡是他的依靠,是他梦中的思念,失意时他想到的是故乡,淡淡的乡韵鼓舞他继续奋进,稍有成就时,故乡又是他想汇报的第一个地方。巴彦最好,家乡最美。他经常这样对人宣传。他谈家乡的诗人、作家陈玙、刘兆林、王书怀等人,自豪得哈哈大笑;他说驿马山、少陵河、巴彦的牌楼,话语滔滔,十分骄傲;他讲儿时的故事,津津乐道,喜上眉梢。他永远是故乡土地长不大的孩子。

乌鸦反哺,羔羊跪乳。感恩,是一条人生的基本准则,是一种人生价值的体现,是一切生命美好的基础。感恩,是一种美好的情感,是人的高贵之所在。懂得感恩的人,可交友,可信任,只有知道感恩的人,才能爱家乡、爱国家。孙文兄是一位用心、用情、用笔在感恩的人,读他的文章,处处看到他在感恩:感恩父母,感恩社会,感恩家乡,感恩所有关爱支持他一路走来的人。他有这样美好的感恩心情,写出来的书才有厚度、才浪漫、才感人、才耐读。

散文是"集诸美于一身"的文学体裁。散文的内在结构是感情的体验。写散文和写小说一样,建立在细节的描写和叙述的基础上,区别是在细节的排列组合方式上有所不同。小说组合细节是"以盘盛珠",而散文则是"以线穿珠"。读《穿越心灵的步履》散文集,感觉文章的"线",就是作者的心灵,每个小故事,每一个细节就是"珠",就是作者的步履,真实的生活,"线"上"珠",信手拈来,任情挥洒,散如流水,文灿金光,织出来玉帘璀璨夺目,在美感上是一种享受。

人,一辈子有很多爱好,爱好文学的人很多,真正著书立传的人却是不多,出一本好书的人更是很少。孙文兄几十年的生活积累,酸甜苦辣情感的凝聚,文品人品的体现都定格在这本书上。我不是生意人,不是"王婆卖瓜"的人,更没有替别人卖过瓜。现在,孙兄种的瓜开园了,原生态、纯绿色的,是少陵河水浇灌的,我醉了,馋了,我就边品瓜边南腔北调地给吆喝几句,不会有做广告之嫌吧!哈哈——

孙文兄,此为书之跋吧!笑纳!

2015 年 12 月 8 日

▲郑旭东:男。笔名:夏秋、天之骄。1952 年 9 月 17 日出生在黑龙江省哈尔滨市呼兰区。毕业于黑龙江大学中文系。黑龙江作家协会会员,黑龙江省地方文学研究会理事,黑龙江农村记者协会理事,哈尔滨作家协会全委会委员,哈尔滨市党史研究会会员,哈尔滨市延安精神研究会会员,呼兰区作家协会主席。长期从事文学创作和电视剧、广播剧编剧和电视艺术专题片撰稿工作。主要代表作品有哈尔滨出版社出版的长篇小说《火浴》。《天鹅》杂志社出版中篇小说《播种记》。龙版网发表散文集《东北风》《陋室闲语》。短篇小说集《龙卷风》《长辈》等。电视剧(广播剧)《喇叭、棋招、预见性》《村长的老婆》《龙卷风》等多部剧本曾在黑龙江广播电台录制播出。广播剧《喇叭、棋招、预见性》发表在国家级刊物《剧本》上,获黑龙江文学大奖赛广播剧"飞龙杯"三等奖,并为五十多部电视艺术风光片、专题片撰稿,曾在多家电视台播出,曾为国家领导人视察汇报播出。其多首歌词发表在《词刊》上,并多次获创作奖。电视专题片《耕耘的画》《廉政之风东山来》成为党教教材,获得有关创作奖项。

跋 二

吟咏故乡情

——作家孙文的文集《穿越心灵的步履》跋

路 春

欣闻孙文先生的散文集《穿越心灵的步履》快要出版,并约我写一篇跋,不由让我高兴之余,又有诚惶诚恐的感觉。其实,我不曾写过跋文,也不知道能否拿捏妥帖,故此惴惴不安。

我与孙文先生的交往,还是郑旭东先生从中穿针引线。曾经热爱文学的我与郑旭东先生是老友。多年的文字交情让我感到"上辈没正事儿,这辈搞文字儿",亦苦亦乐全在不言中。2015年一个雨恨云愁的中午他约我小酌,这或许是文人的一种雅趣,我欣然赴约。旭东先生说,我有一个朋友,喜欢写作,是特别好的一个人,他要约他的朋友一块儿小酌。我说他在市里,又赶上午间,能来吗?岂料打过电话后,几个时辰工夫他果然顶雨赶来,让我颇为感动,这就是孙文先生!孙文先生不是"国父"孙文,孙文先生原来是部队的一名团职干部,从他身上仍然留有军人的风度,几个小时的接触,印象颇佳。他有着独到的人格魅力,为人豁达、开朗、真诚,细观孙文先生的神态,倾听孙文先生的话语,品味孙文先生的气质,感悟到人生的质量。我从他的眼光、神态、举止中,真实感受到他的品质与个性。谈话间,他的话题无非是文学,而且谈到他写出的散文,这不禁让人肃然起敬。昔日,文学小路的拥挤,曾经让很多年轻人忘乎所以,言必谈舒婷、汪国真;又曾几何时,当文学冷寂之际,人们羞于谈论文学时,孙文先生依旧坚守那份挚爱,默默无声地追求他的意趣,而且成竹在胸,果实累累,实在令人惊叹。在与旭东先生、孙文先生的交谈中，我似乎触摸到那些温暖的文字与梦想，我忽然间感悟到：对文学孜孜以求，且无名利而图之者，才是天下最超脱、最值得尊敬的人；写作只是个人的雅趣，以方块字垒就的文章注入自己人生感悟，少一些功利，多一些挚爱与灵动，确实让人刮目相看。

我与孙文先生有相似之处：早年都是下乡知识青年，我后来当兵，又在企业工作过；他下乡后以充满才气的文章走进了县政府，后来又被县武装部、军分区看中，三十岁的他由地方干部"摇身一变"成为一名军官。那些年，他作为军人在自己的岗位上默默耕耘，写了不少精彩的文章。现今，他的散文写得越发不可收拾了，几十万字的散文储存在电脑里。一次，他把一部分写故乡情的散文发给我，欣赏之余越发感受到字里行间弥漫的张力。尤其他笔下的少陵河与驿马山，像他心里挥之不去的圣地，记载了岁月蹉跎的老故事，也写出他对家乡挚爱之情！故乡，是每个人难以割舍的地方，也是人们生命的根基；那里有我们再熟悉不过的人，朴实的长辈生活在故乡，勤劳耕作土地，养育他们的子女。那些承载着我们欢乐的地方在穿越时光时被岁月磨砺，同时也发生了记忆的蜕变，再也找不到小时候的玩伴与曾经嬉戏的河流，因为你已经长大了，无从寻找儿时的快乐了。但故乡是永远也忘不掉的，这里留下太多的怀旧与印象，像烙铁烙在心灵深处一样。

孙文先生怀念家乡，每年他都要回巴彦老家看一看，用文字记载故乡的变化，几年间竟有了不菲的收获。读他的散文，仿佛去乡村旅游，朴实而风趣的文字构造出五彩缤纷的世象，点点滴滴中折射出他的风格，让人读后难以释怀。我真诚盼望他的大作早日问世，剩下的只有期待！

以此为跋。

2016年1月5日夜

▲路 春：作家。男。笔名冷杉、芦村。黑龙江省散文诗协会会员、黑龙江省作家协会会员、黑龙江省杂文协会会员、萧红研究会与将军研究会会员。在《海燕》《北方文学》《北大荒》《章回小说》《新潮文学》《小说林》等刊物和作品集等发表小说、随笔、散文等近150万字；各种新闻稿件发表在《人民日报》及部队、地方媒体上。1990年哈尔滨出版社出版长篇小说《女枭雄的情网》；1992年北方文艺出版社出版中篇小说集《新娘猝死之谜》；1993年黑龙江人民出版社出版长篇报告文学《他们走向世界》；同年解放军文艺出版社出版长篇小说《秘密供词》；金陵出版公司出版中篇小说集《银厦魔影》；哈尔滨出版社出版诗集《苦咖啡》；北方文艺出版社出版长篇传记《剑胆琴心》、长篇小说《非柏拉图式爱》、长篇小说《军统江山》、长篇小说《远去的遁园》、长篇小说《双合盛传奇》、长篇纪实小说《新呼兰河传》《萧红故里》；在《莽原》2015年第2期发表长篇小说《永远的萧红》（合作）。1984年黑龙江电视台拍摄电视剧《失落》，该剧获黑龙江省戏剧家协会、黑龙江电视台、黑龙江省广播电视厅征文奖，1985年5月中央电视台播放，在省市获各种文学奖16次。